庆 祝 中 国 共 产 党 成 立 一 百 周 年

中國戲劇家協會

——百部——
优秀剧作

典藏

1921—2021

1

作家出版社

序

中国文联党组书记、副主席 李屹

　　从1921年到2021年，中国共产党走过了整整一百年的光辉历程。这是筚路蓝缕、披荆斩棘、艰苦创业、砥砺前行、灿烂辉煌的百年。2021年，在伟大的中国共产党建党百年之际，中国文学艺术界联合会、中国戏剧家协会精心选编、出版《百部优秀剧作典藏》（以下简称《典藏》），全书合十卷，站在总结回顾中国戏剧文学历史巨变与巨大成就的角度，遴选了百余位剧作家的一百部戏剧作品。这是各个历史时期中国共产党领导戏剧文化实践的珍贵历史记录，是文艺界、戏剧界向中国共产党百年华诞献上的一份厚礼。

一、汇集中国共产党领导下文艺战线有代表性的经典戏
　　剧作品，展现了一部辉煌的百年中国戏剧史

　　中国共产党自成立伊始就高度重视包括戏剧在内的各门类艺术的发展工作，党的领导是社会主义文艺孕育产生和发展繁荣的根本保证。在百年的发展历程中，中国共产党紧密结合时代发展变化，制定和调整各项文艺政策，确保中国文艺的社会主义方向，确保文艺工作服务于革命、建设和改革的大局，并推动文艺创作取得璀璨成果。从

创建"中国左翼戏剧家联盟""中国左翼作家联盟"来推动革命戏剧和文艺的进步，到召开延安文艺座谈会为解放区文艺的发展和文艺工作的开展指明方向，再到新中国成立后，逐步确立起"百花齐放、百家争鸣"的基本方针和"文艺为人民服务，为社会主义服务"基本方向，极大地推动了新时期文艺的蓬勃发展。进入中国特色社会主义新时代，习近平总书记从中国和世界发展大势的视野提出新时代坚持和发展文艺工作的基本方针和政策，坚持以人民为中心的创作导向与追求，我国戏剧创作进入一个更加繁荣兴盛的新时代，精品力作不断涌现，推动戏剧界不断向艺术高峰迈进。

一百年来，中国共产党引领一代又一代戏剧工作者浇灌戏剧百花园，结出累累硕果，涌现了田汉、郭沫若、老舍、曹禺、夏衍、翁偶虹等一大批杰出剧作家，他们与人民同呼吸，与时代同步伐，汲古溉今、洋为中用、推陈出新，创作（或改编）了《白蛇传》《屈原》《茶馆》《原野》《上海屋檐下》《将相和》等一大批经典戏剧作品，形成了鲜明的中国特色、中国风格、中国气派，产生巨大的艺术感染力和社会影响力，同时，对于其他艺术门类的发展也产生了深刻而积极的影响，为我国文艺事业的发展和社会的进步作出重大贡献。《典藏》将各个历史时期的经典作品按照时间序列一一呈现，试图连缀百年来中国共产党领导下戏剧界的创作脉络和历史功绩，亦将这些杰出剧作家的心血成果与精神财富载入史册，以飨世人。

二、熔铸中华优秀传统文化、革命文化、社会主义先进
##　　文化为一炉，呈现了一部恢宏的中国戏剧创作史

我国百年来的戏剧经典是充分汲取民族文化养料创作而成的，且又成为中国特色社会主义文化的重要组成部分，正如习近平总书记所说："在五千多年文明发展中孕育的中华优秀传统文化，在党和人民伟大斗争中孕育的革命文化和社会主义先进文化，积淀着中华民族最深层的精神追求，代表着中华民族独特的精神标帜。"戏剧艺术应当充分予以继

承、发展与弘扬。

《典藏》中汇集优秀的整理改编传统戏、新编古装剧、新编历史剧，充分体现了百年来戏剧界对优秀传统文化的创造性转化、创新性发展。整理改编传统戏如京剧《杨门女将》，黄梅戏《天仙配》，莆仙戏《团圆之后》，昆剧《十五贯》，锡剧《珍珠塔》等；新编古装剧如京剧《徐九经升官记》，越剧《红楼梦》《五女拜寿》，川剧《巴山秀才》，梨园戏《董生与李氏》等；新编历史剧如京剧《曹操与杨修》，晋剧《傅山进京》，豫剧《程婴救孤》等，皆从我国悠久的戏剧传统和历史文化出发，或讲述民族美德，或歌颂美好真情，或描摹世态人性，或托古咏怀，或熔古铸今，无不体现出深湛的传统戏剧美学及中华民族对真善美的追求。这些作品浸润着中国人的文化基因，镌刻着变迁的时代印记，吟咏着深沉的家国情怀，至今在舞台上传演不衰。

《典藏》中集结的以革命历史年代的感人故事为素材的重要作品，是革命文化的集中展现，更是有着强烈的时代气息，展现巨大的精神力量。如话剧《万水千山》《霓虹灯下的哨兵》，歌剧《洪湖赤卫队》《江姐》《党的女儿》，舞剧《红色娘子军》，京剧《杜鹃山》，沪剧《芦荡火种》等，这些剧目集中表现了中国共产党在腥风血雨的革命战争年代不畏牺牲、百折不挠、战胜敌人、夺取胜利的光辉历程，是宝贵的红色经典，构成了中华民族永不褪色的红色记忆。

《典藏》还选编了不少的取材于新中国成立后党领导人民进行社会主义建设的伟大实践的作品，剧作家们从丰富多彩的当代生活中汲取营养与灵感，同时广泛借鉴国外文艺创作的有益手法与经验，使戏剧的精神内涵与形式创造不断得到拓展、深化，展现了社会主义先进文化的深邃内涵。如话剧《小井胡同》《狗儿爷涅槃》《桑树坪纪事》《父亲》《家客》，豫剧《焦裕禄》，秦腔《西京故事》，荆州花鼓《十二月等郎》，滑稽戏《顾家姆妈》等。剧作中的人物虽都普通平凡，但他们有血有肉，有情感，有爱恨，有梦想，也有内心的冲突和挣扎，他们的喜乐与悲愁、赤诚与复杂、光彩与斑驳，皆成为中国经典戏剧人物画廊的一道独特风景。值得一提的是，港澳台地区在中国版图上不可分割，在《典藏》中也不可缺席，编委会特别选取了《南海十三郎》《男儿当自强》《金锁记》三个作品汇集其中，方得完整。

三、集中体现了中国共产党领导中华民族走向伟大复兴的百年奋斗历程，谱写了一部奋进崛起的民族心灵史

中国共产党人的初心和使命，就是为中国人民谋幸福，为中华民族谋复兴。奋斗百年，中华民族从站起来、富起来到强起来，在曲折中不断前进、在苦难中铸就辉煌，百年风华、世事变迁，都化作撞击心灵的舞台形象、感人至深的戏剧讲述、荡涤心灵的精神洗礼，在一方小小的戏剧舞台上得以尽情展现。

从《放下你的鞭子》的愤怒呐喊，到《逼上梁山》的悲愤决绝；从《血泪仇》的控诉揭露，到《白毛女》的反抗新生，这些20世纪三四十年代的重要作品深刻展现了在中国共产党的领导下，苦难深重的中国人民从觉醒、反抗到获得解放的艰辛历程。

解放以后，刘巧儿、梁秋燕、李二嫂们都获得了新生，妇女解放、婚姻自主，她们沐浴在新社会的阳光下大胆追求幸福生活。银环们也在农村生活中得到教育，体会到了劳动的价值。《刘巧儿》《梁秋燕》《李二嫂改嫁》《朝阳沟》等上世纪五六十年代创作而风靡一时的优秀剧目记录了当时人民群众充满热情开创火热新生活的生动场景。

改革开放后，《于无声处》似一声惊雷炸响，惊醒了经过"十年浩劫"后的国人，表达了人民群众正义的呼声；《商鞅》传递了为突破陈腐的守旧势力而不屈不挠的改革斗争精神；《地质师》反映了一代知识分子献身石油事业的崇高境界；《红旗渠》则体现了"自力更生、艰苦创业、团结协作、无私奉献"的红旗渠精神。这些优秀剧目都是一代国人艰苦奋斗、改革创新的生动写照。

党的十八大以来，以习近平同志为核心的党中央挺立时代潮头，带领全国各族人民向着实现中华民族伟大复兴的光辉彼岸奋勇前进，戏剧界也责无旁贷，不断记录时代印记、反映人民心声。《陈奂生的

吃饭问题》讲述了中国农民在时代变迁的过程中，为土地、为生存、为吃饭问题一路走来的心路历程，展现了改革开放四十年波澜壮阔的历史进程；《李保国》则塑造了奋战在扶贫攻坚和科技创新第一线的优秀共产党员李保国的感人形象，是千千万万为消除绝对贫困、全面建成小康社会付出艰辛乃至生命的扶贫干部的缩影；《眷江城》立足抗疫一线真实故事，展现伟大的抗疫精神，向参与抗疫的万千民众深情致敬……回首百年，栉风沐雨、砥砺前行，中国共产党不断提醒自身要不忘初心、牢记使命，《典藏》也将十卷本归结于以中国共产党成立这一开天辟地大事件为题材的优秀剧作《红船》，以弘扬红船精神、继续前进。

戏剧往往能生动反映一个时代的社会生活，展示一个民族的精神面貌，戏剧艺术的魅力是其他艺术形式无法代替的。建党百年，百部优秀剧作记录了中国共产党及中国人民的百年心路历程，是时代的浓缩与写照。红船动，旌旗奋，是人寰，百年倏忽而去，弹指一挥间。在纪念建党百年的光辉时刻，在中国共产党的领导下，我们更要及时总结汲取百年来的宝贵经验，以守正创新的精神采取积极务实的态度，以民族历史传统的优良基因培育戏剧艺术，以新时代中国人民的恢宏实践滋养戏剧艺术，以各国人民创造的有益养料浇灌戏剧艺术，大力营造有利于戏剧艺术繁荣的土壤和条件，努力以更多的精品力作谱写时代发展与人民奋斗的新篇章，丰富人类共同的精神园地，从而满怀信心、意气风发地走向下一个百年！

总 目 录

第一卷

第二卷

第三卷

第四卷

第五卷

第六卷

第七卷

第八卷

第九卷

第十卷

目　录

· 街头剧 ·

放下你的鞭子

陈鲤庭

时　间　下午5点以后。

地　点　郊外广场或舞台。

人　物　卖艺汉——五十多岁。

　　　　香　姐——二十岁左右。

　　　　青年工人——二十岁，简称"青工"。

　　　　小伙计——十四岁左右。

　　　　观众甲、乙，其他观众。

〔开幕时锣鼓声震天，卖艺汉在中间敲锣，小伙计敲鼓，香姐站在一边。一会儿锣鼓声停。

卖艺汉　（说江湖白，说完一句，敲一下锣鼓）

　　　　　　小小刀儿转圆圆，

　　　　　　五湖四海皆朋友，

　　　　　　南边收了南边去，

　　　　　　北边收了北边游，

　　　　　　黄河两岸度春秋，

　　　　　　不是咱家夸海口，

　　　　　　赛过乡间两条牛。

　　　　　　光说不练——

小伙计　（应）嘴把戏。

卖艺汉　光练不说，

小伙计　（应）傻把戏。

卖艺汉　说着练着，

小伙计　（应）真把戏。

卖艺汉　伙计打家伙。

　　　　〔锣鼓声一片。

卖艺汉 开了场子，就叫我这姑娘来唱支小调吧，我的姑娘是我去年从苏州买来的，长得标致，穿得漂亮，手能耍十八套武艺，嘴能唱南腔北调，现在先叫她来唱一支吧！（高声地）香姑娘！

香　姐 （应）嗳。

卖艺汉 过来过来，来唱一支小调儿让帮场子的老爷先生们开开心腔儿，嗯——唱个什么呢？嗯——唱支新派的小调《毛毛雨》吧，我来拉琴。

〔香姐唱完一曲，观众叫好声不绝。

卖艺汉 不算好，不算好，好的还在后面哪。我的姑娘聪明伶俐，自从带她到过上海以后，她马上把这些新派的小调什么《毛毛雨》呀、《妹妹我爱你》呀，都学得顶呱呱的了。不过话又得说回来了，如今正是国难当头，还尽唱这些个怪肉麻的老调儿真有些不对劲儿。现在咱们中华民国给东洋小子欺侮得可怜，老百姓又逼得连一句气话都不敢讲，咱们虽然是走江湖的，可总也有一点儿爱国的心眼儿，除非他奶奶的小舅子昧了天良去当汉奸。所以我就把亲眼看见的事情编支小调来唱，叫做九一八小调，听得懂，容易学，希望老爷先生小哥儿小娘儿们，把这些小调儿放在嘴边上，没事就拿出来唱唱，也算咱们把东洋鬼子欺侮我们的种种事记在心头上的。好了，闲话少说，唱起来吧！

〔卖艺汉拉完过门，香姐不接着唱，故作不理状。

卖艺汉 唱呀！怎么？忘了吗？好，从头来，从头来。

〔卖艺汉再拉完过门，香姐仍不唱。

卖艺汉 唱呀，干吗不唱？

〔香姐转过头去，卖艺汉如有领悟。

卖艺汉 （向观众）哦，我知道了。这丫头俏皮得很，又想买点花呀、小手巾儿呀，打扮打扮，嗯，还请老爷先生们先赏几个子儿吧。

〔观众掷钱。

卖艺汉 谢谢。（作揖）

〔小伙计帮忙拾钱，作揖。

卖艺汉 谢谢东边先生们来十个子儿吧。（看东边观众掷钱）还有三个，三个。（过东边观众掷钱）西边的先生也来十个子儿吧。（看西边观众掷钱）还有四个，二个，一个。多谢多谢。（向香姐）香姑娘呀，瞧，老爷先生们多够捧你的场了呀，钱不少啦，唱吧！

（拉九一八小调）

香　姐　（唱）高粱叶子青又青，九月十八来了东洋兵……（唱完二段，唱第三段高音时忽然咳嗽）

〔观众骚动。

观众甲　嗓子不够，怎么没唱完就停了？

观众乙　走吧，骗钱的玩意儿，没有什么好看。

〔观众纷纷欲走。

卖艺汉　诸位，别走！别走！看得好，多舍几个子儿；看得不好，老腿站稳，有钱的帮钱场，没钱的帮人场，古话说得好：在家靠父母，出门靠朋友，大家都得帮点儿忙呀！这丫头唱得不好，是的，唱得不好，咱们就让她来个别的玩意儿吧，包管诸位先生满意。（装着滑稽的样子向香姐）香姑娘呀！刚才唱得好好的，怎么断了气呢？

香　姐　（少顷，故作媚态）瞎说，人断了气还能做玩意儿吗？提不起劲儿来呀！

卖艺汉　（向观众）诸位听见吗？我大姑娘说：（学腔）"提不起劲儿来呀！"哈哈哈哈，这算什么话？怕老爷先生们不赏钱吗？唉，姑娘，咱们要吃饭，老爷先生们要看戏，做得不好，挣不到钱，来，现在也别唱啦，来几个鸭子翻身的把戏，向老爷先生们讨一个情。

〔卖艺汉在一边打锣，香姐勉强支起身体，一转身，倒在地上。

卖艺汉　（暴躁，持鞭子走向香姐，抽一下）来呀！

〔香姐不出声，卖艺汉连续用鞭子抽打。观众愤愤不平。

观众甲　他妈的，手段真辣！

青　工　岂有此理！

卖艺汉　（少顿，睁视）来呀！（又一鞭）

青　工　鞭子放下来！（挺身欲前，为左右两人所阻）

　卖艺汉　请你少管闲事。（怒）

青　工　我偏要管！（一跃上台）快放下！

卖艺汉　是我的姑娘，用不着谁来管。

青　工　我们都是一样穷苦的人，用不着谁来欺侮谁。

卖艺汉　在这个世界上，谁能养活她，谁就有权使用她。朋友，你年纪轻
　　　　轻，还不懂得这个道理哩！

青　工　这是你拿鞭子打人的道理吗？在这世界上不应该有这种人吃人的
　　　　道理！

卖艺汉　什么？"不应该""人吃人"，我可顾不到这许多。（又举起鞭子
　　　　欲打）

青　工　放下你的鞭子！

卖艺汉　办不到。

观众们　（乱叫）打呀，打这不讲理的老头子！

青　工　我偏要你办到。

　　　　〔两人扭在一起，打了起来，鞭子掉在地上，青工叉住卖艺汉的
　　　　喉，把他推倒在木箱上。观众叫好。

青　工　你说，你还敢用鞭子打人吗？

观众甲　叫他说，再敢用鞭子打他的姑娘吗？

　　　　〔卖艺汉不应，直瞪着两眼发痴。惊泣着的香姐走近青工。

香　姐　好先生，请你放了他吧！

青　工　这畜生，我非教训他一顿不可。

香　姐　请放了他吧！这不是他的错。

青　工　不是他的错？这样狠毒地用鞭子打你！

香　姐　（悲伤）是的。

青　工　他把你当畜生看待，你还替他说好话。

香　姐　不是说好话。

青　工　（放开手）这怎么讲？姑娘，我说，究竟是怎么一回事呢！可以
　　　　让我们探听一个仔细吗？（少顿）他为了挣钱，把你买了来。

香　姐　不，他是我的爸爸。

青　工　是你的爸爸？怪了，世界上哪有这样狠毒的爸爸，用鞭子打他的
　　　　女儿。

香　姐　这是我可以原谅他的。

青　工　你可以原谅？为什么？

香　姐　他也是没有法子呀！肚子逼着他这样干的。

青　工　肚子逼着他这样干的？

香　姐　是的，咱们有两整天没有吃一个饱啦。

青　工　为着肚子饿，就鞭打自己的女儿，这不是人干的。

香　姐　先生呀！没有挨过饿的人，是任怎么样也不会懂得挨饿是怎样一
　　　　回事的。你知道，饿得慌的当儿，那种疯也似的心情哪！

青　工　唔。

香　姐　我小时候，简直不懂得有饥饿这回事。那时候我多么爱那些
　　　　小猫儿呀、小白兔呀！有一次隔壁的王麻子错把我养的那只
　　　　小白兔儿打死了，我就哭了一整天，人家都说我这小姑娘的
　　　　心眼儿好！

观众甲　这小姑娘的心眼儿，可真不错！

香　姐　可是这一年来，在我饿得慌的当儿，我一见人家养着的小猫小白
　　　　兔，我就恨不得生吞活剥地吃了下去。

观众乙　这可了不得，你从前那种好心肠呢？

香　姐　没有饭吃的时候，还顾到什么好心肠呢？这种心境，没有挨过饿
　　　　的人是不会懂的……先生，这种生活我们已经过了六年了。

青　工　没有饭吃，真是可怕。可是谁叫你们弄到这般田地呢？

香　姐　谁？谁叫我们弄到这……这般田地？

青　工　是呀！谁叫你们弄到这般田地的哩？

香　姐　东洋鬼子呀，可恨的东洋鬼子，夺了我们的家乡，抢去了我们靠
　　　　着活命的田地。最可怕的，我的妈也被他们杀死了。（掩面哭）

青　工　那么你们是什么地方人？你们是从关外逃来的吗？

香　姐　是的，我们的家就在沈阳。先生，你们不记得"九一八"吗？
　　　　（回忆）噢，说起来已经六年了！就是六年前的今天，日本兵
　　　　开到沈阳，那儿十几万的中国兵说是受了什么不准抵抗的命
　　　　令，都撤退了，于是就留着我们成千上万的老百姓，在那儿
　　　　受苦。

青　工　（气愤地）他妈的！（转过气来）后来你们怎么样呢？

　香　姐　后来我们每家还捐了三块钱，他们说送点钱给东洋人，他们

就不会来糟蹋我们了。其实你就连全部家产交给他们，还是要你的命。我们觉得日子实在过不下去了，父女两人就逃到乡下去。可是后来，他们连乡下也住满了大兵，把乡下人欺侮得简直不能过日子，于是就逃的逃，不愿意逃走的，就大家合伙儿干了义勇军。这样一来，乡下可更没有太平日子过了，我们也想着，这样子活下去，有什么意思呢？我们也投了义勇军和这些鬼子拼了吧；可是我们俩老的太老，小的太小，怎么中用呢？

青　工　你们就这样逃到南边来，靠着玩把戏过日子吗？

香　姐　不，那时候我们哪儿有钱到上海来呢？我们想也许躲一躲，等那些鬼子兵走了，我们可以回去过日子的，谁知道我们逃到关里，他们也跟到关里，我们空着两只手，又没有亲戚朋友，叫我们到哪里去找饭吃？幸亏咱们家乡唱小曲子玩把戏是谁也懂得一点儿的，父女两人就到处流浪卖艺过活，可是在这年头儿，闲着看把戏的人也少，加之我又不内行，拼着命也挣不到一个饱，这样漂流了六年，也就没法使起劲儿来讨观众们的欢心了。可怜的爸爸，为了饥饿所迫时常暴躁使气。可是在从前，他是我慈爱的爸爸呀！我一点怨恨他的心也没有，因为我懂得挨饿是怎么一回事，我感到他的痛苦比鞭子打在我的身上更多。

青　工　真是，听了你的话也觉得很伤心。（后悔鲁莽）这样说，我是错打了人。

卖艺汉　(破声而发狂似的打自己的头)你没有错，你打得对。

青　工　打得对？

卖艺汉　你打得对，我不应该打一个可怜的女孩子，而且她还是我自己的女儿呢！是的，不提起来，我几乎忘了，我曾经是她的亲爸爸；我曾经爱她当做宝贝似的。唉，真要命，我疯啦，怎么的，怎么，我怎么会下这样的毒手鞭打我自己的女儿呢？我疯啦，是我亲手抚养长大的，也跟我一样受苦的女儿！怎么，怎么我刚才一点也没有想到呢？好，你打得好，我实在不是人，我现在才感受到伤心悔恨了。（双手掩面而哭）

香　姐　爸爸。

卖艺汉　香姐呀！我的好女儿！

香　姐　别伤心了，爸爸！

卖艺汉　你能原谅我吗？

香　姐　我原谅你的，爸爸是没有办法，为了要吃饭。

卖艺汉　是的，为了要吃饭。咱们饿了两天啦！我对不起你，我不能像个父亲的样子照顾你，抚养你！可怜的女儿呀！

香　姐　爸爸也是可怜的。

卖艺汉　你瞧，像咱们地主张三爷，他们家里有的是钱，什么大小姐、二小姐，还有他妈的三小姐，从小就穿得好吃得好，娇生惯养，长大了起来，又送到上海什么洋学堂里去念书。其实念什么书！天天弹洋琴，唱洋歌，什么116375（简谱）啦，还要跳洋把戏，嘻嘻哈哈的！我想我假使能够替我的独生女儿香姐积点钱，也会让她像小姐们一样地快乐享福的。

香　姐　我不会忘了爸爸对我的好意。

卖艺汉　是的，我曾经想积一点钱，使我们的生活过得好一点，要我的女儿也像小姐们一样地去念书快活；可是这帮可恨的东洋兵弄得我们家破人亡，性命都几乎保不住了。

香　姐　爸爸的苦处我是知道的。

卖艺汉　（痛苦地）最可怜的是你的妈，她活着没有过一天好日子，连死也死得那么可怜……

香　姐　（哭泣着）爸爸，爸爸。

卖艺汉　而且我现在还发了疯，把你当做畜生，打你骂你，想从你的身上榨出咱们的饭来！天哪，怎么的，谁使我疯的呢？

香　姐　爸爸，这是因为我们没有了家乡，没有饭吃呀！饿着肚子不单是摧残了我们的身体，连我们的心也都染黑了。

卖艺汉　好女儿，你说得对，没有家乡，没有饭吃，才使我疯的，咱们两个都是可怜的。（深思）咱们要做人，要像人的样子活下去，可是谁给我们饭呀？有家不能回去，没有田耕，没有工做，像野狗似的，叫我们怎么做人呢？

青　工　那你去怨恨谁呢？

卖艺汉　人家都说我的命不好。我的命不好？也许是的。

青　工　命，不要相信什么命！谁给你这个命的！

卖艺汉　天哪！

青　工　天，你现在还在怨恨天吗？天是空的。你刚才不是说过的吗，把你们从家乡赶了出来，弄得你们有田不能去种的是谁？使你们家破人亡、挨冷受饿的是谁？这都是人干出来的。

观众甲　对呀，阿根说得对。

青　工　我告诉你们，使你们挨冷受苦、无家可归的是日本帝国主义，是不抵抗的卖国汉奸！

观众们　不错，打倒日本帝国主义！打倒卖国汉奸！

卖艺汉　先生的话固然不错，可是叫我们怎么办呢！

青　工　怎么办呢？是的，咱们穷人一碰到什么意外，就像你们一样不知道怎么办了。穷朋友，咱们"不打不相识"，现在既然在这儿碰头了，咱们就得一伙儿去，向压迫我们、剥削我们的人算账去——这才有我们的生路！

卖艺汉　孩子，记着，要打倒那些吃人的东西，才有生路。

香　姐　是的，我们要像人的样子活下去！

卖艺汉
香　姐　可是叫我们拿什么去打倒他们呢？

青　工　你要打倒他们，（拾起鞭子）你应该用你这个武器。我们是有我们的武器的。就是空着两只手，拳头也是我们的武器呀！

卖艺汉　这有什么用，人家有的是飞机大炮呀！

青　工　只要大家齐心，团结起来，这力量比什么都大。

观众们　对呀！大家联合起来，一齐去打倒我们的仇人！

青　工　你看，这都是我们的伙伴儿，等一等，我们请你们上馆子里去吃点心，我们还有很多话要对你们讲哩！（对观众）现在我们大家先来帮帮这个朋友的忙。

　　　　〔青工自己先摸一把铜子儿丢在铜锣里，观众也丢钱。

卖艺汉　慢着，慢着，今天小子承你们先生的好意，打得我清醒了过来，告诉我团结大众的力量去找我们的生路，小子真是感激不尽哩！还要再花你们的钱吗？笑话，笑话。好吧，今天我真痛快极了，我们大家来乐一乐吧！凭我这几根老骨头，玩儿套玩意儿向各位献献丑，算是报答诸位老大哥的好意！（向小伙计）伙计，打家伙！

〔锣鼓声中闭幕。

——剧　终

　　《放下你的鞭子》创作于1931年"九一八"事变爆发后，最初剧本是田汉于1928年12月根据歌德小说《威廉·迈斯特》中眉娘的故事创作的独幕剧《迷娘》（剧本未留存）。后经陈鲤庭等人整理，1931年10月10日在上海首演后，迅速传遍大江南北，金山与王莹、王为一与朱铭仙、崔嵬与陈波儿、凌子风与叶子、崔嵬与张瑞芳、赵丹与辛曼萍、洪深与常青真等组成搭档到各地演出，仅王莹的演出就达两千多场。抗日战争时期此剧在城市街头或农村地区频繁上演，还曾走出国门，享誉海外。

作者简介

陈鲤庭　（1910—2013），曾用名陈思白，笔名麒麟、C.C.T等，男，出生于上海，戏剧理论家，话剧、电影导演。历任中国文学艺术界联合会委员，中国戏剧家协会理事，全国政协第三、四届委员。导演了爱尔兰作家格雷高利夫人的剧本《月亮上升》，翻译、改编舞台剧《三江好》，创作短剧《放下你的鞭子》。

·话剧·

原 野

曹禺

人 物　仇　虎—— 一个逃犯。

　　　　白傻子——小名狗蛋，在原野里牧羊的白痴。

　　　　焦大星——焦阎王的儿子。

　　　　焦花氏——焦大星新娶的媳妇。

　　　　焦　母——焦大星的母亲，一个瞎子。

　　　　常　五——焦家的客人。

　　　　（第三幕登场人物另见该幕人物表）

时　间　秋天。

　　　　序　幕　原野铁道旁。

　　　　　　　　——立秋后一天傍晚。

　　　　第一幕　焦阎王家正屋。

　　　　　　　　——序幕十日后，下午6时。

　　　　第二幕　景同第一幕。

　　　　　　　　——同日，夜9时。

　　　　　　　　——同日，夜11时。

　　　　第三幕　（时间紧接第二幕）

　　　　第一景　黑林子，岔路口。

　　　　　　　　——夜1时后。

　　　　第二景　黑林子，林内洼地。

　　　　　　　　——夜2时后。

　　　　第三景　黑林子，林内水塘边。

　　　　　　　　——夜3时后。

　　　　第四景　黑林子，林内小破庙旁。

　　　　　　　　——夜4时后。

　　　　第五景　景同序幕，原野铁道旁。

　　　　　　　　——破晓，6时后。

序 幕

〔秋天的傍晚。

　　大地是沉郁的，生命藏在里面。泥土散着香，禾根在土里暗暗滋长。巨树在黄昏里伸出乱发似的枝丫，秋蝉在上面有声无力地振动着翅翼。巨树有庞大的躯干，爬满年老而龟裂的木纹，矗立在莽莽苍苍的原野中，它象征着严肃、险恶、反抗与幽郁，仿佛是那被禁锢的普饶密休士，羁绊在石岩上。它背后有一片野塘，淤积油绿的雨水，偶尔塘畔籁落籁落地跳来几只青蛙，相率扑通跳进水去，冒了几个气泡；一会儿，寂静的暮色里不知从什么地方传来一阵断续的蛙声，也很寂寞的样子。巨树前，横着垫高了的路基，铺着由辽远不知名的地方引来的两根铁轨。铁轨铸得像乌金，黑黑的两条，在暮霭里闪着亮，一声不响，直伸到天际。它们带来人们的痛苦、快乐和希望。有时巨龙似的列车，喧赫地叫嚣了一阵，喷着火星乱窜的黑烟，风掣电驰地飞驶过来。但立刻又被送走了，还带走了人们的笑和眼泪。陪伴着这对铁轨的有道旁的电线杆，一根接连一根，当野风吹来时，白瓷箍上的黑线不断激出微弱的呜呜的声浪。铁轨基道斜成坡，前面有墓碑似的哩石，有守路人的破旧的"看守阁"，有一些野草，并且堆着些生锈的铁轨和枕木。

　　在天上，怪相的黑云密匝匝遮满了天，化成各色狰狞可怖的形状，层层低压着地面。远处天际外逐渐裂成一张血湖似的破口，张着嘴，泼出幽暗的赭红，像噩梦，在乱峰怪石的黑云层堆点染成万千诡异艳怪的色彩。

　　地面依然昏暗暗，渐渐升起一层灰雾，是秋幕的原野，远远望见一所孤独的老屋，里面点上了红红的灯火。

　　大地是沉郁的。

〔开幕时，仇虎一手叉腰，背倚巨树望着天际的颜色，喘着气，一哼也不哼。青蛙忽而在塘边叫起来。他拾起一块石头向野塘掷去，很清脆地落在水里，立时蛙也吓得不响。他安了心，蹲下去坐，然而树上的"知了"又聒噪地闹起，他仰起头，厌恶地望了望，立起身，正要又取一个石块朝上——遥远一声汽笛，他回转头，听见远处火车疾驰过去，愈行愈远，夹连几声隐微的汽笛。他扔下石块，嘘出一口气，把宽大无比的皮带紧了紧，一只脚在那满沾污泥的黑腿上擦弄，脚踝上的铁镣恫吓地响起来。他陡然又记起脚上的累赘，举起身旁一块大石在铁镣上用力擂击。巨石的重量不断地落在手上，捣了腿骨，血股股的，他蹙着黑眉，牙根咬紧，一次一次捶击，喘着，低低地咒着。前额上渗出汗珠，流血的手擦过去。他狂喊一声，把巨石掷进塘里，喉咙哽咽像塞住铅块，失望的黑脸仰朝天，两只粗大的手掌死命乱绞，想挣断足踝上的桎梏。

〔远处仿佛有羊群奔踏过来，一个人"哦哦"地吆喝，赶它们回栏。羊们乱窜，哀伤地"咩咩"着，冲破四周的寂静。他怔住了，头朝那声音的来向转，惊愕地谛听。他蓦然跳起来，整个转过身来，面向观众，屏住气息瞩望。这是一种奇异的感觉，人会惊怪造物者怎么会想出这样一个丑陋的人形：头发像乱麻，硕大无比的怪脸，眉毛垂下来，眼烧着仇恨的火，右腿打成病跛，背凸起仿佛藏着一个小包袱；筋肉暴突，腿是两根铁柱。身上一件密结纽袢的蓝布褂，被有刺的铁丝戳些个窟窿，破烂处露出毛茸茸的前胸。下面围着"腰里硬"——一种既宽且大的黑皮带，前面有一块瓦大的铜带扣，贼亮贼亮的。他眼里闪出凶狠、狡恶、机诈与嫉恨，是个刚从地狱里逃出来的人。

〔他提起脚跟眺望，人显明地向身边来。"哦！哦！"吆喝着，"咩！咩！"羊们拥挤着，人真走近了，他由轨道跳到野塘坡下藏起。

〔不知为什么传来一种不可解的声音，念得很兴高采烈的！"喊嚓咔嚓，喊嚓咔嚓，喊嚓咔嚓，喊嚓咔嚓，突突突突，突突突突，突突突突，突突突突……"一句比一句有气力，随着似乎顿足似乎又在疾跑的音响。

〔于是白傻子涨得脸通红，挎着一筐树枝，右肩背着斧头，由轨道上跳跳蹦蹦地跑来。他约莫有二十岁，胖胖的圆脸，哈巴狗的扁鼻子，一对老鼠眼睛眨个不停，头发长得很低，几乎和他那一字眉连接一片，笑起来眼睛成一道缝。一张大嘴整天呵呵地咧着，如若见着好吃好看的东西，下颌便不自主地垂下来，时而还流出涎水。他是个白痴，无父无母，寄在一个远亲的篱下，为人看羊，砍柴，做些零碎的事情。

白傻子 （兴奋地跑进来，自己就像一列疾行的火车）喊嚓咔嚓，喊嚓咔嚓……（忽而机车喷黑烟）突突突突，突突突突，突突突突……（忽而翻转过来倒退，两只臂膊像一双翅膀，随着嘴里的"突突"，一扇一扇地——哦，火车在打倒轮，拼命地向后退，口里更热闹地发出各色声响，这次"火车头"开足了马力。然而，不小心，一根枕木拦住了脚，扑通一声，"火车头"忽然摔倒在轨道上，好痛！他咧着嘴似哭非哭，树枝撒了一道，斧头溜到基道下，他手捅在眼上，大嘴里哇哇地嚎一两声，但是，摸摸屁股，四面望了一下，没人问，也没人疼，并没人看见。他回头望望自己背后，把痛处揉两次，立起来，仿佛是哄小孩子，吹一口仙气，轻轻把自己的屁股打一下，"好了，不痛了，去吧！"他唏唏地似乎得到安慰。于是又——）喊嚓咔嚓，喊嚓咔嚓……（不，索性放下筐子，两只胳膊是飞轮，眉飞色舞，下了基道的土坡，在通行大车的土道上奔过来，绕过去，自由得如一条龙）喊嚓咔嚓，突突突突，突突突突，突突突突……（更兴奋了，他噘圆了嘴，学着机车的汽笛）呜——呜——呜。喊嚓咔嚓，突突突突。呜——呜——呜——（冷不防，他翻了一个跟头）呜——呜——呜——（看！又翻了一个）呜——呜——呜——喊嚓咔嚓，突突突突，呜——呜——呜——（只吹了一半，远遥遥传来一声低而隐微的机车笛，他忽而怔住，出了神。他跑上基道，横趴在枕木上，一只耳紧贴着铁轨，闭上眼，仿佛谛听着仙乐，脸上堆满了天真的喜悦）呵呵呵！（不自主地傻笑起来）

〔从基道后面立起来仇虎，他始而惊怪，继而不以为意地走到白傻子的身旁。

仇　虎 喂！（轻轻踢着白傻子的头）喂！你干什么？

白傻子 （谛听从铁轨传来的远方列车疾行的声音，合目揣摩，很幸福的样子，手拍着轮转的速律，低微地）喊嚓咔嚓，喊嚓咔嚓……（望也没有望，只不满意地伸出臂膊晃一晃）你……你不用管。

仇　虎　（踹踹白傻子的屁股）喂，你听什么？

白傻子　（不耐烦）别闹！（用手摆了摆）别闹！你听，火车头！（指轨道）在里面！火车！喊嚓咔嚓，喊嚓咔嚓，喊嚓咔嚓……（不由更满足起来，耳朵抬起来，仰着头，似乎在回味）突突突突，突突突突！（快乐得忘了一切，向远处望去，一个人喃喃地）嗯——火车越走越远！越走越远！突突突突，突突突突……（又把耳朵贴近铁轨）

仇　虎　起来！（见白傻子不听，又用脚踢他）起来！（见白傻子仍不听，厉声地）滚起来！（一脚把白傻子踢下土坡，自己几乎被铁镣绊个跟头）

白傻子　（在坡下，恍恍惚惚拾起斧头，一手抚摸踢痛了的屁股，不知所云地呆望着仇虎）你……你……你踢了我。

仇　虎　（狞笑，点点头）嗯，我踢你！（一只脚又抬到小腿上擦痒，铁镣沉重地响着）你要怎么样？

白傻子　（看不清楚那端人的怪物，退了一步）我……我不怎么样。

仇　虎　（狠恶地）你看得见我么？

白傻子　（疑惧地）看……看不清。

仇　虎　（走出巨树的暗荫，面向天际）你看！（指自己）你看清了么？

白傻子　（惊骇地注视着仇虎，死命地）啊！妈！（拖着斧头就跑）

仇　虎　（霹雷一般）站住！

　　　　〔白傻子瘫在那里，口里流着涎水，眼更眨个不住。

仇　虎　（恶狠地）妈的，你跑什么？

白傻子　（解释）我……我没有跑！

仇　虎　（指自己，愤恨地）你看我像个什么？

白傻子　（盯着仇虎，怯弱地）像……嗯……像——（抓抓头发）反正——（想想，摇摇头）反正不像人。

仇　虎　（牙缝里喷出来）不像人？（迅雷似的）不像人？

白傻子　（吓住）不，你像，你像，像，像。

仇　虎　（狞笑起来，忽然很柔和地）我难看不难看？你看我丑不丑？

白傻子　（不知从哪里来了这么一点聪明，睁大眼睛）你……你不难看，不丑。

〔然而——

仇　虎　（暴躁地）谁说我不丑！谁说我不丑！

白傻子　（莫名其妙）嗯，你丑！你——丑得像鬼。

仇　虎　那么，（向白傻子走去，脚下铛锒作响）鬼在喊你，丑鬼在喊你。

白傻子　（颤抖）你别来！我……我自己过去。

仇　虎　来吧！

白傻子　（疑惧，拖着不愿动的脚步）你……你从哪儿来的？

仇　虎　（指远方）天边！

白傻子　（指着轨道）天边？从天边？你也坐火车？（慢慢地）喊嚓咔嚓，突突突突？（向后退，一面回头，模仿火车打倒轮）

仇　虎　（明白，狞笑）嗯，喊嚓咔嚓，喊嚓咔嚓！（也以手做势，开起火车，向白傻子走近）突突突突，突突突突。（进得快，退得慢，火车碰上火车，蓦地抓着白傻子的手腕，一把拉过来）你过来吧！

白傻子　（痛楚地喊了一声，用力想挣出自己，乱嚷）哦！妈，我不跟你走，我不跟走！

仇　虎　（斜眼盯着白傻子）好，你会"喊嚓咔嚓"，你看，我跟你来个——
　　　　〔仇虎照着白傻子胸口一拳，白傻子啊地叫了一声。

仇　虎　（慢悠悠地）突——突——突——突！（凶恶地）把斧头拿给我！

白傻子　（怯弱地）这……这不是我的。（却不自主地把斧头递过去）

仇　虎　（抢过斧头）拿过来！

白傻子　（解释）我……我……（翻着白眼）我没有说不给你。

仇　虎　（一手拿着斧头，指着脚镣）看见了么？

白傻子　（伸首，大点头）嗯，看见。

仇　虎　你知道这是什么？

白傻子　（看了看，抹去唇上的鼻涕，摇着头）不，不知道。

仇　虎　（指着铁镣）这是镯子——金镯子！

白傻子　（随着念）镯子——金镯子！

仇　虎　对了！（指着脚）你给我把这副金镯敲下来。（又把斧头交还白傻子）敲下来，我要把它赏给你戴！

白傻子　给我戴？这个？(摇头) 我不，我不要！

仇　虎　(又把斧头抢到手，举起来) 你要不要？

白傻子　(眨眨眼) 我……我……我要……我要！

〔仇虎蹲在轨道上，白傻子倚立土坡，仇虎正想坐下，伸出他的腿。

仇　虎　(猜疑) 等等！你要告诉旁人这副金镯子是我的，我就拿这斧头劈死你。

白傻子　(不明白，但是——) 嗯，嗯，好的，好的。(又收下自己的斧头)

仇　虎　(坐在轨道上，双手撑在背后的枕木上，支好半身的体重，伸开了腿，望着白傻子) 你敲吧！

白傻子　(向铁镙上重重打了一下，只一下，停住了，想一想) 可……可是这斧头也……也不是你的。

仇　虎　(不耐烦) 知道，知道！

白傻子　(有了理) 那你不能拿这斧子劈死我。(跟着站起来)

仇　虎　(跳起，抢过白傻子的斧头，抢起来) 妈的，这傻王八蛋，你给我弄不弄？

〔野地里羊群又在哀哀地呼唤。

白傻子　(惧怯) 我……我没有说不给你弄。

〔白傻子又接过斧头，仇虎坐下来，白傻子蹲在旁边，开始一下两下向下敲。

〔野塘里的青蛙清脆地叫了几声。

白傻子　(忽然很怪异地看着仇虎) 你怎么知道我……我的外号？

仇　虎　怎么？

白傻子　这儿的人要我干活的时候，才叫我白傻子。做完了活，总叫我傻王八蛋。(很亲切地又似乎很得意地笑起来) 嘻！嘻！嘻！(在背上抓抓痒又敲下去)

仇　虎　〔想不到，真认不出是白傻子) 什么，你——你叫白傻子。

白傻子　嗯，(结结巴巴地) 他们都不爱理我，都叫我傻王八蛋，可有时也……也叫我狗……狗蛋。你看，这两个名字哪一个好？(得不着回答，一个人叨叨) 嗯，两个都叫，倒……倒也不错，可我想还是狗……狗蛋好，我妈活着就老叫我狗蛋。她说，你看，这孩子长得狗……狗头狗脑的，就叫他狗……狗蛋吧，长……长得大。你看，我……我小名原来叫……叫……（很得意地拍了自己的屁股一下）叫狗蛋！嘻！嘻！嘻！（笑起来，又抹一下子鼻涕）

仇　虎　（一直看着白傻子）狗蛋，你叫狗蛋！

白傻子　嗯，狗蛋，你……你没猜着吧！（得意地又在背上抓抓）

仇　虎　（忽然）你还认识我不认识我？

白傻子　（望了一会儿，摇头）不，不认识。（放下斧头）你……你认识我？

仇　虎　（等了一刻，冷冷地）不，不认识。（忽然急躁地）快，快点敲，少说废话，使劲！

白傻子　天快黑了！我看不大清你的镯子。

仇　虎　妈的，这傻王八蛋。你把斧头给我，你给我滚。

白傻子　（站起）给你？（高举起斧头）不，不成。这斧头不是我的。这斧头是焦……焦大妈的。

仇　虎　你说什么？（也站起）

白傻子　（张口结舌）焦……焦大妈！她说，送……送晚了点，都要宰……宰了我。（摸摸自己的颈脖，想起了焦大妈，有了胆子，指着仇虎的脸）你……你要是把她的斧头抢……抢走，她也宰……宰了你！（索性吓仇虎一下，仿佛快刀从头颈上斩过，用手在自己的颈上一摸）嚓——嚓——嚓！就这样，你怕不怕？

仇　虎　哦，是那个瞎老婆子？

白傻子　（更着重地）就……就是那个瞎老婆子，又狠又毒，厉害着的呢！

仇　虎　她还没有死？

白傻子　（奇怪）没有。你见……过她？

仇　虎　（沉吟）见过。（忽然抓着白傻子的胳膊）那焦老头子呢？

白傻子　（瞪瞪眼）焦老头子？

仇　虎　就是她丈夫，那叫阎王、阎王的。

白傻子　（恍然）哦，你说阎王啊，焦阎王啊，（不在意地）阎王早进……进了棺材了。

仇　虎　（惊愕得说不出话来）什——么？（立起）

白傻子　他死了，埋了，入了土了。

仇　虎　（狠恶地）什么？阎王进了棺材？

白傻子　（不在心）前两年死的。

仇　虎　（阴郁地）死了！阎王也有一天进了棺材了。

白傻子　嗯，（不知从哪里听来的）光屁股来的光屁股走，早晚都得入土。

仇　虎　（失望）那么，我是白来了，白来了。

白傻子　（奇怪）你……你找阎王干……干什么？

仇　虎　（忽然回转头，愤怒地）可他——他怎么会死？他怎么会没有等我回来才死！他为什么不等我回来！（顿足，铁镣相撞，疯狂地乱响）不等我！（咬紧牙）不等我！抢了我们的地！害了我们的家！烧了我们的房子，你诬告我们是土匪，你送了我进衙门，你叫人打瘸了我的腿。为了你我在狱里整整熬了八年。你藏在这个地方，成年地想法害我们，等到我来了，你伸伸脖子死了，你会死了！

白傻子　（莫名其妙，只好——）嗯，死了！

仇　虎　（举着拳头，压下声音）偷偷地你就死了。（激昂起来）可我怎么能叫你死，叫你这么自在地死了。我告诉你，阎王，我回来了，我又回来了，阎王！杀了我们，你们就得偿命；伤了我们，我们一定还手。挖了我的眼睛，我也挖你的。你打瘸了我的腿，害苦了我们这一大堆人，你想，你在这儿挖个洞偷偷死了，哼，你想我们会让你在棺材里安得了身！哦，阎王，你想的太便宜了！

白傻子　（诧异）你一个人念叨些什么？你还要斧子敲你这镯子不要？

仇　虎　（想起当前的境界）哦，哦，要……要！（暴烈地）你可敲啊！

白傻子　（连忙）嗯，嗯！（啐口唾沫，举起斧子敲）

仇　虎　那么，他的儿子呢？

白傻子　谁？

仇　虎　我说阎王的儿子，焦大星呢？

白傻子　（不大清楚）焦……焦大星？

仇　虎　就是焦大。

白傻子　（恍然）他呀！他刚娶个新媳妇，在家里抱孩子呢。

仇　虎　又娶了个媳妇。

白傻子　（龇着白牙）新媳妇长得美着呢，叫……叫金子。

仇　虎　（惊愕）金子！金子！

白傻子 嗯，你……你认识焦大？

仇　虎 嗯，（狞笑）老朋友了，（回想）我们从小，这么大（用手比一下）就认识。

白傻子 那我替你叫他来。（指远远那一所孤独的房屋）他就住在那房子里。（向那房屋跑）

仇　虎 （厉声）回来！

白傻子 干——干什么？

仇　虎 （伸出手）把斧头给我！

白傻子 斧头？

仇　虎 我要自己敲开我这副金镯子送给焦老婆子戴。

白傻子 （又倔强起来）可这斧头是焦——焦——焦大妈的。

仇　虎 （不等白傻子说完，走上前去，抢斧头）给我。

白傻子 （伸缩头，向后退）我！我不。

仇　虎 （逼过去，抢了斧头，按下白傻子的头颈，似乎要砍下去）你——你这傻王八蛋。

〔轨道右外听见一个女人说话，有个男人在旁边劝慰着。

白傻子 （挣得脸通红）有——有人！

仇　虎 （放下手倾听一刻，果然是）狗蛋，便宜你！

白傻子 （遇了大赦）我走了？

仇　虎 （又一把抓住白傻子）走，你跟着我来！

〔仇虎拉着白傻子走向野塘左面去，白傻子狼狈地跟随着。一会儿隐隐听见斧头敲铁镣的声音。

〔由轨道左面走上两个人。女人气冲冲地，一句话不肯说，眉头藏着泼野，耳上的镀金环子铿铿地乱颤。女人长得很妖冶，乌黑的头发，厚嘴唇，长长的眉毛，一对明亮亮的黑眼睛里面蓄满魅惑和强悍；脸生得丰满，黑里透出健康的褐红；身材不十分高，却也娉娉婷婷，走起路来，顾盼自得，自来一种风流。她穿着大红的裤袄，头上梳成肥圈圆的盘髻；腕上的镀金镯子骄傲地随着她走路的颤摇摆动。她的声音很低，甚至于有些哑，然而十分入耳，诱惑。

〔男人（焦大星）约莫有三十岁上下，短打扮，满脸髭须，浓浓的黑眉，凹进去的眼，神情坦白，笑起来很直爽明朗。他脸色黧黑，眉目间有些忧郁，额上时而颤跳着蛇似的青筋。左耳悬一只铜环，是他父亲——阎王，在神前为他求的。他的身体魁伟，亮晶的眼有的是宣泄不出的热情。他畏惧他的母亲，却十分爱恋自己的艳丽的妻，妻与母为他尖锐的争斗使他由苦恼而趋于怯弱。他现在毫不吃力地背着一个大包袱，稳稳地迈着大步。他穿一件深灰的裤褂，悬着银表链，戴一顶青毡帽，手里握着一根小树削成的木棍，随着焦花氏走来。

焦大星　金子！

〔焦花氏不理，仍然向前走。

焦大星　（拉着焦花氏）金子，你站着。

焦花氏　（甩开焦大星）你干什么？

焦大星　（恳求）你为什么不说话？

焦花氏　（瞋目）说话？我还配说话？

焦大星　（体贴地）金子，你又怎么啦？谁得罪了你？

焦花氏　（立在轨道上）得罪了我？谁敢得罪了我！好，焦大的老婆，有谁敢得罪？

焦大星　（放下包袱）好，你先别这么说话，咱们俩说明白，我再走。

焦花氏　（斜眼望着焦大星）走？你还用着走？我看你还是好好地回家找你妈去吧。

焦大星　（明白了一半）妈又对你怎么啦？

焦花氏　妈对我不怎么！（奚落）哟，焦大多孝顺哪！你看，出了门那个舍不得妈丢不下妈的样子，告诉妈，吃这个，穿那个，说完了说，嘱咐，又嘱咐，就像你一出门，虎来了要把她叼了去一样。哼，你为什么不倒活几年长小了，长成（两手一比）这么点，到你妈怀里吃咂儿去呢！

焦大星　（不好意思，反而解释）妈——妈是个瞎子啊！

焦花氏　（头一歪，狠狠地）我知道她是个瞎子！（又嘲笑）哟，焦大真是个孝子，妈妈长，妈妈短，给妈带这个，给妈带那个；我给你到县里请一个孝子牌坊，好不好？（故意叹口气）唉，为什么我进门不就添个孩子呢？

焦大星　（吃一惊）你说什么？进门添孩子？

焦花氏　（瞟焦大星一眼）你别吓一跳，我不是说旁的。我说进门就给你添一个大小子。生个小焦大，好叫他像你这样地也孝顺孝顺我。哼，我要有儿子，我就要生你这样的，（故意看着焦大星）是不错！

焦大星　（想骂焦花氏，但又没有话）金子，你说话总是不小心，就这句话叫妈听见了又是麻烦。

焦花氏　（强悍地）哼，你怕麻烦！我不怕！说话不小心，这还是好的，有一天，我还要做给她瞅瞅。

焦大星　（关心地）你——你说你做什么？

焦花氏　（任性泼野）我做什么？我是狐狸精！她说我早晚就要养汉偷人，你看，我就做给她瞧瞧，哼，狐狸精！

焦大星　（不高兴）怎么，你偷人难道也是做给我瞧瞧？

焦花氏　你要是这么待我，我就偷——

焦大星　（立起，一把抓着焦花氏的手腕，狠狠地）你偷谁？你要偷谁？

焦花氏　（忽然笑眯眯地）别着急，我偷你，（指着焦大星的胸）我偷你，我的小白脸，好不好？

焦大星　（忍不住笑）金子，唉，一个妈，一个你，跟你们俩我真是没有法子。

焦花氏　（翻了脸）又是妈，又是你妈。你怎么张嘴闭嘴总离不开你妈，你妈是你的影子，怎么你到哪儿，你妈也到哪儿呢？

焦大星　（坐在包袱上，叹一口长气）怪，为什么女人跟女人总玩不到一块儿去呢？

　　　　〔塘里青蛙又叫了几声。来了一阵风，远远传来野鸟的鸣声。

焦花氏　（忽然拉起焦大星的手）我问你，大星，你疼我不疼我？

焦大星　（仰着头）什么？

焦花氏　（坐在焦大星身旁）你疼我不疼我？

焦大星　（羞涩地）我——我自然疼你。

焦花氏　（贴近一些）那么，我问你一句话，我说完了你就得告诉我。别含糊！

焦大星　可是你问——问什么话？

焦花氏　你先别管，你到底疼我不？你说不说？

焦大星　（摇摇头）好，好，我说。

焦花氏　（指着焦大星的脸）一是一，二是二，我问出口，你就地就得说，别犹疑！

焦大星　（急于知道）好，你快说吧。

焦花氏　要是我掉在河里——

焦大星　嗯。

焦花氏　你妈也掉在河里——

焦大星　（渐明白）哦。

焦花氏　你在河边上，你先救哪一个？

焦大星　（窘迫）我——我先救哪一个？

焦花氏　（眼直盯着焦大星）嗯，你先救哪一个，是你妈，还是我？

焦大星　我……我——（抬头望望焦花氏）

焦花氏　（迫待着）嗯？快说，是你妈？还是我？

焦大星　（急了）可——可哪会有这样的事？

焦花氏　我知道是没有。（固执地）可要是有呢，要是有，你怎么办？

焦大星　（苦笑）这——这不会的。

焦花氏　你，你别含糊，我问你要真有这样的事呢？

焦大星　要真有这样的事，（望望焦花氏）那——那——

焦花氏　那你怎么样？

焦大星　（直快地）那我两个都救，（笑着）我（手势）我左手拉着妈，我右手拉着你。

焦花氏　不，不成。我说只能救一个，那你救谁？（魅惑地）是我，还是你妈？

焦大星　（惹焦花氏）那我……那我……

焦花氏　（激怒地）你当然是救你妈，不救我。

焦大星　（老实地）不是不救你，不过妈是个——

焦花氏　（想不到）瞎子！对不对？

焦大星　（乞怜地望着焦花氏）嗯。瞎了眼自然得先救。

焦花氏　（噘起嘴）对了，好极了，你去吧！（怨而恨地）你眼看着我要淹死，你都不救我，你都不救我！好！好！

　焦大星　（解释）可你并没有掉在河里——

焦花氏　（索性诉起委屈）好，你要我死，（气愤地）你跟你妈一样，都盼我立刻死了，好称心，你好娶第三个老婆。你情愿淹死我，不救我。

焦大星　（分辩）可我并没有说不救你。

焦花氏　（紧问焦大星）那么，你先救谁？

焦大星　（问题又来了）我——我先——我先——

焦花氏　（逼迫）你再说晚了，我们俩就完了。

焦大星　（冒出嘴）我——我救你。

焦花氏　（改正焦大星）你先救我。

焦大星　（机械地）我先救你！

焦花氏　（眼里闪出胜利的光）你先救我！（追着，改了口）救我一个？

焦大星　（糊涂地）嗯。

焦花氏　（更说得清楚些）你"只"救我一个——

焦大星　（顺嘴说）嗯。

焦花氏　你"只"救我一个，不救她。

焦大星　可是，金子，那——那——

焦花氏　（逼得紧）你说了，你只救我一个，你不救她。

焦大星　（气愤地立起）你为什么要淹死我妈呢？

焦花氏　谁淹死她？你妈不是好好在家里？

焦大星　（忍不下）那你为什么老逼我说这些不好听的话呢？

焦花氏　（反抗）嗯，我听着痛快，我听着痛快！你说，你说给我听。

焦大星　可是说什么？

焦花氏　你说"淹死她"！

焦大星　（故意避开）谁呀？

焦花氏　你说"淹死我妈"！

焦大星　（惊骇地望着焦花氏）什么，淹死——

焦花氏　（期待得紧）你说呀，你说了我才疼你，爱你。（诱惑地）你说了，你要干什么，我就干什么。你看，我先给你一个。（贴着焦大星的脸，热热地亲了一下）香不香？

焦大星　（呆望着焦花氏）你——嗯！

焦花氏　你说不说！来！（拉着焦大星）你坐下！（把焦大星推在大包袱上）

你说呀！你说淹死她！淹死我妈！

焦大星　（傻气地）我说，我不说！

焦花氏　（没想到）什么！（想翻脸，然而——笑下来，柔顺地）好，好，不说就不说吧！（忽然孩子似的语调）大星，你疼我不疼我？（随着坐在焦大星的膝上，紧紧抱着他的颈脖，脸贴脸，偎过来，擦过去）大星，你疼我不疼我？你爱我不爱？

焦大星　（想躲开焦花氏，但为她紧紧抱住）你别——你别这样，有——有人看见。（四面望）

焦花氏　我不怕。我跟我老头子要怎么着就怎么着。谁敢拦我？大星，我俊不俊？我美不美？

焦大星　（不觉注视焦花氏）俊！美！

焦花氏　（蛇似的手抚摸焦大星的脸、心和头发）你走了，你想我不想我？你要我不要我？

焦大星　（不自主地紧紧握着焦花氏的手）要！

焦花氏　（更魅惑地）你舍得我不舍得？

焦大星　（舐舐自己的嘴唇，低哑地）我——不——舍——得。（忽然翻过身，将焦花氏抱住，要把她……喘着）我——

焦花氏　（倏地用力推开焦大星，笑着竖起了眉眼，慢慢地）你不舍得，你为什么不说？

焦大星　（昏眩）说——说什么？

焦花氏　（泄恨地）你说淹死她，淹死我妈。

　　〔一阵野风，吹得电线杆呜呜地响。

焦花氏　你说了我就让你。

焦大星　（喘着）好，就——就淹死她，（几乎是抽咽）就淹、淹死我……

　　〔由轨道后面左方走上一位嶙峋的老女人，约莫有六十岁的样子，头发大半斑白，额角上有一块紫疤，一副非常峻削严厉的轮廓；扶着一根粗重的拐棍，张大眼睛，里面空空不是眸子，眼前似乎罩上一层白纱，直瞪瞪地望着前面，使人猜不透那一对失了眸子的眼里藏匿着什么神秘。她有着失了瞳仁的人的猜疑，性情急躁；敏锐的耳朵四方八面地谛听着。她的声音尖锐而肯定。她还穿着丈夫的孝，灰布褂，外面罩上一件黑坎肩，灰布裤，从头到尾非常整洁。她走到轨道上，一句话不说，用杖重重在铁轨上捣。

焦　母　（冷峻地）哼!

焦花氏　（吓了一跳）妈!（不自主地推开焦大星，立起）

焦大星　（方才的情绪立刻消失，颤颤地）哦，妈!

焦　母　（阴沉地）哼，狐狸精! 我就知道你们在这儿! 你们在说什么?

焦花氏　（惶惑）没……没说什么，妈。

焦　母　大星，你说!

焦大星　（低得听不见）是……是没说什么。

焦　母　（回头，从牙缝里喷出来的话）活妖精，你丈夫叫你在家里还迷不够，还要你跑到外面来迷。大星在哪儿? 你为什么不做声?

焦大星　（惶恐地）妈，在这儿。

焦　母　（用杖指着焦大星）死人! 还不滚，还不滚到站上干事去，（狠恶地）你难道还想死在那骚娘儿们的手里! 死人! 你是一辈子没见过女人是什么样是怎么! 你为什么不叫你媳妇把你当元宵吞到肚里呢? 我活这么大年纪，我就没见过你这样的男人，你还配那死了的爸爸养活的?

焦大星　（惧怯）妈，那么（看看焦花氏）我走了。
　　　　〔焦花氏口里嘟哝着。

焦　母　滚! 滚! 快滚! 别叫我生气!（忽然）金子，你嘴里念的什么咒?

焦花氏　（遮掩）我没什么! 那是风吹电线，您别这么疑东疑西的。

焦　母　哼，（用手杖指着焦花氏，几乎戳着她的眼）你别看我瞅不见，我没有眼比有眼的还尖。大星——

焦大星　妈，在这儿。我就走。（背起大包袱）

焦花氏　大星，你去吧!

焦　母　（回头）你别管! 又要你拿话来迷他。（对自己的儿子）记着在外头少交朋友，多吃饭，有了钱吃上喝上别心疼。听着! 钱赚多了千万不要赌，寄给你妈，妈给你存着，将来留着你那个死了母亲的儿子用。再告诉你，别听女人的话，女人真想跟你过的，用不着你拿钱买;不想跟你过，你就是为她死了，也买不了她的心。听明白了么?

焦大星	听明白了。
焦　母	去，去。(忽然由手里扔出一袋钱，落在焦大星的脚下）这是我的钱，你拿去用吧。
焦大星	妈，我还有。
焦　母	拾起来拿走，不要跟我装模装样。我知道你手上那一点钱早就给金子买手镯，打了环子了。(对着焦花氏）你个活妖精。
焦大星	好，妈，我走了。您好好地保重身体，多穿衣服，门口就是火车，总少到铁道上来。
焦　母	(急躁地）知道，知道，不要废话，快走。
焦花氏	哼，妈不希罕你说这一套，还不快走。
焦　母	谁说的？谁说不希罕？儿子是我的，不是你的。他说得好，我爱听，要你在我面前挑拨是非？大星，滚！滚！滚！别在我耳朵前面烦得慌。快走！
焦大星	嗯！嗯，走了！(低声地）金子，我走了。(向右走了四五步）
焦　母	(忽然）回来！
焦大星	干什么？
焦　母	(厉声）你回来！(听见焦大星快快地又走回来）刚才我给你的钱呢？
焦大星	(拿出来）在这儿。
焦　母	(伸手）给我，叫我再数一下。
	〔焦大星又把钱袋交给母亲，她很敏捷地摸着里面的钱数，口里念叨着。
焦花氏	(狠狠地看焦母一眼）妈，您放心！大星不会给我的。
焦　母	(数好，把钱交给焦大星）拿去，快滚！(忽然回过头向焦花氏，低声地、狠狠地）哼，迷死男人的狐狸精。
	〔焦大星一步一步地走向右去。
焦　母	你看什么？
焦花氏	谁看啦？
焦　母	天黑了没有？
焦花氏	快黑了。
焦　母	白傻子！(喊叫）白傻子！白傻子！白傻子！

〔无人应声。

焦花氏　您干什么?

焦　母　(自语)怪,天黑了,他该还给我们斧子了。哼,这王八蛋!又不知在哪儿死去了!走,回家去,走!

焦花氏　(失神地)嗯,回家。(手伸过去)让我扶您。

焦　母　(甩开焦花氏的手)去!我不要你扶,假殷勤!

〔焦母向左面轨道走,焦花氏不动,立在后面。远远的由右面又听见白傻子"喊嚓咔嚓,喊嚓咔嚓"起来,似乎很高兴。

焦　母　金子!你还不走,你在干什么?

焦花氏　(看见远远的白傻子的怪样,不由笑出)妈,您听,火车头来了。

焦　母　(怪癖地)你不走,你想等火车头轧死你。

焦花氏　不,我说是白傻子!

焦　母　白傻子?

焦花氏　嗯。

〔"火车""突突突突"地由右面轨道上跑进来,白傻子一双手疾迅地旋转,口里呜呜地吹着汽笛。

焦　母　(听见是白傻子,严厉地)狗蛋!

白傻子　(瞥见焦母,斜着眼,火车由慢而渐渐停止)突突突突,突——突——突——突,突——突——突——突。

焦　母　狗蛋,你滚到哪儿去了?

白傻子　(望望焦母,又望望焦花氏)我——我没有滚到哪儿去。

焦　母　斧子呢?

白傻子　(想起来,昏惑地)斧子?

焦花氏　你想什么?问你斧子在哪儿呢?

焦　母　(厉声)斧子呢?

白傻子　(惧怕)斧子叫——叫人家抢——抢去了。

焦　母　什么?

白傻子　一个病——瘫子抢——抢去了。

焦　母　(低声地)你过来。

白傻子　(莫名其妙地走过去)干——干什么?

焦　母　你在哪儿?

白傻子　（笑嘻嘻地）这儿！

焦　母　（照着那声音的来路一下打在白傻子的脸上）这个傻王八蛋，带我去找那个瘌子去！

白傻子　（摸着自己的脸，没想到）你打——打了我！

焦　母　嗯，我打了你！（听着白傻子哇地哭起来）你去不去？

白傻子　我——我去！

焦　母　走！

　　　　〔焦母把拐杖举起一端，交给白傻子，他拿起，于是他在前，瞎婆子在后走向右面去。

　　　　〔一阵野风，刮得电线又呜呜的，巨树矗立在原野，叶子哗哗地响，青蛙又在塘边鼓噪起来。

　　　　〔焦花氏倚着巨树，凝望天际，这时天边的红云逐渐幻成乌云，四周景色曀曀，渐暗下去。大地更黑了。她走到轨道上，蹲坐着，拿起一块石头轻轻敲着铁轨。

　　　　〔由左面基道背后，蹑手蹑脚爬出来仇虎。他手里拿着那副敲断的铁镣，缓缓走到焦花氏的身后。

焦花氏　（察觉身旁有人，忽然站起）谁？

仇　虎　我！

焦花氏　（吓住）你是谁？

仇　虎　（搓弄铁镣，阴沉地）我！（慢慢地）你不认识我？

焦花氏　（惊愕）不，我不认识。

仇　虎　（低哑地）金子，你连我都忘了？

焦花氏　（迫近，注视仇虎，倒吸一口气）啊！

仇　虎　（悻悻地）金子，我可没忘了你。

焦花氏　什么，你——你是仇虎。

仇　虎　嗯，（恫吓）仇虎回来了。

焦花氏　（四面望望）你回来干什么？

仇　虎　（诱惑地）我回来看你。

焦花氏　你看我？（不安地笑一下）你看我干什么——我早嫁人了。

仇　虎　（低沉地）我知道，你嫁给焦大，我的好朋友。

焦花氏　嗯。（忽然）你——（半晌）从哪儿来？

仇　虎　（指着天际）远，远，老远的地方。

焦花氏　你坐火车来的？

仇　虎　嗯，（苍凉地）"突突突突"，一会儿就到。

焦花氏　你怎么出来的？这儿又没有个站。

仇　虎　我从火车窗户跳出来，（指铁镣）戴着这个。（银铛一声，把铁镣扔出，落在野塘水边上）

焦花氏　（有些惧怕）怎么，你——你吃了官司了。

仇　虎　嗯！你看看！（退一步）我这副样儿，好不好？

焦花氏　（才注意到）你——你病了。

仇　虎　嗯，瘸了。（忽然）你心疼不心疼？

焦花氏　心疼怎么样，不心疼怎么样？

仇　虎　（狞笑）心疼你带我回家，不心疼我抢你走。

焦花氏　（忽然来了勇气，泼野地）丑八怪，回去撒泡尿自己照照，小心叫火车轧死。

仇　虎　你叫我什么？

焦花氏　丑八怪，又瘸又驼的短命鬼。

仇　虎　（甜言蜜语，却说得诚恳）可金子你不知道我想你，这些年我没有死，我就为了你。

焦花氏　（不在意，笑嘻嘻地）那你为什么不早回来？

仇　虎　现在回来也不晚呀。（迫近，想拉焦花氏的手）

焦花氏　（甩开）滚！滚！滚！你少跟我说好听的，丑八怪。我不爱听。

仇　虎　（狡黠地）我知道你不爱听，你人规矩，可你管不着我爱说真心话。

焦花氏　（瞟仇虎一眼）你说你的，谁管你呢？

仇　虎　（低沉地）金子，这次回来，我要带你走。

焦花氏　（睨视，叉住腰）你带我到哪儿？

仇　虎　远，远，老远的地方。

焦花氏　老远的地方？

仇　虎　嗯，坐火车还得七天七夜。那边金子铺的地，房子都会飞，张口就有人往嘴里送饭，睁眼坐着，路会往后飞，那地方天天过年，吃好的，穿好的，喝好的。

焦花氏 （眼里闪着妒美）你不用说，你不用说，我知道，我早知道，可是，虎子，就凭你——

仇　虎 （捺住焦花氏）你别往下讲，我知道。你先看看这是什么！（由怀里掏出一个金光灿烂的戒子，上面镶着宝石，举得高高的）这是什么？

焦花氏 什么？（大惊异）金子！

仇　虎 对了，这是真金子，你看，我口袋还有。

焦花氏 （翻翻眼）你有，是你的。我不希罕这个。

仇　虎 （故意地）我知道你不希罕这个，你是个规矩人。好，去吧！（一下扔在塘里）

焦花氏 （惋惜）你——你丢了它干什么？

仇　虎 你既然不希罕这个，我还要它有什么用？

焦花氏 （笑起来）丑八怪！你真——

仇　虎 （忙接）我真想你，金子，我心里就有你这么一个人！你还要不要，我怀里还有的是。

焦花氏 （骄傲地）我不要。

仇　虎 你不要，我就都扔了它。

焦花氏 （忙阻止仇虎）虎子，你别！

仇　虎 那么，你心疼我不心疼我？

焦花氏 怎么？

仇　虎 心疼就带我回家。

焦花氏 不呢？

仇　虎 我就跳这坑里淹死！

焦花氏 你——你去吧！

仇　虎 （故意相反解释）好，我就去！（跑到焦花氏后面，要往下跳）

焦花氏 （一把拉住仇虎）你要做什么？

仇　虎 （回头）你不是要我往下跳？

焦花氏 谁说的？

仇　虎 哦，你不！那么，什么时候？

焦花氏 （翻了脸，敛住笑容）干什么？

仇　虎 （没想到）干什么？

焦花氏　嗯？

仇　虎　到——到你家去，我，我好跟你——

焦花氏　（又翻了脸）你说怎么？

仇　虎　（看出不是颜色）我说好跟你讲讲，我来的那个好、好地方啊！

焦花氏　（忽然忍不住笑起来）哦，就这样啊！好，那么，就今天晚上。

仇　虎　今天晚上？

焦花氏　嗯，今天晚上。

仇　虎　（大笑）我知道，金子，你一小就是个规矩人。

焦花氏　（忽然听见右面有拐杖探路的声音，回过头看，惊慌地）我妈来了！丑八怪，快点跟我走。

仇　虎　不，让我先看看她现在成了什么样。

焦花氏　不！(一把拉住仇虎)你跟我走。

　　　　〔仇虎慌慌张张地随着焦花氏下。

　　　　〔天大黑了，由右面走进焦母，一手拿着斧子，一手是拐杖，后面跟随白傻子。

焦　母　金子！金子！

白傻子　（有了理，兴高采烈地）我就知道那斧子不会拿走，用完了，一定把斧子放在那儿。你看，可不是！

焦　母　狗蛋，你少废话！（严厉地）金子，你记着，大星头一天不在家，今天晚上，门户要特别小心。今天就进了贼，掉了东西，（酷毒地）我就拿针戳烂你的眼，叫你跟我一样地瞎，听见了没有？

白傻子　嘻！嘻！嘻！

焦　母　狗蛋，你笑什么？

白傻子　你……你家新媳妇早……早走了。

焦　母　（立在铁轨后巨树前，森森然）啊？早走了？

　　　　〔忽然远处一列火车驶来，轮声轧轧，响着汽笛。机车前的探路灯，像个怪物的眼，光芒万丈，由右面射入，渐行渐近。

白傻子　（跑在道旁，跳跃欢呼）火车！火车！火车来了。

　　　　〔机声更响，机车的探路灯由右面渐射满焦母的侧面。

焦　母　（立在巨树下面像一个死尸，喃喃地）哼！死不了的狐狸精，叫火车轧死她！

〔原野里一列急行火车如飞地奔驰。好大的野风！探路灯正照着巨树下的焦母，看见她的白发和衣裙在疾风里乱抖。

〔幕急落。

第一幕

〔序幕后十天的傍晚，在焦大星的家里。天色不早了，地上拖着阳光惨黄的影子。窗帘拉起来，望出去，展开一片莽莽苍苍的草原，有密云低低压着天边，黑森森的。屋内不见人，暮风吹着远处的电线杆，激出连续的凄厉的呜呜声音。外面有成群的乌鸦在天空盘旋……盘旋……不断地呼啸……风声略息，甚至于听得见鸟的翅翼在空气里急促地振激。渐渐风息了，一线阳光也隐匿下去，外面升起秋天的雾，草原上灰沉沉的。厚雾里不知隐藏着些什么，暗寂无声。偶尔有一二只乌鸦在天空飞鸣，浓雾漫没了昏黑的原野。

是一间正房，两厢都有一扇门，正中的门通着外面，开门看见近的是篱墙，远的是草原、低云和铁道附近的黑烟。中门两旁各立一窗，窗向外开，都支起来，低低地可以望见远处的天色和巨树。正中右窗上悬一帧巨阔、油渍的焦阎王半身像，穿着连长的武装，浓眉，凶恶的眼，鹰钩鼻，整齐的髭须，仿佛和善地微笑着，而满脸杀气。旁边挂着一把锈损的军刀。左门旁立一张黑香案，上面供着狰狞可怖、三首六臂金眼的菩萨，跌坐在红色的绸帷里。旁边立一焦氏祖先牌位。桌前有木鱼，有乌黑的香炉、蜡台和红拜垫，有一座巨大的铜磬，下面垫起褪色的红棉托，焦母跪拜时，敲下去，发出阴沉沉的空洞的声音，仿佛就是从那菩萨的口里响了出来的。现在香炉里燃着半股将尽的香，火熊熊燃，黑脸的菩萨照得油亮油亮的。烛台的蜡早灭了，剩下一段残骸，只有那像前的神灯放出微弱的火焰。左墙巍巍然竖立一只暗红的旧式立柜，柜顶几乎触到天花板，上下共两层，每层镶着巨大的圆铜片，上面有老旧的黄锁。门上贴着残破的钟馗捉妖图。右窗前有一架纺线机，左面是摇篮，里面的孩子已经睡着了。暗黑的墙上挂着些零星物事。在后立一张方桌，围着几张椅子和长凳。

〔开幕时，远处有急促的车笛声，仿佛有一列车隐隐驶过，风在吹，乌鸦在天空成群地呼唤，屋里没有一个人。

〔渐渐由右屋传出一个男人粗哑的声音，低低唱着："正月里探妹正月正，我与那小妹妹去逛花灯。花灯是假的哟，妹子，我试试你的心哪，咦哈呀呼嘿!"中间夹着粗野低沉的笑声。

〔里面男人沉郁的声音："金子! 金子! 你过来!"

〔里面女人低低的声音："我不! 我不呢!"

〔里面男人粗哑的声音："金子! 你坐这儿!"仿佛一把拉住她。

〔里面女人挣开的声音："你放开我! 你放下手，有人来!"忽然挣脱了，"有人来!"

〔焦花氏由右屋走出来，前额的黑发一绺一绺地垂着，盖住半边脸，眉眼里更魅惑。她穿一件红绸袄，黑缎裤，发髻扎着红丝线，腕上的金色手镯铿铿地摆动着。

焦花氏 （回过头笑）讨厌! 丑八怪!（整理自己的衣服，前额的黑发理上去又垂下来）出来!

〔焦花氏顺便用墙上的镜子照一下，怪动人的! 脸上浮满了笑容，她走向左面支起的窗前，屏住气息，望望。里面的男人又唱起小调。

焦花氏 （伶俐地走到右门口，低声地）别唱啦! 外面没有人，还不滚出来!

〔由右面走出仇虎。仇虎改了打扮，黑缎袍，血红的里子，腰扎蓝线带，敞开领，扣子只系了几个，一手提着旧的绒帽，一手拈着一朵红花，一跛一跛地走出来。

焦花氏 走吧，天快黑了。

仇 虎 （抬头望望远处的密云）天黑得真早啊!

焦花氏 立了秋快一个月了，快滚! 滚到你那拜把子兄弟那儿找窝去吧，省得冬天来了冻死你这强盗。

仇 虎 找窝? 这儿就是我的窝。（盯住焦花氏）你在哪儿，哪儿就是我的窝。

焦花氏 （低声地）我要走了呢?

仇　虎 （扔下帽子）跟着你走。

焦花氏 （狠狠地）死了呢?

仇　虎 （抓着焦花氏的手）陪着你死!

焦花氏 （故意呼痛）哟!(预备甩开手)

仇　虎 你怎么啦?

焦花氏 （意在言外）你抓得我好紧哪!

仇　虎 （手没有放松）你痛么?

焦花氏 （闪出魅惑，低声地）痛!

仇　虎 （微笑）痛? 你看，我更——(用力握住焦花氏的手)

焦花氏 （痛得真大叫起来）你干什么，死鬼!

仇　虎 （从牙缝里迸出）叫你痛，叫你一辈子也忘不了我!(更重了些)

焦花氏 （痛得眼泪几乎流出）死鬼，你放开手。

仇　虎 （反而更紧了些，咬着牙，一字一字地）我就这么抓紧了你，你一辈子也跑不了。你魂在哪儿，我也跟你哪儿。

焦花氏 （脸都发了青）你放开我，我要死了。丑八怪。

　　　　〔仇虎脸上冒着汗珠，苦痛地望着焦花氏脸上的筋肉痉挛地抽动，他慢慢地放开手。

焦花氏 （眼神冒着火，人一丝也不动）死鬼，你……

仇　虎 （慢转过身，正脸凝望着焦花氏，苦痛地）你现在疼我不疼我?

焦花氏 （咬住嘴唇，点点头）嗯! 疼!(恶狠狠地望着仇虎，慢而低地)我——就——这——么——(忽然向仇虎的脸上)疼你!(重重打下去)滚出去!

　　　　〔半晌。

仇　虎 （一转不动，眼盯住焦花氏，渐低下头，走到方桌旁坐下，沉思）哼，娘儿们的心变——变得真快!

　　　　〔焦花氏立在那里，揉抚自己的手，一声不响。

仇　虎 （站起来，眼也不眨）金子?

焦花氏 （望望地，不回头）干什么?

仇　虎 （举起手上的花，斜眼望着焦花氏）这是你要的那朵花，十五里地替你找来的。(递给焦花氏)

〔焦花氏看了仇虎一眼，又回过头，不睬他。

仇　虎　拾去！（把花扔在焦花氏面前）我走了。（走向中门）

焦花氏　（忽然）回来，把花替我捡起来。

仇　虎　没有工夫，你自己捡。

焦花氏　（命令）你替我捡！

仇　虎　不愿意。

焦花氏　（笑眯眯地）虎子，你真不捡？

仇　虎　嗯，不捡，你还吃了我？

焦花氏　（走到仇虎的面前，瞟着他）谁敢吃你！我问你，你要不要我？

仇　虎　我！（望焦花氏，不得已摇了摇头）我要不起你。

焦花氏　（没想到）什么？

仇　虎　（索性逼逼焦花氏）我不要你！

焦花氏　（蓦然变了脸）什么？你不要我？你不要我？可你为什么不要我？你这丑八怪，活妖精，一条腿，罗锅腰，大头鬼，短命的猴崽子，骂不死的强盗。野地里找不出第二个"shun"鸟[①]，外国鸡……（拳头似雨打在仇虎铁似的胸膛上）

仇　虎　（用手支开焦花氏，然而拳头依然乱鼓一般地捶下来）金子，金子，你放下手！不要喊，你听，外边有人！

焦花氏　我不管！我不怕！（迅疾地，头发几乎散下来）你这丑八怪，活妖精，你不要我，你敢由你说不要我！你不要我，你为什么不要我，我打你！我打你！我跟你闹！我不管！有人我也不怕！

〔外面有人不清楚地喊："大星媳妇！大星媳妇！"

仇　虎　（摔开焦花氏，跑到窗前眺望）你看，有人，有人在篱笆门那儿叫！

焦花氏　（突停）谁？（蹑足，迅疾地沿着墙走到窗前）这会儿会是谁？

仇　虎　别嚷，你听！

〔有一个仿佛喝醉了的人，用他的破锣嗓子含糊地唱着："送情郎送至在大门外，问一声我的郎，你多咱回来？回来不回给奴家一个信，免得叫奴家挂在心怀！"

---

① "shun"鸟：北平土话，丑人的意思。

〔唱到最末一句，戛然停止，那人敲着篱笆门，喊："大星媳妇，大星媳妇！开门哪。"

仇　虎　你听，他在喊你！

焦花氏　（看不清楚，纳闷儿）谁呢？

〔外面的人又在喊："大星的媳妇！开门！"

焦花氏　哦，是他！这个老东西又喝多了。

仇　虎　谁？

焦花氏　常五！

仇　虎　（诧异）什么，这个老家伙还没有死。

焦花氏　就是他。（厌恶地）不知又来这儿探听什么来了。

仇　虎　探听？

焦花氏　这两天他没事就到这儿来，说不定我婆婆托他来偷偷看我一个人在家做什么啦！

仇　虎　好，金子，我进去，你先把他打发走。

焦花氏　（一把抓住仇虎）不要紧，你先别走！（睨视）哼，就这么走了？

仇　虎　（猜出，故意地）干什么？

焦花氏　（指着地上的花）你给我把花捡起来！

仇　虎　我，我不捡。

〔外面叫门叫得紧。

焦花氏　（不动声色）你听！

〔外面常五急躁地喊的声音："大星媳妇，大星媳妇，焦大妈，开门！开门！我就要进来了！"

仇　虎　（谛听，睨望着焦花氏）他要进来！

焦花氏　（乖张地）你不捡，开门就让他进来抓你。

仇　虎　（猛然）你这娘儿们心好狠。

焦花氏　狠？哼，狠的还在后头啦！

仇　虎　（吃一惊）"狠的在后头！"好！这句话倒像是学着我说的。（打量焦花氏一眼）

〔外面又在叫喊。

焦花氏　（叉住腰）仇虎，你捡不捡？

仇　虎　你看，（弯下腰）我这不是……（拾起那朵花，递给焦花氏）其实，你叫我捡我就捡又算个什么？

焦花氏　（一手抢过那朵花）我知道这不算什么。可我就是这点脾气，我说哪儿，就要做哪儿，（招手）你过来！

仇　虎　（走近）干什么？

焦花氏　给我插上。

〔仇虎替焦花氏插好花。

焦花氏　（忽然抱住仇虎，怪异地）野鬼，我的丑八怪，这十天你可害苦了我，害苦了我了！疼死了我的活冤家，你这坏了心的种，（一面说一面昏迷似的亲着仇虎的颈脖、面颊）到今天你说你怎么能不要我，不要我，现在我才知道我是活着，你怎么能不要我，我的活冤家，（长长地亲着仇虎，含糊地）嗯——

〔外面常五长悠悠的声音："大星的媳妇哟，你在干什么啦？快开门喽！"

焦花氏　（还抱着仇虎，闭着眼，慢慢推开他，蓦地回头向中门，放开嗓音，一句一句地，也长悠悠地）别忙噢！常五伯，我在念经呢，等等，我就念完喽。

〔外面常五叹一口长气。

仇　虎　（翻翻眼）念经？你念的是什么经？

焦花氏　（推仇虎）你别管，你进去，我来对付。这两天我婆婆常找他，瞎婆子不知存了什么心，说不定从他嘴里，探听出什么来，回头你好好在门口听，你看我怎么套他说话，你听着!（一面说一面四处寻觅东西，找到绣成一半的孩子的鞋，折好大半的锡箔笸箩，摆好了经卷，放正了椅子，都做好，一手数点东西，一面念）小黑子的鞋——锡箔，笸箩——往生钱——椅子摆正……（没有弄错，向仇虎）怎么样？

仇　虎　（赞美，举起拇指）第一！我当了皇上，你就是军师。

焦花氏　好，我开门。你进屋子当皇上去。（一溜烟由中门跑出）

〔半晌。

仇　虎　（四周望望，满腔积恨，凝视正中右窗上的焦阎王半身像，阴沉沉地牙缝里挤出来）哼，你看，你看我做什么？仇虎够交情，说回来，准回来，没有忘记你待我一件一件的好处。十年哪！仇虎等得眼睛都哭出血来，就等的是今天！阎王，你睁大了眼睛再看看我，（捶着自己的胸口）仇虎又回来了。（指像）你别斜着眼看我，我仇虎对得起你，老鬼，我一进你焦家的门，就叫你的儿媳妇在你这老脸上打了一巴掌，哼，阎王，你还觍着脸好意思对我笑？（狠毒地）你瞧着吧，这是头一下！"狠的还在后头呢。"老鬼，把眼睁得大大地看吧，仇虎不说二句瞎话，今天我就要报答你的恩典。（忽然听到外面有人说话，回头望一下，又抬头对着焦阎王恶笑）现在我先到你儿媳妇屋里当皇上去了。嗯！

〔仇虎走进右屋。立时由中门现出焦花氏，后面随着常五。常五年约有六十岁，一个矮胖子，从前有过好日子，现在虽不如往日了，却也乐天知命，整日有说有笑，嘴里安闲不住，好吹嘘，记性又不好，时常自己都不知扯到哪里，心里倒是爽快老实。喜欢喝两盅酒，从前的放荡行为也并不隐瞒乱说出来，他是个过了时的乡下公子哥，老了还是那副不在乎的调调儿。他的须发，很别致，头已经露了顶，手里提着一只精细的鸟笼，天色晚，用绸罩盖起来。他穿一件古铜色的破旧的缎袍，套上个肥坎肩。兴致高，性情也极随和，他待着自己的鸟儿狗儿如同自己的子女一样。

〔常五喝了点晚酒，兴高采烈，迈进中门。

焦花氏　常五伯您进来!（指着方桌旁椅子）请坐吧。

常　五　不，我说说话，就走。

焦花氏　那么，您先放下您的鸟笼，歇歇。

常　五　（呵呵地）也好，先让我的鸟坐一会儿，叫它歇歇腿，我倒不累。（将鸟笼放在桌上）

焦花氏　我给您倒一杯茶。（倒茶）

常　五　不，不用了，不用了。（忽然想了一下）可也好，就来杯白水吧，喂喂我的鸟，这鸟跟我一天，也该喝点水。（接下焦花氏递来的水，添到鸟笼的水盂里）你们的门真不好叫，其实一个篱门还用上什么锁，这都是你的婆婆，事儿多，没事找事。我足足叫了好半天……大星媳妇，你在干什么？你刚才说你——（忽然一个喷嚏，几乎把水弄洒，杯子放在桌上，笑嘻嘻地）呵，百岁！（又一个喷嚏）呵，千岁！（又一个喷嚏）呵，万岁！你看，这三个喷嚏叫我在这儿当了皇上了。

焦花氏 （变了颜色，镇静一下，也笑嘻嘻地）您当皇上，我做您军师。

常　五 （倚老卖老）好，好，我封你为御前军师，管我的三宫六院。

焦花氏 常五伯，您冻着了，我给您拿点烧酒，驱驱寒。

常　五 不，用不着了，我刚喝了几盅晚酒。秋天到了，早晚气候凉。人老了，就有点挡不住这点寒气，不要紧，在屋里待一会儿就好。多喝了，我话多还不要紧，说不定就走不动，回不了家。

焦花氏 那怕什么？喝两盅，有了错，我叫狗蛋送您回家。

常　五 （望着焦花氏，想喝又有些犹疑，不好意思的样子）那么，你叫我喝两盅？

焦花氏 （引逗常五）家里有的是好汾酒，办喜事剩下来的。常五伯，我请您喝两盅。

常　五 （很慷慨地）好，那我就喝两盅！

焦花氏 好。（预备酒杯和酒）您坐呀！

常　五 （坐在方桌旁）大星媳妇，你刚才说你……你念什么？

焦花氏 哦，刚才？我念经呢。（放下杯子）

常　五 念经？

焦花氏 嗯！（倒酒）

常　五 （由腰包掏出一把花生）巧啦，我刚买了一包大花生。（啜一口酒，剥花生）

焦花氏 （低首敛眉）常五伯，对不起您！（走到香案前，叩了一个头，跪在红垫上，喃喃祷告，敲一下磬，低低敲着木鱼，虔心唱诵）"南无阿弥多婆夜，哆他伽多夜，哆地夜他，阿弥利都婆毗。阿弥利多，悉耽婆毗，阿尔唎哆，毗迦兰帝，阿弥唎哆，毗迦兰多……"

常　五 （诧异地站了起来，走近焦花氏）你在念些什么？

焦花氏 （摇摇手，更虔诚地）"……伽弥腻，伽伽那，枳多伽利娑婆诃。"（又敲两下磬，深深拜三拜，肃穆地立起来）常五伯？

常　五 （肃然起敬）我没有来，你一个人，就念这个？

焦花氏 嗯。

常　五	这叫什么?
焦花氏	我念的是往生咒,替我们公公超度呢!
常　五	(咂咂嘴,摇头,赞叹)好孝顺的媳妇,你想替阎王超度?
焦花氏	(祥光满面)公公在世的时候杀过人。
常　五	(爽直地笑起来)多多念吧。唉,我看不超度也罢,阎王倒也该进地狱下下油锅。
焦花氏	哟,菩萨!您这说的是什么话,我们做儿女的怎么听得下去?
常　五	得罪,得罪!大星媳妇,阎王跟我是二十年老朋友,我这倒也说的是老实话。(剥开颗花生)你婆婆还没有回来?
焦花氏	这两天下半晌就出去,到了煞黑才回来。
常　五	(有意义地)你知道她在干些什么?
焦花氏	(驯顺地)老人家的事,我们做小辈的哪敢问。(探听一下)不过我仿佛听见她老人家时常找那庙里的会看香的老姑子,就是那个能念咒害死人的老神仙。
常　五	(喝口酒)我也在那庙里看见她,奇怪,一个瞎老婆子在那里跟老姑子拜神念咒,闹些什么?唉,你们焦家人都有点猜不透,外面看着挺好,里面都不知玩的什么把戏。我就不爱看这个……自然,金子,你除外。你是个正派人,不过你也得小心,年纪轻轻,长得又花儿似的,一个不留神,就会叫——哦,大星还没有回家。
焦花氏	(严严警备,盯着常五)大星刚出门不两天,哪能就回来。
常　五	(四周望望,低声地)大星的媳妇,我问你,你婆婆待你怎么样?
焦花氏	哦,(翻翻眼,心里打算)您问,我婆婆待我呀?
常　五	嗯?
焦花氏	(忽然明快地)那自然不错,待我好着得呢!亲生亲养的妈待我也不过是这样。
常　五	(咳嗽一声)可我……我总觉得你们婆媳俩有点不对付。
焦花氏	谁说的?(拿起小黑子的鞋,一针一针做起来)过着好好的日子,这是谁说的?
常　五	(又咳嗽一声,摇摇头)怪,怪,你们家里的事没法明白。你说你婆婆好,你婆婆这两天当着人也说你不错,可背后,背后

总——（忽然摇摇头）我不说了，我还是不说得好。

焦花氏 （放下针线，笑着）说呀，常五伯，（眼偷偷地盯着）家务事说说讲讲有什么怕的？

常 五 （醉意渐浓）不，不，不好。说了我就是搬弄是非，长舌头，我这个人顶不愿意管人家的家务事。

焦花氏 常五伯，（走到方桌旁）您不是外人，我年纪小，刚做儿媳妇，有什么错，您不来开导开导，还有谁肯管哪？来，（斟一杯酒）常五伯，您再喝一盅。

常 五 （笑眯眯地）好，好，我喝，我自己喝。（一口灌下）

焦花氏 嗯，（期盼地）常五伯，您说我婆婆背后怎么样？

常 五 （望着焦花氏）你婆婆背后叫我——嗯，我看还是不说得好，说了你婆婆又埋怨人。

焦花氏 （停，悻悻地）好，不说就不说吧。（又走回去拿起针线）

常 五 （搭讪着）你要我说？

焦花氏 （又笑眯眯地）随便您，常五伯。

常 五 （忍不住）好，好，我说，我说。（啰唆）这可是你叫我说的。

焦花氏 （挑她的花）常五伯，我可没有叫您说。

常 五 好，好，好，好，我自己愿意说。我告诉你，我不是搬弄是非，你婆婆背后叫我没事就看（读阴平）着你。

焦花氏 （咳嗽一声，慢慢地）哦，您看，（尖酸地）她老人家多疼我！

常 五 不是看你，你听错了，是看（读阴平）着你。她说现在你们家里忽然有点——有点不大安静。

焦花氏 哦！（领悟）不安静？

常 五 嗯，不大安静。她说她一个人，眼又瞎，看不见，很不放心。

焦花氏 家里有什么不安静？

常 五 说的是呀，我看，（四面望）怪好的，怪安静的。难道有你这贤惠媳妇，现在家里还会藏个野汉子？

焦花氏 （翻翻眼）嗯，可那也难说。

常 五 （吃了一惊）怎么？

焦花氏 （惊吓）您不是第一个就信她老人家的话，跑到我们家里来搜查了么？

常　五	（红了脸）嗐，这是怎么说的。谁说信她的话，（指点着）她的话我这耳朵进去，这耳朵就出来。嗐，这是怎么说的！
焦花氏	（慢慢地）您不信就好了。您是年高有德的人，您公公道道地说一句胜过我们小人说一万句。
常　五	（摸摸胡子）你说的不错，说的不错。我向来好说公道话，像你这样贤德媳妇，丈夫出了门，婆婆不在家，一个人，孤苦伶仃，在家里念经做活，真是千中不挑一，万中不挑一。
焦花氏	您多夸奖了。常五伯，您再喝一盅吧。
常　五	好，好，我自己来。
焦花氏	（故意吃了一惊）哟，酒还是凉的，您看我，真是！我给您热热去。
常　五	（更愉快）不用，不用了。这样好，这样好。金子你，真是个好儿媳妇，又聪明又懂事，又孝顺。哼，我的儿子要娶了这么个儿媳妇，盖上棺材盖我都是乐呵呵的。(又半盅酒)回头，金子，大星一会儿回来，我一定得在他面前为你说几句公道话。
焦花氏	（吃一惊）什么，您说什么？
常　五	（瞪瞪眼）我要说几句公道话呀。
焦花氏	（焦切地）您说大星一会儿就回家？
常　五	啊？你不知道？(忽然想起)啊，（敲敲自己的脑袋）这你婆婆叫我不要告诉你的，可我又说出来了。不过这也不怪我，（自解）喝点酒，话就多，那有什么法子？
焦花氏	（冷不防）谁叫他回来的？
常　五	（冒失）自然是我！不，是你婆婆！是她托我去叫大星回家，赶快回家……
焦花氏	您就叫他去了？
常　五	（无可奈何的神气）嗯，我有什么法儿，谁叫我天生脾气好，好说话。你叫我去，我也不是一样地去，这……这也不能怪我。
焦花氏	（压制笑）大星回家是个喜信，怎么提得上怪呢？哦，（仿佛不在意）大星没说准什么时候回来？
常　五	倒没说准，说不定是今天晚上？说不定是明天早上，也说不定就是这一会儿。

焦花氏	哦!(沉思)讨厌,这针真不好使!哦,我婆婆托您的时候,没求您带个什么话?
常 五	也……也没说些什么!她就说家里乱哄哄的,仿佛半夜里直进人。
焦花氏	(大惊失色)哦,进来人?(一针戳了拇指,呼痛)哟!(放下针线)
常 五	怎么啦?
焦花氏	针扎了手,不要紧的!哦,(沉静地)那会是谁呢?
常 五	说的是呀!她可说要大星赶快回来,说家里要有一双眼睛,才看得明白。
焦花氏	(又拿起针线,笑笑)这不是一双眼睛?
常 五	说的是呀!你看,(指焦花氏)这不是眼?(指自己)这不是眼?反正,她说的是乱七八糟,胡说一大泡。你这个婆婆瞎了眼,疑心病就重,没有法子。
焦花氏	您看,(抬头)我婆婆是不是犯了点疯病!
常 五	(很肯定地)嗯,有!有!有点!
焦花氏	半……半夜里家里会进人,这不是疯话!
常 五	嗯,疯话!谁相信!可金子,你也得小心,年纪轻轻,长得挺俊,这里又四面不靠人家——(忽然,咳嗽一下,四外望望,又重重咳嗽一声)
焦花氏	您干什么?
常 五	(秘密低语)你——你们这屋子有人没有?
焦花氏	(惊愕)人?
常 五	怪,这屋子怪不对的。我问你,家里藏着什么人没有?
焦花氏	(翻了脸)藏谁?青天白日,我一个妇道会藏谁?
常 五	谁说你?大星媳妇,我说你一个人在屋里不小心,说不定就有强盗偷进来。
焦花氏	强盗?哪个强盗敢偷焦阎王的家?
常 五	金子,你不知道这个强盗专找你们家里来?
焦花氏	哦,那会是谁?
常 五	(指着焦花氏的活计)谁?我问你,你手里绣的是什么?
焦花氏	小黑子的鞋。

常　五	不，我说你绣的花？

常　五　　不，我说你绣的花？

焦花氏　　哦，这个？虎！

常　五　　（低声地）就是他——虎回来了！

焦花氏　　虎？谁呀？

常　五　　你不明白，虎！仇虎回来了！

焦花氏　　（佯作不知）仇虎？仇虎是干什么的？

常　五　　（诧异）你不知道？仇虎？你差一点都要嫁给他，你会不知道？

焦花氏　　常五伯，您喝酒就喝酒，别胡说八道的。

常　五　　真的！你爸爸十来年前就把你许给仇虎了！

焦花氏　　哦。

常　五　　后来，仇虎家倒了，吃了官司，他才改了主意，把你又许给阎王当儿媳妇，这么要紧的事，你会不知道？

焦花氏　　我爹妈活着的时候就没有提过。

常　五　　我告诉你，仇虎这次回来是要跟你们焦家大小算账的。你可少惹他，你公公害得人家不轻，阎王结下的仇可得由你们解了。

焦花氏　　不是大星就要回来么？

常　五　　（提起鸟笼）嗯，嗯，大星回来不也是白搭，窝囊废，他哪对付得了仇虎？（忽然回过头）你见过仇虎么？

焦花氏　　没，没有。您从前见过？

常　五　　那还用说。我告诉你，要多丑就有多丑，罗锅腰，灶王脸，粗大个，满身黑毛。你见着他告诉我，送到侦缉队就是大洋钱，你听见了没有？

焦花氏　　知道，知道。您要走了！

常　五　　（走到门口，又想起，低声地）你知道仇虎回来的事是谁告诉我的？

焦花氏　　谁？

常　五　　你婆婆。

焦花氏　　（惧骇）什么，她！她怎么会知道？

常　五　　她说铁路上的人告诉她的。她说仇虎就躲在这一带，侦缉队正在搜着呢！

　焦花氏　　哦！（听见小孩啼哭）常五伯，小黑子快醒了，我要看孩子，不送

您老人家了。(走到摇篮那里轻轻推摇)

常　五　哦,小黑子!(也走到摇篮旁边)哼,这孩子真像他死了的妈,怪可怜相的。(打了个呵欠)我走了,啊!(走到门口)哦,金子,趁你婆婆没回来,把那酒瓶里添足了凉水,别说我在你这儿喝不花钱的酒来了。我在这儿什么话也没有说,听见了没有?嘻,嘻,(打开门,外面笼满秋雾)呵,这是什么天气,好好地又下起雾来了。

　　〔常五提着鸟笼,兴高采烈地走出中门。出了门又听见他唱起"送情郎送至大门外……"。

　　〔孩子又不哭了,焦花氏忙走到窗前,向外望了望,立刻走到右门旁。

焦花氏　仇虎!仇虎!

　　〔仇虎由右门走出。

仇　虎　(愤恨地)他走了?

焦花氏　走了。(望望仇虎的脸)哦,你都听见了。

仇　虎　嗯,(阴沉地)他们知道我回来更好,(望着阎王的像)阎王你害了我一次,你还能害我两次,来吧!仇虎等死呢!

焦花氏　等死?等死?(徘徊,低声喃喃)为什么等死!为什么要等死?(摇头)不!不!不!我们,我们要——(慢慢抬头上望,忽然)仇虎,仇虎!你看,你看……

仇　虎　什么?

焦花氏　(跑到仇虎身旁)你看!(恐怖地叫起来)你看,往上看。

仇　虎　什么?

　　〔外面天更暗了。

焦花氏　相片!相片!(失了颜色)他看着我,他看着我。

仇　虎　谁?

焦花氏　(低头,缩成一团)阎王,阎王的眼动起来,他——他活了,活了!

仇　虎　(抱着焦花氏,眼看着昏暗里的焦阎王的相片)胡说!胡说!还不是张相片,你别瞎见鬼。

焦花氏　真的!真的!(渐渐恢复意识)虎子你没看见?真的,我方才真看见他对我笑,叫我。

仇　虎　呸!(向上啐了一口)阎王,你要真活了,你走下来,仇虎倒等着你呢。(推着焦花氏)你看,他还动不动?

焦花氏　(偷偷抬起头望望)他……他不动了。

仇　虎　(警告)金子,你以后别这样胡喊。

焦花氏　我向来不的,不过,刚才我实在是看见——

仇　虎　金子,不要再说了。

焦花氏　虎子,我……我有点怕。虎子,你到窗户那里看看去。

仇　虎　有什么?(走到窗前望望)外面什么也看不见,雾下大了。

焦花氏　下了雾?

仇　虎　嗯,大雾。

焦花氏　(失神地)我怕得很!

仇　虎　怕什么?

焦花氏　(沉思)我怕我婆婆叫大星回来!

仇　虎　嗯?

焦花氏　(一直沉思)我不知道她要跟大星说些什么。

仇　虎　哼,大星还有什么说的,他从我手里把你抢过来。

焦花氏　(低头)不,不是他,这怪他爸爸,他原来并不肯要我。

仇　虎　哼!

焦花氏　虎子,你先走,你快走吧。省得他回来碰见你。

仇　虎　好,我走。可是金子你没有忘记你刚才对我说的话?

焦花氏　(抬头)什么?

仇　虎　你说你要离开这儿。

焦花氏　嗯,我要走。这儿到了秋天就下着大雾。只有我那瞎子婆婆跟我在一块儿,她恨我,我恨她。大星是个窝囊废,没有一点儿本事。他是他妈的孝顺儿子,不是我的爷儿们。

〔雾里远远有火车汽笛声,疾行火车由远渐近。

仇　虎　金子,你要上哪儿?

焦花氏　远,(长长地)远远的——(托着腮)就是你说那有黄金子铺地的地方。

仇　虎　(惨笑)黄金?哪里有黄金铺地的地方,我是骗你的。

焦花氏　(摇头)不,你不知道,有的。人家告诉过我。有!我梦见过。

仇　虎　金子，大星回来——

〔雾里的火车渐行渐远，远远有一声悠长的尖锐的汽笛。

焦花氏　（假想）你别说话，你听，到那个地方，就坐这个。"突突突突，突突突突"，坐着火车，一直开出去，开，开，开到天边外。哼，我死也不在这儿待下去了。

仇　虎　金子，你知道，大星回来——

焦花氏　（忽然）你记得我们小的时候么：有一天我梳着油亮亮两个小辫，在我家里小窗户下面纺着线等你？

仇　虎　（眼睛发着光）嗯，那时，我爸爸还活着，我天天跟着爸爸在田里看地放牛。

焦花氏　我还记得那时我纺线时唱的歌呢："大麦绿油油，红高粱漫过山头了，我从窗口还望不见你，我的心更愁了，更——"

仇　虎　（忽然硬起来）别说了，你忘了大星要回来啦么？

焦花氏　（从回忆中唤醒）哦，是，是。虎子，你快走吧！

仇　虎　金子，你是真想走么？

焦花氏　（又恢复平时硬朗朗的态度）谁骗你？

仇　虎　那我回头还要来。

焦花氏　回头？不，那你千万别！大星就许回了家。

仇　虎　哦？

焦花氏　瞎子一定在屋里。

仇　虎　她敢怎么样？

焦花氏　敢怎么样？送你到侦缉队，怎么跑出来的再怎么送回去。

仇　虎　哼，（沉思）瞎婆子！瞎婆子！（索性坐下）那我不走了！看她怎么样！

焦花氏　（抓着仇虎的臂膊）你干什么？

仇　虎　（忽然立起）好，我们索性回屋里坐一会儿，我们俩再叙叙。（拉着焦花氏的手）

焦花氏　不，你走，你别作死！

仇　虎　（回头向中门）哼，我跟瞎婆子是一尺的蝎子碰上十寸的蜈蚣，今天我们谁也不含糊谁，我得先告诉她，我仇虎就在这儿。哼，明地来了不黑地里走。跟她先说个明白，叫她也吃一副开窍顺气丸，先有个底。

焦花氏　不，不，虎子，你得听我的话，听我的话，听——听——听我
的——

〔中门慢慢开了，焦花氏惧怕地回过头去。焦母扶着拐杖走进
来，脸上罩上一层严霜，一声不响地立在门口。她手里抱着一个
小红包袱，耳朵仿佛代替了眼睛四下搜查。

焦花氏　（叹一口长气）哦，妈妈。

〔仇虎呆在那里。

焦　母　（冷酷地）哼，你在念叨些什么？

〔半晌。仇虎正想大模大样地走近焦母，焦花氏忙以手示意，求
他快进右门。

〔仇虎望望焦母，望望焦花氏，蹑足向右门走去。

焦　母　（忽然）站着！

〔仇虎又愣在那里。

焦　母　谁？

焦花氏　谁？（不安地笑着）还不是我！（忽然做出抱着孩子的样子，一面
走，一面唱着催眠歌）嗯——嗯——嗯！听……听话呀，嗯——
嗯——嗯！（恳求地望着仇虎，见仇虎又想走近焦母）小宝贝要听
话呀，（一面又望焦母）听话睡觉觉啊，嗯——嗯——嗯！（望仇
虎）听话的宝贝有人疼啊，嗯——嗯——嗯！（望焦母）小宝贝睡
觉啊，嗯——嗯——嗯！（回头看仇虎慢慢迈入右门，紧张的脸显
出一丝微笑，对着仇虎的背影）好孩子真听话呀，嗯——嗯——
嗯！（望着焦母）好宝贝睡着了啊，嗯——嗯——嗯。

焦　母　（谛听一刻，忽然）金子，你在干什么？

焦花氏　我在哄孩子呢！（见孩子渐渐睡熟了，低声地）嗯——嗯。

焦　母　哄孩子？

焦花氏　妈，声音小点，孩子刚睡着！（更低柔地）嗯——嗯——嗯。

焦　母　（明白焦花氏的谎，指窗前的摇篮）哼，孩子在这边，我知道，
我的祖奶奶！（正要向摇篮走去）

焦花氏　（掩饰）我刚把孩子抱过来的，您没有看见。

　焦　母　（没有办法，严厉地）扯你娘的臊，你靠在桌子旁边干什么？

焦花氏　（硬朗朗地）我渴，我先喝口水。

焦　母　你渴什么，桌上没有水！

焦花氏　（没想到焦母知道这样清楚）哦，没——没有——可是……

焦　母　（头歪过去）满嘴瞎话的狐狸精！（冷酷地）你过来。

焦花氏　（慢吞吞地）嗯！（偏偏条斯理地把头上的花插正了）

焦　母　（走到香案前，把红包袱放在上面）过来！

焦花氏　（恶狠狠地望着焦母，低柔地）就来。

焦　母　快过来，（拐杖在地上捣得山响）过来！（坐在香案旁的椅子上）

焦花氏　（冷冷地）您要吓着孩子！（走过去）

焦　母　假慈悲。（指摇篮）他不是你的儿子。

焦花氏　嗯，妈。（拖到焦母身旁）妈，我过来了。

焦　母　（一把拉住焦花氏的手）我摸摸你。

焦花氏　（吃了一惊，但是——）您摸吧！

焦　母　你穿的什么？

焦花氏　（眼望前面）大红袄，黑缎裤，（故意地）过节大星做的。

焦　母　（恨恶）哦，手上是什么？

焦花氏　（斜眼）包金镯子！白银戒子，过节大星买的。

焦　母　（厌恶地）哼！（探到头上，摸着仇虎的花，忽然）哦，这是什么？

焦花氏　（不由得惊一下）哦，这个——花，妈。

焦　母　（逼得紧）花？谁给你的？谁给你的？

焦花氏　（眼神一转）谁给的？（故意反问）哼，天上掉下来的？地里头钻出来的？（斜视）我自个儿在门口买的。

焦　母　（被焦花氏冲撞回去，却莫名其妙来了一股火）买？买这个做什么？

焦花氏　（望着焦母）昨儿个，我梦着大星回了家……

焦　母　谁告诉你大星要回家？

焦花氏　谁也没告诉我，我不是说做梦么！

焦　母　做梦，做什么梦？

焦花氏　大星到家门口，就跌一大跤，我才想戴个红花破破，取个吉利。

焦　母　哼，做个梦，也要戴个花！丢了它，等我死了你再戴。大星娶了你这个狐狸精，魂都没有，还要你戴上花儿叶儿的来迷他。

051

丢了它！

焦花氏　（缓缓地）嗯！（望着焦母森然的面孔，不觉取下花来）

焦　母　（严峻地）扔在哪儿？

焦花氏　（没有办法，把花扔在脚下，狠毒地看了焦母一眼）在您脚底下。（用脚点了点）这儿！

焦　母　（倏地立起，朝着那红花狠狠地踹了又踹）你戴！你戴！（弯下腰拾起花）拿去戴去！（把踢得纷乱了的花向焦花氏掷去，不想正打在焦花氏的脸上）死不要脸的贱货，叫你戴！叫你戴！戴到阴曹地府嫁阎王去。

焦花氏　（气得脸发了青，躲在一旁，咬着牙，喃喃地）我当了阎王奶奶，第一个就叫大头鬼来拘你个老不死的。

焦　母　（听不清楚）你又叨叨些什么？

焦花氏　我念叨着婆婆好，阎王爷一辈子也不请您吃上席去。

焦　母　（猜得明白）嗯，我死不了，妖精，你等着，天有多长的命，我就有多长的命。你咒不死我，我送你们进棺材。

〔远远的又有火车在原野里的铁道上轰轰地驰过，不断地响着嘹亮的汽笛。

焦花氏　妈，您听！您听！（盯住焦母）

〔远远的火车汽笛声。

焦　母　听什么？金子，你的心又飞了，想坐火车飞到天边死去。

焦花氏　谁说啦？（急于想支使焦母出去）您不想出去坐坐，看看火车，火车在雾里飞，好看着呢！

焦　母　（用拐杖捣着地）我怎么看？我问你，我怎么看？

焦花氏　（想起，支吾着）您——您不是说您没有眼比有眼还看得准。

焦　母　（暗示）嗯，我看得准，我看准了你是我们焦家的祸害。你的心一天变上十八个样，我告诉你，火车是一条龙，冒着毒火，早晚有一天它会吃了你，带你上西天朝佛爷去。

焦花氏　嗯，（厌恶）您不喝口水，我给您倒碗茶？

焦　母　不用，我自己来。你少跟我装模装样，我不用你这么对我假门假事的。

　焦花氏　那么，我回到我屋里去了。

焦　母	滚吧。(听焦花氏忙忙走了一半)你站着，金子，我问你一句话。
焦花氏	嗯，妈。
焦　母	(慢慢地)你这两天晚上打的什么呓怔？
焦花氏	谁，谁打呓怔啦？
焦　母	半夜里，你一个人在房里叽里呱啦地干什么？
焦　母	我，我没有。
焦　母	(疑惑)没有？屋里面乱哄哄的，我走到门口又没有了，那是干什么？
焦花氏	哦，(似乎恍然)您说那个呀!(笑)那是耗子，半夜我起来捉耗子呢。
焦　母	(低沉地)再以后要有耗子，你告诉我，你看见这个么？(指香案前的铁拐杖)我就用这条铁拐杖打死他。
焦花氏	嗯，妈。(要向右屋走)
焦　母	别走。你坐下。
焦花氏	嗯。(立在那里)
焦　母	(冷酷地)坐下。
焦花氏	我坐下了。(还立在那里)
焦　母	(严峻地)你没有，我知道。(用拐杖捣着地，厉声)坐下。
焦花氏	(恶恶生生地望着焦母，不得已地坐下去)嗯，妈妈。
焦　母	(露出一丝狞笑，暗示)我告诉你一件事。
焦花氏	嗯，妈。
焦　母	昨天晚上我做了一个噩梦——
焦花氏	哦，您也做了个噩梦？
焦　母	(摸起锡箔，慢慢叠成元宝，一句一句地)我梦见你公公又活了。
焦花氏	公公——活了？
焦　母	(不慌不忙地)嗯，仿佛是他从远道回来，可是穿一件白孝衣，从上到下，满身都是血……
焦花氏	(不安地)血？
焦　母	嗯，血! 他看见小黑子，一句话也不说，抱起来就不放手，眼泪不住地往下流。
焦花氏	哦。

焦　母　我向前去劝，刚一叫他，忽然他变了个老虎，野老虎——

焦花氏　（吃了一惊）老虎？

焦　母　嗯，野老虎，仿佛见了仇人似的就把小黑子叼走了。

焦花氏　哦，这个梦凶——凶得很。

焦　母　谁说不是，"猛虎临门，家有凶神"。我看这两天家里要出事，金子，你说呢？

焦花氏　坐家里好好的，哪会出什么事？

焦　母　（立起来，在香案上拿起一炷高香，对焦花氏，仿佛不在意地）金子，你知道仇虎在哪儿？

焦花氏　仇虎？

焦　母　你别装不知道，我的干儿虎子回来了，你会不知道？过来，金子，（举起香）点上。

焦花氏　（不安地，就桌上的长命灯颤巍巍地点起香，与焦母对着面）我倒是听说虎子回来了，可是谁晓得他躲在哪个窝里死去了！

　　　　〔香火熊熊然照在焦母死尸一样的脸上。

焦　母　金子！（一把抓住焦花氏的腕）

焦花氏　（吓住）妈，干什么？

焦　母　（凶神一般）你的手发抖。

焦花氏　（声音有些颤）香火烫的，妈。

焦　母　他没有到我们家里来？

焦花氏　谁？妈？

焦　母　仇虎！

焦花氏　他怎敢来？（转动香火，火焰更旺）

焦　母　没有来望望你？说近些，差一点你们也是一对好夫妻。（指香炉）把香插上。

焦花氏　（插香）妈，您别冤枉人！丑八怪，谁要他？他来了，我就报侦缉队把他抓去。

焦　母　你说了。

焦花氏　嗯。

焦　母　你公公（指右窗前的像）在上面可听见了的。

焦花氏　嗯。

焦　母　去吧。

〔焦花氏走到右门口。

焦　母　（仿佛忽然想起一件事）金子，你的生日是五月初九，是不?

焦花氏　是。（不觉疑惑起来）干什么?

焦　母　（温和地）你生下的时辰可是半夜子时?

焦花氏　嗯。您问这个干什么?

焦　母　（不理焦花氏）我问你，是不是?

焦花氏　是，妈。

焦　母　（恶狠地）我问问，算算你命里还有儿子不。

焦花氏　（利嘴）没有，不用算。

焦　母　（忽然柔和地）好，到屋里去吧，你去吧。

焦花氏　嗯。（怪异地盯焦母一眼，转身入右门）

焦　母　（听着焦花氏走出门，狠狠叹一口气）哼，死不了的败家精。

〔外面雾里的乌鸦在天空盘旋，盘旋，凄惨地呼噪。远远电线杆呜呜地响着。

〔焦母轻轻地走到右门口，聆听一刻，听不见什么，废然地走到香桌前。她忽然回头，朝右门愣一愣，没有人进来，她解开香案上的红包袱，里面裹着一个木刻的女人形，大眼睛，梳着盘髻，脸上涂着红胭脂，刻工粗拙，但还看得出来是焦花氏的模样。木人肚上贴着素黄纸的咒文，写有焦花氏的生辰八字，心口有朱红的鬼符，上面已扎进七口钢针。她用手摸摸木人的面庞，嘴里很神秘地不知数落些什么。

焦　母　（摸着木人的轮廓，喃喃地）也许刻得不像她，（慢慢地）哼，反正上面的生辰八字是对的。（用手掐算）五——月——初九。（点点头）半夜里——子时生的。嗯，对的，上面没有写错。（把木人高高托在手里，举了三举，头点三个头，供在香案上。重重地敲响了三下磬，跪在案前，叩了三个头，神色森严，依然跪着，嘴里念念有词，又叩了一个头，朝着木像，低声地）金子，香是你自己点的，生辰八字是你自己说的。你金子要是一旦心痛归天，可不能怪我老婆子焦氏。（又深深一叩，立起，又敲了一声磬，走到香案前，举起木人，从头上拔下一根钢针，对着心口，低声狠恶地呼唤）金子，金子，哼!(将针扎进)哼，金子!(叹一口气，仿佛非常疲乏，慢慢数着针头，扬起头）已经八针，（胜利地）就剩一针了，金子。(把木人又端端正正放在香案前面，用红包袱盖上)

〔外面电线杆鸣鸣地响，隐约有人赶着羊群走近的声音，焦母不言不语走进左门。

〔立刻，焦花氏由右门蹑足走进来。

焦花氏　（低声对右门内）你先别来，听我咳嗽。

〔焦花氏走到中门，开门望望，外面一片大雾，看不见人。她回转身，望见桌前的红包袱，匆忙跑近掀开，举起木人细看，立刻明白，厌恶地又放在案上。

焦花氏　（向着左门，毒恶地）哼。

〔焦花氏把木人盖上，忽然想起了仇虎，轻轻咳嗽一声。仇虎随即出现在右门口，正要举足向中门走，焦母森严地由左门急出。

焦　母　（怕焦花氏走进来）站住!

〔焦花氏又轻咳一声，仇虎愕然，立在右门前。焦花氏以手示意，叫他再进去。

焦　母　（慢慢走至中门）谁？是谁?

焦花氏　是我，妈。

焦　母　（厉声）还有谁?

焦花氏　还有?(以目示仇虎，令其毋做声）还有——（对仇虎噗嗤一笑）有鬼!

焦　母　哦!

〔焦花氏令仇虎进门；他眈眈地望着焦母，恨恨走出。

焦　母　（没有办法，半晌）我当是老虎真来了呢。

焦花氏　妈，您不进屋去歇歇么!

焦　母　不，你不用管，我要在堂屋里坐坐。

焦花氏　好，您坐吧。(不甘心地走入右门)

〔焦母候焦花氏出去，走到香案前，摸摸红包袱下面的木像，放了心，口里又不知数落些什么。

〔这时摇篮里忽而恐怖地哭起来了，焦母走到摇篮旁边，把孩子抱起来，悲哀地抚摸着孩子的头。

焦　母　（又轻轻拍着孩子的背）小宝贝做了梦了！嗯——嗯！梦见了老虎来咬你呀，嗯——嗯？老虎不吃小黑子的，嗯——嗯！不要怕呀，嗯——嗯，奶奶一辈子守着你啊，嗯——嗯！不要怕呀，嗯——嗯。（抱着孩子进了左屋）

〔外面仿佛羊群乱哄哄地奔踏过来，咩咩地哀叫。随着羊的乱窜声，有一个很愉快的喉咙在唱："哒，哒，打——嘀——哒嘀哒嘀哒，哒达哒哒，哒嘀哒！嘀打打打打打哒！哒——哒——嘀哒，嘀打打打打打哒！"更高兴地："哒，哒，打——嘀——哒嘀哒嘀哒，打哒哒，哒嘀哒！嘀打打打打打哒！"随着这抑扬顿挫的"洋号"，白傻子嘴里又打起威武的军鼓，舌头卷起嘟噜！"得——儿锵，锵，锵！得——儿锵锵锵！得——儿锵锵——得——儿锵！"拼了命，"得——儿锵锵锵！得——儿锵锵锵！锵——得儿锵锵——得——儿锵！"他不可一世，耀武扬威地由中门进来。

白傻子　得儿——锵锵，得——儿锵！（两只手抡起想象的鼓槌向下打，头上流着热汗。好忙！进门并没有看见焦母！由左门又走进来，嘴里还在吹洋号）哒，哒，打——嘀——

〔忽而由身右面叫一声！

焦　母　谁？

〔白傻子大吃一惊，鼓号俱停，看见焦母，伸伸舌头，立刻转身就跑。

焦　母　（立起）站住！谁？

白傻子　（只好愣在那里）是，是——（咽下唾沫）是我！

焦　母　我？（猜出多半是白傻子）"我"是谁？

白傻子　（结结巴巴，急得直眨眼）狗——狗蛋！焦大妈。（说完了又要跑）

焦　母　别跑！你！你不放你的羊，你来这儿干什么！

白傻子　不、不干什么。我！（瞪着大眼）我看你家新媳妇来了。

焦　母　新媳妇有你的什么？

白傻子　（笑嘻嘻地，顺口一数落）"新媳妇好看，傻——傻子看了直打转；新媳妇丑，傻——傻子抹头往外走。"

焦　母　你也爱看好看的媳妇？

白傻子	（翻翻眼，看着焦母）嗯！（鼻孔顿时一吸，两条青龙呼地又缩进去）
焦　母	狗蛋，你别看她，我家媳妇是个婊子，她是老虎，会吃人的。
白傻子	老虎？（不信）嗯！我看过她！
焦　母	你看过老虎，你还来干什么？
白傻子	（鼻涕又流下来，舌尖不觉翻上去舔）那——那我来看看，她会吃我不？（又抹一下鼻涕）
焦　母	（可怜白傻子）唉，狗蛋，你日后也要个老虎来吃你么？
白傻子	（老实地）老……虎要都是这样，我看还……还是老虎好。
焦　母	（酸辛地）傻子，别娶好看的媳妇。"好看的媳妇败了家，娶了个美人丢了妈。"
白傻子	不……不要紧，我妈早死了。
焦　母	（看看白傻子，叹一口长气）嗯，孩子们长大了，都这样，心就变了。
白傻子	嗯？
焦　母	（低声喃喃，心痛地）忘记妈。什么辛苦都不记得了。（低头）
白傻子	（莫名其妙）你……你说什么？
焦　母	（低头，以杖叩地，忽然）没说什么。嗯，傻子！你听屋里有人说话没有。
白傻子	（伸长脖子，听了一刻，糊里糊涂地摇摇头）没……没有。
焦　母	（指右屋）不！我说西屋里。
白傻子	（肯定地）嗯，我知道啊！（还是摇头）没……没有。
焦　母	（不信）你到那屋里去瞧瞧。
白傻子	（点点头）嗯，我知道。（走了一步）
焦　母	（一把抓住白傻子，低声地）轻轻地走，懂不懂？
白傻子	（嫌焦母啰唆，不耐烦的神气）我知道啊！
焦　母	（不放心）狗蛋，你去看什么？
白傻子	嗯——（才想起来）谁！谁知道您要我看什么？
焦　母	（低声地）哼，你去看看屋里有什么旁的人没有。
白傻子	嗯，嗯，（仿佛非常明白，点头）我知道。（走到右门前，由上看到下，回转身，走两步，摇着脑袋）门……门关上了，推……推

　　　　不动。

焦　母　（立起，惊愕，促急地）什么？门关上了？推不动？推开门，打
　　　　进去！

白傻子　（逡巡）我怕——我——

焦　母　怕什么！出了事，有我。

白傻子　我怕老虎吃——吃了我。

焦　母　（立刻抽出香案旁边通条似的铁拐杖，对白傻子）你跟我来。除
　　　　了金子，有旁人，你给我抓着他。

　　　　〔白傻子点头，小心翼翼地随着焦母，走到右门前，焦母举起拐
　　　　杖，正要向门上捣去，焦花氏由右门跑出。

焦花氏　（叫喊）妈，您在干什么？（以手抵住焦母的手）妈，您放下！您
　　　　要打谁？（咳嗽）

焦　母　（察觉焦花氏有点蹊跷）贱婊子，（用力推开焦花氏）你放开手！

焦花氏　（摔到墙根下，喊）妈！

焦　母　傻子，你跟我来！（走进右门）

焦花氏　（咳嗽，大叫）妈！妈！

　　　　〔右屋里有焦母的铁杖落地，一个人在闪避的声音。

　　　　〔焦母咻咻然，咬牙，举起铁杖向下击："妈的！妈的！妈的！"

　　　　〔右屋里有人似乎狠狠推了焦母，焦母大叫一声，跌倒。跟着那
　　　　人打破窗户，由窗户口跳出去。

　　　　〔白傻子吓得只看焦花氏发愣，似乎在地上生了根。

　　　　〔焦母叫喊的声音："我摔着了！傻子，有人打破了窗户跑了，快
　　　　追呀，傻子！抓着他，傻子！傻子……"

白傻子　（不知怎么好，颤抖）嗯，嗯，我知道，我知道。（然而依然没
　　　　有动）

　　　　〔焦花氏听见里面的人跑了，立刻跑近中门，仇虎已由外面跑
　　　　进来。

焦花氏　（抓着仇虎的手，低声地）怎么样？你摔着了没有？

仇　虎　妈的，窗户太小，打破了窗户，腿还挤破了一块。

焦花氏　她呢？

仇　虎　我推了她一把，她摔在地下。

〔里面焦母的声音："金子！金子！"

焦花氏 （答应了一声，立刻要到右屋去）唉——妈！

仇　虎 （抓着焦花氏）别去！（指着白傻子）你看！他！

白傻子 （摸着头顶，望仇虎，很低的声音，不觉喃喃地）喊——嚓——咔——嚓，（更低微）突——突——突——突。

焦花氏 （与白傻子同时说）这是狗——狗蛋！

仇　虎 他认识我，你小心他。

焦花氏 我明白。

〔焦母由右门走出，脸上流着血。

焦花氏 妈！

焦　母 （不理焦花氏）傻子！傻子！傻子！

〔白傻子不敢答应。仇虎立刻由中门轻轻跑出。

焦花氏 妈！妈！

焦　母 （切齿地）贱婊子！

焦花氏 （不安地）妈，您摔破哪儿没有？

焦　母 （急躁地）傻子！傻子在这儿没有？

白傻子 （正看着焦花氏，不得已地）在——在这儿。干什么？（又望着焦花氏）

焦　母 （恨极了，切齿地）狗蛋！你瞧见什么没有？

白傻子 我瞧见，瞧见（食指放在嘴里）老虎在这儿。

焦花氏 （大惊）谁说的？

焦　母 （明白白傻子的话）死婊子，你别插嘴。还有谁？傻子，你说！

白傻子 （惧怯地，看着焦花氏）还有——还有——还有一个——

〔焦花氏忽然跑到白傻子面前，神情异外诱惑，在他的面颊上非常温柔地亲了一下，白傻子仿佛失神落魄，立在那里。

焦　母 （厉声）还有一个什么？

白傻子 （从来没有被人这样疼爱过，抚摸吻过的面颊）还有——老虎—老虎！

焦　母 狐狸精，你在干什么？

焦花氏 我没有干什么？

〔左屋孩子很低微地哭啼起来。

焦　母　告诉我，狗蛋！(杖捣地) 你们在干些什么?

〔焦花氏又亲热地吻白傻子一下。

焦　母　狗蛋，你死了?

白傻子　(不知所云) 没——没有! 老虎要吃——吃我。

〔左门孩子大哭起来。

焦花氏　妈，您听，孩子醒了。

焦　母　你别管。狗蛋，你说，还有谁?

〔门里孩子更恐怖地哭，嚎半晌，三人静听。

焦花氏　(惊愕地) 妈，孩子别有了病，(故意地) 妈，您问他吧，我去瞅
　　　　瞅。(就要走)

焦　母　(厉声) 不要你去! 毒手! 你别害死了我的小黑子。(向左屋走了
　　　　两步) 我就来，狗蛋! 别走，回头我还问你。

〔焦母由左屋下，听见她哄孩子的声音。

焦花氏　(看见焦母进了门，走到方桌旁的长凳坐下，向白傻子招手，魅
　　　　惑地) 狗蛋! 你过来!

白傻子　(莫名其妙) 干——干什么?

焦花氏　你过来，(低声地) 我跟你说一句话。

白傻子　(食指放在口里，本能地害羞起来) 干——干什么呀?(不大好意
　　　　思地走过去)

焦花氏　(腾出身旁一块地方，拉着白傻子的手) 你坐在我旁边。你先把
　　　　手指头放下。

白傻子　(手放下来，羞赧地瞟焦花氏一眼，呵呵地傻笑) 干——干什么?
　　　　(不觉手又放到了嘴里)

焦花氏　(瞪了白傻子一眼) 把手指头放下! 好好地听着! 我跟你说一句
　　　　正经话。

白傻子　(又将食指放下) 嗯，好，你说吧!(舌尖又不觉伸到鼻子下面卷
　　　　舔)

焦花氏　(低柔地) 狗蛋，你听着，回头大妈再问你的时候，问你看见什
　　　　么人没有了，你呀，你就说——

白傻子　(眨眨眼，仿佛在研究什么，舌端在鼻下舔过来，卷过去。忽
　　　　然，一个大发现，跳起来) 新——新媳妇!(非常愉快地) 你猜，

你猜，鼻涕是什么味儿？

焦花氏　（没想到）什么？鼻涕？

白傻子　（紧张地）嗯，你说！是甜的，还是咸的？

焦花氏　（气了）不知道。

白傻子　（快乐得直打屁股）是咸的！咸的！你没有猜着吧，（又用舌头舔一下）咸丝丝儿的。

焦花氏　（站起来）妈的，这傻王八蛋。

白傻子　（笑嘻嘻地）嘻，嘻，你——你、你叫我干什么？

　　　　〔焦大星背着包袱，提着点心，手里支着一根木棍，满脸风尘，很疲倦地迈过中门的门槛。

焦大星　（脸上露出微笑）金子！（放下包袱）

焦花氏　（平淡地）哦，是你。

焦大星　（放下点心）妈呢？（掸掸身上的土）

焦花氏　（望着焦大星）不知道。

　　　　〔白傻子躲在一旁，稀奇地望着。

焦大星　（搁下木棍，用手绢把脸擦一擦）又到了家了！（抬头看焦花氏）家里怎么样？（关心地）还好么？

焦花氏　（冷峻地）大星，谁叫你回来的？

焦大星　（不自然地笑笑）没——没有谁。我自己想回来瞅瞅。

焦花氏　（忽然）说什么？家里难道还会有人跑了？

焦大星　（猜出婆媳二人又在闹气，歉然）我不懂，金子，你又怎么？

焦花氏　不怎么，我在家里偷人养汉，美得难受。

焦大星　（避开）谁说这个啦！你说话别这样！这是咱们家，要叫妈听见——

焦花氏　叫妈听见，算什么！我都做给妈瞧啦。

焦大星　（软弱地）金子，你进了我家的门，自然不像从前当闺女那样地舒服。可我从来也没埋怨过你，我事事替你想，买东买西，你为什么一见我，尽说这些难听的话呢？

焦花氏　哼，话难听？事才难听呢！我偷人养汉又不是一天的事，你不是不明白。我嫁你那天晚上就偷人。你出了门，我就天天找汉子，轧姘头，打野食，靠男人，我——

焦大星　（痛苦地）金子，你这说的是什么？

焦花氏　我这说的是"一本正经"，我这个人你又不是不知道的，在娘家就关不住，名声就坏，可我没有要到你家里来，是你那阎王爸爸要的。我过了你家的门，我一个不够，两个；两个不够，三个；三个不够——

焦大星　（苦恼地）金子，唉，你这犯的是什么病！（颓然坐下）

焦花氏　我没有犯病，是那个一出门就想回来的人犯了病了；是那个回家就瞎疑心的人犯了病了；是那耳朵根子软，听什么话就相信的人犯了病了；是那个"瞎眉糊眼"，瞧见了什么就瞎猜的人犯了病了。我告诉你，我没有犯病！我没有犯病！

焦大星　真！奇怪！我疑心了什么？我瞧见了什么！我一进门，你就这样疯疯痴痴地乱说一大"泡"。你说，是我瞎疑心，还是你瞎疑心？

焦花氏　是我疑心，是我犯疑心病；我疑心我媳妇在家里偷人养汉，整天背着自己的男人不老实。

焦大星　可是谁提这个啦？是我听见什么啦？还是刚才瞧见什么啦！

焦花氏　你瞧不见，你还听不见。

焦大星　（想不出办法）那么，白傻子，你听见什么，你刚才瞧见了什么啦？

白傻子　（指自己）我——我——

焦大星　（敷衍着焦花氏）好，我刚才不在家。你说，你瞧见了什么？

白傻子　（结结巴巴）我——我刚才——瞧——瞧见——瞧见一个——

焦花氏　（忙追到白傻子的身边）去！去！去！活人的话都闹不清，还听死人的话？

白傻子　（卖功）可我刚才——是——是瞧见一个——

焦大星　（不信）你说吧，什么呀？

白傻子　我……我瞧见一个——

焦花氏　（蓦地在白傻子脸上掴了一掌）去！去！你这傻王八蛋。

白傻子　（莫名其妙）你打我？（抚摸自己的面颊）

焦花氏　嗯，打了你，你怎么样？

白傻子　（咧开大嘴，哇一声）哦，妈呀！（哭啼啼地）你——你到底是个老虎。（抽咽，向中门走）

焦大星 （看着焦花氏，只好哄着白傻子，同情地）去吧，狗蛋，快走吧，赶明儿别到这儿来了。

〔白傻子手背抹着眼泪，由中门走下，一时又听见羊群咩咩奔踏过去的声音。

焦花氏 （发野）好，大星，你好！你好！你好！你不疑心！你不疑心！你回家以后，你东也问，西也问，你想从狗蛋这傻子的身上督查出来我的短。好，你们一家人都来疑心我吧，你们母子二人都来逼我，逼死我吧。（焦大星几次想插进嘴去，但是她不由分辩地一句一句数落）我跟你讲，姓焦的，我嫁给你，我没有享过你一天福，你妈整天折磨我，不给我好气受。现在你也来，你也信你妈的话，也来逼我。（眼泪流下，抽咽）我们今天也算算账，我前辈子欠了你家的什么？我没有还清，今生要我卖了命来还。（抹着鼻涕）哼，我又偷人，又养汉，我整天地打野食，姘人，我没有脸。我是婊子，我这还有什么活头，哦，我的天哪！（扑在桌上，捶胸顿足，恸哭起来）

焦大星 （不知怎么安慰好）可是，金子，谁说啦？谁这么说啦？不是你要问去？不是你自己要这讲？喂，你看，我给你带来多少好东西，别哭了，好吧？

焦花氏 （还是抽咽）我不希罕，我不看。

焦大星 可你要这么说，你要在自己身上洒血，你自己要说你偷人养汉的。

焦花氏 （还是抽咽）我没有说，我没有说。是你妈说，你妈说的。

焦大星 （不信）妈？妈哪对你说这么难听的话？

焦花氏 你妈看我是"眼中钉"，你妈恨不得我就死，你妈硬说我半……半夜里留汉子，你妈把什么不要脸的话都骂到我头上。"婊子！贱货！败家精！偷汉婆！"这都是你妈说的，你妈说的。

焦大星 （解释）我不信，我不信我妈她会——

〔焦母由左门走出。

焦　母 （拐杖重重捣在地上，森严地）哦！

〔焦大星、焦花氏二人回过头。

焦　母 嗯！是我说的。金子，你跟你丈夫讲吧，我就是这么说的。

〔半晌。

焦大星　（惶恐地）妈！（走过去扶焦母）

焦花氏　（突然感到孤独，不觉立起）大星！

焦　母　（严酷地）你说吧！你痛痛快快地说吧。你在你丈夫面前狠狠地告我一状吧！金子，你说呀！你说呀！你长得好看，你又能说会道的。你丈夫今儿给你买花，明儿为你买粉，你是你丈夫的命根子，你说呀，你告我吧。我老了，没家没业的，儿子是我的家私，现在都归了你了。

焦大星　（哀诉地）妈。

焦　母　（辛酸地）我就有这么一个儿子，他就是我的家当，现在都叫你霸占了。我现在是个老婆子，瞎了眼，看不见，又好唠叨，我是你们的累赘。我知道我该死，我早就该叫你们活埋了。金子，你说吧，你告我吧，我等你开刀呢！

焦花氏　（怯惧地）妈，可我并没有说您什么。大星，你听见了，我刚才说什么，大星，你——

焦　母　（爆发，厉声）婊子！贱货！狐狸精！你迷人迷不够，你还当着我面迷他么？不要脸，脸蛋子是屁股，满嘴瞎话的败家精。当着我，妈长妈短，你灌你丈夫迷魂汤；背着我，恨不得叫大星把我害死，你当我不知道，活妖精！你别欺负你丈夫老实，你放正良心说，你昨儿夜里干什么？你刚才是干什么？你说，你为什么白天关着房门？关了门喊喊嚓嚓地是谁跟你说话？我打进房去，是哪个野王八蛋跳了窗户跑了？你说，当着你的丈夫，你跟我们也讲明白，我是怎么逼了你，欺负你？

焦花氏　谁听见我屋里有人说话？谁说我把门关上了？谁又从窗户跑了？妈，您别血口喷人！您可——

焦　母　（气得浑身发抖）这个死娘儿们，该雷劈的！（回头）狗蛋，狗蛋，你看见了，你说！

焦大星　妈，他刚走。

焦　母　他走了？（忽然）狗蛋，狗蛋！（急速地走出中门）

〔外面听见焦母连喊白傻子。

焦大星　金子！

焦花氏　你去信你妈的话吧！

焦大星　（低沉地）你先到西屋去。

焦花氏　干什么？我不去！

焦大星　金子，你先别惹她。听我说，你先走。

焦花氏　（瞪焦大星一眼）好，你们说。你们母子两个商量吧。叫你们算计我吧！好，我走！我就走！（由右门下）

焦大星　喂，金子！

〔焦母由中门上。

焦　母　（颤巍巍地）这个傻王八蛋，又不见了，跑了。（复归正题，严峻地）好，你们夫妻俩商量好了，你们有良心就来算计我吧。（猜到方才在她背后焦花氏会叽咕些什么，尖酸地）嗯，金子，你是个正派人，刚才都是我瞎说，看你是眼中钉，故意造你的谣言。现在你丈夫来了，你可以逞逞你的威风啦！（爆发，狠恶地）金子，你个下流种！我早就跟大星说过，要小心点，你别听你爸爸的话娶金子回家来，"好看的媳妇败了家，娶了个美人就丢了妈"——

焦大星　妈，金子不在这儿。

焦　母　走了，她到哪儿去了？

焦大星　她回自己的屋子去了。

焦　母　哦，你怕她受我的气，你叫她走了。

焦大星　不是的，妈，我怕您看着她不舒服，气大，省得她在您眼前厌气。

焦　母　我问你，我怎么看？我怎么看？大星！现在你们两个都会故意气我没有眼！叫我听了好难过。

焦大星　（忍不住）我没有这么想，您别瞎疑心。

焦　母　（勃然）我没有瞎疑心，我没有瞎疑心。哼，耳朵根子软，你媳妇的毒都传给你了。

焦大星　妈，您歇歇，别生气！她不好，她尽叫您生气。回头我就打她。

焦　母　我不生气，我替那怕老婆的男人生气呢。

焦大星　（没有办法）好，妈，我给您带来几样点心，都是您爱吃的！

焦　母　（冷笑）不用，拿去孝敬屋里那个人吧。我不希罕。

焦大星　（叹一口气）妈，您要是处处都光存这个心，我怎么还说得了话？您想，我们家里也不算容易，老的老，小的小，丈夫成天地不在家，四外也没有什么邻舍亲戚。家里拢总不到三个半人，大家再还免不了小心眼，那——

焦　母　大星，你跟谁说话？你对谁？

焦大星　妈？（赔笑）我不敢劝您。

焦　母　哼，我小心眼？我看你也太大气了吧？

焦大星　好，好。妈，她究竟是怎么回事？您说明白呀！

焦　母　问你呀。

焦大星　（惧怕）妈，她真……真会有什么……我不在家。

焦　母　这两天晚上，半夜，我听见门外大树底下有人说话。

焦大星　有金子？

焦　母　嗯，半夜，金子跟一个人。

焦大星　她怎么啦？

焦　母　她怎么？说着，她把那个人就拉进来了。

焦大星　拉进来？

焦　母　拉到屋里去，两个人嘁嘁嚓嚓了半夜。

焦大星　一直到半夜？

焦　母　半夜？一直到天亮。

焦大星　（疑信参半）那您为什么不抓着他们？

焦　母　我？（故意歪曲地讲）你把我真当做瞎子，我不知道你们这一对东西？那半夜的人不是你这个不值钱的丈夫，还是谁？

焦大星　是我？

焦　母　（反而问起焦大星，威吓）你为什么又瞒着我回了家？我是怎么虐待你们，要你们这样偷偷摸摸的。

焦大星　（恐怖地）那个人不是我。

焦　母　什么，（觉出焦大星渐渐相信了，露出一丝微笑）不是你？

焦大星　嗯，不是。

焦　母　那么方才那个人——

焦大星　怎么方才还有一个人？

焦　母　方才那个人也不是你？

焦大星　（苦痛地）不！不！

焦　母　哦？

焦大星　（忽然）妈，您说的话是真的？

焦　母　（冷静地）真的，你当真受你的媳妇的毒了么？

焦大星　（内心如焚）她怎么会？金子怎么能这样？我为她费了多少心，
　　　　生了多大气。她跟我起过誓，她以后要好好地过日子，她……
　　　　她……

焦　母　（残酷地）她起誓不是放屁！刚才我就知道那个人在里面，我打
　　　　进了门，他正从窗户逃走，我一手抓着他的大襟，叫那个狗娘养
　　　　的一下子把我推在地下，跳出去走了。白傻子看见他，金子还跟
　　　　他在门口说话，满不在意。你看，这是我脸上摔的伤，你进屋去
　　　　看，窗户都破了。你看，你不在家，家里成了野汉子窝。大星，
　　　　你说我怎么能不叫你回来？我告诉你，你这个小傻子，（狠狠
　　　　地）你的媳妇偷了人了，你的媳妇跟人家睡了，现在没有一个不
　　　　骂你，不笑话你，不说你是个——

焦大星　（疯狂一般捶击桌子）妈！妈！您别说了，别说了。我够了，我
　　　　听够了。

焦　母　（也翻了脸，拐杖重重在地上捣，粗野地）那你还不把她叫出来
　　　　问，逼她来问，打她来问，要她亲口招出来，招出来！
　　　　〔焦大星扑在桌上，全身颤抖。
　　　　〔焦花氏由右门出。

焦花氏　（厉色）你们不用叫!（立刻冷冷地）用不着你们母子喊，我自己
　　　　出来了。

焦　母　好！你来得好！你来得好！大星，门后有你爸爸打人的皮鞭子。
　　　　大星！你要是再心发软，我不认你是我的儿子。（走到后门，摸出
　　　　皮鞭）

焦花氏　（横了心）哼！

焦　母　好，你哼哼！大星，这是鞭子。我给你锁上门。你问她！问她！
　　　　问她!（把中门锁好）

焦大星　（接下皮鞭，手发抖）金子——

焦　母　你快问她！快问！

焦大星　妈，我问！我问！

　焦　母　叫她跪下！对着祖宗牌位！

焦花氏　怎么？

焦　母　（雷霆般）跪下！

　　　　〔焦花氏跪下。

焦大星　（拿着皮鞭，脸上冒汗）我不在家，你是做……做了那……那样的事情么？

焦　母　你说，叫你说，败家精。

焦大星　（用鞭指着焦花氏，狠了心）你——你说。

焦　母　（厉声）说呀！

焦花氏　（两面望望，恨恶地）哼，（冷笑）你们逼我吧，逼我吧！（忽然高声地）我做了！我做了，我偷了人！养了汉！我不愿在你们焦家吃这碗厌气饭，我要找死，你们把我怎么样吧？

焦大星　（失色）怎么，你——你承认你……

焦花氏　嗯！我认了。你妈说的，句句对，没冤枉我，我是偷了人，我进了你们家的门，我就没想好好过。你爸爸把我押来做儿媳妇，你妈从我一进门就恨上我，骂我，羞我，糟蹋我，没有把我当做人看。我告诉你，大星，你是个没有用的好人。可是，为着你这个妈，我死也不跟这样的好人过，我是偷了人，你待我再好，早晚我也要跟你散。我跟你讲吧，我不喜欢你，你是个"窝囊废""受气包"，你是叫你妈妈哄的，你还不配要金子这样的媳妇。你们打我吧，你们打死我吧！我认了。可是要说到你妈呀，天底下没有比你妈再毒的妇人，再不是人的婆婆，你看她——

焦大星　金子，别说了！

焦　母　（气急败坏地）败家精，你还说！

焦花氏　（跑到香案前，掀开红包袱，拿起扎穿钢针的木人）大星，你看！这是她做的事。你看，她要害死我！想出这么个绝子绝孙的法子来害我。你看，你们看吧！（把木人扔在地上）

焦　母　你……你……你！大星，你还不给我打死这个淫妇，死婊子养的！打——打——打！

焦大星　（迷乱地）妈！

焦　母　（暴雷一般）打死她！打死她！

焦大星　嗯，（麻痹）嗯，打！打！（举起皮鞭，想用力向焦花氏身上——

但是人仿佛凝成了冰，手举在空中，泪水盈眶，呆望着焦花氏冷酷无情的眼。静默。忽然扔下鞭子，扑在母亲足下恸哭起来）哦，妈呀！

焦　母　（推开她的儿子，骂）你不是人！死种！

　　　　〔焦母抢起拐杖向焦花氏所在方向打去，焦花氏一手截住。

焦花氏　（拼命地）你……你敢——

焦　母　（不顾死活）我先打死你——

　　　　〔外面有人叩门甚急，大叫："开门！开门！"

焦大星　（在两个女人当中）谁？谁？

　　　　〔外面的声音："是我，我呀！"

焦　母　（放下拐棍，听出声音蹊跷，停住）你？你是谁？

　　　　〔外面狞笑的声音："仇——虎！我是仇——虎。"

焦　母　什么？虎子？

　　　　〔外面的声音："是我，干妈。"

焦大星　（惊愕）怪，虎子来了？（打开中门）

　　　　〔仇虎走进，大家恐惧地互视，半晌。

焦　母　（阴沉地）虎子，你来干什么？

仇　虎　（狠毒地）给干妈请安来了。

焦　母　（低幽地）请安？

仇　虎　（点头）嗯。

焦大星　（走到仇虎面前，喜悦地）虎子，你怎么出来的？

焦　母　（阴郁地）大星，来！跟我到这屋里来。

焦大星　（不大明白）妈？

焦　母　（厉声）来。

　　　　〔焦母拄起拐杖向左屋走，后随焦大星，母子进了左屋。

　　　　〔半晌，焦花氏恐怖地呆望着仇虎。

焦花氏　（低声地）谁叫你回来的？

仇　虎　（望外，阴沉地）外面有人跟着我。

焦花氏　谁？

仇　虎　雾太大，看不出来。（忽然）你把蜡吹了。

焦花氏　（惊）怎么？（把香案前的烛火吹灭）

〔屋内黑下来，从两面窗望出，外面一片灰沉沉的雾。远远听见火车驰过，一声孤寂的汽笛。仇虎蹑足走到窗前探望。

焦花氏　（低声地）怎么？你——

仇　虎　别说话，门外仿佛就有人走。你听！

焦花氏　（谛听）不，这是风。

仇　虎　哦。

焦花氏　风吹着野草。

仇　虎　（回头，望着左屋）奇怪，这半天他们在屋里做什么？

焦花氏　谁知道？

仇　虎　嗯，（阴沉地暗示）我想今天晚上要出事。

焦花氏　（点头）我觉得。

仇　虎　金子，你怕么？

焦花氏　（回首）怕？（转头望前面）不！

　　　　〔幕急落。

第二幕

〔同日，夜晚9点钟，依然在焦家那间正屋里。方桌上燃着一盏昏惨惨的煤油灯，黑影幢幢，庞杂地在窗棂上簇动着，在四周灰暗的墙壁上移爬着。窗户深深掩下来，庞大的乌红柜，是一座巨无霸，森森然矗立墙边，隐隐做了这座阴暗屋宇神秘的主宰。香案前熄灭了烛火，三首六臂的菩萨藏匿在黑暗里，只有神灯一丝荧荧的火光照在油亮的黑脸上，显得狰狞可怖。

〔焦母立在香案旁，神色阴沉。盲人睁大一双不见眸子的眼眶，凝望前面，冥然不知思念什么。她默默地敲撞铜磬，声嗡嗡然，仿佛发自神像的巨口里。桌前立一只肥大的泥缸，里面熊熊地烧起"黄钱"——那贿赂神灵、请求他除灾降福的"鬼币"。纸灰随着火星飞扬，跳跃的火焰向上翻。红光一闪一闪，射在焦母严峻的脸上，像走马灯。影子穿梭似的在焦阎王狰恶的像上浮动，一阵黑，一阵亮，时而瞥见阎王的眼眈眈地探视下面，如同一幅煞神。

〔在这里，恐惧是一条不显形的花蛇，沿着幻想的边缘，蠕进人的血管，僵凝了里面的流质。

〔瞎子卷起黄的纸填入土缸的肚子，火焰更凶猛地飞舞起来。她喃喃念着"往生咒"，仿佛又在祈祷，朝向着菩萨。

〔静了半晌，忽然黑暗的角落里有一稚弱的哭声，惊恐地抽咽，是小黑子在摇篮里由噩梦中吓醒，又看见一墙的黑影，更惧怕地哭嚷起来。瞎祖母走到摇篮边，抱起受了惊的孩子低声抚慰。

焦　母　（轻轻拍抚孩子）不要怕呀，嗯——嗯——嗯——宝宝梦见了什么呀，嗯——嗯——嗯。黑子，快回家呀，嗯——嗯。回家睡觉觉呀，嗯——嗯。不要怕呀，嗯——嗯。奶奶一辈子守着小孙孙呀，嗯——嗯。你就是奶奶的小命根呀，嗯——嗯——嗯。谁也不敢来惹你呀，我的小孙孙，不要怕呀，嗯——嗯——嗯。

〔孩子先还哽咽，渐渐睡着。焦母正要放下孙儿，焦大星由左屋上。他的脸颊微红，神色不安，关上左门，又回顾一下，忽然咳嗽起来。

焦　母　（低声地）谁？

焦大星　（声音喑哑）我，妈。（向焦母走去）

焦　母　（放下孩子）慢点走。孩子刚睡着。

焦大星　（走到摇篮旁边，望望自己的儿子）黑子好一点了么？

焦　母　（摸摸孩子瘦小的头，关心地）小脑袋还是热烘烘的。刚才黑子又不知叫什么东西吓醒了，又嚷了半天。

焦大星　（烦恶地）哭！哭！哭！今天这孩子是怎么回事，简直像是哭我的丧。

焦　母　（又拈起一张黄纸，引起快熄的火）"猛虎临门，家有凶神。"哼，右屋里藏着个狐狸精，左屋躲着个野老虎，童男子眼最灵气，看见了这一对妖魔，魂都吓得离了壳，他怎么不哭？

〔这时左屋有男人学着女人的喉咙，忽而尖锐，忽而粗哑，惨厉地唱着《妓女告状》，一句一句，非常清晰："初一十五庙门开，牛头马面哪两边排……前的判官呀掌着生死的簿……青脸的小鬼哟，手拿拘魂的牌……"

〔焦母不安地谛听着。焦大星坐在方桌旁，凝视土缸里的火焰。

焦　母　　你听他又在唱。(低微地)你听,他在我们家唱这个。你听!

　　　　　　〔里面幽幽地唱着:"……阎王老爷哟当中坐,一阵哪阴风啊,吹了个女鬼来。"

焦　母　　大星,他这是咒我们。

焦大星　　(替仇虎辩白)他高兴,他多年没见我,今天见着了,多喝两盅,他爱唱什么,就唱什么,您管他这个做什么。

焦　母　　哼,他硬说你父亲害了他一家。(低沉地)你还看不出来,他这次回来没有安着好心。

焦大星　　妈,您又来了,您先别疑神疑鬼。刚才他跟我说,他住两夜就走。

焦　母　　(不信)就走?

焦大星　　他是您的干儿,跟我又是从小的朋友,这次特来看看我们。我们跟人无仇无冤,疑心人家要害我们干什么?

焦　母　　你不懂,不用管我。大星,你听。

　　　　　　〔里面又幽幽然唱着:"……阎王老爷当中坐,一阵哪阴风啊,吹了个女鬼来。"

焦　母　　他老唱这两句,他老唱这两句。

焦大星　　虎子现在无家无业,心里别扭,让他唱去。

焦　母　　可是他为什么——

　　　　　　〔里面又从头重唱:"初一十五庙门开,牛头马面哪两边排——"

焦　母　　你听,他这不是有意地——

　　　　　　〔小黑子又突然大嚎起来。焦母忙走到摇篮边,抚拍着孩子,里面也停止了唱声。

焦　母　　(恨恶地)你听,他这是存的什么心,孩子醒了,他也不唱了。(孩子继续哭嚎)大星,你这做爸爸的也为你的孩子烧点纸,驱驱邪,我再给孩子叫叫。

　　　　　　〔焦大星不得已立起,走到香桌旁,烧黄钱。焦母在摇篮旁,轻抚哽咽着的孩子。

焦　母　　(非常悠远地,似从旷野里传送来的凄厉的声音)回家来——黑子!黑子的魂回家来——黑子!魂快回家——黑子!奶奶等着你睡——黑子!魂回家来——黑子。

　　　　　　〔孩子又不响,四周静寂,只有盲目的焦母低声呼唤,催眠一般，焦大星的眼盯着泥缸的火。

焦　母　（忽然）大星，你看看黑子的眼，孩子真睡着了么？

焦大星　（抬起头，望黑子）眼合上了。（奇怪地）这孩子的睡相怎么这样
　　　　——怕人——

焦　母　怎么？

焦大星　（低声地）——他仿佛死了似的。

焦　母　（贸然）放你的屁！好好的孩子，你咒他什么？（又抚黑子）黑
　　　　子，你不要怕，你爸爸跟你说着玩呢。你好好在我们家里住
　　　　着，供你吃，供你住。我们的家就是你的家，黑子，你住着，
　　　　不要走。

焦大星　可是，妈，您看不见那小脸，眉毛狠命地皱，小嘴向下瘪。（低微
　　　　地）合上了眼，真像他是——

焦　母　（恐惧地）少胡说，你今天喝多了。（想起来）也怪，刚才吃饭的
　　　　时候，为什么孩子忽然地大嚷起来？

焦大星　（无神地）不知道。我直望着孩子的眼，孩子仿佛看见了什么东
　　　　西似的，那么死命地干嚷。

焦　母　（忽然）我看我们赶快送他走。送他走，越早越好。

焦大星　让她就走？

焦　母　嗯。

焦大星　（哀诉地）不，妈！再等一等，您让我想一想。

焦　母　想什么？这个祸害不是早走了早好！

焦大星　可是，她现在家里什么人都没有，您要她立刻走，这……这不
　　　　是——

焦　母　那我哪管得了，我只求我家里安静。今天是晚了，明天一大清
　　　　早，就送他上路。

焦大星　妈，我们不能这么办。

焦　母　（冷冷地）大星，那么你要怎么办？

焦大星　妈，您不能这么赶她出去。这次是她做错了，她丢——丢了我——
　　　　我们的脸，可妈您要现在就送她走，那不是逼着她走那一条路，
　　　　叫她找她的那——那个人么？（苦痛地）妈，我知道她这次是真心
　　　　地不——不要脸，不要脸，做了这么一件对——对不起我的事，

可是，妈，难道我们就没有一点错么？难道我们——

焦　母　（厉色）混蛋！你想的是什么？你说谁？

焦大星　（犹疑）您说的不是金子？

焦　母　金子！金子！（叹一口气）这个昏虫哟！死都临到头上，这个时候你还是金子金子地想着么！大星，我告诉你，老虎都进了门了，我说的是这屋里的老虎。老虎在你屋里吃饭，老虎在你房里都跟你的——（忽然止住）大星，你今天晚上偏要喝许多酒做什么？

焦大星　（没有力气地）嗯，我喝了，妈。

焦　母　叫你不喝你偏要喝，今天是什么鬼催着你，脾气都变了。

焦大星　嗯，我要变变。（把拳头重重地捶在桌上）

焦　母　（温慈地）大星，我的儿子，你过来。

焦大星　（走过去）干什么，妈？

焦　母　大星，你心里难过么？

焦大星　（望望焦母，咬住唇）不，妈。

焦　母　（执焦大星的手）你是舍不下金子么？

焦大星　（想抽出自己的手，烦恶地）谁说的？妈。（似乎恐怕为人发现了自己的短处，更烦躁）谁说的？谁告诉您的？

焦　母　（明白她的儿子，暗暗刺激他的羞耻心）是，是的，像她这样一个烂货，淫妇，见着男人就要，（觉得焦大星在一旁神情苦恼，要截断自己的话，然而她轻轻拍抚他的手，又慢慢地）我要是个汉子，她走就走了，不一刀了了她是便宜！

焦大星　（忽然抽开自己的手，警戒地）妈！

焦　母　（惊愕）大星，你——

焦大星　妈，您告诉我，那个人是谁？那个男人是谁，我得知道，我要知道。自小到大，您什么事都瞒着我，可是现在我是金子的丈夫，那个野种是谁？（迭连在桌上打）是谁？是谁？妈，您连这个都忍心瞒着我么？

焦　母　（半晌，立起，沉重地）大星，你的手发抖。

焦大星　我……我心里有火。（捶胸部）我这里满……满是火！烧得难受。

焦　母　（闭上眼，可怜）孩子，你是一根细草，你简直经不得风霜。

焦大星	可……可（喃喃地）我总应该知道他是谁，他是谁？
焦 母	（真看见了什么）孩子，你的脸怎么惨白惨白的？
焦大星	（恨恶地）妈，您要是疼我，您该告诉我。
焦 母	你的眼睛为什么发直？
焦大星	（回首）怎么，妈，您怎么知道？
焦 母	（摇头）妈瞎了眼，总看得见自己的儿子。可是（回首对焦大星）大星，你为什么直看着我？又像是怕看着我？
焦大星	（惊怯）妈，没有，没有。
焦 母	（肯定）你是！你是！大星，你现在想着什么？
焦大星	我……我没有想什么！
焦 母	不，大星，你又在瞒着我。我看得见你，我看见你的心，你的心是不是老早就恨我？恨着你的妈？
焦大星	不，妈。
焦 母	（阴沉地）恨着我夹在你们当中，恨我偏把这件事说穿了，叫你不能闭上眼做瞎子。
焦大星	不，妈。我恨，我就恨那一个人。可是您不肯告诉我。
焦 母	你为什么不问金子去？
焦大星	金子着了那个人的迷，她不肯说。
焦 母	她还没有说？
焦大星	（恳切地）那么，妈，您看见了，还是您告诉我！
焦 母	大星，你忘了，我是瞎子。
焦大星	（忽然立起）那么，妈，我要出去。
焦 母	（不安地）快半夜了，你上哪儿去？
焦大星	这屋子我待不下去，待不下去。
焦 母	为什么？
焦大星	（对着墙上焦阎王的像）妈，您来，您快来看！
焦 母	我看？
焦大星	嗯，您看！您看墙上的爸爸都在笑话我。（由中门跑出）
焦 母	（追着喊）大星！大星！（出中门）大星！

〔左屋里又以男人的粗噪音低哑地唱起："初一十五庙门开，牛头马面哪两边排……阎王老爷哟当中坐，一阵哪阴风吹了个女

鬼来。"

〔老远有火车轰轰地驶过去。

〔从右屋里，走出焦花氏。焦花氏神色镇静，一绺头发由鬓角边垂下来，眼神提防着人。她提住脚跟，向左屋走。

焦花氏　（低声地）虎子！虎子！

〔焦母由中门上。

焦　母　（严厉地）金子！

焦花氏　（极力做不在意的样子）干什么？

焦　母　你上哪儿去？

焦花氏　（退回来）我不上哪儿去。

焦　母　金子，（慢慢地）你们预备怎么样？

焦花氏　（吃了一惊）我们？

焦　母　（索性说穿）你跟虎子。

焦花氏　（狠狠地）不知道。

焦　母　你不用装，我知道是仇虎。

焦花氏　我没有装，事做得出来也就不怕知道。

焦　母　金子，他为什么一个人在屋里，不说话也不出来？

焦花氏　（翻翻眼）您问我？

焦　母　虎子心里现在打的是什么主意？他要干点什么？

焦花氏　不知道。

焦　母　（咬住牙）你不知道？你是他肚里的蛔虫，心上的——

焦花氏　（警告）您说话留点神，撕破了脸我也会跟您说点好听的。

焦　母　（仿佛明白焦花氏为什么忽然强硬，故意地）哦，你大概知道大星刚出门。

焦花氏　嗯。

焦　母　那屋里有虎子。家里就是我一个瞎婆婆，你现在可以——

焦花氏　您别强说反话吓唬人！我知道，我们的命在您手里。

焦　母　金子，（叹了一口气）你为什么不现在就走？

焦花氏　这大夜晚？

焦　母　嗯？

焦花氏　您逼我投奔哪儿去？

焦　母　（有意义地）我随便你！

焦花氏　（觉出来一些）随便我？

焦　母　嗯，（低沉地）你走不走？

焦花氏　不！

焦　母　哼，金子，你，你难道一点人心也没有？

焦花氏　（憎恨地）婆婆，这话要问您呢！

焦　母　（被冲撞，忍下去）好，我现在不跟你斗气，我认头，这次算你胜了。可是，金子，我是个有家有业、有过儿子的人，你没有养过孩子，你猜不透一个做妈的心里黑里白日地转些什么念头。（低声下气地）好了，金子，你就看看我的岁数，我这半头的白头发，你说话也就不应该让给我三分？以前就譬若我错了，我待你不好，就照你说的吧，磨你，逼你，叫你在家里不得过。可到了现在，你，你做了这样的事，闹到这步，我们焦家人并没有把你怎么样。难道，到了现在，我们焦家（头不觉转向左屋）有——有了难，你还想趁火打一次劫么？

焦花氏　（盯着焦母）妈，您别绕弯子跟我说话，我金子也不是不明白。"国有国法，家有家规"，这次我做事不体面，可我既然做了，我也想到以后我会怎么样。

焦　母　（暗示）你知道？

焦花氏　我不是傻子。

焦　母　那么，你说说，你们以后要怎么样？

焦花氏　我们？

焦　母　嗯，你同仇虎，虎子这孩子不能白找我们一趟。

焦花氏　自然，"猛虎临门，家有凶神"。可我怎么一定就知道他要干什么？

焦　母　（劝导）金子！你虽然现在不愿再做焦家的人，可你总也算姓过焦家的姓。现在仇虎回来，要毁我们，你难道忍心瞪眼看着，不来帮我们一把手？

焦花氏　（冷笑）您要我想法子？

焦　母　嗯，金子，你一向是有主意的。

焦花氏　大路就在眼前，为什么不走？

　焦　母　（关切地）什么！你说！

焦花氏	报告侦缉队，把他枪毙。
焦　母	（明白焦花氏的反话，故作不知地）你知道我不肯这么办，虎子到底是我的干儿。
焦花氏	（尖酸地）您的干儿？哦，我忘了，您念了九年《大悲咒》，烧了十年的往生钱。真，大慈大悲观世音，我们焦家的人哪能做这样的事？
焦　母	（忍下去）嗯，这一条路我不肯。
焦花氏	那么，（很正经地）我看，我还是给您问问仇虎的生辰八字好。
焦　母	干什么？
焦花氏	（狠恶地）给您再做个木头人，叫您来扎死啊！
焦　母	（勃然）贱货，死东西，（支起自己）你——（与焦花氏对视一刻，压抑下去）哦，我不发火，我还是不该发火。金子，我要跟你静下气来谈谈。
焦花氏	谈什么？您的儿子还是您的，焦家的天下原来是您的，还是归了您。您还要跟我谈什么？
焦　母	金子，你心里看我是眼中钉，我知道；我心里看你是怎么，你也明白。金子，你恨我恨得毒，可你总忘了我们两个疼的是一个。（感到焦花氏要辩一句）你不用说，我知道。你说，你现在跟大星也完了，是不是？可是，金子，你跟大星总算有过夫妻的情分，他待你不错。
焦花氏	我知道。
焦　母	那么，你待他呢？
焦花氏	就可怜他一辈子没有长大，总是个在妈怀里吃咂儿的孩子。
焦　母	好，这些事过去了，我们不谈。现在我求你一件事，你帮帮我，就算是帮帮他，也就算是帮帮你自个儿。
焦花氏	什么，您说吧。
焦　母	一会儿大星回来怎么问你，你也别说虎子就是那个人。
焦花氏	哼，我怎么会告诉他。
焦　母	可是大星见了你必定问，他怎么吓唬你，你也别说。
焦花氏	怎么？
焦　母	（恐惧）说不定他刚才跑出去借家伙。

焦花氏　什么?(不信) 他敢借家伙想杀人? 他?

焦　母　哼! 你? 他到底还是我的种。

焦花氏　(半信半疑) 哦,您说大星,他回来要找——

焦　母　金子,你别装! 虎子早就告诉你——

焦花氏　他告诉我什么?

焦　母　哼,我猜透了他的心,他的心毒,他会叫你告诉大星就是他。

焦花氏　您想得怪。

焦　母　怪? 他想叫大星先动手找他拼。他可以狠下心肠害——害了他的老把弟,哼,好弟兄!

焦花氏　对了! 好弟兄!(森严地) 好弟兄强占了人家的地……

焦　母　(低得听不见) 什么?

焦花氏　(紧接自己以前的话) 打断人家的腿,卖绝人家的姊妹,杀死人家的老的。

焦　母　(惊恐) 什么,谁告诉你这个?

焦花氏　他都说出来了!

焦　母　(颤栗) 可是,这并不是大星做的,这是阎王,阎王……(指着墙上的像,忽然改了口) 阎王的坏朋友,坏朋友,造出来的谣……谣言。不,不是真的。

焦花氏　(不信) 不是真的?

焦　母　(忽然一口咬定,森厉地) 嗯! 不是真的。(又软下去) 那么,金子,你答应了我!

焦花氏　什么?

焦　母　大星怎么逼你,你也不告诉他是谁。你帮我们也就帮了你自个儿。

焦花氏　帮我自个儿?

焦　母　嗯,你劝仇虎明天天亮走路。你可以跟他走,过去的事情我们谁也不再提。

焦花氏　你让我跟虎子走?

焦　母　嗯,我焦氏让你走。没有钱,我来帮你。

焦花氏　(翻翻眼) 您还帮我?

焦　母　嗯,帮你! 明天早上帮你偷偷同虎子一块儿走。

焦花氏　嗯,(斜眼看着焦母) 您再偷偷报侦缉队来跟着我们。

焦　母　怎么?

焦花氏　仇虎离开了焦家的门,碰不着你的孙,害不着你的儿,你再一下子抓着两个,仇虎拐带,我是私奔,那个时候,还是天作保,地作保,还是找您婆婆来作保?

焦　母　(狞笑一声)金子,你真毒,你要做婆婆,比瞎子心眼还想得狠。

焦花氏　(鼻子嗤出声音)说句您不爱听的话,跟您住长了,什么事就不想,也得多担份心。

焦　母　可是,小奶奶,这次你可猜错了。我倒也是想报官,不过看见了大星,我又改了主意。我不想我的儿孙再受阎王的累,我不愿小黑子再叫仇家下代人恨。仇易结不易解,我为什么要下辈人过不了太平日子。仇虎除非死了,虎子一天不死,我们焦家一天也没有安稳日子。

焦花氏　所以您才要他死。

焦　母　没有,王法既然不能叫他死,我为什么要虎子一次比一次恨我们呢。所以你金子爱信就信,不爱信也只得信,你现在替我叫虎子来,我自己跟他说话。

焦花氏　可是,您——

焦　母　(改了主意)哦,你别去,我自己来。(向左屋叫)虎子! 虎子!

焦花氏　(向左屋,低声地)虎子!

焦　母　他不答应。金子,你先回你屋,我一个人叫他。(走到左门前)虎子! 虎子!

　　　　〔里面虎子慢慢的声音:"嗯。"

　　　　〔仇虎由左门上,出门就望见焦花氏,愣一下。

　　　　〔焦花氏指指她的婆婆,叫仇虎小心。他敌对地望了焦母一眼,挥手令焦花氏出门。

焦　母　(觉出仇虎已经出来)金子,你进去吧。

焦花氏　嗯。(由右门下)

仇　虎　(狠恶地)干妈,您的干儿子来了。

焦　母　(沉静地)虎子,(指身旁一条凳)你坐下,咱们娘儿俩谈谈。

仇　虎　(知道下面严重)好,谈谈!(坐在远处一条凳上)

焦　母　(半晌,突然)刚才你吃饱了?

仇 虎	（摸摸下巴，探视着焦母）吃饱了！见着干妈怎么不吃饱？
焦 母	虎子！(又指身旁一条凳) 你坐下啊！
仇 虎	坐下了。(又望望焦母)
	〔外面有辽远的火车笛声。
焦 母	不早了。
仇 虎	嗯，不早了，您怎么还不睡？
焦 母	人老了，到了夜里，人就睡不着。(极力想提起兴会) 虎子，你这一向可好？
仇 虎	还没有死，干妈。
焦 母	（缓和仇虎的语气）话怎么说得不吉利。
仇 虎	哼，出门在外的人哪儿来的这么些讲究？(眼又偷看过去)
焦 母	你来！
仇 虎	怎么？(不安地走过去)
焦 母	你把手伸过来。
仇 虎	（疑惑地）干什么？
焦 母	好谈话，瞎子摸着手谈天，才放心。
仇 虎	哦，（想起从前焦母的习惯）您的那个老脾气还没有改。(伸手，被焦母握住，顺身坐下，与焦母并肩坐在一条凳上，面对着观众)
焦 母	没改。(凝望前面)
仇 虎	您的手冰凉。
焦 母	（神秘地）干儿子，你闭上眼。
仇 虎	（望着焦母，猜疑地）我闭上了，干妈。
焦 母	（摇头）你没有。
仇 虎	（睁着眼，故意地）这次您猜错了，我是闭上了。
焦 母	（点点头）瞎子跟瞎子谈心才明白。(忽然) 虎子，你觉得眼前豁亮么？
仇 虎	（疑惧地盯着焦母）嗯。
焦 母	（幽沉地）你瞧见了什么？
仇 虎	（不觉四面望望）我看不见，您呢？
焦 母	（慢慢地）嗯，我瞧见，我瞧见。干儿子，（森厉地，指前指后）

　　　我瞧见你身旁站着有两三个屈死鬼，黑腾腾。你满脸都是杀气。

仇　虎　（察觉焦母在说鬼话）你老人家好眼力。

焦　母　可是你猜我还瞧见你什么？

仇　虎　您还瞅见什么？

焦　母　（放下手）我还瞅见你爹的魂就在你身边。

仇　虎　哦，我爹的魂？（嘲弄）那一定是阎王爷今天放了他的假，他对着他亲家干妈直乐。

焦　母　不，不。他满脸的眼泪。我看见他（立起）在你身边，（指着）就在这儿，对着你跪着，叩头，叩头，叩头。

仇　虎　干什么？

焦　母　他求你保下你们仇家后代根，千万不要任性发昏，害人害了自己。可是你不听！

　　　〔仇虎仰望着焦母捣鬼。

焦　母　你满脸都是杀气。哦，我看见，雾腾腾，好黑的天，啊，我看见你的头滚下去，鲜血从脖颈里喷出来。

仇　虎　（憎恨地）干妈，您这段话比我说的还吉利。

焦　母　虎子！（又拿起仇虎的手，警告）你看，你的手发烫，你现在心里中了邪，你的血热，干儿，我看你得小心。

仇　虎　（蓦地立起）干妈，您的手可发凉。（狞笑）我怕不是我血热，是您血冷，我看您也得小心。

焦　母　虎子，（极力拉拢）你现在学得真不错，居然学会了记挂着我。

仇　虎　（警戒地）八年的工夫，干妈，我仇虎没有一天忘记您。

焦　母　（强硬地笑了一下）好儿子！可是虎子，（着重地）我从前待你总算好。

仇　虎　我也没有说您现在待我坏。

焦　母　虎子，你看看墙上挂的是谁？

仇　虎　（咬住牙）阎王，我干爹。

焦　母　你干爹怎么看你？

仇　虎　他看着我笑。

焦　母　你看你干爹呢？

仇　虎　（攥着拳头）我想哭。

焦　母　怎么？

仇　虎　没有赶上活着跟干爹见个面，尽尽我八年心里这点孝心。

焦　母　(又不自然地笑笑) 好儿子！你猜我现在心里盘算着什么？

仇　虎　自然盘算着您干儿。

焦　母　盘算你？

仇　虎　嗯！盘算！(佯笑) 说不定您看干儿打着光棍，单身苦——

焦　母　嗯？

仇　虎　(嘲弄) 您要给您干儿娶个好媳妇。

焦　母　(以为仇虎认真说，得意地笑) 虎子，你现在是心眼机灵，没有猜错，(有意义地) 我是想送给你一个好媳妇。

仇　虎　(乖觉地) 一个好媳妇？

焦　母　(含蓄地) 那么，你走不走？

仇　虎　上哪儿？

焦　母　要车有车。

仇　虎　车不用。

焦　母　要钱有钱。

仇　虎　(斩钉截铁) 钱我有。

焦　母　(觉得空气紧张) 哦，(短促地) 那么，你要干妈的命，干妈的命就在这儿。

仇　虎　(佯为恭谨) 我不敢，干妈。您长命百岁，都死了，您不能死。

焦　母　(忍不住，沉郁地) 虎子，你来个痛快。上刀山，下油锅，你要怎么样，就怎么样。干妈的老命都陪着你。

仇　虎　(眈眈探视，声音温和) 干儿没有那样的心。虎子只想趁大星回家，在这儿也住两天，多孝敬孝敬您。

焦　母　(渐渐被仇虎的森严慑住) "孝敬"？虎子，你可听明白，干妈没有亏待你。(怯惧地) 你这一套话要提也只该对死了的人提，活着的人都对得起你。

仇　虎　(低幽幽地) 我也没说焦家有人亏待我。

焦　母　虎子，大星是你从小的好朋友。

仇　虎　大星是个傻好人，我知道。

　焦　母　他为着你的官司，自己到衙门东托人，西送礼，钱同衣服不断地给你送。

仇　虎　他对得起我，我知道。

焦　母　就说你干妈，我为你哭得死去活来多少次。

仇　虎　是，我明白。

焦　母　你干爹也是整天托衙门的人好好照应你，叫他们把你当做自己亲生的儿子看。

仇　虎　是，我记得。

焦　母　你说话口气不大对，虎子，你这是——

仇　虎　干妈，虎子傻，说话愣头愣脑，没分寸。

焦　母　嗯，（又接下去）就说你的爸爸，死得苦——

仇　虎　（怨恨逼出来的嘲讽）哼，那老头儿死得可俭省，活埋了，省了一副棺材。

焦　母　（急辩）可是这不怪大星的爹，他跟洪老拼死拼活说价钱，说不妥，过了期，洪老就把你爸爸撕了票。

仇　虎　（强行抑制）我爸爸交朋友瞎了眼，那怪他自己。

焦　母　你说谁？

仇　虎　（改话）我说那洪老狗杂种。

焦　母　真是！干儿！就说你妹妹，她死得屈，十五岁的姑娘，就卖进了那种地方，活活叫人折磨死。

仇　虎　（握着拳）那也是她"命该如此"。

焦　母　可怜那孩子，就说她，怎么能怪大星的爹。大星的爹为你妹妹把那人贩子打个半死，人找不着，十五岁的姑娘活活在那种地方糟蹋了，那可有什么法子。

仇　虎　（颤栗）干妈，您别再提了。

焦　母　怕什么？

仇　虎　多提了，（阴沉地）小心您干儿的心会中邪。

焦　母　（执拗地）不，虎子，白是白，黑是黑，里外话得说明白。我不能叫你干儿心里受委屈。你说你的官司打得多冤枉，无缘无故，叫人诬赖你是土匪。

仇　虎　八年的工夫，我瘸了腿，丢了地。

焦　母　是，这八年，你干爹东托人，西打听，无奈天高地远，一个在东，一个在西，花钱托人也弄不出你这宝贝心肝儿子，不也是白费了干爹这一番心。

仇　虎　（狠狠地）是，我夜夜忘不了干爹待我的好处。

焦　母　（尽最后的力气来搬山，吃力地）虎子，就把你家的地做比，你也不能说你干爹心眼坏。是你爸爸好吃好赌，要得一干二净，找到你干爹门上，你干爹拿出三倍价钱来买你们的地，你爸爸还占了两倍的便宜。

仇　虎　是我爸爸占了干爹的便宜。

焦　母　嗯！（口焦舌干，期望得着效果，说服仇虎，关心地）怎么样？

仇　虎　（点点头，不在意地）嗯，怎么样？

焦　母　（疑虑地）虎子！

仇　虎　（斜视）嗯，干吗？

焦　母　（忽然不虞）虎子，我费心用力说了半天，你是口服心不服。

仇　虎　谁说我心不服。（神色更阴沉）

焦　母　那么，你到这儿来干什么？

仇　虎　我说过，（着重地）给您报恩来啦。

焦　母　（绝了望）哦！报恩？（忽然）虎子，我听说你早回来了，为什么你单等大星回来，你才来？

仇　虎　小哥儿俩好久没见面，等他回来再看您也是图个齐全——

焦　母　（疑惧）齐全？

仇　虎　（忙改口）嗯，热闹！热闹！

焦　母　（仿佛忽然想起）哦，这么说你是想长住在这儿？

仇　虎　嗯，侍奉您老人家到西天。（恶毒地）您什么时候归天，我什么时候走。

焦　母　（呆了半天）好孝顺！我前生修来的。

　　　　〔半晌，风吹电线呜呜的声响，像是妇人在哀怨地哭那样曲长。

　　　　〔一个老青蛙粗哑地叫了几声。

仇　虎　（仿佛无聊，逼尖了喉咙，声音幽涩，森森然地唱起）"初一十五庙门开，牛头马面哪两边排……"

焦　母　（怕听）别唱了，（立起）你也该睡了。

仇　虎　（望望焦母，又继续唱）"……判官掌着哟生死的簿……"

焦　母　（有些惶惶然）不用唱了，虎子！

仇　虎　（当做没听见）嗯，"……青面的小鬼哟拿着拘魂的牌……"（走开）

焦　母　（四周静寂如死，忽然无名恐惧起来）虎子！（高声地）虎子！你
　　　　在哪儿？（四处摸索）你在哪儿？

仇　虎　（冷冷地望着焦母）这儿，干妈。（更幽长地）"……阎王老爷哟当
　　　　中坐，一阵哪阴风……"

焦　母　（恐怖和愤怒，低声地）虎子，别唱了！别唱了！

仇　虎　"……吹了个女鬼来！"

焦　母　（颤抖，恨极）虎子，谁教给你唱这些东西？

仇　虎　（故意说，低沉地）我那屈死的妹子，干妈。

焦　母　哦！（不觉忽然拿起桌角边那支铁拐杖）

仇　虎　（狞笑）您还愿意听么？

焦　母　（勃然）不用了。（扶着铁杖）

仇　虎　（看见那铁家伙）哦，干妈，您现在还是那么结实。

焦　母　怎么？

仇　虎　您这支拐杖（想顺手抓来）都还用的是铁的。

焦　母　嗯！（觉得仇虎的手在抓，又轻轻夺过来）铁的！（不动声色）我好
　　　　用来打野狗的。

仇　虎　（明白）野狗？

焦　母　（重申一句）打野狗的。（摸索自己的铁杖，忽然）虎子，可怜，
　　　　你瘦多了。

仇　虎　（莫名其妙）我瘦？

焦　母　可你现在也还是那么结实。

仇　虎　您怎么知道？

焦　母　（慢慢拿紧拐杖，怪异地）你忘了你在金子屋里踢的我那一脚啦？

仇　虎　（警惕）哦，没有忘，干妈。您的拐杖可也不含糊。（大声狞笑起
　　　　来）

焦　母　（也大声跟着笑，脸上的筋肉不自然地痉挛着，似乎很随意地）
　　　　你这淘气的孩子，你过来，干儿，你还不看你干妈脸上这一块
　　　　伤——

仇　虎　（防戒着）是，我来——（向前走）

焦　母　（忽然立起，抓起铁杖，厉声）虎子，你在哪儿？（就要举起铁杖）

仇　虎　（几乎同时掏出手枪对焦母，立刻应声）这儿，干妈。（眈眈望着焦母，二人对立不动。低哑地，一字一字由齿间迸出来）虎——子——在——这儿，干妈。

〔静默。

焦　母　（敏感地觉得对方有了准备，慢慢放下铁杖）哦！（长嘘一口气，坐下，镇静地）虎子，你真想在此地住下去么？

仇　虎　（也慢慢放好枪）嗯，自然。咱们娘儿俩也该团圆团圆。

焦　母　（蓦地又立起，森厉地）虎子，不成！（恨极）你明天早上给我滚蛋。

仇　虎　（嘲弄）这么说，干妈，您不喜欢我？

焦　母　（也嘲弄）不喜欢你？我给你娶一房媳妇，叫你称心。

仇　虎　娶一房媳妇？

焦　母　嗯，金子，我们焦家不要了，你可以带着她走。

仇　虎　我带她走？

焦　母　嗯。

仇　虎　（疑虑，藐笑）您好大方！

焦　母　你放心，虎子，你干妈绝不追究。

仇　虎　可我要不走呢？

焦　母　（暴恶地）你从哪儿来的，你还回哪儿去。我报告侦缉队来抓你。

仇　虎　抓我？

焦　母　怎么样。

仇　虎　我怕——

焦　母　你怕什么？

仇　虎　（威吓）我怕您——不——敢。

焦　母　不敢？

仇　虎　"光着脚不怕穿鞋的汉。"你忘了我身后跟着多少冤屈的鬼。我虎子是从死口逃出来的，并没打算活着回去。干妈，"狗急还会跳墙"，人急，就——我想不用说您心里也不会不明白。

焦　母　哦，（沉吟）那么，我的干儿，你已经打算进死口。

仇　虎　（坚决）我打算——（忽然止住，改了语气）好，您先让我想想。

焦　母　（聆听）那么，有商量？

仇　虎　（斜眼望着焦母）嗯，有——商——量。

焦　母　好，我叫金子出来，趁大星没回，你们俩再合计合计。（走到右边）

仇　虎　（嘲讽）还是您疼我，您连大星的老婆都舍得。

焦　母　金子！金子！（忽然回头，对仇虎）有一件事，你自然明白，你不会叫大星猜出来你们偷偷地一块儿走。

仇　虎　那我怎么会，我的干妈。

焦　母　虎子，你真是我的明白孩子。（回头）金子！金子！金子！

　　　　〔焦花氏由右门出。

焦花氏　干什么？

焦　母　金子，你给我烧一炷香，敬敬菩萨。我到那屋子替虎子收拾收拾铺盖。我还一个人念念经，谁也不许进来，听见了没有？

焦花氏　知道。

焦　母　（走到左门前慢慢移向仇虎所在地）虎子，我进去了，你跟她说吧。（由左门下）

　　　　〔仇虎、焦花氏二人望一望，半晌。

仇　虎　你知道了？

焦花氏　我知道。

仇　虎　她让我们走。

焦花氏　（不信地）你想有那么便宜的事么？

仇　虎　（神秘地）也许就有。

焦花氏　（低声地）虎子，我怕我们现在已经掉在她的网里了。

仇　虎　不会。哼，她送了我一次，还能送我第二次？

焦花氏　（关心地）你——你不该露面的。

仇　虎　（沉痛地）不，我该露面的。这次我明地来不暗地里走。我仇虎憋在肚里上十年的仇，我可怜的爸爸，屈死的妹妹，我这打瘸了的腿。金子，你看我现在干的是什么事！今天我再偷偷摸摸，我死了也不甘心的。

焦花氏　可是，（低声地）阎王死了。

仇　虎　（狠毒地）阎王死了，他有后代。

焦花氏　可阎王后代没有害你。

仇　虎　（恶狠地望着墙上的像）阎王害了我。（忽然低声地、慢慢地）金子，今天夜里，你可得帮我。

焦花氏　（掩住仇虎的嘴）虎子！

仇　虎　怎么？

焦花氏　（由眼角偷望）小心他会听见。

仇　虎　她关了门。

焦花氏　不，他还在这儿。

仇　虎　谁？

焦花氏　（悸声）阎王。

　　　　〔二人回头望，阎王的眼森森射在他们身上。

焦花氏　（惧怖地）哦，虎子，（投在仇虎怀里）你到底想我不想？

仇　虎　（热情地）金子，你——你是我的命。金子！

焦花氏　那么，我们快快地走吧，我不能再待这儿，虎子，我……我现在有点担心，我怕迟了，再迟了要出事情的。

仇　虎　（预言）事情是要出的。

焦花氏　我知道。可是……也……许，也许要应在我们身上。（忽然，恳切地请求仇虎）虎子，我们什么时候走？虎子，你说，你说！

仇　虎　（沉静）今天半夜。

焦花氏　那么走吧，我们走吧。

仇　虎　（眼闪着恶恨，对前面）不，办完事走！

焦花氏　可——可是晚了呢？

仇　虎　现在跑出去也没有火车。

焦花氏　火车？

仇　虎　嗯，我们办完事就走。外面下大雾，跑出去，谁也看不见，穿过了黑林子……

焦花氏　（有些怯）那黑树林？

仇　虎　嗯，黑树林，也就十来里地，天没亮，赶到车站，再见了铁道，就是活路，活路！

焦花氏　（半燃希望）活路！

仇　虎　嗯，活路，那边有弟兄来接济我。

焦花氏　那么，我们走了，（盼想燃着了真希望）我们到了那老远的地方，坐着火车，（低微地，但是非常亲切而轻快地）突——突——突——突——突——突——突——突——（心已经被火车载走，眼望着前面）我们到了那黄金子铺的地——

仇　虎　嗯，（只好随声）那黄金子铺的地。

焦花氏　（憧憬）房子会走，人会飞……

仇　虎　嗯，嗯。

焦花氏　大人孩子天天在过年！

仇　虎　嗯，（惨然）天天过年！

焦花氏　（抓着仇虎的手）虎子！

仇　虎　（忽然）不，你别动！

焦花氏　干什么？

仇　虎　你听！

焦花氏　什么？

仇　虎　有人。（低声地）有人！

　　　　〔二人急跑至窗前。

焦花氏　谁？谁？（谛听，无人应）没有！没——有。（望仇虎）今天你怎么？

　　　　〔这时窗外的草原上有"布谷"低声酣快地叫。

仇　虎　（不安地望望）奇怪，我总觉得窗户外面有人，外面有人跟着我。

焦花氏　（安慰仇虎）哪里会？哪——里——（渐为"布谷"叫声吸引住）你听！你听！

仇　虎　（抓起手枪）什么？

焦花氏　不，不，不是这个。你听，这是什么！（模仿"布谷"的叫声）咕咕，咕咕！咕咕，咕咕！

仇　虎　哦，（笑了笑）这个！它说："光棍好苦，快娶媳妇。"

焦花氏　（露出笑容，忘记了目前的苦难，模仿仇虎）不，它说："娶了媳妇，更苦更苦。"

　　　　〔二人对笑起来。

焦花氏　（愉快后的不满足）以后我怕听不见"咕咕，咕咕"啦。

仇　虎	（诧异）为什么？
焦花氏	（愉快地）我们不是要走了么？
仇　虎	（忽然想起）嗯，走，对了。（阴郁地）可是今天半夜——
焦花氏	（脸上又罩上一层阴影，恐怖地）今——天——半夜？（叹一口气）
仇　虎	怎么？
焦花氏	（哀诉）天，黄金子铺的地方这么难到么？
仇　虎	你说——
焦花氏	（痛苦地）为什么我们必得杀了人，犯了罪，才到得了呢？
仇　虎	（疑心）金子！你——你已经怕了么？
焦花氏	（悲哀地）怕什么？（忽然坚硬地）事情做到哪儿，就是哪儿！
仇　虎	好!（伸出拇指）汉子！
焦花氏	还有多久？
仇　虎	（仰天想）我想也就只有两个钟头。
焦花氏	（低微地）两个钟头——时候是容易过的。
仇　虎	（疑虑，想试探焦花氏）可万一不容易过呢？
焦花氏	（抓着仇虎的手）虎子，我的命已经交给你了！
仇　虎	（被感动）金子，你——（眼里泛满了泪水）我觉得我的爸爸就在我身边，我的死了的妹妹也在这儿，她——他们会保佑你。
焦花氏	可是，（吁一口气）为什么今天呢？
仇　虎	怎么？
焦花氏	（同情地）可怜，大星刚回来。
仇　虎	（阴沉地）嗯，等的是今天，因为他刚回来！
焦花氏	（嗫嚅）可是，虎子，为——为什么偏偏是大星呢？难道一个瞎子不就够了。
仇　虎	不，不！死了倒便宜她，（狠狠地）我要她活着，一个人活着！
焦花氏	（委婉地）不过大星是个好人。
仇　虎	（点头）是的，他连一个蚂蚁都不肯踩。可——（内心争战着）可是，哼，他是阎王的儿子！
焦花氏	（再婉转些）大、大星待你不错，你在外边，他总是跟我提你，虎子，他是你从小的好朋友，虎子！
仇　虎	（点头）是，他从前看我像他的亲哥哥。（咬住嘴唇，忽然迸出）

可是现在，哼，他是阎王的儿子。

焦花氏　（耐不下）不，仇虎！不成，你不能这样对大星，他待我也不错。

仇　虎　（贸然）那我更要宰他！因为他——（低沉、苦痛地）他是阎王的儿子。

焦花氏　（忽然）那你现在为什么不动手？为什么不！

仇　虎　（挣扎，慢慢地）嗯，动手的，我要动手的。（点头）嗯，我要杀他，我一定杀了他。

焦花氏　（逼进一层）可是你没有，你没有，你的手下不去，虎子。

仇　虎　（极力否认）不，不，金子！

焦花氏　虎子，你说实话，你的心软了。

仇　虎　（望着空际）不，不，我的爸爸，（哀痛地）我的心没有软，不能软的。（低下头）

焦花氏　（哀恳地）虎子！你是个好人！我知道你心里是个好人，你放了他吧！

仇　虎　（慢慢望着前面，幽沉地）金子，这不成，这——不——成。我起过誓，我对我爸爸起过誓，（举拳向天）两代呀，两代的冤仇！我是不能饶他们的。

焦花氏　（最后的哀求）那么，虎子，你看在我的分儿上，你把他放过吧！

仇　虎　（疑心）看在你的分儿上？

焦花氏　（不顾地）就看在我的分儿上吧！

仇　虎　（忽然狞笑，慢慢地）哦，你现在要帮他说话啦？

焦花氏　（惊愕，看出仇虎眼里的妒恨）你——你为什么这么看我？你——

仇　虎　（蓦地抓住焦花氏的臂膊，死命握紧，前额皱起苦痛的纹）你原来为——为着他，你才——

焦花氏　（闭目咬牙，万分痛楚）你放开，虎子，你要掐死我。

仇　虎　（放下手，气喘，胸间起伏，抹去额上的汗，盯着焦花氏）你原来为着他，你才待我这样。现在你的真心才——才露出来。

焦花氏　（望着仇虎）你怎么这样不懂人心？

仇　虎　不懂？

焦花氏　（忽然，真挚地）难道我不是人么？掐了我，我会喊痛；扛了我，我会说痒；骂了我，我会生气；难道待我好的人，我就对他没有一点人心？在他面前，我跟你说，不知为什么我真是打心窝里见着他厌气，看不上他，不喜欢他，可是背着他替他想想，就不由得可怜他，（轻微而迅快）唉，没法办他，（怜悯地笑）有时还盼着我走后还有个人来，真疼他。（看仇虎）哼，跟他做白头夫妻，现在说什么我也不干，可是像你说的，眼睁睁地要他……你想，我怎么忍心！你——虎子，你难道忍心？

仇　虎　（叹一口气）是，金子，你的话不错。大星看我是他的好朋友，什么事都不瞒。我就是现在，他对我也还是——（停止，忽然）哼，不是为着他那副忠厚的脸，哦，前两个钟头，我就——

焦花氏　（拉住仇虎的手）那么，我们先走吧，还是把他——

仇　虎　不不，那——我仇虎怎么有脸见我这死去的老小。不，不成！那，那太便宜阎王了。

焦花氏　（废然）虎子，那你怎么办呢？

仇　虎　（沉思着）我现在想，想着怎么先叫大星动了手，他先动了手，那就怪不得我了。

焦花氏　（惊愕）什么？你叫他先——先来害——害你？

仇　虎　嗯。我知道我一手就可以把他像小羊似的宰了。可是（叹一口气）我的手就——就下不去。

焦花氏　（想着仇虎说的话，惧怕地）可是，虎子，万一你不成，你叫他先就——

仇　虎　（摇头）那不会的，你放心，那不会的。

焦花氏　（忽然大怖，抱着仇虎，躲在他的怀里）不，那不成，虎子，万一，我的虎子，你……那我就太可怜了。

仇　虎　（一面安慰，一面推开焦花氏）别，别，别。金子，别这样。（忽然）金子，你听。

焦花氏　什么？（倏地推开仇虎）

仇　虎　有人！

焦花氏　（惧怕）不会是大星！

仇　虎　我们看！

〔中门开启，焦大星上。焦大星有些张皇，左右探望，妒恨在胸里燃烧，眼睛布满红丝，头发散乱，声音有些哑，现在总觉得人背后讪笑他，似乎事情已经由焦花氏报复似的乱说出来。他望着焦花氏，是恨恶，是爱慕不得的痛苦，两种心情在他心里搅动着，使他举动神色都有些失常。他望着屋内两个人一丝不动，他沉郁地立在门口，胸前藏着一把刀，见着焦花氏不自主地手摸上去。自己又仿佛觉出自己在做着怪异的举动，他又把手垂下来，望着这两个口悸目呆的人，自己似乎笑，又像哭的样子。仇虎望见他，本能地把手又放在那搁放枪的口袋里。

焦大星 （对仇虎）哦，原来你们两个在这儿。

〔仇虎望焦花氏，不语。

焦大星 （望着焦花氏）妈呢？

焦花氏 在她屋里。（低下头）

焦大星 （疑惑）你跟虎子谈些什么？

焦花氏 不谈什么。

焦大星 （跌坐在方桌旁，长呼出一口气）唉！（望着仇虎，一肚子的苦痛）虎子，（觉得焦花氏在旁望着自己）拿酒来！

焦花氏 （劝诫）大星！

焦大星 拿酒来！

〔焦花氏由香案后取出酒瓶，放在桌上。

焦花氏 （不安地）仇大哥，（暗告仇虎）大星喝多了，您多照应着他一点。

仇 虎 （点点头，眼睛关照焦花氏）不要紧，弟妹！

焦花氏 （盯着焦大星）大星，我走了。

〔焦大星望望焦花氏，没有答声。

仇 虎 您——您去吧，弟妹。

〔焦花氏由右门下。

焦大星 （待焦花氏出去）虎子，你先坐下。（还没有待仇虎坐好，忽然）虎子，你刚才那么看我做什么？

仇 虎 （镇静）我没有。

焦大星 （以为焦花氏对仇虎诉委屈，把方才的丑事泄露出一些，疑忌地）那么，你看她做什么？

仇 虎 （吃了一惊）我看她？（沉重）你说弟妹？怎么？

焦大星 （苦痛地抓着自己的前额）哦，我的头，头里面乱哄哄的。（倒

　　　　　　　酒）虎子，刚才，我走了，我的妈跟你没谈什么？

仇　虎　（望望阎王的像，决然）嗯，谈谈，谈你，谈我，还谈到金子！

焦大星　（触了电）哦，金子！（立起）她说什么？她告诉你什么？

仇　虎　（不得已）什么事？

焦大星　（手在空中苦痛地乱绕，嗫嚅）金子，金子，她——她——（看见
　　　　仇虎的脸没有反应）那么，她没有跟你提——提到金子今天在
　　　　她屋里，在她屋里，她——（忍不住，扑在桌上低叫）虎子，
　　　　你说她……她……她会对我这样，做……做出来这样的事！你
　　　　说，（敲着自己的头）我怎么办？我怎么办？

仇　虎　（慢慢地）什么，你说什么？

焦大星　（望着仇虎，挥挥手，羞惭地）没有什么，没有什么，我喝多了。
　　　　（又喝一杯）

仇　虎　大星！喝酒挡不了事情。

焦大星　我知道。可是你不明白，我刚才一看见她，我心里难过发冷，仿
　　　　佛是死就在我头上似的。

仇　虎　（惊异）为什么？

焦大星　（噎出一口的酒气）也——也说不上为什么。（忽而，偷偷地）
　　　　喂，你看见刚才金子看我的那个神气么？

仇　虎　（低下头）没有看见。

焦大星　她——（低声地）她看着我厌气，我知道。

仇　虎　为什么？

焦大星　娶了她三天，她忽然地跟我冷了，我就觉出来是怎么回事，我不
　　　　敢说。我总待她好，我给她弄这个，买那个，为她吃了许多苦。
　　　　今天她，她居然当——当面跟我说，说她现在另外有一个人……
　　　　她要走！（拍着桌子，辛酸地）这太——太难了，太难了。（倒酒）

仇　虎　（激焦大星）大星，该动手就动手，男子汉，要有种！

焦大星　没有种？（放下酒瓶，望仇虎，七分酒意）你看看我是谁！

仇　虎　（低沉地）你是谁？

焦大星　（指着墙上的像）阎王的儿子。

仇　虎　那么，你预备怎么样？

　焦大星　我要把那个人找出来！

仇　虎	找出来你怎么样？
焦大星	我要(倏地取出尖刀，低沉地)杀了他!(插在桌上，举起酒杯)
仇　虎	大星，你放下酒杯!
焦大星	(不懂)干什么？
仇　虎	(大声地)你放下!(阴沉地)你看看我，看看我是谁？
焦大星	(放下酒杯，打量仇虎)你是谁？
仇　虎	(点头)嗯。
焦大星	(坦白地)你是我的——好朋友。(看了半天，恍然明白)哦，虎子，你要帮我，你想帮我来抓他，是不？你怕我动不下手，你怕我还是从前那个(嘲弄自己)"窝囊废"，(更痛恨地)还是那个连蚂蚁都怕踩的"受气包"？哼，这次我要给金子看看，我不是，我不是! 我要一刀——你看，我要叫她瞧瞧阎王的种。
仇　虎	可是，大星，你没有明白——
焦大星	(感激地)我明白，我明白。虎子，我们是(用手比高矮)这么大的朋友，你是个血性汉子，我知道。吃了官司，瘸了腿，哼都不哼，现在你自己的事都没有完，又想把人家的事当做自己的管。
仇　虎	(不忍再往下说)我，我，大星——
焦大星	你吃了官司，我爸爸只让我看了你两次，再找你，你就解走了。上十年找不着你。今天见了你，你还是我的热诚哥儿们。可是虎子，许你待你老弟好，就不许你老弟也有点心么？虎子，这是我的一件丢——丢人的事，我不愿意别人替我了("了"作"了结"解)。不过我找着他，万一对付不了他，我不成了，虎子，我死后你得替我——
仇　虎	嗯，可是——
焦大星	那你不用说，我知道。万一我有了长短，虎子，我——
仇　虎	可你应该认认他是谁。你……你为什么不问问金子!
焦大星	(恨恨地)金子护着他，不肯说，不过我一会儿还要问她，她不说，一会儿白傻子会告诉我的。
仇　虎	什么？你刚才找了白傻子？
焦大星	我托人找了他，他就来。白傻子回头跟我一同去找，傻子认识他。
仇　虎	哦，(沉吟)他什么时候来？

焦大星　就来。

仇　虎　来了呢?

焦大星　就走。

仇　虎　那么,你喝多了,糊涂了。

焦大星　糊涂了?

仇　虎　事情用不着那么费事,你不明白。

焦大星　(不信)那么,你明白?

仇　虎　嗯。

焦大星　你说说。

仇　虎　(斜看桌上插着的匕首)你先把这个要脑袋的家伙收起来,这么搁着我看着有点胆战,说不出话。

焦大星　(望着觉得仇虎开玩笑,也笑出来)嘁,笑话!(顺手把匕首放在腰里)

仇　虎　笑话?好,就当做笑话说吧。可是这个笑话不一定叫你笑。(忽然,严肃地)这个笑话,(长嘘出一口气)大星,咱哥儿俩先得喝它一盅热烧酒。(拿起酒杯)这盅酒喝下去,你我的交情,(拍焦大星的肩)大星……

焦大星　(莫名其妙,拿起酒杯)怎么?

仇　虎　好,也像这酒似的,(手势做出流入肚里,蒸发化成了乌有)变成什么就算什么吧。大星,干!

焦大星　(不知用意所指,低微地)干!

仇　虎　大星,从前有一对好朋友,一小就在一处,就仿佛你我一样。

焦大星　哦,也一兄一弟?

仇　虎　嗯,一兄一弟!两个都是好汉子。偏偏那小兄弟的父亲是个恶霸,仗势欺人,压迫好百姓。他看上那老大哥的父亲有一片好田产,就串通土匪,硬把老大哥的父亲架走,活埋,强占那一大片好田地。

焦大星　你说的是谁?

仇　虎　你先听着!后来那小兄弟的父亲生怕那死人的后代有强人,就暗暗打通当地的官长,诬赖死人的儿子是土匪,抓到狱里,死人的女儿就由他变卖外县,流落为娼。

焦大星　可是那个朋友，小兄弟呢？

仇　虎　他不知道，他是个"傻子"，叫他父母瞒哄，满不知情，那老大哥自然也就不肯找他。

焦大星　你……你说的跟、跟我们现在的事有什么关系呢？

仇　虎　你慢慢地听啊！后来那个老大哥不要性命，逃回来了，瘸了一条腿，（见焦大星不觉望着自己的腿）嗯，就像我现在的腿一样。

焦大星　他怎么跑得回来？

仇　虎　唉！两代的冤仇在心里，劈天，天也得开。他要毁他仇人一家子。

焦大星　（猜不出用意）不要朋友了。

仇　虎　（低愤）朋友？世界上什么东西叫朋友？接二连三遭遇了这样的事，在狱里活受快上十年，上十年的地狱呀！他什么心都死了。他回来心里就有一个字——

焦大星　（为仇虎的热情吸住）什么？

仇　虎　恨！他回到那个老地方，他忽然看见他从前下了定的姑娘也嫁给他仇人的儿子。

焦大星　就那个小兄弟？

仇　虎　嗯。

焦大星　（纯真地）你这笑话越说越不像真的。

仇　虎　（翻翻眼）谁说不是真的？

焦大星　那么，那个小兄弟怎么能要她？

仇　虎　（冷冷地）他不知道！

焦大星　怎么，他又不知道？

仇　虎　是啊，（望着焦大星）我也奇怪呢！可是他妈看他是个奶孩子，他爸当他是个姑娘。（望望焦大星耳上的环子，焦大星不自主地摸着那耳环）他媳妇也不肯把真事告诉他，因为他媳妇从那天嫁他起就看不上他，嫌他。

焦大星　（同情地）什么，她也嫌他。

仇　虎　嗯，你听，那回来的人看见这小媳妇第一天，嗯，第一天，（狠心地）就跟她睡了！

焦大星　什么？就……就那朋友？

仇　虎　（迸出）朋友？朋友早没有了！朋友就是仇人，我告诉你，（感情沸腾，激动得几乎说不成话）他的心只有恨，他专等着他那小兄弟等了十天，他想着一刀——（迅疾地）那家伙回来了，（望着焦大星）两个人见了面，可是那家伙（疯狂地）是个糊涂虫！他朋友把他的媳妇都——都睡了，他还不明白，他还跟他讲朋友，论交情，他还——

焦大星　（立起，倚着桌角，愤急）什么，你——

仇　虎　（握紧拳头，狠毒地）大星，我跟你说，我仿佛就是那个老大哥，你仿佛就是——

〔焦花氏由右屋跑出来。

焦花氏　虎子，别说了，（指焦大星）他，他——

焦大星　（眩惑）怎么，你……是你！虎子！

仇　虎　（盯着焦大星，阴沉地）你看明白了没有？

焦大星　不会的，不会的。金子，（抓着焦花氏的肩膀，摇撼）你说，你说，是他么？

〔焦花氏望着焦大星，不说话。

〔外面白傻子在喊："焦大妈！焦大妈！"打着灯笼由中门跑上。

白傻子　大妈！大妈！有人找你！（直向左屋跑）

焦大星　（一把抓住白傻子）狗蛋，你为什么早不来？你看，（指仇虎，颤抖）是——是他么？

白傻子　（望见仇虎，奇怪又在此地碰见他，仿佛遇着了老朋友，先惊后喜，张着大嘴）哦，是"喊嚓咔嚓"呀，是，就是他！（说完回头向左屋）焦大妈，焦大妈！（由左屋下）

〔半晌。

焦大星　（忽然举出匕首）虎子，你——

仇　虎　（防备）大星，你先来吧。

焦花氏　（靠着仇虎）大星，你——你放下刀。

焦大星　（由牙齿间迸出）金子，你，你会喜欢他！

焦花氏　嗯，（横了心）我喜欢他，我就喜欢他这一个。（闭上眼，等焦大星动手）

焦大星　（中了创伤）哦，金子，把刀给他吧。你这一句话比用刀刺了我还厉害。

仇　虎　（不由得）大星！

焦大星　（挥挥手，对仇虎）你——你先给我出去。（颓然坐在凳上）

〔白傻子由左屋出。

白傻子　（摇着头，诧异地）焦大妈，不——不在屋。

仇　虎　咦，她刚才还在屋里。

白傻子　（摇头）没！没有。

仇　虎　干什么？

白傻子　（怯惧地）不，不干什么。

仇　虎　你说！

白傻子　有，有人找她。

仇　虎　谁。

白傻子　他不叫我告诉你。

仇　虎　你跟我来。（拉着白傻子，一同由中门下）

〔半晌。

焦大星　你——你现在还有什么说的？

焦花氏　（失望的神色）没有。

焦大星　金子，你现在想怎么样吧？

焦花氏　（呆若木石）想走。

焦大星　（忽然立起）怎么，你想走？金子。（拉焦花氏的手）

〔焦花氏一个人面向焦大星，她更怨望，更厌恶，焦大星的手碰
着她，有若生了癞疮一样。

焦花氏　（喊起）你——你别碰我。

焦大星　（吃了一惊）你怎么？

焦花氏　我厌气！（忽然）你刚才为什么不动手！

焦大星　金子！

焦花氏　你这个"窝囊废"！

焦大星　哼，你不要装，你心里喜欢。

焦花氏　我不，我不。（低低地）那个时候，我横了心，你还不先动手，先
动手——

焦大星　（有一线希望便想汲起已失的爱恋）金子，那么方才你说的话是
假的。

101

焦花氏　（憎恨地）假的，天是假的，地是假的，你的媳妇跟人家睡了觉会是假的？

焦大星　（痛苦万分）哦，你这不要脸的贼东西，狐狸精。（拿起匕首，向焦花氏来）

焦花氏　（昂头）你杀。你杀，你杀不下去，你不是你爸爸的种。

焦大星　（走到焦花氏面前，恶狠地举起匕首，睁圆了眼）金子，你看错了我。你看，（向下刺）我这一下子——

焦花氏　（觉得情形可怕，本能地用手挡着焦大星的腕，但是已经破了手背，流出血，喊出）你真——（推开焦大星的腕，跑）

焦大星　（脸上冒油）我真——（追去）

　　〔焦花氏围绕方桌躲，焦大星在后面赶。

焦花氏　（一面跑，一面喊）虎子，虎子！

焦大星　（一面追，一面说）你跑不了，他走了，他不要你了！

　　〔焦大星把焦花氏逼到墙角，抓着焦花氏。

焦花氏　（狂喊）虎子！虎子！

焦大星　（额上跳起青筋）你——你还喊他！你还喊——他！（举起匕首，向下）

焦花氏　我，我的大星，你真忍心把我——（闭上眼）

焦大星　（俯视焦花氏的脸，下不了手，哀怜地摇头）哦，金子，是你真忍心。（慢慢把匕首平放在自己的胸前）你——你怎么这样待我？你怎么忍心做出这样的事情？

焦花氏　（慢慢睁开眼）大星，你怎么了！

焦大星　（又举起匕首，见焦花氏又闭上眼）我要把你的心一刀——（忽而颓然放下刀，见焦花氏望着自己，哀求地）哦，金子，我求求你，你不能这样没有良心。

焦花氏　（明白焦大星到底是那么一个人）怎么？

焦大星　（乞求地望着焦花氏）你别走。

焦花氏　我是你的媳妇，我能上哪儿去？

焦大星　我说你的心别走。

焦花氏　哦，你要——

焦大星　金子，你说成不成？金子，你不应该做出这样的事，我待你不错。金子，我求求你，过去的我不提了，你答应我，你同那个，你同他从现在起就算完，完了。

焦花氏　完了？

焦大星　嗯，完了，我明天打发他走，就当没有这么一件事。金子，我什么都可以依着你。你要衣服，我给你从城里买；要首饰，我可以托人带；你要钱，我的钱都交给你。

焦花氏　嗯，可是——

焦大星　你不知道我没有你，我没有你就是什么都没有。你不能跟我三心二意的。你说妈不好，我们想法，我们想法子。我——我可以叫她不跟你找别扭。我，我可以跟她闹。哦，我可以不理她。哦，你再不成，我们就一块儿走。我跟她分！分开了过都可以的。

焦花氏　可是（绝望地）你要了我，你图什么呢？

焦大星　嗯，我……我要你，你不知道我多么——

焦花氏　可是你要我干什么，我在这儿苦，我苦你不也苦，你苦，我不是也苦么？

焦大星　那么，金子，你不肯听我的。

焦花氏　我不是不听你的。我是替你想。我知道，你丢不开你的妈，你妈也丢不开你。你妈跟我，你明白，是死对头。今天妈为着我跟你吵，明天我为着妈也跟你吵，这么，白日夜里，她恨我，我恨她，你在中间两边讨不着好，不也太苦了么？

焦大星　那么，你一定要走？

焦花氏　我没有说。

焦大星　（痛苦地）你一定要跟他走。

焦花氏　我……我没有。

焦大星　（怨望地）你骗我。

焦花氏　（没有办法）我没有。

焦大星　（坚执）你打心里说，我要你打心里说，你对我怎么样？你别再骗我。

焦花氏　你要我从心里说。

焦大星　（烦絮地）告诉我你对我怎么样？你对我怎么样？对我怎么样？怎么样？怎么样？

103

焦花氏	你要我说？
焦大星	（坚执地）嗯。
焦花氏	那么，（望着焦大星）我爱你，我疼你。我恨不得整天搂着你，叫你；拍着你，喊你；亲你，舔你。我整夜把你放在怀里抱着你，把你搁在嘴里含着你，一年三百六十天，天天从早到晚都忘不了你，梦你，想你，念你，望你，盼你，说你，讲你……
焦大星	（拍着桌子）别说了，别说了！金子！
焦花氏	你现在听着舒服了吧。
焦大星	（望着前面）哦，天哪！为什么一个男人偏偏非要个女人整天来苦他呢。
焦花氏	问你呢。可我要是你呀——
焦大星	怎么，金子！
焦花氏	我一定把女人杀了。
焦大星	（绝望，摇头）那你不是男人。
焦花氏	那么就不理她，让她走。
焦大星	让她走？不，不成，金子，你不能走。你还有个孩子，没了妈的孩子。
焦花氏	那孩子不是我生的。
焦大星	那么，金子，你还有我。我要你，我是你的（咽气）爷们儿，你不能走。
焦花氏	爷们儿不是我挑的。
焦大星	那么，你不怕人说你，骂你，日后官来抓你？
焦花氏	不用讲了，你要不让我走，你还是像刚才，你拿刀来，我人还可以不走。可你不能整天拿家伙来逼我，所以我早晚还是要走的。大星，我是野地里生，野地里长，将来也许野地里死。大星，一个人活着就是一次。在焦家，我是死了的。
焦大星	那么，你什么都不顾，什么都不想了？可是金子，你总应该想想我待你这一点恩情，我待你不错，你总知道。
焦花氏	（点头）我知道。
焦大星	那么，我再求你一次。（肃穆地）这次，金子，我跪着来求你。金子，你长得这么好，你的心里总该也不能坏，你不能一点心都没

有。你看,(跪下,沉痛地)我这么大的人在你面前跪下,你再想想,你刚才做了什么事,你做了妇道万不应该做的事。可是,金子,我是前生欠了你的债,我今生来还,我还是求你,求你千万不要走。你做的,我都忘了,虎子对不起我,我也忘掉,我给他钱,让他走。现在就看你,就看你!

焦花氏　不,你起来。

焦大星　(立起)怎么样。

焦花氏　(坚决)不!

焦大星　(哀痛地求焦花氏)不过,金子,你怎么会看得上他。那个丑——丑八怪,活妖精,脑袋像个大冬瓜,人像个长癞的活蛤蟆,腿又瘸,身子又——

焦花氏　那你不用说,我都知道,我喜欢他,我还是要跟他走的。

焦大星　什么,你还是跟他走?

焦花氏　嗯。

焦大星　为什么?

焦花氏　他待我好。

焦大星　(呆滞)哦!就十天?

焦花氏　(横了心)十天我已经离不开他。

焦大星　(机械地)离不开他?

焦花氏　嗯!

焦大星　(忽然疯狂地)那么,只要你在这儿,我可以叫他来,我情愿,我不在家的时候,你……你……可以跟他——(说不下去)

焦花氏　(阴郁)什么?

焦大星　为……为着你,我……情愿!

焦花氏　(爆发)你放屁!

焦大星　怎么!

焦花氏　(恨恶到了极点)你当我是个猪啦,你这个天生的王八!

焦大星　什么?

焦花氏　你这个死乌龟!

焦大星　(一掌掴在焦花氏的脸上)你!(望着焦花氏,满眼眶的泪,闭上眼,泪水流下来,痛恨自己)我太爱你了。你真不配。(睁开眼)

好，金子，你想跟他走么？你走吧。

焦花氏　（不动声色）怎么样？

焦大星　我杀了他！

焦花氏　你不敢。

焦大星　我干不了，侦缉队会干了他的。

焦花氏　什么，你告了侦缉队。

焦大星　嗯，（故意咬定）告了。

焦花氏　（恨恶地）可是我们总会离开这个门的。

焦大星　嗯，只有一个法子。

焦花氏　什么？

焦大星　你们先害死我！

〔焦母由左门上。

焦　母　你们在这儿又喊喳什么？

焦花氏　（惊怪焦母由左门出）咦，您不是不在屋里么？

焦　母　谁说我不在屋里？屋里没有第二个门，我上哪儿去？

焦花氏　您没有瞅见狗蛋进去找您？

焦　母　狗蛋，哦！

焦花氏　嗯？

焦　母　虎子呢？

焦花氏　刚出去。

焦　母　谁叫他出去啦？谁放他出去啦？

〔仇虎由左门上，焦花氏、焦大星吃了一惊。

仇　虎　（狡黠地）没有出去，干妈，我也在屋里呢。

焦　母
焦花氏　怎么？

仇　虎　我刚才从外边回来，正看见干妈也在外边，正在爬着屋里的窗户进来，我想，老的都不嫌费事！小的怕什么麻烦，我也就爬着窗户进来了。

焦　母　哦，那么，（不自然地）也好，就让你在我屋里，我在外边，金子，你把被都弄好了么？

焦花氏　嗯。

焦　母	那么，你们都进屋睡去吧。

〔白傻子由中门忙跑进。

白傻子	大妈，大妈。
焦　母	怎么？
白傻子	常五，常五！
焦　母	不用说了。
白傻子	（怯惧地）他——他又要找您出来。
仇　虎	（明白一半）常五？

〔孩子哇的一声又从梦里大嚎起来。

焦　母	去！去！你们睡吧！睡吧！孩子又叫你们吓醒了。

〔焦花氏与焦大星入右屋，仇虎入左屋。

焦　母	（对着白傻子）滚！这傻王八蛋！

〔光渐暗，舞台全黑。十秒钟后，舞台再亮，已经过了一小时，正是夜半。焦家的人都睡了，由左屋里传出仇虎的鼾声，右屋里焦大星睡着了，不断因为梦着噩梦，低低呻吟着。台上方桌的油灯捻下去，屋里更暗了，神前的灯放射昏惨惨的暗光。在黑影里，焦母坐在一张凳上，拍抚着孩子。旁边搭好一张狭木板床，上面铺着被褥。焦母心里有事，方才躺在床上，又起来。外面有低低唱着的"布谷"，清脆而愉快的，但是只叫了一刻又不叫了。空中轻微地振动起辽远的电线可怖的呜呜声响。

焦　母	（一面谛听着左面的鼾声，一面拍着孩子）嗯——嗯，小黑子睡觉觉。嗯——嗯——嗯。（声音更低）睡呀——睡觉觉，嗯——嗯——嗯。（立起，耳伸向左面仔细听，走两步，口里还在哄孩子）嗯——嗯——嗯。

〔中门外有人低低敲门。

焦　母	（摸到中门前）谁？

〔外面人声："我，常五。"

焦　母	进来。

〔常五进，披着一件黑衣服，手提着红灯笼。

焦　母	（低声地）慢点。
常　五	（怯惧地，指左边）怎么虎——虎子睡着了么？

焦　母　你听？

常　五　（听见鼾声甚熟，快慰地）他睡死了。

〔红灯反照着焦母的阴森森的脸。

焦　母　怎么样？

常　五　（回头望望）我已经报了队上。

焦　母　这次你真去了？

常　五　自然是，他——他们说就来。

焦　母　就来？

常　五　（讨好地）就来！（忽然贪鄙地）可是焦大嫂，那悬——悬的赏，那一百五十块钱……

焦　母　都归了你。

常　五　（想不到）您，您不要？

焦　母　嗯，（阴沉地）赶快只要早除了我心上这一块祸害。（忽然）怎么，怎么队上还不见人来呢？

常　五　快——快了。他们说人少，办不了他。他们说顶好是个死的，省得费事。

焦　母　（忽然闪出一个主意）什么？死的他们也要？

常　五　队上说的，"死活一样"！打死他，不偿命。可是（吝啬地）死的就一——一百块。

焦　母　（咬紧牙）哦，打死不偿命！

常　五　（不明白）怎么？

焦　母　常五，你先跟我出去。

常　五　出去？

焦　母　看看人来了没有。

〔常五与焦母由中门下。焦花氏由右门持烛火进，她穿一身血红色的紧身，头发散乱，眼里闪出惧人的凶光，她把手里的小包袱放在案上，慢慢走到左门旁，忽然打了一战，她回首向中门望去。正在这时，仇虎由左门出来，上身没有衣服，胸前黑茸茸的，筋肉紧张地暴出来，宽大的"腰里硬"斜插着半裹了红布的手枪。他一手拿着蓝布褂，一手轻轻向焦花氏肩上拍去。

108　仇　虎　（低声地）嗯！

焦花氏	（吓得几乎叫起来，回头）啊！是你，可吓死我。
仇　虎	（急迫地）把蜡烛吹灭。
焦花氏	怎么，瞎子看不见。
仇　虎	有人有眼睛的。
焦花氏	哦，常五!(赶紧把烛吹灭)
仇　虎	（严肃地）好黑!（与焦花氏屏息对立）
焦花氏	（在黑暗里，急促地）事情更紧了。
仇　虎	（森厉地）我知道。他们报了侦缉队。
焦花氏	哦!(痛恨地)那么，大星说的话是真的。
仇　虎	哦，大星他也在内?
焦花氏	他说过，他说过。
仇　虎	这么说，连他也完了。
焦花氏	我怕我们逃不了，他说他死也不肯放了我们。
仇　虎	（警悟）那么时候到了。
焦花氏	（拉着仇虎的手，盼望地）你是说，应该走了?
仇　虎	不，（眼里闪出惧人的凶光）该动手了。
焦花氏	（恐怖地）虎子，你真的要——
仇　虎	（点头）一辈子有几回这样的假事。(指摇篮)你把孩子抱进屋里。
焦花氏	（走至摇篮前，望着仇虎）为——为什么?
仇　虎	这孩子闹得怪，万一醒了，哭起来害事。
焦花氏	（抱起小黑子）可是虎子——
仇　虎	（挥焦花氏去）先把孩子抱进屋里。
	〔焦花氏抱孩子由左门下。仇虎四处搜寻，没有获得，正寻见中，焦花氏由左门上。
焦花氏	你干什么?
仇　虎	（望着焦花氏，忽然想通，指着前面）你看见了么?
焦花氏	什么?
仇　虎	（森森然）我的父亲就在这儿。
焦花氏	（低声，急促地）虎子。
仇　虎	（仿佛看见了什么）他叫我去，他告诉我屋里有一把攮子。
焦花氏	（故作不知）一把勺子?

仇　虎　（望着焦花氏）他说就在我眼前。

焦花氏　（不自主地由怀里掏出来那把匕首）虎子，我——

仇　虎　（伸手）拿给我。

焦花氏　（先不肯，望着仇虎的脸，忽然，悍野地）好，拿去吧。快快地了！(此地"了"作"完结"解)

仇　虎　（谛听）他睡着了？

焦花氏　（低头，微细地）我——我哄他着（"睡熟了"的意思）了。

仇　虎　你给我看着外面。(向右门蹑足走，低微地)大星！大星！(听见里面仿佛呻吟，说着呓语，对焦花氏)你听！

　　　　〔里面闷塞而急促的声音："……快……快！金子（无力地）我的刀，我的刀。(痛苦地)金子！(模糊下去)金子！"

焦花氏　（耳语）这是他——他在梦里发呓怔。

仇　虎　好可怕的梦话。(探向右门口，低声地)大星。

　　　　〔里面的声音，幽然长叹："好黑！好黑！(恐怖地呻吟)好黑的世界！"又苦痛地叹一口长气，以后寂然。

焦花氏　（颤抖，低声地）他——他像是为我们讲的。

仇　虎　大星！(内无应声)大星！(仍无应声，忽然转前向空)爹啊，你要帮我！(立刻走进右门)

　　　　〔焦花氏在外候着，惧怖地谛听里面的声音。悄然。

　　　　〔外面还有野犬狂嗥，如一群饿狼。焦花氏不安地向外望。里面突然听见一个人窒息地喘气，继而，闷塞地跌在地上。

焦花氏　天！

　　　　〔仇虎由右屋蹒跚走入，睁着大眼，人似中了魔。

仇　虎　（手里匕首涂满污血，声音几乎听不见）完了，连他也完了。

焦花氏　（喘不出气，指着仇虎的血手）哦，你的手，你的手。

仇　虎　（举起一双颤抖的手，悔恨地）我的手，我的手。我杀过人，多少人我杀过，可是这一双手，头一次是这么发抖。(由心腔内发出一声叹息)活着不算什么，死才是真的。(恐惧地)我刚才抓着他，他忽然地醒了，眼睛那么望着我。他不是怕，他喝醉了，可是他看我，仿佛有一肚子的话，直着眼瞪着我，(慢慢点着头，同情地)我知道他心里有委屈，说不出的委屈。(突然用力)我举起攘子，他才明白他就有这么一会儿工夫，他忽然怕极了，看了我一眼，（低声，慢慢地）可是他喉咙里面笑了，笑得那么怪，他指指心，对我点一点——（忽然横了心，厉声）我就这么一下子！哼，（声忽然几乎听不见）他连哼都没有哼，闭上眼了。（匕首扔在地上）人原来就是这么一个不值钱的东西，一把土，一块肉，一堆烂血。早晚是这么一下子，就没有了，没有了。

焦花氏　你赶快把手洗洗。

仇　虎　不用洗，这上面的血洗也洗不干净的。

焦花氏　那么就走吧。

仇　虎　（抬起头）走，（望着焦花氏）好，走！（走了两步）

焦花氏　（忽然停下）你听！

仇　虎　什么？

焦花氏　有人！（跑到窗前，仇虎随在后面）红灯笼，红灯笼，他——他们来了。

仇　虎　（在窗前）不，不，是瞎子，仿佛在她身边是、是狗蛋，他打着灯笼。

焦花氏　（点头）嗯！嗯！（忽然）瞎子，她——她走来了。

仇　虎　嗯，她要来找我。

焦花氏　（恐惧地）她一个人嘴里念叨什么？

仇　虎　（恨恶地，低声地）我知道！（慢慢地）打死不偿命！打死不偿命！

焦花氏　别说话。

　　　　〔焦母由中门走进。仇虎、焦花氏两人在窗前屏息伫立，望着她森严地踱到香桌旁，擎起沉重的铁杖，走到右门前。焦花氏几乎吓得喊出。瞎子听一下，倒锁右门。焦母的脸忽然显出异常的凶恶，她轻轻拖着铁杖，向左门走。仇虎和焦花氏的眼随着焦母，焦母昂然走进了左门。

　　　　〔屋内无声，只远远听见野狗嗥嗫如鬼如狼。焦花氏望着仇虎，仇虎盯着左门。

焦花氏　（低声地）怪，她进到里屋干什么？

仇　虎　（按住焦花氏的手）她要打死我。

焦花氏　（耳语）用——用什么？

仇　虎　（急促地）你没有看见她拿着那根铁拐。

焦花氏　怎么？

仇　虎　也是（两手做击下状）这么一下子。

焦花氏　（忽然想起，全身颤抖，低声急促地）那——那孩子就在你的床上。

仇　虎　（吓着）什么？那孩子——

焦花氏　（狂惧）孩子就在那——那床——

　　　〔蓦地听见里面铁杖闷塞而沉重地捣在床上，仿佛有一个小动物轻嚓了一下，便没有声音。

仇　虎
焦花氏　啊，天！

　　　〔左屋焦母忽然尖锐地喊了一声。

焦　母　（恐怖到了极点）哦——黑子，我的黑子！（又没有了声音）

仇　虎　（怵惧）晚了！

焦花氏　（忽然）走！快走。

仇　虎　（也怕起来）黑子死了。

焦花氏　快穿衣服，外面一定有人。你这样出去，准叫他们看出来。

　　　〔焦花氏为仇虎套上小褂，便忙着拿包袱，拾匕首。仇虎的衣服没有扣了一半，焦母由左门走出。她两手举起小黑子，上面盖上一层黑布褂。她的脸像一个悲哀的面具，锁住苦痛的眉头，口角垂下来，成两道深沟。她不哭，也不喊，像一座可怕的煞神站在左门门前。仇虎与焦花氏不觉怵然退后，紧紧挤在一角。

焦　母　（不像人声）虎子！（停一下，不见人应）虎子！（仍无人应，森严地）我知道你在这儿，虎子。（忽然爆发）你的心太狠了，虎子，天不容你呀！我们焦家是对不起你，可是你这一招可报得太损德了。（痛极欲狂）你猜对了，看！孩子我亲手打死的。可是这次我送到老神仙那里再救不活，虎子，（酷恨地）我会跟着你的，你到哪儿，我会跟你到哪儿的。（森严地）虎子，现在我要从你脸前过！（一面向中门走，一面说）你要打，就打死我吧！我告诉你，（刚走到中门前）侦缉队已经在外面把枪预备好，就要进来宰你的。（举着小黑子由中门出）

　　　〔焦花氏与仇虎僵立不动，听见外面焦母低声叫："狗蛋！"然而又听见一种粗哑的怪声唱 "初一十五庙门开，牛头马面哪两面排……" 二人回头谛听。

焦花氏　（怯惧地）谁？谁这时候唱这个？

仇　虎　（极力镇静）是狗——狗蛋。

〔外面更加惨厉的声音："……阎王老爷哟，当中坐，一阵哪阴风……"

焦花氏　（向上望，忽然大叫，指着）阎王的眼又动、动起来了。

仇　虎　（惊惧）什么？

焦花氏　（怕极）他要说话！

〔仇虎抽出手枪向墙上的阎王的像连发四枪，相框立刻落在地下。

焦花氏　虎子！

〔外面以为仇虎攻出，枪向里面乱射。

仇　虎　他们真来了。

〔枪声中，常五在外大喊："后面不要放！不要放，我在前面。"失了魂似的跌进中门。

常　五　（一见仇虎，吓得瘫在那里）天！（又想回身出门）

仇　虎　（一把抓着常五）你来得好！（枪对着常五）来得好。（向中门喊）弟兄们，别放！（外面仍在放射。转向常五）你跟他们说，叫他们别放。

常　五　（斜对窗户，急喊）刘队长！刘队长！别放，是我，常五，常老五。

〔枪声突停。

仇　虎　告诉他，你现在在我手里，叫他们别放枪，我要出去。

常　五　（不成声）刘队长！我，我叫仇虎抓着了。我在他手里，刘队长，他拿着我，他要出去，你们千万别放枪。

仇　虎　（高喊）弟兄们，我仇虎跟你们无冤无恨，到此地来也是报我两代似海的冤仇，讲交情，弟兄们，给我让一条活路。要不卖面子，我先就拿你们的探子常五开刀。

常　五　刘队长！刘队长！

仇　虎　好，你们答应不答应？不说话？那么，你们要不答应，放一枪，答应放两枪。怎么样？

〔外面悄然无声。

仇　虎　好，你们不答声！我数十下，十下不答声，（对常五）我就不客
　　　　气了。

常　五　刘队长！刘队长！

仇　虎　（开始数）一下，两下，三下，四下……

常　五　（几乎同时喊）刘队长！刘队长！我常五家里孩子大人一大堆，
　　　　我要死了，我家里的人就找你抵偿，刘队长！

〔四外悄寂。

仇　虎　八下，九下——

常　五　刘——

〔外面发一枪。

仇　虎　一枪。

常　五　刘队长！刘——

〔外面又一枪。

仇　虎　两枪！

常　五　（嘘出一口气）啊！

仇　虎　（枪抵住常五的背）走！（对焦花氏）我们走吧。

〔焦花氏拿着包袱跟在两个男人的后面，由中门走出。

〔屋内悄无一人。半晌，忽然听见远处两声枪响，又一声，接着
枪声忽密，幕渐落，快闭时，枪声更密。

第三幕

人　物　仇　虎——一个逃犯。

　　　　白傻子——小名狗蛋，在原野里牧羊的白痴。

　　　　焦大星——焦阎王的儿子。

　　　　焦花氏——焦大星的新媳妇。

　　　　焦　母——焦大星的母亲，一个瞎子。

　　　　常　五——焦家的老朋友。

　　　　各种幻象。（不说话的）

　　持伞提红灯的人。

焦母的人形。（举着小黑子）

洪老。

大汉甲、乙、丙。

仇　荣——仇虎的父亲。

仇姑娘——十五岁，仇虎的妹妹。

焦阎王——连长，焦大星的父亲。

抬土囚犯"火车头""老窝瓜""麻子爹""小寡妇""赛张飞"
"野驴"……十数人。

抬水囚犯二人。

狱警。

牛头、马面二人。

判官。

青面小鬼甲、乙。

阎罗（地藏王）。

第一景

〔同日，夜半一时后，当仇虎跟焦花氏一同逃奔黑林子里。

　　林内岔路口。森林黑幽幽，两丈外望见灰蒙蒙的细雾自野地升起，是一层阴暗的面纱，罩住森林里原始的残酷。森林是神秘的，在中间深邃的林丛中隐匿着乌黑的池沼，阴森森在林间透出一片粼粼的水光，怪异如夜半一个惨白女人的脸。森林充蓄原始的生命，森林向天冲，巨大的枝叶遮断天上的星辰。由池沼里反射来惨幽幽的水光，隐约看出眼前昏雾里是多少年前磨场的废墟，小圆场生满半人高的白蒿，笨重的盘磨衰颓地睡在草莽上，野草间突起小土堆，下面或是昔日磨场主人的白骨。这里盘踞着生命的恐怖，原始人想象的荒唐；于是森林里到处蹲伏着恐惧，无数的矮而胖的灌树似乎在草里伺藏着，像多少无头的战鬼，风来时，滚来滚去，如一堆一堆黑团团的肉球。右面树根下埋着一口死井，填满石块。井畔爬密了蔓草，奇形怪状的权枝在灰雾里掩藏。举头望，不见天空，密匝匝的白杨树伸出巨大如龙鳞的树叶，风吹来时，满天响起那肃杀的"哗啦，哗啦"幽昧可怖的声音，于是树叶的隙缝间渗下来天光，闪见树干上发亮的白皮，仿佛环立着多少白衣的幽灵。右面引进来一条荒芜的草径，直通左面，中间有一条较宽的废路，引入更深邃的黑暗。在舞台的前面，下边立起参差不齐的怪石屏挡着，上边吊下来狰狞的杈枝，看进去像一个巨兽张开血腥的口。

〔开幕时，风吹过来，满天响起白杨树叶的杀声，林里黑影到处闪动着。这时雾渐散开，待到风息，昏雾又沉沉地遮掩下远方的景物。

〔风声静下来，远远听见断续的枪声，近处有些动物在蹿奔，低低地喘息。

〔焦花氏由右面荒径上踉跄走出，她背着小白包袱，树叶间漏下来的天光，闪见她满脸油亮，额上汗淋淋的。血红色的衣褂紧贴在身上，右襟扣脱开。她惊惶地喘息，像一只受伤的花豹，衣服有一处为荆棘撕裂，上面勾连着草梗和野刺。她立在当中，惶惑四顾，不知哪一条路可以引出黑林，她拿出一条大块花手绢擦抹眼前的汗珠。

焦花氏　（喘息，呼出一口长气）啊！好黑！（惊疑地）这是什么地方！（忽而看见重甸甸的黑影里闪出一条条白衣的东西，低声急促地）虎子！虎子！（等候答声，但是没有。远处发了一枪，流弹在空气里穿过，发出呜呜的啸声。她不敢再喊，她向后退，后背碰着了白皮的树干，她倏地回转身来探视。一阵疾风扫过来，满天响起那肃杀可怖、惨厉的声音，她仰头上望，身旁环立着白衣的树干，闪着光亮，四面乱抖森林野草的黑影，她惊恐地呼喊起来）虎子！虎——子！虎——子！（这阵风吹过去，树林忽而静下来，又低低而急促地）虎子！虎子！

〔静默。

〔右面传来疲倦地叹出一口气的声音："嗯！干什么？"

焦花氏　（向前进一步）虎子！你在哪儿？

〔右面低哑的声音："就在这儿。金子，你先回来。"

焦花氏　（镇静自己）我看不见路，眼前没有一点亮。（却向右走）

〔右面传来足步声，警告的声音："你站好不用动。"

焦花氏 （低声地）干什么？

〔右面低低的声音："像是我们后边跟着人。"

焦花氏 人？（大惧）跟了人！

〔右面低沉的声音："你看！灯！红灯！"

焦花氏 （向右望）红灯？

〔右面忽然有人狂叫。

〔右面连接打着那狂叫人的嘴巴的声音："你叫，你还叫！"

〔顿时寂静若死。

焦花氏 （急促地）怎么？怎么啦？

〔右面仇虎镇静的声音："不要紧！是常五，常五想作死！"忽然对常五，低声，信信地："常五你叫，你再叫！妈的！"又一巴掌，"你只要重重喘一口气，我一枪就干了你！"

焦花氏 怎么，你还没有把他放走？

〔右面仇虎的声音："快出林子了！出林子就放他。"对常五："走！走！"

〔仇虎由右面背着身走进来，右手托着枪，左手时而向后摸着那插在"腰里硬"的匕首，眼不时向后瞥。仇虎到了林中，忽然显得异常调和，衣服背面有个裂口，露出黑色的肌肉。长袖撕成散条，破布束着受伤的腕，粗大的臂膊如同两条铁的柱，魁伟的背微微地伛偻。后脑勺突成直角像个猿人，由后面望他，仿佛风卷过来一根乌烟旋成的柱。回转身，才看见他的大眼睛里藏蓄着警惕和惊惧。时而，恐怖抓牢他的心灵，他忽而也如他的祖先——那原始的猿人，对着夜半的森野震颤着，他的神色显出极端的不安。希望、追忆、恐怖、愤恨连续不断地袭击他的想象，使他的幻觉突然异乎常态地活动起来。在黑的原野里，我们寻不出他一丝的"丑"，反之，逐渐发现他是美的，值得人的高贵的同情的。他代表一种被重重压迫的真人，在林中重演他所遭受的不公。在序幕中那种狡恶、机诈的性质逐渐消失，正如焦花氏在这半夜的磨折里由对仇虎肉体的爱恋而升华为灵性的。

〔常五在仇虎后，正面出场。他的黑袍已经破碎，形色非常恐惧，拖着双手，呆望仇虎，蹒跚走入。

117

焦花氏　虎子！虎子！你在哪儿？我瞧不见你。

仇　虎　（走进来，转过头）这儿。

焦花氏　（跑到仇虎面前，抓着他）虎子，可怕死我了。

仇　虎　（一脸的汗水）金子，我觉得背后有人跟着我们。

焦花氏　那会是谁？

仇　虎　（低声地）我们走哪儿，那红灯也在哪儿。

焦花氏　天，那不会是——

仇　虎　（睁大眼）你说——

〔远远有一声枪响。

仇　虎　（忽然一手止住焦花氏）金子！

焦花氏　走！走！他们又跟上来了。

〔常五提起精神听。

仇　虎　不！不！再听听。

〔远远又一声枪响。

焦花氏　他们就在后面！（拉着仇虎）赶快走。

常　五　（惧怯地）大星媳妇，这一气跑了二十来里，我……我再走不动了。

仇　虎　老鬼，你听着！（谛听）

〔远处又一枪响，声更辽远。

仇　虎　（放了心）不要紧，这一帮狗越走越远，他们奔向西了。

焦花氏　（不安地）虎子，我们什么时候走出去呀？

仇　虎　快了！我想再走三里就差不多了。坐下！（坐在盘磨上，两手捧着头沉思）

常　五　仇……仇大爷，你……你们想把我带到哪儿去？

仇　虎　（抬起头）带你上西天。

常　五　大……大星媳妇，这个——你、你得替我说说，大星媳妇。

仇　虎　（爆发）老鬼！叫你不要提，不要提！

常　五　（望着焦花氏）可是大星媳妇——

仇　虎　（倏地立起，举起枪对常五）你这个老东西！你大星大星地喊什么？

常　五　哦，叫我不提大星呀！哦！那自然就不提，不提他！可是你说要我上西天，上西天，（对焦花氏）你说说，（不自主地）我的大星媳妇!

仇　虎　（忍不下，向常五头上面立发一枪）你！

常　五　（摸着自己）我——我的头。

焦花氏　虎子，你怎么啦？你怎么又放枪？

仇　虎　我——我不知道怎么回事，一提到他——他——我就（坐下）犯
　　　　糊涂，犯——

焦花氏　（撇开话头）虎子，你让常五伯回去吧？

仇　虎　嗯，（低头）我是想让他回去。

常　五　真的？

仇　虎　嗯！

常　五　现在？

仇　虎　嗯。

焦花氏　可是常五伯，大黑天，您——

常　五　（连忙）不，不要紧，我可以宿在老神仙的土庙里。（向焦花氏）
　　　　那么，回头见！我——我走了。（拔脚便走向右面）

仇　虎　（忽然）站住！你说什么？你宿在哪儿？

常　五　我说庙，我宿在老神仙的庙里。

焦花氏　（对常五）您——您走吧！

仇　虎　（低声地）老神仙？

常　五　（莫名其妙）就是阎王老婆整天找的那个老神仙，他——他的庙。

仇　虎　（忽然怪异地笑）金子，这黑林子我们进对了。

焦花氏　怎么？

仇　虎　（森严地）瞎子一定也在这林子里。

焦花氏　嗯，我知道。

仇　虎　（仿佛看见了）我总觉得她抱着黑子，会一步一步地跟着我们。
　　　　（忽然打了个冷战）说不定，那、那红灯就是她！她！

焦花氏　（望望仇虎，又低下头）我——我早知道！

仇　虎　你怎么早不说？

焦花氏　我怕告诉你。

仇　虎　怕！怕！（强自镇静）怕什么？

焦花氏　（低声，恐怖地）她说过，孩子救不活，我们到哪儿，她也跟到

哪儿。

仇　虎　（迅速对常五）庙在哪儿？

常　五　不远。就——就在旁边。

仇　虎　（迅速地）你刚才看见瞎婆子抱着黑子出了门么？

常　五　（向后退）看——看见。

仇　虎　（抓着常五的胳臂）上哪儿？

常　五　（指着）上西。

仇　虎　西是哪儿？

常　五　（嗫嚅）我看，狗蛋打着灯笼引她进——进了林子。

仇　虎　进了林子？

常　五　嗯。

仇　虎　（放了手，回头望着更深的黑林）好！好!(走到井畔)

焦花氏　常五伯，您，您走吧！

常　五　（向右走，低声问焦花氏）怎么，小——小黑子死了？

焦花氏　（低声地）小——小黑子——

仇　虎　（跳起，狂乱地）你们说什么，说什么？小黑子不是我害的，小黑子不是我害的。(跳到井石上，举起两手)啊，天哪！我只杀了孩子的父亲，那是报我仇门两代的冤仇！我并没有害死孩子，叫孩子那么样死！我没有！天哪!(跳下，恳求地)黑子死得惨，是他奶奶动的手，不怪我，这不怪我!(坐在井石上低头)

焦花氏　（觉得出常五惊吓的样子）常五伯，你快走吧，小心他——

常　五　（连忙）是，是，我走！

仇　虎　你说什么？

常　五　（吓住）我——我没有说什么。

仇　虎　（忽然立起）滚！快滚！

　　　　〔常五由右跑下，仇虎又坐在井石上。

焦花氏　你怎么啦？

仇　虎　我渴得很，（摸着自己的心）渴得很!(撕身上的破布)哦，哪儿可以弄来一口水，一口凉水。(撕下来布，揩脸上的汗)

焦花氏　（警告）虎子，不要擦！不要擦！

120　仇　虎　（望着焦花氏）怎么？

焦花氏	小心你手上的血会擦到脸上。
仇　虎	怕什么，这血擦在哪儿不是一样叫人看出来。血洗得掉，这"心"跟谁能够洗得明白。啊，这林子好黑！没有月亮，没有星星。(叹一口气)

〔仇虎耳旁低微的声音，如同第二幕末尾，焦大星在屋内梦呓，叹口长气，似乎在答话，幽幽然："嗯，黑啊！好黑！"

仇　虎	(惊愕) 你听！
焦花氏	听什么？
仇　虎	你……你没有听见——"黑——好黑"！

〔仇虎耳旁更幽幽的声音："好黑！好黑的世界！"

仇　虎	(如若催眠，喃喃地) 嗯。"好黑的世界"！(恐惧地) 天哪！
焦花氏	(莫名其妙) 虎子！你，你说什么？这——这是大——大星的话？
仇　虎	怎么，你——你听不见？
焦花氏	虎子，你别发糊涂！你听见了什么？
仇　虎	没有什么。心里不知为什么只发慌，我——我像是——
焦花氏	虎子，你怎么啦？你刚才为什么忽然跟常五说那一大堆子的话？
仇　虎	我、我不知道。我口渴，我刚才头发昏。
焦花氏	你为什么又提起大星，说你杀——杀了大——大星！
仇　虎	(眩惑) 我……我杀了大——大星？

〔仇虎耳旁梦呓的窒塞的喘息，低微声："……快……快！我的刀！我的刀……"

仇　虎	(喃喃地) "……我的刀！我的刀！"
焦花氏	(几乎同时说) 你又跟他提起小——小黑子。
仇　虎	(低而慢地) 小黑子？

〔仇虎耳旁低微声："嗯——好黑呀！"以及苦痛地叹口长气。

仇　虎	(忽然跳起，向着黑暗的林丛) 啊，大星，我没有害死他，小黑子不是我弄死的。大星，你不该跟着我。大星！我们俩是一小的好朋友，我现在害了你，不是我心黑，是你爹爹，你那阎王爹爹造下的孽！小黑子死得惨，是你妈动的手！我仇虎对得起你，你不能跟着我！你不能——(不知不觉拿出手枪)
焦花氏	(吓得向后退，喘息) 虎子，你——你怎么？你想着什么？小黑

子不是你害的，天知道，地知道！你想这个做什么？你还不想跑？我的命在你手里，虎子，自己别叫自己吓着，你别"磨烦"（"迟延时间的"意思），再"磨烦"，天亮了，叫他们看见，我们两个就算完了。

仇　虎　（望着黑暗）我知道，我知道！可是（悔恨地）小黑子——

焦花氏　虎子，你还不快走！想什么？

仇　虎　走！走！这不是个好地方，咱们得赶快离开这儿。

焦花氏　（支开仇虎的想头）天亮就可以到车站。

仇　虎　不等天亮就会到。

焦花氏　（强作高兴）我们要飞哪儿，就飞哪儿。

仇　虎　（打起精神）嗯，要飞哪儿，就飞哪儿。

焦花氏　（忽然，指着辽远的处所）你听！

仇　虎　什么！

　　　　〔渐渐听出远处火车在林外迅疾地奔驰。

焦花氏　车，火车。

仇　虎　（谛听，点头）嗯，火车！（嘘出一口气）可离着我们还远着呢！

焦花氏　那么，走，赶出林子。

仇　虎　嗯，走！赶出林子就是活路。

　　　　〔一阵野风迅疾地从林间扫过，满天响起那肃杀可怖"飒飒"的叶声，由上面漏下乱雨点般的天光，黑影在四处乱抖。

焦花氏　天！（抓紧仇虎的腕）

仇　虎　这是风！你怕？

焦花氏　（挺起头）不，乘着树上漏下来这点亮，咱们跑！（与仇虎携手跑，跑了两步，拉住仇虎，惊惧地叫喊）站住！虎子！（退了一步）虎子，（低声地）你看，前面是什么？

仇　虎　（凝定了神）树叶，草！

焦花氏　（指着）不，那一堆一堆的。

仇　虎　什么！

焦花氏　（惧恐地）那一堆一堆的黑脑袋。

仇　虎　（坚定地）那是石头。

焦花氏　（指着那些在风里抖擞矮而胖的灌树，喘息）你看，那是什么？

一堆一堆的黑圆圆的肉球，乱摇乱摆，向——向我们这边滚。

仇　虎　瞎说，那是树！走！

　　　　〔二人轻悄悄地走了一步，仇虎忽然又停下。由右面隐隐传来擂
　　　　鼓的声音，非常单调，起首甚微弱，逐渐响起来，一直在这个景
　　　　里响个不停。

仇　虎　别动！

焦花氏　怎么？

仇　虎　你听，这是什么？

　　　　〔鼓声单调地在林中回响。

焦花氏　（悸住）鼓！

仇　虎　（有些惧怯，低声地）鼓！

焦花氏　（微弱地）庙里的鼓！

仇　虎　（回首望焦花氏）半夜里这是干什么？

焦花氏　（警惕地）瞎子进了庙了。

　　　　〔鼓声渐响。

仇　虎　这鼓打得好瘆人！

焦花氏　怪！鼓越打越响了。

仇　虎　（深思）鼓能够把黑子打活了么？

焦花氏　谁知道？这是那个怪物替瞎子作法呢。

仇　虎　作什么法？

焦花氏　（喃喃）念经，打鼓，拜斗，叫魂，一会儿她会出来叫的。

仇　虎　（希望地）魂叫得回来么？

焦花氏　叫不回来还叫不死么？

仇　虎　（谛听，不自主地）这鼓！这鼓！

焦花氏　（看仇虎奇怪）你还听什么？还不快走，走！为什么你的脚在地
　　　　上生了根！

仇　虎　嗯，这个地方有点古怪！我们得走！我们得——

　　　　〔外面远远地传来惨厉的声音："回来呀！黑子！黑子你回来！"

焦花氏　（低声地）天，她、她出来了！

　　　　〔外面长悠悠的声音："孩子！回来！我的孩子，你回来！"

仇　虎　（怖惧地）她，她就离我们不远。

123

[外面几乎是嗥嗓的声音："黑子！我的黑子！你回来！"

焦花氏 （忽然向右看）灯！红灯！

仇　虎 （向右望）对。就是它，就是这个灯！

焦花氏 （一面看一面说）前面那个人拿着灯笼！（对仇虎）他们越走越近了。你看前面的是谁？

仇　虎 狗——狗蛋！

[外面的声音更近："回来呀，小黑子！你不能不回来！黑子！"

仇　虎 （颤颤地）她——她来了！

焦花氏 （抓着仇虎）来！树后边！快！

[二人躲在树后面。

[白傻子举着红灯笼领焦母由右走出。焦母头发散乱，衣服也被野生的荆棘刺破，她一手放在狗蛋的肩上，一手拖下来，两眼瞪视前面，泪水在眼下挂着，风过时，天光时而由树上漏下，照见一个瞎子和一个白痴并肩而行。焦母苦痛地锁住眉头，如一个悲哀的面具，白傻子还是一副颠顶的行色，眼傻傻地偷看着焦母，嘴里夹七夹八地不知念些什么。

焦　母 （声音嘶哑，震颤出一种失望的鬼音）回来，黑子，我的心肝，你回来！回来！我的肉，你快回来！（一面走，一面喊）你回来，我的小孙孙！我的小外孙。（哭非哭、嚎非嚎的声音）你千万要回来呀！

[白傻子领她由左面走出。

仇　虎 （由树隙露出头，恐惧）啊，这简直是到了地狱。

焦花氏 （也探出身子）走！

仇　虎 （恐惧）走？可——你听！

[外面白傻子的声音："前边路不好走，还是回庙去，回庙去。"

[白傻子又领焦母由左上。

白傻子 你听，鼓，鼓！别……别走远！回！回不去了。

焦　母 （仍在嘶喊）回来！我的孙孙！不是奶奶害的你！回来，我的孙孙，是那个心毒的虎子，老天不容的鬼害的你。回来，我的黑子！奶奶等着你，我的孙孙，你回来！

[白傻子领着焦母由右下。

焦花氏　（由树丛中走出，低声地）虎子！她走了！出来！

　　　　〔仇虎由树丛中走出。惊惧、悔恨与原始的恐怖交替袭击他的
　　　　心，在这一刹那间几乎使他整个变了性格，幻觉更敏锐起来，他
　　　　仿佛成了个石人，呆立在那里。

焦花氏　走！

仇　虎　走！（仍不动）

焦花氏　（催促）走啊！

仇　虎　（抬起头）你听，这是什么？

焦花氏　鼓！

仇　虎　嗯，鼓！鼓！（喃喃地仿效鼓声）冬！冬……

焦花氏　你为什么不走！

仇　虎　（向左面看）你看，那面来了一个人！

焦花氏　（莫名其妙）怎么？

仇　虎　也打着个红灯笼。

焦花氏　没有，黑乎乎的，哪儿来的灯笼。

仇　虎　（坚执）有！有！怪，他还拿着一把伞。

焦花氏　伞？（不相信）大晴天拿着个伞干什么？

仇　虎　嗯，他举着伞，提着灯笼，他朝我们这边走，这边走。（直眼望着）

焦花氏　虎子，你——你别这样，你——

仇　虎　真的，他——他来了！（更怪异地望着）

焦花氏　（怯惧地）虎子！

仇　虎　你看！

　　　　〔于是有个人形由左面悄悄移上，形容正如仇虎形容，举伞提灯
　　　　笼，伞遮着上半身，看不见，只下半身露出蓝布的裤。那人形停
　　　　住了步。

仇　虎　喂，借光！弟兄！出这林子怎么走？

焦花氏　虎子，你别吓唬我，你——你是跟谁说话？

仇　虎　你没有看见眼面前有个人？

焦花氏　没——没有。

仇　虎　（指着那执伞的人形）怪，这不是！

焦花氏　哪儿？

仇　虎　（又指）这儿!(对着那个人形)喂，弟兄，你怎么不说话?

焦花氏　（恳求）喂，虎子，你到底跟谁说话，你——你别吓唬我。

仇　虎　怎么，你看不见，就在我们眼前!

焦花氏　就在我们眼前?

仇　虎　喂，弟兄，你别挡着自己的脸，你说话! 出了林子得怎么走?

焦花氏　虎子!

〔人形向仇虎身旁走去。

仇　虎　你看，（回头向焦花氏）他走过来了。

〔在仇虎回头的时刻，那人形已走到仇虎的面前——伞挡着前面，观众看不见他——立好。

仇　虎　（回望，正与此人打个对面，还看得不清楚，只嘘了一口气，倒退一步）喂，弟——兄!

〔那人形突然把红灯笼提到自己的脸上照，仇虎看个正好。

仇　虎　（忽然惨厉地怪叫，声音幽长可怖，响彻林间）啊——啊——啊——啊!

〔随着喊声，那持伞举着红灯笼的人形倏地不见。蓦然野风疾迅地吹过来，满林顿时啸起肃杀的乱响。

焦花氏　（退后，惊惧）虎子!

仇　虎　（睁大了恐怖的眼）走! 快走!

焦花氏　（在疾风中）你看见了什么?

仇　虎　（悸住）走! 说不得! 走! 走!

〔满林乱抖着重重的黑影，闪见仇虎拉着焦花氏由中间的荒路狂奔下。

〔鼓声单调地由远处传来。

第二景

〔在黑林子里——夜二时半。

〔林内一块洼地，地上长着青苔，平滑细软。在中间，远远立起一片连接不断的黑黝黝的丛林，左右伸出，把当中的低地圈在里面。看得见的是林前横着一段颓圮的土坡，有野蔓乱藤爬绕在上面。右边地势略高，立一棵雷火殛死的老树，骨棱棱的枝杈直插空际，木身烧焦只剩个空壳，原来树干已为啄木鸟朝夕啄成洞穴，现在满身是眼，更显得树形古怪。树下丛生野草和不知名的毒花，有秋天的虫在里面低唱。靠左地势渐低，孤孤单单地矗立一根电线杆，年久失修，有些倾斜。接连一根一根的木柱向中间远处引去，越过当中的土坡，直到看不清楚的林丛里。电线杆旁边横放几块大石，歪歪地横在洼地上。立在洼地中，可以望见漆黑的天空。惨森森的月亮，为黑云遮了一半，斜嵌在树林上，昏晕晕的白光照着中间的洼地，化成一片诡异如幽灵所居的境界。天上黑云连绵不断，如乌黑的山峦，和地上黑郁郁的树林混成一片原野的神秘。

〔风吹过来，电线微微发出呜呜的音浪。远处单调的鼓声甚为微弱，静下心来，才听得清楚。

〔仇虎由右面蹒跚跑上，喘息不停，一只鞋子已经不见，上身衣服几乎全为荆棘勾连，撕成乱条，脸上流满汗水，不时摸着腰里插好的手枪和弹袋，神色恐慌，两只疑惧的眼四处探望。

仇 虎　哦，妈啊!(用手背揩下额前的汗) 我这是到了哪儿了?(望望四周)

〔外面焦花氏的声音："虎子，你把路认出来了么?"

仇 虎　(回头) 看——看不大清楚。金子，你先来! 月亮出来了，也许找得出路来。(疲倦地靠在死树的枯干上) 哦! 渴! 好渴!(咽着唾沫)

〔焦花氏由右面低首上，支着一根粗树枝。她走进来，抬头，眼惊异地望着四周和天空的昏惨惨的月色。她的头发散乱地披下来，虽然不断地向后掠，走两步又固执地坠在额前。她也满身是汗，衣服紧贴前后，几处撕成破口;眼里交织着恐惧和希望，手里还拿着小包袱，焦灼地望着仇虎。

焦花氏　(嘘出一口气，希望地) 我们快走出林子了吧?

仇 虎　(还倚在树旁，望着天) 谁知道，大概快了!

焦花氏　(燃着希望) 快了?

仇 虎　(点头，机械地) 快了!

〔忽然树上的鸟连连啄木，发出空洞的"笃笃"的声音。

仇　虎　（忽然由树旁跳起）啊?（向上望）

焦花氏　什么？什么？

仇　虎　听！

〔树上又发出空洞的"笃笃"的声音）

焦花氏　什么？

仇　虎　鸟！啄木鸟！

焦花氏　哦，这林子会把我们吓死的。

仇　虎　不，不，我们就要出去。你看，我们已经又走出十几里了。

焦花氏　那不早应该出去了么？

仇　虎　嗯，可——可（忽然暴躁地）我们迷了路。

焦花氏　（重复地叹息）迷了路，不认识道。

仇　虎　迷了路！迷了路！（心如火焚）上哪儿走？（四面旋转）向东？向西？向南？向北？啊，妈呀！我们上哪儿走？这大黑天，看不见路走，找不着人问。我从前走这条路的记号现在一个也找不着，走了十里，还在林子里！走了二十里，还在林子里！我们乱跑这半天，三十里也有了，可是还在这黑林子里。出不了林子，就见不了铁道；见不了铁道，就找不着活路；找不着活路，（忽然）啊！啊！啊！（一下，两下，三下把衣服撕去，露出黑茸茸的胸膛，抄起手枪，绝望地）好，来吧，你们来一个，我杀一个；来两个，我杀一双。我仇虎生下地，就受尽了你们的委屈、冤枉、欺负，我虎子生来命不济，死总要死得值！金子，再听见枪响，我们就冲，死就死了吧。

焦花氏　虎子！（安慰）你别急！你是渴了，我知道你的心里不自在。虎子，我们不该死的，不该死的，我们并不是坏人。虎子，你走这一条路不是人逼的么？我走这条路，不也是人逼的么？谁叫你杀了人，不是阎王逼你杀的么？谁叫我跟着你走，不也是阎王逼我做的么？我从前没有想嫁焦家，你从前也没有想害焦家，我们是一对可怜虫，谁也不能做了自己的主，我们现在就是都错了，叫老天爷替我们想想，难道这些事都得由我们担待么？

仇　虎　哼，老天爷会替有势力的人打算，不会替我们想的。

焦花氏　那么，天是没有眼睛的。

仇　虎　谁又说他有呢。(机械地) 走吧!

焦花氏　走! 上哪儿走?

仇　虎　(喃喃地) 上哪儿走?

焦花氏　我们迷了路。

仇　虎　(绝望) 迷了路!

焦花氏　(忽然,惧怕地) 虎子,你听!

仇　虎　(抬头) 听什么?

焦花氏　(对右面) 向远处听。

仇　虎　(还不大清楚) 什——么?

焦花氏　(低声地) 你没有听见? 鼓! 庙里的鼓。

仇　虎　鼓?

　　　　〔单调的鼓声渐渐响起来。

仇　虎　(愤恨地) 对了,是鼓! 是鼓!

焦花氏　(低声地) 我们连庙旁边还没有走开。

仇　虎　怎么,我们还在庙旁边打转转,还在这儿! 还在这儿!

焦花氏　(忍不下) 哦,妈呀! 我们这是怎么着啦!(抱着仇虎,摇撼他)
　　　　我们这是怎么着啦?

　　　　〔树上啄木鸟又连声"笃笃",声音空旷怪异,二人倏地分开,仰
　　　　视树梢,这时由旷野深处传来辽远的凄厉的呼声,二人惊愕地回
　　　　头,渐为呼声慑住,如被催眠。

　　　　〔远处凄厉而悠长的呼声:"回来! 我的小孙孙! 你快回来,我
　　　　的小命根哪! 回来,奶奶在等着你哟!"不像人声,"回——来
　　　　呀——黑——子! 你——快——回——来!"

仇　虎　(慑住,喃喃地) 小黑子! 小黑子!

焦花氏　哦,妈呀,(低声地) 她——她真的跟上我们了。

仇　虎　(喃喃) 小黑子! 小黑子!

焦花氏　你说什么?

仇　虎　她——她又要来了。

焦花氏　(望着仇虎,惧怯地) 谁?

仇　虎　她! 她!(忽然向左望) 你看! 她! 她来了。

　　　　〔由左面惝惝走上焦母的人形,两手举着小黑子,闭着眼,向右

面走，走到仇虎面前，站。

仇　虎　（惊恐，低声地）你看，她又来找我！

焦花氏　虎子，你怎么，你看见了什么？

〔焦母的人形睁开了眼，瞪视焦花氏和仇虎。

仇　虎　（摇头）我——我们——没有，我们没有——

焦花氏　你说，谁？虎子！

仇　虎　（低哑失声）瞎子同——同小黑子就在你眼前。

焦花氏　（大叫一声，跑到电线杆下面）虎子，你——你又中了邪啦。

〔焦母的人形直瞪仇虎。

仇　虎　（对着焦母的人形，哀求）不是我！不——不是我！我没有打算
害你的黑子，大星是我——我害的。可我——（喘息）我已经觉
得够了，你别这么看着我，你别这么看着我！我并没害死你的孙
孙！我说，我没有！我没有！我没有！我没有！我没有……（愈
说气力愈弱）

〔那人形目不转睛地望着仇虎，又悄悄向右方走下。

仇　虎　（望着人形消逝，揩着眼前的汗水）哦，天哪！

焦花氏　（慢慢走向前）怎么啦？

仇　虎　她走了。

焦花氏　（忽起疑惑，抓住仇虎）虎子，你告诉我小黑子究竟怎么死的？

仇　虎　（机械地）他奶奶打死的。

焦花氏　我知道。可你叫我把黑子抱到屋里是怎么回事？

仇　虎　唔，（低沉地）一网打尽，一个不留。

焦花氏　为什么？

仇　虎　焦家害我比这个毒。

焦花氏　那么你成心要把孩子放在屋里。

仇　虎　（苦痛）嗯，成心！

焦花氏　你早知道瞎子会拿棍子到你屋里去。

仇　虎　知道。

焦花氏　你是想害死黑子！

仇　虎　嗯！

焦花氏　你想到她一铁棍会把孩子打——

仇　虎　（爆发）不，不，没有，没有。我没想到，我原来只是恨瞎子！我只想把她顶疼的人亲手毁了，我再走路，可是大星死后我就不成了，那一会儿工夫，我什么心事都没有了，我忘了屋里有个黑子，我看见她走进去，妈的！（敲自己的脑袋）我就忘记黑子这段事情，等到你一提醒，可是已经"砰"一下子——（痛苦地）你看，这怪我！这怪得了我么？

焦花氏　那么，你还老想着这个做什么？

仇　虎　（苦闷地）不是我要想，是瞎子，是小黑子，是大星，是他们总在我眼前晃。你听，这鼓，这催命的鼓！它这不是叫黑子的魂，它是催我的命。

焦花氏　（想转开仇虎的想念，大声地）虎子，你忘了你的爹爹了么？

仇　虎　对！没有！

焦花氏　虎子，你还记得你的妹妹么？

仇　虎　对！没有，没有，没有！他们死得委屈，（喃喃地）对！对！对！我那年迈的爹叫阎王活埋，十五岁的妹妹叫他卖，对！卖死在那个——

　　　　〔啄木鸟又"笃笃"地发出空洞的啄木声。

焦花氏　你听！这是什么？

仇　虎　（不顾焦花氏）叫他卖死在那个烟花巷。嗯，对！我在狱里做苦力，叫人骗了老婆占了地打瘸了腿，嗯，对！对！我仇虎是好百姓，苦汉子，受了多少欺负、冤枉、委屈，对！对！对！我现在杀他焦家一个算什么？杀他两个算什么？就杀了他全家算什么？对！对！大星死了，我为什么要担待？对！他儿子死了，我为什么要担待？对！我为什么心里犯糊涂，老想着焦家祖孙三代这三个死鬼，对！对！我自己那年迈的爹爹，头发都白了，（忽然看见右面昏黑里出现了什么，不知不觉地慢下来）人都快走不动了——

　　　　〔黑暗里，由右面冉冉飞舞过一只青蓝光焰的萤火虫，向土坡上飞去。

焦花氏　（仍想转开仇虎的思念）虎子，你看，萤火虫，萤火虫！

仇　虎　（瞪目张口，望着萤火虫后面的人群，口里慢慢地）人都快走不动了，他们还串通土匪，对！对！拿来——

〔萤火虫摇摇向土坡飞，随在后面是一堆无声的人群，静悄悄地也向土坡走。前面是三个短打扮的狰狞大汉，拿着铁铲木棍，迈着大步，殿压后面是洪老，一个圆缸粗细的黑矮胖子，手摇芭蕉扇，脸上流汗，一边揩，一面喘，像是走了多少路程。中间押着一个白发的农人——仇荣，身量瘦小，伛偻着终年辛苦的背腰，惧怯地随着大汉步行，时而回头望着洪老，眼里露出哀恳乞怜的神色。单调的鼓声愈击愈响，这一堆人形随着鼓声像一群木偶在薄雾里呆板地移行。昏黄的月色照着土坡，黑云布满了天空，地上半是阴影。在土坡高处忽而渐渐显出一个背立的彪悍的人形，披着黑斗篷，底下仿佛穿着黄呢军裤，但是看不清楚。人押到坡上，洪老很恭谨地对着那个背立的人形说话，洪老的脸正对观众。这时那白发的农人低头默立一旁。

焦花氏　虎子，你在看什么？

仇　虎　（低声地）那——那不是洪老？他，他们来这儿是干什么？

焦花氏　（望着仇虎）在哪儿？

仇　虎　土坡——土坡上。（呆望着那人群）

〔那背立的人形仿佛告诉洪老多少话，洪老连连点头。于是转过身，对着那垂首的老者举手威吓，两个大汉一起围起那老人，似乎也在逼迫。内中一个大汉在掘土挖坑，一时，由老人怀里搜出东西，由洪老交给那背立的，那背立的人摇头，把东西扔下。

焦花氏　虎子！

仇　虎　（倒吸一口气）这个老头别是我爹？可是他死了。天哪，这是怎么回事？

〔洪老继续搜索，两个壮汉叫老人背过脸，合同刑逼，老人先只垂首不语，最后似乎痛极而呼。忽然由左面跑来一个十五岁的姑娘，忍不下去，似乎狂呼而出，手里拿着字据，交与那背立的人形，哀求他释放老人。

仇　虎　哦，妈呀！这不是我的妹妹！妹……妹！

焦花氏　（拉着仇虎）虎子，你怎么啦！你忍忍！你忍忍！

〔洪老见得着字据，大喜。那小姑娘走到老人面前跪下，老人责备她不该出来。那背立人形吩咐洪老拉开他们，叫两个大汉动手埋人。一个壮汉捉住小姑娘，那两个抓住老人的背膊，洪老狞恶地指着土坑告诉老人，小姑娘听见便哭，老人转过身来仰天大嚎，脸正向仇虎。

仇　虎　（突由催眠状态醒起，看明白，狂呼）爹！爹爹！我的爹爹！

焦花氏　虎子，（拉住仇虎）你别中了邪，你叫谁？

仇　虎　爹！爹爹。虎子在这儿！虎子在这里！（回首对焦花氏）你放开我！（一手甩开焦花氏，抽出手枪，向土坡奔去，对着那背立的人形，暴怒地）你这个土匪，你——

　　　〔忽然那背立的人形转过身来——焦阎王如同那图像所摹刻下的一般，穿着连长的军装，森厉地立在那里。惨月昏昏地射照他的脸，浓眉下两只可怖的黑眼射出惧人的凶光。

仇　虎　（愣了一下，狠毒地）阎王！

焦花氏　（在下面，吓昏了）阎王？

仇　虎　（野兽一般）我可碰着了你！（对着阎王连放三枪）

　　　〔那群人形倏地不见。

焦花氏　虎子！虎子！

　　　〔黑云遮满了月光，地下又突然黑起来。

仇　虎　金子！金子！你在哪儿！

焦花氏　这儿！

仇　虎　（奔下来）你看见他们没有？

焦花氏　（恐惧）没有！

仇　虎　快走！地上又没有亮了。（拉着焦花氏由左面奔下）

　　　〔鼓仍单调地由林中传来。

第三景

　　　〔在黑林子里——夜三时。

　　　〔林内一片水塘边。水塘后面仍是暗黑的林丛，水面很宽阔，望得见天上的星云反射浮光上。天上乌云并未散开，月色却毫无遮掩。半圆的月沉沉浮在天空，薄雾笼罩地面，一切的氛围仍然是诡异幽寂，有青蛙在长着芦苇的浅水地带低声聒聒不停。水畔靠左伸出一段腐旧的木板曾经用来洗衣淘米，现在走上人便摇摇欲断。水塘右岸低低斜伸一棵古老的柳树，柳枝垂拂水面。塘前是一块草地，靠左立一排破烂的栅栏，栏门歪歪的。右边茁生人高的野蒿，蒿旁有一棵小树，几块石头。

〔远处隐隐传来微弱的单调的鼓声，风吹来，才听得略微清晰，渐渐又听不见了。

〔一刻，右面野蒿里有慌乱的奔跑与痛苦的喘息声，蛙声骤而停止，仇虎和焦花氏由右面野蒿中钻出来，二人疲乏欲死，仇虎的腿上满是刺伤，血股股流下。他肩上背着小包袱，手里拿着一根树干，他的形状更像个野人，头发藏满草梗，汗珠向下滴，两脚赤光光，脚趾为硬石磨破，裹着破布条。黑茸茸的胸膛沾腻一块一块的泥土，如同一个恐怖的困兽，他的胸剧烈地起伏着。焦花氏的眼警惕地随着仇虎的足迹，她的衣袖为野蒿勾破，撕成碎条，于是腕上两副金亮亮的手镯更露得清楚，随着她的机警的行动颤栗着。奔跑使她昏晕欲倒。头发为汗水浸湿，粘连几处。她的脸像洗过一样，颈下两三个扣子解开，上衣只掩盖着胸乳，裤腿卷上去，如同涉过浅河。

〔仇虎一手拉出焦花氏，把树干扔在一旁，倚着小树的干，仰天喘息。二人的视线为蒿遮住，看不见水塘。

仇　虎　哦，天!（用手背揩擦脸上的汗）

焦花氏　（几乎晕倒，立在仇虎旁）哦，可走出来了。

仇　虎　（苦痛地摇头，闭着眼）从蒿子里算跑出来了，可是我们还在林子里!

焦花氏　（惨痛地）还在林子里!哦，妈呀——（滑倒，跌坐在石头上）

仇　虎　（忙去扶焦花氏，焦灼地）金子!金子!你怎么啦?

焦花氏　（推开仇虎）没有什么，我就走不动了!

仇　虎　走不动?

焦花氏　我头昏，我想喝水，喝口水!

仇　虎　（失望地）水!水!

焦花氏　（喘息）哪里有水?就一口水，（低声地）就一口水!

134　仇　虎　（颓然坐在一个较高的石上，两手捧着腮骨，声音喑哑）哪里有水！哪里有水！(苦痛地摸着喉咙，咽着唾沫) 哦，我拿一桶金子换一桶水！可——(喘息) 哪儿有水？

焦花氏　(咬住牙) 哦，我的脚！

仇　虎　怎么？

焦花氏　这一脚都是泡，痛得钻心。

仇　虎　(暗郁) 金子！

焦花氏　什么？

仇　虎　你跟我跑出来只有苦。

焦花氏　可我——我心里是舒服的。

仇　虎　人家看我是个强盗。

焦花氏　(斩钉截铁) 我是强盗婆。

仇　虎　人家逮着我就砍。

焦花氏　我给你生下儿子报你的仇。

仇　虎　可你——(感激地望着焦花氏，忽然) 你为什么要跟着我？

焦花氏　(执意地) 我跟你一同到那黄金子铺的地方。

仇　虎　(低头，看自己的丑陋) 为什么单挑上我？

焦花氏　(肯定地) 就你配去，我——(低声地) 配去。

仇　虎　可是世上并没有黄金铺的城。

焦花氏　有，有。你不知道，我梦见过。(忽然) 你听！

〔远远的似乎有火车疾驰的声音。

仇　虎　什么？

焦花氏　我们快出林子了！

仇　虎　怎么？

焦花氏　(浮出一丝笑的影) 火车？突——突——突——突！突——突——突——突！你听不见？

仇　虎　(奇怪地望着焦花氏) 哪里有！你在做梦。

焦花氏　谁做梦？你听！(仿佛那火车愈驰愈远的渐渐消逝的声音) 突——突——突——突，突——突——突——突！你听，慢慢就没有了，(忽对仇虎) 现在就没有了。

仇　虎　(明白这些声音都是焦花氏脑内的幻象，哀怜地叹口气) 嗯，金子，也许我到过那黄金铺的好地方。可(愤恨地) 我就思想起我在那块地方整年整月地日里夜里受的罪，我做苦力，挑土块，挨鞭子，一直等到我腿打瘸，人得了病，解到旁处，我才逃出来。那里的弟兄跟我一样受着罪，死的死，病的病。那里黄金子倒是有，可不是我们用，我们的弟兄一个一个瘦得像个鬼，（声音渐小）像个鬼，苦——苦——苦……

〔塘边，忽而青蛙叫起来。

焦花氏　你听！这不是蛤蟆叫！

仇　虎　（谛听）是，是蛤蟆！那么（狂喜）有水啦！

焦花氏　（叫起）水！

〔忽而现出野蒿所遮掩的地带。

焦花氏　（望见一片水塘，颤抖地）哦，虎子！水！水！

〔仇虎也跑出，焦花氏跑到塘边跪下取水，但为芦苇挡住，下不得手。

仇　虎　（颤颤地）水！水！金子，那儿有板！（指塘边的条板）上去，趴在上面喝，你喝够了我再喝。

〔焦花氏奔上颤巍巍的木板，趴在上面喝水，仇虎在塘畔芦苇旁焦灼地等候。这时由左面慢慢起一种含糊的一面"哼"一面"唉"的多少人的工作声，观众听得见的，单调而沉闷，在月光下，传到耳里，其声诡异，不似人音。仿佛有许多冤苦的幽魂在呻喊，而又不敢放声。仇虎耳朵竖起，忽然转过身来，出神谛听。

焦花氏　（在木板上）虎子！虎子！你也来，有地方，我捧着水，你喝。

仇　虎　（目不转睛望着左面，机械地）嗯！

〔由左缓缓踱出一对一对的人形，都是囚犯的模样，灰衣赤足，汗淋淋的，有的戴着草帽，有的光着秃顶，有的执着汗巾，或者腰上挂系着铁链，或者足踝上拴着铁链，多半瘦若枯柴，每两个系在一起。二人共抬一大筐土块。约莫有十人的光景，一个个低下头，慢慢地前面"哼"后面"唉"，离着仇虎有半丈的距离，一对一对走过去。

仇　虎　（张口）天！这不是他们？！

焦花氏　（由木板走过来）虎子！虎子！你怎么不喝水！

仇　虎　(悚住) 别说话，你听！

〔由左面又走出一对囚犯，抬着水桶，桶上浮着瓢。前面的人拿铁铲，后面的拖着铁锄头，发出"哼啊""唁啊""哼啊""唁啊"的声音。

焦花氏　听什么？

仇　虎　(仍然注视他们) 听不见？就这样！就这样！"哼啊！""唁啊！"

焦花氏　(明白了他又生了幻象) 哦，虎子！

〔由左面走出一个魁伟的大汉，光着头，胳臂肘挂着狱警的黄制服，帽子放在手里，一只手提着皮鞭，身上只穿一件背心，汗水流下来。西瓜大的光头油亮亮，凶恶的眼睛前瞻后望，时而摸着身上的手枪。回头向左瞻望，后面还有多少囚犯，在幽暗的左面低沉冤愤地"哼啊""唁啊"工作着，一直不停。这时前面的囚犯已把土筐放下，大家揩汗，拿帽子当扇扇。

仇　虎　哦，(望着那狱警，不寒而栗) 他！他还没有死！

焦花氏　虎子，走！走！你又看见什么？

仇　虎　(摇手) 不，不。

〔在右面休息的囚犯，有坐的，有蹲的，有斜靠在土筐上的，有立在那里偷偷与同伴说话的，有低头不语的，有暗暗擦着眼泪的。这时中间有个满脸疤痕、一双长腿的壮年囚犯，看见了仇虎一个人指指点点仿佛谈他。于是那有疤痕的汉子似乎招呼仇虎，像在叫："虎子，你，你怎么不来！弟兄们都在这儿。"

仇　虎　(忽然看见了他) 这不是"火车头"么？(惊喜)"火车头"，"火车头"。(那有疤痕的"火车头"连连答应招手，并且告诉其他的囚犯) 我是虎子——小虎子！

焦花氏　(拉着仇虎) 虎子，你——你别这样！

〔仇虎不顾焦花氏，他看见那帮囚犯一个一个向他望，都是惊喜而悲哀的神色，有的向他招手，有的叫他不要来。仇虎举起双手，对着他们。内中有一个大鼻头的瘦个儿，举动滑稽，对他拍手做脸，叫他快来。

仇　虎　这不是"老窝瓜"么？"老窝瓜"，你们好么？

〔许多人都悲哀地摇摇头，"老窝瓜"又在招手，一个小矮个儿满脸麻子的人劝阻他。

仇　虎　不要紧，"麻子爹"，我不去的，我逃出来了。(忽然对着那个擦眼泪的瘦弱的囚犯) 喂，"小寡妇"，你怎么还是在哭呀！

〔"小寡妇"抬头望望仇虎，又低头哭泣。这时忽而一个满脸髭须的黑汉子抄起一根扁担，仿佛要跑向仇虎，对他打去，旁边一个大嘴小眼睛的囚犯截住他。

仇　虎　"赛张飞"，你还记着那段仇，要打我么？"野驴"，你不用拉他，他打不着我，我逃出来了！(愉快地) 我逃出来了。

〔囚犯里似乎愈闹愈凶，那狱警蓦然回头，举起皮鞭向囚犯们乱抽下去。内中有人拉住狱警，指着仇虎告诉这次争吵是为了他。那狱警听见便回首盯着仇虎，仇虎惧极，反身想跑，然而狱警仿佛一声大叫，仇虎便如老鼠僵立不动，那狱警以鞭指他又指右面的囚犯，意思叫他赶快回来做活，似乎在喊："滚过来！仇虎！"

仇　虎　(一旁颤抖，低头) 我去！我去！我去！

焦花氏　(惊极) 虎子，你别去！你别去！(但是看着仇虎恐怖的眼，只得放手，呆立在那里)

〔仇虎走进囚犯群，狱警吩咐他们与仇虎上了脚铐，令一个囚犯下来执鞭催促，仇虎抬起土筐，随在后面走，一不小心，狱警呼打，那执鞭的囚犯就狠命打下。

仇　虎　(每打一下，不自主摸着背脊，喊出) 啊！啊！啊！

焦花氏　(苦痛地) 哦！虎子！你喊什么？你喊什么？

仇　虎　(低声对着旁边的人) 他打瘸了我一条腿，又想打瘸我第二条腿。

〔前面的囚犯由右面走下，一个囚犯放下土担子，到水桶前喝水，又一个也在喝，又一个……又一个，仇虎在一旁美慕，实在忍不下心里的渴，跑到水桶前面，拿起瓢取水。忽而那狱警似乎大吼一声，走到面前，抢过皮鞭，把瓢子打下来，向仇虎乱抽去。仇虎忽而硬起来，一声不哼。在狱警喘息间，仇虎忽而抢下他的鞭子，向狱警打下。

仇　虎　我拼了，我打死你！我打死你！我打死你！

〔狱警忽而抽出身上的手枪，向仇虎施放，但是不见响声，枪子放不出去。

仇　虎　（狂笑）你也有这么一天，你的枪也不灵了。你还欺负我们，你还欺负我们！现在你看我的！（抽出自己腰里的手枪）

〔那些囚犯都退在后面，缩成一团。狱警大惊，四处奔跑，仇虎连对他放了两枪，"砰，砰"！一切人形忽然不见。

仇　虎　（惊愕地瞩视四周，望望月亮，俯视自己的脚下，并无脚镣的痕迹）哦，天哪！

焦花氏　（一直被仇虎独自呼号迷惑住，现在才醒，捧一口水慢慢走过来）虎子，你喝口水。

仇　虎　（机械地）喝口水？（刚想低首喝）

〔忽然一阵风吹过来，很清晰的鼓声一下一下打入人的耳鼓，森然可畏。

仇　虎　（对着焦花氏）鼓！鼓！鼓！（忽然）什么，还在这儿，还在这儿？（大叫）我们中了邪了！（推开焦花氏捧水的手，拉住她由左面跑下）

〔鼓声在这一场单调地响着。

第四景

〔在黑林子里——夜四时半。

〔林内小破庙旁。四面围起黑压压的林丛，由当中望进去，深邃可怖，一条蜿蜒的草径从那黑洞似的树林里引到眼前。眼前是一片高低不平的草地，在那短短的野草下藏匿着秋虫纵情地低唱。沿着那草径筑起粗细不匀的电线杆，靠外面的还清楚，里面的很像那黑洞口里的长牙。靠右偏后立起一座颓落的半人高的小土庙，里面曾经供祀个神祇，如今完全荒废。小庙前面一尺高的小土台原为插放香火，多少年风吹雨打，逐渐夷平。小庙的土顶已经歪斜，远看，小庙像个座椅，前面的土台仿佛是个小桌，有几块石头在旁边竖立着。靠左偏前是一棵直挺挺的白杨，树叶在上面萧瑟作响。树前横放一块平整的长石，上面长满青苔，不知哪年香火盛时，虔诚的香客派来石工凿成平面，为人休息的。满林树叶甚密，只正中留一线天空，而天空又为黑云遮满，不见月色，于是这里黑漆漆的，幽森可畏。偶尔风吹过来，树叶和电线的响声同时齐作，仿佛有野生的动物在林中穿过。

〔仇虎扶着焦花氏由当中深邃的草径一步一步地拖过来，两人都是一身泥水。仇虎只剩下一条短短沿边撕成犬齿的布裤，焦花氏的鞋也在水里失去，衣裙滴下水，裤子卷得更高。包袱是在手里。仇虎一手举着手枪和弹袋，一手扶着焦花氏，眼里忽然烧起反抗的怒火，浑身水淋淋的。他回头呆望着更深的黑暗，打了一个寒战，忙匆匆地走进。

仇　虎	哦！好黑，（不觉又怕起来）怎么又走进来这么个黑地方。金子，（觉得焦花氏向下溜）金子！金子！
焦花氏	（抬头，把眼前的头发掠过去）我——我真走不动了。
仇　虎	（指着眼前一块石头）那么，你坐下。（扶着焦花氏坐下）
焦花氏	（打了个寒战）好冷！（希望地）赶过了这道水也许快出林子了吧。
仇　虎	（坐下）也许吧，赶过了河，路好像平整了点似的。
焦花氏	（回头望）我们走的像是一条大路。
仇　虎	（叹一口气）反正鼓是听不见了。
焦花氏	嗯，鼓没有了，（振作）我们就要出林子。
仇　虎	（忽然兴奋地立起）嗯，出林子，出林子！出林子赶上火车，也许——也许天还没亮。（忽然仰望天空）怪，天上又不见月亮了。
焦花氏	（不自主地也望上去）嗯，刚才好好的，怎么一会儿连个星星也没有？
仇　虎	（忽而惊吓失声）金子！
焦花氏	怎么？
仇　虎	真的，一个星星也没有。
焦花氏	我们不还有一盒洋火。
仇　虎	洋火只剩下两——两根了。
焦花氏	那么我们怎么走？怎么走？
仇　虎	嗯，（失望地）怎么走？（坐在石头上）黑，黑，黑得连颗星星的亮都没有。怎么走？怎么走？
焦花氏	（喃喃地）怎么走？（忽然走到白杨树下，跪下）哦，天哪，可怜可怜我们吧，再露一会儿月亮吧，再施舍给我们一点点儿的亮吧！（哀恳地）哦，就一会儿，一小会儿，天，可怜可怜我们这一

对走投无路——

仇　虎　　（暴声）金子，你求什么？你求什么？天，天，天，什么天？（暴躁地乱动着两手）没有，没有，没有！我恨这个天，我恨这个天。你别求它，叫你别求它！

焦花氏　　（觉得身上有洒下来的雨点）虎子！

仇　虎　　什么？

焦花氏　　（慢慢地）天下了雨了。

仇　虎　　你说你身上洒下来了雨点？

焦花氏　　嗯，我脸上也有。

仇　虎　　那是我的血，我胳膊上的血甩出来的。

焦花氏　　（惊愕地）你又流了血了。

仇　虎　　嗯！（暗郁地）这就是天！你求它做什么。

焦花氏　　（摇头）可怜，虎子，（坐在杨树前的长石上）今天一夜把你都逼疯了。

仇　虎　　（愤恨）疯？哼，我得疯！今天一天我像过了一辈子，我仇虎生来是个明白人，死也做个明白鬼。要我今天死了，我死了见了五殿阎罗，我也得问个清楚：我仇虎为什么生下来就得叫人欺负冤枉，打到阎罗宝殿，我也得跟焦家一门大小算个明白。

焦花氏　　（怕仇虎又说胡话）虎子，你听草里头！

　　　　　〔草里秋虫低吟。

仇　虎　　什么？

焦花氏　　蛐蛐！

仇　虎　　嗯。

　　　　　〔远处传来"布谷"的鸣声。

焦花氏　　（忽然愉快地）咕咕，咕咕。咕咕，咕咕。

仇　虎　　（听了一刻，忽然叹一口气）完了！没有了！

焦花氏　　（明白仇虎的意思所指，然而——）为什么？

　　　　　〔不等问毕，一阵风吹来，电线鸣响起来，白杨树叶哗哗地乱嚷，风飕飕的。

焦花氏　　（打寒战）哦，虎子！

仇　虎　　你别怕。

焦花氏　（掩饰，打个寒战）不，好冷。（指着右面的荒址上）那——那是什么？

仇　虎　破庙。

焦花氏　虎子，我们走吧。

〔风吹过去，忽由远处幽长地呼出惨厉的声音，由远而近，又由近而远。

〔那因为辽远而有些含糊、凄厉的声音："回来呀，我的黑子！快回来吧！我的小黑子。"

仇　虎　（突然变了声音，喑哑地）你听，你听，这是什么？这是什么？

〔那更凄寂的、渐近的声音："回来，我的孙孙！快回来吧，我的小孙孙。"

焦花氏　（惊恐）她！她——她！

仇　虎　她又跟上我们了。

〔那怪厉、不似人声、渐远的声音："魂快回来，我的黑子！你魂快回来，我的心肝孙孙。"

焦花氏　（忽然抱住仇虎）哦，天！

仇　虎　（颤抖）我们快——快走吧。

焦花氏　嗯，（刚走了两步，一脚踏在软而有刺的东西上，大叫起来）啊！虎子，我的脚！

仇　虎　什么？

焦花氏　脚底下，软叽叽的，刺！刺！乱动！

仇　虎　（由弹袋里取出洋火划燃，与焦花氏往下看）哪儿？

焦花氏　这儿！这儿！

〔二人围着那个东西，一点火光照着他们恐怖的脸。

仇　虎　刺猬！

焦花氏　（放下心）刺猬。

〔这时由当中远处怪异地唱起一句"初一十五庙门开"，仇虎蓦回头。

仇　虎　这是谁？

焦花氏　像——像狗蛋！

〔顿时四处和唱着一群低沉幽森的声音："初一十五庙门开……"

如同有多少被压迫冤屈的幽灵。

仇　虎　金子，你听，这是那一堆人唱。

焦花氏　现在?

仇　虎　嗯!

焦花氏　（摇头）没有，没有人唱。

〔接着，当中远处又在森厉可怖地唱："牛头马面两边排。"

仇　虎　谁——谁又在唱?

焦花氏　（谛听）是——是狗蛋。

〔跟随，四面又唱起多少低沉的声音，哀悼地重复着："牛头马面两边排!"这时仇虎忽而看见在右边破庙前黑暗里冉冉立起牛头和马面，如同一对泥傀儡，相对而立。

仇　虎　（惊愕，低声地）这——是——什——么?

焦花氏　（不明白）什么?

仇　虎　（更低声地）你没看见?

〔当中远处又唱："殿前的判官哟，掌着生死的簿。"

仇　虎　你听见了没有?

焦花氏　嗯，听见，这一定是狗蛋学的你。

〔紧接，四外阴沉沉地合唱："殿前的判官哟掌着生死的簿。"仇虎的眼里又在庙前边土台旁幻出一个披戴青纱、乌冠插着黑翅的判官，像个泥胎，悄悄地立在那里。

仇　虎　（倒呼出一口气）怎——么——回——事?

焦花氏　虎子!

仇　虎　妈呀!

〔不间断地当中远处又唱："青面的小鬼拿着拘魂的牌。"

焦花氏　（拉着仇虎）走吧! 虎子!

〔仇虎不动。

〔立时，四边和起："青面的小鬼拿着拘魂的牌。"仇虎望见黑地里冉冉冒出一个手执拘牌的青脸的小鬼，立在土台之旁，恰如泥像。

仇　虎　哦!（揩揩头上的汗）

〔当中远处又唱，但是此次威森森地："阎王老爷哟当中坐。"

〔立刻仿佛四面八方和起那沉重而森严的句子，如若地下多少声

143

音一齐苦痛而畏惧地低吼出来："阎王老爷哟当中坐。"似乎都等待着那最后的审判。仇虎望见一片昏黑的惨阴阴的雾里渐渐显出一个头顶平天冠、两手捧着玉笏的黑脸的阎罗（地藏王），端坐小土庙之上，前面的土台成了判桌。阎罗正如庙里所见一丝不动、塑好的泥胎。

仇　虎　（目瞪口张）哦，妈呀！

焦花氏　（更低的声音，为仇虎的森严态度慑吸）虎子，你——看——见——什么！

仇　虎　说，说不得。

〔当中远处幽远而悲悼地唱："一阵阴风哟吹了个女鬼来！"

〔立刻，仿佛四面簌落簌落风声阴沉沉地吹起，四处幽长而哀伤地和唱，此次大半是女子的低声："一阵哪阴风哟吹了个女鬼来！"随着四面的风声怨声，一个瘦小、穿着一身月白纺绸衣衫的姑娘，轻悄悄由黑暗里露出来。这姑娘的相貌和第二景的所见的毫无二致，只是更为怯弱苍白，鬓角贴上两张薄荷膏，手里拿着一根麻绳。她轻飘飘地移过去，像是一阵风，不沾尘埃，到了判桌前面跪下。

仇　虎　（惊愕）哦，我的屈死的妹妹。

〔焦花氏一声不响，看着仇虎，惊恐万分，不知怎样对他好。

〔于是阎罗开始审问，他的动作非常像个傀儡，判官在一旁查看手执的案卷。四方仿佛有多少无告的幽灵在呜咽哀嚷，后面有许多幽昧不明的人形移动，那绸衣的姑娘似乎哀痛地诉说自己生前的悲惨的遭遇，眼泪汪汪，告诉怎样父亲死，哥哥下了狱，自己也卖到妓院，怎样被窑主客人一天一天地逼得吊死，说完深深叩头，哀请阎罗做主。

仇　虎　（含着眼泪听她申诉，不自主地泪水流下，揩了又揩，很低地）哦，妹妹！我的可怜的妹妹，你死得好惨！好委屈呀！

〔阎罗似乎对判官略略商议，便命传仇荣受审。桌前的青面小鬼将拘魂牌向里面一举，嘴里仿佛在喊些什么，立时四面八方多少幽灵哀悼地低声应和，于是由黑暗里走出另一个青面獠牙的小鬼带着白发龙钟的老农人，踱到桌前。那老头手铐脚镣，看见女儿，二人抱头大哭——无声。判官似乎大吼一声，两人同时跪下，那老者叩头如捣蒜，哀哀凄凄地把自己如何被阎王逼死的情形申诉个完全，说完又叩头无数。

仇　虎　（愤恨）哦，爹爹，我的苦命的爹爹！今天我们仇家人再得不到公道，那么世上就没有天理了。

〔这时忽然阎罗拍下惊堂木，对着仇虎叫了一声，仇虎抬头。所有——判官、小鬼、牛头、马面、阎罗……都一齐恶森森地注视他。他几乎吓得不敢动转。四面的声音阴沉沉喊起，那青面的小鬼把拘魂牌对仇虎一举，仇虎不由自主地向他们走去。

焦花氏　虎子，虎子！你上哪儿去！（拉不住仇虎，由他走去）

〔仇虎看见父妹，忍下眼泪，点点头便跪在案前。阎罗开始审询，四周喊喊喳喳有多少低低的议论。

仇　虎　（低头，声音诡异）小人仇虎身有两代似海的冤仇，前在阳世，上有老父年迈，下有弱妹幼小，都为那杂种狠心的焦连长所害，死于非命。我的老父弱妹两口，现已拘在阴曹地府，方才他们所供句句是真，无一是假。我在阳间，又被那杂种狠心的焦连长勾结那贪官污吏，陷害小人，把小人屈打成招，下狱八年，害成残废。杀了小人的老父，害死小人的弱妹，打断小人的大腿，强占小人的田产，都是那狼心狗肺的焦连长。小人仇虎此番供禀句句是真，无一是假，如若有半句瞎话，小人情愿上刀山，下油锅，单凭判官大人明断，小人绝不埋怨。可是小人两代似海的仇冤，千万请阎王老爷做主，阎王老爷做主。（深深叩头）

〔阎罗突然传叫焦阎王。小鬼一呼，堂下幽灵齐声怒吼。这时焦阎王由黑暗中走出，神色非常骄悍。他依然穿着连长的制服，挂军刀，穿马靴，很威武地走到阎罗案前，并不跪下。

〔仇虎见着焦阎王，想站起动手，为判官喝住又跪下。

〔阎罗仿佛以仇虎的话询问焦阎王，焦阎王句句否认，加以驳斥。

仇　虎　（叩头）启禀阎王老爷，他的话是狡辩，一面之词。

〔焦阎王又要申说。

仇　虎　（立刻叩头）小人仇虎没有说错。

〔焦阎王又要辩白。

仇　虎　（又叩头）请阎王老爷把他立刻判罪，不要再听他的。

〔阎罗拍惊堂木令仇虎不要说话。焦阎王走上前去，又发议论，阎罗频频点头，表示赞可。

仇　虎　（窥见连喊）阎王老爷不要信他的，你不要信他的，你不要信他的，他在阳间自己就是阎王。

〔阎罗勃然变色，令判官对仇虎的父亲、妹妹宣判。判后二人大哭，为小鬼们拖去。

仇　虎　（大愤）什么，我的爹还要上刀山，我的妹妹还要下地狱。你们这简直是——（被牛头一叉刺背，伏地不语）

〔阎罗又令判官宣判。焦阎王得意洋洋，仇虎气得浑身发抖。

仇　虎　（跳起）啊，你们还要拔我的舌头，叫他（指焦阎王），叫他上天堂。他上天堂！（暴躁地乱喊）你们这是什么法律？这是什么法律？

〔忽然马面一叉把仇虎刺倒地下。这时焦阎王大声——听得见的——怪笑起来，每个"鬼"以至于阎罗都狞恶地得意地狂笑，声震天地。仇虎慢慢由地上抬起头来看牛头，牛头止笑，牛头的脸变成焦阎王狞恶的脸；转头看马面，马面止笑，马面也换为焦阎王狞恶的脸；转视小鬼，小鬼止笑，小鬼也化为焦阎王狞恶的脸；回转身望见判官，判官止笑，判官也改为焦阎王狞恶的脸；正面注视阎罗，阎罗止笑，阎罗就是焦阎王狞恶的自己。全场无声，仇虎环顾四面焦阎王的脸，向后退。

仇　虎　（咬牙切齿，低声地）好，好，阎王！阎王！原来就是你！就是你们！我们活着受尽了你们的苦，死了，你们还想出个这么个地方来骗我们，（对着那穿军服的焦阎王，恶狠地）想出这么个地方来骗我们！

〔突然，四面的焦阎王们又得意地大声狞笑起来，声响如滚雷。

仇　虎　（忽而抽出手枪，对准他们，连发三枪）你们这群骗子！强盗！你们笑！你们笑！你们笑！

〔一切景物又埋入黑暗里。

焦花氏　（苦痛地）虎子，你这是闹些什么哟？快走吧？

仇　虎　我！我！（摸着自己的头）

〔远处鸡鸣一声。

焦花氏　（惊吓）天快亮了！

仇　虎　快亮——

　　　　〔忽而由右面射来一枪，流弹呜地飞过。

焦花氏　枪！

　　　　〔继而由中间向他们身旁射一枪。

仇　虎　（谛听）糟了！侦缉队大概又找着我们了。

　　　　〔忽而由右中枪声乱发。

焦花氏　哦，（抓住仇虎）他们要围上我们。

仇　虎　（拉着焦花氏）冲上去！管他妈！跟他们拼！(向前放一枪)

　　　　〔四周枪声更密。二人由左面跑下。

第五景

〔同序幕，原野铁道旁——破晓，六点钟的光景。

〔天空现了曙白，大地依然荇荇苍苍的一片。天际外仿佛放了一把野火，沿着阔远的天线冉冉烧起一道红光。乌云透了亮了，幻成一片淡淡的墨海，像一条火龙从海底向上翻，云海的边缘逐渐染透艳丽的金红。浮云散开，云缝里斑斑点点地露出了蔚蓝，左半个天悬着半轮晓月，如同一张薄纸。微风不断地吹着野地。

〔大地轻轻地呼吸着，巨树还那样严肃，险恶地矗立当中，仍是一个反抗的魂灵。四周草尖光熠熠的，乌黑铁道闪着亮。远处有野鸟和布谷在草里酣畅地欢鸣。

〔铁道旁哩石后面白傻子呼呼地打着鼾，侧身靠倚哩石，身旁有熄了火的纸灯笼歪歪地躺在土上。白傻子的衣服也为荆棘勾破，脸上沾腻上许多土，脚光光的，破鞋乱放在一旁。白傻子多半做着甜美的梦，脸上是平静而愉快的微笑。

〔远处鸡很畅快地叫了一声。

白傻子　（在梦里，模糊地）突——突——突——突，突——突——突——突……

　　　　〔远处火车笛声。

白傻子　（酣睡，含混地）喊——嚓——咔——嚓，喊——嚓——咔——嚓。

〔远处忽有枪一响，流弹由空气穿过，呜呜地。

白傻子　（吓醒，立起，揉揉眼睛，四面望望，莫名其妙，看见地上的纸灯笼，拿起来，突然想起半夜在林子里领着焦母，把焦母丢在后面，以后找不着她的事，惊惧地）哦，坏了!（提着灯笼向东跑）焦大妈，狗蛋在这儿!（想想，方向不对，又向西跑）焦大妈! 焦大妈! 狗蛋跟灯笼在这儿。焦大妈!（没有应声，愣住，慢慢蹚回铁轨当中，摸摸脑袋回想，忽然转过身，向天际喊，对着野塘）焦大妈! 焦大妈!（举着灯笼）灯笼在这儿!（拍拍自己）狗蛋也在这儿!（仍然没有应声，忽然）去你的!（顺着语气，不知地把灯笼扔入塘里）她也许死了!（才望见塘里有自己的灯笼，浮在水面，惊吓）哎呀! 水! 灯笼! 她的灯笼! 水! 水!（连忙跳下铁轨基道，奔到野塘边）

〔白傻子在那里"扑腾扑腾"的声音。

〔常五由左面慌慌张张地走上，衣领没有系好，仿佛刚起来的样子。

常　五　（喊）焦大妈! 焦大妈! 焦大妈!（擦着汗，一个人念叨着）我早就说过那个老神仙是个骗子手，小的在庙里没有活，老的出去叫了一夜的魂也叫不见了。念咒! 打鼓! 念咒! 打鼓! 念他妈的咒!（喊）焦大妈，念咒! 打鼓! 打她妈的鼓!（四处喊）焦大妈! 焦大妈!（没有应声，纳闷儿）怪，狗蛋这孩子领她跑到哪儿去了呢?（冒叫一声）狗蛋!

白傻子　（忽然由铁轨基道跳出，下半身淋漓着水滴，右手提着浸透了的灯笼，左手拿着十日前仇虎投入塘里的铁镣，笑嘻嘻地）嗯，干什么?

常　五　（吓了一跳，似称呼又似骂）狗蛋! 你怎么早不答应我?

白傻子　（嘻嘻地）你，你刚才就、就没有叫我。

常　五　没有叫你，你就——（忽然转了语气）焦大妈呢?

白傻子　（举起那水淋淋的灯笼）嗯! 这儿!

常　五　干什么?

白傻子　这，这是她的灯笼。

常　五　（不耐烦）知道! 你个傻王八蛋! 我问你，焦大妈呢? 这一夜晚，你领她到哪儿去了？

白傻子 哦，哦！昨儿个夜晚，（张目合眼）她……她叫小黑子，嗯，叫小黑子，我掌灯笼。我，我在前面，她——她在后面，她走，我——我也走，我走，她也就跟着走……

常 五 （嫌白傻子说得啰唆）知道！知道！

白傻子 （指手画脚）先，先是我扶她。后来她——她就扶着我。她，她越叫越高兴，她，她就不扶我，不扶我。原来我在前面走，她总是跟着我走。后来呀，我、我就——

常 五 （急不可耐）你跑了。

白傻子 （摇头）没，没有。我还是在前面走，可是我一回头——

常 五 她怎么样？

白傻子 她没有跟着我走。就不见了，就不见了。

常 五 后来你就没有找她？

白傻子 谁说的？我找，我找，黑天野地里瞎找，找到这儿，我就——（不好意思地）我就睡着了。

常 五 你个傻王八蛋，走吧？

白傻子 走？

常 五 快走！现在四面是官兵，拿着枪搜仇虎，还不快走！一枪把你打死！

白傻子 （惧怯地）又到庙里去？

常 五 到庙里？庙里的神仙都叫人逮了！

白傻子 怎么？

常 五 那庙里的老家伙是个人贩子，拐人的，县里派人把他抓走了。走吧，跟你说，你也不懂。

白傻子 到哪儿？

常 五 找人！(指着白傻子手里的铁镣) 咦，你从哪儿找来这个？

白傻子 你说这副镣子？水塘里捡的。(举起) 你不要？

常 五 混蛋！放下！

〔白傻子把铁镣扔在铁道里。

常 五 走!(向左走)

〔忽然由左面响了一枪又一枪。四周忽然悄寂。

149

白傻子　什么？

常　五　（提起脚望，惊慌地、低声地）那虎子，虎子！

白傻子　（不懂）老虎？

常　五　（拉起白傻子）快走！

〔常五、白傻子二人反身右面下。

〔枪声再发，流弹呜呜飞过。焦花氏低腰由左面跑入，仇虎一面回头一面扶她向前走。仇虎驼着背，满脸汗，仿佛肩着千斤的重量。臂上肌肉愤怒地突起，两只眼暴出来，一手托着枪，插在腰里的匕首闪着光。现在他更像个野人，在和四周的仇敌争死活。看见了巨树，眉目间露出来好的计算，沉定地望着前面。焦花氏拿着包袱，痛苦地迈着艰难的步，一夜的磨难，使她胆大起来，紧张而沉着地向四面顾望。

仇　虎　（回首，恨恨地）这帮狗杂种！四面围上了。

焦花氏　（喘息）虎子，走！向前走。

仇　虎　不用走，前面也是卡子！你刚才没听见四面都放枪？

焦花氏　（抓着仇虎）可他们并不知道我们在这儿。

仇　虎　一会儿他们就来搜的。

焦花氏　（恳求）那么，还不快走！

仇　虎　（摇头）不，不走了，多走两步也是一样的——（忽然）我逃够了！

焦花氏　虎子，怕什么，我们还有枪。

仇　虎　枪是有的，可是不能——再放了。

焦花氏　（惊悸）你说子弹已经——

仇　虎　嗯，就剩下两粒了。

焦花氏　两粒？

仇　虎　在这儿只要放一枪，他们听着声音都会来的。

焦花氏　虎子，难道我们就——就在这儿完了？

仇　虎　不！不！不能完，我完了还有弟兄，弟兄完了，还有弟兄。我们不能子子孙孙生下来就受人欺负。你忘了我刚才跟你说的话？

焦花氏　你说——不，虎子，不能够，我不去。我不离开你。

仇　虎　金子，你去！你一个人可以逃得出去，他们并不是抓你。我，他们都认识！你先走，包袱里有钱。

焦花氏	虎子，你要我走！
仇　虎	（不顾地）走。
焦花氏	（眼泪流出来）虎子，可你叫我到哪儿去？
仇　虎	（坚硬地）我刚才告诉过你了。
焦花氏	你——你那帮朋友靠得住么？
仇　虎	他们都是我的好弟兄，干哪行的都有，告诉他们我仇虎不犀头，告诉他们我仇虎走到头，没说过一句求人可怜的话。告诉他们现在仇虎不相信天，不相信地，就相信弟兄们要一块儿跟他们拼，准能活，一个人拼就会死。叫他们别怕势力，别怕难，告诉他们，我们现在要拼得出去，有一天我们的子孙会起来的。
焦花氏	虎子你说的是什么？我不走的。
仇　虎	金子！(抓住焦花氏)你忘了你跟我说的话啦？
焦花氏	（不明白）我说了什么？
仇　虎	你说我跟你这些天里头你也许——
焦花氏	哦，那个！
仇　虎	说不定的，也许有。(忽然更迫切地)哦，金子，我信一定会有的。你要是不走，连——连这个没出世的也——也——
焦花氏	可是，虎子——
仇　虎	（忽然看见脚下的东西）金子！这是什么？
焦花氏	（惊愕）铁镣！
仇　虎	（拿起来看）嗯，老朋友！(辛酸地)我的老朋友又来了。金子，你知道，（以后一直拿着铁镣）它找我干什么吗？
焦花氏	（故作不知）那干什么？
仇　虎	这次它要找我陪它一辈子。
焦花氏	（忽然抱住仇虎）不，虎子，你不能走。
仇　虎	（怪异地看着焦花氏）我！我是不走。
焦花氏	你不走？
	〔青蛙忽而由塘边鼓噪起来。
仇　虎	嗯，不走，（忽然望望巨树和野塘）怪，你还记得这块地方么？
焦花氏	记得。
仇　虎	现在又来了。

焦花氏　（悲哀）十天——像一眨巴眼。

仇　虎　嗯，一眨巴眼。那天我解开这个东西，（指铁镣）今天又要戴上了。金子，你后悔么？

焦花氏　后悔？我一辈子只有跟着你才真像活了十天。哼，后悔！

仇　虎　可是现在——

　　　　〔近处有布谷鸟酣适地唱起来。

焦花氏　你听！

仇　虎　（一丝微笑）咕咕咕咕！

焦花氏　虎子，你听着这个，你不想去么？

仇　虎　想去什么？

焦花氏　那黄金子铺的地方？

仇　虎　（凄然）嗯，现在那黄金子铺的地方只有你一个人配去了。

焦花氏　（大惊）你说什么？

仇　虎　（忽然举起焦花氏的包袱，坚硬地）金子，我要你走！

焦花氏　（收下包袱）虎子？

仇　虎　你走！

焦花氏　我不。

仇　虎　不走，（用下策逼焦花氏离开）我就放枪。（向天举枪）

焦花氏　干什么！

仇　虎　叫他们来。

焦花氏　不，虎子。

仇　虎　（痛苦地喊出来）走！（对天连放两枪，随后把手枪扔在塘里，立时有一枪回过来）啊！金子（紧接枪声数响，俱向这边飞来）快跑！金子！

焦花氏　（喊起）哦，我的虎子。

仇　虎　（一手握住匕首，顿足）金子，你不走，我死也不饶你的。

焦花氏　（知道没有办法，眼泪顿时涌出，两手伸出，一面后退，一面望着仇虎）嗯，我走，我走。

　　　　〔枪声更密。

仇　虎　（看着焦花氏，满眶眼泪）记住，金子！孩子生下来，告诉他，他爸爸并没有叫这帮狗们逮住。告诉弟兄们仇虎不肯（举起铁镖）戴这个东西，他情愿这么——（忽用匕首向心口一扎）死的！

（靠在巨树上，挺身不肯倒下）

焦花氏 （大叫，跑回来，抱着仇虎）虎子！我的虎子！

仇　虎 （冒着黄豆大的汗珠，咬住嘴唇）跑啊！金子，告诉弟兄们我的话。

焦花氏 （泣不可抑，匍匐在足下）哦，你，你！

〔枪声更近。

仇　虎 （喘息）快跑，枪近了，我看着你走。

〔忽然由焦花氏脑后鸣地飞过一颗流弹，中在她的左臂上，焦花氏回头。

仇　虎 （大喊）你还不——（一脚把焦花氏踢在基道下）走！

〔焦花氏滚在下面，抬头望仇虎。仇虎回首不顾。她才用手蒙着眼睛，不忍再看，由左跑下。

〔仇虎待焦花氏离开，忽然回头望着她的背影，看她平安跑走。枪声四下更密更近。

仇　虎 （忽然把铁镖举到眼前，狞笑而快意地）哼！（一转身，用力把铁镖掷到远远的铁轨上）

〔当啷一声。仇虎的尸身沉重地倒下。

〔幕落。

——剧　终

《原野》创作于1937年，同年8月7日在上海卡尔登大戏院首演。此为曹禺唯一一部描写中国农村生活的话剧，也曾是颇具争议的一部剧作。新时期以来，其蕴含的思想价值和艺术魅力逐渐被学界接受并被不断阐释。创作此剧时，曹禺的创作理念受到美国著名剧作家尤金·奥尼尔的剧作《琼斯皇》的影响，他运用表现主义的艺术方法，开掘潜藏在人物内部的灵魂，深刻揭示了复仇的农民仇虎的现实困境、心路历程和精神悲剧。

作者简介

曹 禺 (1910—1996)，原名万家宝，字小石，男，天津人，中国新文化运动的开拓者之一，中国话剧史上成就最高的剧作家，被称为"中国的莎士比亚"，历任中国文联常委委员、执行主席，中国戏剧家协会主席等职务。代表作有《雷雨》《日出》《原野》《北京人》等。

·话 剧·

上海屋檐下

夏 衍

时　间　1937年4月，黄梅时节的一日间。

地　点　上海东区的弄堂房子。

人　物　林志成——三十六岁。

杨彩玉——三十二岁，林志成之妻。

匡　复——三十四岁，杨彩玉的前夫。

葆　珍——十二岁，匡复与杨彩玉的女儿。

黄家楣——二十八岁，亭子楼房客。

桂　芬——二十四岁，黄家楣之妻。

黄　父——五十八岁，黄家楣之父。

施小宝——二十七岁，前楼房客。

小天津——三十岁左右，施小宝的情夫。

赵振宇——四十八岁，灶庇间房客。

赵　妻——四十二岁，赵振宇之妻。

阿　香——五岁，赵振宇的女儿。

阿　牛——十三岁，赵振宇的儿子。

李陵碑——五十四岁，阁楼房客。

换旧货者，卖菜的，青年甲、乙，包饭伙计等。

第一幕

〔幕启。上海东区习见的弄堂房子，横断面。右侧是开着的后门，从这儿可以望见在弄内来往的人物。接着是灶庇间，前面是自来水龙头和水门汀砌成的水斗，上方是亭子间的窗。窗开着，窗口稍下是马口铁做成的倾斜的雨庇，这样，下雨的日子女人们也可以在水斗左右洗衣淘米。亭子间窗口挂着淘箩、蒸架和已洗未干的小孩尿布。灶庇间向左，是上楼去的扶梯，勾配很急，楼梯的边上的中间已经踏成圆角，最下的一两档已经用木板补过。楼梯的平台，靠右是进亭子间的房门，平台上平斜挂着一张五支光的电灯，灯罩已经破了一半。平台向左，可以看见上前楼去的扶手。楼梯右侧，用白木薄板隔成的"后间"，不开灯的时候，里面阴暗得看不出任何的东西。再左隔着一层板就是"客堂间"，狭长的玻璃窗平门。最左是小天井和前门的一半，天井和后门天井一样地搭着马口铁皮的雨庇，下面胡乱地堆着一些破旧的家具——小煤炉、板桌等等。这一楼一底的屋子一共住着五家。客堂间是二房东林志成一家，灶庇间是小学教员赵振宇的房间，透过窗和门，可以看见和窗口成直角地搭着一张铁床，窗口是一张八仙桌，桌子对面是一架小行军床，门内里方的壁上是壁橱筷笼等等，进门处是碎砖垫高了的煤炉、锅子食具……失了业的洋行职员黄家楣住在亭子间。楼梯平台上放着一只火油炉子，这就是他们烧饭的地方。前楼只住着施小宝一个，她不开"火仓"，午饭夜饭都吃包饭。看不见的阁楼住着一个年老的报贩，常常酗酒，有一点变态，因为他老是爱哼《李陵碑》里面的"盼娇儿，不由人……"的词句，所以大家就拿"李陵碑"当做了他的名字。

〔客堂间是二房东住的地方，陈设得比较整齐，从一张写字台和现在已经改作衣橱用了的一只玻璃书橱看来，可以知道林志成过去也许还是个"动笔头"的知识阶级。

〔这是一个郁闷得使人不舒服的黄梅时节。从开幕到终场，细雨始终不曾停过。雨大的时候，可以听到檐漏上叮咚的声音，但是说不定一分钟之后，又会透出不爽朗的太阳。空气很重，这种低气压也就影响了这些住户们的心境。从他们的举动谈话里面，都可以知道他们一样地都很忧郁，焦躁，性急……所以有一点很小的机会，就会爆发出必要以上的积愤。

〔上午八点以前，天在下雨，室内很暗，杨彩玉正在收拾房间，包括吃过早餐还没洗的碗盏。葆珍独自向着桌子，按着一只玩具用的桌上小钢琴，眼睛热心地望着桌上的书本，嘴里低声地唱着。

〔后门口，赵振宇的妻子正在后门边买小菜，阿香挤在身边。赵振宇戴着眼镜，热心地在看报。阿牛收拾着书包，预备去上学。

弄堂前后卖物与喧噪之声不绝。

葆　珍　（唱着）"可是我问你：贩来一匹布，赚得几毛几？"（调子不对，重新唱过）"……可是我问你：贩来一匹布，赚得几毛几？要知他们得了你的钱，立刻变成枪弹子……"

杨彩玉　葆珍，时候不早啦！

葆　珍　（啜一啜嘴，不理会）"要知他们拿了你的钱，立刻变成枪弹子，一颗颗，一颗颗……将来都是打在你的心坎里……"

杨彩玉　跟你说，时候不早啦！

葆　珍　我还没有唱会哪，今天放了学，要去教人的。

杨彩玉　自己不会，还教人？（从床上拎起一件衣服）衣服脱了也不好好地挂起来，往床上一扔，十二岁啦，自己的身体管不周全，还想教别人，做什么"小先生"！

葆　珍　（收拾书本）这件要洗啦！

杨彩玉　洗，你倒很方便，这样的下雨天，洗了也不会干。（将衣服挂起）

葆　珍　（跑过去很快地将杨彩玉挂的衣服除下来，往洗了脸的脸水中一扔）穿不干净的衣服，不卫生！

杨彩玉　（又好笑又生气）我不知道，要你说！（端了面盆到天井里去）

葆　珍　（收拾了书包）阿牛！（拎了书包往灶庇间走）

赵　妻　卖就卖，不卖拉倒！（狠狠地提着菜篮进来）

　　　　〔卖菜的手里数着铜板，好像受了什么天大的委屈似的挤进门来，拼命地说。

卖菜的　照你说，两个半铜板一两，也差三个铜板哪，连篮一斤二两，除了七两的篮，十一两，二百七十五……

赵　妻　谁说七两？（将篮里的茭白猛烈地覆在地上，用秤称着空篮）我说八两半……

卖菜的　（上前一步瞧着赵妻的秤）哎哎，哎，你瞧……

赵　妻　（做了一做称的样子就算数了，向里面走）卖就卖，不卖拿去！

卖菜的　好啦好啦，添两个铜板……

　　　　〔赵妻回身摸袋，故意迟疑，好容易将两个铜板交给卖菜的，卖菜的挑起篰正要走的时候，她就很快地从他的篰里面拿了一支茭白。

赵　妻　添一支。

卖菜的　（情急）这怎么行？

　　　　　〔赵妻狠命地将门关上，阿香帮着将身子顶住。

赵　妻　你这卖菜的顶不爽快！（回头来自言自语）下了这十天半个月的雨，简直连青菜茭白也买不起了！

卖菜的　喂、喂！（推了几下门，也只得罢了，拖长了嗓子）哎……茭白喽白菜——

　　　　　〔赵振宇向妻子看了一眼，露出微笑，很快又将眼光移向报上。

葆　珍　（大声地）阿牛，昨天教你的歌学会了？

阿　牛　（从灶庇间伸出头来）不准你叫，你得叫我赵琛！

葆　珍　（故意地）偏叫。阿牛，阿牛，牛……

阿　牛　你真的叫？

葆　珍　你不是属牛吗？

阿　牛　那我也叫！叫你阿拖，拖油……

葆　珍　（急了）赵琛！

阿　牛　哈哈哈……（回进去拿书包）

　　　　　〔杨彩玉正提了菜篮出来，葆珍嘟起了小嘴，对她母亲瞪了一眼。

杨彩玉　什么？你……

葆　珍　（指着阿牛）阿牛，他又说啦，叫我……

杨彩玉　（一抹阴影从她的脸上掠过，低声而有力地）别理他，去念书吧！点心钱拿了没有？

　　　　　〔葆珍摇头，杨彩玉回进去拿钱给她。此时林志成从前面推门进来，板着面孔，好像受了一肚子的委屈似的，一声不发，把弹簧锁的钥匙往袋子里一塞，从桌上拿起一杯开水，吞也似的喝了，胡乱地往床上一躺。

杨彩玉　（有点讶异）什么，你不舒服？

林志成　……

杨彩玉　衣服也不换……（将挂了的寝衣取了给林志成）

林志成　（不理）……

杨彩玉　（生气了）什么的？你这人，老是跟我寻气，我又不是你的出气筒！

　　　　　〔林志成看见杨彩玉生气了，便挣起半个身子来，预备换衣服，

159

欲言又止。杨彩玉不理会他，提了菜篮和葆珍一同出去，随手将从客堂到后间的门带上。林志成换了衣服，纳头便睡。

阿　牛　（看见葆珍去上学，喊）等一等，林葆珍！（回头对他母亲）妈，五个铜板买铅笔。

赵　妻　没有！

阿　牛　先生说要！

赵　妻　先生说要，我说不要！

　　　　〔赵振宇笑着从袋子里摸出了几个铜板来交给阿牛。

阿　牛　（对葆珍）后面的两句，我还不会唱……

葆　珍　后面的？（带着调子）"一颗颗，一颗颗……"

阿　牛　唔，你再唱一遍……（与葆珍欲下）

杨彩玉　（从后面）葆珍！放了学就回来，在外面乱跑，给你爸爸知道了又会……

葆　珍　（表示不快）什么爸爸、爸爸……（下）

　　　　〔桂芬买了小菜回来，与杨彩玉遇个正着，赵妻悄悄地对杨彩玉望了一眼。

杨彩玉　（为着掩饰，对桂芬）喔，你早啊！（出门去）

赵　妻　（很快地对桂芬）听见吗？

桂　芬　什么？

赵　妻　（用嘴往门外一噘，低声地）说起了她爸，葆珍就生气，嘟起了嘴，（模仿着）"什么爸爸、爸爸"，唔，现在时势变了，小孩儿人事懂得早，一点儿事情也瞒不过啦！

桂　芬　（微笑）十二三岁啦怎么还不懂！（在水斗边把小菜一件件地拿出来）

赵　妻　（向客堂间方向听了一下，低声地）可是听说姓林的跟她妈结婚，她还很小哪。

桂　芬　照理说，姓林的待她也很不错，我正在说哪，这样的晚爷，总算很少啦。

赵　妻　（抢着）可不是，我们搬到这儿来快一年啦，从来也没有听见打过骂过她，有时候，姓林的跟她妈妈寻事，发脾气，可是一看见她，就会什么话也没有啦。

桂　芬　唔，这是天性吧，不是自己生的，总有点儿两样。况且，她的同伴们又爱跟她开玩笑，什么拖油瓶……（笑）小孩儿总是好胜的。

赵　妻　（停了一停）你还不知道哪，她跟我们阿牛讲话，讲到姓林的事，总是林伯伯，从来也没听她叫过爸爸。

桂　芬　那不是他们以前就认识吗？

赵　妻　哪止认识，姓林的和她自己的爸爸还是好朋友哪，听说。

桂　芬　喔，那为什么……

　　〔突然天上骤雨一般地落下一阵大点子的雨来。

赵　妻　唧，做黄梅真讨厌，又潮又闷，人也闷死啦！

桂　芬　唔，接连地下雨，橡皮套鞋也漏啦！

赵　妻　（看见桂芬在洗的鱼和肉）喔，今天买了这许多？

　　〔亭子间里黄父高声地咳嗽。

桂　芬　（强笑着）乡下的爸爸来啦，总得买一点！

赵　妻　喔，我倒忘记啦！上海没来过吧。（剥着茭白）

桂　芬　嗯，本来，去年秋天打算来的……

赵　妻　喔，（想起了似的）来看看新添的孙儿，对吗？

桂　芬　（勉强地笑着）他，也有五六年不回去啦！

赵　妻　老先生倒很清健，三公司，大马路，都陪他去玩过啦？

桂　芬　差不多，初到上海，总得这一套。

赵　妻　昨晚上回来很晚啦，你们黄先生陪他去玩了大世界？

桂　芬　不，就在这儿近处，上东海去看了影戏。（自发地笑了）可是花了钱，他倒不爱看，说，人的头一忽儿大，一忽儿小，看到有点儿懂的时候，便又噗地跳过去啦。

赵　妻　（赞同）电影儿我也不爱看，一闪一闪的把头也弄晕啦。老年人总是爱看大戏的，陪他去看一本《火烧红莲寺》吧。去年年底，我的哥哥陪我去看了一本，喔，真好极啦，行头又好，布景又新，电灯一黑，台上的什么都变啦。真的，让他看了回乡下去，（笑）也许几天几晚也讲不完呢。

桂　芬　哎，家楣也是这么说。

赵　妻　在上海还得住几天吧？

161

桂　芬	（俯下眼睛）说不定，总还有几天吧。
赵　妻	好福气！儿子在上海成了家，添了孙儿……
桂　芬	可是……要是家楣有事情做……（望亭子间望了一眼，低声地）这也叫一家不知道一家的事啊，在他老人家看来，像我们这样的生活也许很失望吧。种田人家好容易地把一个儿子培植起来，读到大学毕业，乡下人的眼界都是很小的，他们都在说，家楣在上海发了财，做了什么大事情哪，可是……（不禁有点儿黯然）到上海来一看，一家大小只住了一个亭子间……（洗好了菜，站起来）
赵　妻	你们黄先生在乡下还有兄弟吗？
桂　芬	那倒好啦，还不是只有他一个。
赵　妻	（只能劝慰桂芬）可是，你们黄先生有志气，将来总会……
桂　芬	（接上去）有志气有什么用，上海这个鬼地方，没志气的反而过得去，他，偏是那副坏脾气，什么事情也不肯将就……
赵振宇	（放下报纸，一手除眼镜，用手背擦一擦眼睛）不，不，随便将就，才是坏脾气，社会坏，就是人坏，好人，就应该从自己做起的。大家都跟你们黄先生一样地不随便，不马虎……
桂　芬	（要走了）不随便，就只配住亭子间，对吗？
赵振宇	不，不，不是这么说，做人但求问心无愧，譬如说……
赵　妻	（狠狠地）别再譬如说啦！再不去，又会脱班啦，几毛钱一点钟的功课，还要扣薪水……
赵振宇	没有的事，此刻八点差一刻，到学校里四分半钟就够啦。（回头对桂芬，诚恳地）譬如说……（一看，桂芬已经上楼去了）
赵　妻	（冷笑）人家爱听你的话吗？这样的话，到课堂里去讲吧，骗骗小孩儿……
赵振宇	（坦然）听不听是人家的事，讲不讲却是我的事啊！我，我……
赵　妻	得啦，得啦，走吧，过一会儿姓林的走过来，话又会讲不完啦，海阔天空的……
赵振宇	（望着客堂间）这几天他又做夜班吗？
赵　妻	做日班做夜班，跟你有什么相干？

〔门外传来卖糙米饭的声音。

阿　香　（对赵妻）妈，吃糙米饭！

赵　妻　（摸了一摸袋，大概没有钱了，便转换口气）不是才吃过稀饭吗？

阿　香　嗯！我要……

赵　妻　（狠狠地）你爸爸还没有发财哪！

〔阿香羡慕地望着门外。

〔前楼施小宝方才起来，室内很暗，伸了一个懒腰，把窗帷扯开，室内方才明亮，点了一支烟，开窗，望看窗外的雨，皱眉装了一个苦脸，拿了热水瓶懒懒地下楼来，走到亭子间的平台上的时候向亭子间门缝里望了一眼，好像看见了什么好笑的事情似的，抿着嘴自笑。她是一个所谓廉价的摩登少妇，很时髦地烫着头发，睡眼惺忪，残脂未褪，艳红色的印花旗袍，领口的两个纽扣摊着，拖着拖鞋，并不很美，但是眉目间自有风情，婀娜地走着。走到灶庇间门口，她随手将尚余大半截的纸烟一掷。赵妻听见她下来，用憎恶的眼光对她望了一眼，故意地避开视线，用力地扇煤炉，白烟直冲上去。

施小宝　（对赵妻看了一眼）喔，你们多早啊！（打一个伸欠）又是下雨，听着滴滴答答的声音，就睡着不想起来啦！（伸欠）

赵　妻　（有恶意地）你福气好啊！

施小宝　（对赵妻一笑）喔，赵先生今天不上课？

赵振宇　（热心地看报）……

施小宝　（有点儿意外）什么的，今天，往常人家不跟你讲话，你偏偏有说有笑，今天跟你说，你偏不理。

赵振宇　（连忙放下报）啊啊，你啊，瞧，报上说……

施小宝　（将热水瓶中的残水随手一倒）报上说什么？（水溅在赵妻的身上，被赵妻虎虎地瞪了一眼）啊，对不住！（悠然地开了后门，出去泡水了）

〔林志成辗转不能入睡，坐起来。

赵振宇　（看着妻子一副愤愤的神气，禁不住笑）哈哈……

赵　妻　（突然回转身来）笑什么？

赵振宇　为什么老是跟她过不去呢？住在一个屋子里面，见了面就吵嘴，像个什么样儿！

赵　妻　那副怪样子我就看不惯，野鸡不像野鸡，妖形怪状，男人不在家，不三不四的男人一个个地带到家里来……

〔传来亭子楼上黄家楣猛烈的咳嗽声。他从窗口扑出上半身来，苍白瘦削面带忧郁表情，用手挥着下面冲上去的煤烟，把窗关上。小孩哭声。

赵振宇　哎，这跟你又有什么相干哪，况且这也不能怪她啊。我不是跟你说过吗，这也是为着生活啊。男人搭了大轮船全世界地漂，今天日本，明天南洋，后天又是美国，一年不能回来三两次，没有家产，没有本领，赚不得钱，你要她三贞五烈，这不是太……太……

赵　妻　讲道理到耶稣堂里去！什么事情，都要讲出一大篇的道理来，可是我看你也只强了一张嘴，你有才学，你能赚钱吗？哼！我跟她过不去，和你有什么相干？我跟别人讲话，不要你插进来！

赵振宇　什么？我……笑话……（指手画脚地走到妻子前面）

〔在赵振宇还要发议论的时候，门外传来卖方糕的叫卖声，阿香奔回来，打断了他的话。

阿　香　妈，买方糕！

赵　妻　吃不饱的，刚才……

施小宝　（泡了开水回来，在门口，一手推开了门，对门外）方糕，喂！（付钱买了几块，回头来看见了阿香的神气，又对卖糕的）喂，再给一块！（对阿香）来，来！

〔阿香走过去拿。

赵　妻　（大声地）不准拿。

施小宝　（笑着）这有什么关系哪，小孩儿总是爱吃的。

赵　妻　不准拿！跟你说！

〔阿香望着母亲，还是把手伸出来。

施小宝　不要紧，你吃好啦！

赵　妻　（一把将阿香扯开）不争气的小鬼！你没有吃过方糕吗？（怒容满面地望着施小宝）

施小宝　（耸一耸眉毛）喔哟！

164　赵　妻　喔哟什么？

施小宝　小孩儿的事，认什么真！

赵　妻　孩子是我的，你不要认真，我偏要认真！跟你说，咱们穷是穷，可是不清不白的钱买的东西，是不准小孩儿吃的！

施小宝　（也生气了）什么，你说谁的钱不清白？

赵　妻　（冷笑）还问我哪？

施小宝　哎，你这人为什么这样不讲理啊！连好歹也不知道，人家好心好意的……

赵　妻　（吐出来一般地）用不着！你的好心好意。

施小宝　用不着就算啦！（笑着）不讲理的……（往楼上走）蠢东西！

赵　妻　（赶上一步）蠢东西骂谁？

施小宝　（从楼梯上回头来做一个轻蔑的表情，但是依旧带着笑）骂你！（飘然上去）

〔赵妻正要再讲的时候，楼上黄家楣的父亲抱着两岁的小孩子下来了，桂芬手里拿着要洗的衣服跟在后面。

赵　妻　（只得吐了一口唾沫）不要脸的！

〔黄父是一个十足的乡下人，穿了褪了色的蓝粗布衫，系着作裙，须发已经有几根花白，得意地抱着孙儿，好像走不惯这狭斜的楼梯，一步步当心地下来。

桂　芬　（用好奇的眼光望了一眼施小宝，对公公高声地）在弄堂里走一走，别让他到弄口去，外面有汽车……

黄　父　（殷勤地和赵振宇招呼，指着小孩）他要我抱到街上去，哈哈，上海地方走不开，要是在乡下……

赵振宇　（接上去）老先生，上海比乡下好玩吗？

黄　父　（答非所问）前几天还怕陌生，一会儿就熟啦！瞧，尽是要我抱，嘿……

赵振宇　（不懂似的）嗯？

桂　芬　（对赵振宇）他耳朵不方便，还没听见哪！

赵振宇　（点头，大声地）老先生，上海比乡下好玩吗？

黄　父　乡下？嗳嗳，还要住几天，阿楣和她（指着桂芬）不放我走。好在蚕事已经过啦，自己家里不做丝，卖了茧子，就没有事啦！

赵振宇　唔，倒是很好玩。（对桂芬）你们怎么跟他讲啦？一点儿也听不见吗？

桂　芬　（笑着）大声地喊，或者跟他做手势！

〔黄父抱着小孩推门走出，阿香趁着机会跟着也去。

桂　芬　（赶上去）喂，（大声地）别买东西给他吃！肚子要吃坏的。（回身进来自言自语）欢喜他，什么东西都给他吃，讲又讲不清，（对赵妻）可是，耳朵不便也有不便的好处啊！有什么事情可以瞒过他，他到现在还不知道家楣没有事情做哪。跟他说，学校里在考试，这几天不上课，反正他又不懂得……

赵振宇　跟他说在教书？唔，我们是同行。

桂　芬　（寂寞地笑着）家楣跟他说，在青年会办的夜学校里教学，他相信得什么似的。前天咱们坐电车从青年会门口经过，他就大声地嚷起来："啊！这就是阿楣的学校。"好像整座的大洋房全是他自己的一样，把全车的人都引笑啦！（洗衣服）

赵振宇　哈哈哈，这看法倒不错，大洋房全是我的！哈……

〔太阳忽然一亮，林志成踱来踱去，把平门推开。

赵　妻　（听见推门的声音，很快地）时候到啦，还不走？干吗？姓林的起来啦，过一会儿走到这儿来，又会讲得不能动身的。

赵振宇　不要紧。

赵　妻　什么叫不要紧啊！快，他已经起来啦。

赵振宇　怕什么，他又不是老虎，此刻又不会向你要房钱。

赵　妻　我就不爱看他那副样子，冷冰冰的好像欠了他的多，还了他的少，跟他打招呼，老是喉咙口转气，"唔"，连小孩子也怕他，（征求桂芬同意般地）对吗？

桂　芬　（点头）……

赵振宇　（有得意之色）可是，他偏跟我谈得来，见了我他就……

赵　妻　（抢话，愤愤地）我听了就讨厌，海阔天空的，自个儿的事情管不了，还讲什么国家，社……社、社会，（对桂芬）这些鬼话，我学也学不会！

桂　芬　（微笑）……

施小宝　（走到楼梯边，低声地）黄先生！黄先生！

黄家楣　（从亭子间出来）什么事？（有点窘态，走近施小宝）我……这几天……你的钱……

施小宝 （嫣然一笑）不，别这样说，这点钱算得什么……哎，黄先生，给我做件事情……

黄家楣 什么？

〔桂芬倾听。

施小宝 （从袋里拿出一封信来）请您念给我听一听！

黄家楣 （看了信）这是你……你老太爷寄来的，唔……他说家里都好……

施小宝 （不等黄家楣念完）可是，要钱用？对吗？

黄家楣 唔……大风把墙吹倒啦，所以要……

施小宝 反正是这么回事。黄先生，别念啦，你只告诉我，他要几块？

黄家楣 ……唔，顶少要十五块。还有……

施小宝 （一下就把信拿回去）哼，又是十五块，他女儿发了财，在做太太！（要走）

黄家楣 喔，我的那五块，月底……

施小宝 （抛一个媚眼）你——就太认真啦，这算得什么？（笑）世界上像你这样老实的男人就太少啦！（用染着紫红蔻丹的手指轻佻地在黄家楣下巴上一触，飘然地走了）

〔黄家楣有点窘，用手摸了摸被触的地方，慢慢地回亭子间去。

林志成 （走到自来水龙头边去盥口，嘴里叽咕）买什么小菜，还不回来！

赵振宇 （笑容满面）早，做夜班？

林志成 （没有一点笑意）唔……

赵振宇 （也像自言自语）很忙吧，今年纱厂生意好……

林志成 哼！生意好坏，我们反正是一样，生意清，天天愁关厂，愁裁人，好容易生意好起来，又是这么一天三班，全夜工，不管人死活，反正有的是做不死的牛！

赵振宇 可是，生意好总比生意坏好一点吧！譬如说……

林志成 没有的事，现在厂里不分日夜地赶工，货已经订到明年的3月份了。我们的大老板，历年不景气，亏空了千把万，现在，一年就统统还清啦。现在一共五个厂，每天平均要赚三万五千块，一个月，三五十五，三三见九，一个月就是一百多万，那一年不是一千二百万吗？吃苦的就是我们，工人过不下去，还可以摇班，可是当职员，就连这一点权利也没有，三十五十块钱一个月，就买去了你这么一个能算、能写，又能替他打人骂人的管理员……

赵振宇 唔，每天三万五，每年一千二百万，来这么十年，那不是一万二千万……

林志成 别的不说，单讲我发工钱，每半个月就是几千块，花花绿绿的纸，在我这手里经过的也够多啦。别人看，以为发工钱是一个好缺份，可是我，就看不惯那一套，做事凭良心，就得吃赔账，今天就为我少扣了三毛五分钱的存工，就给那工务课长"训斥"了一顿。哼，训斥，他比我后二年进厂，因为会巴结，会讨好，就当了课长啦，天下的事，有理可以讲吗？（不胜愤慨）

赵振宇 （点点头）唔，吃一行怨一行，这是古话，可是，话又得说回来，像您这样的能够在一个厂里做上这么五六年，总已经算不错啦，像我们这样的生活，比上固然不足，可是比下还是有余……（指着报上的记事）上海有千千万万的人没饭吃，和他们比一下……

林志成 （不等赵振宇说完）不对，我以为，上就上，下就下，最不行的就像我们一样。有钱，住洋房，坐汽车，当然好喽，没有钱，索性像那阁楼上的李陵碑一样，倒也干脆，有的吃，吃一顿，没的吃，束束裤带上阁楼去睡觉，不用面子，不要虚名，没有老婆儿女，也没有什么交际应酬，衣服破啦，花三个子儿叫缝穷的缝一缝，跟我们一样地在街上走，谁也不会笑他。可是我们，大褂儿上打一个补丁，还能到厂里去吗？妈的"长衫班"，借了债，也得挣场面！

〔桂芬悄悄地看了林志成一眼。

赵振宇 可是，也许，从李陵碑的眼里看来，以为我们的生活比他好吧！人，反正是永远也不会满意的，不满意，就有牢骚，牢骚就要悲观，悲观，就伤身体，你说，身体是咱们自己的，我为什么要跟自个儿的身体作对呢？所以我，就是这样想，有什么不满意的时候，我就把自己的生活和那些更不如我的比一比，那心就平下去啦，譬如说……

168 **赵 妻** （从旁插嘴，爆发一般的口吻）譬如说，譬如说，只有你，没出息，老是望下爬！为什么不跟有钱有势的比一比？

赵振宇　（不去理会妻子，坐下来，预备长谈了）譬如说……

赵　妻　别譬如说啦，今天不上课吗？

赵振宇　（好像没听见）譬如说，我们有机会念书，能够懂得事情，能够这样地看着这个花花世界，有时候随意地发发议论，这也是一种权利啊！（大声地）哈哈哈……

林志成　（大不以为然）唔唔，这样的权利，我可不敢当！

赵振宇　可是，林先生，平心说，社会待我们念书人，已经很不错啦，中国有多少人能够念书，能够有跟我们一样的……

赵　妻　（冷冷地）还算不错，哼，那你可以去当叫化啦！

赵振宇　我说，现在全世界上的人，都一样地在受难，各人有各人的苦处，你瞧，这段消息，（将报纸递过去）我们在马路上看见他们的时候，哪一个不是雄赳赳气昂昂，坐在铁甲车上，满脸的杀气，铁帽子下面的那双有凶光的眼睛，好像要将我们吃下去，可是把那套老虎皮脱下来，还不是跟我们一样！

林志成　（接过报纸来看，露出悲痛的表情）什么？

黄家楣　（推开窗来下望）……

赵　妻　（以为有什么新奇的消息了）什么事？

赵振宇　你不懂得！

赵　妻　不懂得才问你啊！

赵振宇　好，那么我讲给你听。（不自觉地流露出来对小学生讲故事的姿态）报上说，在一个……咱们中国贴邻的国度里，有一个兵，他打过仗，得过勋章，懂吗？胸口挂的勋章……可是退了伍，他就养不活他的老婆和爹娘，在一个晚上，他偷偷地借了一个房间，吞鸦片烟……不，不，（连忙去看了一看报）吞毒药自杀啦！他在遗书上说，我卖尽了可以卖的东西，现在，只剩这一个父母传给我的身体啦，听说医学校里要买尸首，那么就把我的尸首卖了养家吧！结果，根据他的遗嘱，把尸首卖了，卖了大洋三十六块，扣去旅馆的房钱一块二毛，他的爸爸淌着眼泪领回了三十四块八毛的遗产！报馆记者在这新闻上面安上一个标题——标题懂吗？就是题目，"壮士一匹，实价三十四元八毛"！

林志成　（愤愤地）妈的，（把报纸一掷）扣他一块二毛的那家伙简直是强盗！

赵振宇　可不是，只是为着钱，为着这一点点钱……（回头故意和妻子开玩笑）所以，我见了钱就讨厌！

黄家楣　（悲怆的口吻）桂芬！

〔桂芬听得出神，不应。

林志成　哼！咱们中国，有的是殍尸，尸首也卖不到这样的价钱！

赵振宇　（又有新的话题了）哎哎，讲到殍尸，今天报上说……

〔小天津——一个"白相人"风的年轻人，推门进来，对大家望了一眼，一直地往楼上去了。赵妻对桂芬用一种轻蔑的表情耳语，态度间有多少的得意。

桂　芬　（睁着好奇的眼）当真？

赵　妻　（指着自己的眼睛）我亲自看见的，前晚上鬼鬼祟祟地陪她出去，昨天天快亮的时候才回来，昨晚上在这儿，（指指水斗边）我还看见他向女的要回扣！

桂　芬　（掩口）丢人的！

林志成　妈的，这世界真是男盗女娼，还不是为了钱，什么丢人的事都可以做！

施小宝　（看见小天津，大声地喊）滚出去！

〔大家抬头听。

林志成　有朝一日我有了势力，我一定要（恨恨地）把那些……

赵振宇　（大声地）啊！（跳起来）只有三分钟啦！（拿了桌上的书往外就跑）

赵　妻　（怒目瞪着赵振宇）死也改不好的坏脾气！

黄家楣　（在楼上）桂芬！桂芬！

桂　芬　（抬头）什么呀？

赵振宇　（猛地推门进来）忘了帽子！（奔入屋内，取了帽子胡乱地往头上一套，奔出）

赵　妻　（赶出去，在门口喊）喂，为什么不换套鞋？（望见赵振宇一溜烟地去了，只能回转，嘴里咕噜着）

〔桂芬把洗的衣服绞起。

林志成　（发牢骚和谈话的对手走了，只能回到自己房里去）买什么小菜啦，九点钟还不回来！

黄家楣　（走出亭子间，往下走，见桂芬揸着手上来）来！

桂　芬　什么事，还有几件衣服没洗好哪。

　　　　〔赵妻收拾房间，林志成独自打水洗脸。

黄家楣　（站在楼梯中间）忙什么，这样的天气，一会儿就下雨，洗了又不会干。

桂　芬　（望着黄家楣）有什么事？

黄家楣　（稍稍迟疑了一下）还有吗？

桂　芬　（不懂）什么？

黄家楣　昨天的……（下半句咽了下去）

桂　芬　（会意地低了头）买了小菜，还剩几毛钱。

黄家楣　那，今天……

桂　芬　（抬起头来望着黄家楣）今天？

黄家楣　（沉默了一刻，另找话题似的装着苦笑）桂芬！你觉得爸爸……你觉得爸爸对我很失望吧？看他的神气……

桂　芬　为什么？我看不出。

黄家楣　（沉痛地）为什么？卖了田，卖了地，典了房产，借了榨得出血来的高利钱，把一个儿子培植出来，可是今天……

桂　芬　（打断黄家楣）你老是讲这一套，什么用？你又不曾做过什么坏事情，又不是偷懒不愿找事情做，这样大的上海找不到一件小事情，这又有什么办法啦！

黄家楣　（抓着自己的头发，渐渐兴奋）全是那时候高等小学的姚先生讲坏的，他跟我爸爸说，这孩子是一个天才，学校里从来不曾有过这样的高材生，将来一定有成就，让他埋没在乡下太可惜啦！可是现在，要是他还活着，我倒要请他来看一看，天才在亭子间里面！（咳嗽）

桂　芬　（顾虑旁人听见，制止黄家楣）怎么啦，你又是……

黄家楣　（沉默了一下，透了口气，放低声音）爸爸好容易到了上海，要他整天地在亭子间里管小孩，这不是太可怜嘛！

桂　芬　我知道，可是……

171

黄家楣　小孩儿不是还有个锁片吗？（将视线避开桂芬）

桂　芬　（竖一竖眉毛）上次给你的三块几毛钱，不就是这金锁片换的吗？

黄家楣　唔！（黯然）咪咪很可怜，这一点东西也……

　　　〔桂芬望了黄家楣一眼，不语。

黄家楣　那么，你……（不讲下去）

桂　芬　什么？（望着黄家楣）

　　　〔黄家楣俯首不语。

桂　芬　（慢慢地）本来，有钱，是有钱的样子，没钱，是没钱的样子，你爸爸在这儿也不会住得很久吧……

　　　〔黄家楣不语。

桂　芬　（自然流露）我倒担心着今后哪。这边借三块，那边借五块，一天天地下去，总有一天……

黄家楣　（骤然地抬起头来，爆发似的）你以为我永远也不会有事情做吗？（突然止住，垂头）

桂　芬　（狼狈）不，不，我不是这样说，哎，你又是……（改换了央求的口吻）家楣，我说错啦！

　　　〔黄家楣无言地用手抚了一下桂芬的肩膀，转身要上楼去。这时候后门哑然推开，黄父抱着咪咪进来，似乎很高兴。咪咪一只手拿着一块蛋糕，一只手拿着一串荸荠。阿香反背着手，鬼鬼祟祟地跟在后面，两只眼盯着她母亲。

黄　父　哈哈，对啦对啦，是这一家，你很聪明！

黄家楣　爸回来啦！（要迎下去，突然咳嗽起来）

桂　芬　你上去吧，这儿风很大。

赵　妻　（望着阿香的手）什么？谁给你的？

阿　香　（手里也拿着一串荸荠，嘟着嘴）我说不要，他（指着黄父）一定要给我的。

赵　妻　蠢东西，客气也不懂得！（对黄父正要讲话，一忽儿想起黄父耳背，用手势表示感谢之意）

黄　父　（大声地）亏得她，上海的屋子全是一个样，一出门就找不到是哪一家啦！哈哈哈！（走向楼梯）

赵　妻　（取过阿香的荸荠，勒下三个）吃一半！（随手提起自己的围身裙

　　按在阿香的鼻上）哼！

　　〔阿香用力地一哼，发出很响的声音。

赵　妻　五岁啦，连鼻涕也不会哼！（带着阿香进房去）

黄家楣　（忍住了呛，装着笑，接过咪咪）小东西，尽要老爹抱！（对父亲）爸爸，上去躺一下吧，今晚上去看大戏，《火烧红莲寺》！

　　〔桂芬望着小孩手里的荸荠。

黄　父　（听不清，依旧答非所问）唉，不要紧，不要紧，算得什么，乡下的小孩儿一顿就吃这么三十五十个，吃吃，就吃惯啦！哈哈……

　　〔桂芬沉着脸回到水斗边，天上又是一阵骤雨，她只能退了一步站在灶庇间门口。黄家楣用手帕按着嘴也走出亭子间来，好像为着不使父亲看见自己猛烈的咳呛。桂芬耸着耳听。

赵　妻　（忠告似的）你们黄先生的毛病得去请先生看一看啊！清早咳得很厉害！

桂　芬　可是他……

赵　妻　噢，说起来，我倒有个好单方，已经治好了许多人啦，五月端午的正午时，用七七四十九个大蒜头，四眼不见……

　　〔突然施小宝的房内好像推倒了什么东西似的发出了怪响的声音，赵妻、桂芬、林志成一时都抬头听。接着，小天津若无其事地嘴里吹着口哨——大约是跳舞场里流行的歌曲吧，下楼，施小宝虎虎地跟出来。

施小宝　（喊）我不去，不去，偏不去！

　　〔小天津在楼梯上站住，回头望着施小宝，尽吹口哨，不语。

施小宝　（走到平台上）你去跟他说，我一点儿也没有错。要我跟他赔罪！休想！我打他是应该的，哼！他才不漂亮，请吃了一顿饭，就打别人的主意！跟他说，Johnie快回来啦，有话跟他去讲！（回身欲走）

小天津　（用下巴招施小宝下来）……

施小宝　（走下几阶）什么？（竖起了眉毛）

小天津　（随手将一根楼梯上的扶手挡子攀过来，轻轻地一折两断，悠然地丢掉，拂去手上的木屑，然后对施小宝冷冷地）你总还要在上海滩上走路吧？不听我的话，你的腿，总不比这木头还硬吧！

（重新吹着口哨，在许多眼光凝视中下楼，悠然地开门而去）

〔赵妻很快地跟出去张望了一下，用力地将门关上。

施小宝　（有点儿悚然，但在众人面前，不能不硬挺几句）狗东西！强盗！
（回身上楼去，倒在床上）

林志成　（听见争执，从客堂间里赶出来，直望着小天津走了之后，终走到楼梯边来拾起折断了的扶手挡，愤愤地）瞎了眼的，全租了些好房客！

〔林志成正要回身转去的时候，后门有人敲门，赵妻不敢去开，望着林志成，林志成没办法地壮一壮胆，上去扯开门。门外站着一个须发蓬松的中年男子，穿着一套不称身的西装，肩上已经湿透了。他有一双善良而眼梢细长的眼睛，高耸的鼻子，但是可以看出他此刻正在一个饱经苦难而身心俱愈的状态之下，他就是杨彩玉的前夫、林志成的好友、葆珍的父亲——匡复。

匡　复　请问，这儿有一位姓林……（看见林志成，仔细地认了一下）啊，你就是志成！我真找遍啦！

林志成　（太意外了，睁着充血的眼睛，倒退了两步）你……你……

匡　复　你不认识我了吗？我……

林志成　（细细地看了之后，面色变了）啊，复生！什么……

匡　复　（热烈地伸手过去）啊，我变啦，要是在街上碰到，怕再也不会认识我吧！（苦笑）

林志成　（哑然如遭电击，不知所措）啊！

匡　复　（热情地握住了林志成的手）志成！

林志成　（一瞬间爆发出遇见了旧友时的感情）复生！你回来了！你！（差不多抱住了匡复，但是一瞬间后，面色又惨变了）

匡　复　（举首四望了一下，看见赵妻等睁眼望着自己，向桂芬和赵妻招呼，对林志成）这全是你的家吗？

林志成　（如梦初醒）啊，不，不。里面坐，里面坐！

〔林志成陪着匡复到客堂间去，赵妻等以惊奇的目光望着，林志成随手将门关上。

匡　复　这一带全变啦，无轨电车也通啦，屋子大半也拆造过啦，在七八年前我在这一带住的时候……

林志成　（失神似的望着匡复）……

匡　复　什么，志成，你看我的样子……

林志成　（掩饰内心混乱）唔唔，坐，坐。你抽烟吗？（从抽斗里找香烟）

匡　复　什么，你忘了我不抽烟吗？

林志成　噢噢，那么……（拿起热水瓶，倒开水，但是简直不感到瓶里已经没有水了，所以空做着倒水的姿势）喝杯开水！（手抖着）

匡　复　（望着林志成的手，对于林志成的那种张皇失措的神情开始吃惊）什么，志成，我来得太突兀，你觉得很奇怪吧？你，你身体怎样？有什么不舒服吗？

林志成　（愈加狼狈）不，不……

匡　复　那么，老朋友，为什么不替我的恢复自由高兴呢？我们分手之后，连我进去之前的一年半计算在内，已经整整的十年啦！

林志成　唔唔，复生，我，我，很高兴，可是，这，这不是做梦吧！

匡　复　（笑着）不，你捏我的手，这不是梦，这是现实！
　　　　〔林志成握着匡复的手，对他望了一眼，又垂头不语。

匡　复　（感慨）我在那鸽子笼里梦想了八年的事，今天居然实现了，我每逢放风的时候，吸着一口新鲜的空气，吹着一阵从远方吹来的风，我就很快地想到你，志成，期满了之后，第一就要找到你，见了你，就可以看见我的彩玉、我的葆珍！志成，她们，她们……

林志成　（眼睛里露出惊恐的光）她们，唔，她们……

匡　复　她们好吗？她们……（紧握着林志成的手）喔，志成，我不知道应该怎样感谢你，这几年，她们怎样过的，告诉我！

林志成　……

匡　复　她们好吗？志成，你说……

林志成　（仿佛塞住了喉咙）她们……（苦痛）

匡　复　（吃惊）什么？她们怎么样？

林志成　……

匡　复　（站起来）志成，你告诉我，她们怎样了？她们……你用不着瞒住我，（悲怆地）她们已经……

林志成　不，不，她们很好……过一会儿……

匡　复　（透了一口气）喔，她们很好吗？志成！要是没有你这个朋友，她们也许已经死掉，也许已经流浪在街头，我不知道做了多少的可怕的梦，梦见彩玉带了葆珍，乞丐一样地在街头要饭，啊……

〔正在他们谈话的时候，阿香蹑手蹑脚地走到门边来窥听。赵妻正在小风炉上炒菜，看见阿香跑去窃听，立刻赶过去一把扯开她，用拳头威胁她，阿香没法只得走开。但是赵妻听见匡复讲到彩玉这两个字，便立定了脚，不自禁地也以和阿香同样的姿势，从门缝里偷听。阿香站在楼梯边望着母亲，嘟起了嘴，瞪着。匡复的话未完，突然传来前门叩门声。

林志成　（狼狈地站起来，不去开，好容易打定决心）她……

〔门外声："老板娘，洋瓶、申报纸有吗？"

林志成　（紧张消失了，怒哄哄地）没有！

〔门外声："阿有啥烂铜烂铁、旧衣裳、旧皮鞋换哦？"声音远去。

匡　复　（被林志成打断了话头，拿起杯子，看见没有水，又放下，这时候才将室内看了一遍，视线落到挂着的一件女人旗袍上）噢，志成，（强作精神）我还不知道，你已经结了婚吗？

林志成　（痛苦愈甚）唔！

匡　复　几年啦？你太太呢？

林志成　……

匡　复　为什么？在里面觉得日子过得很慢，可是想一想，时候还是很快的，在学校里面闹饭厅的老对手，现在都已经是中年人啦！（感慨系之，停了一下）志成，你今年是三十……五？

林志成　（终于忍不住了，突然站起来）复生！这几年，你为什么不给我一封信？写一封平安信，总不该是不可能吧？

匡　复　什么？

林志成　从你在龙华的时候带了那封信给我之后……就一个字也没有……那时候，案子又是那么的严重！

匡　复　朋友，对不住，我不知道外面是个什么世界，寄信给你，也许会对你不方便……

林志成　（用一种差不多要哭的声音）可是，可是，复生！你这样做，你这样做，就使我犯了罪，犯了一种没有面目见朋友的罪啦！复生，请你唾骂我，我卑劣，我对不住你……

匡　　复　（惊住）什么？你说……

林志成　我不是人，我没有面目见你，我……（双手抱住了头）

匡　　复　什么事？志成，我一点也不懂，你说……你说……

林志成　复生！

匡　　复　什么？

林志成　我……

匡　　复　什么啊？你说。

林志成　我跟彩玉……

匡　　复　（一怔）……

林志成　（咬紧牙根）我跟彩玉同居了！

匡　　复　（混乱，但是无意识地）嗯……（颓然坐下，学语似的）同——
　　　　　居——了！

桂　　芬　（大声地）啊哟，赵师母！你的菜炒焦啦！

　　　　　〔赵妻狼狈地跑回。桂芬拿了洗好的衣服之类上楼去。

林志成　（低声地有力地）自从我接到你从龙华辗转托人带给我的信，我
　　　　　就去找彩玉，跟你想象的一样，那时候，她们潦倒在一家阁楼
　　　　　上，你家里的一切，差不多全在你出事的时候给拿去啦，我……
　　　　　（喘了一口气）我尽我的力量招呼她们，可是，一年，两年，得
　　　　　不到你一点消息，跟你同案子的人，死的死啦，变的变啦，足
　　　　　足地等了你三年，（渐兴奋而高声地）简直不知道你死了还是
　　　　　活着……（很快地改语调）可是，不，不，这并不能作为我犯
　　　　　罪的辩解，我犯了罪，我对不住你……可是，复生！我是一个
　　　　　人，我有感情，我为着要使她们幸福，我就……

匡　　复　（昂奋地）要使她们幸福？（好容易才制止了自己的感情混乱）
　　　　　唔……等一等，我……让我想一想。

林志成　现在想起来，使我苦痛的原因，还是为了一点不值钱的所谓的义
　　　　　气，我要帮助朋友，帮助朋友的家属，每次看见葆珍的时候，我
　　　　　总暗暗地想，我一定要保护她，使她能够念书，能够继续你的志
　　　　　向……可是，这就使我犯了罪，我……

匡　　复　（失神地自言自语，好像不曾听见林志成的话）要使她们幸福……

林志成　（多少有点歇斯底里）我也是男子汉，我也念过书，以前，你将我看做自己的兄弟一样，那么你在患难的时候，我能做出对不住你的事吗？一两个月之后我感到了危险，我几次三番地打定主意，我要离开，离开这种我平生不曾经历过的危险，我想凑成一笔整数的钱，交给彩玉，那么，我可以不必经常地照顾她们的生活，可是……

匡　复　（好容易恢复了平静）那么彩玉呢？

林志成　也许，她也跟我一样，命运遮住了我们的眼睛，愈挣扎愈危险，终于……

匡　复　慢，那么现在……

林志成　（不等匡复说完）现在？一切不都已经很明白吗？我犯了罪，就等着你的审判，不，在你来审判我之前，良心早已在拷问着我了，当我些微地感觉得到一点幸福，感觉到一点家庭的温暖，这时候一种看不见的刑具就紧紧地压住了我的心。现在好啦，你来啦，我供认，我不抵赖……我在你面前服罪，我等着你的裁判！
　　　　（一口气讲完，好像安心似的透了口气，颓然）

匡　复　不，我不是这意思。我要知道，现在你和彩玉都幸福吗？

林志成　（反攻似的口吻，但是苦痛地）你说，幸福能建筑在苦痛的心上吗？

匡　复　（黯然）唔……（沉默）
　　　　〔桂芬拿了一个洋瓶从亭子间出来。
　　　　〔黄父内声："你别去打酒啊，我不喝……哎哎……"
　　　　〔桂芬走到后门口，正值阁楼的住户李陵碑回来。他臂下夹着几份卖不完的报。他已经喝了一点酒，醉醺醺地谁也不理会，嘴里哼着，一径往楼上去。

李陵碑　（唱）"盼娇儿，不由人，珠泪双流……（苍凉之感）我的儿啊，七郎儿，回雁门，把兵求救，为什么，此一去，不见回头……"

匡　复　（跟着李陵碑的歌声望了一望楼顶，颓丧地）我不该来看你们，我多事啦……

林志成　什么，你说……
　　　　〔匡复不语。
　　　　〔有人敲门。

林志成	（毫不思索地站起来，决然）好，她回来啦。我，我此刻出去，让你们谈话。怎么办我都愿意，朋友，我等着你的决定。

〔林志成去开门，但是进来的是一个穿工服的青年人。

青年甲	（张皇地）林先生，快，工务课长请你立刻去，厂里出了事，快……
林志成	（冷冷地）日班的事，跟我有什么相干？
青年甲	不，不，闹得很厉害。快，大家等着。（差不多强迫一样拉着林志成）
林志成	不，不，我有事……（被扯着，只能换了衣服随青年甲下）

〔匡复重新再将室内仔细地观察了下，走近案前，拿起一本葆珍方才剩下的唱歌本子，看了一下。

匡 复	（自语）林葆珍，唔，林！（将书放下，屈指计算）那时候她是五岁……（无意识地在葆珍的小钢琴上按了一下）

〔这时候太阳一闪，黄父抱着咪咪从亭子间窗口探出头来，望一望天。同时，黄家楣拿了一个包袱，匆匆地下楼来，当他走到水斗边的时候，正值桂芬打了酒回来。

桂 芬	（望着包袱）什么？
黄家楣	（有点忸怩）衣服……
桂 芬	（将露出在包袱外的一只衣角一扯，望了黄家楣一眼）家楣，我只有这一件出客的衣服啦！

〔黄父从楼窗口望着。

黄家楣	（解嘲地）反正你又没有应酬，天气热了又用不着，过几天……（看见桂芬有不舍之意，硬一硬心肠不管她，往外就走）
桂 芬	家……

〔黄家楣头也不回地走了。望着他的背影，桂芬突然以手掩面，爆发一般地啜泣，黄父在楼上看见了这种情景，面色陡变，很快地从楼梯上走下来，二人在楼梯边相遇，桂芬看见他，狼狈地改换笑容。

桂 芬	老爹……
黄 父	（望着桂芬）唔……

〔后门，杨彩玉提着菜篮回来，好奇地望着他们。

〔雨渐大。弄内儿童喧噪声中幕落。

179

第二幕

〔同日下午。

〔客堂间，杨彩玉伏在桌上啜泣，匡复反背着手，垂着头，无目的地踱着，二人沉默。

〔客堂楼上，小天津躺在施小宝的床上，脸上浮着不怀好意的微笑，抽着烟，施小宝哭丧着脸，在梳妆台前打扮，沉默。

〔亭子间，夹在小孩哭声里面，黄家楣大声地在和父亲谈话，言语不很清楚。不一刻，桂芬带着紧张的表情，拿了热水瓶慢慢地下楼来，她竖着耳朵在听他们父子间的谈话，开后门出去。

〔灶庇间，赵妻在缝衣服，无言。一分钟之后，太阳一闪，灿然的阳光斜斜地射进了这浸透了水汽的屋子。赵妻很快地站起身来，把湿透了的洋伞拿出来撑开，再将一竹竿的衣服拿出来晒。

〔黄父内声："瞧，不是出太阳了吗？"一手推开窗。

〔黄家楣内声："爸，再住几天，晚上天晴了去看火烧红……"咳嗽。

〔黄父内声："下了半个月的雨，低的几亩田，怕已经氽掉啦，不回去补种，今年吃什么？"

〔赵妻好容易将衣服晒好，回到室内坐定拿起针线。太阳一暗，又是一阵大点子的骤雨，赵妻连忙站起来，收进衣服。

赵　妻　（怨恨地）唔！

匡　复　（踱到杨彩玉面前站定）那么你说……你跟志成的同居……

杨彩玉　……

匡　复　（独白似的）你跟他的同居，单是为着生活，而并不是感情上的……

〔杨彩玉无言，不抬起头来，右手习惯地摸索了一下手帕，手帕掉地。

〔匡复从地上拾起手帕，无言地交给杨彩玉。沉默。门外传来卖物声。阿香悄悄地推开后门，好像担心着踏湿了的鞋子似的，不敢进来。

180　匡　复　唔，生活，为了生活！（点头，颓然地坐下，不一刻，又像讯讽，又像在透漏他蕴积了许久的感慨）短短的十年，使我们全变啦，十年之前，为着恋爱而抛弃了家庭，十年之前，为着恋爱而不怕危险地嫁了我这样一个穷光蛋，可是，十年之后……大胆的恋爱至上主义者，变成了小心的家庭主妇了！

〔杨彩玉无言，揩了一下眼泪，望着匡复。

匡　复　彩玉，怕谁也想不到吧，你能这样地……（讲不下去）

杨彩玉　（低声地）你，还在恨我吗？

匡　复　不，我谁也不恨！

杨彩玉　那么，你一定在冷笑……一定在看不起我吧。当自己爱着的丈夫在监牢里受罪的时候，将结婚当做职业，将同情当做爱情，小心谨慎地替人管着家……

匡　复　彩玉！

杨彩玉　（提高一些声调）但是，在责备我之前，你得想象一下这十年来的生活！我跟你结婚之后，就不曾过过一日平安的生活，贫穷，逃避，隔绝了一切朋友和亲戚。那时候，可以说，为着你的理想，为着大多数人的将来，我只是忍耐，忍耐……可是你进去之后，你的朋友，谁也找不到，即使找到了，尽管嘴里不说，态度上一看就知道，只怕我连累他们。好啦，我是匡复的妻子，我得自个儿活下去，我打定了主意，找职业吧，可是葆珍缠在身边，那时候她才五岁，什么门路都走遍，什么方法都想尽啦，你想，有人肯花钱用一个带小孩的女人吗？在柏油路粘脚底的热天，葆珍跟着我在街上走，起初，走了不多的路就喊脚痛，可是，日子久了，当我问她"葆珍，还能走吗"的时候，她会笑着跟我说："妈！我走惯啦！一点也不累……"（禁不住哭了）这是……生活！

匡　复　（痛苦地走过去抚着杨彩玉的肩膀）彩玉，我一点也没有责备你的意思，我只是说……

杨彩玉　你说，这世界上有我们女人做事的机会吗？冷笑、轻视、排挤、轻薄，用一切的方法逼着，逼着你嫁人！逼着你乖乖地做一个家庭里的主妇！

匡　复　彩玉！过去的事，不用讲啦，反正讲了也是没有法子可以挽回来，你得冷静一下，我们倒不妨谈谈别的问题。

杨彩玉　……别的问题？（回转身来）

匡　复　唔……（沉默，踱着）

〔桂芬泡了开水回来，手里托着几个烧饼，阿香艳羡地跟着进来。桂芬上楼去。下一刻，黄家楣与桂芬出来，站在楼梯上。

黄家楣　（带怒地）方才我出去的时候，你跟爸爸说了些什么？

〔桂芬摇头。

黄家楣　没有说？那为什么上半天还是高高兴兴的，一会儿就会要回去呢？他说今晚上要回去了！

桂　芬　今晚上？（吃惊）不是讲过了去看戏吗？

黄家楣　（恨恨地）已经自个儿在收拾行李啦，还装不知道。

桂　芬　装不知道？你说什么？

黄家楣　我说你赶他走的！

桂　芬　我……赶……他……走！家楣！你讲话不能太任性，我为什么要赶走他？我用什么赶走他？

黄家楣　（冷冷地）为什么，为着我当了你的衣服；用什么，用你的眼泪，用你那副整天皱着眉头的神气。他聋了耳朵，但是他的眼睛没有瞎，你故意地愁穷叹苦，使他……使他不能住下去！

桂　芬　我故意的？

黄家楣　我爸爸老啦，你，你，你……

桂　芬　（被激起了反驳）你不能这样不讲理！你别看了别人的样，将我当做你的出气筒。你希望你爸爸多住几天，我懂得，这是人情，可是我问你，这样多住了几天，对他、对你，有什么好处？你这样只是逼死大家，大家死在一起……我，（带哭声）我为什么要赶走……他……

黄家楣　……（无言，以手猛抓自己的头发）

桂　芬　（委婉地）家楣！你自己的身体……

〔亭子间传来小儿哭声。

〔黄父内声："噢，别哭别哭，我来抱，好，好……"

〔桂芬用衣袖揩了一下眼泪，黄家楣很快地拿自己的手帕替她揩干，让她回房间去，自己垂着头，跟在后面。

匡　复	（听完了桂芬与黄家楣的话）那么——你们现在的生活……
杨彩玉	（苦笑）你看！
匡　复	我看，志成也很苍老了，也许，我今天来得太意外，方才看见他的时候，觉得在他从小就有的忧郁症之外，现在又加了焦躁病啦……
杨彩玉	……
匡　复	他在厂里的境遇？
杨彩玉	（摇头）……
匡　复	依旧是不结人缘？
杨彩玉	（点头）你看，我呢？我老了吧！
匡　复	（有点难以置答）唔……
杨彩玉	老啦？

〔匡复望着杨彩玉。

杨彩玉	你说啊，我——
匡　复	……
杨彩玉	（佯笑）不说，唔，已经不是十年前的彩玉啦！
匡　复	（仓皇）不，不，我在想……（沉默）
杨彩玉	想？唔，那么你看，我幸福吗？
匡　复	我希望！
杨彩玉	你讲真话！你看，他能使我幸福吗？
匡　复	我希望，他能够。
杨彩玉	（冷笑，避开匡复的视线）你说我变了，我看，你也变啦，你已经没有以前的天真，没有以前的爽快啦。
匡　复	什么？你说……
杨彩玉	（很快地接上去）假使我现在告诉你，志成不能使我幸福，我现在很苦痛，葆珍跟我一样的也是受着别人的欺负，那你打算……（凝视着匡复）
匡　复	……
杨彩玉	他在厂里不结人缘，受人欺负，被人当做开玩笑的对象，他的后辈一个个地做了他的上司，整天地担忧着饭碗会被打破，回到家里来，把外面受来的气加倍地发泄在我的身上，一点儿不对，

嘟着嘴不讲话，三天五天地做哑巴……复生！你以为这样的生活——可以算幸福吗？

匡　复　（痛苦地）彩玉，我对不住你……

〔后门被推开，葆珍很性急地回来，赵妻看见她，很快地对她招手，好像要报告她一些什么消息，可是葆珍好像全不注意，大踏步地闯进客堂间里。杨彩玉与匡复的谈话中断，匡复反射地站起身来。

杨彩玉　葆珍，过来，这是……（碍口）

匡　复　（抢着）是葆珍吗？（以充满了情爱的眼光望着）

葆　珍　（吃惊）认识我？先生尊姓？

杨彩玉　葆珍！（语阻）

匡　复　（笑着）我姓匡……

葆　珍　（很快地）Kuang？怎么写？（天真烂漫）

匡　复　（用手指在桌上写着）这样一个匚里面，一个王字。

葆　珍　匡？（做着夸大的吃惊的表情）有这样奇怪的姓吗？这个字作什么解释？

匡　复　（给问住了）那倒……

葆　珍　（很快地跑到桌子边去找出一本小小的字典，翻着）匚部，一，二，三，四……有啦，喔，Kuang，匡正、改正的意思，可是匡先生，这样的字，现在还有人用吗？

匡　复　（始终以惊奇而爱惜的眼光望着葆珍）唔，用是用，可是已经很少啦。

葆　珍　没有用的字，先生说就要废掉，对吗？

杨彩玉　葆珍！

匡　复　唔！你很对！（笑着）我今后就废掉它。

葆　珍　那好极啦！妈，为什么老望着我？快，给我一点儿点心，我要去上课啦。

匡　复　为什么，不是才下课吗？

葆　珍　不，（骄傲地）方才先生教我，此刻我去教人，我是"小先生"，教人唱歌，识字。

184　　匡　复　"小先生"？

〔杨彩玉拿了几块饼干给葆珍。

葆　珍　（边吃边说）"小先生"不懂吗？小先生的精神，就是"即知即传人"，自己知道了，就讲给别人听……啊，时候不早啦，再会！（跳跑而去，至门口，嘴里唱着）"走私货，真便宜！"

赵　妻　（低声而有力地）葆珍！

〔葆珍不理而去。

匡　复　（不自觉地跟了一两步，望葆珍出去之后才回头来）唔，日子真快！

杨彩玉　（怀旧之感）你看，她的脾气，不是跟你年轻的时候完全一样吗？你做学生的时候，不是为了一门代数，几晚上不睡觉，后来弄出了一场病吗？她也是一样，什么事都要寻根究底的！

匡　复　可是现在我已经没有这种精神了……（沉吟了一下，想起似的）彩玉！我此刻倒觉得安心了，当我在里面脚气病厉害的时候，我已经绝望，在这一世，怕总不能再和你们见面啦，可是现在，我亲眼看见了葆珍，居然跟我年轻的时候一样……

杨彩玉　你安心啦？你以为葆珍很幸福吗？

匡　复　不，我不是这意思……

杨彩玉　（忧郁地）在她洁白的记忆里面，也已经留下了一点洗刷不掉的黑点了，别的小孩们叫她……（望着匡复）

匡　复　什么？连她也有……

〔这时候后门口有小孩子争吵之声，赵妻望着门外。

〔阿牛内声："拿出来！拿出来！"

〔阿香内声："这是我的！姆妈！"

〔赵振宇从学校里回来的模样，两手揽着两个孩子进来。

赵振宇　到里面去！到里面去！（见阿牛和阿香扭在一起）哈哈……

阿　牛　拿出来！（回头对爸爸）这是我的"劳作"，她把我弄掉了，拿出来！

阿　香　妈给我玩的！是我的！

〔阿牛与阿香扭打，赵振宇始终不加干涉，带笑地望着，赵妻连忙放了针线出来。

赵　妻　阿牛！（看见赵振宇的那副神气，虎虎地）尽看！打死了人也不

管!（去扯阿牛）

赵振宇　（神色自若地）不会不会，黄梅天，让他们运动运动也好！

赵　妻　不许打，阿牛！你这死东西！

〔阿牛一拳将阿香打哭了。

赵振宇　哈哈哈……

赵　妻　（死命地将阿牛扯开）你还笑！

〔赵妻机械地，有点儿做作，忍住了笑，这时候阿牛猛扑过去，从阿香手里夺回了一张纸板细工。

赵　妻　什么，你抢，抢……（扯着阿牛进房去）

赵振宇　（蹲下来，拿出手帕来替阿香揩眼泪，用教员特有的口吻）别哭啦，我跟你讲过的，打胜了不要笑，打败了不许哭，哭的就是脓包！（顾虑着妻子听见，低声地）明天再来过！（带着阿香进房间去）我跟你哥哥讲的故事你也听过的，拿破仑充军到厄尔巴岛去的时候，他怎么说？唔，唔……啊，你瞧！阿牛已经在笑啦。（大声地）哈哈哈……

〔前楼，施小宝已经打扮好了，听见赵振宇的笑声，想起了什么似的往楼下走。

小天津　（狠狠地）哪儿去？

施小宝　（举起穿着拖鞋的脚）我又不会逃，急什么？（下楼，走到灶庇间门口，对赵振宇悄悄地招手）赵先生！

赵振宇　喔，你在家？（走过去）

〔赵妻怒目而视。

施小宝　（低声地）请你替我查一查这几天报……

赵振宇　什么事？

〔赵妻起身站在灶庇间门口。

施小宝　请你替我查一查，Johnie——那死坏的船什么时候回到上海来？

赵振宇　喔喔。（回身去拿报，又想起了似的）那船叫什么名字啊？

施小宝　那倒……唔，有个丸字的。

赵振宇　哈哈……有个丸字的船可多得很哪，譬如说……

施小宝　那么……

186　赵　妻　（故意让施小宝听见）不要脸的！

赵振宇　你先生快回来啦?

施小宝　(回身,忧郁地)能回来倒好啦!(上楼去,一想,又回下来,走向客堂间,看见有客,踌躇)喔,对不住,林先生不在家?

杨彩玉　哎,有什么事吗?

施小宝　(难以启口)林师母!我跟你讲一句话。

杨彩玉　(走到门边)什么?

施小宝　林先生就回来吗?

杨彩玉　有什么事吗?可以跟我说。

施小宝　(迟疑了一下,决然,但是低声地)您可以替我把我房间里的那流氓赶走吗?

杨彩玉　什么?流氓?

　　　　〔匡复站起来。

施小宝　他,他要我……我不高兴去,过一天我那死坏回来了会麻烦……

杨彩玉　我不懂啊,那一位是你的……

小天津　(有点怀疑,站起来,走到楼梯口)小宝!

施小宝　(吃惊,很快地)他是白相人,他逼着我到……

小天津　(大声地)小宝!

施小宝　(回身,上楼去,哀求)假使林先生回来啦,请他……(上去)

匡　复　(看施小宝走了之后)什么事?

杨彩玉　我也不知道啊!

　　　　〔杨彩玉与匡复仰望着楼上。

施小宝　急什么,又不去报死!

小天津　人家等着,走啦!

施小宝　(勉强地坐下,穿高跟鞋)烟卷儿。

　　　　〔小天津摸出烟盒,发现已经空了,随手将自己吸着的一支递给施小宝。

施小宝　(接过烟来深深地吸了一口就将它丢了,故示悠闲地)你可知道,Johnie明天要回来啦。

小天津　(若无其事)……

施小宝　你不怕他找麻烦?

小天津　(不理会,突地站起来)走!

施小宝　（做个媚眼）可是，这也要把话讲明白了再走啊！（接近小天津，做个媚态）

小天津　你要我动手吗？（虎虎地将施小宝拉开）

施小宝　（掩饰内心的狼狈）那么我明天会一五一十地告诉他，反正你是有种的。（起身，被小天津威胁着下楼）

小天津　（在楼梯上）告诉你，Johnie此刻在花旗，懂吗？

　　　　〔施小宝不语，与小天津出去。赵妻怒目送之，回头来要发话，但是没有对手，只能罢了。门外传来卖物声。天骤然阴暗，桂芬走到平台上。

桂　芬　（叫）林师母！请您把电灯的总门开一开！

　　　　〔杨彩玉无言地去开了电灯总门，亭子间骤然明亮。远远的雷声。以下在匡复与杨彩玉讲话间，亭子间与灶庇间的住户们开始做晚餐准备。

杨彩玉　你还没有回答我方才的话啊，你看，我们现在的生活过得很幸福吗？

匡　复　……

杨彩玉　假使，你真心说，假使你以为我跟葆珍的生活都很不幸，那么……

匡　复　……

杨彩玉　你能安心吗？

匡　复　（痛苦，无言）……

杨彩玉　（走近一步）你为什么不讲话呀？你当初不是跟我说，你要用你一切的力量使我幸福吗？

匡　复　（痛苦地）彩玉，你别催逼我！我的头脑混乱了，我不知应该怎么办，我，我……（站起来无目的地踱着）

杨彩玉　（沉默了片刻之后）唔，复生！你记得黛莎的事吗？

匡　复　（站住）黛莎？

杨彩玉　唔，我们在小沙渡路的时候，我害了伤寒，你坐在我床边跟我讲的一个故事，小说里的那女人不是叫黛莎吗？

匡　复　啊啊……

杨彩玉　那时候你嫌我软弱，讲到黛莎的时候，你总说，彩玉！要学黛莎，黛莎多勇敢啊！那叫什么书？我记不起啦！

匡　复　唔，那是……那书的名字是叫做《水门汀》吧。

杨彩玉　对啦，《水门汀》。你现在觉得黛莎那样的女人怎么样？

　　　　〔匡复不语。

杨彩玉　你跟我讲的许多故事里面，不知怎么的，我老也忘不了黛莎，也许……

匡　复　(打断杨彩玉) 彩玉，你别说啦，我懂得你的意思，可是……

杨彩玉　我当然不能比黛莎，可是你不是说，永远永远地要使我幸福吗？只要你活着。

匡　复　……

杨彩玉　(进一步地) 你说，我不能学黛莎吗？像那小说里面一样，当她丈夫回来的时候……

匡　复　(惨然) 可是，你可以做黛莎，而我早已经不是格莱普啦，黛莎再遇见她丈夫的时候，她丈夫是一个战胜归来的勇士，可是我 (很低地) 已经只是一个人生战场的残兵败卒啦。

杨彩玉　复生！

匡　复　方才你说，我也变啦，对，这连我自己也知道，我也变啦，当初我将世上的事情件件看得很简单，什么人都跟我一样，只要有决心，什么事情都可以成就。可是，这几年我看到太多，人世并不这样简单，卑鄙，奸诈，损人利己，像受伤了的野兽一样无目的地伤害他人，这全是人做的事！(突然想起似的) 喔，可是你别误会，这，我绝不是说志成，他跟我一样，他也是弱者里面的一个！

杨彩玉　(感到异样) 复生，这是你讲的话吗？弱者，你现在已经承认是一个弱者了吗？你当初不是几次几次地说……

匡　复　所以，我坦白地承认我已经变啦。你瞧我的身体，这几年的生活，毁坏了我的健康，沮丧了我的勇气，对于生活，我已经失掉了自信。你看，像我这样的一个残兵败卒，还有使人幸福的资格吗？

杨彩玉　那么你说……我们之间的……

匡　复　(绝望地) 我方才跟志成说，我反悔不该来看你们，我简直是多此一举啦。

杨彩玉	复生！这是你的真心话吗？以前，你是从来也不说谎话的！
匡　复	……
杨彩玉	（含着怒意）那么，你太自私，你欺骗我！从你和我结婚的那时候起。
匡　复	什么？（走近一步）
杨彩玉	问你自己！
匡　复	彩玉！我没有这意思，我只是说对于生活，我已经失掉了自信，我没有把握，可以使你和葆珍比现在更……
杨彩玉	那么我问你，很简单，假定，这八年半里面，你没有志成这么一个朋友，我跟他也没有现在一样的关系，那么很当然，假定我跟葆珍现在已经沦落在街头，也许，两个里面已经死了一个，假定，在那样的情形之下，你找到了我，我要求你帮助，那时候，你也能跟方才一样地说，"我已经没有使你们幸福的自信，我只能让你们饿死在街上"吗？
匡　复	（被问住了，混乱）那……那……
杨彩玉	那么我只能说，要不是你太残酷，那就是你在嫉妒！
匡　复	（茫然自失）彩玉！
杨彩玉	要是在别的情形之下，你一定会对我说，彩玉，我回来啦，别怕，我们重新再来过的，可是现在——你，你已经厌弃我了！为着我要生活……
匡　复	彩玉，别这么说，我，我应该怎么办呢？我简直不能再想啦！（焦躁苦痛） 〔弄内传来性急的叫卖《大晚夜报》的声音，赵振宇急忙忙地买报。
杨彩玉	（央求）复生！你不能再离开我，不能再离开那被人看做没有父亲的葆珍，为着葆珍，为着我们唯一的……
匡　复	（沉吟了一下）这，这不使志成……不使志成更苦痛吗？
杨彩玉	（沉默了一下）可是，我早就跟你说，这只是为着生活……
匡　复	（垂头，无力地）彩玉……
杨彩玉	（捏着匡复的手）打起勇气来……从前你跟我讲的话，现在轮着我对你讲啦。（笑，扶起匡复的头）你还年轻哪，（摸着匡复的下

巴）好啦，把胡子剃一剃！（从抽斗里找出林志成的安全剃刀等）复生！别多想啦，今天是应该快活的，对吗？

匡　复　（充满了蕴积着的爱情，爆发般地）彩玉！（将头埋在杨彩玉的胸口）

杨彩玉　（抚着匡复的头发）复生！你，你……（感极而泣）

　　　　〔杨彩玉与匡复依偎着。天色渐暗。沙嗓子的老枪没气力地喊着："《大晚夜报》《新闻夜报》《无线电节目》……"从前门外经过；尖喉咙的女人喊着"夜报"等等。灶庇间点了电灯。突然，前门响起猛烈的敲门声，匡复和杨彩玉反射地分开。

杨彩玉　谁？（去开门）

　　　　〔厂里的一个青年职员，带着一个工头模样的人进来，满头大汗。

青年乙　快，叫林先生快去！

杨彩玉　他没有回来啊。

青年乙　（差不多要闯进来搜寻似的姿势）林师母，您帮帮忙，工务课长已经在发脾气啦，这不干我的事啊……（大声地）林先生！

杨彩玉　（惊奇）真的，他没有回来啊，上半天出去了，就没有回来过！有什么事吗？

青年乙　（焦躁地）事可多哪……林师母，当真……那么您知道他到哪儿去了吗？

杨彩玉　（着急）我怎么知道……他什么时候走的？有什么事吗？

青年乙　（不回答杨彩玉，回头对工头）那您赶快到工厂去看一看。

　　　　〔工头将匡复上下地望了一下，下。

青年乙　林师母，事情很要紧，要是他不去……（指一指额上的汗）好啦，他回来，立刻请他就来，大老板也在等他。（匆匆而下）

杨彩玉　喂喂……（看见青年乙走了，关了门，担忧地望着匡复）

匡　复　（紧张地）什么事？

杨彩玉　近来厂里常常不安静，可是……

匡　复　他到哪儿去啦？（不安地）他不会做出……

杨彩玉　（低头）不会吧，可是……（也感到不安）

　　　　〔后门外传来一阵笑声、骂声。门被推开，李陵碑喝醉了酒，连跌带撞地进来，嘴里哼着，后面好像跟了一大群看热闹的小孩和妇女，阿香夹在里面。匡复耸耳听，但是杨彩玉却早知道这是李陵碑的日常功课了，看了一看方才拿出了安全剃刀，去替他倒水。

李陵碑　（醉了）要我唱，我就唱，这有什么……（唱）"金乌坠，玉兔升，黄昏时候……盼娇儿，不由人，珠泪双流……"

〔门外人声一："好！马连良老板差不多！"

〔门外人声二："再来一个！"

〔门外人声三："李陵碑！你的娇儿死啦！死啦！"

李陵碑　（突然转过身来）妈的，谁说，谁说，咱们阿清在当司令，也许是师长、督办，也许……也许……

〔门外人声一："也许已经是炮灰！"

〔门外人声二："别打岔，让他唱下去！"

李陵碑　（用拳头威胁门边的小孩）妈的，你们也敢欺负我！

〔小孩们一哄而走，笑，但是一下又重新集合起来。

李陵碑　阿清当了司令回来，我就是……（舌头不大灵便）老太爷啦，妈的……（走近赵振宇，不客气地将他在看的报纸夺来，指着）赵……赵……赵先生，报上有李司令——李阿清司令到上海来的消息吗？（见赵振宇带笑地望着自己）登出来的时候，你……你告诉我，我，我请你喝酒！（将报纸还给赵振宇）妈的，有朝一日，阿清回来……（跌跌撞撞地上楼去，苍凉地唱）"含悲泪，进大营，双眉愁皱，腹内饥，身又冷，遍体飕飕……"

赵振宇　（起身来将闲人遣走）没有什么好看！（回头来见阿香，一把抓住）你也看，我跟你说过，李陵碑来的时候，不准笑，你……你，（不管阿香懂不懂地）你简直是幸灾乐祸啦，这，这……

〔天色愈暗，杨彩玉开电灯，给匡复倒了洗脸水，望着他。

匡　复　怎么回事？

杨彩玉　阁楼上的房客，怪人。他有一个单生子，在"一·二八"打仗的时候去投军，打死啦，找不到尸首，可是他一定说，儿子还活着，在当司令，有点儿神经病啦。

匡　复　唔……（感慨系之，剃须）

〔李陵碑苍凉地唱："……不由人，珠泪双流……"

〔黄父抱了小孩下来。远雷。

桂　芬　（在亭子间门口）爸爸，晚啦，别抱他出去！

　　　　〔黄父根本不曾听见，看见赵振宇殷勤地和他招呼。

赵振宇　老先生！天要下雨啦！

黄　父　（依旧是答非所问）今晚上要回去啦，多抱一抱，哈哈……（多
　　　　少地在态度上已经有一点忧郁了）

赵振宇　什么，回乡下去？（回头问妻子）不是说今晚上去看戏吗？

　　　　〔黄家楣从窗口探出头来。

黄　父　今年雨水太多，低的田春苗要补种了……

赵振宇　多玩几天哪，上海好玩的地方还多哪。

黄　父　（哄着小孩，自言自语）好，好，外面去买东西给你吃……（欲
　　　　要出门）

　　　　〔电光一闪，一个响雷。

黄　父　（只能回转，望了望天，对赵振宇）所以说，这个世界是变啦，
　　　　咱们年纪轻的时候，天上打闪，总是有雷的声音的，可是变了民
　　　　国，打闪也没有声音啦，对吗？有人说，雷公敲的鼓破啦。

赵振宇　什么，方才不是……（一想就明白了）哈哈！（大声地）老先生！
　　　　雷公的鼓没有破，还是很响的，你老先生的耳朵不便啦，所以听
　　　　不见啊，哈哈哈……

黄　父　什么，我说，不打雷，地上的春花就要……

赵振宇　（好容易止了笑，对妻子）你听见吗？他说变了民国，天就不打
　　　　雷啦，哈哈哈……（又诚恳地对黄父）天上的雷，是电气，换了
　　　　朝代也要响的……（又听见远雷声）喏喏，又响啦。

黄　父　（摸不着头脑）什么？天上……

赵振宇　（大声地）天上的雷，不是菩萨，是电气，（对着黄父的耳朵）电
　　　　气……

黄　父　（还是不懂）生气？我……我不生气。

赵振宇　（大声地）电气，电灯的……

赵　妻　酱油没有了，去买！

赵振宇　（大声地）天上的云里面，有一种电气，电……

赵　妻　（将酱油瓶拿到赵振宇的鼻子前面）去买酱油！

赵振宇　（忘其所以，用更大的声音对妻子）叫阿牛去买！

赵　妻　（一惊，狠狠地）我又不聋！

　　　　〔始终忧郁着的黄家楣，这时候也不禁破颜一笑。

赵振宇　（省悟）啊，对啦，（低声地）叫阿牛去买吧！（又回头对黄父，同样低声地）天上有一种电气……

赵　妻　（狠狠地）阿牛在念书。（把酱油瓶塞在赵振宇手里）

赵振宇　（无法可想，对黄父大声地）等一等，我就来。（出去）

黄　父　（莫名其妙，对赵妻）他说什么？唔，耳朵不方便……（回身上楼去）

桂　芬　（正拿了铅桶下来，在楼梯上）爸爸，当心。（开了楼梯上的电灯）

黄　父　（一怔）唔……（望着电灯，上楼去）

赵　妻　（看见桂芬下来）喂，为什么老先生今晚上要回去了？

桂　芬　（点头）……

赵　妻　有了什么要紧的事？家里……

桂　芬　老年人都有点儿怪！说起要走，今晚上就要走啦。

赵　妻　（鬼鬼祟祟地）你知道，（指着客堂间，低声地）林师母从前的男人……

赵振宇　（回来，看见妻子那种神气）改不好的脾气，我跟你说，人家的事，不要管，人家的丈夫也好……

赵　妻　（狠狠地制止了赵振宇）嘘，（低声地）那你为什么要来管我哪？

赵振宇　（搔着头进去，忽然想起）啊，楼上的老先生呢？方才的话没有讲完哪。

赵　妻　（依旧鬼鬼祟祟地对桂芬）方才我听见姓林的跟他说，葆珍怎么怎么样……（见阿香走过来听，狠狠地）听什么？小鬼！（继续对桂芬）姓林的跑走啦，方才我听见女的在哭，啊哟，这事情真糟糕吗？那男的你看见过没有？

桂　芬　（摇头）还在吗？

赵　妻　（点头）唔，穿得破破烂烂的，像戏里做出来的薛平贵……
　　　　〔赵妻正要讲下去的时候，林志成带着兴奋的表情从后门进来，她很快地将要讲的话咽下，装作若无其事。林志成手里拿了一瓶酒和一些熟食之类的东西，照旧谁也不理会地往里面走。

赵振宇　（看见林志成）噢，林先生！（站起来，用手指着《晚报》上的记事）你们厂里今天……

〔林志成好像没听见似的走过，赵振宇只能重新坐下。赵妻兴奋地望着林志成的背影。

杨彩玉　（望着修好了面的匡复）瞧，不是年轻了很多吗？

〔林志成无言地进去，杨彩玉和匡复离开了一步，匡复多少觉得有点狼狈。

杨彩玉　方才厂里的小陈来过啦，说要你……

林志成　（沉重地）我知道。（将酒瓶和熟食交给杨彩玉）

杨彩玉　厂里有什么事吗？说要你立刻就去……

林志成　我知道，家里没有什么菜，到弄口的小馆子里去叫几样，（对匡复）今晚上喝一点儿酒吧。

匡　复　志成，你……

林志成　（强自振作，态度很不自然地）复生！咱们已经很久不在一块儿吃饭啦，你不喝酒，可是今晚上也得喝一杯，我也很久不喝啦，我今天很愉快，你要替我欢喜，我解放啦。

匡　复　（苦痛）志成，你别这么说……

林志成　不，不，今天真痛快，我从一方面受人欺负，一方面又得欺负人的那种生活里面解放出来啦。（大声地）我打破了饭碗，可是从今以后，我可以不必对不住自己良心地去欺负别人啦。

杨彩玉　什么，你……

林志成　笑话，要我去收买流氓打人，哼，我为什么要这样下流？我可以不干！哼，真痛快，什么工务课长，平常那么威风，（渐渐兴奋）今天又给我看到了！（对杨彩玉）你去预备饭吧。

匡　复　（关心地）志成，你休息一下，我看你很倦了！

林志成　不，不，我很高兴，压在心上的一块大石头，今天才拿掉啦！复生！这不是很奇怪吗？以前，我尽是害怕着丢饭碗，厂里闹着裁人的时候，每天进厂，都要看一看厂务主任的脸色，主任差人来叫的时候，全身的血，会奔到脸上来，可是今天，当他气青了脸，拍着桌子说"你给我滚蛋"的时候，我一点也不怕，我很镇静，这差不多连我自己也不相信。

杨彩玉	（端了一盆水给林志成）你……

林志成 （兴奋未退）工厂管理本来不是人做的，上面的将你看成一条牛，下面的将你看做一条狗，从早到晚，上上下下没有一个肯给你看一点好脸色，可是现在，我可以不必代人受过，可以不必被人看做狗啦，（歇斯底里地）哈哈哈。

匡　复　志成，你别太兴奋！

林志成　可是，第一，你得先替我高兴啊，我从这样的生活里面逃出来……

杨彩玉　（不自禁地）那么你今后……

林志成　今后，唔。（洗脸）

〔这时候赵妻偷一个空又来窥探，一方面阿香看见母亲不在，便一溜烟地往门外跑出。

赵振宇　阿香，阿香！

〔赵妻回头看了一眼。

〔送包饭的拿了饭篮从后门进来，一径往楼上走，到前楼门外叩门，不应，偷偷地从门缝里张望了一下，将饭篮放在门口，下。

〔林志成洗了脸。杨彩玉去预备夜饭。

林志成　（走到匡复面前，欲言又止）唔，复生！

匡　复　什么？

林志成　我们还能跟从前一样的……做朋友吗？

匡　复　那当然……可是，这事情，我还得跟你……不，哎，我不知怎么说才好！

〔林志成颓然坐下。

赵　妻　（回去，看见阿香不在，跑到门口）阿香，阿香！（出门去，一会儿就扯着阿香进来）死东西！整天地野在外面，你不要吃饭吗？

〔桂芬在平台上用打气炉烧饭。杨彩玉拿了钱出去买菜。

林志成　（习惯地）什么，葆珍还没有回来吗？彩玉，去找一找葆珍！

〔门外卖物声。静静地。

〔幕落。

第三幕

〔幕启。

〔这一天的晚上。

〔客堂间。晚饭后。林志成多喝了一点酒，有些醉了，颓然坐在
椅上。杨彩玉无言地在收拾食具之类。匡复很有兴趣地在和葆珍
谈话，阿香坐在他们旁边，一双眼睛不住地看着匡复。

〔客堂楼上，黑暗，无人。

〔亭子间内，桂芬忙着在替黄父收拾东西。

〔灶庇间内，赵振宇很自适地在看书，常常摇首咏叹，一只手捏
着蒲扇，机械地驱逐蚊子。赵妻洗完了碗，正在揩手。阿牛伏在
桌上做功课。

〔雨声。远远的无线电收音机的歌声，广东小调之类。

〔匡复和葆珍在笑。

匡　复　唔，这倒很有趣。

葆　珍　（有点儿得意）这样的事情可多哪，"小先生"去教书，大人常常
　　　　要捣乱，譬如我们问，有谁懂吗？懂的举起手来，于是他们便把
　　　　脚举起来，跟我们开玩笑。我就对大家说："不要睬他们，不懂
　　　　道理的大人，不及我们小朋友。"小朋友不理他们，照旧上课，
　　　　后来他们就不反对啦。

匡　复　唔……

葆　珍　教我们的"中先生"跟我说，他们一定已经想过啦，小朋友会
　　　　讲，大人不会讲，这不是很丢脸吗？

匡　复　这样的"大学生"很多吗？

葆　珍　我教的就有五个，卖水果的、做工的……有一个老头儿，他的孙
　　　　子也跟我一样高了。

匡　复　那么你……

阿　香　姐姐，教我唱歌……

葆　珍　等一等，过一会儿叫你哥哥来，我教他一个顶好听的。

阿　香　昨天教我的还不会。

葆　珍　昨天的？唔……（弹着琴，教阿香唱）

　　　　〔匡复热心地看着她们。

阿　牛　（拿了教科书到父亲身边）爸爸，"某甲每月存银六十五元，三年
　　　　八月后，共存银多少"，多少？

赵振宇　（故作严重警告的姿态）阿牛！我看书的时候，要是你再来打搅
　　　　我，你今后就别再想听我的故事。

阿　牛　（走到母亲身边）妈，每个月存进六十五块钱，三年八个月之
　　　　后，共总有多少钱？

赵　妻　存钱？谁？不背债就好啦，还有钱，每个月六十五块，做梦？

阿　牛　书上的，这是。

赵　妻　书上的跟我有什么相干？六十五块，哼，你爸爸每个月能多这么
　　　　六块五毛就好啦！

阿　牛　（没办法，回到桌边）三年八个月，三年，三十六个月……

　　　　〔黄家楣撑了伞回来，买了一些香蕉、苹果、饼干之类，匆匆地
　　　　上楼去。林志成要站起来，但是两脚蹒跚，重新坐下。

林志成　唔，今晚上真痛快！

黄　父　（大声地）我早跟你说，不要去买东西，去退，去退！

桂　芬　（大声地）没有什么的，路上当点心。

黄　父　不要！阿楣，这些洋气的东西我不会吃……

杨彩玉　（扶着林志成）你醉啦，去睡吧。

林志成　不，不，这一点儿酒……

匡　复　志成，你去休息吧！我，我……

林志成　不，不，我要跟你谈话……（被杨彩玉扶着到后间去）

阿　牛　（又拿了书到母亲面前）妈，姓王的一个月薪水三百五十块，姓
　　　　李的一个月薪水两百八十块，三年之后，两个人……

赵　妻　（不听完阿牛的话，爆发）我不要听，你爸爸一个月还不到三十
　　　　五块！

赵振宇　（一怔）什么？

阿　牛　（央求）你说呀，明天先生要问的，这是书上有的……姓王的一
　　　　个月薪水三百五十块……

赵　妻　（气哼哼地）你去问有钱的人，我一生一世也不曾见到过三百五

十块……

阿　牛　（没法，走到父亲身边）爸爸，三年之后，两个人有的钱相差多少？

赵振宇　唔唔，三百五，两百几？

阿　牛　两百八……

赵振宇　你先要求出一个月两个人的相差，懂吗？（用笔替阿牛算）

赵　妻　（余怒未息）一个月薪水三百五十块，一个月存进六十五块，做梦！

阿　牛　（回头来，反抗）这是书上的事呀！

赵　妻　书上的，这种书有钱人才配念！

赵振宇　（对阿牛）哎哎，你看着，你看着。

杨彩玉　（等林志成睡了之后，倒了一杯茶，放在他床前的桌上）要茶吗？

　　　　〔林志成含糊地回应，好像已经睡着了，杨彩玉便替他盖上一点棉被，回头很留意地取锁开箱子，取出一床棉被，铺在另一只小床上，拿了小床的枕头之类回客堂来。

　　　　〔葆珍教完了一支歌。

匡　复　（很感兴趣）唔，那么，像这样的下雨天，你们的学生不会逃学吗？他们都是……

葆　珍　（得意）哪儿的话，别说下雨，下雪天，他们也来，一分钟也不差，来得比学校里排班还要准。前几天，一个卖水果的小孩儿……

杨彩玉　（插一句）说别人小孩儿，你是大人了吗？（笑）

葆　珍　一个卖水果的为了要来识字，外面有人喊着"买香蕉，买香蕉"，她也不应，提着篮子跑到我们这里来啦。

匡　复　唔，那倒很有趣。可是，我告诉你，我们小的时候念书老是要装肚子痛，向先生请假的……

葆　珍　（天真地）那你不是个好学生！

杨彩玉　葆珍！

葆　珍　我们教的学生里面，要是为着懒惰不上课，下一次就在黑板上写出来！某某人懒惰虫，不用功！

匡　复　（禁不住笑了，脱口而出）可是你，小时候也赖过学啊！

葆　珍　我？你怎么知道？

　　　　〔杨彩玉对匡复做了一个眼色。

匡　复　啊，我记错啦，我说的是我的女孩，她跟你一样大……

葆　珍　（将匡复仔细地看了一下，对杨彩玉）妈！（走开几步）我问您一件事。

杨彩玉　什么？（跟着葆珍）

葆　珍　（不使匡复听见似的，低声地）方才赵师母跟我说……（对杨彩玉耳语）对？（望了一望匡复）

杨彩玉　（有点窘）谁说？唔，你别管……大人的事，你别管。

葆　珍　（嘟起了小嘴）我已经大啦，你说，嗯，你跟我说，那是真的？哎……（把耳朵凑近母亲的嘴）

杨彩玉　讨厌，你这孩子多管事！

葆　珍　真的？你点点头！

杨彩玉　多管事！（点了点头）

葆　珍　啊！（跳起来，不转睛地望着匡复）

〔林志成翻了个身，听。

匡　复　（忘了一切，走近葆珍）葆珍！你叫我！你叫我！

葆　珍　（欲叫又止）爸——（害臊似的往后跑去）阿牛！阿牛！

〔匡复始终忧郁和苦闷着，此时方从心底发出了爽朗的笑声。这笑声使林志成憬然地撑起上半身来，静听。

阿　牛　我有事！你来！

杨彩玉　（愉快地）你觉得这孩子……

匡　复　唔，外国有句成语，叫做 We live through our issues！我十年前的精神，依旧留在葆珍的身上。她给了我很多的教训！

杨彩玉　（捏着匡复的手）对啊，你还很年轻哪，为着她，你更应该打起精神来！（拿桌上的镜子对着匡复）你瞧？（笑）

匡　复　唔唔，我很感谢你……你也应该……

杨彩玉　复生！（与匡复依偎在一起）

葆　珍　（在后间门口）阿牛，来，我教你唱歌！

阿　牛　等一等，你替我算，某甲每月薪水三百五十元，某乙每月薪水……

赵　妻　（恨恨地）我不爱听，要算到前面去……（唠叨）什么三百五十……

赵振宇　哈哈……

〔阿牛装了一个鬼脸与葆珍蹑手蹑脚地往客堂走，杨彩玉听见阿牛的声音退后一步。

杨彩玉　（指着匡复的衬衫）啊，这儿脱线了，脱下来，我给你缝一下，会冷吗？

匡　复　（脱衣）不，不，天气很闷。

杨彩玉　（将干了的上衣交给匡复）你身体很坏，不当心就会受凉的……

葆　珍　（对阿牛）你爸爸？叫他来讲故事。

阿　牛　咱们先唱，他会来的。

　　　　〔葆珍把玩具用的钢琴和一份歌谱拿出来。林志成沉思了许久，决然地起来，抱着头思索。黄家楣沉着面孔，提着一只网篮下来。

桂　芬　（在亭子间门口）家楣，车子叫三部！

黄家楣　（回头）什么？

桂　芬　我也去。

黄家楣　那咪咪醒来……

桂　芬　不要紧，我跟赵师母说好啦，她会照顾他的。

　　　　〔黄家楣将网篮放在楼梯下，出去叫车。阿香溜出，到客堂间去。

赵振宇　（问妻子）什么？真的走啦！

　　　　〔赵妻不理会。

赵振宇　（伸欠）啊啊……阿牛哪？阿香！（偷偷地站起身来，看了妻子一眼，也想溜走）

赵　妻　上哪儿去？

赵振宇　不，我去找阿香！

赵　妻　不准去！自己的年纪也忘掉啦，跟小孩子学唱歌，不害臊！

赵振宇　那有什么？孔夫子说，不耻……

赵　妻　（迎头痛击的口吻）我不要听，老是孔夫子！

　　　　〔门外传来黄包车声、人声。

　　　　〔黄家楣门外声："进来搬行李！"进来。

黄家楣　（对楼上喊）车子来啦！

　　　　〔桂芬亭子间声："你上来！爸不肯让我拿啊！"

　　　　〔黄父亭子间声："很轻，很轻的……"

黄家楣　（叫车夫）网篮搬出去。（回头对赵振宇）赵先生，对不住，替我

201

照看一下。

赵振宇　（得了机会）好，好。

黄家楣　（上去）爸爸，我来拿！

黄　父　（拿了一只旧式箱子，下来）这点儿拿不动，还能种田吗？（一面走一面说）一担米，也得挑……

　　　　〔黄家楣去接箱子，黄父不肯给。

黄家楣　爸爸，叫拉车的来……

桂　芬　（抱了咪咪下来）啊哟，年纪大的人真是……

　　　　〔桂芬关上电灯，亭子间黑暗。

赵振宇　（对黄父竖起大拇指）好力气！好力气！

黄　父　（得意了）不稀奇，咱年轻的时候，挑两百斤谷子，还要……（一滴檐漏水滴在颈上，望了望天）还在下雨？唧！天老爷不给穷人吃饭啦！快回去！快回去！夏家池的那几亩，一定已经冲掉啦！

　　　　〔黄包车夫上，来接行李，黄父断然拒绝。

黄　父　（突然想起似的对黄家楣）你看住！我……

桂　芬　（对赵妻）赵师母，真对不住，小孩儿在你们这儿寄一寄，此刻睡着啦……

赵　妻　好，我来抱。

黄　父　（回进来）让我再抱一抱。（抱了孩子）唔，睡得很熟。（俯下去亲热了一下）唔唔，年纪老啦，是今天不知道明天的事的，（一半对黄家楣，一半自言自语）你们不到乡下来，我又不能常来看你们，也许……没有几次可以抱啦，唔，再抱一抱。（对桂芬）好好地当心他，要让他吃饱，要吃的尽让他吃，什么洋派，一定要几个钟头吃一顿，会饿瘦的！（趁别人不见，将一个纸包往孩子怀里一塞）哈哈哈……（对赵振宇）抱过孙儿，为人一世，也可以……哈哈……

赵振宇　（对黄父耳朵，大声地）您好福气！

黄　父　（愉快地）谢谢你！再会！

　　　　〔黄父将孩子交给桂芬，桂芬将他放在赵家的床上。

黄家楣　（对赵振宇）赵先生，对不住！

赵振宇　什么话……

黄　父　（走到门口，再回头来对赵振宇等）到乡下来玩啊！哈哈……

〔黄家楣夫妇陪着黄父下。

赵　妻　阿牛！阿香！

〔雨渐大，檐漏声不绝。

赵　妻　唧，尽下雨，大半个月啦，滴滴答答的！

赵振宇　愁什么，尽下，总有一天会晴的！

赵　妻　会晴的？你瞧！

赵振宇　（若无其事）不晴，难道终年地做黄梅吗？（欲溜）

赵　妻　（狠狠地）不跟你说！（看见赵振宇搭讪着溜出）到哪儿去？

赵振宇　唔唔，去看看阿牛！

赵　妻　看阿牛！明天买小菜的钱也没有啦，好像这家是我一个人的，回到家里来，就是看报，看书，拉闲天，跟着小孩儿唱歌，家里的事情，什么也不管……

〔赵振宇知道妻子又要唠叨了，便加快脚步地走向客堂间去。后间，林志成苦闷了许久，好像打定了主意似的站起身来，出神似的在暗中站着，静听前房的谈话。

葆　珍　我手举起来的时候，（对阿牛、阿香）你们同唱，我手放下去的时候，你们听着，我一个儿唱，懂吗？

阿　香　（摇头）我不会！

葆　珍　先听我弹一遍！

杨彩玉　（把匡复的衣服补好了）好啦，你穿着，过一会儿会冷的。（给匡复穿上）

赵振宇　（进来，将匡复的背影认为林志成）啊，林先生，你们厂里不是闹了很大的……（等匡复回头来）啊，对不住，这，这……（向杨彩玉）林先生呢？出去啦？我，我是……

匡　复　（有点狼狈）尊姓？

赵振宇　（摸名片，久久摸不出）啊啊，我赵振宇，赵钱孙李的赵，请问……

杨彩玉　（替匡复说）匡先生，志成的同学……

赵振宇　喔，握握手，咱们是第一次……哈哈……我跟林先生是最最能谈得拢的……

阿　牛	（不等父亲说完）爸，来讲故事！
赵振宇	什么，故事？故事不早已讲完了吗？
阿　牛	（推着父亲）讲呀……
赵振宇	哈哈……今天有客。我们谈谈天，唔，你们唱歌吧。
葆　珍	不，不，你先讲，讲了我教您一个顶好的歌，我今天才学会的！
赵振宇	（对匡复）瞧，老是要我讲……哈哈，讲什么哪，唔，炒冷饭吧，讲一个拿破仑的故事……
阿　香	不要，拿破仑讲过十几遍啦！
赵振宇	可是，刚才问你，你不是忘记了吗，拿破仑充军厄尔巴岛的时候，他讲的是什么？
阿　香	不要，不要！
赵振宇	那……那么你们先唱歌，让我想一想。（回头朝室内望了一望，对杨彩玉）林先生出去啦？
杨彩玉	不，喝醉酒啦，睡在后面。
赵振宇	什么，林先生喝酒，这才怪啦，他不是从来不喝酒的吗？
阿　牛	爸，来听，"勇敢的小娃娃"。
	〔葆珍弹琴。在上面谈话的时候，林志成轻轻地正在后间收拾东西，预备出门的样子，杨彩玉被赵振宇提醒了，回到后间来看他，看见他站在黑暗中，吃惊。
杨彩玉	啊哟，你起来啦？
	〔匡复凝神听。赵振宇与小孩们听葆珍教唱歌。
	〔林志成用手制止杨彩玉讲话。
杨彩玉	你怎么样？（开了灯）不舒服？（看见林志成在收拾东西，怔住了）什么？
林志成	……
	〔传来弄中馄饨担叫卖声。
赵振宇	这是谁教你的？
葆　珍	你别问哪，现在是我教你啊！（弹小钢琴）
杨彩玉	（紧张而低声地）志成！你干吗？你……
林志成	（望着杨彩玉，不语，决心了似的伸手过去）杨彩玉，我得走啦。
杨彩玉	走？（握着林志成的手）

林志成 （点头）现在我很安心，现在是我走的时候啦。

杨彩玉 可是……（回身想去叫匡复，被林志成扯住）

林志成 （低声地）别使复生知道，让我悄悄走！（再握着杨彩玉的手）愿你们好！

杨彩玉 不，不，志成，你到哪儿去？

林志成 （摇头）此刻我自己也不知道，反正……

杨彩玉 （惶急和不安）什么？你打算……

林志成 （制止杨彩玉）不，我现在很自由，很安心，只要你跟复生能够饶恕我，我心里很安静……

〔匡复耸耳静听，露出苦痛的表情。

杨彩玉 （哭了）可是，你……

林志成 别哭！反正天地间很大，总不至于多了我这么一个。好啦，彩玉！忘记我，忘记我……这八年，你当它是一个梦吧。

杨彩玉 不，不，你不能走，我……我不能让你走……我知道，（哭着）我知道你是不愿离开我们走的……

林志成 （爆发）彩玉！（抱住了杨彩玉）

〔杨彩玉啜泣。

〔匡复茫然地站着。

葆　珍 好啦，看着我的手，一，二，三……（唱）"小娃娃，小娃娃，大家拉起手来做套小戏法！"

众　人 （合唱）"小娃娃，小娃娃，大家拉起手来做套小戏法！"

葆　珍 （唱）"谁是勇敢的小娃娃？"

众　人 （合唱）"我是啦，我是啦！"

葆　珍 （唱）"让我来问你们几句话。"

众　人 （合唱）"你问吧，你问吧！"

葆　珍 （唱）"强盗来，打不打？"

众　人 （合唱）"打打打，打打打！一个不够有大家！"

葆　珍 （唱）"对！一个不够有大家！走夜路，怕不怕？"

众　人 （合唱）"我不怕，我不怕！跌倒了我会自个儿爬！"

葆　珍 （唱）"对！跌倒了我会自个儿爬！"

〔匡复听着他们的歌，感到兴趣。

205

葆　珍	（唱）"淌眼泪，傻不傻?"
众　人	（合唱）"傻傻傻，傻傻傻，那是没用的大傻瓜!"
葆　珍	（唱）"对! 那是没用的大傻瓜! 碰钉子，怕不怕?"
众　人	（合唱）"我不怕，我不怕! 钉子越碰胆越大!"
葆　珍	（唱）"对! 钉子越碰胆越大! 好! 我们都是勇敢的小娃娃! 大家联合起来救国家!"
众　人	（合唱）"救国家!"
葆　珍 众　人	（合唱）"好! 我们都是勇敢的小娃娃! 大家联合起来救国家! 救国家!"

〔小孩子们与赵振宇同时拍手。

赵振宇	好极啦! "淌眼泪，傻不傻"，这是拿破仑的故事里面也有的，拿破仑从来不淌眼泪，所以……
阿　牛	林葆珍，前面的几句，你再一个儿唱一遍!
葆　珍	还不懂吗? 你真是牛……（看见赵振宇，笑着）那么你听! （低声地逐句复唱）

〔大家唱着。

〔匡复打定了主意，脸上的表情也不像以前那样颓丧了，他不给葆珍他们知道似的拿起笔来伏在案上，写了几句，站起身来，走到葆珍面前。

匡　复	葆珍! 来! 让我看一看!
葆　珍	（停了唱，惊奇地）什么事，你听我们唱得好吗?
匡　复	（重重地点头）唱得真好，葆珍，你不愧是一个"小先生"，你教了我很多的事!

〔传来匡复的声音，林志成与杨彩玉静听。

葆　珍	（天真地）你也来唱，好吗?
匡　复	不，不，我已经懂了，葆珍! 再给我看一看! （情不能自禁地吻了葆珍一下）你好好的，做一个勇敢的小娃娃! 我祝福你，祝福你这一辈子! 再会!
葆　珍	（从害羞到吃惊）什么? 你要走啦? 哪儿去? 爸……
匡　复	（制止葆珍）再见! （紧紧地抱了葆珍一下，拿了帽子，冒着雨，

很快地扯开门，走了）

葆　珍　（茫然目送了匡复之后）妈！爸爸——走啦！

　　　　〔阿牛、阿香和赵振宇诧然不知所措，林志成和杨彩玉赶出来，
　　　　杨彩玉用袖子拭着眼泪。

林志成　什么？

杨彩玉　走啦！（看见了桌上留的纸条）

林志成　（抢过那字条来）他……

杨彩玉　什么？

林志成　（茫然，读那字条上的字）"我很高兴地知道了你们的结合并不单
　　　　为了生活！我明白，我留在这儿会扰乱你俩的安宁……我永远地
　　　　爱着你们……"

杨彩玉　（半狂乱状态）复生！（不等林志成，奔出到雨中）复生！

林志成　（警觉）对，我得去找他转来！（奔出）

赵振宇　怎么回事？

葆　珍　（望着大家，惊愕）……

　　　　〔阿香奔出去张望，冷雨打在身上，连忙缩回。雨声，馄饨担叫
　　　　卖声。后门哑然地推开，施小宝衣衫零乱，发鬓蓬松，脸上带着
　　　　泪痕，将一把铜板丢一般地交给黄包车夫，铜板一半落在地上，
　　　　车夫拾铜板，惊视着她。赵妻正在打瞌睡，被这声音惊醒，怒目
　　　　而视，看见施小宝的那种狼狈的样子，又好奇地站起身。施小宝
　　　　滚一般跑上楼去，赵妻跟到楼梯边，向上望。施小宝跑进房内，
　　　　开电灯，扑伏在床上，哭。

施小宝　Johnie，Johnie！（啜泣）

赵　妻　（露出瞧不起的表情）唧！（往客堂间一看）阿牛！阿香！时候不
　　　　早啦！

　　　　〔听见妻子的喊声，赵振宇只得蹑手蹑脚地回来。

赵　妻　（狠狠地）不生心肝的，跟小孩们在一起……阿牛！阿香！

阿　牛　（不理母亲，做一个鬼脸）我们唱……

　　　　〔传来后门叩门声，赵振宇去开门，黄家楣和桂芬回来，衣服湿了。

黄家楣　（见赵振宇）对不住！这么大的雨！（对妻子埋怨）我说叫车，你
　　　　偏要走……

207

桂　芬　（对赵妻）赵师母，谢谢你，没有醒吗？

赵　妻　不，睡得很好。

桂　芬　（抱了小孩）谢谢你，不早啦，明儿见！（走到楼梯边，对黄家楣）还叫车，叫了车，明天买小菜的钱也没有啦……

黄家楣　……

桂　芬　（走了两级楼梯，突然发现了什么似的回头来）家楣！

黄家楣　什么？

桂　芬　你瞧！这是……（从小孩口袋里摸出一个红纸包来）一定是老爹留给他的……

黄家楣　（睁圆了眼）什么，拿我看！（抢过来看，一两块现洋滴溜溜地滚在地下）

桂　芬　（连忙拾起来）怎么回事……

黄家楣　（数了一数几张钞票和三块现洋，茫然地站定在楼梯上，苍白的脸上露出悲痛的表情）唔，这大概是爸爸最后的一点血汗钱吧！（沉痛地）我们骗他，我们骗他，可是他已经完全知道啦！

　　〔桂芬禁不住哭了。

黄家楣　（悲怆地）咪咪！你要记住，你祖父希望不到我，现在在希望着你啦！

桂　芬　（拦住了黄家楣）嘘，别惊醒他……

　　〔桂芬俯首抱着咪咪上楼去，黄家楣跟在后面。亭子间的电灯亮。隐隐地可以听到桂芬的啜泣声。前门被推开，林志成扶着杨彩玉回来，浑身被雨打湿，两人失了神似的走进室内，门也忘记关上。小孩们惊异地望着他们，林志成垂头站着。

葆　珍　妈，怎么啦？

杨彩玉　（不去理会葆珍，突如其来地对林志成）他不会去……他不会去自杀吧？

林志成　（一怔）什么？

杨彩玉　假使有什么三长两短……（哽咽）

林志成　（沉重地）那你倒可以放心，瞧，他写着："葆珍教了我很多，我离开你们绝不是消极的逃避，我决不使你们失望，朋友，勇敢地活下去，再会！"

〔杨彩玉看信。

林志成 他一定也会很勇敢地为着我们这些受难的人……

杨彩玉 （禁不住大声地痛哭起来）复生！

〔林志成无言地走近去抚着杨彩玉耸动着的肩膀。雨声。葆珍走过去扯着母亲的衣服。李陵碑从阁楼上一步步地下来，悲凉地哼着。

李陵碑 （唱）"过了一天又一天，心中好比滚油煎……"

阿　牛 （皱一皱眉，对葆珍和阿香）唧，李陵碑又唱啦，不要听他，咱们唱！（唱）"淌眼泪，傻不傻？"

阿　香 牛 （唱）"傻傻傻，傻傻傻，那是没用的大傻瓜！"

葆　珍 （听他们唱了，也提高声音）"对，那是没用的大傻瓜！碰钉子，怕不怕？"

阿　香 牛 （唱）"我不怕，我不怕！钉子越碰胆越大！"

葆　珍 （唱）"对，钉子越碰胆越大！"

〔林志成和杨彩玉憬然地听着他们的歌，抬起头来，赵振宇趁着妻子不见，蹑手蹑脚地重新进来，听着孩子们唱。

众　人 （合唱）"好！我们都是勇敢的小娃娃，大家联合起来救国家！救国家！"

〔幕落。

　　　　　　　　　　　　　　——剧　终

　　《上海屋檐下》又名《重逢》，创作于1937年。1936年夏衍翻译果戈里的中篇小说《两个伊凡的吵架》，里面有一句话："我们的俄罗斯是如何的忧郁啊！"令夏衍深受影响。他应上海业余实验剧团之邀，写出了这部以社会底层小市民的生活为题材的话剧，以反映梅雨一样沉郁的时代气息。此剧原定当年8月15日在上海卡尔登大戏院首演，因"八一三"事变被迫取消。1939年由上影演员业余剧团首演于重庆国泰电影院，深受好评。此剧被誉为"诗化现实主义的杰作"。

作者简介

夏　衍　（1900—1995），原名沈乃熙，字端先，男，浙江杭州人。中国近代著名文学家、电影家、戏剧家、社会活动家，中国左翼电影运动的开拓者、组织者和领导者之一。著作有《夏衍剧作选》《夏衍选集》，话剧剧本有《心防》《法西斯细菌》《秋瑾传》《上海屋檐下》，创作改编的电影剧本有《狂流》《春蚕》《祝福》《林家铺子》，报告文学有《包身工》等。

· 历史剧 ·

天国春秋

阳翰笙

人　物　杨秀清——四十多岁，东王。

韦昌辉——四十岁，北王。

洪宣娇——三十几岁，天王妹，西王娘女馆总稽查，曾领太平女
军，人咸呼之为女元帅。

傅善祥——二十六岁，恩赏丞相，女馆团帅，太平女子天试，名
列第一，人咸呼之为女状元。

赖汉英——四十六七岁，国舅。

侯谦芳——三十六岁，恩赏丞相。

张子朋——三十四岁，恩赏丞相。

张炳垣——三十六岁，当过清朝廪生。

唐正财——四十岁，水营天将。

陈桂堂——四十一岁，将军。

朱静贞——三十几岁，傅善祥嫂嫂。

云　姑——十五六岁，洪宣娇女侍。

红　鸾——二十岁，秦淮名妓。

承宣、参护、女侍、男女宾客、伪装医生、天兵等。

第一幕

〔太平六年元月十五——从黄昏到深夜。

〔幕启。东王府内傅善祥的书室。

〔书室的正中有一圆门通外面走廊，左右两边各有一排雕窗，左
边窗下，紫檀木的小几上，陈着一个古鼎，右边窗下，小型的琴
台上，横放着一把古琴。左壁上挂着书画，壁前放着一张古式的
书桌，右壁有一门通傅善祥卧室，侧角上摆着一张圆桌，桌上瓶
中插着梅花，桌旁散放着三五个圆凳。室内门边卷挂着红色长
帏，廊檐上和室空中都高悬着各式各样的纱灯三五。

〔室外走廊下是一个小花园，园中植着松梅，从松枝梅影间望

去，还隐然可以瞧见多宝楼的檐角。

〔这时正是元宵节，东王府中鼓乐齐鸣。廊园外，笑语喧哗，府外街中龙灯狮灯大闹元宵的欢声，也不断地传了进来，室内外的气氛都显得异常的热闹。

〔幕启。室中无人，侯谦芳正从走廊外圆门中走了进来，他向室中张望了一会儿，样儿好像有些惊诧。

侯谦芳 噫，这家伙约我来的，怎么我来了，他倒还没有来啊！（向窗外望望）他跑到什么地方去了？

〔朱静贞内声："谁呀？"上。

〔朱静贞走进。

朱静贞 哦，是侯丞相，今儿晚上我们这儿可真热闹！

侯谦芳 是的，嫂嫂，真热闹极了。

朱静贞 像这样热闹的日子，在我们东王府里恐怕是很少有的吧？

侯谦芳 是的，真是很少，这一来呢，今儿是元宵节，朝中的许多文武都要来拜贺殿下；二来呢，令妹傅状元在几天前晋封成了恩赏丞相，也有许多人要来贺喜；三来呢，外边多宝楼中的古物刚刚布置完成，更有许多人要来观光，所以我们这儿就比什么时候都要热闹得多了，嫂嫂！您都没有出去玩玩吗？

朱静贞 已经去过了。

侯谦芳 傅状元呢？（指着通卧室的门）在里边吗？

朱静贞 不在。有什么事吗？我找她去。

侯谦芳 没有什么了不起的事，你千万别要去惊动她！今儿她可真忙极了啦，我们这里到的贵宾那样多，她一会儿要招待这个，一会儿又要应酬那个，真瞧她不出，她虽说还是那样年轻，说起话来却有根有底，头头是道啦！

朱静贞 您太夸奖她了。

侯谦芳 不，我一点不说假，就拿今儿来说吧，那多宝楼中摆设了那么多的金石书画，瞧我们朝中那些老粗，哪个懂呢。你看善祥：一张张地替他们解释，一件件地跟他们说明，我在旁边听了，真佩服啦！

朱静贞 那算得什么！是您说得太好了。

侯谦芳 　嫂嫂！像令妹这样才华绝代的人，实在还没有瞧见过呢。难怪我们东王要这样地重用她了。在我们天朝的人，都在那儿得意洋洋地说：我们天国女子中文有傅善祥，武有洪宣娇，一个是才女，一个是英雄，这两个人简直是我们女子中的双绝！

朱静贞 　您实在太过奖了，善祥哪儿敢跟西王娘两人相提并论呢。

侯谦芳 　（忽又问）啊，嫂嫂，傅状元大概一时还不会有空的吧？

朱静贞 　我想您一定有事找她，还是让我瞧瞧她去，哦，您就在这儿等一等。（走出）

〔少顷，张炳垣笑着走了进来。

侯谦芳 　好家伙！你到哪儿去啦？你约我到这儿来，你又为什么老不来？

张炳垣 　你急什么呢！你怎么样，近来可睡得着？

侯谦芳 　你问我这个干什么？

张炳垣 　我是问你还常做梦吗？

侯谦芳 　做什么梦？

张炳垣 　（摇头摆脑很狡猾地）当然应该做个把好梦啰。古人说"日有所思，夜有所梦"，自己抱在怀里的美人儿被别人家抢去了，难道你竟连梦都不做吗？

侯谦芳 　请你少跟我胡说一点！

张炳垣 　告诉你，老兄！别人家却每天晚上都在梦着你啦！

侯谦芳 　请你少跟我说点梦话，我问你：红鸾究竟怎么了？

张炳垣 　（狡笑）红鸾吗，不是每天都在乖乖地陪着我们北王吗？

侯谦芳 　我要你告诉我这个干吗？你是常在北王身边办事的人，差不多天天可以和红鸾见面的，她告诉过你什么没有？她究竟打算怎么办？

张炳垣 　她告诉我的话，当然很多啦。

侯谦芳 　那就请你说啦，你老跟我兜圈子干什么！

张炳垣 　你急什么啦，昨儿晚上我碰着红鸾，她伤心地对我说，她很恨你！

侯谦芳 　她恨我干吗？

张炳垣 　她恨你不去搭救她！她说她虽然是一个妓女，可是当你还在金陵做间谍的时候，她就嫁给你了的，韦昌辉虽是北王，为什么可以趁着金陵城破的时候，霸占人家的妻室！她说你没有魄力，没有骨头，眼睁睁地瞧着你自己的女人被人家强奸，你却像乌龟样地把头缩着不敢去跟人争斗！

侯谦芳　这真是天晓得，我怎么没有去争呢，可是韦昌辉的厉害，她不是不晓得的，我要是不在东王身边办事的话，恐怕我的脑袋早就被他砍了！

张炳垣　那么你究竟打算怎么办？

侯谦芳　我有什么办法呢，这就只有全仗你的大力了。

张炳垣　这点小事儿，我相信总多少还有点办法。

侯谦芳　那就恳求你快点替我们想个办法啦！

张炳垣　你忙什么呢！古话说"急色儿欲速则不达"，我倒要问问你，我从前托你的事，你可给我办到没有？

侯谦芳　你托我什么事啦？

张炳垣　（不满）唉，你瞧，你连事情都给忘了，你还够不够朋友！我问你，我要你把朝阳门的守将张泽沛介绍给我做朋友，你办到没有？

侯谦芳　那容易，那容易，泽沛跟我是老弟兄，我两天内，一定给你办到。

张炳垣　谦芳啦，你知道我是弃暗投明到你们太平军中来的，多半因为我从前戴过清妖的顶子，做过什么秀才廪生，所以愿意跟我做好朋友的实在很少，这你得多帮我一点忙，替我介绍介绍，拉拢拉拢。

侯谦芳　那还用说吗，我一定照办，一定照办。

〔陈桂堂入。

陈桂堂　（对张炳垣）我什么地方都找过了，你跑到这儿来干什么啦？（忽然发现侯谦芳，连连改口）哦，侯丞相也在这儿。

侯谦芳　是的，陈将军你也来了。

陈桂堂　我是来拜候殿下的。（匆对张炳垣）啊，炳垣，你知道吗，刚才北王也到了，也许就要到这儿来呢。

侯谦芳　（一惊）炳垣！我的事儿重托你，我得先走一步，不能奉陪了。（慌张而去）

陈桂堂　（见侯谦芳去后）好家伙！只有这样才能吓走他！

张炳垣　你找我干吗，有什么事吗？

陈桂堂　（走近张炳垣，鬼鬼祟祟地）向荣向大人秘密派来的人，已经走进城来了……

张炳垣　（急止之）当心点！（举目四顾）这是东王府，你怎么这样大意

215

	啦！那个人在什么地方？
陈桂堂	在你指定的那个地方。他等得着急，我看，你还是快点去吧！
张炳垣	唔，我知道。（听到走廊上的脚步声）你快点走开啊，有人来了。
	〔陈桂堂急下。张子朋上。
张子朋	炳垣，你怎么一到东府，几溜溜就不见了。北王殿下要我来问你：他那十条筹征钱粮办法的奏稿，你拟好了没有？他明早进宫的时候就要啊。
张炳垣	请你放心，今晚至迟三更时分，我一定交卷。不过子朋，你可知道北王这十条办法恰巧跟东王要实行的天朝田亩制度相反吗？
张子朋	那怕什么呢，你要知道这可不是我们北王个人的意见！
张炳垣	唔，还有谁赞成这十条办法？
张子朋	可多啦，听说洪氏诸王和许多大臣都很赞成。
张炳垣	那就好了。这样说来我今晚上更非交卷不可了。
张子朋	好得很，那我马上就照你的说法，告诉殿下去。
张炳垣	别忙啦，多在这儿谈谈好吗？我问你：子朋，我们堆了一年多的货物，是不是找不到那么多的船来运走？
张子朋	你猜得一点不错，我们不是外人，现在船没有，你看有什么办法？
张炳垣	船不是多的是吗？
张子朋	船都在水营天将唐正财的手里，现在上游军情吃紧，没有东王的命令，谁敢去拿船，你真不想要你的脑袋了吗?!
张炳垣	你说上游吃紧，我问你：镇江吃不吃紧？东王运兵该要船，北王运圣货该不该要船？东王可以下命令，北王身负兼管天朝圣库大责，为什么就不可下命令？东王的命令该服从，北王的命令为什么就不该服从？
张子朋	你的话，有道理，有道理，炳垣，我看我们还是快点回去详细地商量吧。
张炳垣	兄弟从命。
	〔远远传来一阵脚步声。
	〔鼓乐声齐鸣，笑语声腾起。
张子朋	（站在窗前张望）啊，您瞧，北王殿下来了，傅善祥也来了，我们还是快走吧。

〔张炳垣、张子朋从圆门右边急下。

〔幕内，东府参护，远远地在走廊上高呼："北王殿下驾到！国舅驾到！"韦昌辉、赖汉英先从左边走廊上走进，傅善祥带着四个女侍随后跟上。

傅善祥 （笑对韦昌辉、赖汉英）请坐，殿下，国舅！（转对女侍）快去端茶来！

〔四女侍从右边门中退下。

韦昌辉 （环顾）善祥！你这间书房布置得真好极了！

赖汉英 是呀，我也觉得很好——好就好在我说不出它的好来。

傅善祥 （浅笑）是殿下和国舅说得太好。

韦昌辉 不，确是幽雅、别致、有韵味。

赖汉英 （走至鼎旁）善祥！你过来，你这个不大不小的香炉是从哪儿找来的？为什么把它摆在这个地方？

〔傅善祥笑而不语。

韦昌辉 国舅！你瞧瞧清楚吧，那是香炉吗？

赖汉英 那才怪呢！这不是香炉是什么？

傅善祥 （抿嘴一笑）国舅！这不是香炉，这是鼎——这是周朝的鼎。

赖汉英 鼎，什么鼎呀？（想了一想）啊，我想起了，想起了，就是霸王举鼎的鼎吗？这玩意儿拿来干什么呀？

傅善祥 这是我们中国古代的人拿来烧煮东西吃的。

赖汉英 为什么不用锅子呢——多笨重啊！

韦昌辉 （讥笑）我们的古人，那会儿有我们赖国舅这样聪明吗。

傅善祥 （想笑又不敢笑）国舅！请您仔细地瞧瞧，您瞧这上边的花纹多精致，这样式多美观。您猜，这是多少年前的东西？

赖汉英 总有好几百年了吧？

傅善祥 不，是两千年以前的东西了呢。

赖汉英 （吃惊）哦！

韦昌辉 （力赞）这真是一件无价之宝！

赖汉英 什么，有这样的值钱吗？（忽然想起）啊呀，糟糕、糟糕！从前我们打下武昌的时候，我在清妖的总督衙门里，也得到过这样的一个东西的啦！

傅善祥　（惊问）现在什么地方，还找得到吗？

赖汉英　哪儿还找得到呢，我还以为是哪个破庙里的香炉，早都把它化成子弹来打了！

傅善祥　唉，那真可惜了。

韦昌辉　实在可惜之至！

赖汉英　（转身至琴台旁，以手抚琴）这呢？这又是什么宝物吗？

傅善祥　这是古琴，弹起来声音很好听，国舅，你听过吗？

赖汉英　听，我倒没有听过，可是用，我倒用过。

傅善祥　（惊疑，冷笑）哦，你用过，你把它当成什么来用过啦？

韦昌辉　该也不是当成枕头来用过吧？

赖汉英　不，不，不。我的部下，在营中烧饭吃的时候，却把它劈开来，当柴用过。

傅善祥　（叹惜）哎呀，我的天，为什么这样干呢！

赖汉英　那还不明白吗？那时候，我们这批老粗只懂得拼命杀妖，什么古董不古董，一点儿也不懂。

韦昌辉　（不满）国舅，你可不能这么说。

赖汉英　是的，我说溜了嘴，倒把你也忘了。善祥，你知道吗，我们北王殿下，从前读过妖书，捐过监生，开过当铺，做过大买卖，在我们桂平县算是一个挺有钱的大富翁，像古董那类的玩意儿一定当得很多的。（觉得失言，连忙改口）不，一定藏得很多的，现在呢，一定又搜得更多了，对不对？殿下。

韦昌辉　（啼笑皆非）唔，也多少有一点。

傅善祥　国舅！我求您，以后凡您得到金石书画这一类的东西，一概不准您部下毁坏，一律把它保存好，送回京，我来替您整理，您看好吗？

赖汉英　好，好极了，我一定答应你。

　　　　〔女侍捧茶入，献上后，退下。

韦昌辉　噫！东王为什么还不回来呢？

傅善祥　还是今儿午后就奉召入宫的啦！

韦昌辉　今天不是礼拜嘛，东王一时半刻都得不到休息，真也太辛苦了！

218　傅善祥　是呀！每天晚上都要忙到三更以后，他才能够去安寝呢！

赖汉英	这也是没有办法的事，他是我们天父天兄差遣下凡来辅佐我们陛下的。朝中的军政大权，都操在他一个人手里，他怎么不忙啦！
傅善祥	是的，许多老姐妹也都这样对我讲过。
赖汉英	你恐怕还不晓得呢，善祥！我们天父对我们东王是特别宠爱的。万一他办事情有什么疏忽，或是受了欺骗，遭了迷哄，天父就马上下凡来，附体在他身上，帮他指破的啦。
傅善祥	哦，这我还不晓得。

〔远处忽然传来一阵钲鼓之声。

韦昌辉	噫！善祥，你听是不是东王回来了？
傅善祥	（倾听）是的，是，是东王回来了。

〔远处传来一阵脚步声。

〔幕内走廊上的参护大声传呼："东王殿下金驾到，东王殿下金驾到。"廊外鼓乐之声齐鸣，宾客的喧哗声忽静。东王杨秀清昂然而进。

韦昌辉 赖汉英 傅善祥	（行礼）殿下！
杨秀清	昌辉！我约你来，倒让你久等了。（对赖汉英）国舅，你今天也赏光了，多宝楼中的那些宝物都看过了吗？
赖汉英	还没有呢。殿下，正说要善祥陪我去观光观光。
杨秀清	善祥，你快陪国舅去吧。
傅善祥	是，殿下！

〔赖汉英、傅善祥下。

韦昌辉	殿下进宫，陛下可有什么吩咐？
杨秀清	陛下对于我们的战事，非常担心。
韦昌辉	陛下怎么说？
杨秀清	陛下说清妖的江南江北大营不踏碎，简直不能使他安枕。
韦昌辉	是的，江南的向荣向妖头，江北的琦善琦妖头，实在也太作怪了，这半年来，我们吃这两个奴才的大亏真不小，难怪陛下也要感觉得不安了。
杨秀清	（不快意）没有什么了不得！只消三个月，我担保一定可以把江

北的扬州取回来，只消半年，也一定可以把向妖头的江南大营踏成粉碎！

韦昌辉　（诌谀地）殿下的天威神武，我素来就是敬服的。

杨秀清　（注视韦昌辉）我所担心的，不是敌人，倒是我们自己。敌人的猖獗倒用不着怕，自己的不争气，不长进，那才实在叫人担心！

韦昌辉　（有点不安）嗯，是的。

杨秀清　昌辉！听说你这次在安徽打败了，吃的亏很不小，真的吗？

韦昌辉　升天的弟兄倒不多，逃走了的却是不少，一连失了两座城池，我真是惭愧得很！

杨秀清　打仗不胜就败，不败就胜，才吃一两次败仗，那算得什么！你要知道，吃败仗不一定可怕，有时最可怕的倒不一定在吃败仗。

韦昌辉　是的，是的。

杨秀清　我到现在还不大明白你的干法，我不懂，你的部下被妖兵打散了，你为什么不就在那儿招募新兄弟？

韦昌辉　我怎么没有招呢！可是那一带地方的人都不愿意当兵，简直把我弄得毫无办法。

杨秀清　你可知道，为什么别地方的人，一家大小都愿意跟着我们太平军来，偏偏只有你进兵的地方，他们却都不愿意做我们的新兄弟？

韦昌辉　那完全是由于他们的妖毒受得太深了。

杨秀清　恐怕不那么简单吧。

　　　　〔承宣上，向东王行礼。

承　宣　启禀殿下，傅状元说，国舅就要走了，想请殿下的金驾去一去！

杨秀清　知道了。

　　　　〔承宣退下。

　　　　〔四女侍端茶点入，向杨秀清敬茶，为韦昌辉换茶。

韦昌辉　殿下，我也想告辞了。

杨秀清　你请多坐一会儿，我跟国舅说几句话就来的。（欲行）

　　　　〔幕内廊外参护高呼："西王娘驾到。"

　　　　〔杨秀清停脚等候。洪宣娇笑着走了进来。

四女侍　（行礼高呼）王娘！

杨秀清　（笑迎）啊，宣娇！请坐吧！好吗？

洪宣娇　哪儿有您好呢!

杨秀清　真对不住,我还有点事儿要出去一下,你请坐一坐。

洪宣娇　我一来,你就走。你忙些什么?

杨秀清　我就回来的,请你先跟昌辉谈谈。(不顾洪宣娇,匆匆而去)

　　　　〔四女侍为洪宣娇献茶后退出。

洪宣娇　秀清到哪儿去啦?

韦昌辉　谁知道。

洪宣娇　有什么要紧的事吗?

韦昌辉　天都已经黑了这么久了,还会有什么了不起的事啦。

洪宣娇　那么是谁要他出去的呢?

韦昌辉　(一笑)还会有谁呢,你想,我们的九千岁——东王殿下,有谁
　　　　可以随便叫得动的!

洪宣娇　你的话真莫名其妙,越说我越不懂了。

韦昌辉　你是真不懂,还是假不懂?

洪宣娇　谁跟你作假!

韦昌辉　好,那就让我来告诉你吧,就是你的门生,我们那位天国女状
　　　　元,傅善祥傅学士。

洪宣娇　哦,你搅了半天,我怕是谁呀,就是善祥。

韦昌辉　是的,一点不错,就是善祥——就是那位才貌双绝的傅善祥!

洪宣娇　昌辉,我真不懂,我一来你就跟我说这些鬼话干什么!

韦昌辉　这不是鬼话,这是真话。

洪宣娇　我不要听你那一套!

韦昌辉　(冷笑)好,你不听就算了,那就请你在这里多坐一会儿吧,对
　　　　不住,我可不奉陪了。

洪宣娇　听随尊便。

　　　　〔韦昌辉冷笑着走了出去。

　　　　〔洪宣娇望着韦昌辉走去的身影,很想把他叫回来,但她终于又
　　　　不好叫他,只好让他去了。

　　　　〔片时的静寂。杨秀清上。

杨秀清　宣娇!

洪宣娇　哦,你回来这么早。

杨秀清	怕你久等啦。
洪宣娇	那我得谢谢您了。
杨秀清	啊！宣娇，你今天来得正好，我正有事情要求求你呢。听我说，现在的军情实在太吃紧了，你好不好出来帮帮我的忙，带着女兵到前方打仗去？
洪宣娇	啊，谢谢您的好意，像我这样闲散惯了的人，您以为我真还有气力去带兵打仗吗？
杨秀清	为什么没有？
洪宣娇	（笑了一笑）您不觉得我已经有点儿老了吗？
杨秀清	笑话！老了？谁说你老了！你从前战长沙的时候那股勇气到哪儿去了啦？
洪宣娇	（感叹）唉，请您再也别要提起我们从前战长沙的事了吧。自从那年朝贵在长沙阵亡了以后，这四五年来的枯寂生活把我折磨够了。从前我心中那股火一般的热情，不知怎样的，现在却全都冷灭尽了！有时我连活都不爱活下去了，我哪儿还会有兴趣来带女兵！
杨秀清	你为什么要这样的消沉呢？你不好把你的勇气重新提起来吗？
洪宣娇	你相信我还会提得起我的勇气？
杨秀清	我相信你一定提得起你的勇气！
洪宣娇	（快意地）好吧，让我来试试看吧。我这人很难说，也许我的热情来了，劲儿还会比从前大过十百倍呢！
杨秀清	你要真能够那样的话，真太令我高兴了！
	〔傅善祥上，她瞧见洪宣娇，惊喜地奔了过去。
傅善祥	（行礼）王娘，您的光临，真使我太高兴了。
洪宣娇	今天王府里到的嘉宾很多，想来你一定很快活。
傅善祥	是的，我今天很快活。
洪宣娇	你可知道，我们满朝的文武都在夸奖你的才学吗？
傅善祥	我实在很惭愧，有什么值得夸奖啦，以后还要请王娘多多地指教！
洪宣娇	我哪儿敢当啦。
杨秀清	宣娇，你用不着客气。那一次女子的天试，要不是你做主考的话，恐怕善祥还不会有今日呢。真的，你是善祥的老师，你应该

多多地指教指教她才是道理。

洪宣娇　难道你还不知道么，我只会玩刀枪、弄棍棒，从来就不会舞文弄墨，你叫我教她，教什么呢？

傅善祥　（诚挚地）王娘，您的一切实在都可以做我的老师。从前我只要听到您的英名，我的心就欢喜得发跳。我常常都在说，只有您才真正算是我们女子中的英雄，才真正替我们女子增添了无穷的光彩！

洪宣娇　（听得高兴）啊，善祥，你真太会说话了。

杨秀清　宣娇！善祥说的都是真话。

傅善祥　（仿佛很神往似的）是的，我从来都不说假话。我还记得，那时候，我们的太平军还远在上游，我在南京城中，便到处都听到人惊惊惶惶地在说：太平军里面有女兵，穿花衣，打赤脚，背上背着枪，手中拿着剑，一个个雄赳赳气昂昂地骑在高头大马上，打起仗来，总是不顾死活地冲在男人的前头，妖兵一见，没有一次不望风披靡的。我当时听到，心里真快乐极了，我想，我什么时候才能看到那些女英雄呢。我还在这儿关起楼门来读死书干什么！不晓得今生今世还有福气去见见我们的女元帅没有……

杨秀清　（插嘴过去）喏，这不就是你们的女元帅吗？

傅善祥　（很快活地）是的，这真是天父天兄大开天恩，现在我非但可以常常伺候我们的女元帅，而且又还一变而为她的门生了呢！这真是我平生以来，多么令我感到快活的一件事啊！

洪宣娇　（很愉快地）善祥！你的小嘴儿真灵巧！你过来，你挨近我一点。（双手搭在傅善祥的肩上）让我仔细地瞧瞧，你瞧，你的人品多好啊！你说，你愿意跟我一道吗？你愿意就跟我到我西王府办事去吗？

傅善祥　我自然愿意，不过……

洪宣娇　不过，怕东王不愿意，是不是？（转对杨秀清）你怎么样，你愿意她调到我那里去吗？

杨秀清　现在善祥兼女馆的团帅，你又是馆中的总稽查，她不是常常都会到你府上去请教的吗？

傅善祥　是的，我以后常常都要来请教的。

洪宣娇　（顺手放松了傅善祥）我知道你是不肯放她的，这样好的帮手，你怎么肯放她呢！好吧，善祥！你说来，你就一定得来，现在我可要走了。

傅善祥　您为什么不多玩一会儿呢？

洪宣娇　我不想多玩了。

傅善祥　我可要多留留您，您能给我这个光宠吗？

洪宣娇　不，我想走就得要走的。殿下刚才不是说，我们以后见面的机会很多吗，那我们还是下次再见吧！（很干脆地折身就走）

杨秀清　（连忙叫洪宣娇）宣娇，让我陪你走走。

洪宣娇　就不要客气了吧。

杨秀清　究竟是谁在客气呢？

洪宣娇　也好，那就请走吧。

〔杨秀清、洪宣娇同下。

〔明月从窗外射进书室中来。松和梅的倩影，不住在窗上摇曳着。傅善祥仿佛心中充满了异常欢快的情绪，她真高兴极了，快乐极了。她微笑着，奔至镜前，理了理发，整了整装，对着明镜，从头到背地端详了一阵自己俏丽的身影，好像自己也很满意样的，很矜持地笑了。她回头一看，忽然意外地发现她的嫂嫂朱静贞隐身在右面门口的帷幔边，正微笑着望着她，她忍不住笑出声来，奔了过去，就像久别重逢的孩子突然见到自己的母亲似的，很亲密地挽着她的手。

傅善祥　（天真地）啊，嫂嫂，你在这里鬼头鬼脑地干什么呀？

朱静贞　（轻轻地摇了摇头）没有什么，没有什么。

傅善祥　（笑）你说嘛！你说不说？你说不说？

朱静贞　你真要我说吗？

傅善祥　你说呀！

朱静贞　我吗，我在那儿偷看我们的好姑娘顾影自怜啦！

傅善祥　（放开朱静贞）胡说！真的，嫂嫂你看我今儿头上的打扮怎么样？

朱静贞　（瞧了一瞧傅善祥）真美，也真俏。

傅善祥　身上穿的呢？

朱静贞　不鲜艳，也不素淡——刚好。

傅善祥　房中的陈设？

朱静贞　可以说又典雅，又精致。

傅善祥　多宝楼的布置呢？

朱静贞　那更是琳琅满目，美不胜收了。

傅善祥　对人呢——怎么样？

朱静贞　对人嘛，又周到、又诚恳，又机灵、又谨慎。真可以说，恰到好处！

傅善祥　哎哟！嫂嫂！你这一套油腔滑调是从哪儿学来的呀！我看你真可以去做人家的食客了！

朱静贞　是的，我是食客，我现在不是正在做我们姑娘的食客吗？

傅善祥　瞧，你又在生我的气了！

朱静贞　我怎么敢呢。

傅善祥　要是我的话说错了！你索性骂我一顿还要好点。

朱静贞　那我又怎么舍得呢。

傅善祥　（一手搭在朱静贞肩上，惊喜地）啊，嫂嫂，你真是我的好嫂嫂啊！

朱静贞　（避开）我的好姑娘，你怎么啦，你已经做了女状元了，还是这样地缠人！

傅善祥　好，我就不缠你了。

朱静贞　怎么，你又不高兴了？

傅善祥　（好像忽然想起了一件事）嫂嫂！我忽然想起一个人来了，我正想要问问你。

朱静贞　谁呀？

傅善祥　我问你，你觉得西王娘这人怎么样？

朱静贞　你不是很尊敬她，很崇拜她吗？

傅善祥　是的，我很尊敬她，崇拜她；不过，我总有点怕她。

朱静贞　你怕她什么？

傅善祥　怕她那双眼睛。

朱静贞　她的眼睛又不会吃人，你怕它干什么？

傅善祥　不，她那双眼睛实在可怕，而且从前，不晓得在什么时候，什么地方，我好像就瞧见过这样的眼睛似的，我现在一想起来心里都

225

还在发抖!

朱静贞　这真奇怪了。

傅善祥　(沉思) 嫂嫂,你还记得我们家花园里那大株葡萄吗?

朱静贞　嗯,记得,怎么样?

傅善祥　我还记得,有年夏天的晚上,我在那儿乘凉,忽然在那葡萄架下,我瞧见了一大团东西,身上闪着亮光,慢慢儿地在那儿爬动,我仔细一看,你猜那一大团东西是什么呀?嫂嫂!

朱静贞　是什么?

傅善祥　是一条毒蛇呀!

朱静贞　(一惊) 哦!

傅善祥　那东西,昂着它的头,两只眼睛死死地盯着我,好像要来咬碎我的心似的,我真怕极了,顿时便吓出了我一身冷汗。真没有想到,在几年后的今天,我又碰到那双眼睛了。

朱静贞　在什么地方?

傅善祥　就在西王娘的脸上!

朱静贞　你在胡说!

傅善祥　我确实有这样的感觉。

朱静贞　西王娘是天朝的一员女将,她带过兵,打过仗,眼睛里有股杀气那是当然的。你怕她干什么,她不是对你也很好吗?

傅善祥　是的,她对我很好,而且好得很特别。

朱静贞　你别去胡思乱想,我现在倒想问问你,你觉得东王对你怎么样?

傅善祥　好像还很信任。

朱静贞　是的,我也觉得他很信任你。(忽然很高兴地) 啊,善祥,你要知道,我今天实在太高兴了!

傅善祥　为什么这样地高兴?

朱静贞　你想啦,东王这样地信任你,喜欢你,你现在又是这样的荣耀,这样的有光彩,差不多满朝的文武都在称赞你、夸奖你,我怎么不该高兴呢!

傅善祥　嫂嫂,做妹妹的真能使你得到这样大的快活吗?

朱静贞　真的,我实在太快活了。

傅善祥　你猜猜我的心呢?

朱静贞　那还用猜吗？

傅善祥　（愉快地）是的，用不着猜，我也跟你一样，眼前闪亮着一片光明，心里实在快活极了。从前，我妈妈在的时候，总希望我多学学针线，多读读诗书，将来好做一个一品夫人，做一个大官太太。那时候全中国都还是清妖霸占着的中国，像我们这样的女人，除了做夫人做太太而外，确实是没有什么别的想头的，有谁能够料到自从太平军定都南京以后，今天我们女人也算是人了，也能够跟男人一样地站起来替国家做事了呢！

朱静贞　（感伤地）唉，就可惜你的爹妈和你的哥哥都不在了啊！

傅善祥　（难过地）是的，要是我的爹妈和我的哥哥都还活着的话，他们会亲眼瞧见：我居然也能够去应女子考试，我居然也能够去取得功名，我居然也能够在东王身边帮办军务，我居然也能够在天朝晋封为恩赏丞相。你想想，嫂嫂，他们要是都还活着的话，真不知会快乐成什么样子去了啊！可是现在，唉……

朱静贞　唉！这能怪谁呢，这也只能怪我们的命运！善祥，你用不着伤心，好在我们已经苦出头了，你得立定脚跟，多跟我们的天朝建立功劳才好。

傅善祥　是的，嫂嫂，我也是这样想。不过我生活在这样的环境里，我总觉得有点儿生疏，有点儿害怕。

朱静贞　你怕什么？

傅善祥　像我这样年轻的女人，竟负了那么多的责任，我怎么不怕呢！我怕人家妒忌我，怨恨我，更怕我自己的事情做得不完美，办得不妥帖，所以我很小心，我很谨慎，怕做错了什么，会遭别人的谈论。

朱静贞　用不着这样害怕，你只要认为是该做的，你就大胆地做下去，管他那么多干什么！

傅善祥　啊，嫂嫂，你真给了我很大的勇气，我该怎样来感激你呢。

朱静贞　用不着，我的好姑娘。你嫂嫂总随时随地都站在你的身边的，把胆儿放大点，提起精神来干下去！

傅善祥　（快乐地）啊，嫂嫂！你真像我的妈妈，也真像我的姐姐，你真是我的好嫂嫂啊！

朱静贞　（忽然想起）哎呀，糟糕！我还忘记了一件事情呀！（向圆门边奔了过去）

傅善祥　什么事情？

朱静贞　有一个人还在外边等着要见你。

傅善祥　谁呀？

〔朱静贞已经闪身走出门去了。少顷，朱静贞偕侯谦芳上。

傅善祥　啊，原来是侯丞相。

侯谦芳　是的，是我，我已经在外边恭候很久了。

傅善祥　侯丞相有什么紧要的公事跟我商谈吗？

侯谦芳　（有点怕羞）不，不不，有点小事儿，只有一点个人的小事儿得重重地再来拜托，拜托！

〔杨秀清的脚步声传来。

傅善祥　什么事呀？

侯谦芳　（听闻杨秀清的脚步声音，折转身）就是红鸾那件事儿，拜托，拜托！千万请您帮帮忙！（狼狈而退）

〔杨秀清昂然直入。朱静贞行礼后下。

傅善祥　（行礼）殿下！

杨秀清　谁呀，是谦芳吗？他又在这儿鬼鬼祟祟地干些什么？

傅善祥　还不是谈红鸾的事，这件事情从前我就已经禀明过殿下的，他现在想请殿下快点替他做主。

杨秀清　这家伙正经事不干，一天到晚就把这些无聊的事来麻烦我，不要理他！

傅善祥　是，殿下！

杨秀清　善祥！我下令搜集来的那些古物，贵重的还多吗？

傅善祥　值得宝贵的实在太多了，殿下！

杨秀清　你认为最可宝贵的究竟是些什么东西？

傅善祥　我觉得最宝贵的——是宋、明两朝那些忠臣烈士的遗物，那些遗民、义民的著述，只要是有关他们的东西，哪怕是片纸只字，我都很喜欢，觉得很宝贵。

杨秀清　那好极了，你的志趣可说跟我完全一样。

傅善祥　可是这还是得感谢殿下的恩泽呢！不然的话，这些东西一落到我们太平军的手中，又不知会糟蹋成什么样子了！

杨秀清　不，善祥，应该感谢的不是我，倒是你呢。我们没有想到的，你替我们想到了；我们没法儿办的，你替我们办了。你是晓得的，那些清妖的奴才们，不是天天都在骂我们烧毁历史上的遗物吗？我们现在有了你，我可要让那些奴才瞧瞧：看究竟谁才能真正地保存我们历史上的精华，谁才是真正地珍惜我们祖先的遗物！以后看那些该死的奴才还有什么话好说！

傅善祥　殿下太过奖了，实在令我非常惭愧。

杨秀清　在我们朝中，像你这样博古通今的人，我真还没有瞧见第二个。不过你也太辛苦了，白天要忙着办理女馆中的事情，晚上很夜深了，又都还在忙着替我办文稿、批公事。

傅善祥　那算得什么呢！要说辛苦的话，我们朝中谁会有殿下那么忙苦呢。

杨秀清　不，善祥！我只要一回想起我们过去那种困苦的情形，现在的日子，哪能说得上是忙苦啊！我还记得，我们在金田起义的时候，我便发下了这样一个誓愿：我们要杀尽清妖，赶走清妖，我们要在我们的锦绣河山上建立起一座美满幸福的太平天国。我为了要做到这一誓愿，在永安突围的前后，我穿的是粗草鞋，披的是烂衣服，常常十天半月睡不着觉，三天三夜得不到半碗水米喝；在广西、湖南一带的崇山峻岭里，我便领着我们太平军的弟兄向前爬行，我戴月披霜地冒着枪林弹雨，指挥着他们向前冲进。在一两年间，我们便围了长沙，取了武汉，下了九江，夺了安庆，占了南京，半个中国现在已经掌握在我们的手中了，我们的誓愿可说已经实现了一半，苦——吃点儿苦，那又算得了什么！

傅善祥　（异常感动）啊，殿下，您的英明，您的苦斗，您的光辉的丰功伟绩，实在令我听了太感动了。像我这样的人，对您会有什么帮助呢？

杨秀清　你不必自谦，善祥！你对我的帮助实在太大了！

傅善祥　不会的，殿下！我心里虽然愿意帮助您.恐怕反而不能帮助您呢。我自己知道，我不是太平军的老姐妹，在金田起义的时候，没有我；在永安突围的时候也没有我；从武昌进取金陵的时候，还是没有我；我不能带兵，不能打仗，我没有战功，没有劳绩，我全凭着一支笔，跻身到了您的身边，像我这样文弱的女子，竟也得到您那样的信任，实在令我惶恐之至。

杨秀清 用不着那样想，善祥！在我们太平军中不管是老姐妹也罢，新姐妹也罢，只要是有才能的，在我都是一样地看待。

傅善祥 可是我总觉得我人太年轻，才能还不够。

杨秀清 （恳切地）不，善祥！你不要这样说，千万不要这样说。你知道，现在我肩头上的担子很重，眼前摆着的困难还多。你应该把你的勇气拿出来，帮助我们去把我们的天国，在这多灾多难的地上建立起来！

傅善祥 （大受感动）啊！殿下，请相信我，我绝不会辜负您的教导的啊！
〔幕落。

第二幕

〔幕启。

〔太平六年二月下旬，某日，午后。

〔东王府中之一室。室的正中有一门通往内室，左边一门通往走廊，右边一门通向客厅。左侧角落的壁龛中，供着一座耶稣钉在十字架上的塑像。右侧角下，有一排长窗。向窗外望去，还可见天上的云影、庭园中的花木。

〔室中高悬长方形的红纱灯三五盏。室内的一切陈设都很简朴，除椅凳、绣榻、供办公用的长桌、装机密文书的立柜而外，无盆景点缀，也无字画悬挂。正中门边及左右两侧挂着金红色的厚绒帏幔，有的像波纹似的卷着，有的却长垂至地。全室的色彩，虽觉有些单调，但却显得异常地庄严和肃穆。

〔傅善祥背向观众，立在文书柜前很忙碌地整理文书。

〔朱静贞两手提着两大包东西很吃力地上。朱静贞瞧见傅善祥正忙，轻手轻脚地没有去惊动她。傅善祥正在聚精会神地默念一篇公文，没觉察有人走近。

〔城外，远远地传来一阵轰隆的炮声。

〔朱静贞一惊，手上挂着的一大包东西滑落到了地上。傅善祥闻声一惊，回过来看见是朱静贞，忙奔过来搀扶她。

傅善祥　（笑）怎么啦，嫂嫂，你吓着了吗？你怕吗？

朱静贞　（不快意地）谁怕？怕谁？怕城外那些妖兵、妖将吗？真笑话！

傅善祥　（笑）嫂嫂，你不怕，我知道，你怎么会怕呢，你的胆儿很大，我知道啊。噫，你这两包东西是哪儿来的？

朱静贞　是你馆里一个老姐姐刚才送来的，要我马上交给你。

傅善祥　（欢喜地）啊，是了，是了，是我要她送来的。谢谢你嫂嫂，让我来帮你提。（帮朱静贞把那两包东西提起来放在绣榻上，连忙又折身回书桌，挥笔急草文稿）

〔城外的炮声又起。

朱静贞　（又是一惊）你听！善祥，那些遭天杀的家伙，又在放空炮了！（想掩盖自己的不安）可是有什么用呢，向妖头的妖兵不是在城外炮轰了我们半年多了吗，可是打破过我们半边营盘没有？

傅善祥　（镇静，未停下手中写的文稿）是啦，嫂嫂。

朱静贞　我总奇怪，东王为什么不带领天兵出城去把他们杀个一干二净呢？

傅善祥　（仍埋头写着）我想，也该快了啊。

朱静贞　（觉无趣味，欲走）我得走了。

傅善祥　（忽然立起）慢点，嫂嫂，我还有事情托你。

朱静贞　什么事？

傅善祥　刚才送东西来那个老姐妹还在外边吗？

朱静贞　在。你要见她吗？

傅善祥　不，我忙，不能见她了，请你替我问问她：馆里面那三百架织布机昨天装好没有？五百架纺棉的车子，今天送齐了没有？新修的洗澡塘怎么样？是不是半月后就可以完工？是不是二十天后姐姐妹妹们都可以洗澡……

朱静贞　（瞧傅善祥那种煞有介事的模样儿，忍不住要笑）还有什么大事儿吗？

傅善祥　（想了一想）还有，就是今天午饭的菜里是不是又跟前天一样——有毛虫。如果有，我明天一定把那典厨抓来重办。

朱静贞　（冷然一笑）再没有什么了不起的大事儿得告诉她了吧？

傅善祥　（再想）让我想想看——啊，我差点忘了，请你再跟我问问她，新打的那十几座茅坑是不是还有人在那儿乱撒尿、撒屎？

朱静贞　（扑哧一笑）哎哟！我的姑娘，你可还了得，你管了大家的穿衣、吃饭、洗澡、睡觉都不说，连人家的拉屎、拉尿都要你去管吗？真瞧你不出，你这套本事，是从哪册"子曰诗云"里学会了的啦？

傅善祥　我不是在经书上学的，我是在活书上学的。

朱静贞　这些婆婆妈妈的事儿，你可不怕麻烦？

傅善祥　婆婆妈妈们的事儿，自然是很婆婆妈妈的啰。

朱静贞　要是我的话，善祥，我早把你那什么女馆团帅的官儿辞了，那有什么干头啊。

傅善祥　你很聪明，我的好嫂嫂，你可去得了吧！

〔朱静贞刚走两步，傅善祥又把她叫住。

傅善祥　慢着！慢着！嫂嫂，我还有事儿……

朱静贞　还有什么事儿？你是不是还要去照管人家生孩子、换尿布？

傅善祥　不，不，不。你出去的时候，顺便给我催一催侯丞相，请他马上到我这儿来。

朱静贞　（向幕内，瞧见了侯谦芳）喏，那不是侯丞相嘛！（下）

〔侯谦芳上。

侯谦芳　真对不起，傅状元，我来迟了，有什么吩咐吗？

傅善祥　不敢！是殿下有件紧要的公事，请你立刻去替他办一办。

侯谦芳　什么公事？

傅善祥　（递文书与侯谦芳）这是一件谕令，殿下请你马上带到水营天将唐正财那儿，催他一定得照三天前的命令：明晨天明全营的兵船，都得飞快地向上游出发，现在时候不早了，我想请你立刻去！

侯谦芳　（欲把文书交还给傅善祥）不行，我不能去！

傅善祥　（意外地）哦，为什么？

侯谦芳　我也有一件紧要的事情，得立刻去办。

傅善祥　什么事？你……

侯谦芳　我现在可还不能告诉你。

傅善祥　（冷讽地）可是红鸾又快要投河吊颈去了，非你立刻去搭救她不成？

侯谦芳　笑话，笑话。我会这样的糊涂吗？告诉你，红鸾的事儿，已经有人帮我想着办法了。

傅善祥　那么，究竟是什么事呢？

侯谦芳　事儿可大了，我这回要是办不好，咦，恐怕我和你也都会跟着完了！

傅善祥　有这么严重？

侯谦芳　实在太严重了。

傅善祥　那你为什么不告诉我？

侯谦芳　（慎重地）事情太机密，简直不能走漏半点风声，我现在不能告诉你，也许你晚上就可以知道。

傅善祥　这可是殿下交你办的？

侯谦芳　不，连殿下都还不知道呢！

傅善祥　这可奇了，你瞒着我不要紧，怎么连他你也不告诉。你究竟办的是什么大了不得的机密事儿呢？

侯谦芳　不，不，不，我怎么敢瞒他。我现在的证据还不够，我要是去对他说了，他会说我造谣生事，诬陷自己的兄弟，你是晓得他的脾气的，我的脑袋要紧！

傅善祥　那么，水营你究竟还去不去呢？

侯谦芳　我实在不能去了，我跟别人约的时间已到，我得走了。（欲走）真对不起得很，对不起得很。

傅善祥　（阻拦侯谦芳）站着，侯丞相，我才真对不起，你不去，请你自己跟殿下说去。

侯谦芳　（恳求）千万费心，千万费心，我实在不能不去了，请你跟我禀告一声，另外调派一个人去不是一样吗？

　　　　〔杨秀清手拿一卷文件从通客厅的门上。

杨秀清　（注视侯谦芳）怎么，谦芳，你还没有到水营去吗？

侯谦芳　（有点惶恐）是，殿下！就要去了！

　　　　〔傅善祥长长地嘘了一口气，想笑又不敢笑出来。

杨秀清　（命令）快点去，快点回来。

侯谦芳　（俯首帖耳地）是，殿下！我就走，我马上就走。（睬了傅善祥一眼，连忙退去）

傅善祥　殿下今天召集的军事会议已经开完了？

杨秀清	嗯，开完了。
傅善祥	对于剿灭城外的妖兵，想来一定商讨得有很好的办法？
杨秀清	有，当然有！
傅善祥	实在也该出兵的了，不然的话，向荣向妖头还以为我们真的怕他呢！
杨秀清	（冷笑）哼，怕他就怕他，那有什么要紧呢！我最担心的倒是那奴才说我们并不怕他。
傅善祥	这么说我们还得让他们逞强一些日子了？
杨秀清	不错，至少我们还得让他们在城外作怪两个月。
傅善祥	（温婉地）那何苦呢，殿下！我们的气不是已经受够了吗？
杨秀清	善祥，你要明白，打仗却绝不是出气啊。
傅善祥	可是殿下却也不该光让敌人出气，专叫我们受气呀！
杨秀清	（坚定地）对了，我却就要我们受气——气受得越多越好，越大越妙。我这话的意思，你懂吗？
傅善祥	（微笑）我……我多少懂一点儿。
杨秀清	（兴奋地）那就好啦，两个月之后你瞧我把向妖头活捉给你看！
傅善祥	那真要大快人心了。
杨秀清	善祥，你过来点，你好好地听着，今天得很快地替我赶办几件谕令。
傅善祥	是，殿下！
杨秀清	（既兴奋又严肃地）头一件：谕令在江西的翼王石达开，要他立刻出兵援助湖北，指挥就要开到的水营的弟兄，严密封锁湖口，乘机把湘军的水师全部给我消灭，而且最好能够把曾国藩活捉着来见我！噫，你为什么不拿笔来先记一记？你记得清楚吗？
傅善祥	记得清楚，殿下！用不着笔了。
杨秀清	你记着！要翼王千万留心，千万仔细，千万别再让曾国藩曾妖头逃掉，活活地给我擒着他！
傅善祥	是，殿下！我一定把您这层意思，着重地说一说。
杨秀清	第二件：谕令京口守将李世贤，要他死守着京口，像胶一样地把围城的妖兵紧紧地给我粘着，千万别让他们抽调一兵一卒窜向别处去兴妖作怪。第三件：谕令李秀成、陈玉成，要他们立刻合兵

去夹击扬州——（坚决地）限一月之内，把扬州给我夺回，把琦善琦妖头的江北大营给我踏成粉碎！然后再扯兵南下，合力去夺回芜湖，回师去攻打京口。（斩切地）再限令一月把长江北岸的妖兵妖将都得给我杀个一干二净！现在是二月下旬了，要他们至迟在四月尾，都得回师天京静候我的调遣。

傅善祥　还有什么吗？殿下！

杨秀清　有，还有第四件：谕令镇江的守将吴如孝，对他说，据连日来的军报，清妖的江苏巡抚吉尔杭阿是要来打镇江的。如果真来了，要他死守着，等我派的援兵一到，就给他一个两面夹攻；我想那吉妖的妖兵就要像以卵投石一样，一定会自己碰成粉碎的。这就是我用兵的全盘计划，你明白了吗，善祥？

傅善祥　我很明白。

杨秀清　那就请你说说看。

傅善祥　从殿下用兵的计划看来，是要稳着湖北，守着江西，先攻江北，后破江南。对吗？殿下！

杨秀清　对！一点也不错，可是你可赞同这个计划吗？

傅善祥　当然赞同。殿下的英明神武，我是只有敬佩的。

杨秀清　（不轻易地笑了）不过，我们却还要咬紧牙关忍受两个月的妖气啦，你心里不怨也不急吗？

傅善祥　（抿嘴一笑）现在什么都明白了，还怨什么，急什么呢！

杨秀清　是的，善祥，你用不着怨，也用不着急，你应该欢喜，应该快乐。等我三五个月把江南江北的妖兵妖将扫光以后，我就要率领五十万天兵天将杀奔北京，活捉咸丰那狗贼子去了！

傅善祥　（兴奋地）我也要跟殿下一块儿去呢！

杨秀清　（微笑）那还用说么，我当然把你带走。

傅善祥　（快乐之至）仁慈的天父啊！我希望那样的日子快点给我们到来啊！

杨秀清　（欣快自信地）善祥，请相信我，那样快乐的日子一定很快就可以到来的——很快，一定很快，你说，是吗？

傅善祥　是的，殿下，我相信，我也非常相信啊。

〔杨秀清很欣然地笑了一笑。

〔在欣快中沉默了一会儿。

杨秀清　善祥！我前些时，要你们馆里替我做的事情，现在办得怎么样了？

傅善祥　（奔向绣榻前）啊，我差点还忘了啦。（把榻上的两大包东西打开，顺手拿起一件）殿下，你瞧，这套号衣做得怎么样？

杨秀清　（看了一看）很好，样子很不错。

傅善祥　（又拿起一双靴子来）这双靴子呢？

杨秀清　（点头）也不差，做得很结实。

傅善祥　（又去把风帽拿起来）这顶风帽呢，还大方吗？

杨秀清　（很仔细地看后，点头微笑）实在好得很！很大方，也很精致，这都是你们馆里的人做的吗？

傅善祥　是的，是馆里的姐妹们送来的样子，你看怎么样？是不是都照这样做？

杨秀清　可以，只要能够做成这个样子，实在再好也没有了。不过，善祥，三个月之内，靴子五万双，军号衣十万套，风帽两万顶，你那儿才两万人，都能够做得起吗？

傅善祥　赶一赶，我想，一定做得起！

杨秀清　那好极了！好极了！善祥，自从你兼任女馆团帅以后，人家都说你办得很有条理，很有秩序，我听到也很高兴，你可有什么困难需要我来帮着你想办法吗？

傅善祥　那些婆婆妈妈的事情，怎么敢拿来扰乱殿下的金心呢！

杨秀清　不要紧的，你要知道事情虽小，关系却很大，你需要我办的，我一定来给你办。

傅善祥　那怎成呢！我说出来殿下不会讨厌吗？

杨秀清　不会的。你有什么事，你尽管说好了。

傅善祥　我要是有什么请求，殿下真肯答应我吗？

杨秀清　我该答应你的，我一定答应你。

傅善祥　那我倒想起一件不大不小的事情，想来请求殿下的谕示了。

杨秀清　什么事，你说。

傅善祥　殿下知道：照我们女馆的规定，凡是在馆中的女子，不管是新旧姐妹，都只有每月三十那天才准跟家人团聚的；过了这一天，谁要是偷偷地敢去跟家里的人见面，那就要遭受严厉的惩罚；

有时候，甚至于连性命都难保。这个办法，我总觉得未免太不近人情了！

杨秀清 因此，你想请我把这个办法改一改，是不是？

傅善祥 是的。

杨秀清 （干脆地）这可办不到！

傅善祥 （惊）为什么呢？殿下！人总是人，为什么我们每个月只准她们跟家里的人见一次面？为什么她们偷偷地去瞧瞧家里的人，就得挨打，挨骂，遭监禁？难道她们的夫妻间不该同住同居？难道她们的父母兄弟姐妹间也不该团聚团聚？殿下是最能体贴下情的人，这些地方，似乎也得恳求您多给下边的兄弟姐妹们设想设想。

杨秀清 我老早就想过了，可是，善祥，你得明白，现在大敌当前，还不是我们享受天伦之乐的时候。

傅善祥 可是你却答应过她们的啦。

杨秀清 （愕然）我答应过她们什么？

傅善祥 也许是殿下忘记了。据许多广东广西的老姐妹告诉我，说殿下最初在永安的时候，曾经对她们说过，我们只要打下南京，就算进了天堂，我们父母兄弟姐妹夫妇间，就可以快快活活地欢聚在一块儿。可是现在南京已经打下好几年了，怎么样呢？哼！谁要敢偷偷地去瞧瞧自己的丈夫，被人抓着了，说不定两个人都得斩首呀！请您想想看，这叫她们怎么不埋怨呢！特别是那些年轻的姐妹，真伤心极了，有时候简直把我的心也都说碎了啦。

杨秀清 （不安）哦，竟有这样的情形，那她们难保不逃了？

傅善祥 有是有，却还不多。

杨秀清 （不满地）西王娘呢？她是女馆的总稽查，她干什么去了？

傅善祥 她吗？她没有错。她执法很严，逃了的人，要是落到她的手里，简直就休想得着她半点儿便宜。她办事情可以说认真极了，可是，（瞧了一瞧杨秀清的神色）可是有什么用呢，她越严，人家越恨，她越认真，人家却越伤心，连她也弄得一点办法没有。

杨秀清 依你说，只好听她们随随便便的，高兴怎么样干就让她们怎么样干好了？

傅善祥　（连忙辩白）不，我绝没有这个意思，如果那样，还成什么话呢！我的意思，请求殿下把那个规定变通变通，让女馆里的姐妹们每个月能够多回几次家，反正馆里晚上没有什么事，让她们夜里去，早上来，不就两全了吗？

杨秀清　（沉吟）这个……

傅善祥　（笑了一笑）这个我想殿下一定可以答应我了。

杨秀清　（分明觉得傅善祥的意思不错，但却不愿意她窥破自己的短处，执拗地）这……这个不成！我现在不能答应你。

傅善祥　（了解杨秀清的脾气，并不追逼，却笑得更温柔了）现在不答应我，过几天以后总可以答应我了，对吗？殿下！

杨秀清　（有点儿软了）再商量吧……总之，我现在还不能答应你。
　　〔侯谦芳仿佛碰到了什么意外的事，神色仓皇地上。杨秀清、傅善祥都吃了一惊。

侯谦芳　（惊惊惶惶地）殿下！糟了，糟了，北府的张子朋去抢水营的船，把水营的弟兄都激怒了，他们全都不愿意再干了，听说有的还想反水，主张把船开到下游去降妖呢！

傅善祥　（大吃一惊）哦！

杨秀清　胡说！你是从哪儿听来的？你知道详细情形吗？

侯谦芳　详细情形我不知道。是我到水营的时候，唐正财亲口告诉我的。他现在正在劝说部下的弟兄，一会儿就要到这儿来禀报殿下的；还有，我刚才经过北王府的时候，听北王府的承宣说：北王也快到殿下府上来了。

杨秀清　你快去对我的承宣说，要是他们来了，都跟我请到这里来；叫我的参护，全体排队站在外边伺候着。

侯谦芳　是，殿下。（慌忙退下）

傅善祥　这究竟是怎么一回事呢？

杨秀清　（怒）真太岂有此理了！

傅善祥　（担心地）要是水营弟兄，真的去……

杨秀清　（抢一句）不会的，不会的。（自负地）水营是我一手办练起来的，他们怎么会去降妖呢！你放心，你放心。（仿佛早已成竹在胸）我有办法——我自然有办法，你等着看好了。

〔洪宣娇一脸不愉快的颜色，冷然上。

傅善祥 （连忙笑迎过去）啊，王娘！

杨秀清 宣娇，又是好久不见了。

洪宣娇 我还没有来跟我们九千岁问安呢！

杨秀清 不敢当。你近来身体怎么样，还好吗？

洪宣娇 托福得很！我的身体没有什么不好。

杨秀清 你老站着干什么啦？

傅善祥 （连忙）是的，请坐呀，王娘！

洪宣娇 （冷冷地）谢谢。

杨秀清 宣娇！听我的兵部尚书说：我想请你出来带女兵的事，你已经有
意思想来试试了，是真的吗？

洪宣娇 （不快地）对不起！我今天不想跟你谈这个。

杨秀清 那么要跟我做什么呢？你有什么别的事找我吗？

洪宣娇 有——有点小事儿。

杨秀清 （望了望傅善祥）好不好在这儿谈？

洪宣娇 就要在这儿谈才最好！

傅善祥 我看还是我到外边去去，回头再来吧。

洪宣娇 （急止之）不！就要你在场，才刚好！

傅善祥 （惊疑）真的吗？

洪宣娇 （冷得可怕）真的，你别走，你千万别走！

傅善祥 那么究竟是什么事呢？

杨秀清 就请你快点告诉我吧，宣娇，刚才我们的水营发生了一件很严重
的意外事情，还等着我就去处理呢！

洪宣娇 （仿佛没有听到杨秀清的话）是的，是的。我知道你的事情很忙。
（声音大了起来）可是对不起得很，我今天却不能不来打搅打搅
你。殿下可知道区大妹这个人吗？

杨秀清 （疑思）区大妹？是什么人呀？

傅善祥 （似乎知道洪宣娇今天的来意了，连忙接过去）就是我们女馆中
的一个犯法妇。

洪宣娇 是的，是被我抓来关起的一个犯法妇。（质问似的）我现在要请
问殿下，你是不是下令开释过她？

杨秀清	（不十分明白）什么？我……

洪宣娇　（追逼甚紧）我请你立刻答复我，你是不是下令开释过她？

杨秀清　（奇怪地）我下令开释她？

傅善祥　（连忙示意杨秀清）殿下自己办的事都忘了吗？

洪宣娇　（瞪了傅善祥一眼）请你不要插嘴！善祥！（转对杨秀清，审问似的）那么，你是没有下令开释过她了，对不对？

傅善祥　（有点着急，大胆地）殿下，你怎么就忘了呢？开释的命令还是你要我去传达的啦！

杨秀清　是吗？

傅善祥　怎么不是呢！

洪宣娇　（生气地）瞎说！殿下什么时候下过这样的命令？在什么地方要你去传达过这样的命令？

傅善祥　（亦不示弱）请殿下自己说啦。

杨秀清　（恍然大悟，两可地）啊，真糟糕！我怎么竟把这件事情不大记得清楚了呢！

洪宣娇　（冷笑）哼，善祥，你请过来。（大声地）我说，你请过来呀！
〔傅善祥走近洪宣娇。

洪宣娇　（狞视着傅善祥）哼哼，瞧你不出，你的胆儿真大，你的心眼儿真多！我关着的人，（厉声地）你竟敢把她放了！竟敢假传东王殿下的命令把她放了！你可还了得！你凭什么？我问你：你凭什么——你？像你这样的嫩芽，就竟敢目中无人了，你可了得！

傅善祥　（气极）王娘！我请您把事情弄清楚点好不好！我如果真的假传了殿下的命令，不说你骂我，您就判我的死罪，我也绝不抵赖，一定承当！

洪宣娇　事情还不够清楚吗？

傅善祥　殿下还站着在这儿啦，殿下，您说是不是您要我传达的命令？

洪宣娇　（逼杨秀清）你说啦，是不是她假传你的命令？

杨秀清　（再也不能采取两可的态度了）啊，我记起了，你们说的就是区大妹，那个女人吗？

傅善祥　是的，就是她，那命令该也是您要我传达的啦。

240　杨秀清　（肯定地）不错，一点也不错，我现在记起来了，开释她的命令，确是我要善祥传达的。宣娇，请你不要误会！

傅善祥 （仿佛得了救似的）王娘，是不是我的错，现在您该可以明白了吧！

洪宣娇 （仿佛是一声晴天霹雳，气得浑身发抖）明白！哼，什么我都明白，现在我倒要再问一声殿下，你的记性不大好，你刚才的话，没有记错，也没有说错吧？

杨秀清 我没有错。

洪宣娇 你再想想看，再仔仔细细地想想看。

杨秀清 用不着想了，宣娇！我记得很清楚。

洪宣娇 那我还要想请教请教，我们女馆的条规是谁手订的？

杨秀清 是我手订的。

洪宣娇 那我又要请教请教了：一个馆中的女人，未得准许，竟与家人私通，照你手订的条规说来，是不是犯了罪？是不是该受惩罚？

杨秀清 那当然！

洪宣娇 （两眼仿佛快要冒出火来）好！那你为什么要下令开释馆中的罪犯？你这么做，是不是自己立法毁法？自己开自己的玩笑，自己打自己的嘴巴？你现在身负国家重责，你自己的威信还要吗?！

杨秀清 （觉得洪宣娇伤了自己的尊严）我的威信，用不着你替我担心，宣娇！我倒得请你留意：条规是死的，罪情是活的。一个犯人该关该放，全要看她的罪情是轻是重，这点很重要，你懂吗？

洪宣娇 我不懂，我什么都不懂。我当面对你说，女馆的总稽查我干不下了，我干不下了，我决不干了！

傅善祥 王娘，请您不要这样，都是我不好，才使您这样生气，我实在太年轻，太不懂事了，请您原谅我。馆里面的事，别人不干还可以，您要不干的话，谁还干得下去呢？那可全完啦！

洪宣娇 完就让它完吧，我管不了那么多！

杨秀清 宣娇！你为什么这样感情用事呢，像这样一点小事儿，看你就气成这个样子了。

洪宣娇 不晓得谁在感情用事！对不住，我可要走了。（折身就走）

杨秀清 慢一点，宣娇！你的气为什么总这样大呢，听我说，明儿中午我一定要叫我的兵部尚书到你府上去的，我希望你别要把这样一点芝麻大的小事儿放在心里！

241

洪宣娇　请你别要替我操心！我自己的事我自己晓得管！（愤然而去）

〔杨秀清、傅善祥同时松了一口气。

杨秀清　（责问）善祥，非怪她气，你为什么要假传我的命令去放她呢？

傅善祥　殿下不知道，那个区大妹，没得她的许可，回去看了一看母亲，
她就说她是回去跟她丈夫怎样，一定要重办她。那女人哭得真伤
心极了，我要不说是殿下有令要放她，那区大妹简直会活活地被
她弄死！

杨秀清　不管怎样，以后绝不许你这样做！

〔远远有杂乱的脚步声传来。

傅善祥　（自知理屈）我以后也绝不会这样做了。

杨秀清　（训诲）你要知道，西王娘是一个值得你尊重的人，以后女馆里
的一切大小事情，你都应该多去向她请教请教！

傅善祥　请您放心！以后我一定照您的吩咐，常去请示。

杨秀清　（叹气）好，那你就快到后边办你的公文去吧。

傅善祥　（感激地）是，殿下。（下）

〔脚步声愈近。承宣领着韦昌辉、张子朋、唐正财上，三人齐向
杨秀清行礼。

杨秀清　（严肃地）你们今天闹得这样厉害，究竟是怎么一回事？

韦昌辉　（抢先）今天闹出来的乱子，全是子朋的错，也全是小弟的错。
本来事情是很小的，结果却闹得这样的大，这都要怪子朋办事
的粗心，怪小弟管束部下的不善。所以，我们特一齐先来向殿
下请罪！

杨秀清　我看，还是请正财先说吧。究竟是怎么一回事？你说，你大胆地
照实说！

唐正财　（愤然地）殿下！你三天以前来的谕令，不是限我们至迟明儿早
上就要把兵船开到上游杀妖去吗？我们一切都遵令准备好了，哪
料到张子朋却偏在这时候来抢我们的船，这怎么能叫我们的弟兄
们心服呢！

张子朋　（急辩）谁抢你们的船！天父、天兄在上，我是来抢船的吗？

韦昌辉　是的，子朋怎么敢来抢船呢，他是来跟你们借船的，在殿下的面
前，正财！请你的字眼儿用得清楚一点！

唐正财　（激愤地）他还不算是来抢船吗？他一来就对我们水营的一个师帅林杰说，奉了北王殿下的命令，要你们立刻拨两百条船给我，我要赶送圣货到镇江。林杰说，明早我们就要奉命开拔，一条船都没法借。他说，非借不可！林杰问他，可有东王的命令？殿下！你猜他怎么说？他说，为什么一定要东王的命令，为什么北王的命令你们就不遵从？

张子朋　（惶恐地）该死，该死，我怎么敢说这样的话呢！

唐正财　你没有这样说吗？天父、天兄在上，我们冤枉了你吗？

张子朋　简直是冤枉！简直是冤枉！

杨秀清　（怒）不准你插嘴！正财！你说下去。你大胆地说下去！

唐正财　林杰跟他解说，他却不管三七二十一，指挥着他带来的几百人，把我们靠在江边的船抢了！船抢了还不说，又把我们好几十个弟兄都打伤了啦！你说张子朋霸道不霸道！豪强不豪强！（愤然欲泣）啊！天理在什么地方，天理在什么地方啊！（痛心地）现在我们全营的弟兄都伤心极了，气愤极了，他们都不愿干了，不想干了！（转对杨秀清，苦痛地）殿下！这叫我怎么办呢？叫我们明早开船，人都快散了，船怎么开法啊！

杨秀清　正财！你别说了，我全都明白了。

韦昌辉
张子朋　（欲争辩）殿下！

杨秀清　（怒止之）都不准再辩了！（对张子朋）子朋！我问你，你没有我的军令，为什么敢去水营要船？

张子朋　我奉的是北王殿下的命令。

杨秀清　（对韦昌辉）你真有命令给他？

韦昌辉　（有点惶恐）我，我有的。因为镇江需要饷太急了，我那儿的船却又太少，所以我才叫他向水营去借借看。

杨秀清　（对张子朋）叫你去借，你就去抢，抢了不说，还要打人，你为什么这样霸道？为什么这样不讲理？你们难道不知道上游的情势吃紧吗？你们难道不知道水营的弟兄们明早就要出发吗？（切齿地）你们这种举动，简直可杀！简直该死！

张子朋　（吓得发抖）请殿下开恩，我知道我错了！

243

杨秀清	（声色俱厉）你错了！你在我的面前才知道你错了！像你这样无法无天地乱干，简直是妨碍我们行军杀妖，我要是不看你打下武昌的时候立过首功，我立刻就把你抓去宰了！（厉声向外）来人呀！

〔四参护武装上。

〔韦昌辉、张子朋吓得面无人色。

杨秀清	（厉声地）把张子朋替我抓出去痛打一千军棍！

〔两个参护应声把张子朋抓了出去。

杨秀清	（转对韦昌辉）昌辉！你知罪吗？
韦昌辉	小弟知罪。
杨秀清	（责问）现在的乱子闹成了这个样子，你看怎么办？

〔韦昌辉惶恐无语。

杨秀清	要是水营的弟兄们全走散了，或者都去降妖了，陛下知道了，该怪谁？该责谁？
韦昌辉	都是小弟的错。
杨秀清	（怒责）我总不懂：你要船运圣货，为什么不先通知我？你的部下这样横蛮，你为什么还要纵容他、偏袒他？（痛恨）你以为你是北王，六千岁了，你就可以藐视我们的天条国法，胆敢去胡作非为了吗？你在做梦！你在做梦！像你今天这样的行为，陛下能赦宥你，我能宽恕你，那公直无私的天父、天兄也决不能饶了你的啊！（厉声地）来呀！把北王也给我抓出去，痛打五百军棍。

〔两个参护怕听错了，不敢动手。

杨秀清	（怒对二参护）听到没有，把北王立刻给我抓出去，痛打五百军棍！

〔承宣指挥着二参护把韦昌辉抓了出去。杖击声从走廊上不断地传来。

杨秀清	（立在门口扬声痛骂）这些东西，真太无法无天了！给我打！给我重重地打！（愤怒之至）打死！打死！给我活活地打死！

〔幕内的杖击声愈击愈重，愈重愈响。

杨秀清	（转身向唐正财）正财！你是一个识大体、顾大局的人，今天要是没有你，那我们的水营全糟了！全糟了！
唐正财	（杨秀清的公正无私洗去了自己心头的激愤，非常感激地）殿下的公正无私，替我们全营的数万弟兄，吐了一口恶气，我们真不

知要怎样才能感恩图报啊!

〔承宣上。

承 宣 启禀殿下,张子朋张丞相打晕过去了,北王殿下挨了五百军棍也痛得爬都不能爬动了!

杨秀清 全给我抬走!等张子朋醒转来后,马上给我关进监牢去!

承 宣 是,殿下!(退去)

杨秀清 (竭力慰勉)正财,你今天的苦心,你今天的功绩,实在太大了,我立刻就要进宫去奏请陛下。我想,我们那圣明的天王,一定会晋封你为恩赏丞相的。你请先行一步,快去告诉你的弟兄们,你说:我从宫里出来后,马上就会带着御赐的东西,来犒赏他们的,请他们安心!

唐正财 (感动得快要流泪)殿下,您这样大的恩惠赐给我们——请你放心!明儿早上,我们的船一定半只不少的照样地开啊!(满意地下)

〔杨秀清如释重负,仰起头来,长长地叹了一口郁气。

〔侯谦芳惊惊惶惶地奔上。

侯谦芳 启禀殿下!据我们的侦查,北王府里埋藏得有一个大内奸!

杨秀清 (惊)你别胡说!北王府,北王府,又是北王府,北王府里是专出坏蛋的吗?

侯谦芳 一点不错,殿下!北王府里真全都是他妈的一些坏蛋。那个管书札的张炳垣,竟敢私通向荣向妖头,想打开朝阳门替向妖头做内应,这事儿要是迟过十天半月才发觉的话,那真不堪设想了!

杨秀清 你有什么证据?你绝不能随便乱冤枉人。

侯谦芳 殿下!我们人证、物证都有。

杨秀清 真的都有吗?

侯谦芳 全都有!殿下要人证,我们有人证,要物证,我们有物证!

杨秀清 (一阵痛感掠过心头,不禁一声愤叹)啊,昌辉,你这样糊里糊涂地过日子,真想活活地把我们的天国葬送在你的手里吗?

〔幕落。

第三幕

〔太平六年三月下旬的某夜。

〔幕启。景同前场。晚间，室中红灯高照，四围帏幔深垂，右边的窗及正中的门已为长垂下来的绒帏所掩。

〔韦昌辉自右边的客厅上，洪宣娇却从左边的走廊上，两人相逢，对视了一下，都有一些惊诧。

韦昌辉　噫，你也来了？

洪宣娇　怎么样，我不该来？

韦昌辉　你来干什么？

洪宣娇　你呢，你也来干什么？

韦昌辉　我今天是有事来的。

洪宣娇　我今天却是没有事来玩的。

韦昌辉　来玩的？嘁！（嘲笑）我说宣娇！这个地方，我还是劝你少来玩点吧。

洪宣娇　只有你才来得，我来不得，是吗？

韦昌辉　谁说你来不得？不过——我替你着想，今天的东王府，你还是少来点得好，你懂我的意思吗？

洪宣娇　我不懂，我也不要懂！

韦昌辉　（狡笑）可是，我却偏要你懂！宣娇！你来了，我想：你心里会舒服？别人家的心里也会舒服吗？（叹气）唉！这年头，人心变得可真快啊！

洪宣娇　你这人说话总是这样没头没脑、半吞半吐的！你那套鬼话还是给我收住吧，我可不想再奉陪你了！（一气之下欲走）

韦昌辉　（诚恳地）慢着！宣娇，我还有要紧的话跟你说。

洪宣娇　（留步）什么话，你快说吧。

韦昌辉　（仿佛很真挚地）你这个人，真莫名其妙！我这样诚恳地对你，你为什么总用那种不亲不热的态度来对我呢？难道你心里还不知道，我是把你当成我亲姐妹来看待的吗？老实对你说，杨秀清那种目空一切的态度实在叫我替你不平得很，也替我们天王不平得很。你想，傅善祥是什么东西，为什么秀清要那样地重用宠信她，让她到女馆中来跟你捣鬼！她有什么本领？有什么能耐？她只不过多读了几本妖书罢了，那算得了什么呢？你瞧她那种矜骄傲慢的样儿，好像我们天朝的人都是老粗，好像我们天王陛下也是老粗，只有她一个人才通文墨，懂经史，才有学问，有才干，真叫我一瞧见她就满肚皮是气！你想如果没有人纵容她，她敢这样吗？我看秀清真快要被她迷得发昏了！你只要瞧秀清近来对人那种样儿，宣娇，你想想看，你平心静气地想想看，他心目中还会有你，还会有我们天王，还会有我们金田起义时候的老兄弟、老姐妹吗？

洪宣娇　（长叹）唉——

韦昌辉　（好像很失悔）啊，我不说了，我不说了！再说下去，你心里又要难过了！

洪宣娇　（生气）谢谢你，昌辉！你以为我是傻子吗？你请放心，我明白——什么我都明白。他们以为我是好欺负的，（切齿愤恨地）哼！试试看吧，试试看吧，看我洪宣娇是真好欺负的吗?！（折身欲走）

韦昌辉　（忙问）你要到什么地方去？

洪宣娇　请你不要问我。（愤然而去）

韦昌辉　（望着洪宣娇的身影，很深沉地笑了一笑）嗯！好极了！好极了！
　　〔杨秀清上，韦昌辉笑着迎了过去。

杨秀清　昌辉，听说你已经来了一会儿了，因为今天到的紧急军报太多，我不能马上抽身过来，又害你久等了，真对你不起。

韦昌辉　没有什么，殿下今天就不约我来，我也要来的呢。

杨秀清　是吗？

韦昌辉　是，今天我是一来贺喜，二来请罪。

杨秀清　有什么喜贺啊？

韦昌辉　（阿谀）最近几天以来，在江北，殿下指挥着李秀成、陈玉成夺回了扬州，打破了琦妖的江北大营。在江南，殿下又指挥着罗大纲、吴如孝击溃了清妖的大兵，杀死了江苏巡抚吉尔杭阿。这不都是殿下的盖世功勋吗？所以今天小弟特地来道贺。

247

杨秀清 （得意地）不敢当，不敢当！这算得什么，离我们的胜利还早得很呢！

韦昌辉 像殿下这样的德威，在我们朝中的文武，除了听命而外，是谁也不应该道个"不"字的。可是说也惭愧，在我的府中居然出了一个坏蛋，对于前个月殿下杖责我的事，竟敢胡说八道，论长论短。前些日子，我就告诫过他说：东王是大公无私的，以后不许再在背地里乱说坏话。谁知那家伙却不理我的告诫，还是咧开嘴乱说他的。我气愤不过，只好在今天早晨杀了他，来跟殿下请罪。

杨秀清 （一惊）那何必呢？为了这样一点小事你就杀人，真太使我不安了。

韦昌辉 这种东西都不杀，还杀谁！

杨秀清 （难过）其实，你的部下恨我、骂我那也难怪的，我那次不得不痛打你的苦衷，谁明白？我也不一定要他们都明白啦，只要你能够谅解，就够了。

韦昌辉 这是小弟"杀一以儆百"的办法，我要天下的人都知道，谁要背地里诽谤你的言行，毁坏你的威信，他逃得脱你的手，也休想逃过我韦昌辉的手！

杨秀清 （着急地）不要这样，不要这样，千万不要这样！你这样一来还成什么话呢？我们朝中的文武，我们天下的百姓只要他们能够忠于我们天朝，忠于我们天王陛下就成了，我们怎样好去封他们的嘴呢！

韦昌辉 殿下的话自然不错，不过，我多半是对你太忠心了，所以干起事来也许操切了一点，以后我知道谨慎，这就请你放心。

杨秀清 那就好了。

韦昌辉 殿下今晚约我来，可有什么吩咐？

杨秀清 我正想跟你谈呢，昌辉！近几个月来，我们跟向荣向妖头打得很厉害。你看，在我们天京城中，会不会有妖人想来做内奸？

韦昌辉 现在我们各道城门都盘查得很严，纵有妖人想来扰乱，恐怕很难混进来吧。

杨秀清 要是竟被他们混进来了，你看会不会埋藏在我们朝中的文武官衙中？

韦昌辉	我们朝中的文武又不是饭桶，难道内奸来到了自己的身边，都会认不清楚吗？
杨秀清	唔，你看他们会不会索性大胆地埋藏到我们的王府中来？
韦昌辉	王府！哪座王府？那些东西会有那样的胆儿吗？我们的眼睛都还没有瞎啊！
杨秀清	（冷然一笑）依你这么说，敌人派来的内奸简直是没有地方可以埋藏的了？
韦昌辉	我想，要埋藏，除非他们会入土！
杨秀清	你以为我们的周围，竟连一点儿缝隙都没有吗？
韦昌辉	别人的地方我不敢说，在我北王府里，恐怕他们不敢来找死！
杨秀清	（冷笑）昌辉，你有这么大的自信？
韦昌辉	（自负地）我想这点自信，我总还有。
杨秀清	（忽然）那么，你觉得你府上住着的那位张炳垣，那人怎样？
韦昌辉	（一惊）他吗……殿下怎么忽然问起他来了呢？
杨秀清	请你告诉我，依你的观察，他这个人究竟怎么样？
韦昌辉	从前倒还好。
杨秀清	现在呢？
韦昌辉	现在……现在，我可有好多天没有见着他了啦。
杨秀清	（严肃地）告诉你，这家伙就是一个内奸，就是敌人埋藏在你身边的一个内奸！你可知道吗？
韦昌辉	（大惊）他……他是内奸？他竟敢混到我那儿来做内奸，这混账东西真想死了！
杨秀清	（掏出一卷文件）来！这是他的口供，这是从他密室里搜出来的文件。（递给韦昌辉）你就在这儿慢慢地看吧，现在人是关到我这儿来了，你要不要见见他？
韦昌辉	好，让我来问问他也好。
杨秀清	承宣！
	〔承宣应声上。
杨秀清	你去把张炳垣带到这儿来。
	〔承宣应声退下。
韦昌辉	（翻阅口供和密件）嗬，这混账王八蛋！竟密结得有死党五十

七人……连陈桂堂也受了他的收买……竟敢偷偷地勾结向荣向妖头……混账！混账！居然还敢企图贿买我们朝阳门的守将张泽沛！……咳！那还了得！这混账竟敢公然跟向妖头约定，在三月初五的晚上去偷开城门，里应外合地让向妖的兵好杀进城来！……这混账王八蛋真可恨极了！可恨极了……（转对杨秀清）殿下！要不是张泽沛深明大义先来告密，你迅雷不及掩耳地把他们一网打尽的话，那我们会死在这混账的手中也说不定，这件事可真危险啦。

杨秀清　是的，实在太危险了！

　　　〔张炳垣戴着镣铐，被承宣和四参护押上。他一瞧见韦昌辉，连忙停住脚把头低了下去。

承　宣　启禀殿下，罪犯张炳垣押到。

杨秀清　（怒视张炳垣）张炳垣，北王殿下有话跟你说，你站过来点！

四参护　（叱张炳垣）站过去点！

　　　〔张炳垣走近了两步，仍把头低着。

韦昌辉　（愤怒地）张炳垣！我问你：自从你投降到了我们天朝中来，我们是不是都把你当成自己的兄弟一样来看待？后来你到了我北王府，我对你还要怎样，你自己问你的良心，我可曾在什么地方亏待过你，轻视过你！你为什么这样的忘恩负义，竟敢去反水降妖，想把我们天京城池出卖！你看，你这个混账东西，多阴险！多恶毒！我真想把你吊起来一刀一刀地凌迟碎割！

张炳垣　（抬头，恶视韦昌辉，很酸腐、顽固地）哼，我张炳垣是堂堂大清帝国的秀才、廪生，你以为我怕吗？你，你韦昌辉是什么东西！你在我面前搭什么臭架子！你是北王，你是什么北王！你……

杨秀清　（叱）住嘴！你这奴性十足的汉奸，你还敢骂人吗？

张炳垣　（恶骂）哼！你杨秀清是什么东西！你们那天王洪秀全又是什么东西！你们满朝的文武哪一个不是土匪、强盗、长毛贼，哪一个不是挑、抬、背、拉的贱种！耕田种地、无衣无食的流氓……

杨秀清　（暴怒）闭上你的臭嘴！张炳垣！我看你这东西真被清妖的功名利禄迷昏了！像你这种十恶不赦的汉奸！忘了祖先的奴才！让你痛痛快快地死去，真太便宜你了！（厉声地）来呀，承宣！快去

　　　　　传达我的命令，明天早晨——（怒指张炳垣）把这奴才给我绑去点天灯——活活地把他当众烧死！还有陈桂堂和其余那五十七个内奸，也一律给我抓去斩首示众！

承　宣　是！

　　　　〔张炳垣吓得浑身打颤，想骂点什么，似乎又骂不出什么来，终于被承宣和参护们押了出去。

杨秀清　（怒犹未息）昌辉，在你的身边竟然出了这样一个该死的奴才，这样一条凶狠的恶狗，你觉得疏忽不疏忽，惭愧不惭愧！

韦昌辉　（惶愧交集）这简直是我的罪恶，我实在惭愧得很，惶恐得很！

杨秀清　像张炳垣这种东西，你一点儿都没有觉察到他的罪恶，我真不懂你一天到晚究竟在忙些什么？

韦昌辉　我忙的事儿可多着啦，难道殿下还会不知道吗？

杨秀清　嗯，我知道，我知道你忙，你确实很忙。

韦昌辉　是呀，我实在太忙了。

杨秀清　（正色地）可是有许多人告诉我，你忙到女人的身上去了啦！

韦昌辉　（不安地）这是谁又在你这儿造谣？

杨秀清　恐怕不全是谣言吧！昌辉！我们是兄弟，是无话不可以说的，我想问问你，我们打进了南京以后，你是不是曾经收留过妓女？

韦昌辉　（一惊）妓女？这话打哪儿说起呢！

杨秀清　有一个秦淮名妓，名字叫做红鸾的，你可认识？

韦昌辉　（有点慌）我……我……我知道。

杨秀清　（微笑）你对她可曾有过恩情？

韦昌辉　（闪避）笑话，怎样谈得到这个上边去啦！

杨秀清　听说侯谦芳到南京来做间谍的时候，她曾立志从良，两个人曾有过"盟订终身"的誓约，这件事大概你该也晓得。

韦昌辉　（否认）这些事儿，我怎么会晓得呢！

杨秀清　听说她近来寻死寻活的，非嫁谦芳不可，这难道你也会不知道？

韦昌辉　不知道——完全不知道！

杨秀清　这女人近来住在什么地方？

韦昌辉　我根本就没有同她往来啦。

杨秀清　可住在你北王府？

韦昌辉 （慌急，苦笑）笑话，笑话——怎么啦，殿下今天怎么忽然跟小弟开起玩笑来了！

杨秀清 不，我一点儿也不跟你开玩笑！不是说她已经从你府上逃走了吗？你现在想不想见见她？

韦昌辉 （惊疑）见她……我见她干什么？

杨秀清 （退至正中门边，忽然将帏幔拉开）我看你还是见见她的好吧！

〔长帏开处，红鸾惊怯地立在门的中间，她很怕羞地把头低着。侯谦芳很不安地立在她的身后。

〔韦昌辉大吃一惊，气得满脸发青，显得异常狼狈。

杨秀清 出来，红鸾，快出来拜见拜见六千岁！

〔红鸾低着头，羞怯地走近韦昌辉。侯谦芳远远地在后跟着。

红　鸾 （对韦昌辉行礼）殿下……

〔韦昌辉默然无语。

杨秀清 红鸾！在六千岁的面前，你快说，你究竟愿意嫁给谁？你说吧！

红　鸾 （泪落，埋怨）谦芳把我救出了火坑，他对我很体贴、很周到、很有恩情，我跟他发过誓、赌过咒的，我死也要嫁他。要是做不到，那我就只有死，只有死啊！（对韦昌辉悲切地）殿下！我不是早就跟你说过的吗？

韦昌辉 （狼狈不堪）噫，你这女人真奇怪！你高兴嫁给谁，你嫁你的好了，谁有那么大的功夫来管这些事儿啦！

杨秀清 （对侯谦芳敏快地）谦芳！你还站在这儿干什么？你们两人还不快跟六千岁谢恩！

侯谦芳
红　鸾 （对韦昌辉行礼）谢谢殿下的大恩大德！

韦昌辉 （啼笑皆非）起来，起来，快站起来！

〔红鸾、侯谦芳立起，一齐退出。

杨秀清 昌辉！刚才这些事情，恐怕太使你难堪了吧？

韦昌辉 不，殿下。

杨秀清 你心里不怨恨我吗？

韦昌辉 那怎么会呢！

杨秀清 你不会骂我无情无义吗？

韦昌辉　（惶急）我怎么敢啦，殿下！我一次二次三次四次地做些糊涂事来麻烦你、苦恼你，险些丢掉了自己的性命，断送了我们的国家。可是你却没有严厉地惩罚我、让我承担罪责，还是把我当成自己的亲兄弟、亲手足一样劝诫我、教导我、指示我，我韦昌辉是一个人——是一个有灵性的人，我感恩图报还来不及，怎么还敢骂你恨你啦！

杨秀清　（感动地）啊，昌辉，你的话真使我太快活了！回想起我们在金田首倡起义的六弟兄来，南王冯云山是早升天了，西王萧朝贵也早升天了，现在所剩下的，只有你、我、达开和陛下——我们四个人。可是我们汉族的江山，却还有一大半沦落在清妖的手中，我们的敌人四面八方地也还正在兴妖作怪。我蒙天父、天兄的照顾，天王陛下的信任，虽说把军政大权都全交给了我，但我却感到我的责任太重，担子不轻，所以我迫切地需要你的帮助，需要你的勤奋。可是你呢，昌辉，你自己想想看。

韦昌辉　小弟实在惭愧得很！

杨秀清　过去的事不要去提它了，你只要能痛悔痛改，只要能勤修苦练，那又算得什么！我希望你从明天起，把你起义当初那种苦干、苦斗的蛮劲儿拿出来。

韦昌辉　那很容易，我一定办得到，请你放心！

杨秀清　（忽然）天京这地方我看你不妨暂时离开一下，我想交一支兵给你！请你去协同达开把曾国藩的妖兵妖将扑灭掉，你可愿意吗？

韦昌辉　（假笑）好极了，好极了！这正是小弟的心愿。

杨秀清　那么，在三天以后，就请你出发，成吗？

韦昌辉　成，小弟一定遵命。

杨秀清　（抚韦昌辉肩，笑）昌辉！到了上游，你跟达开一道好好儿地干，等我很快地把江南江北的妖兵妖将扫清了以后，我马上奏请陛下要你同我一齐去北征，你看好吗？

韦昌辉　（敷衍）好得很，我一定赶来追随。（匆匆地告辞）

　　　　〔杨秀清送韦昌辉下。

　　　　〔幕内参护高呼："国舅驾到！"

　　　　〔赖汉英上。

杨秀清　（迎上）国舅！

赖汉英　（走近杨秀清）殿下！

杨秀清　这样晚了，国舅来到，可有什么事要商谈吗？

赖汉英　刚才奉陛下的面诏，要我到府来转告两件事情：头一件，陛下因
　　　　为怕你太辛劳了，你女馆馆长的兼职，想改令春官正丞相蒙得恩
　　　　来接替；第二件，有人几次奏报，女状元傅善祥傲慢自大，竟敢
　　　　谈笑陛下和你出身寒微，不通文墨。陛下听了非常生气，要你赶
　　　　快查明面奏！

杨秀清　（恭敬地）小弟遵旨。

赖汉英　殿下！这两件事陛下都没有正式下诏令，只要我来当面转告转
　　　　告。你要是还有什么意见，可以到宫中去当面奏白。

杨秀清　我没有什么别的意见，至于傅善祥是不是真敢那样狂妄，等我切
　　　　实查明后，一定遵命入宫请旨。

赖汉英　那我就回宫复命去了。

杨秀清　不敢耽误国舅的公要。

赖汉英　那我就告辞了。（下）

　　　　〔杨秀清送走赖汉英后，折身回到室中来，他仿佛受了谁的暗
　　　　算，迎头吃了一闷棍似的，内心感到异常的烦恼。

杨秀清　承宣！承宣！

　　　　〔承宣急入。

杨秀清　（不痛快地）去给我请傅善祥来！快！

承　宣　（有点吃惊）是！（急下）

　　　　〔杨秀清不安地在室中徘徊着。

　　　　〔半晌。傅善祥上。

傅善祥　（见杨秀清的神色便知道他心里正在不痛快）殿下叫我？

杨秀清　（不看傅善祥，只点了点头）唔！

傅善祥　有什么事吗？

　　　　〔杨秀清不回答傅善祥，也不回头望她。

傅善祥　夜已经很深了，你还不去睡？

杨秀清　（摇头，仍不望傅善祥）不！

254　傅善祥　（关切地）你不倦吗？

〔杨秀清微摇其头，还是不望傅善祥。

傅善祥 （温情地）这几个月来，你实在太辛苦了，你瞧，你又比从前瘦得多了啦。

杨秀清 （忽然转身，很感动而又很吃力地）啊！善祥！我心里闷得很，我的头有点痛，你快去给我开开窗，让我透一口气吧！

〔傅善祥连忙跑去拉开窗幔，推开窗子。室内灯影昏黄，窗外是一片无边的黑暗。

傅善祥 （回转身来）殿下！你就在这儿躺一躺好吗？

〔杨秀清点头，走过去斜躺在绣榻上。

傅善祥 （柔情地）你要喝茶吗？我去倒！

杨秀清 （无力地）不，我不要！

傅善祥 那就请静一静吧！

〔杨秀清默然无言。半晌。

傅善祥 好点吗？殿下！

杨秀清 （坐起来）没有什么，不要紧的。

傅善祥 头不痛了吗？

杨秀清 好了。

傅善祥 刚才是国舅来过？

杨秀清 唔。

傅善祥 这样夜深了，国舅还来干什么？

杨秀清 他吗？（冷笑）哼哼！他特来传达天王陛下的旨诏，说陛下想改派蒙得恩来接替我女馆的兼职啦。

傅善祥 （一惊）什么？蒙得恩！是不是就是那个……

杨秀清 （愤然地）是的，就是那个只会吹牛拍马，穿好的，吃好的，今天跑宫中，明天跑西府，一件好事儿也干不出的混账小子蒙得恩！算这家伙的造化大，我什么时候就想抓他来宰了的，他现在却抖起来了，居然敢到女馆来接我的下手，哼！

傅善祥 （担忧）那我怎么样干得下去呢？

杨秀清 什么话！他敢把你怎么样？

傅善祥 我想，很难再干下去了，我这个团帅的职务还是辞了的好。

杨秀清 （坚决地）用不着！那小子要是胆敢在馆中乱来，你看我把他的脑袋砍下来给你看看。

傅善祥　可是，殿下！你也得替我想想，我……

杨秀清　（不快，急止之）这件事情我不高兴听了，请别再说下去！

傅善祥　（长叹了一口气）唉！

　　　　〔片刻的沉默。

杨秀清　（仿佛不得不说）善祥！我想问问你：你近来是不是很快活？

傅善祥　（不懂杨秀清这话是什么意思）唔！

杨秀清　是不是也很觉得满意？

傅善祥　（漫应）那倒不见得！

杨秀清　听说你近来又还喜欢骂人，是吗？

傅善祥　（觉得奇怪）笑话！我骂人？我骂过谁？

杨秀清　你还骂我！

傅善祥　（吃惊）骂你？

杨秀清　（生气地）而且还骂过我们的天王陛下！

傅善祥　（大骇）啊！该死！该死！我敢骂你？我敢骂陛下？我究竟骂过
　　　　些什么啦？我疯了么！我真活得不想活了吗?!

杨秀清　你骂我们出身微贱，骂我们不通文墨，骂我们天朝的文武都是一
　　　　批一批老粗，你，你，你，善祥！你为什么这样地矜骄？你为什
　　　　么这样地傲慢？你又为什么这样地胆大啊！

傅善祥　（惶恐）天啊！这是谁在殿下面前造的谣言？

杨秀清　这不是谣言，这是陛下要国舅传来的旨诏，陛下那儿有人去密
　　　　奏，所以特诏令我来严查你！

傅善祥　（大惊失色）什么？还是陛下的旨诏！好吧！那就请殿下严查吧！
　　　　（颤声地）难道殿下也相信我会这样骂吗？

杨秀清　别人我相信是不敢的，至于你……

傅善祥　我怎样？

杨秀清　你不是知道我的根根底底的吗，我本来就没有喝过怎么多的墨
　　　　水，我本来就是一个老粗出身的啦！

傅善祥　（心伤泪落）啊！殿下！你也这么说，真使我太伤心了啊！

杨秀清　善祥！你这个人真太孩子气了！你哭什么呢！

傅善祥　（抽噎）我们朝中的情形实在太复杂，我实在待不下去了，请你

原谅我，放我走，我宁愿回家当老百姓去。

杨秀清 什么话！你在我杨秀清的身边还怕什么！你都待不下去，谁还待得下去！

傅善祥 （感动，不再坚持）我想，我走了，你也就要少些麻烦了！

杨秀清 （安慰）别再说傻话，快去办你的事去吧。

〔傅善祥拭泪欲下。

〔洪宣娇内声：“你们拦着我干吗？我是西王娘娘，你们的眼睛呢？全都瞎了吗？”

〔杨秀清和傅善祥还来不及站开，洪宣娇已闪身而入。

〔洪宣娇睹此情形，误会了二人，更增添了她心中的愤怒。

洪宣娇 （冷讽）哼哼！我又来得这样的不凑巧！

傅善祥 （笑迎）王娘您请坐吧。

洪宣娇 （不理傅善祥，直对杨秀清）你会觉得我这个人真太不知趣了吧！这样夜深了，还要跑来打搅您！

杨秀清 笑话！你来我难道还会不欢迎？

洪宣娇 欢迎？哼，谢谢！

杨秀清 （不耐地）宣娇，你可有什么事来跟我商量吗？

洪宣娇 哦！你这东王府是一定要有什么事儿才能上门的，是吗？

杨秀清 哎！我不是这个意思。

洪宣娇 那很好，告诉你，我是来瞧瞧你的！

杨秀清 谢谢！

洪宣娇 （正色地）我是来瞧瞧你怎么样惩办那个诽谤你、诽谤陛下的女人的。（气愤地）可是我全都瞧见了。你原来就是这样的惩办法！你没有想想，你这样怎对得起你自己，你怎么对得起我们的陛下啊！

杨秀清 （觉得难堪）宣娇！您究竟瞧见过什么啦？您还是请坐一坐，把气平一平，我们好把事情谈清楚。

洪宣娇 （愤怒地）您用不着再跟我来这一套！您没有想想您肩头上的担子有多么重，您一个人掌握着我们国家的大权，指挥着我们满朝的文武，统领着我们百万太平军的弟兄，您一言一笑、一举一动都该做我们的表率才行，可是您——您却为一个年轻的女人迷着了！您竟连陛下的诏旨都不遵从了，您这还像话吗？

杨秀清　（生气地）胡说！宣娇，我什么时候不遵从陛下的诏旨，我为哪一个女人迷着了？请你说话慎重一点。

洪宣娇　您还要我当面给您揭穿吗？（怒指傅善祥）喏！你瞧吧！你就是被这个女人迷了！

杨秀清　（气极）我看你简直发疯了！

傅善祥　（怒）王娘！这是什么话啊！您是我的恩师，您是我最尊敬的人，东王府的女官不止我一个，您怎么好随口乱说啊！

洪宣娇　什么？恩师？（厉声地）谁是你的恩师？我真瞎了眼睛，把你这样一个妖女取来当了女状元，我要后悔也来不及了！

傅善祥　（又气又恼）您怎么越说越不像话啦！王娘！您没有想想：您的身份、您的地位，好这样随便地乱说吗？

洪宣娇　（怒骂傅善祥）哼哼！你还要来教训我，你没有想想你是什么东西，你也要来教训我，你配吗？

傅善祥　（忧愤重重，慨然长叹）唉！仁慈的天父啊！这人世间就没有什么道理好讲了吗？

　　〔夜更深了。室中灯影摇摇，冷森森的，仿佛四周的光线更加昏暗。

　　〔忽然杨秀清的神色失常，态度大变，他仿佛有点昏迷，又像有点病态，他在室中不规则地绕了几步，用灵异的两眼到处望了一望，忽然又屹然不动地立在室中，直瞪瞪地盯着洪宣娇。

　　〔傅善祥自入东王府以来，还没有看见过杨秀清这种神态，她很吃惊，不知道如何是好。洪宣娇却知道，这是天父下凡，附体在杨秀清身上。她心虽不满，但却不敢再说什么了。她很虔敬地把头低着，好像在恭候下凡附体的天父的吩咐。

杨秀清　（变了声音）宣娇，过来。我是你们的天父，我下凡来了，你都不认识我了吗？

洪宣娇
傅善祥　（跪）啊！天父啊！

杨秀清　（庄严地）宣娇！你近来起了恶心，做了邪事，犯了罪过，你可知道吗？

洪宣娇	小女不知道。
杨秀清	你快来忏悔呀！我不怕我的女儿无知犯罪，我就怕我的女儿不真心悔罪，在我的面前，你得诚诚恳恳地把你所犯的罪过，一件一件地说出来！
洪宣娇	（勉强地）仁慈的天父啊！小女无知，实在不知道我犯了什么罪过，还要恳求天父格外恩怜，明明白白地指示我，小女好真心诚意地悔改。
杨秀清	（怒）你自己犯的罪过，你自己都不知道吗？在我的面前，你竟敢这样地不诚实！
傅善祥	（代洪宣娇衷恳）万能的天父啊！一个人自己犯了罪过，有时自己是不晓得的，还是恳求天父大开天恩，指示指示王娘吧！
杨秀清	善祥！你起来！这不关你的事，你起来，不要多嘴！
	〔傅善祥只好立起。
杨秀清	（怒对洪宣娇）宣娇，在我的面前不准你说半句假话，你犯的罪过实在太大了，你得说，你得赶快对我说！
洪宣娇	不瞒天父！我实在不知道呀！难道你的女儿，还敢在你面前欺瞒你吗？
杨秀清	（严肃地）我问你，你是不是在你们天王面前说过女馆的坏话？
洪宣娇	（惊恐地）我，我……我……
杨秀清	（紧逼）不准你说半句假话，你说过没有？你说！
洪宣娇	（不承认）我，我没有！
杨秀清	蒙得恩到馆中来接替杨秀清的下手，是不是你推荐的？
洪宣娇	我不知道。
杨秀清	你愤恨傅善祥，讨厌傅善祥，甚至于还想找机会陷害傅善祥，对不对？
洪宣娇	（勉强地）我不知道。
杨秀清	说善祥诽谤天王和东王的密奏是不是你干的？
傅善祥	（想替洪宣娇开脱）天父啊，怎样会是王娘干的呢？
杨秀清	走开！不准你说话！（转对洪宣娇）你说是不是你干的？你说！
洪宣娇	（实在太难堪）我……
杨秀清	你快说啊！

洪宣娇　（羞惭至极）都是我干的，都是我干的啊！

傅善祥　（惊叹）真是她干的啊，唉！

杨秀清　宣娇！你为什么要这样陷害你的兄弟姐妹？你想这是不是你的罪过？你该不该忏悔？

洪宣娇　（勉强忏悔）公正无私的天父啊！小女真心诚意地悔罪了！恳求天父格外开恩，赦免从前的罪过，准许小女改过自新，常常看顾我，成全我，这是小女最诚心的祈祷啊！

杨秀清　宣娇，你诚恳地悔过，打动了我仁慈的天心，你得好好地改过自新，你得常常地自己反省，反省。你要当心，你们朝中还暗藏着有妖魔，你得谨防着了迷，受了害，我的话你全听清楚了没有？

洪宣娇　我都听清楚了。

杨秀清　宣娇！你还是我的好女儿，听我说，我赦免你从前的一切罪过了，你起来，你立起来！

洪宣娇　（感激地）仁慈的天父啊！（起身）

杨秀清　你去吧，你回去吧，我也得回天堂去了。

　　　　〔洪宣娇遵令退至门边，羞愧而去。

　　　　〔杨秀清仿佛又有点昏迷，过了一会儿，才渐渐地有点清醒的样子。

傅善祥　殿下！你醒醒吧！你醒醒吧！我怕得很呀！

杨秀清　（吃力地长叹了一声，清醒）唉！

傅善祥　（悲悯而感慨地）殿下！你未免太残酷了啊！

杨秀清　你也觉得我太残酷了吗？

傅善祥　是的，我心里都还在难过呢！

杨秀清　不，善祥，这不是我的残酷。这是惩罚！这是我们那公正无私的天父的惩罚！

傅善祥　（赤诚地）可是我还是很害怕啦！

杨秀清　你害怕什么？你站在我杨秀清的身边，你还害怕什么！

　　　　〔幕落。

第四幕

　　　　〔幕启。

〔太平六年，七月下旬的某夜。

〔西王府洪宣娇的内室。室壁正中高悬着一巨型的耶稣十字架像，左壁挂着洪宣娇所珍爱的弓矢和长剑，右壁挂着西王萧朝贵的遗物——风帽和战袍。左边一门通外面庭园，右边一门通洪宣娇卧室，左右两门都有紫红色的帏幔卷挂着。左侧边有一排花窗，窗前摆着一衣柜，柜中放着洪宣娇在战争中所得的各种胜利品，如清朝的朝服、顶子、龙旗、腰刀之类，右侧边摆着一小型的镜台，台上放着一架来自当时所谓"番国"的明镜。室中空悬着几座纱灯，中间摆着古式小圆桌一、很精致的椅凳三五。

〔洪宣娇很烦恼地从右边通自己卧室的门中走了出来。不到半年的时光，似乎把她的精力都消磨了一大半去了。她有点憔悴，也有点颓丧，心里仿佛有一种难言的隐痛在啃咬着她，她的神色很不安，在室中走起来脚步都有些迟重。娇小玲珑的云姑追随在她身边，鼓起小嘴唇正在跟她唠叨不休。

云　姑　王娘！你怎么这样做呢，你为什么把东王送你的东西都毁了？
　　　　〔洪宣娇不睬云姑。

云　姑　（天真地）哎呀！那对宝珠真可惜啦！圆溜溜的、光闪闪的，多么可爱啊！可是你几下就把它摔碎了！你不要，为什么不赏给我呢？
　　　　〔洪宣娇还是不睬云姑。

云　姑　那座番国来的自鸣钟，也实在太可惜了！响起来叮叮当当的，就像琴的声音一样，听起来，也怪好玩的。你也一下把它捶成几块了，真是又何苦呢！
　　　　〔洪宣娇依然不睬云姑。

云　姑　（越说越起劲）还有那对象牙球……
洪宣娇　（忽然盯云姑一眼）云姑！
云　姑　（话被打断了，停了一会儿）要是东王晓得的话，真要生你的气了！
洪宣娇　（生气地）不准你胡说！你怕不怕我撕破你的刁嘴？
云　姑　（害怕地）好，王娘，我不说了，请你别生气！
　　　　〔洪宣娇默然，心里好像还是很烦恼。

云　姑　（讨好地）王娘，听说城外孝陵卫的桂花已经开啦！这几个月来，你都不肯出门，明儿我陪你去玩玩，好吗？

洪宣娇	（不耐烦地）谁有你那么高兴。去！快点给我出去！别老在这儿啰唆！
	〔云姑下，旋即复上。
云　姑	王娘，国舅驾到！
	〔洪宣娇迎了过去。赖汉英上。云姑行礼，退出。
赖汉英	（看到洪宣娇，有点惊异）宣娇，你怎么啦，又生病了吗？
洪宣娇	（懒懒地）没有。
赖汉英	怎么这样瘦呢？
洪宣娇	嗯，瘦吗？（瞧了瞧自己）还好吧。
赖汉英	你这两天可到宫内去过？
洪宣娇	我一天到晚都在家里，什么地方都没有去过。
赖汉英	你可知道昌辉已经回来了？
洪宣娇	（吃惊地）哦？昌辉回来了，他回来干吗？
赖汉英	是陛下密召他回来的，听说石达开也就要到了啦！
洪宣娇	（更惊）哦？达开也可是奉的密召？
赖汉英	是的。
洪宣娇	（奇怪）陛下要他们两个人都跑回来干什么？
赖汉英	（冷笑）干什么！哼！难道你会不晓得？
洪宣娇	我晓得，我怎么会晓得呢？（想了一想，仿佛有点明白了，试探地）唔！我问你，国舅！这次秀清是不是也知道他们要回来？
赖汉英	（笑）嗬，让秀清事先知道了，那还叫密召吗？
洪宣娇	（大惊）这么说，那陛下是要想杀……（有点难过，连忙止住）啊！我晓得了，我晓得了！
赖汉英	陛下要我来问问你，杨秀清跋扈专横的事实，是不是都是真的！
洪宣娇	怎么不真！
赖汉英	他骂陛下荒淫、韦昌辉卑鄙，说昌辉只晓得对陛下献美人、送宝物，说陛下也不念太平将士的艰苦，一天到晚只知道在宫里陪着妃嫔们吃、喝、玩、乐，千千万万地随便浪费圣库里的金银，一点也不知道顾惜。秀清可真的这样骂过？
洪宣娇	是有人亲耳听到过的啦！
赖汉英	那么，叫他的部下对他三呼万岁也是真的了？

洪宣娇　这件事情，对我说的人确实很多。

赖汉英　听说秀清还想篡位呢，你看怎么样，是不是有可靠的证据？

洪宣娇　证据我虽没有，可是别人却多的是。

赖汉英　谁有？

洪宣娇　北王府里的人都有。

赖汉英　你相信那些证据都可靠吗？

洪宣娇　为什么不可靠，难道北王和北王府里的人会不忠于陛下吗？

赖汉英　令陛下疑心的，也就在这些地方啦！你想想，宣娇，陛下那儿所接到的弹章、密报，说秀清跋扈专横的，是北王府里的人；说秀清目无天王，自称万岁的，也是北王府里的人；说秀清阴谋篡位，密图窃取太平江山的，还是北王府里的人！难道我们满朝的文武，就只有那北王韦昌辉和他的部下才是忠于陛下的吗？

洪宣娇　国舅！你得明白，别的人难保不都是秀清的党羽！

赖汉英　（正色地）宣娇！我请你说话别这样儿戏，这样尖刻！

洪宣娇　谁跟你儿戏，国舅！

赖汉英　陛下还要我告诉你，他要我跟你说了以后，还要请你入宫去跟他面奏。

洪宣娇　（心里有点矛盾）为什么一定要我去呢，你回宫去面奏不是一样吗？

赖汉英　不，宣娇，我赖汉英是一个粗人，我说不来谁的好坏，我只知道服从陛下的命令。现在陛下要你去，你就得去啦！

洪宣娇　（痛苦地）你叫我去怎么说啦？

赖汉英　（奇怪）噫！你刚才不是说得很起劲吗？

洪宣娇　我不去！我不去，我说不去就不去呀！

赖汉英　那怎么成呢，韦昌辉说杨秀清的许多无法无天的行为你都是晓得的，你去只要不冤诬秀清，不陷害秀清，只要完全照你的良心说话就对了。你怕什么呢？

洪宣娇　（既矛盾又痛苦）请你不要逼我，国舅，我说不去就不去啦！陛下高兴相信谁就相信谁吧，这些事我可管不着，请别来问我。

赖汉英　（没有办法）也好，宣娇，你去多想想也好，我得先走了。（下）

〔云姑上。

云　姑　王娘，傅状元来了，要拜见王娘。

洪宣娇　（意外地）什么？你说是傅善祥来了？

云　姑　是的。

洪宣娇　（怒）她来干什么？是谁放她进来的？

云　姑　人家来拜见你，我们怎么好拦她呢？

洪宣娇　我不是告诉过你们，只要是东王府里的人，不管是谁，都不准放
　　　　他们进来的吗？

云　姑　可是她已经进来啦，怎么办呢？

洪宣娇　（想了想）好吧，你就去把她请到这儿来。

　　　　〔云姑跑下。傅善祥上。

　　　　〔洪宣娇不大理傅善祥. 仿佛只要是傅善祥立在她的身边，就要
　　　　在她的心头扇起一炉愤火。

傅善祥　（不自然地走近洪宣娇）王娘！今儿晚上真对不起得很。

洪宣娇　（反话）我还没有来远迎呢！

傅善祥　哪儿敢当，从三月间我们分手以后，已经快有五个月不见面了吧？

洪宣娇　也许有了吧。不过我的记性很坏，不像你一样，倒还记得那么
　　　　清楚。

傅善祥　这五个月来，您可知道，我一共到过您府上多少次，连今儿晚上
　　　　在内，整整的二十次啦！

洪宣娇　哦！那真太辛苦你了！

傅善祥　可是我每次来都遭了您的拒绝，我没有法儿拜见着您，我只好一
　　　　个人很难过地走了回去。到了今儿晚上我可不能不冒撞了，这还
　　　　得请您特别原谅。

洪宣娇　我不懂，你在东王府里一天到晚过得还不够舒服吗？你这样接二
　　　　连三地来看我干吗？

傅善祥　王娘，请您别这样说，我不是来惹您生气的，我是来跟您解释误
　　　　会的。

洪宣娇　什么？误会！我们之间有什么误会？

傅善祥　我不说假话，依我看来，是有的，而且还很深。

洪宣娇　是你误会我，还是我误会你？

傅善祥　是您误会我，而且还连带地误会了东王。

264　　洪宣娇　（生气地）我误会了你们，哼，还说我误会了你们！我会误会你

们什么？你说，我误会了你们什么？

傅善祥 （提起勇气）这五个月来，您跟我们断绝了往来，我来拜候您，您不见，东王亲自来问候您，您更不见，东府里的任何人想来侍候侍候您，您还是一概不见。您这是为什么呢？这不是误会是什么？

洪宣娇 这不是什么误会！善祥，我告诉你，我心里是雪亮的，什么我都明白，什么我都清楚，我不高兴见的人，我就不见，这是我的脾气！

傅善祥 （难过地）啊！王娘！您为什么要这样呢？您跟东王是兄妹，您跟我是师生，您跟东王府里的男男女女是兄弟姐妹，我们究竟什么地方得罪了您，气恼了您，使您这样地怨恨我们，歧视我们，我们真难过极了。我现在要请您明明白白地告诉我，您明白地告诉我了以后，我们才好痛改，我们痛改了以后，才好恳求您的宽恕——王娘！您对我说吧！您怎么不说呢？

洪宣娇 （气极）你还要我跟你说什么？你，你，你难道还会不明白？

傅善祥 我不明白，我实在不明白。我想，我们的关系弄成了这个样子，一定是有人在你面前挑拨！

洪宣娇 （一惊）挑拨？谁在挑拨？我不是傻子，我还用得着谁来挑拨吗？

傅善祥 我可知道，确实有人在挑拨。

洪宣娇 谁？

傅善祥 （大胆肯定地）就是那北王韦昌辉！

洪宣娇 （惊愤）胡说！北王会来挑拨我？你敢冤诬他！

傅善祥 我怎么敢冤诬他呢！我不过提醒您注意罢了。

洪宣娇 用不着你来操心，北王与你无仇无恨，他为什么要这样来对付你！

傅善祥 是的，王娘，北王与我无仇，可是您要明白他却跟我们东王有恨啦！我知道他不是要对付我，他要对付的却是我们东王！

洪宣娇 胡说！你越来越大胆了，北王为什么要恨东王？为什么要对付东王？你说，你说！

傅宣祥 为什么一定要我说呢，我说出来不太冒犯了嘛！

洪宣娇 （紧逼傅善祥）你说，你非说不可，你不说就是造谣生事，就是挑拨是非！

傅善祥 （鼓起勇气）那么就请您听吧。东王反对北王勾结富豪，杖责他贩运私货，揭破他误用内奸，痛骂他荒淫苟且。因此，东王变成了他眼中的钉子、路上的障碍，他痛恨他、仇视他，他不拔掉他、推倒他绝不会使他心里痛快。所以，他就算身在前线，也一面串通那些跟他志同道合的文武，常常在陛下面前毁坏东王，一面又教唆起他的部下在陛下面前一次二次地去诬陷他、密奏他。这些，这些我实在听得太多，也知道得太多了。王娘，难道你竟一点也不觉得吗？

〔洪宣娇痛苦地思索着，无语。

傅善祥 （大胆地继续）北王是一个阴险的人，他知道从前东王跟西王的兄弟关系最亲密，东王跟您的兄妹关系又真像是亲骨肉。因此，他老早就想尽一切方法来挑拨您和东王的感情，离间您和东王的关系，用了许许多多甜言蜜语来笼络您、迷乱您，想把您拖在他的一边，好叫您跑到陛下的面前去帮助他攻击东王，诬害东王。啊！王娘！请您原谅我的唐突，您为什么还一点都不醒觉呢？

洪宣娇 （觉得傅善祥伤了自己的尊严，刺痛了内心的深处，愤怒）住嘴！善祥，你真太狂妄了！你竟敢这样地胡说八道，你竟敢当着我的面这样侮辱我！像你这样地无法无天，你真不想活了吗？

傅善祥 （赤诚地）您不要这样生气，王娘，我怎么敢侮辱您呢！我请您平心静气地想一想：自从清妖的江南江北两座大营被我们踏破以后，我们天国的情势是一天比一天地好转了。如果我们想战胜清妖，想掀倒清妖，我请您想想：我们满朝的兄弟姐妹该不该和衷共济，该不该相亲相爱？

洪宣娇 哦！你今儿晚上到我这儿来，就是要来这样教训我的，是不是？

傅善祥 王娘！我的话您为什么总听不进去呢！我明白，我完全明白，您还是跟从前一样的，气我、恨我、讨厌我。可是我傅善祥是一个顾大局的人，我绝不愿意跟您作对，我今天晚上特地闯到您府上来，就是要请求您答应我一件事。

洪宣娇 （盯视）什么事？你说。

傅善祥 （恳挚地）王娘！只要您不去帮助北王，只要您愿意跟东王和好，请您相信我，我立刻就可以去辞掉一切的职务，明天就可以离开东府，回到我的老家。（衷恳地）这是我最诚恳的请求，王娘！您能痛痛快快地答应我吗？

洪宣娇 （暴怒）我不要听你这套花言巧语，你快点给我走开！

傅善祥 啊啊，王娘！您怎么啦！您真愿意受韦昌辉的利用，死心踏地地帮助他来诬害东王吗？

洪宣娇 （气得发昏）闭上你的臭嘴！我洪宣娇是谁利用得了的！这几个月来，你们一次二次地欺侮我还不够，今天晚上你竟还要跑到我的家里来这样地当面侮辱我，你以为你的翅膀长硬了，就可以随便踩在我的头上来糟蹋我了吗？你真太无法无天了！你以为我怕杀得你吗？（奔至壁前，一手拔出宝剑，对着傅善祥欲刺）

傅善祥 （惊退了两步，忽又挺着胸膛坦然直立，从容地）王娘！您要杀就请快点动手吧，反正我手无寸铁，而且就在您的家里，您要杀，您杀好了，您杀好了！

洪宣娇 （忽又觉得不好下手）你以为我不敢杀你，是不是？

傅善祥 （欲夺剑）我看，还是把您的剑借给我，让我自杀在您的面前吧！免得您受一个杀我的罪名！

洪宣娇 （闪开）滚开！你还想来夺我的剑！

傅善祥 （泣）啊啊，王娘！这半年来，我真太痛苦了，我实在也不想再活下去了！不管是您杀我也罢，我自杀也罢。（衷恳）我还是得请求您为着我们的太平天国，为了您的哥哥——我们的天王陛下，您得离开韦昌辉！帮助东王，诚诚恳恳地去帮助东王。您只要肯答应我，我现在就死在您的面前也是心甘情愿的啊！（向洪宣娇的剑扑去）

洪宣娇 （连忙闪开，气得发抖）滚开！我不要听你这一套！你再在我这儿吵闹下去，只会叫我发疯。现在我不高兴杀你了，你要自杀，回你的东王府自杀去好了，你给我走！（逼迫傅善祥）你给我走，你给我走！你马上给我走！

傅善祥 （心伤泪落）王娘，您为什么这样地狠心呢？啊啊，天哪！（呜咽着下）

〔洪宣娇在室中徘徊，很像一个刚从噩梦中惊醒了的人似的，她在回忆，她在追思。忽然她觉得手中还紧握着一把宝剑，连自己也都感到一些惊奇了。

洪宣娇　我在做梦吗？……这算什么啦？我真在发疯了吗？（长长地叹了一口气）唉！（把剑放入鞘中，依然很痛苦地在室中徘徊）

〔韦昌辉悄悄地上，一见洪宣娇这样的情形，心中暗暗地有些吃惊。

韦昌辉　宣娇！

〔洪宣娇没有听到。

韦昌辉　宣娇！

〔洪宣娇还是没有听见。

韦昌辉　（大惊）宣娇！

洪宣娇　（惊觉，连忙折转身来）哦，是你。你刚来？

韦昌辉　我来了一会儿了，听说善祥在你这儿，我怕她知道，不好进来。不是说你们已经断绝往来好久了吗？她今晚突然跑到你这儿来干什么？

洪宣娇　还不是那一套。

韦昌辉　是一套什么呢？

洪宣娇　（不快地）你一定要问得那样清楚干吗？

韦昌辉　（看洪宣娇神色不对）噫，宣娇！你怎么啦？人不舒服吗？

洪宣娇　我没有什么不舒服。

韦昌辉　你瞧，好几个月不见，你还是那样大的脾气。你这个人，我真把你没有办法。你过来，我有要紧的事告诉你。

洪宣娇　什么事？

韦昌辉　你可知道，我这回是奉了陛下的密召，今儿早上才赶到的。

洪宣娇　我知道。

韦昌辉　你知不知道，陛下密召我们回来干什么？

洪宣娇　我也知道。

韦昌辉　可是事情可真难办！我今天秘密地去见陛下的时候，他却还要我稍微等一等。

洪宣娇　陛下怎么说？

韦昌辉　陛下吩咐我，叫我等石达开回来了再说。可是现在达开还没有消息，谁知道他究竟要什么时候才能回来呢。

〔洪宣娇不语。

韦昌辉 而且照我刚才所得来的一个千真万确的消息，我们是不能等石达开的了，我们要动手就得快！

洪宣娇 你这样急干什么！

韦昌辉 不是我急，实在是秀清等得不耐烦，你知道吗？他篡位的日子，听说已定在最近几天之内就要动手干了啦，这真太可怕了！宣娇，现在的情势实在太吃紧了，太危急了，你说我们该怎么办？

洪宣娇 （从上到下打量韦昌辉，淡然地）你高兴怎么办就怎么办好了，又何必来问我呢？

韦昌辉 （异常惊诧地）噫！你这是什么意思？

洪宣娇 （冷冷地）没有什么别的意思。

韦昌辉 （不满地）你这算什么态度？

洪宣娇 （冷笑）哼！我就是这种态度。

韦昌辉 （佯装非常生气，紧追在洪宣娇身边）我看你这个人真太莫名其妙了！你的态度一时这样，一时又那样，你究竟是怎么一回事。你想，我韦昌辉为了什么？为了跟杨秀清争权？还是为了跟他夺利？我请你想想看：我韦昌辉，究竟为了什么？

〔洪宣娇漠然不答。

韦昌辉 （愤恨地）杨秀清一手独揽天下大权，叫人对他三呼万岁……阴谋弑杀我们的天王，密图夺取你们洪氏的江山……我韦昌辉不去捧他、抬他，却偏偏要把我这条性命去拼他，我这是为了谁——难道也是为了我自己吗？

〔洪宣娇有点动摇，沉思无语。

韦昌辉 （紧迫一步，还是很愤恨地）他宠上了傅善祥那个妖女，为了要偏袒她的胡作非为，包庇她的滔天大罪，在你面前扯了一次大谎不说，还假借天父附身，当面来侮辱你、糟蹋你，一心想把你闷死、气死，活活地羞辱死。宣娇，你想想看，他过去是怎样地器重你、尊敬你的！可是现在怎么样？现在他却是那样的狠心，那样的恶辣！他哪还把你当成是亲兄妹、亲骨肉啊！他早已经把我们在金田起义时候的兄弟姐妹都忘得干干净净的了！你，你，你洪宣娇是一个人！是我们兄弟姐妹中最有骨气的人，你什么都能容忍，难道这你也能容忍吗？（稍停，忽又警告洪宣娇）现在我可不得不提醒你了，宣娇！杨秀清既然想夺取你们洪氏的江山，如果你们不赶快去杀他，那他就会在这几天内来杀光你们！我想，只要是姓洪的，就谁都休想逃脱他的毒手！我的话可说到尽头了，信不信可随你的便！

洪宣娇　（痛愤地）用不着你再说，昌辉！（切齿）你以为我们现在就杀不来人了吗？

韦昌辉　（见有转机，连忙劝洪宣娇）对！你的话说得真对！不过，宣娇！你可千万不要忘记，你好好地听我说：从明天起，你见着秀清，见着善祥，你就得把你的态度改一改，最好你明天就去和他们讲和。你到了他们那儿，你就得把你的痛苦忘掉，把你的真感情压着，你不会说也得说，你不会笑也得笑，你不高兴也得高兴，你听清楚了没有？你得想尽一切的方法去把他们的眼遮着，心迷着，要他们半点儿也不会怀疑我们，提防我们，然后我们才好……

洪宣娇　（点了点头）唔！

韦昌辉　（紧追一步，迫使洪宣娇答应）不过，宣娇，我现在却还有一件小事要请求你，你得立刻答应我。

洪宣娇　什么事？

韦昌辉　我想求你立刻陪我入宫去促请我们的天王，赶快给我一道诛除叛逆杨秀清的诏令！

洪宣娇　（迟疑，矛盾地）不！要去你自己去吧！

韦昌辉　（挑拨）宣娇！难道这么大的一口恶气，你就吞得下去吗？

洪宣娇　你不要再啰唆了，我说不去就不去！

韦昌辉　（狞笑）好，好，好，你一个人在家里认真地多想想也好，我出去一下，一会儿再来同你谈谈，谈谈。（奸笑着望了望洪宣娇，下）

〔幕落。

第五幕

〔幕启。

〔太平六年七月下旬的某日从头天下午到第二天晚上。

〔景同第二幕——东王府中之一室。

第一场

〔东王府外钲鼓之声齐鸣。

〔杨秀清与傅善祥上，仿佛今天有什么意外的事情发生了，两个人的神色都很不愉快，特别是杨秀清，一脸的怒容，愤愤然的，就像要跟谁大发脾气的样子。

傅善祥 今天玩了那么多地方，殿下恐怕有点倦了吧？

杨秀清 还好。

傅善祥 说也奇怪，怎么刚才竟敢有人到殿下的仪仗前来撞驾啦？

杨秀清 （疑惑）善祥，你看那家伙会不会是刺客？

傅善祥 （担心地）那可难说啦。

杨秀清 （骄笑）哼，竟也有人敢派刺客来刺我了吗？

傅善祥 我看，殿下还是小心点的好！

杨秀清 （爽快地）用不着！

傅善祥 我想，殿下还是提防提防的好吧。在我们朝中，您以为就没有人敢暗算您吗？

杨秀清 （傲慢地）暗算我！为什么要来暗算我？谁敢来暗算我？（骄笑）哼哼，要是真有那样的人，想来试试的话，（愤然地）看他们要不要自己的脑袋……

傅善祥 （顶了回去）可是刚才那个胆大妄为的家伙，不还是被他溜掉了吗？

杨秀清 （怒）这次算他溜掉了，看他下次还溜得掉不！再说，人都没有被我们抓到，可谁也不能确定他就是刺客啊！

傅善祥 我真不懂，您为什么这样大意！

杨秀清 我也不懂，你为什么总有这样的疑心。

傅善祥 殿下，我总觉得您太疏忽啦！

杨秀清 （不快地）我想用不着你来替我这样地操心！

〔承宣上。

承　宣 启禀殿下，本府的各部尚书都到齐了，正在外边殿中恭候殿下。

〔杨秀清和承宣急下。

傅善祥	（望着杨秀清的身影，长长地叹了一口气）唉！
	〔侯谦芳从右边的门口悄悄地摸了进来，傅善祥尚未察觉。
侯谦芳	（走近傅善祥，低声地）善祥，事情怎么样了？
傅善祥	（一惊）哦，谦芳，你这样鬼头鬼脑地干什么！
侯谦芳	（神秘地）哎！小声点，我问你事情究竟怎样了？
傅善祥	可全糟了。
侯谦芳	怎样糟了？
傅善祥	你以为你的计策不错，只要找一个人假装着刺客去撞撞他的驾，就可以吓他，惊醒惊醒他了吗？告诉你，我们的气力全白费了，他心里却满不在乎，而且还怪我多事，要我以后别替他瞎操心！
侯谦芳	（着急）这可怎么办呢？
傅善祥	他性情是那个样子，叫我有什么办法呢？
侯谦芳	可是，善祥，事情却越来越可疑，越来越可怕了！你知道吗？（悄声地）北王韦昌辉昨儿早上从前线偷偷地跑回来了呀！
傅善祥	（吃惊）哦！真的吗？
侯谦芳	（仿佛很严重地）真的！他一回来，就悄悄地进过宫，到过西王府，跟洪氏诸王会过面。这全是我们的人探听到的，怎么会不真呢！
傅善祥	（疑虑）那他突然跑回来干什么呢？
侯谦芳	干什么！你想，从洪仁发、洪仁达一直到洪宣娇，哪一个不是妒恨我们东王的！韦昌辉一回来，就悄悄地去跟他们见面，你说，还会干得出什么好事儿来吗？
傅善祥	（忧心地）这么说，实在太可疑，也太可怕了。
侯谦芳	唉！该也不会是韦昌辉的毒计，在陛下面前起了作用了呢？
傅善祥	陛下就会这样轻信韦昌辉吗？
侯谦芳	那可难说，韦昌辉想诬害我们东王，暗中指使起他部下接二连三地去密告东王，这是我们老早就探听到了的。万一他们捏造的事实能够打动陛下的心，那不就太可怕了吗？
傅善祥	是的，那么，我们该怎么办呢？
侯谦芳	其实也没有什么了不起，只要我们东王别那样骄矜、那样大意，肯留心，肯相信我们的话。哼！韦昌辉是什么东西，你还愁我们

殿下没有办法来对付他吗？可是，善祥，你知道，近来殿下是不大相信我说的话的，现在只有靠你，只有靠你大胆地去提醒提醒他了啊！

傅善祥　（叹气）唉，谦芳！近来殿下的脾气也变坏了，我不也跟你一样嘛！你为什么不找别的人去跟他说说呢？

侯谦芳　（恳求）不，善祥你不能推辞。你是知道的，殿下的左右，一天到晚不是忙着办理国事，就忙着筹划北征，哪儿还会来留心这些事情啊！即使有人留心到了，因为知道他自高自大的脾气，谁也不愿意去挨他的骂的。你跟我们不同，你只要肯多多地劝劝他，也许会有很大的效力。你要知道，殿下要是被他们打下去了，我们不也就跟着完了吗？

〔走廊上传来一阵脚步声。

〔幕内参护高呼："西王娘驾到！"傅善祥与侯谦芳听到，都惊着了。

侯谦芳　噫，洪宣娇会突然跑到这儿来干什么呢？唔，善祥，你得留心她，你千万得留心她！（慌慌忙忙地退了出去）

〔洪宣娇带着从未见过的微笑，喜气洋洋地上。这可使傅善祥更加有些惊疑了。

洪宣娇　（笑）善祥，你很奇怪吧，我今天居然到你们这儿来了。

傅善祥　这正是我们求之不得的啊，王娘。

洪宣娇　这很有点出你意外吧？

傅善祥　（不好回答）……哦，（一笑）我该怎么说才好呢。

洪宣娇　那么，你猜猜我是来干什么的？

傅善祥　（又笑）您……您来总是好的啦。

洪宣娇　（依然笑着）你真不愧是一个聪明的女才子啊，来！你过来。

〔傅善祥走近洪宣娇。

洪宣娇　告诉你，我是来跟你道歉的啦！

傅善祥　（不敢相信）什么？您、您也来跟我道起歉来了？

洪宣娇　难道你竟忘了我昨儿晚上对你的态度？

傅善祥　那算得什么呢。

洪宣娇　你不觉得我对你太粗暴？

傅善祥　不觉得。

洪宣娇	也不觉得我对你太无理?
傅善祥	也不觉得。
洪宣娇	你不骂我,也不恨我?
傅善祥	我是您的门生,我怎么敢呢。
洪宣娇	(狂喜,抱住傅善祥)啊,善祥!你真是我的好妹妹啊!你知道吗,你昨儿晚上的一番话,真太使我感动了。你走了以后,我一个人倒在床上想来想去地,到天亮了都还没有睡着呢。
傅善祥	那您一定可以答应我的请求了?
洪宣娇	是的,你的话,说得很对,我前思后想地想了一夜,我也觉得,我应该帮助东王,我应该跟他和好。我今晚上来,也就是想对你表明我这个意思。
傅善祥	(挣开洪宣娇,半信半疑地)啊!王娘!您真使我太快活了!那我也得对您实行我的约言,明天我也就一定离开东府!
洪宣娇	瞎说!你走了,那还成话吗?你真太瞧不起我洪宣娇了。
傅善祥	不,王娘!我想还是我离开你们远一点的好。
洪宣娇	那何必呢?我一来你就走,那不就是我把你赶走的吗?
傅善祥	我没有这个意思。
洪宣娇	那你又为什么一定要走呢?
傅善祥	啊,王娘!我怎么敢起这样的念头呢。我只是想,为了以后不会有人拿我来挑拨是非,也为了我将来能多过几天清闲的日子,所以我觉得还是我早点走的好。
洪宣娇	你真要这样干的话,对不住,善祥,那你们这儿,我也就只好不来了。
傅善祥	为什么呢?
洪宣娇	(有点生气)不为什么,我就是这样一种脾气。
傅善祥	(瞧了瞧洪宣娇)也好,那我就听您的劝告,不走了吧。
洪宣娇	(欢喜)嗯,这么才是我的好妹妹呀!
傅善祥	(忽然)可是王娘!您对于北王究竟怎么样?
洪宣娇	(暗惊)对于他嘛,我当然离开他!不过,你昨儿晚上对我说的那些话,我总还不大十分相信。一来呢,他就根本不敢在我面前说东王的坏话;二来呢,陛下也就从来都没有跟我说起过这类的

事情；我倒有些奇怪，你那些消息是从哪儿听来的呢？

傅善祥 自然也是我们探听得来的啰。

洪宣娇 （有意思地笑）可是你也得当心人家的挑拨啊！因此，我想请你暂时不要告诉东王，让我到宫中去查明白了再说。

傅善祥 好，我就专候您的吩咐。

洪宣娇 （欢喜，又去抱傅善祥）啊，我的好妹妹，你实在太可爱了，连你的心也都是很美的啊！

〔杨秀清带着愉快的心情，满脸得意，昂昂然上。

杨秀清 （笑）啊，宣娇！我刚才听说你来了，我心里真高兴啊。

洪宣娇 （挽着傅善祥，笑）殿下！你瞧，我们像不像两姐妹？

杨秀清 （上下打量洪宣娇和傅善祥，微笑）像，有点儿像。

洪宣娇 （笑）你瞧，我们要好不要好，亲热不亲热？

杨秀清 那还用我说吗？

洪宣娇 你没有料到吧？

杨秀清 倒也有一点儿意外。

洪宣娇 （撽了一撽傅善祥）噫，善祥！你怎么不说话呀？你问殿下，这会儿，他心里高兴不高兴？

傅善祥 （不冷不热地）您问他不也是一样吗？

杨秀清 （笑笑）我看就不用问了吧。

洪宣娇 这么说，那你心里一定是很高兴的了，可是在今天以前，恐怕你还是很替我们担心的吧！对吗？

杨秀清 唔，你说的一点不错。

洪宣娇 善祥，殿下的话，可是真的？

傅善祥 怎么不真呢！殿下还常常要我到您府上去请教呢！可是我每次去都瞧不到您，叫我怎么挨得近您的身边啊！

洪宣娇 （笑着，又撽撽傅善祥）现在该也挨得近我了吧。啊，善祥，我的好妹妹，过去的一切都不要去提它了吧！总之，是我的心多，是我的量狭，是我对你不起，难道你还不原谅我吗？

杨秀清 宣娇，只要你能够原谅她，她怎么会不原谅你呢。

傅善祥 是啦，王娘！

洪宣娇 （亲热地）噫，你瞧，我们不已经是很亲热的两姐妹了嘛！

杨秀清	（愉快地）那就好得很啦！宣娇！这几个月来连你的影子都瞧不见，你一人在家里干些什么？
洪宣娇	殿下，我是在家里闭门思过呢。
杨秀清	（有点意外）哦，你也在思过？
洪宣娇	（真挚地）是的，这些日子，我什么事都想过了，我自己觉得，我这人脾气太坏，得罪人的地方也太多。特别是你，殿下！我真太对不起你了！
傅善祥	（微笑着，很有意思地盯视着洪宣娇）怎么啦，王娘！您今天为什么突然这样地客气起来了！
杨秀清	（也笑着）是啦。
洪宣娇	不，我不是客气，我自己明白，我曾经一次二次地使你烦恼过，难堪过，其实仔细想想，又何苦呢！我们在金田起义的几个兄弟姐妹，活在凡间的已就不多了，我们不和和气气地过些日子，还要吵来吵去的像什么！那真太无聊了！
杨秀清	（非常惊喜）啊啊，宣娇！你怎么啦，才几个月不见，你就变成了两个人了，你真的忏悔了你自己的过错了吗？
洪宣娇	是的，我的一切过错，我都悔改了。
杨秀清	（快乐）那我今天实在太高兴啦！
	〔承宣上。
承　宣	启禀殿下，北王殿下驾到。
杨秀清	哦，北王也回来了，去请他到这儿来吧。
	〔承宣应声下。
杨秀清	（疑惑）昌辉是什么时候回来的？宣娇你知道吗？
洪宣娇	不知道。
	〔半晌。韦昌辉笑着上。
韦昌辉	（对杨秀清）殿下！我回来了。
杨秀清	啊，昌辉！你来得正好。
韦昌辉	我动身前，专差送回来的禀告，殿下看到了吗？
杨秀清	什么禀告，我还没有瞧见呢！
韦昌辉	就是请你准许我回京一行的禀告啦，现在禀告还没有到，我倒先到了，真得向你请罪呢！

杨秀清	这算什么！
韦昌辉	殿下这回打了几个大胜仗，我是特地从前方赶回来贺功的啊。
杨秀清	不敢当，你是什么时候到的？
韦昌辉	昨儿到的，因为人很疲倦，一回来就在家整整地躺了一天，今儿到你府上来，我还是第一次出门呢。
杨秀清	那你真太辛苦了。
韦昌辉	倒也没有什么。（转对洪宣娇）啊，宣娇，今天在这儿碰见你真好极了，我还没有来看你呢。
洪宣娇	你还会来看我！你只要来拜候过东王不就成了嘛！
韦昌辉	（笑）嗬嗬，宣娇！几个月没有见了，你的嘴还是这样地不让人。
傅善祥	（故意凑趣）难道你还不知道我们王娘的脾气嘛！
韦昌辉	是的，我知道。啊，善祥！我还差点忘了告诉你，我在前方的时候，达开听说你这次的功劳也很不小，他还一连作了好几首诗来送你呢！
傅善祥	我哪有什么功劳啦，真太使我惭愧了！
杨秀清	哦，达开又在作诗了吗？
韦昌辉	做得可真不少啦，就可惜我连一句都记不起来了。
傅善祥	啊，翼王的诗，也跟他人一样，真豪放啊！
洪宣娇	（对杨秀清）难怪你常常都称赞他了。
杨秀清	（点头）是的，达开这人真好——文章行，打仗也行，真了不得！
洪宣娇	当然啰，我们朝中可有几个石达开啊。
韦昌辉	唔，是的，是的。
	〔半晌的沉默。洪宣娇很亲热地笑挽着傅善祥走到一旁耳语。
韦昌辉	殿下！您近来的身体怎样？
杨秀清	还好。
韦昌辉	前些日子当您跟向妖头的仗火打得最激烈的时候，不是听说您病得很厉害？
杨秀清	没有这回事，我因为夜熬得太多，只不过伤了几天风，吃了几服药罢了。
韦昌辉	（诚恳地）可是却害得我在前方有好几晚上都没有睡着呢！我心里想人人都病得，您怎么可以病呀！所以我特地在上游各省替您

找到了八位名医，过两天还想带他们来拜见拜见您呢。

杨秀清 （感动地）谢谢你，昌辉！你真太关心我了。其实我就病了，不是还有你，还有达开，还有我们满朝的文武嘛！

洪宣娇 （插嘴）那有什么用呢！

傅善祥 不能这么说吧！

韦昌辉 （谄媚地）是的，宣娇的话说得一点也不错，清妖的江南、江北两座大营，就像一只螃蟹的两条大钳样的，紧紧地把我们的天京夹着，已经整整的三年了。殿下！要不是您的英明神武，那我们怎么能够赶走琦善，气死向荣，踏破那坚如铁石的两座大营，扫清南北两岸的妖兵妖将呢！

杨秀清 （听得很舒服，自谦）这哪儿是我的力量，全是我们太平将士的功劳啊！

韦昌辉 不，这次殿下的盖世功勋，连史书上都还找不出第二个人来比拟呢！（转对傅善祥）善祥！你的历史是读得很熟的，我的话，该也很对吧？

傅善祥 （漫应）是的，您说的很不错。

洪宣娇 （媚笑）这么说，我们实在应该对我们的九千岁庆贺了！

杨秀清 我怎么敢当呢，宣娇！

韦昌辉 现在南北两岸的妖兵算是肃清了，殿下，可还记得，我离京的时候，你对我说的话吗？

杨秀清 （想了一想）我记得，是不是你想同我一道去北征的事情？

韦昌辉 （兴奋）是的，我这次从前方赶回来，就是想来追随您的。

杨秀清 那么，三天以后，我带着计划，同你一道进宫去请旨，你看好吗？

韦昌辉 （异常兴奋）好，好极了！好极了！

洪宣娇 殿下！您要昌辉跟您去，为什么不要我也跟你去呢？你以为我就不能打仗了吗？

杨秀清 你要去，那我一定欢迎。

洪宣娇 你欢迎，那我就一定去。

韦昌辉 （喝彩）好呀！真好极了！好极了！

洪宣娇 噫，善祥！你呢？你去不去？

傅善祥 （很有意思地笑了一笑）要是王娘真是要去的话，那我也一定跟您去！

韦昌辉　（谄笑）哈哈，那我就要在这儿预祝我们殿下的成功了！

杨秀清　（得意地笑）不，昌辉，如果成功了，便是我们天王陛下的成功，便是我们太平天国的成功，也便是我们兄弟姐妹们大家的成功啊！

韦昌辉
洪宣娇　（大笑）是的，是的，是我们大家的成功啊！

〔笑声止后，静场片刻。

韦昌辉　殿下！我得走了。（仿佛突然想起）啊！我还差点忘了啦，您看，那几个医生什么时候叫他们到您府上来？

杨秀清　明天吧，你这次太辛苦了，我明天晚上决定给你洗尘，你可以约他们一道来吧。

韦昌辉　那怎么可以呢，我还没有设宴来跟殿下贺功，怎么就好来叨扰您呢。

杨秀清　不要说客气话了，明天你来，我们不还可以商谈商谈北征的事情嘛！

洪宣娇　哦，这么才像是一个兄长啦。

韦昌辉　（示意洪宣娇）宣娇，你多在这儿玩玩吧。

洪宣娇　（明白）不，我也得走了。

〔韦昌辉、洪宣娇笑着很满意地下。

杨秀清　（很高兴）善祥，你觉得吗，才几月不见，宣娇这个人竟连脾气都有些变了！

傅善祥　（冷然）是的，瞧她的样子她好像跟从前确有点不同了。

杨秀清　真没有料到，她居然也会对你这样要好啦！

傅善祥　是的，就可惜她对我要好得太突然了，倒反而叫我有点害怕呢！

杨秀清　瞧！你又要害怕了，你究竟怕些什么？

傅善祥　殿下！您还不知道，她昨儿晚上还想杀我，今天却突然跟我表示得那样亲热，这怎么不叫人觉得可疑，也很可怕呢！

杨秀清　哦？她还想杀过你？

傅善祥　是呀，我昨儿晚上跑到她府里去劝她，求她不要受别人的挑拨离间，请她跟您和好，替您效力。她却什么话都听不进，恶狠狠地拔起剑来，差点就把我杀死在她家里了！

杨秀清　这是你自讨没趣，这几个月来，你分明知道她把你恨入骨髓，你去劝她，不是有意去惹她生气吗？

傅善祥　可是这还不到一天，她的态度为什么变得这样的快呢？

杨秀清　多半是她自己觉得很惭愧，很失悔，所以今天不得不一变从前的态度，跑来跟你特别表示好感。

傅善祥　殿下，您真想得太好了，宣娇的脾气，您不是不晓得的，为了我，她会变得那么的快吗？

杨秀清　那可难说啦！

傅善祥　我想，您还是别这样大意吧，殿下！

杨秀清　刚才昌辉和宣娇不是都跟我们表示得很好吗？

傅善祥　你真觉得他们都很好？

杨秀清　难道你还看不出？

傅善祥　（冷笑）哼，我怎么没有看出呢，他们一拉一唱的，倒真把戏做好啦！

杨秀清　（不快）什么？他们刚才是在我们面前做戏。

傅善祥　（肯定地）是的，而且戏还做得不错，居然把你的眼睛都遮着了。

杨秀清　（不快地）瞎说！他们敢在我面前这样做吗？

傅善祥　他们为什么不敢？

杨秀清　那他们究竟为什么要这样呢？

傅善祥　我看这中间一定有蹊跷。

杨秀清　会有什么蹊跷？

傅善祥　说不定还是一种大阴谋。

杨秀清　会有什么大阴谋？

傅善祥　（硬顶过去）说不定就是要来暗害您的大阴谋啦！殿下！

杨秀清　（惊诧，不快地）哼，他们会来暗害我？他们敢来暗害我？他们究竟为着什么要来暗害我呢？你说话得有根据，你不能随便乱讲！

傅善祥　（鼓起勇气）我乱讲！我乱讲过谁？您可知道韦昌辉常常都在暗中教唆他的部下，在陛下那儿密奏您吗？

杨秀清　笑话！我杨秀清对陛下忠心耿耿，对部下公正无私，我还怕谁来密奏我！

傅善祥　您以为韦昌辉不会捏造些是非来诬害您吗？

　杨秀清　他敢！

傅善祥　可是殿下，他昨儿回来以后，我们调查得很清楚，他分明偷偷摸摸地进过宫，见过宣娇，会过洪氏诸王，他刚才却偏偏又拖着宣娇在一起，用些花言巧语来哄您、骗您。从这种情形看来，谁知道他们鬼鬼祟祟地究竟玩的是什么阴谋诡计啊！

杨秀清　（很矜骄）胡说！韦昌辉是我的小兄弟。他是我一手一脚地提拔起来的，他敢这样地来对我吗？

傅善祥　韦昌辉是一个阴险残苛的小人，什么样毒辣的事他不会干！您不能这样放心他！

杨秀清　（刚愎地）哼，谁要想来碰碰我，那他就只有来自己找死！

傅善祥　（恳求）不，殿下！您是我们朝中的柱石，您一个人的安危，关系我们天国的成败，万一您遭遇着什么祸变，您叫我们的天国怎么办呢！

杨秀清　（非常不快）你这是什么话！你真是越说越不像样了！你这个人真是莫名其妙，我不懂你总这样疑三疑四地干什么！

傅善祥　不，殿下！您得小心，您得谨慎，您不能大意，您不该疏忽，您为什么不可以提防提防、戒备戒备呢！

杨秀清　（大不高兴）用不着！像你这样惹是生非的人，我真不高兴跟你多说了。（一气欲走）

傅善祥　（非常难过）站着，殿下！我请您等一等。

〔杨秀清只好止步，把身子折转来。

傅善祥　（责问）我请问您，谁是惹是生非的人？我这样苦苦地恳求您，提醒您，是为了什么？是为了我，还是为了您？是为了我个人的企图，还是为了我们天国的利益？我请您说啊，殿下！

杨秀清　那么，你要我提防谁？戒备谁呢？

傅善祥　（斩切地）我要您提防韦昌辉，戒备韦昌辉！

杨秀清　（非常生气）你一口咬定韦昌辉干什么！他分明对我很恭顺，你却偏要说他对我很阴险！你真想来挑拨我们兄弟姐妹间的感情吗？

傅善祥　（气得浑身发抖）什么！您说什么！我会来挑拨你们兄弟姐妹间的感情！我是那样的人吗？殿下，您……您……您……连您都这样地不了解我，我还有什么想头呢……啊啊，天啦！

〔杨秀清怒气冲冲地拂袖而去。傅善祥在难过中流下了两行热泪。

〔暗转。

第二场

〔第二天的晚上。

〔室中灯火辉煌。东王府笙箫鼓乐之声齐鸣。走廊外和客厅中宾客们的欢笑声喧腾不绝。侯谦芳站在室中,很忙碌地在招待宾客。宾客甲扶着宾客乙从右边门口走了出来。

宾客乙　(醉醺醺地)今儿晚上真喝得太多了。

宾客甲　谁叫你喝这样多啦!

宾客乙　我有好几年没有闻过酒气了,今晚上东王下令开了酒戒,我们怎么不喝啦!

宾客甲　你瞧,你竟醉成这个样子去了!

侯谦芳　那就请到外边歇歇去吧。

〔宾客甲、乙下。

〔八个伪装的医生仿佛也有点醉意,正从左边上。

侯谦芳　(拦住众医生)你们要到哪儿去?

医生甲　我们是医生,是北王请来的医生,我们想去敬东王殿下一杯酒。

侯谦芳　(上下打量八位医生)用不着!殿下是不喝酒的,请你们出去!

〔八个医生,没有办法,只好退下。

〔半晌。欢笑声突起,韦昌辉手持酒杯和众男女宾客拥着杨秀清从客厅门口走进室中。

韦昌辉　(笑,恭敬地)殿下!请你把这杯酒喝了吧!

杨秀清　(笑着谦谢)谢谢你,昌辉,你是知道我不会喝酒的啊!

韦昌辉　(谄笑,非常恭敬地把酒杯端起来,向杨秀清)不,殿下!这杯酒你是非喝不可的!小弟是代表满朝的文武,来敬贺你这次消灭江南江北两座大营的盖世功勋,也是代表我们全中国的几万万兄弟姐妹来预祝你将来北征的胜利。来!请接受我们最诚恳的敬意,痛痛快快地一口把它干了吧!

杨秀清　(高兴地接过酒杯)好!我喝,我一定喝!

〔杨秀清刚刚双手端起杯来喝酒,韦昌辉忽从身上拔出一把暗藏的利刃,对准杨秀清,猛力地刺了过去,利刃深深地穿透了杨秀清的胸背，热血随着韦昌辉拔出来的刀尖狂喷了出来。酒杯从杨秀清的手中掉落，他一手按着受伤的胸口，含在口中的酒，喷了韦昌辉满头满脸。众男女宾客，大惊失色，吓得惊呼起来。

杨秀清 （怒指韦昌辉，愤恨痛苦地）昌辉！我们兄弟之间，就有什么意见，难道不好商量的吗？你为什么竟对我下这样大的毒手？你竟一点儿也不念兄弟的情分，一点儿也不顾天国的前途！你，你，你，你还算是一个人吗？（支持不住，倒下）

韦昌辉 （凶狠地）什么兄弟不兄弟，我韦昌辉是奉了天王陛下的命令，来杀你这个逆贼的！（扑上前去，恶毒地又补刺了杨秀清一刀）

〔众宾客惊散，室中混乱不堪。

〔侯谦芳率领着众参护杀上。八个伪装医生拔出武器，与侯谦芳一众开打，其中二人被侯谦芳杀死，其余六人保护着韦昌辉退了出去。东府内外喊杀声连天。赖汉英率领着众天兵帮着韦昌辉杀回室中，侯谦芳战死。

韦昌辉 （对赖汉英）国舅！陛下的命令，只要是东府里的人，不管男女老幼，都应该杀个干干净净，杀干净了，就放起火来烧！

赖汉英 好，那我们就杀进内殿去吧！

〔赖汉英、韦昌辉指挥着天兵，杀进内殿。

〔号啼声、惊呼声和喊杀声糅成了一片，不断地从内殿传出。

〔室中灯影昏暗，四围的气氛显得非常悲惨。后殿起火了，一阵浓烟从窗口中飞了进来。

〔傅善祥惊慌地奔上，室中的灯影昏暗，她看不见什么东西，来回在室中摸索着。

傅善祥 （泣呼）殿下……殿下！殿下……你在哪儿？你在哪儿啊！殿下！

〔室外闪进来了一道火光，傅善祥趁着火光突然瞧见杨秀清的尸体。

傅善祥 （奔过去，抚尸痛哭）啊啊，殿下……

〔火光越烧越近，傅善祥愈哭愈哀。

〔洪宣娇幕内声："傅善祥逃到哪儿去了？给我抓着她，给我活活地抓着她！"

〔朱静贞身带重伤，奔上。

朱静贞 善祥！善祥！

〔傅善祥闻声惊起，忙去扶朱静贞。

傅善祥 嫂嫂！我在这儿，我在这儿。（见朱静贞重伤，大惊）哎呀！你怎么啦，你受伤了吗？

朱静贞 是的，我受伤了。啊，善祥！你快逃走呀，宣娇就要进到这儿杀你来了！

傅善祥 （悲愤地）让她来吧，现在我们这儿什么人都被他们杀了，我哪儿还忍心逃走啊！

朱静贞 （不能支持）不，善祥，你，你，你，还是赶快逃吧！

傅善祥 （惊呼，泪落）哎呀！嫂嫂，你怎样了？嫂嫂，嫂嫂——

朱静贞 善祥！我的好妹妹啊！我，我我……（很痛苦地死去）

傅善祥 （抚尸哀泣）嫂嫂！嫂嫂！嫂嫂呀！

〔过了一会儿，洪宣娇拖着一把宝剑上，像一个疯子样的，直冲了进来，她在室中探视了一遍，忽然瞧见了傅善祥，奔过去，迎胸就是一剑。

洪宣娇 （切齿）今天该我来杀死你这妖女了！

〔傅善祥闪开洪宣娇的剑后，立起来，一跃身跳上了窗边，窗外的火光已经快要烧近她的身旁了。

傅善祥 （怒指洪宣娇，痛愤地）宣娇！你来杀吧！可你要记着：你杀了我们，就是毁了太平天国！你现在是帮助韦昌辉们那群坏蛋来当凶手来了！好，你来吧，就请你来杀吧！不过，我想总有一天，你会受你良心的惩罚的！（纵身跳入火中）

〔一阵浓迷的烟火，从窗口上扑射而入。洪宣娇惊退了两步，望着窗外熊熊的火光，震栗着，说不出半句话来。

〔幕落。

第六幕

〔幕启。

〔太平六年八月，某夜。

〔景同第四幕——西王府洪宣娇的内室。室内灯影昏暗，看过去，连人的面影都像有点不大十分瞧得清楚。病后的洪宣娇，更加憔悴不堪了。她坐在室中，头垂着，仿佛有无限的痛苦在咬碎着她的心，她觉得她已经失去了生命的活力，正沉入绝望的深渊。

〔西王府外正打着三更，夜已经很深了。更锣的声音把她惊了一下，她抬头向四围望了一望，站起来，长长地叹了一声气。

云　姑　（走近洪宣娇）王娘！已经打过三更了，你还不想睡吗？

〔洪宣娇摇了一摇头。

云　姑　药还要吃不吃呢？

〔洪宣娇摇头不语，慢慢地走向左侧的壁边。

云　姑　当心着凉啦。王娘，你再加一件衣服好吗？

〔洪宣娇仿佛没有听到云姑的话，她一下去把壁上挂着的宝剑拔了出来，拿在手中，很亲切地看来看去。

云　姑　（笑得很天真）王娘，听说从前你这把宝剑杀了不少的妖兵妖将，真的吗？

〔云姑的话，好像引起洪宣娇很多的感慨，她长长地叹了一口气，忽又把那宝剑远远地丢开了。云姑吓了一跳，她猜不透她女主人这时的心境。

〔过了一会儿，洪宣娇又忽然去把壁上那张弓取了下来，她把弓托在手中，拉了又拉，看了又看。她微笑，她沉思，仿佛她正沉入在一种值得夸耀的回忆里。

云　姑　（活泼地）王娘，听说你这把弓曾经射死过清妖的两员大将，你真好本领啦！

〔一声长叹，洪宣娇脸色沉了下来，弓也被她抛丢开。她几步走到窗前的衣柜边，顺手把衣柜打开，从柜里取出清朝的朝服、顶子、大龙旗，她一件件地展视，又一件件地抛开。这可把云姑急着了，连忙奔过去收拾。

云　姑　王娘！这些东西怎么好乱丢呢！这是你从前带女兵打硬仗时候得来的胜利品啦，丢坏了，不可惜吗？

洪宣娇　（走到镜台前，一手拿起了台上的明镜，凝视镜中自己，禁不住慨然长叹）唉，你怎么就变成这个样儿去了！你从前那种生龙活虎般的气概呢？到哪儿去了？到哪儿去了？究竟到哪儿去了？啊啊，完了！什么都完了！（猛力把镜子投到地下摔得粉碎，转身奔到萧朝贵的遗物前，紧抱着萧朝贵的战袍，把头很亲昵地贴在上边，凄然欲泣地）啊啊，朝贵！你怎么死得那样的早啊！

〔云姑惊呆了，她有点莫名其妙。

〔在异常凄绝的氛围里，半晌沉默。

〔幕内女侍高呼："北王殿下驾到！"

〔洪宣娇似乎没有听到，她依然在抚摩着萧朝贵的遗物。

云　姑　（连忙提醒洪宣娇）王娘，王娘，北王到了！

〔洪宣娇还没有转身，韦昌辉已经昂然而入。云姑行礼，退出。

韦昌辉　宣娇，听说你病了，好了吗？

洪宣娇　已经好了。你这几天在忙些什么啦？

韦昌辉　（得意地）我忙的事儿很多。

洪宣娇　（很尖刻）是不是还在忙着杀人？

韦昌辉　（苦笑）呃，也许……是吧。

洪宣娇　听说杨秀清部下的干员已经被你杀死两万多了，可是真的吗？

韦昌辉　是该杀的，我都杀了！谁有那么多的闲心还去一个个地点数目！

洪宣娇　（怒责）哼！你杀死了这么多人，好像还不过瘾，你还想去杀石达开！达开被你逼迫逃走了，你还不甘心，又去把他全家的大小老幼一个不留地杀得干干净净！你——韦昌辉！你这是为什么？你说！你这究竟是为什么？

韦昌辉　（诧异）哦，你怎么啦？你倒反而责问起我来了！

洪宣娇　我为什么不该问你！我要你说：你究竟为什么要杀石达开？

韦昌辉　（理直气壮地）达开心存叛逆，他回来以后，竟胆敢当着满朝的文武，偏袒东王，骂我不该那样残杀自己弟兄。你想，像他这样违抗王命的人，我为什么不该把他杀掉？宣娇！你可知道吗？自从达开逃到宁国以后，带着一二十万天兵，快要杀到我们的天京来了啦！他已经反了，你还要替他争辩什么呢！

洪宣娇　（惊）可是真的？

韦昌辉　怎么不真！

洪宣娇　（喟然长叹）唉！我看你们这场砍杀，究竟要杀到什么时候才能了结啊！好吧，我可没有那样的心再来奉陪了。

286　韦昌辉　（打量洪宣娇）宣娇，你怎么啦，你近来的心境很不好吗？

洪宣娇　没有什么不好。

韦昌辉　（关心地）你瞧，你的脸色多苍白！

〔洪宣娇不理韦昌辉。

韦昌辉　什么事情，我看，还是想开点的好吧。

〔洪宣娇还是不理韦昌辉。

韦昌辉　宣娇，你过来。

洪宣娇　什么事？

韦昌辉　我有一件非常珍贵的东西要送你。

洪宣娇　什么东西？

韦昌辉　回头你瞧吧！（对外高呼）参护，你进来！

〔参护手托朱盘，端了一大盅汤上。

洪宣娇　（惊疑）你这究竟是什么东西？

韦昌辉　是一盅汤——是一盅大补汤！

洪宣娇　大补汤？是一种什么样的大补汤？

韦昌辉　是一种能够医病的大补汤。

洪宣娇　医什么病？

韦昌辉　就恰好能够医治你的心病！

洪宣娇　我有什么心病？

韦昌辉　（狡笑）我看你的心病还很深呢！（端汤递给洪宣娇）还是请你先尝尝吧！

洪宣娇　（接过汤，忽闻腥气扑鼻，大起惊疑，厉声地）你这究竟是什么？

韦昌辉　是一盅"羊肉汤"！

洪宣娇　（有点明白，大惊失色）什么？羊肉汤？

韦昌辉　（愤然）是的，就是用杨秀清的肉来熬的汤！（逢迎地）啊，宣娇，你不是恨不得要吃杨秀清的肉，喝杨秀清的血吗？这不恰巧能够医治你心病吗？

洪宣娇　（异常惊怖）什么？！你竟把秀清的肉来熬汤！（浑身战栗）你竟这样地忍心！这样地残酷！你，你，韦昌辉，还算是人吗？（将汤盅向韦昌辉掷去）你给我滚！

〔韦昌辉闪开，参护退下。

韦昌辉　（意外地）宣娇，你这算什么呢？这是我对你的好心好意啦！

洪宣娇　（愤怒）像你这样的人，还会有什么好心好意，你别待在我这儿，快给我滚！

韦昌辉　（忍耐着）你别这样生气，我还有紧急的事跟你商量呢。现在达开的兵就要杀来了，你快同我一道进宫，去请陛下立刻下诏讨伐！

洪宣娇　（大怒）你还想我来跟你做牛马吗？哼哼，你在做梦！你在做梦！我不要看你这个浑身上下都涂满了血污的人，你快给我滚出去！

韦昌辉　（很生气地）你这个女人，真太不受人抬举了！你以为我没有你帮忙就干不成事了吗？笑话！真是笑话！

洪宣娇　（忽从地下把宝剑捡起来，用剑逼迫着韦昌辉）你走不走？你走不走？你究竟走不走？你这个没有心肝五脏的人，快给我滚出去啊！

韦昌辉　（悻悻然）我看你真在发疯了！（狼狈地下）

洪宣娇　（心烦意乱，痛苦不堪，放下剑，慢慢地走到耶稣像前，虔诚地跪下）仁慈的天父天兄啊——（喃喃祈祷）

〔西王府外突然腾起了一片喧杂的声音。过了好一会儿，幕内女侍高呼："国舅驾到！"赖汉英垂头丧气地上。洪宣娇祈祷完毕，立起。

赖汉英　宣娇，刚才外边闹杂的声音，把你惊扰着了吧？

洪宣娇　是什么事啊？

赖汉英　你还不知道吗？

洪宣娇　不知道。

赖汉英　（不安地）我奉了陛下的诏令，刚才就在你的府外，又把北王韦昌辉抓来杀啦！

洪宣娇　（大惊）哦，你又杀到昌辉身上来了！

赖汉英　（叹气）唉，这怎么能怪我呢！我只是奉命行事啦！

洪宣娇　怎么陛下突然又想起要杀昌辉？

赖汉英　陛下跟昌辉那样亲近，其实，哪会愿意杀他呢。可是如果不把他杀了，还得了吗？

洪宣娇　有什么事不得了？

赖汉英　你还不知道吗？宣娇，自从秀清被杀以后，我们上游下游、南岸北岸的几十万天兵天将都在愤愤不平。现在翼王石达开又屯兵宁国，发誓要替他的老母、妻子报仇，陛下如果不杀昌辉，万一军心动摇，人心涣散，达开心头的悲愤不平，那恐怕就连你们洪氏的江山也就会跟着完了啊！

洪宣娇　现在把昌辉杀了，达开总可以心服了吧？

赖汉英　达开是一个很明大义的人，想来总不会去干那些无法无天的事的。

洪宣娇　各地的天兵天将呢？

赖汉英　那可难说，这就要看以后谁去带领他们了。

洪宣娇　现在秀清杀了，昌辉也杀了，当然只有达开了啊，难道陛下还会不欢迎他来京的吗？

赖汉英　欢迎自然欢迎，可是……

洪宣娇　（一惊）怎么样？是不是陛下不想把大权交给他？

赖汉英　对了，你说得一点也不错。

洪宣娇　像达开这样有威望、有德行、能文又能武的人，我们朝中还能找得出第二个人么，陛下为什么不重用他呢？

赖汉英　重用他！你还想陛下重用他！陛下将来不杀掉他，就算是他的运气不错了！

洪宣娇　（大惊）什么！陛下也忍心这样干吗？

赖汉英　告诉你，宣娇！现在陛下一面派人去迎接达开，一面却又叫我把城中的兵将布置好了等他啦！

洪宣娇　天啊，陛下为什么要这样做呢？

赖汉英　（长叹）唉，我也不懂啊！

洪宣娇　这可怎么办呢？国舅！

赖汉英　宣娇！我赖汉英是一个老粗，我只知道服从陛下的命令，陛下要这样干，你叫我有什么办法呢！

〔云姑惊惶上。

云　姑　王娘！刚才听到我们府里的人跑来说，北王殿下的一家大小全都被我们的天兵抓来杀了啦！

洪宣娇　（震吓）哦！（对赖汉英）这可又是陛下的命令？

赖汉英　当然是陛下的命令啰！

洪宣娇　唉！又杀死一家！又杀死一家……啊啊，天父啊！（深受刺激，

一阵酸楚掠过心头，沉入了绝望的深渊，有点站立不住，身子一偏便倒扑在云姑的肩头）

〔云姑连忙紧紧地抱着洪宣娇。

〔夜更深了。室外是一片无边的黑暗。室内的灯影昏暗得可怕。

云　姑　（惊呼）王娘！王娘！你怎样啦？

赖汉英　（吃惊）宣娇！宣娇！宣娇！

云　姑　王娘！你静一静吧！

赖汉英　宣娇！你怎么啦！心里很难过？

洪宣娇　（慢慢地抬起头来，神色有点失常）没有什么，国舅，只是我的眼睛有点发黑，我瞧不见光。

赖汉英　你歇息一会儿就好了。

洪宣娇　（离开云姑，痛苦地）国舅，这半年来，我们干的是些什么勾当啊？你想想看，我们究竟干的是些什么勾当啊？

赖汉英　我们干的，都是一些罪恶的勾当！

洪宣娇　（痛悔）是的，是的，我明白，我自己很明白，我是罪人，我是罪人，我是一个十恶不赦的罪人啊！

赖汉英　（难过）宣娇，我不也跟你一样嘛！

洪宣娇　（痛责自己）我为什么要那样干呢！为什么？究竟为什么啊？我这刽子手！我这帮凶！我竟跟着别人去谋杀自己最敬爱的弟兄，我洪宣娇还算是一个人吗？我真愚蠢，真糊涂，真该死啊！

赖汉英　（摇头叹气）唉！

洪宣娇　（神志昏迷，两眼发花，仿佛瞧见了傅善祥的身影）哎呀！傅善祥到我这儿来了！你们快瞧！她就站在那儿，就站在那儿！

云　姑　（惊怖地走近洪宣娇）王娘，她在哪儿啦？我怕啊！

赖汉英　你怕什么！（对洪宣娇）不会的。宣娇，你别胡思乱想。

洪宣娇　（盯视着暗处，半疯狂地）你们听，她还在骂我呢！什么？你说什么？我们自己人杀自己人，自己弟兄杀自己弟兄！咸丰那狗贼子在说痛快痛快，曾国藩在放声大笑，清廷的大兵就要乘机杀到我们的天京来了！什么？你说什么？大敌当前，我们不该自相残杀。是的，是的，大敌当前，我们不该自相残杀！啊，国舅！你听到吗？善祥的话，是一句又一句地在刺痛着我的心呀！我们为什么要杀秀清？为什么要杀善祥？为什么要杀那几万同生死共患难的兄弟姐妹？我们真是罪人！真是罪人！真是十恶不赦的罪人啊！

云　姑　王娘！我怕得很啊！

赖汉英　宣娇！你清醒清醒吧！

洪宣娇　（神志未清，仍瞧着暗处）啊，善祥，我请你别再说下去了吧，我的心正痛得像刀绞一样啊！现在我什么都明白了，韦昌辉那个刽子手要是还站在我的面前的话，我真恨不得去撕他的皮，割他的肉，喝他的血！啊，是的，是的，你的话一点儿也不错。我们天国的大事全坏在他这个恶棍手里，全坏在他左右那群坏蛋的手里啊！

〔从远处的礼拜堂里，传来一阵连续不断的钟声。

洪宣娇　（被钟声惊动，渐渐地清醒过来）这是从哪儿来的钟声呀？

赖汉英　是从礼拜堂里传来的钟声。

洪宣娇　（深有所感地）啊，天父啊！我们兄弟之间为什么要这样自相残杀？（停顿）这是为什么？这究竟是为什么啊？

〔幕落。

——剧　终

　　《天国春秋》创作于1941年，取材于太平天国"杨韦天京内讧事件"，是抗日战争时期优秀的历史剧。此剧1941年11月27日由中华剧艺社首演于重庆国泰大戏院，导演应云卫，白杨饰傅善祥，舒绣文饰洪宣娇，演出引起很大震动，至来年2月连演三十场。《天国春秋》结构宏大，情节复杂，雄浑大气，激情澎湃，从历史的河流里打捞出有意味的故事，并塑造了生动的历史人物，被誉为"奠定中国历史剧的基石"之作。

作者简介

阳翰笙　（1902—1993），原名欧阳本义，字继修，男，四川省高县人。左翼作家领袖之一，中国新文化运动的先驱者之一，笔名华汉，戏剧家、电影家、作家。整理出版了《阳翰笙电影剧本选集》一卷、《阳翰笙剧作集》二卷、《阳翰笙文集》五卷。

·话 剧·

屈 原

郭沫若

时　间　楚怀王十六年（公元前313年）。

地　点　楚国郢都（今湖北江陵县）。

人　物　屈　原——年四十左右，三闾大夫。

　　　　宋　玉——年二十左右，屈原之弟子。

　　　　婵　娟——年可十六，屈原之侍女。

　　　　靳　尚——年三十以往，楚怀王之佞臣，上官大夫。

　　　　子　兰——年十六七，楚怀王之稚子。

　　　　郑　袖——年三十以往，子兰之母，怀王宠姬，南后。

　　　　楚怀王——年五十岁。

　　　　张　仪——年四十以往，秦之丞相，连横家。

　　　　子　椒——年六十左右，令尹昏庸老朽之佞臣。

　　　　招魂老人——年可七十左右。

　　　　阿　汪——年可六十左右，屈原之老阍人。

　　　　阿　黄——年可五十余，屈原之老灶下婢。

　　　　河　伯——年可三十左右，钓者。

　　　　渔　父——年可五十左右。

　　　　卫士仆夫——年可二十以往。

　　　　太卜郑詹尹——年七十以往，郑袖之父。

　　　　老妪、更夫各一人。

　　　　女官、女史、群众、卫士、歌舞及奏乐者各若干人。

第一幕

〔幕启。清晨的橘园，暮春，尚有若干残橘剩在枝头。园后为篱栅，有门在正中偏右，园外一片田畴。左前别有园门一道通内室。园中右侧有凉亭一，离园地可高数段。亭中有琴桌石凳之类。亭之阶段正向左，阶上各陈兰草一盆。阶下置一竹帚。园中除橘树外，可任意配置其他竹木。

〔婵娟年可十六，抱琴由左首出场，置于亭中琴桌上，略加整饬，即由原径退下。

〔屈原年四十左右，着白色便衣，巾帻，亦由左首出场。左手执帛书一卷，在橘林中略作逍遥，时复攀弄残橘，闻其香韵。最后于不经意之间摘其一枚置于右手掌上把玩。徐徐步上亭阶，坐在阶之最上段。一时闻橘香韵，一时复举首四望。有间置橘于阶上，展开帛书，乃用古体篆字所写之《橘颂》，字系红色，用朱写成。

屈　原　（徐徐地放声朗诵，读时两手须一舒一卷）

辉煌的橘树呵，枝叶纷披。

生长在这南方，独立不移。

绿的叶，白的花，尖锐的刺。

多么可爱呵，圆满的果子！

由青而黄，色彩多么美丽！

内容洁白，芬芳无可比拟。

植根深固，不怕冰雪雾霏。

赋性坚贞，类似仁人志士。

（读至此中辍，置书膝上，复取橘置掌中把玩，闭目玩味。终复张目，若有意若无意将橘劈为两半，但无食意，仅只把玩而已）

〔此时宋玉抱一小黄犬由外园门入，年二十左右，着短衣，头上绾两卷髻。见屈原，即奔至其前。

宋　玉　（立阶下）先生，你出来了。

屈　原　啊，我正在找你。你到什么地方去来?

宋　玉　我把园子打扫了之后，便抱着阿金①到外边去跑了一趟回来。

屈　原　那很好，你们年轻人有起早的习惯，更能够时时把筋骨勤劳一下，是很好的事。（徐徐将两半橘子合而为一，一手握橘，一手执书，起立）我为你写了一首诗啦，我们到亭子上去坐坐吧。

（步入亭中，就琴桌而坐，随手将橘置于桌上）

〔宋玉随上，立于左侧。

---

① 作者原注，小犬名。

屈　原　你把阿金放下，念念我这首新诗。（将书卷授宋玉）

　　　　　〔宋玉将黄犬放下，任其自由动作。屈原开始抚琴。

宋　玉　（展开书卷前半，默念一次，举首）先生，你是在赞美橘子啦。

屈　原　是的，前半是那样，后半可就不同了，你再读下去看。

宋　玉　（继续展读，发出声来）

　　　　　　　呵，年青的人，你与众不同。

　　　　　　　你志趣坚定，竟与橘树同风。

　　　　　　　你心胸开阔，气度那么从容！

　　　　　　　你不随波逐流，也不故步自封。

　　　　　　　你谨慎存心，决不胡思乱想。

　　　　　　　你至诚一片，期与日月同光。

　　　　　　　我愿和你永做个忘年的朋友。

　　　　　　　不挠不屈，为真理斗到尽头！

　　　　　　　你年纪虽小，可以为世楷模。

　　　　　　　足比古代的伯夷，永垂万古！

　　　　　（读罢有些惶恐，复十分喜悦）先生，你这真是为我写的吗？

屈　原　是，是为你写的。（抚琴，时断时续）

宋　玉　我怎么当得起呢？

屈　原　我希望你当得起。（以右手指园中橘树）你看那些橘子树吧，那真是多好的教训呀！它们一点也不骄矜，一点也不怯懦，一点也不懈怠，而且一点也不迁就。（稍停）是的，它们喜欢太阳，它们不怕霜雪。它们那碧绿的叶子，就跟翡翠一样，太阳光愈强愈使它们高兴，霜雪愈猛烈，它们也丝毫不现些儿愁容。时候到了便开花，那花是多么的香、多么的洁白呀。时候到了便结实，它们的果实是多么的圆满，多么地富于色彩的变换呀。由青而黄，由黄而红，而它们的内部——你看却是这样的有条理，又纯粹而又清白呀。（随手将劈开了的橘子分示其内部）它们开了花，结了实，任随你什么人都可以欣赏，香味又是怎样的适口而甜蜜呀。有人欣赏，它们并不叫苦，没有人欣赏，它们也不埋怨，完全是一片的大公无私。但你要说它们是——万事随人意，丝毫也没有一点骨鲠之气的吗？那你是错了。它们不是那样的。你先看它们的周身，那周身不都是有刺的吗？（又向橘树指示）它们是不容许你任意侵犯的。它们生长在这南方，也就爱这南方，你要迁移它们，不是很容易的事。这是一种多么独立难犯的精神！你看这是不是一种很好的榜样呢？

宋　玉　是。经先生这一说，我可感受了极深刻的教训。先生的意思是说：树木都能够这样，难道我们人就不能够吗？（思索一会儿）人是能够的。

屈　原　是，你是了解了我的意思，你是一位聪明的孩子。你年纪轻轻就晓得好学，也还专心，不怕就有好些糊涂的人要引诱你去跟着他们胡混，你也不大随波逐流，这是使我很高兴的事。（稍停）所以我希望你要能够像这橘子树一样，独立不倚，凛冽难犯。要虚心，不要作无益的贪求。要坚持，不要同乎流俗。要把你的志向拿定，而且要抱着一个光明磊落、大公无私的心怀。那你便不会有什么过失，而成为顶天立地的男子了。（再停）你能够这样，我愿意永远和你做一个忘年的朋友。你能够这样，不怕你年纪还轻，你也尽可以做一般人的师长了。（略停）不过也不要过分地矜持，总要耿直而通情理。但遇到大节临头的时候，你却要丝毫也不苟且，不迁就。你要学那位古时候的贤人，饿死在首阳山上的伯夷，就是饿死也不要失节。我这些话你是明白的吧？

宋　玉　是，我很明白。我的志向就是一心一意要学先生，先生的学问文章我要学，先生的为人处世我也要学，不过先生的风度太高，我总是学不像呢。

屈　原　你不要把我做先生的看得太高，也不要把你做学生的看得太低，这是很要紧的。我自己其实是很平凡的一个人，不过我想任何人生来怕都是一样的平凡吧？要想不平凡，那就要靠自己努力。（稍停）我们应该把自己的模范悬得高一些；最好是把历史上成功了的人作为自己的模范，尽力去追赶他，或者甚至存心去超过他。那样不断地努力，一定会有成就的。北方有一位学者颜渊，是孔仲尼的得意门生，我最近听到他的一句话，我觉得很有意思。他说："舜何？人也。余何？人也。有为者亦若是。"这真是很好的一个教条。我们谁都知道大舜皇帝是了不起的人，但他是什么呢？不是人吗？我们自己又是什么呢？不也是人吗？他能够做到那样了不起的地步，我们难道就做不到吗？做得到的，做得到的，凡事都在人为。雨水都还可以把石头滴穿，绳子都还可以把木头锯断呢！总要靠自己努力，靠自己不断的努力才行。

〔婵娟抱水瓶上，至亭下，挹水一尊，捧至琴台前献于屈原，俟屈原呷毕，复拾尊荷瓶而下。

宋　玉　先生的话我是要牢牢记着的。不过我时常感觉到，要学习古人，苦于不知道从什么地方下手。古人已经和我们隔得太远，他的声音笑貌已经不能够恢复转来，我们要学他，应该从什么地方学起呢？我时常在先生的身边，先生的声音笑貌我天天都在接近，但我存心学先生，却丝毫也学不像呢。

屈　原　（微笑）你要学我的声音笑貌做什么？专学人的声音笑貌，岂不是个猴子？（起立，在亭中徘徊）学习古人是要学习古人的精神，是要学习那种不断努力的精神。始终要鞭策着自己，总要存心成为一个好人。（稍停）我们每一个人生来都是一样平凡的，而且在我们的身上还随带着很多不好的东西。譬如我们每一个人都爱争强斗狠，但是又爱贪懒好闲，在这儿便种下了堕落的种子。争强斗狠也并不就坏，认真说这倒是学好的动机。因为你要想比别人强，或者比最强的人更强，那你就应该拼命地努力，实际上做到比别人家更强的地步。要你的本领真正比人强，你才能够强得过别人，这是毫无问题的。

宋　玉　是，真是不成问题的。

屈　原　但是问题却在这儿出现了。能强过别人是很高兴的事，但努力却又是吃苦的事，因此便想来取巧，不是自己假充一个强者，虚张声势，便是更进一步去陷害别人，陷害比自己更强的人。这就是虚伪，这就是罪恶，这就是堕落！（声音一度提高，之后再放低下来）人的贪懒好闲的这种根性，便是自己随身带来的堕落的陷阱！我们先要尽量地把这种根性除掉，天天拔除它，时时拔除它，毫不容情地拔除它。能够这样，你的学问自然会进步，你的本领自然会强起来，你的四肢筋骨也自然会健康了。你说，你苦于无从下手，其实下手的地方就在你自己的身上。（稍停）当然我们也应该向别人学习，向我们身外的一切学习。我们生来是一无所有，不仅身子是赤条条，心子也是赤条条，随身带来的一点好东西，就是——能够学习。我们能够学习，就靠着能够学习，使我们身心两方逐渐地充实了起来。可以学习的东西，四处都是。譬如我们刚才讲到的那些橘子树，（向树林指示）不是我们很好的老师吗？又譬如立在我面前的你，我也是时常把你当成老师的……

宋　玉　（有些惶恐）先生，你这样说，我怎么受得起？

屈　原　不，我不是在同你客气。凡是你们年青一辈的人都是我的老师。人在年青的时候，好胜的心强，贪懒的心还没有固定，因此年轻人总是天真活泼，慷慨有为，没有多么大的私心。这正是我所想学习的。（复就座于亭栏上）就拿作诗来讲吧，我们年纪大了，阅历一多了，诗便老了。在谋章布局上，在造句遣辞上，是堂皇了起来；但在着想的新鲜、纯粹、素朴上，便把少年时分的情趣失掉了。这是使我时时感觉着发慌的事。在这一点上，仿佛年纪愈老便愈见糟糕。（稍停）所以我尽力地在想向你们年青的人学，尽力地在想向那纯真、素朴的老百姓们学，我要尽力保持着我年青时代的新鲜、纯粹、素朴。这些话，我对你说过不仅一次，你应该记得的吧？

宋　玉　是，我是时常记着的。

屈　原　所以有许多人说我的诗太俗，太放肆了，失掉了"雅颂"的正声，我是一点也不介意的。我在尽量地学老百姓，学小孩子，当然会俗。我在尽量地打破那种"雅颂"之音，当然会放肆。那种"雅颂"之音，古古板板的，让老百姓和小孩子们听来，就好像在听天书。那不是真正把人性都失掉干净了吗？不过话又得说回来，我自己究竟比你们出世得早一些，我的年青时代是受过"典谟训诰""雅颂"之音的熏陶，因此我的文章一时也不容易摆脱那种格调。这就跟奴隶们头上的烙印一样，虽然奴隶籍解除了，而烙印始终除不掉。到了你们这一代就不同了，你们根本就没有受过烙印，所以你们的诗，彻内彻外，都是自己在做主人。这些地方是我羡慕你们这一代的。

宋　玉　这正是先生的不断努力、不断学习的精神，我今天实在领受了最可宝贵的教训。先生这首《橘颂》是可以给我的吧？

屈　原　当然是给你的。我为你写的诗，怎么会不给你？

宋　玉　（拱手）我实在多谢先生，从今以后我每天清早起来便要朗诵它一遍。

屈　原　倒也不必那样拘泥。就诗论诗的话，实在也并不怎么好，不过你存心学做好人好了，做到像伯夷那样啦。

宋　玉　多谢先生的指示。但我总想学先生，像伯夷那样的人我觉得又像古板了一点。殷纣王本来是极残忍的暴君，为什么周武王不好去征伐他呢？诛除了一个暴君，为什么一定要去饿死呢？这点我有些不大了解。

屈　原　讲起真正的史事上来的话，这里倒是有问题的。我们到园子里去走走，一面走，一面和你细谈吧。（步下亭阶）

　　　　〔宋玉随后。

屈　原　照真正的史事来讲，殷纣王并不是怎样坏的人。特别是我们楚国人，本来是应该感谢他的。我们楚国，在前本是殷朝的同盟。殷纣王和他的父亲帝乙，他们父子两代费了很大的力量来平定了这南方的东南夷，周人便趁着机会强大了起来，终竟乘虚而入，把殷朝灭了。我们的祖先和宋人、徐人在那时都受着压迫，才逐渐从北方迁移到南方来。北方有个地方叫着楚丘，你应该是知道的吧，那就是我们祖先所在的地方了。假使没有殷纣王的平定东南夷，我们恐怕还找不到地方来安身，我们的祖先怕已经都化为周人的奴隶了。周朝的人把殷朝灭了，自然要把殷纣王说得很坏，造了些莫须有的罪恶来加在他身上，其实他并不是那么坏的。伯夷要反对周武王，也就是证明了。

宋　玉　啊，先生这样的说法，我真是闻所未闻，真是太新鲜、太有意义了。

屈　原　这些古事，本来用不着多管，不过像伯夷那种气节，实在是值得我们景仰、学习的。他本来是可以做孤竹国的国君的人，但他把那种安富尊荣的地位抛弃了。因为他明白，在我们人生中还有比做国君更尊贵的东西。假使你根本不像一个人，做了国君又有什么荣耀？是，在周朝的人把殷朝灭了的时候，伯夷也尽可以不必死，敷敷衍衍地过活下去，别人也不会说什么话。假使他迁就一下，周朝的人也许还会拿些高官厚禄给他。但他知道，那种的高官厚禄、那种的苟且偷生，是比死还要可怕。所以他宁愿饿死，不愿失节。这实在是值得我们学习的。你懂得我的意思么？

宋　玉　我此刻弄明白了。尤其是史事的背景弄明白了，更加觉得伯夷这个人值得尊敬。

屈　原　在这战乱的年代，一个人的气节很要紧。太平时代的人容易做，在和平里生，在和平里死，没有什么波澜，没有什么曲折。但在大波大澜的时代，要做成一个人实在不是容易的事。重要的原因也就是每一个人都是贪生怕死。在应该生的时候，只是糊里糊涂地生。到了应该死的时候，又不能够慷慷慨慨地死。一个人就这样被糟蹋了。（稍停）我们目前所处的时代也正是大波大澜的时代，所以我特别把伯夷提了出来，希望你，也希望我自己，拿来做榜样。我们生要生得光明，死要死得磊落。你懂得我的话么？

宋　玉　我懂得了，先生。

屈　原　好的，我的话也说得太多。今天的天气实在太好，我们再到外面的田野里去走一会儿吧。

宋　玉　我愿意追随先生。（抱琴在左胁下）

〔二人徐徐向外园门走去。

〔婵娟匆匆上。

婵　娟　（趋前，呼屈原）先生，先生，刚才上官大夫靳尚来过，他留了几句话要我告诉你，便各自走了。

屈　原　他留了什么话？

婵　娟　他说：张仪要到魏国去了。国王听信了先生的话，不接受张仪的建议，不愿和齐国绝交。因此，张仪觉得没有面目再回秦国，他要回到他的故乡魏国去了。上官大夫他顺便来通知你。

屈　原　（带喜色）好的，这的确是很好的消息。（回顾宋玉）宋玉，我有件事情要你赶快去办。

宋　玉　是，先生，请你吩咐。

屈　原　我的书案上有一篇文稿，是国王昨天要我写的致齐国国王敦睦邦交的国书，我希望你去赶快把它誊写一遍。张仪既已决心离开，说不定国王很快就要派人把国书送到齐国去。

宋　玉　是，我抄好了，再送来请先生看。（向婵娟）这琴请你抱着。（把琴授与婵娟，由左门下）

婵　娟　（迟疑）先生，刚才上官大夫走的时候，他还告诉了我一句话。

屈　原　他告诉你什么？

婵　娟　他说，南后曾经对他说过，准备调我进宫去服侍她。

屈　原　南后也曾对我说过，但她说得不太认真，所以我还不曾告诉你啦。婵娟，如果南后真的要调你进宫去，你是不是愿意？

婵　娟　（果断地）不，先生，婵娟不愿意。婵娟不能离开先生。

屈　原　你不喜欢南后吗？她是那样聪明、美貌，而又有才干的人。

婵　娟　不，我不喜欢她。我相信，她也不喜欢我。

屈　原　不喜欢你？怎么要调你进宫去呢？

婵　娟　那可不知道是什么打算了。我每一次看见她，都有点害怕。她那一双眼睛就跟蛇的眼睛一样，凶煞煞地、冰冷冷地死盯着你，你就禁不住要打寒噤。先生，我在你面前，我自己感觉着，我安详得就像一只鸽子。但我一到了南后面前，我就会可怜得像老鹰脚爪下的一只小麻雀了。先生，我希望你不要让我去受罪。

屈　原　（含笑）你形容得很好。是的，南后是有权威的人。你如果不愿进宫，等她认真提到的时候，我替你婉谢好了。（步至亭前踟躇，复不经意地走上亭阶，顺手将适才放置在栏杆上的两半橘子拿起，在手中把玩，合之分之者数次，但无食意）

　　　　〔此时婵娟亦步上凉亭，把琴放在琴桌上，又静静地步下凉亭。

　　　　〔公子子兰由右侧后园门上。子兰年十六七，左脚微跛。

婵　娟　先生，公子子兰来了。

　　　　〔屈原回身，子兰趋至亭前，敬立阶下行拱手礼。

子　兰　先生，早安！

屈　原　（略略答礼）早安，你们可以到亭子上来坐坐。

　　　　〔婵娟导子兰入亭。

屈　原　你们随意坐坐，不必拘礼。

　　　　〔二人因屈原未坐，亦不敢就座。

屈　原　我这里有一个橘子，是刚从树上摘下来的，我送给你们。

〔二人接受。

子　兰　多谢你。先生，你近来好吗？

屈　原　很好，我近来很愉快的。好几天不见你来了，是在家里用功吗？

子　兰　我没有，先生。因为这几天我有点儿伤风咳嗽，妈妈要我休息一下。我今天来，是妈妈要我来请先生的。（微微咳了几声）

屈　原　南后在叫我吗？有什么事，你可知道？

子　兰　不，我也不十分知道。不过我想，恐怕是为的张仪要走的事情吧。爸爸在今天中午要替他饯行呢。我妈妈为了张仪要走，很有点着急。昨天下午张仪同上官大夫一道突然来向我爸爸辞行。他说：秦国的国王尊敬爸爸，不满意齐国的不友好的态度，所以愿意奉献商於之地六百里，请求楚国也和齐国绝交。爸爸既然听信三闾大夫的话，不愿和齐国绝交，他没有面目再回到秦国去了。他要回到他的故乡魏国。又说他们魏国的美人很多，一个个就跟神仙一样，他准备找一位很好看的人来献给我爸爸啦。

屈　原　嗯，张仪说过那样的话吗？

子　兰　是啦，所以弄得我妈妈很着急。她昨天夜里还叫上官大夫靳尚送了一千五百个大钱去做路费呢。

屈　原　一千五百个大钱？

子　兰　是啦，一千是送给张仪，五百是送给他的随从。

屈　原　张仪收了吗？

子　兰　详细的情形我不知道，我想是收了的，那样多的钱啦！

屈　原　哼，这样说来，那些鬼家伙是在作怪啦！

子　兰　我也感觉着是有点蹊跷。大约就是因为这样，所以妈妈要请先生去帮忙的吧。

屈　原　好的，你等我去把衣服换好来同你去。你就留在这儿。（向婵娟）婵娟，你也陪着公子在这儿，不过我希望你们不要折损花木。

子　兰　先生，你请放心，我是最爱惜花木的人。

屈　原　那很好，我回头就可以转来的。（徐徐步下亭阶，从左侧园门下）

〔子兰与婵娟在亭口鹄立。

子　兰　（见屈原去后，立即放肆起来，以手携婵娟手，向亭内引去）婵

303

娟，我们坐着谈谈心吧。

婵　娟　（缩回其手）你不要这样拉我，我自己晓得坐。

子　兰　好的。我是怕你站累了呢。（自行就亭阶口上坐下，面侧向前左）

婵　娟　（坐于亭阶上）公子，你也请吃橘子。（取出一瓣来嚼食）

子　兰　不，这橘子我不想吃。先生把这橘子一个人给我们一半，我觉得很有意思。我是半边，你是半边，合拢来，不就是整个儿的吗？

婵　娟　你总爱说这些没有意思的话。

子　兰　你说没有意思，满有意思呢。婵娟，我倒要问你：先生这几天说过我什么坏话没有？

婵　娟　先生没有说过你什么坏话，不过也没有说过你什么好话。

子　兰　当然喽，先生哪里会说我的好话！他喜欢的就是那位专会在人面前讨好，比你还要媚态的宋玉小哥儿啦！一定又是怎样的纯真喽，勤勉喽，规矩喽。先生所喜欢的就是那种女性十足的漂亮小哥儿啦。

婵　娟　你一转身就要说朋友的坏话！

子　兰　婵娟，我伤到了你心上的人，是不是？

婵　娟　（微微生怒）谁个是我心上的人！你瞎说！

子　兰　我才不瞎说呢，你怕我不明白！那女性十足的漂亮小哥儿，就是你心上的人！

婵　娟　哼，我才不喜欢他呢。

子　兰　（起立）你不喜欢他！喜欢谁？

婵　娟　我喜欢我喜欢的人。

子　兰　（俯身以颜面就之）喜欢我吧，是不是？

婵　娟　我喜欢你，喜欢你受罪。（以手推之）

子　兰　（欲拥抱之）我就让你受罪！

　　　　〔婵娟一闪身跑下台阶，子兰扑空倒地，几跌至阶下。

婵　娟　（捧腹憨笑）呵哈哈哈……跛脚公子，真是受罪！真是受罪！

子　兰　（起来，生怒）你这黄毛丫头！你怕我不能惩治你！（曳着微跛的脚急骤下阶，于阶下复失足倒地）

婵　娟　（已作势欲逃，见子兰倒地，复大笑）呵哈哈哈……跛脚公子，你再来吧！你再来吧！有胆量？

子　兰　（慢慢爬起来，坐在最低一段的阶段上，揉着右膝，表示无再追
　　　　逐之意）唉，我的脚不方便，反正我也调皮不过你。

婵　娟　（微露怜悯意，但也不想近身）恭喜你，恭喜你啦。右脚又跌着
　　　　了吗？两只脚都跛起来，岂不就扯平了吗？（又笑）

子　兰　（可怜地）你这刻薄鬼！我的脚不方便，你不晓得同情，偏要幸
　　　　灾乐祸，加倍地嘲笑。你晓得不？你们女人们爱笑，是不祥的事
　　　　啦。从前周幽王宠褒姒，在烽火台上戏弄诸侯，褒姒一笑而失天
　　　　下。齐顷公的母亲，萧同叔子笑了晋大夫郤克，萧同叔子一笑而
　　　　使齐国遭兵灾。你笑我嘛，我看你是得不到好死的！

婵　娟　（庄重了起来）是你自己不好啦。

子　兰　好的，好的，就算我不好吧。我是受了惩罚了。我现在连站都站
　　　　不起来了。（做欲起立而不能之势）婵娟，好姑娘，好姐姐，请
　　　　你来扶我一下好不？

婵　娟　（踌躇）我来扶你。你可不要再胡闹了。

子　兰　我不再胡闹了，我央求你啦。先生不要出来了？

婵　娟　（稍存警戒意，步至子兰身边）好的，我就扶你起来吧。（扶之起
　　　　立）

子　兰　（脚方立定，复反身拥抱婵娟而欲亲吻其）你这次总逃不掉了！
　　　　好家伙！

婵　娟　（挣扎）你这骗子！你这跛脚骗子！（用力将子兰推开，反身向橘
　　　　林中逃避）

　　　　〔子兰追婵娟，二人在橘林中穿插追逐。

　　　　〔屈原由左门上。

屈　原　你们在干什么？

子　兰　（故意做出可怜相）先生，婵娟欺侮我，她把我摔翻了，还骂我
　　　　"跛脚骗子"。

婵　娟　不，是他先欺侮我的。

屈　原　（向婵娟，和婉地）婵娟，我看还是你的不是。他有残疾，行动
　　　　不大方便，你应该照拂他，为什么反而欺侮他？（停一忽）一个
　　　　人要有反抗性，但也要有同情心。尤其是你们年青一代的人，不
　　　　能以欺侮弱者来显示自己的英勇。这是我经常告诉你们的话。

婵　娟　（表示自歉）先生，我错了。我要永远记着你的指示，不再忘记。

屈　原　（牵动子兰）好，子兰，我同你去见南后。（与子兰向右首走去）

〔幕下。

第二幕

〔幕启。楚宫内廷。

〔正面四大圆柱并列，中为明堂内室，左右有房，房前各有阶，右为宾阶，左为阼阶。室后壁有奇古之壁画。左右房与室之间及前侧二面均垂帘幕，可透视，房之后壁正中有门，门上有金兽含环，门及壁上均有彩画。（此在南面，柱用深红色，帘幕用黄色）

〔右翼为总章内室之右房，亦有阶有柱有帘有壁画等事，与正面同。（此在正西面，柱色同，帘幕用白色）

〔左翼为青阳内室之左房，布置同。（此在正东面，柱色同，帘幕用青色）

〔正前隙地为中雷。正中及左右建构不相衔接，其间有侧道可通中雷。

〔明堂内室中设有王位，较高大，左右两侧各设一位。

〔南后郑袖立正中阶上指挥女史数人在室中布置。于王位面以虎皮，其前亦以虎皮席地。于左右位面以豹皮，其前亦以豹皮席地。另有女史数人在左右房中拂拭编钟编磬琴瑟等陈设。

〔南后年三十四五，美艳而矫健。俟布置停当后，略加巡视，表示满意。

南　后　你们倒还敏捷。我还怕你们来不及啦，现在算好，一切都停当了。

女史甲　启禀南后，那前面两房的帘幕，是不是就揭开来？

南　后　不，那等开筵之后再行揭开。歌舞的人都已经准备停当了吧？

女史乙　都早已准备停当了，西边是准备唱歌的，东边是准备跳舞的。

南　后　那很好，还要叫他们注意一下，不要耽误了时刻，不要弄乱了次序。

众女史　是，我们一定要严格地督率着他们。

南　后　我看，你们应该把职守分一下才好。（指女史甲）你管堂上奏乐和行酒的事。（指女史乙）你管堂下歌舞的事。你们两个各自选几个得力的人做帮手。今天的事情假使办得很好，我一定要奖赏你们的。假使办得不好，那你们可晓得我的脾气！

众女史 （表示惶恐，但亦显得光耀）是，我们一定要尽我们的全力办理。

南　后 要能够那样，就好。此外一些琐碎的事用不着我吩咐了，你们都是有经验的。总之要能够临机应变，一呼百诺，说要什么就有什么。在预定的节目内的，固然要准备，就是在预定的节目外的，也要有见机的准备。国王的脾气你们也是很清楚的！万一有什么差池，责任是要落在你们的头上。

众女史 是，我们知道。

南　后 好的，那么你们可以下去了，假使上官大夫到了，赶紧把他引到这儿来，说我在等他。

众女史 （应命）是。（分别由左右阶下堂，再行鞠躬，复向左右首侧道下）
〔南后一人由阼阶下堂，在中霤中来回踟蹰，若有所思。有间，女史甲引靳尚由左翼侧道上。靳尚是一位瘦削的中年人，鹰鼻鹞眼，两颊洼陷，行动颇敏捷。

女史甲 启禀南后，上官大夫到了。
〔南后回顾，靳尚趋前行礼。

靳　尚 敬请南后早安！

南　后 （略略答礼，向女史甲）你可以下去。
〔女史甲应命，鞠躬由原道下。

南　后 （登上右翼总章右房之阶段上）上官大夫，我昨天晚上托你的事情，怎么样了？

靳　尚 启禀南后，我是早就应该来禀报的。昨天晚上太迟，今天清早又奉了命令要准备中午的宴会，竟抽不出时间来。刚才国王出宫外去了，我疑心他是去找三闾大夫，所以我特地跑到屈原那里去探望了一下。好在国王并不在那儿，恐怕是到令尹子椒那里去了！

南　后 （略有愠色）你怎这样的啰唆！我是在问你昨天晚上去会张仪的事情啦！

靳　尚 是的，南后，你听我慢慢地向你陈述吧。我跑到屈原那里去，是怕国王到了他那里，又受了他一番鼓吹。国王如果要他今天中午

307

来陪客，那事情就不大好办。好在我跑去看，国王并不在他那儿，我是刚从那儿跑回来的。我想国王一定是到令尹子椒那里去了。要那样就毫无问题，即使国王要叫令尹子椒来陪客，也是很好商量的。令尹子椒，那位昏庸老朽，简直是活宝贝啦……

南　后　哎，你赶快把我所问的事直截了当地回答吧，你到底要兜好多圈子！

靳　尚　是，是，很快就要说到本题了。因为事体很复杂，也很要紧，要慢慢把头绪理清楚，说来才不费事。南后，慢工出细活儿啦。

南　后　（生气，愈着急）哎，我看你这个人的话，真是大牯牛的口水，太长！

靳　尚　（故意，略呈惶恐）是，是，是，我就说到本题了。（向四下回顾了一下，把声音放低了些）我昨天晚上到张仪那里去，我把南后送给他的礼物，亲手交给了他。我说："阁下，南后命我来向阁下问安，送了这点菲薄的礼物，以备阁下和阁下的舍人们回魏国去的路费，真是菲薄得很，希望阁下笑纳……"

南　后　你不必把我当成张仪，不要这样重皮叠髓地说！张仪到底表示了些什么态度？

靳　尚　张仪的态度吗？是，我看他接受了你的礼物，他很高兴。他说："请你回去禀报南后，我张仪实在是万分感激。这次由秦国来，没有多带盘费，舍人们的衣冠都破烂了，简直不能成个体统，得到南后这般的厚爱，实在是万分感激。望你多多在南后面前为我致谢……"

南　后　哎呀呀，你又把你自己当成张仪了，真是糟糕！到底张仪对于我所要求的事，他表示了什么意见？

靳　尚　他表示了很多意见啦，南后，你听我说吧。我对他说："南后问你是不是很快地便要到魏国去？"他说："是呀。"我又说："南后听说你到魏国去，有意思替敝国的国王选些周郑的美女回来，南后是非常感激的……"

南　后　我怎么会感激？谁要你这样对他说？

靳　尚　唉，南后，你怎得聪明一世……唉，不好说的。

南　后　你说我"糊涂一时"吧！我没有你糊涂！

靳 尚 你想，我在张仪面前，怎好直说出你不高兴？你从前对待魏美人的办法，我是记得的，你恕我再唠叨一下吧。从前我们的国王有一次喜欢那位魏国送来的美人，你对她也不表示你的嫉妒，反而特别加以优待，显示得你比国王还要喜欢她。因此国王也照常地喜欢你，说你丝毫也不嫉妒。后来你就对那位魏美人说："国王什么都喜欢你，只是不喜欢你的鼻子。你以后见国王的时候，最好把鼻子掩着。"那魏美人竟然也就听了你的话。到后来国王问你："那魏美人见了我为什么一定要掩着鼻子？"你就说："她是嫌国王有股臭气。"这样就使得我们的国王把那魏美人的鼻子给割掉了。你那个办法是多么精明呀！

南 后 哼，谁要你来恭维！我现在的年纪已经不比当年了，我急于要知道张仪的态度，而且急于要想方法来挽救，你偏偏在那儿兜圈子。你是有意和我作弄吗？

靳 尚 南后，你用不着那么着急，事情已经有了把握，所以我才这样按部就班地告诉你。假使没有把握，我实在是比你还要着急呢。

南 后 哼，你讲，你究竟有什么把握？你讲！你直截了当地讲！

靳 尚 那张仪毕竟是个聪明人，他经我那么一提，倒有点出乎意外。他问我："那真是南后的意思吗？"我说："南后确实是那样告诉我的，大概总不会是假的吧。"他踌躇了好一会儿，接着又说，他往魏国倒并不是本意。因为他从秦国带来的要求，国王不肯接受，国王不肯和齐国绝交，不肯接受秦国的土地，他就没有面目再回到秦国去，所以也就只得跑回魏国了。（稍停）他就这样把他的真心话说了出来，所以这个问题据我看来，倒不在乎他到不到魏国去找中原的美人，而是我们要设法使他能够回到秦国。

南 后 你反正还是啰唆，这算得有什么把握呢？国王已经听信了屈原的话，要和齐国重申和亲的盟约，已经叫你们在草拟国书了。而且国王回头就要给张仪饯行送他回到魏国，你有什么把握能够使他回到秦国呢？

靳 尚 把握是有的。我们所当争取的也就是这个中午了。我同张仪商量过一下，我们的意见是应该就在这短期间之内打破国王对于屈原的信用！（口舌带着热情，流利了起来）这件事情，须得我同你两个内外夹攻。国王的性情和脾味我们是摸得很熟的。我自己是早有成竹在胸，不过在你这一方面，要望你把你的聪明多多发挥一下啦！

南　后　（呈出适意的神气）哼，你有什么成竹在胸，你不妨讲给我听听。（步下阶来）

靳　尚　南后，我希望你把耳朵借给我。

〔南后以耳就靳尚，靳尚与之低语有间。

南　后　（略略摇首）可是，你这把握并不十分可靠。

靳　尚　所以要希望你后援啦。

南　后　哼，我老实告诉你，我也早就有我的把握的。我所关心的就是张仪的态度。只要他和我们捆在一起，有心回秦国，那问题就好解决了。

靳　尚　是，南后，你的把握，好不也让我知道一些？

南　后　那可不必。"机事不密则害成"，你回头慢慢看好了。三闾大夫是很快就会到我这儿来的。

靳　尚　（惊异）怎么？屈原会到这儿来？

南　后　是的，我叫子兰去请他去了，他是一定会来的。

靳　尚　（狐疑）那么，南后，我简直不明白你的意思了。

南　后　我的意思，我也并不想要你明白。我认真告诉你：国王确实是到令尹子椒那里去了。去的时候我同他说过，回头我要派你去请他回来。你到子椒那里，一方面也正好趁着机会，把你想要说的话对他说。你等子兰回来，便可以走了。（突生警觉）外面已经有人的脚步声，你留意听。（又低声补说）还有，你引国王回来的时候从那边进来，（指着左翼）一定要叫两名女官先把门打开，再揭开帘幕，转身下去，你们再走进来。千万照着我所吩咐的做，不准有误。

〔靳尚点头，二人缄默倾听，向左翼侧道方面注视。

〔屈原内声："子兰，南后是在什么地方等我？"

〔子兰内声："妈说，在青阳内室呢，你跟定我来吧。"

〔屈原与子兰由左翼侧道上，见过南后，即远远仁立。

子　兰　妈，我把三闾大夫请来了。

南　后　（呈出极喜悦的面容，向屈原迎去）啊，三闾大夫，你来得真好。我等了你好一会儿了。

屈　原　（敬礼）敬请南后早安，南后有什么事需要我？

南　后　大大地需要你帮忙啦。国王听信了你的话，不和齐国绝交，张仪是决心回魏国去了。回头国王要替他饯行，我们准备了一些歌舞来助兴，这是非请你来指示不可的。我们慢慢商量吧。（回向靳尚）上官大夫，你的任务，主要是在外面周旋，你须得叫膳夫庖人做好好的准备。说不定国王还要歃血为盟呢，珠盘玉敦的准备也是不可少的。

靳　尚　（鞠躬）是，我一定要样样都准备得很周到。我便先行告退。（向南后行礼，又向屈原略略拱手）三闾大夫，我刚才到你府上去来。

屈　原　（还礼）遗憾，有失迎迓。

靳　尚　你那可爱的婵娟姑娘把我的话告诉了你吗？

屈　原　婵娟已经传达了，谢谢你。

南　后　（向子兰）子兰，你去把那扮演《九歌》的十位舞师给我叫到这儿来，要他们通统都装扮好。

子　兰　知道了，妈。（向南后及屈原打拱，随靳尚由右翼侧道下）

南　后　（向屈原）三闾大夫，你听我说，我这个孩子真是难养呢，左脚不方便，身体又衰弱，稍一不注意便要生出毛病。这一向又病了几天，先生那儿的功课又荒废了好久啦。

屈　原　那是不要紧的。公子子兰很聪明，只要身体健康，随后慢慢学都可以学得来。

南　后　做母亲的人一般总是抱着过高过大的希望，一面要孩子的身体好，一面又要孩子的学问好。不过有时候这两件事情实在也难得兼顾。所以我在一般人看来，恐怕对于我的孩子不免有点娇养吧？好在先生是他的老师，有你这样一位好老师，他将来一定可以成器。

屈　原　多承南后的奖励。子兰公子，我是把他当成兄弟一样在看待，我只希望他身体健康，心神愉快，将来能够更加用功。我自己是要尽自己的全力来帮助他的。

南 后	多谢你啦，三闾大夫，那孩子真真是幸福，得到你这样一位道德文章冠冕天下的人做他的老师。事实上连我做母亲的人也真真感觉着幸福呢。
屈 原	多承南后的奖励。
南 后	子兰的父亲也时常在说，我们楚国产生了你这样一位顶天立地的人物，真真是列祖列宗的功德啊。
屈 原	（愈益恭谨）臣下敢当不起，敢当不起！
南 后	屈原先生，你实在用不着客气，现在无论是南国北国，关东关西，哪里还找得到第二个像你这样的人呢？文章又好，道德又高，又有才能，又有操守，我想无论哪一国的君长怕都愿意你做他的宰相，无论哪一位少年怕都愿意你做他的老师，而且无论哪一位年青的女子怕都愿意你做她的丈夫啦。
屈 原	（有些惶惑）南后，我实在有点惶恐。我要冒昧地请求南后的意旨，你此刻要我来，究竟要我做些什么事？
南 后	啊，我太兴奋了，你怕嫌我过于唠叨了吧？我请你来，刚才已经说过，就是为了歌舞的事情。我是已经叫他们把你的《九歌》拿来歌舞的。经你改编过的那些歌辞，实在是很优美。我是这样布置的，你看怎么样呢？（指点）在那明堂内室的左右二房里面陈列乐器，让乐师们在那儿奏乐。唱歌的就在这西边的总章右房，跳神的就从那东边的青阳左房出现。单独的跳舞在房中各舞一遍，一共十遍；最后的轮回舞在这中霤跳舞，把《礼魂》那首歌反复歌唱，唱到适度为止。你觉得这办法好不好呢？
屈 原	那是再好也没有。

〔南后与屈原对话中，子兰引舞者十人由右翼侧道上。舞者均奇装异服，头戴面具，与青海人跳神情景相仿佛。舞者第一人为东皇太一，男像，面色青，极猛恶，右手执长剑，左手持爵。第二人为云中君，女像，面色银灰，星眼，衣饰极华丽，左手执日，右手执月。第三人为湘君，女像，面白，眼极细，周身多以花草为饰，两手捧笙。第四人为湘夫人，女像，面色绿，余与湘君相似，手执排箫。第五人为大司命，男像，面色黑，头有角，手执青铜镜。第六人为少司命，女像，面色粉红，手执扫帚，司情爱

之神也。第七人为东君，太阳神，男像，面色赤，手执弓矢，青衣白裳。第八人为河伯，男像，面色黄，手执鱼。第九人为山鬼，女像，面色蓝，手执桂枝。第十人为国殇，男像，面色紫，手执干戈，身披甲。十人步至明堂内室前，整列阶下，身转向外。

子　兰　（俟南后与屈原对话告一段落）妈，这十个人我把他们引来了。

南　后　好的。（略作考虑）我看索性叫那些唱歌的、奏乐的，也通统就位，预先来演习一遍。三闾大夫，你觉得怎样？

屈　原　那是很好的，待我下去吩咐女官们，叫她们就位好了。

南　后　（急忙拦住屈原）不，不好要你去。子兰，你去好了。还要叫没有职务的女官们都不准进来！你也不准进来了！

屈　原　子兰走路太辛苦……

〔在屈原话犹未说完时，子兰已跛着由右首侧道跑下。

南　后　小孩子还是让他勤劳一下的好，这不是你素常的教条吗？（回顾舞者）我看，你们坐下去好了，站着不大美观。本来是要让你们由那东边的青阳左房出场的，你们现在已经出来了，就坐在那儿好了。

〔十个舞者坐下。

南　后　每一个人的独舞是要在房中跳舞的，时间不够，我看就只跳那最后的一轮合舞好了。（又回顾屈原）三闾大夫，你觉得怎样？

屈　原　那样要好些，的确时间是不够了。

南　后　是的，国王恐怕也快回来了。他是到令尹子椒家里去了。你是知道他的，他平常每每喜欢做些出其不意的事。有好些回等你苦心孤诣地把什么都准备周到了，他会突然中止。但有时在你毫无准备的时候，他又会突然要你搞些什么。真是弄得你星急火急。我看他的毛病就是太随自己高兴，不替别人着想。就说今天的宴会吧，也是昨晚上才说起的。说要就要，一点也不能转移。你看，这教人吃苦不吃苦？

屈　原　南后，你实在太辛苦了。我在家里丝毫风声也不知道。刚才上官大夫到我家里来，才把消息传到了。我丝毫也没有出点力，心里很惶恐。

南　后　三闾大夫，你不必那样客气啦。我本来也想早些通知你的，请你来指导我们。不过我又想这样琐碎的事情不好来麻烦你。你们作诗的人，我自信是能够了解的，精神要愈恬淡，就愈好。你说是不是？

屈　原　有时候呢……（想说"有时候是这样"，但未说完）

南　后　所以我决心不想麻烦你。我想到你的《九歌》，那调子是多么的活泼，多么的轻松，多么的愉快，多么的委婉呀！那里面有好些辞句是多么的芬芳，多么的甜蜜，多么的优美，多么的动人呀！我想你作出了那样的好诗，一定是很高兴的。你使我们大家都高兴了，我们也应该使你更加高兴一下。因此我也就决心自己亲自来编排一次，让你看看你所给予我们的快乐是多么的大呀。

屈　原　啊，南后，你实在是太使我感激了。你请让我冒昧地说几句话吧：我有好些诗，其实是你给我的。南后，你有好些地方值得我们赞美，你有好些地方使我们男子有愧须眉。我是常常得到这些感觉，而且把这些感觉化成了诗的。我的诗假使还有些可取的地方，容恕我冒昧吧，南后，多是你给我的！

南　后　（表示极其喜悦）哦，真是那样吗？我真高兴，我真幸福，我真感激你啦！不过我自己是明白的，你不一定完全满意我。像我这样的人，你怕感觉着不太纯真，不太素朴，不太悠闲贞静吧？是不是？

〔屈原踌躇着，苦于回答。

南　后　你不说，你的心我也是知道的。不过这是我的性格。我喜欢繁华，我喜欢热闹，我的好胜心很强，我也很能够嫉妒，于我的幸福安全有妨害的人，我一定要和他斗争，不是牺牲我自己的生命，便是牺牲他的生命。这，便是我自己的性格。（略停）三闾大夫，你怕会觉得我是太自私了吧？

〔屈原仍苦于回答。

南　后　我看你不要想什么话来答复我吧，你不答复我，我是最满意的。你的性格，认真说，也有好些地方和我相同，你是不愿意在世间上做第二等人的。是不是？（略停）就说你的诗，也不比一般诗人的那样简单，你是有深度，有广度。你是洞庭湖，你是长江，你是东海，你不是一条小小的山溪水，你不是一个人造的池水啦。你看，我这些话是不是把你说准确了？

屈　原　（颇觉不安）南后，我实在不知道怎样回答你的好。不过我自己的缺点很多，我是知道的，我是很想尽量地减少自己的缺点。

南　后　也好。或许你能够甘于寂寞，但我是不能够甘于寂寞的。我要多开花，我要多发些枝叶，我要多多占领阳光，小草、小花就让它在我脚下阴死，我也并不怜悯。这或许是我们的性格不同的地方吧。

〔在南后与屈原对话之中，唱歌及奏乐者已全部由内门入房就位，透过帘幕，隐约可见。

南　后　（转过意念）哦，这样的话说得太多了，歌舞的人都已经准备停当了，三闾大夫，我看我们就叫他们开始跳神吧。

屈　原　好的，就让他们跳《礼魂》。

南　后　（向房中奏乐及歌唱者）你们听见了吧！要你们试奏《礼魂》之歌。（又向舞者）你们可以站起来了。等我站到明堂的台阶上去，用手给你们一挥，你们的歌、乐、舞三种便一齐开始。要你们停止的时候也是这样。（向屈原）三闾大夫，我们上阶去。

〔南后先由西阶（右首宾阶）上，屈原改由东阶（左首阼阶）上，相会于正中之阶上。舞者十人前进至舞台前，向后转。房中人均整饬作准备，注视南后。

〔南后将左手高举，一挥，于是歌、舞、乐一齐动作。舞者在中雷呈圆形旋转，渐集拢，又渐散开。歌者在房中反复歌《礼魂》之歌。

歌　者　（唱）唱着歌，打着鼓，
　　　　　　　手拿着花枝齐跳舞。
　　　　　　　我把花给你，你把花给我，
　　　　　　　心爱的人儿，歌舞两婆娑。
　　　　　　　春天有兰花，秋天有菊花，
　　　　　　　馨香百代，敬礼无涯。

〔歌舞中左侧青阳左房之正中后门被推开，女官甲、乙走出，将房前帘幕向左右分揭套于柱上。对歌舞若无闻见者然，复由后门退下。

〔南后复将左手高举，一挥，歌、舞、乐三者一齐停止。

南　后　　啊，我头晕，我要——（做欲倒状）三闾大夫，三闾大夫，你
　　　　　快，你快……（倒入屈原怀中）

〔屈原因事起仓促，且左右无人，亦急将南后扶抱。

〔楚怀王偕张仪、子椒、上官大夫出现于青阳左房，诸人已见屈
原扶抱南后在怀，但屈原未觉，欲将南后挽至室中之座位。

南　后　　（口中不断高呼）三闾大夫，三闾大夫，你快，你快……（及见
　　　　　楚怀王已见此情景，乃忽翻身用力挣脱）你快放手！你太出乎我
　　　　　的意料了！你这是怎样的行为！啊，太使我出乎意外了！太使我
　　　　　出乎意料了！（飞奔向楚怀王）

〔屈原一时茫然，不知所措。

〔楚怀王及余人由东房急骤下阶，迎接南后。

南　后　　（由左阶奔下，投入楚怀王怀抱）太出乎我的意料了！太出乎我
　　　　　的意料了！

楚怀王　　你把心放宽些，不要怕！郑袖呀！

南　后　　啊，幸亏你回来得恰好，不然是太危险了！我想三闾大夫怕是发
　　　　　了疯吧？他在大庭广众之中，便做出那样失礼的举动！

屈　原　　（此时始感觉受欺，略生怒意地）南后，你，你，你怎么……

楚怀王　　（大怒）疯子！狂妄的人！我不准你再说话！

〔屈原怒形于色，无言。

南　后　　（气稍放平）啊，我真没有料到，在这样大庭广众当中，而且三
　　　　　闾大夫素来是我所钦佩的有道德的人。

楚怀王　　（拥扶着南后）你再放宽心些，用不着害怕，用不着害怕。

〔楚怀王扶南后上阼阶，余人亦随后上阶。

屈　原　　（见楚怀王走近身来，拱手敬礼）大王，请容许我申诉！

楚怀王　　（傲然）我不能再容许你狂妄！吓你这人真也出乎我的意料！我
　　　　　是把你当成为一位顶天立地之人，原来你就是这样顶天立地的！
　　　　　你在人前夸大嘴，说我怎样的好大喜功，变化无常，我都可以容
　　　　　恕你。你说楚国的大事大计、法令规章，都出于你一人之手，我
　　　　　都可以容恕你。你说别人都是谗谄奸佞，只有你一个人是忠心耿
　　　　　耿，我都可以容恕你。但你在大庭广众之中，在我和外宾的面

前，对于南后竟做出这样狂妄滔天的举动，我怎么也不能容恕！

屈　原　（毅然）大王，这是诬陷！

楚怀王　（愈怒）诬陷？我诬陷你？南后她诬陷你？我还能够相信得过我自己的眼睛啦。假使方才不是我自己亲眼看见，我也不敢相信。哼，你简直是疯子，简直是疯子！我从前误听了你许多话，幸好算把你发觉得早。你以后永远不准到我宫廷里来，永远不准和我见面！

屈　原　（沉着而沉痛地）大王，我可以不再到你宫廷里来，也可以不再和你见面。但你以前听信了我的话一点也没有错。你要多替楚国的老百姓设想，多替中国的老百姓设想。老百姓都想过人的生活，老百姓都希望中国结束分裂的局面，形成大一统的山河。你听信了我的话，爱护老百姓，和关东诸国和亲，你是一点也没有错。你如果照着这样继续下去，中国的大一统是会在你的手里完成的。

〔楚怀王屡欲爆发，但被南后从旁制止。

〔南后、张仪及余人均采取冷笑态度。

屈　原　（愈益沉痛）但你假如要受别人的欺骗，那你便要成为楚国的罪人。

楚怀王　（怒不可遏）简直是一片疯话！这……这……这……

南　后　（从旁制止）你让他把疯话说够吧。

屈　原　（愈益沉痛）你假如要受别人的欺骗，一场悲惨的前景就会呈现在你的面前。你的宫廷会成为别国的兵营，你的王冠会戴在别人的马头上。楚国的男男女女会大遭杀戮，血水要把大江染红。你和南后都要受到不能想象的最大耻辱……

楚怀王　（暴怒至不能言）这……这……这……

南　后　（奚落）南国的圣人，不能再让你这样疯狂下去了。（回顾令尹子椒及靳尚）你们两人把他监督着带下去，不然他在宫廷里面不知道还要闹出什么乱子。

楚怀王　（怒不可遏）把他的左徒官职给免掉！

子　椒　（鞠躬）是。

靳　尚　（同时）我们遵命。

〔子椒及靳尚上前挟持屈原。

屈　原　（愤恨地）唉，南后！我真没有想出你会这样地陷害我！皇天在
　　　　上，后土在下，先王先公，列祖列宗，你陷害了的不是我，是我
　　　　们整个儿的楚国呵！（被挟持至西阶，将由右翼侧道下场，仍大
　　　　声斥责）我是问心无愧，我是视死如归，曲直忠邪，自有千秋的
　　　　判断。你陷害了的不是我，是你自己，是我们的国王，是我们的
　　　　楚国，是我们整个儿的赤县神州呀！

　　　　〔南后闻屈原言，为之切齿，似恨复似畏。

楚怀王　唉，简直是发了疯，简直是发了疯。（扶南后坐左席）你不用害
　　　　怕，好生休息一下。

南　后　（振作起来）不，大王，我并不怕他，我怕的是对于张仪先生太
　　　　失礼了。

楚怀王　（此时仿佛才忽然记起张仪在自己身边）啊，是的，张先生，真
　　　　是太失礼了。请坐，请坐。（请张仪就右席）

张　仪　（拱手谦让）岂敢，岂敢。（就座）

　　　　〔楚怀王亦就正中座位。

张　仪　请恕客臣冒昧，这位高贵的人就是南后郑袖吗？（对南后做拱
　　　　手状）

楚怀王　（忙作介绍）呵，是的，是的，这就是我的爱妃郑袖。（向南后）
　　　　这位就是秦国的丞相张仪先生啦。我们在子椒那里碰了头，所以
　　　　便把他拉来了。

　　　　〔南后、张仪相互目礼。

张　仪　我今天第一次拜见了南后，要请南后和大王再恕客臣的冒昧，我
　　　　才明白……（欲语，但又踌躇）

南　后　张仪先生，你有什么话就请不客气地说吧，反正我是南国的女
　　　　人，不懂中原的礼节的。

张　仪　（再做道歉状）要请恕我的冒昧，我今天拜见了南后，我才明
　　　　白——屈原为什么要发疯了。

楚怀王　（大喜，狂笑）呵，哈哈哈……真会说话，真会说话。

南　后　（微笑）张仪先生，你真是善于辞令。

　张　仪　真的，客臣走过了不少的地方，凡是南国北国，关东关西，我们

中国的地方差不多都走遍了。而且也过过各种各样的生活，以一
介的寒士做到一国的丞相，公卿大夫、农工商贾、皂隶台舆、
蛮夷戎狄，什么样的人差不多我都看过了。但要再请恕臣的冒
昧。（又做道歉状）我实在没有看见过，南后，你这样美貌的
人呵！

楚怀王　（愈见高兴）呵，哈哈哈……我原说过，天地间实在是不会有第
二个的。

张　仪　没有，没有，实在没有。

楚怀王　昨天你还在替中原的女子鼓吹，你不是说"周郑之女，粉白黛
黑，立于街衢，见者人以为神"吗？

张　仪　唉，那是客臣的井蛙之见喽，所谓"情人眼里出西施"啦。我自
己是周郑之间的人，我所见到的多是周郑之间的女子，可我今天
是开了眼界了。（又向南后告罪）南后，请你再再恕我的冒昧，
你怕是真正的巫山神女下凡吧？

南　后　（微笑）张仪先生，你真是善于辞令。

楚怀王　好了，好了，你们两位不必再互相标榜了。（起立，执张仪手一
同起立）总之，张仪先生，我很佩服你。你说凡是一口仁义道德
的人，都是些伪君子，真是一点也不错。我看你是用不着到魏国
去了，我也不希望你去给我找什么美人。我是不再听那个疯子屈
原的话了，你能够使秦王听信你的话，对于我特别表示尊敬，我
很满意。我一定要和齐国绝交，要同秦国联合起来，接受秦国商
於之地六百里。

张　仪　那真是秦、楚两国的万幸！

楚怀王　（又至南后前执其手，使之起立）今天你实在是辛苦了。疯子屈
原做的东西，我现在再也不能忍耐。今天的跳神可以作罢。（稍
停又一转念）就是今天的宴会也可以作罢。我们同张仪先生此刻
到东门外去散步，也不要车马，我们到东皇太一庙去用中饭，那
倒是满好玩儿的。（回向张仪）好，张仪先生我们就走吧。这些
鬼鬼怪怪的东西（指中雷中之跳神者，见他们仍因未奉命不能退
场，只三三两两或坐或立，散布于庭中——东皇太一与云中君坐
东房阶上，山鬼立于其侧；大司命与少司命坐西房阶上，国殇立

于其侧，东君与河伯倚东房之柱而立；湘君与湘夫人倚西房之柱而立）就尽他们来收拾好了。

〔楚怀王、南后、张仪行至阶前。

〔令尹子椒与靳尚复由右首上，在阶下向楚怀王敬礼。

子　椒　启禀大王，屈原已经解除了他的职位，放他走了。

靳　尚　他走的时候仍然叫不绝口，把冠带衣裳通统当众撕毁了。

楚怀王　（复厉声大怒）哦，真是疯子！你们把这些鬼鬼怪怪的东西，通统给我撤销下去！

〔幕下。

第三幕

〔幕启。景与第一幕同。时间在中午过后不久。

〔宋玉执竹帚在园中扫除。扫除毕后，复将竹帚倚置亭阶前。

宋　玉　（背倚一株橘树，从怀中取出《橘颂》帛书放声诵读）

　　　　辉煌的橘树呵，枝叶纷披。

　　　　生长在这南方，独立不移。

　　　　绿的叶，白的花，尖锐的刺。

　　　　多么可爱呵，圆满的果子！

（读至此，闭目暗诵。诵至"独立不移"不能记忆，乃复张目视书，立即闭目暗诵，又将八句重诵一遍。然后再张目视书，继读下文）由青而黄，色彩多么美丽！

　　　　内容洁白，芬芳无可比拟。

　　　　植根深固，不怕冰雪雾霏。

　　　　赋性坚贞，类似仁人志士。

（又闭目暗诵。至"内容洁白"复不能记忆，张目视书，复掉头暗诵。诵毕又从头诵起，虽途中略有停顿，但终于成诵。于是复继读下文）

　　　　呵，年青的人，你与众不同。

　　　　你志趣坚定，竟与橘树同风。

　　　　你心胸开阔，气度那么从容！

　　　　你不随波逐流，也不故步自封。

　　（读至此，复行闭目暗诵）

　　〔此时公子子兰偷偷由后门入场，轻脚走至宋玉身边，宋玉未觉。子兰以手抓宋玉左股，学狗叫。

宋　玉　（大惊）啊，你骇了我一大跳。

子　兰　（捧腹而笑）呵，哈哈哈……

宋　玉　你怎么又跑来了，先生呢？

子　兰　先生在明堂内室和我妈在商量跳舞《九歌》的事啦。《九歌》的跳神我觉得是满好玩儿的，我实在是很想看，但妈不要我看。今天真奇怪，平常凡是有歌舞的时候，都是准我看的。独于今天连演习都不准我看，所以我就偷着空儿跑到这儿来啦。

宋　玉　你怕你妈吗？

子　兰　哼，不仅是我，连我爸爸都还怕她呢。我看宫廷里面的人恐怕没有一个不怕她。就是上官大夫虽然和她感情很好，也是害怕她的。他在妈的面前，凡事都只有唯唯听命而已。

宋　玉　我看，我们先生似乎不怕她。

子　兰　唉，不错，先生好像不怕她。看来，使人害怕的人，自己总是不怕人的。除我妈而外，先生也是使我害怕的一个。

宋　玉　不过先生是威而不猛，南后恐怕是猛而不威吧？

子　兰　吓，你公然有胆量，说我妈的坏话啦！

宋　玉　（拱手谢罪）我是说顺了口，有罪有罪。

子　兰　你在我面前说说倒没有什么，不过你倒要谨慎些，担心你的脖子呢。你在读什么？

宋　玉　（以《橘颂》示之）是先生今早作的一首诗。

子　兰　（略略看看即退还宋玉）唔，《橘颂》。为什么不写首《兰颂》呢？那样的时候，我就占便宜了。

宋　玉　先生的诗里面，有很多地方是咏到兰花上来的，我看你占的便宜已经不少了。

子　兰　那倒不错，先生是很喜欢兰花的，只可惜不大喜欢我这一个"兰"。他常常说我不肯用功，他挖苦我，说我会变成菁茅草，使我怪难为情的。我有时候倒很想改名字呢。

宋　玉	你不肯用功，倒也是实在情形。我看你也用不着用功吧，你是王孙公子，反正也是变不成薯茅草的。
子　兰	对喽，兰为王者之香，说不定我还要变成为楚国的国王呢。
宋　玉	可惜你哥哥在做太子，他现在还在秦国，还没有死！
子　兰	他不会早死，你能够断定吗？况且我爸爸喜欢我妈，我妈又喜欢我，只要我妈高兴我做国王，你怕我做不成国王吗？
宋　玉	（戏以帛书卷为笏，向子兰敬礼）启禀国王，臣宋玉再拜稽首，对扬王休。
子　兰	（俨然受之）好！我将来假使做了国王的时候，我一定要封你为令尹啦。假使你不会做令尹，也要封你为左徒，就跟先生现在的官职一样，让你专门管文笔上的事情。
宋　玉	不错，这层我倒是很愿意的。文笔上的事情，我觉得很有把握。认真说，就是先生的文章，有好些我也不好佩服。就像他这篇《橘颂》，还不是一套老调子！而且有好些话说了又说，岂不是台上筑台、屋上架屋吗？先生的脾气总有些大刀阔斧的地方。他是名气大了，写出来的东西人家总说好，假使这《橘颂》换来是我写的，人家一定要说是幼稚了。
子　兰	你的见解，我不能全部同意。这《橘颂》，我觉得在先生的诗里倒还要算雅致一些。他的好些诗，总爱把老百姓的话掺在里面，我就有点看不惯。上官大夫和令尹子椒们也不恭维他，说他太粗糙，太鄙俚了。你假如做了我的左徒，那你可不能过于放肆。（心机转变）哦，婵娟呢？怎么不见人呢？
宋　玉	她在前面用功啦，你来是特地找她的吧？
子　兰	假使是那样，又会使得你不高兴，是不是？
宋　玉	我有什么不高兴啦？你不要任意忖度人。你以为我喜欢那种没斤两的吗？哼，我和你的派数不同。你们做王孙公子的人，专爱讨便宜，想尝尝小家碧玉的味道。我们出身寒微的人，老实说是想高攀高攀一下的啦。愈难得到手的东西，才叫愈好吃。
子　兰	唉，你还有这一套见解！那么你是不喜欢婵娟了。
宋　玉	也没有什么特别不喜欢。不过喜欢她又怎么样呢？她那样古古板板的人丝毫也不能帮助我，而且她是丫头出身啦！假使要拿来做

老婆的话，岂不是前途的障碍吗？

子　兰　唉，你这个宝贝！原来比我还要势利。你一向装得来那样的清高！好的，我从今天起把你当成好朋友了。我们将来一定要有福同享，有祸同当，你高兴不高兴？

宋　玉　我当然是高兴的。就跟先生目前对于你爸爸是很大的帮助一样，我将来对于你也一定有不小的帮助。特别是文字上的工作我是很有自信的。

　　　　〔屈原散发，着袭衣，以异常愤激的神态由外园门上。

　　　　〔宋玉与子兰二人见之均大惊，迎接上去。

宋　玉　先生，你怎的？
子　兰　出了什么事吗？先生！

屈　原　（不加理会，愤愤走至亭阶前停步）哼，真没有想出，你会这样地陷害我！可你陷害的不是我，是我们整个儿的中国呵！

　　　　〔宋玉与子兰畏缩地走至屈原身边，欲有所问。

屈　原　你们不要挨近我，我要爆炸！（以急骤的步伐登上亭阶，在亭栏上任意就座，以两手紧捧其头，时抓散发，默坐有间，复以拳头击膝，愤然而起，在亭中反复回旋）

　　　　〔宋玉与子兰不敢近身，只虔立于阶下，面面相觑，手足无所措。

屈　原　哼，我是问心无愧，我是视死如归，曲直忠邪，自有千秋的判断。你陷害的不是我，是我们楚国，是我们整个儿的中国呵！

　　　　〔此时篱栅之外已纷纷有人探视，但又不敢进园。屈原见有人在园外探视，乃匆匆步下亭阶，向内园门走去。

宋　玉　（胆怯地）先生，好不让我来扶你？
屈　原　不，我不愿见任何人的面孔。人的面孔使我害怕！（愤愤然下）

　　　　〔宋玉与子兰二人茫然。

　　　　〔园外观众有惋惜、有诧异，亦有嗤笑者。

宋　玉　这是怎么一回事呢？
子　兰　看那样子，先生好像失了本性啦。
宋　玉　怎么没有人跟着他一道回来呢？
子　兰　奇怪，真是奇怪！
宋　玉　我看，你跑回宫里去，探听探听一下情形吧。

子 兰	好的，我正在这样想。我在宫里的时候，看见他同母亲两个人讲得非常投机的。该不是在路上遇着了疯狗吧？
宋 玉	就遇着疯狗也不会有那样快的啦。总之你还是回去探听一下的好。〔众人将园门让开，上官大夫上。宋玉与子兰迎接上去。
靳 尚	（一面前行，一面问）怎么样，子兰公子，你也在这儿？你们先生回来了吗？
宋 玉	刚才回来了。他说，他不愿见任何人的面孔，见了要爆炸。
靳 尚	哎，事情真是出乎意外。
宋 玉 子 兰	是怎么一回事呢？
靳 尚	真是出乎意外，不是亲眼看见，恐怕任何人都不会相信。
宋 玉 子 兰	到底是什么事情呢？
靳 尚	你们想晓得么？我告诉你们吧。子兰，你来，我先告诉你。（贴耳与子兰私语）
子 兰	吓！先生会有那样的事？
靳 尚	我原说不是亲眼看见，谁也不会相信的啦。（信步走上台阶，故意选择一地点向园外群众而坐）
子 兰	（随靳尚而上）详细的情形究竟是怎样的呢？
靳 尚	让我慢慢地同你们讲吧，你不要着急。
宋 玉	（立阶下，此刻返身驱逐群众）你们这些没事的闲人，请走开吧，没有什么好看的。
靳 尚	（阻止）宋玉，你让他们听听啦。反正今天的事情在都城里恐怕都已经传遍了，他们早迟也是会晓得的。让我亲眼看见的人对他们说说，也免得以讹传讹。你最好放他们进园子里来！〔群众闻靳尚言均拥挤入园，宋玉无法制止，只跑到内园门次，将门掩上。
群 众	三闾大夫是怎样的？请你告诉我们！
靳 尚	（起立步至亭阶）各位邻里，各位乡长，你们都知道三闾大夫是最有德行的人吗？
群 众	一点也不错。他是我们南国的圣人啦！

靳　尚　你们都知道三闾大夫是最会做文章的人吗？

群　众　是呵。我们知道，他是我们楚国最大的文豪！

靳　尚　他把祭神的《九歌》改编了一遍，你们是知道的吗？

群　众　知道的。他的新的歌词我们都能够唱哪！喏！（零星唱出）

　　　　　　暾将出呵东方，

　　　　　　揽余马呵扶桑。

　　　　　　……

　　　　　　魂魄毅呵为鬼雄。

　　　　　　……

　　　　　　抚长剑呵拥少艾。

靳　尚　那就好了。我现在要把三闾大夫遇着的事情告诉你们。

群　众　好啊！我们很愿意听。

靳　尚　今天中午，国王要给秦国的丞相张仪饯行，我们的南后亲自把三闾大夫的《九歌》排演起来，要让张仪鉴赏。

一部分群众　南后的本领真不小啦！

靳　尚　南后又请三闾大夫去指导。还是叫这位公子子兰亲自到这儿来恭请的啦。

少数群众　结果又怎样呢？

靳　尚　南后和三闾大夫在宫中导演的时候，叫我到令尹的府上去，把国王请回来；国王是去和令尹商量大事去了的。我到了令尹家里，碰着张仪也在那儿。国王便顺便把张仪、令尹和我一同约回宫里。

少数群众　又怎么样了呢？

靳　尚　吓，真真是出乎意外。在我们回到宫里的时候，《礼魂》歌刚好跳完，再奇怪也没有的就是我们的三闾大夫了。你们猜，他是怎样了？

群　众　怎么能够猜得出呢？

　　　　这是苦人所难了。

　　　　这怎么猜得着！

老　者　该不是因为过于高兴，便失了本性吧？

群　众　哪里，三闾大夫决不会那样！

三闾大夫不是那样的人!

老头子,你侮辱了三闾大夫!

靳　尚　没有亲眼看见的人谁也猜不着,而且在说出来之后恐怕是谁也不
　　　　大相信的。

群　众　究竟是怎样的呢?

靳　尚　(徐徐地)唉,我们跟着国王回到宫里的时候,《礼魂》歌刚刚跳
　　　　完了,国王走在最前头,张仪第二,令尹子椒第三,我在最后。
　　　　我们亲眼看见,我们的三闾大夫站在明堂内室的台阶上,紧紧地
　　　　把我们的南后抱着,要逼着和南后亲嘴啦!

群　众　(哗然)吓?三闾大夫会做出那样?

我们不相信!

谁也不相信!

你侮辱三闾大夫!

　　　　〔令尹子椒上。

靳　尚　我原说过,没有亲眼看见的人恐怕是谁也不肯相信的。三闾大夫
　　　　是那样有品行的人,地方呢是极其庄严的宫廷,人呢又是我们举
　　　　国敬仰的南后,那样的事情怎么会做得出来呢!(瞥见令尹子椒
　　　　赶至外园门口)哦,令尹也到了,又是一位见证人到了。你们赶
　　　　快把路让开。

　　　　〔群众回头,同时将路径让开。仍然是哗然不安,议论纷纷。

　　　　〔令尹子椒走入,宋玉由内园门次迎接上去。

子　椒　怎么样?三闾大夫没有回来吗?

宋　玉　启禀令尹,先生是回来了的,不过他的精神很不好,他说他不愿
　　　　意和任何人见面。此刻大概在前面休息吧。

子　椒　(见靳尚与子兰)你们两位也早到这儿来了。你们见到三闾大夫
　　　　吗?(步上亭阶)

　　　　〔宋玉随上。

子　兰　我是见到先生的,他的衣服也脱了,帽子也掉了,气愤愤地只是
　　　　说要爆炸。又说是谁陷害了他,但陷害了的又不是他,是楚国。

子　椒　我看他的病实在很深沉啦。(向靳尚)你来,见到他吗?

326　靳　尚　我特别关心他,跑来,还是没有见到。

子　椒　（向宋玉）我看怕最好去请位巫师来替他招招魂吧，他是失掉了
　　　　本性的啦。

宋　玉　令尹，先生对南后有失礼的举动是实在的吗？

子　椒　怎么不实在呢？我同上官大夫都亲眼看见，国王和秦国的丞相张
　　　　仪也亲眼看见的啦。不过我们幸好回去得早，看见他正搂抱着南
　　　　后要和南后亲嘴，南后在死死地挣持，喊他快丢手，快丢手。他
　　　　大约也是看见了国王，也就让南后挣脱了身。结果嘴是没有亲到
　　　　的。幸好我们回去得早，假使再迟得一刻，恐怕三闾大夫不仅是
　　　　丢官，而且还会丢命的啦。你想，国王看在公族的分儿上即使能
　　　　够容恕他，南后怎能够对他容恕？好在他是作恶未遂，真是不幸
　　　　中之一幸呢。

宋　玉　（叹息）唉，我再也没有想到，我们的先生会走到这一步！

子　椒　其实我早就劝告过他的。他的太太去世了两年多，我早就劝他
　　　　再讨一位，他总是拖延着。你想，一个四十岁的鳏夫子，又到
　　　　了百花烂漫的春天，怎么不出乱子呢？我来本是要看看他的，
　　　　他现在虽然失掉了官职，但我们是同过事来。不过他现在既不
　　　　想见人，我也不想去惊动他了。（向宋玉）宋玉，你是聪明的
　　　　孩子，我看你听我的话，务必要替他招招魂啦。能够使他回复
　　　　得本性，我也不枉和他做了多年的同事，你们也不枉做了一世
　　　　的师生……

老　者　是的，我们也不枉做了一辈子的邻里啦。（向群众）各位邻里
　　　　们，你们快走两位去扎劄一个茅草人来吧！
　　　　〔群众中有二三人应声下，其余仍有人表示怀疑，或摇头，或翻
　　　　白眼。

老　者　（又回向宋玉）宋玉小哥，你快去把你先生用的衣服取一件来。
　　　　〔宋玉颇为迟疑。

子　椒　宋玉，你照他的吩咐做去，你是你先生的得意门生，应该特别尽
　　　　这一点孝心。

宋　玉　不过我怕先生知道了，会生气的。

子　椒　你悄悄地叫婵娟把衣服给你，不要声张好了。

宋　玉　为尽我的一点孝心，我也就照着这样做吧。

子　椒　那是很好的，我可不能在这儿久留了，我要赶着回去。

靳　尚　我也同你一道走啦，令尹。（回顾子兰）你怎么样？

子　兰　我要留在这儿看招魂啦，我也是要尽我一点儿孝心的。

子　椒　很好，很好。你也是先生的弟子，是应该的，万一南后回来了，我要替你申明啦。好的，各位邻里和这位乡长，一切的事情就请费心了。

群　众　我们是一定要尽心的，请令尹放心。

靳　尚　好，我们可以走了。

　　　　〔子椒前，靳尚后，一面走，一面说，下亭，向园门走去。

子　椒　唉，真是天有不测的风云喽。人太固执了，实在也是招祸的事。

靳　尚　不过你叫三闾大夫再讨一个，也不是容易的事呵。他是悬想过高，不是神女下凡，恐怕是不能满意的。

子　椒　那就是坏事的根本喽。会做文章的人总爱胡思乱想。想到尽头，还是自己害自己啦，何苦来。

靳　尚　真的啦。"嫫母有所美，西施有所丑"，不知道满足的人，实在是自取灭亡呀。

　　　　〔子椒与靳尚下。

老　者　宋玉小哥，就请你快去，把先生的衣服取来。

宋　玉　（向子兰）公子子兰，那内园门要请你照料一下。（与子兰向内园门走去）

子　兰　你去好了，我还希望你把婵娟也叫出来啦。

宋　玉　我可以替你叫，不过她出来不出来我就不敢担保。我看你恐怕也要让这位老伯伯替你招招魂吧。

子　兰　你这刻薄鬼，先生疯了，你才高兴啦，现在没有人能够盖得过你了，是不是？

宋　玉　哼！你真聪明！（下）

老　者　（摇头）咳，这些年轻人，真是丝毫没有点真正的孝心！呵，茅草人也扎来了。你们真快。

　　　　〔扎草人者由后园门跑回，将茅人交与老者。

群众之一　我们能齐心，就干得很快。

老　者　现在是赶急，愈快愈好啦。（接受茅人在手，抱之入亭，倚立栏杆

上，又返向群众）你们大家先来做一番法事。你们围成一个圈，
等我开始施法的时候，你们就唱《礼魂》，要一面唱，一面跳。

〔群众围成一圈，但仍有人怀疑。

〔宋玉抱白衣一袭，婵娟抱黄犬同由内园门上。老者奔下亭来接
去白衣，复奔至亭上。

老　者　还要几珠亲人的血来滴在茅人头上，要童男、童女的才行。三闾
大夫没有亲人在场，婵娟姑娘的血是可以用的啦。婵娟姑娘，你
请来，把你的指头刺破，滴几珠血在这茅人头上。

群众之一　（见婵娟踌躇）你连这点孝心都没有吗？我们都在帮忙啦。

〔婵娟将黄犬放下，任其自由动作，奔至亭上。

老　者　（向群众）招魂开始，请先唱《礼魂》之歌。（持衣至茅人前行垂
拱礼）

群　众　（唱）唱着歌，打着鼓，

手拿着花枝齐跳舞。

我把花给你，你把花给我，

心爱的人儿，歌舞两婆娑。

春天有兰花，秋天有菊花，

馨香百代，敬礼无涯。

（反复三遍，停止，散立亭下）

老　者　（唱）《礼魂》已毕，再请灌血。（领婵娟至前，取小刀刺破其右
手中指，滴血数珠于茅人头上，挥婵娟下亭）

〔婵娟下亭步至宋玉处。

老　者　（持衣向空中招展）东皇太一，赫赫明明，大小司命，云中之
君，请你们齐来鉴临。今有楚大夫屈原，魂魄离散，邻里乡党，
为之招魂。敬求各大明神怜鉴，将其魂魄放还故乡。（祝毕，将
衣裹于茅人身上，复行垂拱礼一次，将茅人抱起，先向东方招
展，拖长声音唱唤）三闾大夫，你回来呀！

〔群众同声和之。

老　者　你不要到东方去，东方有十个太阳，把金石都要熔掉，又有一千
丈长的魔鬼，要把你的灵魂抓去的。（向南方招展）三闾大夫，
你回来呀！

〔群众和之。

老　者　你不要到南方去，南方有吃人的蛮子，头上雕着花，牙齿是漆黑的，又有吃人的蟒蛇，吃人的狐狸精，吃人的九头蛇，都会要把你吃掉的。（向西方招展）三闾大夫，你回来呀!

〔群众和之。

老　者　你不要到西方去，西方有千里的流沙，你滚进去便会烂掉。又有和象一般大的红蚂蚁，和葫芦一样大的黑马蜂，会把你蛀得精光的。（向北方招展）三闾大夫，你回来呀!

〔群众和之。

老　者　你不要到北方去，北方是一片的雪海冰山，草也不能生，木也不能长，你去是要冻坏的。（立亭正中向天上招展）三闾大夫，你回来呀!

〔群众和之。

老　者　你不要到天上去，天上有九重天门，都有虎豹把守，还有九头的怪神，赶着一大群豺狼，专等人去使抓来投进深渊。上帝是不大管事的呀。（走至亭口，将茅人向地下招展）三闾大夫，你回来呀!

〔群众和之。

老　者　你不要到地下去，地下有土伯把守，三只眼睛两只角，头如老虎身如牛，把人捉去当点心，背脊隆起血满手，你千万不要去吧。（在亭中开始打回旋）三闾大夫，你回来呀!

〔群众和之。

老　者　回到你的故乡来。你的橘子园在这儿，你的亭台在这儿，你的邻里在这儿，你的婵娟在这儿，你的子兰和宋玉在这儿，你的小黄狗儿也在这儿呀!（回旋愈转愈急）三闾大夫，你快请回来呀，快请回来呀……（愈唱愈快）

〔群众均齐声和之。

〔屈原身着黑色长衣，披发，突由内园门走出，群众及宋玉、子兰因回旋呼唱，婵娟则因注意众人行动，均未觉察。

屈　原　（愤愤然）你们在这儿闹些什么!

〔宋玉、婵娟、子兰及群众均大惊，向后退。屈原急急步至亭前。

老　者	（趋下亭，向屈原行拱手礼）三闾大夫，我们在替你招魂呢。
屈　原	谁要你们替我招魂？你们要听那妖精的话，说凤凰是鸡，说麒麟是羊子，说龙是蚯蚓，说灵龟是甲鱼。谁要你们替我招魂！你们要听那妖精的话，说芝兰是臭草，说菊花是毒草，说玉石是瓦块，说西施是嫫母。谁要你们替我招魂！（急由老者手中将茅人夺去）
老　者	（大惊，抱头鼠窜）呵，真是疯子！真是疯子！要打人啦！

〔群众急向后门逃窜，或复回顾，仍表示同情或怀疑。

屈　原	（愤愤地望着众人的背影，最后将茅人投掷于地）唉，你陷害我，你陷害我，但你陷害了的不是我，是我们整个儿的楚国呵！（抱头一转身，复急骤地走入内园门，下）

〔宋玉、子兰、婵娟三人伫立望门内，默然有顷。宋玉一人拾茅人步上亭中倚之于亭栏上，徘徊，有沉思之态。

子　兰	呵，简直把我骇倒了。这儿我是不敢再待的，我也永远不想再来了。婵娟，你怎么样？
婵　娟	我怎么样？
子　兰	你不怕疯子吗？
婵　娟	要你才是疯子，我不相信你们的话！
子　兰	哼，摆在眼面前的事你都不相信吗？
婵　娟	我说不相信就不相信，我们先生不是明明说遭了陷害吗？不过我还没有问究竟是怎么一回事罢了。
子　兰	刚才令尹子椒和上官大夫都来过，他们所说的话，可惜你没有听见。
婵　娟	他们说了些什么话？
子　兰	他们本来是来看先生的，因为先生不愿见人，他们便和我们大家说了一些话便走了。
婵　娟	究竟说了些什么话？
子　兰	他们说：他们亲眼看见，先生在宫廷里面抱着我的母亲要亲嘴呢。
婵　娟	瞎说！我才不相信这些鬼话！
子　兰	鬼话？哼。详细说起来呢，恐怕也不由你不相信。今天清早我来请先生进宫里去，你是晓得的。妈妈请他，为的要跳《九歌》神给张仪看。妈妈和先生在宫里做准备。爸爸呢，到令尹子椒家里去了。

时间快到了，妈妈叫上官大夫去把爸爸请回来，碰着张仪也到了令尹子椒家里。爸爸便同着张仪、令尹子椒、上官大夫一道回宫。谁个想到他们一走进宫里，便看见先生就这样……（做欲搂抱势）

〔婵娟惊退。

子　兰　搂抱着妈妈，妈妈也正在和他死拼。你想，这还成什么体统呢？好在先生一看见爸爸就把妈妈丢了。爸爸生了气，撤了先生的职。令尹子椒刚才说：他们回去得恰好，假使再迟得一刻，恐怕先生仅仅丢官还不能够了事的呢！

婵　娟　他们真是这样说的？

子　兰　谁还骗你？你去问宋玉好了。对不住，我还有点儿要紧的东西要去收拾一下。（入内园门）

婵　娟　（步至亭前）他们真是那样说的吗？

宋　玉　可不是！而且先后不同时地来，先后不同时地说，两人的话说得来却是完全一致的。

婵　娟　你肯相信？

宋　玉　我现在正在为这件事踌躇，要想不相信吧也好像不由你不相信。先生鳏居了两年多，又是春天啦。

婵　娟　哼，你也要侮辱先生！我早就晓得你这个人是靠不住的！

宋　玉　你骂我好了，其实我也希望能够不相信啦。你要说不相信的话，你又有什么证据呢？

婵　娟　不是我亲眼看见的，任你怎么说，我也不相信。你说证据吗？我自己就是一个证据啦。你想，我朝夕都在先生近前服侍，先生待我完全就跟自己的嫡亲的女儿一样，丝毫也没有过什么苟且的声色。这不就是铁的证据吗？

宋　玉　（微笑）吓吓，婵娟姑娘，你也未免把你自己太看高了！

婵　娟　什么！你这样说，你简直是先生的叛徒！

宋　玉　抱歉得很，实在也没有办法。我也感觉着在这儿待不下去了。辜负了先生教育了我一场，不过我也算把先生的长处学到了。婵娟，你请上来，我要送你一样东西。

婵　娟　谁要你送我什么东西！

　宋　玉　是先生写的东西啦。

婵　娟　（跑上亭去）先生写的？

宋　玉　（自怀中将《橘颂》取出）是今天清早先生写的一首新诗。（授与婵娟）

婵　娟　（受书展视，呈喜悦色）呵，《橘颂》，赞美橘子的诗，橘子是我顶喜欢的东西。

宋　玉　今天清早就在这座亭子上，先生把这首诗给了我，同时还给了我一席很长的教训话呢。

婵　娟　你把那教训话也给我吧。

宋　玉　太长了，我也记不清楚了。听的时候倒觉得很深刻。现在呢？可又是一番感觉了，不过大意我还是记得的。先生要我把橘子树来做老师，说橘子树是怎样的不怯懦，不懈怠，不迁就，就是把这诗里面的意思来敷衍了一遍的。

婵　娟　还说过什么话没有呢？

宋　玉　还说过一些在大波大澜的时代，要我把饿死在首阳山上的伯夷来做榜样，就是气节要紧。他说我们处在目前的大波大澜的时代，生要生得光明，死要死得磊落。

婵　娟　哦，这话多么好呵！

宋　玉　是好呵。我清早听见的时候，委实是刻骨铭心的。不过我现在是这样感觉着：说话倒还容易，做人实在是太不容易呀。

婵　娟　你的意思是说先生言行不符了？

宋　玉　我只是说我自己的感觉，你不要又扯到先生名下去，不过先生还告诉了我一些话，我实在是受益不浅。

婵　娟　还告诉了些什么话呢？

宋　玉　是关于作诗的经验啦。先生说他是拼命地在向老百姓学，在向小孩子们学。他教我不要把先生看得太高，也不要把自己看得太低。

婵　娟　哼，大约你现在很觉得比先生还要高些吧？

宋　玉　不要尽是那样挑剔吧，婵娟。向老百姓学，实在是一个宝贵的教训。我不瞒你说，我刚才在这儿看见那位老头子在给先生招魂的时候，我得到了一篇很好的文章。停两天我一定要把它写出来，就安它一个《招魂》的题目吧。我相信这一定可以成为一篇杰作，比起先生的《九歌》来，是会毫无愧色的。

婵　娟　真是恭喜你啦，但希望你不是做来招你自己的魂。

宋　玉　你高兴要骂，你就骂吧。（下亭阶）反正我在这儿待不下去了。

〔此时子兰抱若干古老竹帛卷册复由内园门上。屈原之老阍人阿
汪及老灶下婢阿黄各负行李随其后。

婵　娟　（在亭上叫出）阿汪，阿黄，你们要到哪里去?!

阿　汪　对不住，我们在这儿待不下去了。

阿　黄　我害怕呢，婵娟姑娘。

婵　娟　你们到底要往哪里去?!

阿　黄　子兰公子同情我们……

阿　汪　要把我们收进楚王宫里去啦。

宋　玉　（下阶，与子兰对面）公子子兰，请你也把我收进宫里去吧。

子　兰　那不成问题。我的妈也喜欢你，她一定是很高兴的。

宋　玉　放在先生这儿的东西，我想一概也不带了。

子　兰　你还带什么，你怕宫里少了你的使用吗？我这些东西（示以所抱
卷册）你是晓得的，是从宫里抱出来的楚国的国史《梼杌》啦，
我不抱回去，那关系可太大。事实上连阿汪、阿黄我都不要他们
带行李的，他们偏偏要带，也就只好听随他们了。

宋　玉　把《梼杌》让我来抱一部分吧。

子　兰　好得很。（分一半与之）

〔婵娟一人立于亭口，将牙关紧紧咬定，心中有无限的悲愤、憎
恨、凄凉，种种复杂的情绪潮涌，自脸上可以看出。

子　兰　（步近亭阶，故意郑重地向婵娟）婵娟姑娘，我要向你告辞了。
不过在我临走之前，我还要奉承你几句，你允许我吧？

〔婵娟仍鹄立不动，并缄默无言。

子　兰　今天清早我在这座亭子上问过你：你到底喜欢什么人？你答应我
说：你喜欢你喜欢的人。现在我算确确实实地弄明白了。你喜欢
的不是我这跛了脚的公子，你喜欢的是那失了魂的疯子啦!

婵　娟　（怒极欲涕）你们这些没有灵魂的东西!

子　兰　你也不必那样动怒。我还要告诉你一个使你也失掉灵魂的消
息——先生已经失踪了!!

334　婵　娟　（大惊）什么？

阿 汪	是的，先生刚才从前门跑出去了！
阿 黄	先生刚才从园子里面转去的时候，便戴上一顶高帽子，佩着那把很长的宝剑，跑出去了！
婵 娟	先生要到什么地方去，没有对你们讲过？
阿 黄	他老是那样气汹汹的，什么也不说。
阿 汪	谁也不敢问他一声啦。
宋 玉	（初闻失踪之说亦略略表示吃惊，继而沉静下来，此刻更沉静地）我看，先生这一出去，不是想杀人，便是自杀啦！
婵 娟	宋玉，你快去追寻先生吧，快请你去啦！
宋 玉	（迟疑）我去有什么用呢？先生疯了，不死比死了还坏。活着有什么好处？我已经决心跟随公子子兰进宫，请你原谅。
婵 娟	宋玉！你们把先生看得那样下贱！先生哪里会疯呢？先生是楚国的栋梁，是顶天立地的柱石，你不知道吗？楚国如果失掉先生，那会是多么大的一个损失？我是一个普通人家的女儿，我是先生的侍女，我的责任是服侍先生，是洒扫庭堂，整理用具，我不像你们一样能够吟诗作赋，谈论国家大事，但我就知道先生一人的存在关系着楚国的安危。先生是我们楚国的灵魂，先生如果死掉，那我们的楚国就会完了。（见宋玉不应，回向众人）你们谁也不去找回先生吗？
	〔余人不应。
婵 娟	你们都这样忍心吗？
	〔余人不应。
婵 娟	呵！先生，你的婵娟是不能离开你的，如果你死，婵娟也要跟着你一道死！（飞奔下亭，向内园门跑去）
子 兰	呵，快走，快走，又出了一个疯子！
	〔余人均向外园门跑去。
	〔幕下。

第四幕

〔幕启。

〔楚国郢都之东门外，右首一带城墙，有城门一座，城门上篆书"龙门"二字。以自然之小河为濠，濠上有堤，遍栽杨柳，濠水在舞台上横贯，折向左翼，有桥在左露出，与城门约略正对，桥之彼端隐没。

〔堤上右翼靠城处有一中年人颇似隐士，在柳荫下垂钓，另有一渔父在桥头近处守着一架四角网，时而举出水面，时而复放下。

钓　者　（唱）农民困在田间，

　　　　　　两腿泥巴糊遍。

　　　　　　一年的收成血和汗，

　　　　　　把主人的仓库填满。

　　　　　　王侯睡在宫殿，

　　　　　　美姬仿佛神仙。

　　　　　　蚊虫和虱子真有眼，

　　　　　　不敢挨近他们身畔。

　　　　　　上帝待在云端，

　　　　　　两旁都是醉汉。

　　　　　　世间有多少灾和难，

　　　　　　他们闭着眼睛不管。

〔太阳西斜的时候，天上云霞时刻改变颜色。

〔婵娟仓皇由城门跑出，四下张望，遇老媪一人，由桥头过来，行将入城。

婵　娟　老妈妈，你在桥那头的路上看见我们的先生没有？

老　媪　你的先生是谁？

婵　娟　三闾大夫啦。

老　媪　哦，官家的人都说他疯了，我可没有看见他啦。（入城）

〔婵娟伫立路头，踌躇有间，继奔至桥头向渔父发问。

婵　娟　老伯伯，你在这儿看见过三闾大夫没有？

渔　父　我没有看见过啦，听说他发了疯，不晓得是怎么样了。

钓　者　（向渔父）你们都说三闾大夫发了疯，其实真是活天冤枉！

渔　父　先生，我不过是听见路过的人那样说，我并不晓得是怎么一回事咧。

钓 者	大家都在说，三闾大夫发了疯，三闾大夫淫乱宫廷，唉，真真是天晓得！
婵 娟	（向钓者走近）先生，你晓得那详细的情形吗？
钓 者	我是亲眼看见的啦，姑娘。
婵 娟	好不，请你告诉我？
钓 者	（把婵娟打量了一下）姑娘，你是三闾大夫的什么人？
婵 娟	我是服侍先生的婵娟啦。
钓 者	哦，是的，《九歌》里面有你的名字，在《湘君》歌里面，我记得有"女婵娟呵为余太息"的一句啦。
渔 父	（插入）你就是婵娟姑娘吗？你在替你老师太息，你的老师却在替我们老百姓太息啦。他有两句诗多好呵，"长太息以掩涕兮，哀民生之多艰"。能够为我们老百姓所受的灾难太息而至于流眼泪的人，古今来究竟有好几个呢？
钓 者	那还用问吗？一向的诗人就只晓得用诗歌来歌颂朝廷的功德；用诗歌来申诉人民疾苦的，就只有三闾大夫一人啦。哦，婵娟姑娘，我倒要先问你，三闾大夫从宫廷里回家去之后是怎样了？
婵 娟	先生回到家里很生气，不知道怎的，冠带、衣裳都没有了，任何人也不愿意见。后来后园子里面有很多邻里来替他招魂，都说他是疯了，要把他的魂魄招转来。听说上官大夫和令尹都到过我们的后园来，也都说先生是疯了。先生到园子里来看，更加生气，他便跑到外面来了，不晓得他是到什么地方去了。
钓 者	唉，大家那样没见识，倒真的会把三闾大夫逼疯呢！我是明白的，今天的事情实在够三闾大夫忍受。
婵 娟	先生，请你告诉我吧，那详细的情形我还丝毫也不知道。
钓 者	好的，我就告诉你吧。婵娟姑娘，你可曾知道秦国丞相张仪，到了我们楚国来这一件事吗？
婵 娟	我是听见先生说过，说他到我们楚国来，要我们和齐国绝交，和秦国要好啦！
钓 者	是的，张仪就是那样的一位连横家，他专门挑拨我们关东诸侯自相残杀，好让秦国来个别击破，并吞六国。但是我们三闾大夫的

主张和他恰恰相反，你是知道的啦。

婵　娟　是的，我早知道。我们先生是极力主张和齐国联合的。

钓　者　所以，我们楚国幸亏有三闾大夫，平常我们的国王也很听信三闾
　　　　大夫的话。这一次张仪来也没有达到他的心愿。我们的国王是听
　　　　信了三闾大夫的话，不肯和齐国绝交，也不愿和秦国要好，因此
　　　　张仪便想朝魏国跑了，魏国是他的祖国啦。

渔　父　张仪是魏国的人吗？

钓　者　可不是！他还是魏国的公族余子呢。张仪要到魏国去，国王打算
　　　　在今天中午替他饯行。

婵　娟　我也听见这样的消息，但不知道详细的情形是怎样。

钓　者　今天中午，国王打算替张仪饯行，南后便命令我们在明堂中庭跳
　　　　神，就是跳三闾大夫的《九歌》，我扮演的是那河伯。姑娘你要
　　　　知道，我是一位舞师啦，我是顶喜欢三闾大夫的歌词的一个人。

婵　娟　哦，是那样的，后来怎么样呢？

钓　者　快到中午时分，公子子兰来叫我们到中庭去，准备听南后和三闾
　　　　大夫的指示。我们到了那儿，看见南后和三闾大夫两人立在那
　　　　儿。南后回头又叫唱歌的和奏乐的通统就位，便叫我们跳《礼
　　　　魂》，南后和三闾大夫便立在明堂的阶墀上看我们跳神。我也记
　　　　不清跳了好几个圈子的时候，东首的青阳左房的后门被推开了，
　　　　有两位女官走出来又把前面的帘幕揭起了，悄悄地又退了下去。
　　　　接着南后便命令停止歌舞。我这时候刚跳到明堂阶前，我是听得
　　　　清清楚楚的，我听见南后对三闾大夫说："啊，我发晕，我要
　　　　倒，三闾大夫，三闾大夫，你，你快，你快！"便倒在三闾大夫
　　　　的怀里去了。

婵　娟　南后病了吗？

钓　者　你听我慢慢地说吧。就在那个时候，国王和张仪、令尹以及上官
　　　　大夫在青阳左房里出现了。吓，就在那个时候，那南后真凶，真
　　　　毒辣，一个鹞子翻身，大声喊着："三闾大夫，你快，你快，你
　　　　快放手！你太使我出乎意外！你太使我出乎意外！在这样大庭广
　　　　众当中，你敢对于我这样的无礼，你简直是疯子！"

338　婵　娟　（切齿扼腕）哎，南后竟这样，竟这样地陷害先生！

钓　者　她跑到国王怀里去，国王也就大发雷霆，骂三闾大夫是疯子，叫令尹和上官大夫两人把他押下去，撤了他的官职。三闾大夫的衣裳、冠带，听说都是当着众人自己撕毁了的。

婵　娟　（愈见切齿，欲泣）这，这，先生一定是很危险。

钓　者　真的啦，那样的毒辣，连我们旁观者的脑子差不多都震昏了。

婵　娟　（愈见切齿，欲泣）先生一定很危险，一定很危险！（飞奔，沿着城墙跑下）

渔　父　唉！想不出竟有这样冤枉的事啦。

钓　者　其实事情也很简单，只要当场问一下便可以弄明了的。但我们的国王在盛怒之下，全然不想问问我们当场的人——当场的人并不少，我们跳神的是十个，还有唱歌的和奏乐的。他不想问问我们，三闾大夫申诉了几句，他也全不理会，生抢活夺地便加上了一个淫乱宫廷的疯子的罪名。

渔　父　这怎么受得了呢？不疯也会疯的！

钓　者　你没有当场听见，三闾大夫在被押走的时候，说的那几句愤激的话呢。

渔　父　他是怎样说的？

钓　者　他说："南后，我真没有想出你竟这样地陷害我！我是问心无愧，我是视死如归，曲直忠邪自有千秋的判断。你害了的不是我，是你自己，是我们楚国，是我们整个儿的中原呵！"他这几句话真是把我们全身的骨节脏腑都震撼了。

渔　父　就连我现在都还听得毛骨悚然呢。

钓　者　后边有人来了，回头再讲吧。

〔二人沉默。

〔屈原由左首上，冠切云之高冠，佩陆丽之长剑，玄服披发，颜色憔悴，与清晨在橘园时风度，判若两人。颈上套一花环，为各种花草所编制，口中不断讴吟，时高时低。步至桥头略略住脚，欲过桥，但又中止，仍沿着濠堤前进。

〔断续可闻之歌咏乃《九章·惜诵》词句，唯前后参差，不相连贯，盖此时《惜诵》章正在酝酿之中，尚未达到完成境地。

屈　原　（吟）我言行一致，表里如一，

事实俱在，我虽死不移。

要九折肱才能成为良医，

我今天知道了这个真理。

晋国的申生，他是孝子，

父亲听信谗言，让他死了。

伯鲧耿直而遭受死刑，

滔滔的洪水，因而未能治好。

吃一堑便能够长一智，

我为什么不改变态度？

丢掉梯子要想攀上天，

我和做梦一样地糊涂。

我忠心耿耿而遭祸，

始终是不曾预料。

我超越流俗而跌跤，

自惹得人们耻笑。

（反复讴吟，俯首徐行，行至垂钓者前）

钓　者　（起立）三闾大夫，你不是三闾大夫吗？

屈　原　（初不加以理会，继乃含愠地）我不是三闾大夫，我已经不是三闾大夫了！

钓　者　是的，屈原先生，请你恕罪，我是知道的，刚才有位婵娟姑娘在这儿来找过你啦。

屈　原　你是什么人？

钓　者　我是黄河的神。

屈　原　（以为受了玩弄）哼，你！没灵魂的！

钓　者　先生别生气，我是今天跳你《九歌》中的河伯的人。

屈　原　今天的事你是在场啦。

钓　者　我最能明白先生，你那一腔的冤屈。

屈　原　唉，我多谢你。（拱手）我算第一次受到了真正的安慰。

钓　者　我扮演河伯正跳到阶前，南后对你说的话我听得最清楚。

屈　原　唉，我真不知道她为什么要那样地陷害我！

钓　者　屈原先生，那原因我倒是很知道的。

屈　原　你知道的？你怎么会知道？

钓　者　先生，你被他们强迫走了之后，国王和南后还和那张仪谈过好一阵的话呢。

屈　原　他们谈了些什么？

钓　者　哼，那张仪真是一个奸猾小人！从前他在我们楚国做过小偷，偷过丞相家里的璧玉，我看是千真万确的。他真是一个巧言令色的小人。

屈　原　他究竟说了些什么？

钓　者　他当着楚王和南后面前，把南后恭维得无以复加，说她是巫山神女下凡，说她是天下第一，国色无双，把楚王和南后都说得不亦乐乎，而且他还中伤了你呢。

屈　原　在他是必然的，我屈原就是他张仪的眼中钉啦。他又是怎样中伤我？

钓　者　他说，他得见了南后一面，才明白你为什么要发疯了。

屈　原　哼，真是下流！是这样看来，分明是张仪在和南后通同作弊啦。

钓　者　我也正是这样想，而且有充分的证据。他把国王甜着了，国王便高兴得昏天黑地，他说："张仪先生，我佩服你，你说屈原是伪君子，一点也不错。我也再不听那疯子屈原的话了，我决定和齐国绝交，决定和秦国要好，接受商於之地六百里……"

屈　原　（心气渐见平和起来）是这样看起来，完全是张仪那小子在兴妖作怪啦。

钓　者　我也正是这样作想。我看一定是那张仪，看见国王听信你的话，不肯和齐国绝交，所以就想用女色来打动国王，同时也是威逼南后，要她在国王面前毁坏你的信用。你的信用毁坏，他的奸计也就得手了。

屈　原　一点也不错，哼，我们的楚国便被这小偷偷去了！（厉声叫出）啊，南后，我们的国王，你们怎么那样地愚昧呀！

　　　　〔楚怀王、南后、张仪由桥头步出，卫士八人稍隔一间，随后。

楚怀王　（偕余人步至桥前隙地，手指屈原）哦，那疯子还在那儿骂我们啦！

南　后　（急急献媚）你不要生气，我们叫他来问问吧，逗逗疯子，是满

341

好玩儿的。

楚怀王　啊，很好。（回顾卫士）你们走两个去，把三闾大夫请来。

卫士 甲乙　（应命行至屈原前）三闾大夫，国王请你去。

屈　原　（喜形于色）好的，我就去。（回顾，向钓者）刚才多谢了你。

钓　者　希望先生保重。

　　〔屈原偕卫士甲、乙至国王及南后前行垂拱礼，唯对于张仪不加理会。

南　后　（含笑）三闾大夫，你那花环是哪个送给你的啦？

屈　原　是我自己编的。

南　后　好不送给我？

屈　原　南后喜欢，我愿意奉献。（取下花环奉上）

南　后　（接受花环戴于颈上，故作种种姿态）啊，这是多么美丽，多么芬芳呀！这比任何珠玉、琼琚的环佩还要高贵，我自己就好像成了湘夫人，成了巫山神女啦。（突然呈出狂态）是的，吾乃巫山神女是也，三闾大夫，你刚才向我求爱，你现在又送我花环，你准备什么时候和我结婚？

　　〔楚怀王及张仪均笑。

屈　原　（颇窘）南后，请你不要以为我是疯子，你不要中了坏人的诡计，我并没有疯。

南　后　是的，你并没有疯。我知道你是诚心诚意地爱我，我也诚心诚意地爱你啦。我要请求上帝，封你为巫山山神，你可高兴吧？（转眼向天，拱手而诉）啊，上帝，我赫赫明明的上帝，下神乃巫山神女，皆因有南国诗人，三楚才子，姓屈名平字原者，迷恋妾身，神魂离散，务求上帝怜鉴，封之为巫山十二峰之山神土地，以便与小女神朝朝暮暮为云为雨。

　　〔楚怀王及张仪益笑。

屈　原　（更窘）我诚恳地请求你，南后，你不要降低了你的身份。

南　后　是呵，我的身份是很高的。哦，我想起来了，吾乃大舜皇帝之妃湘君湘夫人是也。可怜的大舜皇帝呀，你的灵魂失掉在苍梧之野，你怎么在这儿飘荡呀？（一转眼觑着屈原）

〔楚怀王、张仪捧腹绝倒。

屈　原　（忍无可忍，怒叱张仪）张仪！你这盗窃璧玉的小偷，有什么值得你笑！你这卖国求荣的无赖，你这巧言令色的小人，有什么值得你笑！你的下体挨过打的瘢痕还在吧？有什么值得你笑！

〔楚怀王与南后仍笑不止，张仪则愕然。

屈　原　你曾经在我们楚国做过小偷，偷了我们令尹家里的璧玉，你挨过好几百板子，你忘记了？

〔楚怀王与南后仍笑不止，张仪无言。

屈　原　你曾经到苏秦那里去讨过口，你该还记得？你叫你老婆看过你嘴里的舌头，看被打掉了没有，你该还记得？你生为魏国之人，而且是魏国的公族余子，你跑到秦国去便怂恿秦国征伐魏国，你跑回魏国去又劝诱魏国去投降秦国，你简直是不知羞耻的卖国贼！你连你自己的父母之邦都要出卖，你何所爱于我们楚国？你是最阴险的秦国的奸细！你叫我们和齐国绝交，那才好让你们来各个击破啦！你说要献商於之地六百里，谁个能够相信你的鬼话！

〔楚怀王与南后止笑，渐就严肃。

张　仪　（颇含愠怒）屈先生，我希望你讲求一下礼节，假如你不是疯子。

屈　原　哼，疯子！你这谄谀面谀的小人！你在国王面前说过的话你怕我不知道，你在南后面前说过的话你怕我不知道，你把我们的国王当成了什么人？你把我们的南后当成了什么人？你把我当成了什么人？

张　仪　（抢着说）我把你当成着病人！

屈　原　（不等张仪说完，亦抢着说）你说要为国王去寻求周郑之间的美女，你说南后是巫山神女下凡，你说我是为了南后而发狂，你这无耻的谰言，你这巧言如簧的挑拨离间，亏你还戴着一个人的面孔！（略停，调整呼吸）

〔楚怀王与南后无言，楚怀王时而瞥视南后，有欲发作之意，但见南后无表示，则复隐忍。

张　仪　（故示镇静）你发泄够了吧！我是在国王和南后面前，不愿意和你这病人多做纠缠，你是愈说愈不成话了！

屈　原　不成话？你简直不是人！你戴着一个人的面具，想杀尽中原的人

343

民来求得秦国的胜利，来保障你的安富尊荣，你怕我没有看透你？你离间我们齐、楚两国的邦交，好让秦国来奴役我们，你怕我没有看透你？

张　仪　哼，你口口声声要说齐国好，当然有你的理由。据我所知道的，你死了的太太是齐国人，似乎还丢下了一位陪嫁的姑娘跟着你，而且齐国近来也送了你很多贿赂啦。

屈　原　哼，你这信口雌黄的无赖！要你才是到处受贿、专门卖国的奸猾小人！你怕我不知道吗？你昨天晚上都还领受了我们南后一千五百个大钱啦……

南　后　（决然）简直是疯子，满嘴的胡说八道！

楚怀王　（大发作，向卫士）你们把他抓下去！把他抓到东皇太一庙里去，要郑太卜监视着他，不要让他出来兴妖作怪！

　　〔卫士甲、乙、丙猛烈上前，将屈原挟持着。

楚怀王　你们把那沙锅盖子给他摘下，把那拨火棍子给他拔掉！

　　〔另卫士二人扯去屈原之切云冠，解去其长剑。

屈　原　大王，你是始终不觉悟吗？楚国的江山社稷在你一个人身上，你不要使我们若敖氏的列祖列宗，断绝香烟血食呀！

楚怀王　（愈怒）赶快！赶快把他抓下去！

　　〔卫士乙、丙挟持屈原上桥。

屈　原　我受侮辱是丝毫也不芥蒂的，我是不忍看见我们的祖国，就被那无赖的小偷偷了去呀！（下，尚闻其声）皇天后土，列祖列宗，我希望你总有悔悟的一天呀……

南　后　唉，简直是疯子，满嘴的胡说八道！（向张仪）张先生，今天实在对你不住喽。

楚怀王　实在是使你太受了委屈。

张　仪　客臣是丝毫也不介意的。贵国失掉了这样一位文章家，我倒觉得很可惜呢。

南　后　其实倒也寻常，近来出了一批青年文章家，似乎比他还要高明些呢。

张　仪　是哪几位名手，倒很想见识见识。

南　后　像宋玉、唐勒、景差这一批人，我觉得都很有希望。他们将来的成就会比这位疯子还要高超些呢。

楚怀王 不错，我也早听见说过他们的名字，我一定要提拔提拔他们。

张　仪 提拔青年文章家不用说是很要紧的，不过，我倒有一点意见。我这意见早就是想到的，到了今天我才迫切地感觉着有推行的必要。

南　后 张先生的高见何妨对我们说说呢?

张　仪 我是觉得：文章家总该专门做文章，不好来干预政事的。

南　后 是的，一点也不错。文章家一谈政事，总是胡说八道。

楚怀王 好的，我今后要照着这个意见办，我要绝对禁止文章家谈政事! 假使有人要谈，我一定要把他抓来关在东皇太一庙里! 我们现在慢慢回城去吧。(开始走动)

　　〔南后、张仪及卫士六人随后。自楚怀王等出桥以来，道上颇有来往行人，俱畏缩避道，集于堤上观望，人数不宜太多，但亦不宜太少，可酌量情形而定。婵娟突由左首急骤上，盖已沿绕城濠，将城环走一遍，跑上后，见楚怀王、南后诸人，突然止步。

南　后 (早瞥见，指之示楚怀王) 这就是张先生所说的那个陪嫁丫头了。

　　〔诸人均止步。

张　仪 才只十六七岁啦，难怪得。

楚怀王 顶多也不过十八岁。

南　后 (招婵娟) 婵娟，你来!

　　〔婵娟瑟缩地走近，但仍留有间隔而立定。

南　后 你在做什么?

婵　娟 我在找我们先生，我沿着这城墙跑了一转，都没有把他找着。

南　后 你哪里找得着他，他疯了，早就跳进水里面去淹死了!

婵　娟 (大吃一惊) 先生淹死了?

南　后 可不是嘛! 我们刚才在东皇太一庙的门前，看见好些老百姓把他的尸首从一个池塘里打捞了起来。真也是怪可怜见的呵。

婵　娟 (哭出) 南后，你说的是真话?

南　后 怎么不是真话? 你不相信，你看他所剩下来的这把宝剑和这顶切云冠啦。(指卫士一人手中所持者示之) 他解在岸上，我们替他捡了来，还有一双草鞋，我们便没有要了。(忽然想起) 哦，对

345

了，还有这个花环呢。（从颈上取下花环）我看你戴倒是很合适的。（顺手为婵娟戴上）

婵　娟　（伤心痛哭）啊，南后，那么你简直把他害死了！先生，先生呵，你说别人家陷害的不是你，但结果还是把你害死了！南后呀，你真忍心啦！你为什么要把先生害死？要把那么好的一位先生害死？你，你真忍心呵……

南　后　（大笑）你这丫头大概也是发了疯吧，你怎么会说是我把先生陷害了的？你要当心啦！

婵　娟　南后，你不要骇唬我，我现在一点也不怕你了。是你把先生陷害了的，是你，是你，一百个是你。

南　后　哈哈，今天真好玩儿，真是暮春天气疯狗多呀。

婵　娟　你老是爱说，这个是疯子，那个也是疯子，你所做的事，你怕没有人知道吗？你是不是多少还有点良心呵？你假如还有点良心，你要知道你所犯的罪是多么的深重呀！

楚怀王　（欲发作）这个丫头，我可不能忍耐！

南　后　（慰止之）童言无忌，你让她说，满好玩儿的！

婵　娟　（激昂地）哼，你把人当成玩具，你把一切的人都当成玩具，但你要知道，你所犯的罪是多么深重呀！你害死了我们的先生，你可知道这对于我们楚国是多么大的一个损失，对于我们人民是多么大的一个损失呀！（语气转沉着）天上就只有一个太阳，你把这个太阳射落了！你把他吃了，永远地吃了。（又转激昂）你这比天狗还要无情的人呀，你总有一天要在黑暗里痛哭的吧！永远痛哭的吧！

楚怀王　这个小泼妇，我实在不能忍耐！

南　后　（再慰止之）你不要着急，你等我再问她一些话。（问婵娟）婵娟，你年纪轻轻的女孩子，为什么学得这样泼辣？你口口声声说我陷害了你的先生，到底我是怎样陷害了他的呢？他发了疯，侮辱了我，还要说是我陷害他吗？

婵　娟　哼，你怕你做的事就没有人看见，就没有人知道。你在先生面前明明说你头发晕，你要倒，要先生扶你，待你一看见了国王，你就反转身来栽诬先生，你怕没有人听见你的话，没有人看见你的动作吗？

南　后　（生怒）你在信口开河！谁个看见，谁个听见？

婵　娟　总有人啦，你是在大庭广众之中做的事啦！

南　后　是谁造出了这样的谣言，谁个告诉你的？

婵　娟　有那样的人告诉我。

南　后　究竟是谁，你说，你说！

婵　娟　我说了，你好再去陷害人？

南　后　你不说就是你在造谣生事！我要割掉你的舌头！

婵　娟　唔，你就割掉我的头，我也不给你说。

南　后　（握婵娟头发）究竟是谁？你说！你说！你说！

婵　娟　尽你把我怎样我也不说。

南　后　你怕我真的不能割掉你的舌头？

婵　娟　你割好了，尽你割，我早就不愿意见你这样的人！你割好了！

　　　　（把舌头伸出）

南　后　（向卫士之一）你把那宝剑递给我！

　　　　〔卫士递剑。

南　后　（拔剑出鞘）究竟告诉你的是谁？

　　　　〔此时钓者在堤上从人群中挺身而出。

钓　者　（大声急呼）是我！是我呵！你不要杀那可怜无告的人，你来
　　　　杀我！

楚怀王　（大怒）去把那家伙捉来。

　　　　〔卫士二人奔去。

钓　者　（仍大呼不辍）你陷害了三闾大夫的话，是我对她说的。刚才三
　　　　闾大夫说的话，也是我对他说的。你们来杀我！来杀我！

南　后　（亦大怒）你是什么人？

钓　者　（在二卫士挟持中，仍不断叫骂）我亲耳听见你向三闾大夫说你
　　　　头发晕，我也亲眼看见你倒在了三闾大夫的怀里，你就忘记了在
　　　　你的周周还有很多的人啦——跳神的、奏乐的、唱歌的！你白白
　　　　地残害忠良，你是上了那张仪的当呀！

南　后　哼，又是一个疯子！把嘴勒住，抓进城去！（纳剑入鞘）

　　　　〔二卫士如命，挟持钓者进城。

347

婵　娟　哦，南后，原来你是受张仪指使的呀！

南　后　也把她的嘴勒住，抓进城去！（向婵娟）哼，我要让你这丫头多受活罪，再把你剁成肉酱！

〔又有卫士二人如命，将婵娟挟持进城。

〔楚怀王徐徐向城门走去，余人相随。

楚怀王　（向张仪）张丞相，我们楚国的疯子太多了，今天实在冒犯了你。

张　仪　（走着）啊，岂敢岂敢，疯子多，是四处皆然的，不过我真佩服我们南后呢。（向南后）南后，你真是精明呀！尤其是封锁疯子们的嘴，那是最好的办法。

南　后　多承你夸奖。

楚怀王　是的啦，封锁住疯子们的嘴，免得他们胡说八道，扰乱人心。

〔此时公子子兰与宋玉由城门上，趋至楚怀王与南后前行垂拱礼，余人暂时住脚。

南　后　（指宋玉示张仪）张先生，这就是我刚才说的，青年文章家的领袖，宋玉了！

张　仪　哦，生得满俊秀啦！和公子子兰就像兄弟一样。

南　后　是的，我也很喜欢他。子兰，你们要到什么地方去？

子　兰　我是专程来迎接父亲和母亲，有点事情要向母亲请示。

南　后　你有什么事？

子　兰　就是这位宋玉小哥，他不愿意再在先生那儿住，我打算把他引进宫里去做伴啦。

南　后　那是很好的。

楚怀王　（向南后）你看，好不就让他做我们的左徒？（开始行动）

南　后　年纪太轻了，恐怕别的文武官员要说话啦。（向宋玉）宋玉，我想收你为我的小臣，你高兴不高兴？

宋　玉　小臣实在是万分荣幸。（拜手谢恩，同时并拜谢楚怀王）

楚怀王　（高兴）这孩子委实可爱，我们可以收他为义子啦！（入城）

〔余人均随楚怀王而入。

〔群众留于场上未散，均翘首望着城门表示敢怒而不敢言之态。

渔　父　（守四角网，木立堤上，忽然掉过头去，顿了一脚）哼！

〔幕下。

第五幕

第一场

〔幕启。夜，月光皎洁。一带宫墙，于正中偏右处放置一木槛，婵娟被囚于槛内，衣貌已颇狼藉，花环零乱，仍在颈上。

〔卫士甲于槛之附近，执戈看守，往来盘旋。公子子兰与宋玉沿墙壁由右首上。此时宋玉已改着华丽之服装。

卫士甲　（惊觉）谁呀？

子　兰　我是子兰公子。
宋　玉　公子子兰啦！

〔卫士甲直立，静侍。

子　兰　那婵娟姑娘的囚槛是放在这儿的？

卫士甲　是，就在这儿。

子　兰　我有几句话要同她说，你可以方便一下。

卫士甲　是，公子是可以随便同她讲话的。不过要请原谅：因为我有看守的责任，我不能够离开这儿。

子　兰　那是用不着道歉的。

〔卫士甲随子兰走近囚槛。

子　兰　是不是可以暂时放她出来一下？

卫士甲　只要有公子担待，我想是可以的。

子　兰　那就把她放出来一下。

卫士甲　是。（取腰间钥匙将开囚槛）

婵　娟　（在槛内）不，我不出去！我不愿意接受任何人的恩惠！

〔卫士甲踌躇，回顾子兰。

子　兰　婵娟，你又何必呢。听说你挨了皮鞭，周身都打伤了，出来舒展一下也是好的啦。

婵　娟　不，我不愿意接受任何人的恩惠！

宋　玉　不必那样倔强吧。

婵　娟　我不愿意同你讲话，我不愿意见你。你们走开，不要挨近我！

子　兰　好的，不要那样虎声虎气的。你不愿意出来也不勉强，我只想同你说几句话，并不多麻烦。

〔卫士甲让开，在槛之右侧稍远处伫立。

婵　娟　我是说过的，我不愿意讲话，也不愿意见谁。（说罢将两手紧覆颜面，头向下）

子　兰　讲不讲由你，见不见也由你，我们来是完全出于好意的。

〔婵娟姿态不动，无言。

子　兰　婵娟，我是一心想救你，我也不能在这儿多做逗留，我只直截了当地向你说几句话。（稍停）我希望你能够对我说：你是喜欢我。即使你心里不真是喜欢也不要紧，只要你听从我的话，在我的身边服侍我，我立刻便可以向母亲说，把你饶恕了，母亲是一定许可的。你究竟愿不愿意？

〔婵娟姿态不动，无言。

子　兰　（稍停后）你说吧。只要简单地说一个字都可以。只是说"愿"或者"不"，就只这样简单的一个字啦，你说吧，你请说吧。

〔婵娟姿态不动，始终无言。

子　兰　（更委婉地）你不肯说，就请把头动一下也好啦。或者点一点，或者摇一摇，我是绝对尊重你的意志的。

〔婵娟姿态不动，毫无表示。

子　兰　唉，简直就跟石头人一样啦。

宋　玉　婵娟，我知道你现在恐怕顶不高兴我，不过我也想尽我的一份友谊。你对于公子子兰的好意是不好辜负的。你自己恐怕还不知道，你的命运说不定就只有今天这一个晚上了。我们楚国的惯例，斩决因犯是在清早行刑。下午捉着犯人的时候，罪轻的便丢监，罪重应该斩决的便因在槛里，等到明天清早再推出去斩首示众。你怕还不知道吧，同你一道抓进城来的那位舞师都下了监，而你偏偏因在了槛子里。可见南后是一定要处死你的。你也未免太倔强了。你骂了南后，又骂了国王，怎么不遭大祸呢？现在公子子兰的确是一片诚心，他放下了他的公子的身份来请求你，我看你是不好那么执拗的。

〔婵娟丝毫不动。

宋　玉　（停了一会儿之后）婵娟，你即使把你自己的性命看得很轻，但我知道你是把先生看得很重的。先生的命运同你也是一样啦，他得罪了南后，又得罪了国王，而且又在国王和南后面前侮辱了显贵的国宾。我是知道的，先生的命运怎么也延长不过明天！公子子兰此刻来救你，其实也是想救先生。只要你答应了公子的请求，公子可以立即在南后面前讲情，不仅你可以得救，先生也是可以得救的。这一点我是可以保证的。（稍停）我看，假使你不放心，你尽可以把救先生这件事作为交换条款啦。（回向子兰）公子子兰，你觉得怎样？我看婵娟可以向你这样提出，便是要你今天晚上从南后那里得到赦免先生和婵娟的手诏。假使今天晚上你能得到那手诏，她便允许你。假使得不到手诏，那就没有话再说了。你看怎样呢？

子　兰　我是没有什么的，只要看婵娟怎样。

宋　玉　（又向婵娟）婵娟，你是听见的啦，你的意思是怎样呢？这是最近情理的办法了！

　　　　〔婵娟仍丝毫不动。

宋　玉　唉，你怎么总不表示态度呢？你把头点一点呢，摇一摇呢。

　　　　〔婵娟仍丝毫不动。

宋　玉　没有办法，简直是比先生还要顽固。你自己的性命不要紧，难道看到先生死到临头都还不想搭救吗？

婵　娟　（如水破闸门般痛哭出声，并责骂）你们这些没灵魂的！先生死都死了，你们还在这儿假惺惺！

宋　玉　（出乎意外）唔，先生死了？

子　兰　谁对你说的？

婵　娟　（哭）谁对我说的？就是南后对我说的。

子　兰　妈在什么时候对你说的？

婵　娟　她在东门外看见我的时候。

宋　玉　怎么样死的呢？

婵　娟　是跳进东皇太一庙前的池塘里淹死了的。

宋　玉　南后看见他死的吗？

婵　娟　南后说：看见老百姓们把他的尸首打捞起来了，南后还把先生的切云冠和长剑拿了回来,又把先生戴过的这个花环给了我。(示二人以花环)这就是先生剩下的唯一的遗念啦!(说罢大哭)啊,先生,先生,你是白白被人陷害了!别人家轻易地残害了忠良,出卖了楚国,白白地把你陷害了。我知道你是死不瞑目的,死不瞑目的呀……

〔宋玉与子兰二人亦惨然无言者有间。

卫士甲　(前进数步)子兰公子,好不让我说几句话?

子　兰　你有什么话要说?

卫士甲　三闾大夫并没有死,我知道得最清楚。南后的话是说来骗她的。

婵　娟　(止泣)什么?你说什么?

卫士甲　婵娟姑娘,我劝你不要伤心,你的先生并没有死。我是保护国王和南后去游东皇太一庙的一个人。哪有三闾大夫跳水的事啦?完全是假造的。我们回到东门的时候,还看见三闾大夫在城濠上大声地叫出:"国王呀,南后呀,你们怎么那样地愚昧呀!"真是太不凑巧,端端就在那时候,我们走到东门大桥,他的话便被国王听见了。

宋　玉　后来怎么样呢?

卫士甲　国王很生气,立刻要我们去把他抓来,还是南后出了一个主意,说逗逗疯子玩儿,是满有意思的。因此国王便叫我们去把他请了来。

宋　玉　请了来怎么样呢?

卫士甲　请了来呀,我们的南后便一直和他开玩笑。不过三闾大夫的装束也很稀奇,他戴着一顶高帽子,佩着一把很长的宝剑,脖子上还戴着花环——就是婵娟姑娘戴着的那个了。南后开始向他把花环要了来戴上,便装起疯来。一会儿是装巫山神女,一会儿又装湘君湘夫人,老是把三闾大夫来开玩笑。国王和那位秦国的什么丞相张仪便笑得个不亦乐乎,逼得三闾大夫对于那位秦国的丞相大骂了一场呢。

宋　玉　哦,原来还有那么一回事?

〔婵娟此时改变神志,注意谛听,表示十分关心。

　卫士甲　哎,那骂得可真也是不亦乐乎。他骂他是小偷……

宋　玉　（向子兰）对喽，从前张仪是在令尹家里偷过璧玉的。

卫士甲　他骂他是卖国求荣的奸贼。他是魏国的公族余子，跑到秦国去便叫秦国征服魏国，跑回魏国去又劝魏国投降秦国。他骂他连自己的父母之邦都不爱的人，哪里会爱我们楚国。我看三闾大夫这番话实在说得顶有道理啦。

宋　玉　后来又怎样？

卫士甲　后来他又骂他愚弄国王，愚弄南后，想离间齐国和楚国的邦交，好让秦国来渔人得利。他骂他是秦国的间谍，骂他简直不是人。

宋　玉　张仪怎么样了？

卫士甲　张仪被骂得哑口无言，只是无赖地说三闾大夫死了的夫人是齐国人。并且还说到婵娟姑娘上来了呢。

子　兰　他说婵娟姑娘怎样？

卫士甲　他说婵娟姑娘是陪嫁货，自然也是齐国人。接着便说屈大夫是受了齐国的贿赂，吃了齐国的大钱啦。

宋　玉　我相信先生一定是很生气的。

卫士甲　不错，屈大夫真是大生其气。他便骂张仪才是四处受贿的奸猾小人，骂他昨天晚上还受了南后一千五百个大钱。

宋　玉　南后为什么要送钱给他呢？

卫士甲　那我怎么会知道。不过经屈大夫这样一提，南后便大生其气，她说：简直是疯子，简直是胡说八道！于是国王便叫我们把屈大夫抓起来，把他的帽子摘取了，宝剑拔掉了，押送到东皇太一庙里去了。

宋　玉　是呵，我们原是听说关在东皇太一庙的啦。

婵　娟　你这话是真的？

卫士甲　（含愠）我要骗你做什么呢！你该是听见的，那位钓鱼的人出来替你说话的时候，不是说过，你说的话是他告诉的，刚才三闾大夫说的话也是他告诉的吗？看那情形，恐怕是……

婵　娟　（有所恍悟）唔，是的，恐怕我走了之后先生来，先生走了之后我又来的。

子　兰　好了，话还是说回头吧。我是不好在这儿久留的。时间也不允许我久留。婵娟，先生是还在，我自信有本领救你，也有本领救先

353

生。就看你的态度怎样。

婵　娟　我的态度怎样？我的态度就跟先生一样。先生说过：我们生要生得光明，死要死得磊落。先生决不愿苟且偷生，我也是决不愿苟且偷生的！这就是我的态度！

子　兰　好的好的，算我枉费了唇舌。我们恭喜先生成为烈士……

宋　玉　婵娟，也恭喜你成为烈女啦！

婵　娟　宋玉，我特别地恨你！你辜负了先生的教训，你这没有骨气的无耻的文人！

宋　玉　随你怎么骂都好，各人有各人的路，不好勉强的。公子子兰，我们走吧。

子　兰　（行而复返）婵娟，你究竟怎么样？

婵　娟　我决不服从你！你们要救先生，偏偏要拿我来做交换品，你们简直是禽兽！

子　兰　（拉着宋玉转身便走）好，我们走，我们走！简直不成话，受不了，受不了！

　　〔子兰与宋玉由原路下。

　　〔沉默。卫士甲复如前往复踯躅。

　　〔有顷，月光消失。一更夫手提红灯，执柝，由右首上。

更　夫　（自语）吓，天气变得好快，怕要有雷雨啦。

卫士甲　现在什么时候了？

更　夫　我要准备打三更了。

卫士甲　就快半夜了吗？

更　夫　可不是！

　　〔更夫走过，卫士甲忽有所思，凝视其背影，欲呼而止者再。俟更夫已下，卫士甲终于决心呼出。

卫士甲　打更的朋友，你转来一下。

　　〔更夫内声："什么事呀？"

卫士甲　有点事同你商量。

　　〔更夫上。

更　夫　有什么事呀？

卫士甲　请你过来一下。

更　夫　（走至卫士甲前）你究竟有什么事呀？老兄！是不是要出恭呵？

卫士甲　是，就是打算要登登坑。这宫廷里的钥匙通在你老兄身上吗？

更　夫　（向腰间拍了拍，起金属之声）哼，到了晚上来，我们一个更夫比国王还要厉害。国王就要出宫，也非得启禀我们不可啦。

卫士甲　对你不住，要请你老兄帮我代理一下，借你的灯来用一用。

更　夫　不过，你要快点儿才行呢。老兄，我是有职务之人，把更头弄迟了，要受处分的啦。（以灯授之）

卫士甲　（接灯后，却将灯与戈均插放于槛次，在身上搜索）糟糕，没有方便的东西。

更　夫　真的，要快点呀，老兄！

卫士甲　对你不住。（出其不意地，将更夫颈子用两手套上）

〔更夫一时气咽。

卫士甲　（见更夫气咽后，将其衣帽脱下，复取其钥匙与击柝之具，然后一面打开囚槛，一面向婵娟）婵娟姑娘，我要搭救你。请你一点也不要踌躇，乘着这月黑的时候，你装着打更的，我们一道跑出城去。我们去救三闾大夫。

婵　娟　你为什么要杀他，未免太残忍了吧？

卫士甲　姑娘，你不知道，这是我们的一种法术，叫作"活杀自在"。他并没有死，回头我要把他救活转来的。你赶快出来。

〔婵娟勉强出槛，虽身受鞭伤，但尚能行步，卫士甲解其锁链，以更夫衣帽授之。

卫士甲　你赶快改装吧。哦，你身子不方便，我帮助你。（为之戴上更夫之帽，将为穿衣，欲取去其花环）这个可以丢掉了。

婵　娟　（急止之）不，我要的！就把衣裳套在这上边好了。

〔卫士甲如嘱为之穿衣，一面用锁链将更夫之手反剪，一面更以衣物紧勒其口，拖入槛内，锁好，再隔栏按其颈而活之。

卫士甲　（向更夫）老兄，对你不住，我们真正出宫去了。

〔婵娟提灯，击柝，徐徐由右首下。卫士甲随之下。舞台转暗。

第二场

〔东皇太一庙之正殿。与第二幕明堂相似，四柱三间，唯无帘幕。

355

三间靠壁均有神像。中室正中东皇太一与云中君并坐，其前左右二侧山鬼与国殇立侍，右首东君骑黄马，左首河伯乘龙，均斜向。马首向左，龙首向右。左室为一龙船，船首向右，湘君坐船中吹笙，湘夫人立船尾摇橹。右室一片云彩之上现大司命与少司命。左右二室后壁靠外侧均有门，左者开放，右者掩闭。各室均有灯，光甚昏暗，室外雷电交加，时有大风咆哮。

〔靳尚带卫士二人，各蒙面，诡谲地由右侧上。

靳　尚　（命卫士乙）你去叫太卜郑詹尹来见我。

卫士乙　是。（向湘夫人神像左侧门走入）

〔俄顷，一瘦削而阴沉的老人，左手提灯，随卫士乙由左侧门上。靳尚除去面罩，向郑詹尹走去。

靳　尚　刚才我叫人送了一通南后的密令来，你收到了吗？

郑詹尹　（鞠躬）收到了。上官大夫，我正想来见你啦。

靳　尚　罪人怎样处置了？

郑詹尹　还锁在这神殿后院的一间小屋子里面。

靳　尚　你打算什么时候动手？

郑詹尹　（迟疑）上官大夫，我觉得有点为难。

靳　尚　（惊异）什么？

郑詹尹　屈原是有些名望的人，毒死了他，不会惹出乱子吗？

靳　尚　哼，正是为了这样，所以非赶快毒死他不可啦！那家伙惯会收揽人心，把他囚在这里，都城里的人很多愤愤不平。再缓三两日，消息一传开了，会引起更大规模的骚动。待消息传到国外，还会引起关东诸国的非难。到那时你不放他吧，非难是难以平息的。你放他吧，增长了他的威风，更有损秦、楚两国的交谊。秦国已经允许割让的商於之地六百里，不用说，就永远得不到了。因此，非得在今晚趁早下手不可。你须得用毒酒毒死了他，然后放火焚烧大庙。今晚有大雷电，正好造个口实，说是着了雷火。这样，老百姓便只以为他是遭了天灾，一场大祸就可以消灭于无形了。

郑詹尹　上官大夫，屈原不是不喝酒的吗？

靳　尚　你可以想出方法来劝他。你要做出很宽大、很同情他的样子。不要老是把他锁在小屋子里，你可让他出来，走动走动。他戴着脚镣手铐，逃不了的。

郑詹尹　（迟疑）你们是不是有点小题大做呢？

靳　尚　（含怒）你这是什么话？

郑詹尹　我觉得你们把屈原又未免估计得过高。他其实只会作几首谈情说爱的山歌，时而说些哗众取宠的大话罢了，并没有什么大本领。只要你们不杀他，老百姓就不会闹乱子。何苦为了一个夸大的诗人，要烧毁这样一座庄严的东皇太一庙？我实在有点不了解。

靳　尚　哈哈，你原来是在心疼你的这座破庙吗？这烧了有什么可惜？国王会给你重新造一座真正庄严的庙宇。好了，我不再和你多说了。你烧掉它，这是南后的意旨。你毒死他，这是南后的意旨。要快，就在今晚，不能再迟延。南后的脾气，你是知道的。你尽管是她的父亲，但如果不照着她的意旨办事，她可以大义灭亲，明天便把你一齐处死。（把面巾蒙上，向卫士）走！我们从小路赶回城去！

〔靳尚与二卫士由左首下。

〔郑詹尹立在神殿中，沉默有间，最后下出了决心，向东君神像右侧门走入。俄顷，将屈原带出。

郑詹尹　三闾大夫，请你在这神殿上走动走动，舒散一下筋骨吧。这儿的壁画，是你平常所喜欢的啦。我不奉陪了。

〔屈原略略点头，郑詹尹走入左侧门。

〔屈原手足已戴刑具，颈上并系有长链，仍着其白日所着之玄衣，披发，在殿中徘徊。因有脚镣行步甚有限制，时而伫立睥睨，目中含有怒火。手有举动时，必两手同时举出。如无举动时，则拳曲于胸前。

屈　原　（向风及雷电）风！你咆哮吧！咆哮吧！尽力地咆哮吧！在这暗无天日的时候，一切都睡着了，都沉在梦里，都死了的时候，正是应该你咆哮的时候，应该你尽力咆哮的时候！

　　　　尽管你是怎样的咆哮，你也不能把他们从梦中叫醒，不能把死了的吹活转来，不能吹掉这比铁还沉重的眼前的黑暗，但你至少可以吹走一些灰尘，吹走一些砂石，至少可以吹动一些花草树木。你可以使那洞庭湖，使那长江，使那东海，为你翻波涌浪，和你一同地大声咆哮呵！

啊，我思念那洞庭湖，我思念那长江，我思念那东海，那浩浩荡荡的无边无际的波澜呀！那浩浩荡荡的无边无际的伟大的力呀！那是自由，是跳舞，是音乐，是诗！

啊，这宇宙中的伟大的诗！你们风，你们雷，你们电，你们在这黑暗中咆哮着的，闪耀着的一切的一切，你们都是诗，都是音乐，都是跳舞。你们宇宙中伟大的艺人们呀，尽量发挥你们的力量吧。发泄出无边无际的怒火把这黑暗的宇宙，阴惨的宇宙，爆炸了吧！爆炸了吧！

雷！你那轰隆隆的，是你车轮子滚动的声音？你把我载着拖到洞庭湖的边上去，拖到长江的边上去，拖到东海的边上去呀！我要看那滚滚的波涛，我要听那镗镗鞳鞳的咆哮，我要漂流到那没有阴谋、没有污秽、没有自私自利的没有人的小岛上去呀！我要和着你，和着你的声音，和着那茫茫的大海，一同跳进那没有边际的没有限制的自由里去！

啊，电！你这宇宙中最犀利的剑呀！我的长剑是被人拔去了，但是你，你能拔去我有形的长剑，你不能拔去我无形的长剑呀。电，你这宇宙中的剑，也正是，我心中的剑。你劈吧，劈吧，劈吧！把这比铁还坚固的黑暗，劈开，劈开，劈开！虽然你劈它如同劈水一样，你抽掉了，它又合拢了来，但至少你能使那光明得到暂时间的一瞬的显现，哦，那多么灿烂的、多么眩目的光明呀！

光明呀，我景仰你，我景仰你，我要向你拜手，我要向你稽首。我知道，你的本身就是火，你，你这宇宙中的最伟大者呀，火！你在天边，你在眼前，你在我的四面，我知道你就是宇宙的生命，你就是我的生命，你就是我呀！我这熊熊地燃烧着的生命，我这快要使我全身炸裂的怒火，难道就不能迸射出光明了吗？

炸裂呀，我的身体！炸裂呀，宇宙！让那赤条条的火滚动起来，像这风一样，像那海一样，滚动起来，把一切的有形，一切的污秽，烧毁了吧，烧毁了吧！把这包含着一切罪恶的黑暗烧毁了吧！

把你这东皇太一烧毁了吧！把你这云中君烧毁了吧！你们这些土偶木梗，你们高坐在神位上有什么德能？你们只是产生黑暗的父亲和母亲！

你，你东君，你是什么个东君？别人说你是太阳神，你，你坐在那马上丝毫也不能驰骋。你，你红着一个面孔，你也害羞吗？啊，你，你完全是一片假！你，你这土偶木梗，你这没心肝的，没灵魂的，我要把你烧毁，烧毁，烧毁你的一切，特别要烧毁你那匹马！你假如是有本领，就下来走走吧！

什么个大司命，什么个少司命，你们的天大的本领就只有晓得播弄人！什么个湘君，什么个湘夫人，你们的天大的本领也就只晓得痛哭几声！哭，哭有什么用？眼泪，眼泪有什么用？顶多让你们哭出几笼湘妃竹吧！但那湘妃竹不是主人们用来打奴隶的刑具么？你们滚下船来，你们滚下云头来，我都要把你们烧毁！烧毁！烧毁！

哼，还有你这河伯……哦，你河伯！你，你是我最初的一个安慰者！我是看得很清楚的呀！当我被人们押着，押上了一个高坡，卫士们要息脚，我也就站立在高坡上，回头望着龙门。我是看得很清楚，很清楚的呀！我看见婵娟被人虐待，我看你挺身而出，指天画地有所争论。结果，你是被人押进了龙门，婵娟她也被人押进了龙门。

但是我，我没有眼泪。宇宙，宇宙也没有眼泪呀！眼泪有什么用呵？我们只有雷霆，只有闪电，只有风暴，我们没有拖泥带水的雨！这是我的意志，宇宙的意志。鼓动吧，风！咆哮吧，雷！闪耀吧，电！把一切沉睡在黑暗怀里的东西，毁灭，毁灭，毁灭呀！

〔郑詹尹左手提灯，右手执爵，由湘夫人神像左侧之门上。

郑詹尹　三闾大夫，你又在作诗了吗？你的声音比风还要宏大，比雷霆还要有威势啦。啊，像这样雷电交加的深夜，实在可怕。我连庙门都不敢去关了。你怎么老是不去睡呢？是的，我看你好像朗诵了好长的一首诗啦。你怕口渴吧，我给你备了一杯甜酒来，虽然没有下酒的东西，请你润润喉，也好啦。

屈　原　多谢你，请你放在那神案上，手足不方便，对你不住。

郑詹尹　唉，真是不知道要闹成个什么世界了。本来是"刑不上大夫，礼不下庶人"的，这个体统也弄得来扫地无存了。连我们的三闾大夫，也要让他戴脚镣手铐。三闾大夫，这脚镣手铐假如是有钥匙，我一定要替你打开的啦。可恨的是他们把钥匙都带走了啊。

屈　原　多谢你，这脚镣手铐我倒并不感觉痛苦，有这些东西在身上，倒反而增加了我的力量，不过行动不方便些罢了。

郑詹尹　我看你的喉咙一定渴得很厉害的，这酒我捧着让你喝。还要睡一睡才能天亮呢。

屈　原　多谢你，我现在口不渴。我本来也是不喜欢喝酒的人。回头我口渴了，一定领你的盛情好了。请你不要关照。

郑詹尹　(将爵放在神案上)慢慢喝也好。其实酒倒也并不是坏东西。只要喝得少一点，有个节制，倒也是很好的东西啦。

屈　原　是的，我也明白。我的吃亏处，便是大家都醉而我偏不醉，马马虎虎的事我做不来。

郑詹尹　真的，这些地方正是好人们吃亏的地方啦。说起你吃亏的事情上来，我倒是感觉着对你不住呢！

屈　原　怎么的？

郑詹尹　三闾大夫，你忘记了吧，郑袖是我的女儿啦。

屈　原　哦，是的，可是差不多一般的人都把这事情忘记了。

郑詹尹　也是应该的喽。她母亲早死，我又干着这占筮卜卦的事体，对于她的教育没有做好。后来她进了宫廷，我更和她断绝了父女的关系。她近来简直是愈闹愈不成个体统，她把你这样忠心耿耿的人都陷害成这个样子了。

屈　原　太卜，请你相信我，我现在只恨张仪，对于南后倒并不怨恨。南后她平常很喜欢我的诗，在国王面前也很帮助过我。今天的事情我起初不大明白，后来才知道那是张仪在作怪啦。一般的人也使我很不高兴，成了张仪的应声虫。张仪说我是疯子，大家也就说我是疯子。这简直是把凤凰当成鸡，把麒麟当成羊子啦。这叫我怎么能够忍受？所以别人愈要同情我，我便愈觉得恶心。我要那无价值的同情来做什么？

郑詹尹　真的啦，一般的老百姓真是太厚道了。

屈　原　不过我的心境也很复杂，我虽然不高兴他们的厚道，但我又爱他们的厚道。又如南后的聪明吧，我虽然能够佩服，但我却不喜欢。这矛盾怕是不可以调和的吧？我想要的是又聪明又厚道，又素朴又绚烂，亦圣亦狂，即狂即圣，各个老百姓都成为绝顶聪明，你看我这个见解是不是可以成立的呢？

郑詹尹　这是所谓"大智若愚，大巧若拙"的话啦。

屈　原　不，不是那样。我不是要人装傻，而是要人一片天真。人人都有好脾胃，人人都有好性情，人人都有好本领。可是我自己就办不到！我的性情太激烈了，我自己也觉得有点偏，要想矫正却不能够。你看我怎样的好呢？我去学农夫吧？我又拿不来锄头。我跑到外国去吧？我又舍不得丢掉楚国。我去向南后求情，请她容恕我吧？她能够和张仪合作，我却万万不能够和张仪合作。你看我怎样办的好呢？

郑詹尹　三闾大夫，对你不住。你把这些话来问我，我拿着也没有办法。其实卜卦的事老早就不灵了。不怕我是在做太卜的官，恐怕也是我在做太卜的官，所以才愈见晓得它的不灵吧。古时候似乎灵验过来，现在是完全不行了。认真说：我就是在这儿骗人啦。但是对于你，我是不好骗得的。三闾大夫，像我这样骗人的生活，假使你能够办得到，恐怕也是好的吧。我们确实是做到了"大愚若智，大拙若巧"的地步，呵哈哈哈哈……风似乎稍微止息了一点，你还是请进里面去休息一下吧，怎么样呢？

屈　原　不，多谢你，我也不想睡，请你自己方便吧。

郑詹尹　把酒喝一点怎么样呢？

屈　原　我回头一定领情的啦，太卜。

郑詹尹　你该不会疑心这酒里有毒的吧？

屈　原　果真有毒，倒是我现在所欢迎的。唉，我们的祖国被人出卖了，我真不忍心活着看见它会遭遇到的悲惨的前途呵。

郑詹尹	真的啦，像这样难过的日子，连我们上了年纪的人，都不想再混了。
屈　原	大家都不想活的时候，生命的力量是会爆发的。
郑詹尹	好的，你慢慢喝也好，我还想去躺一会儿。
屈　原	请你方便，怕还有一会儿天才能亮呢。

〔郑詹尹复提着灯笼由原道下场。

〔大风渐息，雷电亦止，月光复出，斜照殿上。

屈　原	啊，宇宙你也恬淡起来了。真也奇怪，我现在的心境又起了一个不可思议的变换。我想，毕竟还是人是最可亲爱的呵。不怕就是你所不高兴的人，在你极端孤寂的时候和他说了几句话，似乎也是镇定精神的良药啦。（复在殿中徘徊）啊，河伯！（徘徊有间之后，在河伯前伫立）请让我还是把你当成朋友，让我再和你谈谈心吧。你知道么？现在我所最担心的是我的婵娟呀！她明明是被人家抓去了的。她是很尊敬我的一个人，她把我当成了她的父亲、她的师长，她把我看待得比她自己的性命还要贵重。（稍停）她最能够安慰我。我也把她当成了我自己的女儿，当成了我自己最珍爱的弟子。唉，我今天实在不应该抛撒了她，跑了出来。她虽然在后园子里面看着那些人胡闹，她虽然把我的衣裳拿了一件出去，但我相信那一定是宋玉要她做的，宋玉那孩子，他是太阴柔了。（将神案上的酒爵拿起将饮，复搁置）唉，这酒的气味，我终竟是不高兴。河伯，你是不是喜欢喝酒的呢？你现在的情形又是怎样？我也明明看见，别人也把你抓去了。你明明是为我而受难，为正义而受难呀。啊，我真不知道该怎样报答你的好呵！（复在神殿中徘徊）

〔此时卫士甲与婵娟由右首上。屈原瞥见人影，顿吃一惊。

屈　原	是谁？
婵　娟	啊，先生在这儿啦，我婵娟啦！（用尽全力，跟跄奔上神殿，跪于屈原前，拥抱其膝，仰头望之，似笑，又似干哭）
屈　原	（呈极凄绝之态）啊，婵娟，你怎么来的？你脸上怎么有伤呀？你怎么这样的装束？
婵　娟	（断续地）先生，我高兴得很……你请……不要问我。我……我

是什么话都不想说。我只想……就这样……就这样抱着先生的脚……抱着先生的脚……就这样……死了去吧。

〔屈原不禁潸然，两手抚摩着婵娟的头，昂头望着天。如此有间。婵娟始终仰望屈原，喘息甚烈。

屈　原　（俯首安慰）婵娟，我没有想到还能够看见你，你一定是逃走出来的，你是超过了死线了。你知道宋玉是怎样吗？

婵　娟　（仍喘息）他……他跟着公子子兰……搬进宫里去了。

屈　原　那也由他去吧。谁能够不怕艰险，谁才可以登上高山。正义的路是崎岖的路，它只欢迎勇敢的人……那位钓鱼的人呢？

婵　娟　听说丢进监里去了。

屈　原　（沉默一忽之后）婵娟，你口渴吧？

〔婵娟点头。

屈　原　（两手移去，将案上酒爵取来）这儿有杯甜酒，你喝了它吧。

〔婵娟就爵，一饮而尽，饮之甚甘，自己仍跪于地，紧紧拥抱着屈原的两膝，昂首望之。屈原以两手置爵于神案上之后，仍抚摩其头。俄而，婵娟脸色渐变，全身痉挛。

屈　原　（屈膝俯身，以两手套其颈，拥之于怀）啊，婵娟，你怎样？你怎样？

婵　娟　（凝目摇头）先生……那酒……那酒……有毒。可我……我真高兴……我……真高兴！（振作起来）我能够代替先生，保全了你的生命，我是多么地幸运呵！先生，我是一个普通人家的女儿，我受了你的感化，知道了做人的责任。我始终诚心诚意地服侍着你，因为你就是我们楚国的柱石……我爱楚国，我就不能不爱先生。先生，我经常想照着你的指示，把我的生命献给祖国。可我没有想到，我今天是果然做到了。（渐渐衰弱）我把我这微弱的生命，代替了你这样可宝贵的存在。先生，我真是多么地幸运呵！啊，我……我真高兴……真高兴……

屈　原　（紧紧拥抱着婵娟）婵娟！你要活下去呵！活下去呵！婵娟！婵娟！

婵　娟　（更衰弱）……啊，我……真高兴……（喘息与痉挛愈烈，终竟做最大痉挛一次，死于屈原怀中）

〔殿上灯火全体熄灭，只余月光。

〔屈原无言，拥着婵娟尸体，昂首望天，眼中复燃起怒火。

〔卫士甲在前直静立于殿下，至此始上殿至屈原之前。

卫士甲　三闾大夫，请你告诉我，那酒是谁个送给你的？

屈　原　（回顾，含怒而平淡地）是这儿的太卜郑詹尹。（说罢复其原有姿态）

卫士甲　哼，就是那南后的父亲吗？我是认识他的。（急骤地向左侧房屋走入）

〔屈原仍如塑像一般，寂立不动。

〔少顷，卫士甲复急骤而出。

卫士甲　三闾大夫，请你容恕我，我把那恶人郑詹尹刺杀了。在他的身上还搜出了一通密令，我念给你听："太卜执事：比奉南后意旨，望执事于今夜将狂人毒死，放火焚庙，以灭其迹。上官大夫靳尚再拜。"密令是这样，因此我也就照着南后的意旨，在郑詹尹的床上放了一把火。这罪恶的神庙看看也就要和那罪恶的尸体一道消灭了。

屈　原　那很好。我还希望你帮助我，把婵娟安放在神案上，我们应该为她举行一个庄严的火葬。

卫士甲　待我先解除先生的刑具。（解除其刑具）婵娟姑娘穿的还是更夫的衣裳，应该给她脱掉啦。

屈　原　（起立先解婵娟之衣）哦，戴得有这样的花环。（更进行其他动作）

卫士甲　（一面帮助，一面诉说）先生，这还是你编的花环呢。在东门外被南后给你要去了，后来南后又给了婵娟姑娘。她一身都是挨了鞭打的，你看这手上都有伤，脸上都有伤，鞭打得很厉害。南后更打算明天便处死她，把她装在囚槛里，由我看守。夜半将近的时分，你的两位弟子宋玉和公子子兰走来劝婵娟，要她听从公子子兰的要求，做他的侍女，他们便搭救她。但是婵娟始终不肯……她所说的话和她的精神太使我感动了，因此我就决心救她。从宋玉口中听说先生今晚上也有生命的危险，所以我也就决心陪着她来救你……我们是从宫中逃出来的，就是用了一点诡计把一个更夫来顶替了婵娟。在我替她换上更夫装束的时候，婵娟姑娘她还坚决地不肯把你这花环丢掉呢!

〔二人已经将婵娟妥置于神案,头在左侧。

屈　原　(整理婵娟胸部,自其怀中取出帛书一卷,展视之)哦,这是我清早写的《橘颂》啦。我是写给宋玉的,是宋玉又给了你吧!婵娟,你倒是受之而无愧的。唉,我真没有想出,我这《橘颂》才完全是为你写出的哀辞呀。

卫士甲　先生,那么,你好不就拿给我念,我们来向婵娟姑娘致祭。

屈　原　好的,你就请从这后半读起。(授书并指示)一首一尾你要加些什么话,也由你斟酌好了。

〔屈原移至婵娟脚次,垂拱而立,左翼已有火光及烟雾冒出。

卫士甲　(立于屈原之右,在神案右后隅,展读哀辞)维楚大夫屈原率其仆夫致祭于婵娟之前而颂曰:

呵,年青的人,你与众不同,

你志趣坚定,竟与橘树同风。

你心胸开阔,气度那么从容!

你不随波逐流,也不故步自封。

你谨慎存心,决不胡思乱想。

你至诚一片,期与日月同光。

我愿和你永做个忘年的朋友,

不挠不屈,为真理斗到尽头!

你年纪虽小,可以为世楷模,

足比古代的伯夷,永垂万古!

——哀哉尚飨。

〔屈原再拜,卫士甲亦移至其后再拜。礼毕,卫士甲将帛书卷好,奉还屈原。

屈　原　现在一切都完毕了,请问你叫什么名字?

卫士甲　先生,你不必问我的姓名,我要永远做你的仆人,你就叫我"仆夫"吧。

屈　原　你今后打算要我怎样?

卫士甲　先生,你怎么这样问我呢?

屈　原　因为我现在的生命是你和婵娟给我的,婵娟她已经死了,我也就只好问你了。

卫士甲　先生，我们楚国需要你，我们中国也需要你，这儿太危险了，你是不能久待的。我是汉北的人，假使先生高兴，我要把先生引到汉北去。我们汉北人都敬仰先生，受了先生的感召，我们知道爱真理，爱正义，抵御强暴，保卫楚国。先生，我们汉北人一定会保护你的。

屈　原　好的，我遵从你的意思。我决心去和汉北人民一道，就做一个耕田种地的农夫吧。你赶快把服装换掉啦。那儿有现成的衣帽。

（指示更夫衣帽）

卫士甲　哦，我真糊涂，简直没有想到，幸好有这一套啦。（换衣）

〔火光烟雾愈燃愈烈。

屈　原　（高举手中帛书）啊，婵娟，我的女儿！婵娟，我的弟子！婵娟，我的恩人呀！你已经发了火，你把黑暗征服了。你是永远永远的光明的使者呀！（执帛书之一端向婵娟抛去，帛书展布于尸上）

〔幕徐徐下。

〔幕后唱《礼魂》之歌：

"唱着歌，打着鼓，

手拿着花枝齐跳舞。

我把花给你，你把花给我，

心爱的人儿，歌舞两婆娑。

春天有兰花，秋天有菊花，

馨香百代，敬礼无涯。"

——剧　终

《屈原》创作于1942年1月，同年4月3日由中华剧艺社在重庆国泰大戏院首演，导演陈鲤庭，金山饰屈原，白杨饰南后，顾而已饰楚怀王，张瑞芳饰婵娟。演出在山城引发强烈反响，连演十七天，被评价为"郭沫若第一杰作，全国空前演出阵容。将屈原思想、人格给予了伟大的形象化的历史剧，历史的悲剧里面有现实的声音"。

作者简介

郭沫若　（1892—1978），男，四川乐山人，文学家、史学家、古文字学家。早年留学日本，成立文学社团创造社。曾参加北伐革命和南昌起义，抗战时期任国民政府军委会政治部第三厅厅长、文化工作委员会主任。1949年后任中国文联主席、中国科学院院长、中国科技大学校长等职。有诗集《女神》、史剧《屈原》及《甲骨文字研究》《十批判书》等学术著作。

·话 剧·

风雪夜归人

吴祖光

人　物　乞儿甲、乞儿乙、魏莲生（即病人）、小兰、王新贵、李蓉生、马大婶、陈祥、小丑、苏弘基、徐辅成、章小姐、俞小姐、玉春、兰儿、马二傻子、打手数人（不上场）。

序　幕

〔看戏的人常要知道戏演的是什么时代、什么地方的故事。

这个戏是什么时代呢？

那是高贵蒙受着耻辱的时代，黄金埋没在泥沙里的时代。从那时代走过来的人是不会忘记那时的那些事情的。

那地方——

我不想固定那是什么地方。在那样的时代里，到处都有那样的地方。那惹人依恋的，也会令人憎厌的地方。亲爱的观众将会渐渐认识它。

那故事说些什么呢？

当剧场的灯熄了，大幕拉开的时候：我们就看见了大雪后的一片银装世界。

是在一个"富人家"的后花园里，那些昔日春秋天里葳蕤皎洁过的花树都枯萎了。

花树之间，露出一座小楼的后墙。

房屋是很好的建筑，四边有朱红漆就的栏杆，虽是后墙，也有很宽的廊檐。高高在上有一排窗户，窗门紧闭着，里面还遮着一层看来厚厚的、软软的、深色的绒窗帘。

从低垂着的枝桠空隙间，可以看过去很远。尽头处是一带不见边际的围墙，有几处墙皮剥落了。当中又新添了一个大缺口，是被刚过去的一阵大风雪压倒的。

黄昏时候，暮色四合。雪虽然住了，却没有全晴。天色是低压的、灰暗的、忧愁的，好像只要轻轻一触便会又有雪花落下来。

除了廊檐以下，地上铺着厚厚的雪，枝干上积着厚厚的雪。一片白，反而显着只有天是黑的。然而无论是黑的天，白的地，阴沉的走廊，琼玉般的枝粒，都落在无限苍茫的暮色里。

雪后的黄昏，园子里荒凉、凄寂。时时有一小团一小团的雪块从枝桠上悄悄落下。虽然听不到雪落在地上的声音，却教人觉得宇宙并没有死去，黄昏还在呼吸。

〔围墙外面突然传来了人声——是两个孩子的清脆的又带着颤抖的声音，敲破了黄昏的寂静。他两个一递一声地喊：

"年年岁岁大发财！"

"珍珠元宝滚进来！"

"大元宝进库房，小元宝买田庄——"

"零碎银子起楼房。"

"今年造起前三厅——"

"明年造起后三堂。"

"当中造个百花亭——"

"百花亭外摇钱树，百花亭上聚宝盆。"

〔最后两人一起喊：

"摇钱树，聚宝盆，

早摇金来晚擂银了。"

〔片刻的沉默之后，两人又一齐喊："善心的老爷太太……有剩菜剩饭赏一碗吃吧。"

〔声音过后，园里依旧阒然。朦胧中，见墙缺口处爬进一个人——乞儿甲。

乞儿甲 （停在墙缺处，仍在喊）善心的老爷太太……（四下张望，看清了园里没有人，从墙缺处跳了下来，又回身向外面轻轻喊）进来，进来。没有人。（见外面没有动静）真的没有人。

〔在墙缺处露出乞儿乙半截身子。

乞儿乙 不，（犹豫）不……

乞儿甲 （有点发急）进来呀！

乞儿乙 （摇摇头）我有点儿……害怕。

乞儿甲 瞧你吓得这个样儿，怕什么？

乞儿乙　（仍在迟疑）我不……

乞儿甲　（瞪眼）你真气死我！

〔乞儿甲突然重跃上墙缺口，很快地攫住了乞儿乙的手，拉住他一同跳进园子来。于是这两个孩子就都在园子里了。

〔如同一切的乞儿一样，这两个可怜的孩子不知从何处而来。他们没有父母，没有亲人，更不知道什么叫做"家"。或者也可以说，天地就是他们的父母，一切街头的流浪者，包括野狗、野猫在内，都是他们的亲人。他们的"家"就是大自然。而大自然常常是无情的，譬如现在，是酷寒的隆冬，仅仅这寒冷已经害苦了这些孩子，何况又刮着刺骨的北风，下着无边的大雪。

〔除了寒冷之外，他们还在熬受着另一重折磨，他们又是饥饿的。

〔似有"神灵默佑"，孩子们就在这样饥寒交迫的环境中成长——自然有中途夭折的，但似乎也没有人知道，从来久历航行的水手，就习惯了风暴的袭击。所以越是流浪的孩子，越多抵抗自然压迫的质素。时常缠绕在富人们身边的那些忧愁疾病，与他们竟是绝缘的。

〔有时也会有一种偶然的机缘，使他们一向孤单的个体得到遇合。就像这儿的两个孩子，他们的命运凑巧相同，更凑巧他们到了一起，于是就很自然地携了手，艰苦同尝，患难与共，变成了坎坷的人生路途上的一对伴侣。

〔至于他们会不会长大成人，长大成人之后又将如何，他们的前途，他们生命的结束，自然也没人理会。

〔这两个孩子都有十四五岁了，暮色里看不清面貌。只见一缕缕的头发盘在头上，垂在额前。破棉絮同麻布口袋连成的不能算衣裳的衣裳，在身上拖一片，挂一片，像是准备随时离开这小小的身体飞走。套在脚上的"乱点鸳鸯谱"，本不是一家的两只破鞋，看来教人心酸。

〔他们俩各持一根竹竿子，就是人们所说的"打狗棍"。因为富人家的看家狗是专门咬贫苦无告的穷人的。而打狗棍绝非如它的论称那样积极地去打狗，它的作用只是消极地防御狗的攻击而已。这些贫苦的流浪者都有过这样的经验：知道若是富人的狗被他们打坏了，他们会得到什么报偿。此外乞儿乙另一只手还拿着一个粗饭碗，是他们两人合用的。这些也就是他俩的全部财产。除此之外，真个两袖清风，别无长物。

乞儿乙　（冻得瑟瑟地抖）你……（斜着眼睛）你看那窗子。

乞儿甲　（吓了一跳）哪儿？哪儿？

乞儿乙　（用拿着饭碗的手一指）那个窗子，里头住得有人的。

乞儿甲　（抱怨）看你吓我这一跳……黑乎乎的，哪儿有人？

乞儿乙　不，往常我走过这儿，总看见这屋子里亮着灯，有人住在里头的。

乞儿甲　今儿不是没有灯吗？

乞儿乙　那是他们把……（叫不出那名称）窗户上的布给挡上了。

乞儿甲　是呀！窗子关得那么紧，又捂得那么严，这么大的雪，谁会出来？只要我们轻轻儿的，就不碍事。

乞儿乙　（低声地）我冷。

乞儿甲　我还不是冷！（拉住乞儿乙）来，咱们到那边儿去。

　　　　〔他们两人就踏碎琼瑶，直走到廊檐底下。

乞儿乙　（如登仙境，把棍同饭碗放在地上，满足地）好呀。

乞儿甲　（自负得像一个英雄）你瞧着，待会儿我管保你得说"更好"。（从胸前的破"衣裳"里掏出许多碎布烂纸在廊下堆了一小堆）你也别闲着，把洋火拿出来，点着了它。

乞儿乙　（从怀里拿出一匣火柴，点起火来）这一会儿就会点完的。

乞儿甲　（得意地一笑）别急呀。

　　　　〔乞儿甲走下台阶，用手里的棍子，弯腰在地上拨弄，从雪里面捡出许多枯枝枯叶来。这样往返搬运了两三次之后，廊檐下便烧起了很旺的一堆火，火旁边还蓄积着一堆干柴。

　　　　〔两个孩子很舒适地坐在地上烤火、添柴。火光照得他俩的脸发红发亮。

乞儿甲　（神气地）这回服了我吧！

乞儿乙　真不错，真舒服。（东张西望）可是我说我们做得太过火了，万一人家瞧见了……

乞儿甲　（有点生气）我说过了，这么大冷天儿……你这小子，就是这么胆儿小，死心眼儿，没出息。

乞儿乙　（委委屈屈地）……不是我没出息……

乞儿甲　就算让人家瞧见了，难道还把我们怎么样！

乞儿乙　（望着火）你就是爱逞能，去年这时候，我比你的胆子还大。

乞儿甲　（讥笑乞儿乙）这我倒看不出来，可是什么时候胆子就变小了呢？

乞儿乙　（低声）这儿我来过……

乞儿甲　（一惊）这儿你来过？

乞儿乙　嗯，今年春天……（回忆）春天跟现在可不一样啊！绿的是树，红的是花。我打这园子外头走过，看见那海棠花儿、梨花儿、杏花儿，一嘟噜一嘟噜，都伸到墙外头来了。我想着，进去瞧瞧才好呢。那海棠花儿就好像说："进来吧，进来吧，里头才好玩儿呀。"

乞儿甲　（笑了）你那是做梦。

乞儿乙　（不理会）我想着想着，往前走，你猜怎么着？（手指着那边）那扇小门正开着半边儿，我就溜进来了。

乞儿甲　（羡慕又是嘲笑地）海棠花儿又跟你说了些什么呢？

乞儿乙　（不觉神往）那才真好哪！花儿呀，树呀，草呀，把我的眼都看花了。鸟儿在树上叫，蝴蝶儿在花儿上飞。（看着天）天是蓝的，也不像现在这么冷。

乞儿甲　（睁大了眼）你一个人怎么玩儿？

乞儿乙　（用手指着阶下）我就在那儿，不像现在这样儿尽是雪。原先这儿是一片草地，绿油油的。我就躺在这草地上，翻跟斗，打滚儿。一阵风一刮，海棠花瓣儿落了我一身。

乞儿甲　后来呢？

乞儿乙　后来我就睡着了。风吹在脸上，香的，热乎乎的。我还做了一个梦。

乞儿甲　（高兴地）准是他们说过的，风流梦，是不是？

乞儿乙　你笑我，我就不说了。

乞儿甲　（央告不迭）不，不，你说。

乞儿乙　我睡得迷迷糊糊的，看见海棠花儿变成了一个人，打树上下来了。

乞儿甲　（拍手）准是个女的。

　乞儿乙　挺好看挺好看的一个小媳妇儿。

乞儿甲　（笑了）我猜得不错吧？你怎么办呢？

乞儿乙　她下了树就不动了，站在树底下朝着我笑，又跟我招手儿……

乞儿甲　那是叫你过去呢。你过去没有？

乞儿乙　我不敢，我有点儿害怕。

乞儿甲　咳！你这人……

乞儿乙　后来我看她怪和气的，我就……（住口不说）

乞儿甲　怎么啦？（见乞儿乙半天不作声）你这是卖关子呀！后来你怎
　　　　么啦？

乞儿乙　怎么啦？（低下头去拨火）后来我就醒了。

乞儿甲　（大失所望）唉！

乞儿乙　（恐怖地）我告诉你。（东张西望）我就觉着背上狠狠地叫人踹了
　　　　一脚。我一睁眼，眼前站着一个人，好凶啊，他骂我，打我，说
　　　　我不该进来，说我是贼。足足骂了个够，打了个够。随后又叫人
　　　　把我送到巡警阁子去圈了两天两宿。往后我一走过这儿……我就
　　　　禁不住害怕。

乞儿甲　（指着乞儿乙的脸）脸上这块黑疤，就是那回的伤？

　　　　〔乞儿乙默默地点头。

乞儿甲　这缺德的海棠花儿可害苦了你了。

　　　　〔天渐渐地黑下来了。

乞儿甲　（按着肚子）我好饿呀……

　　　　〔乞儿乙在想着什么。

乞儿甲　（无可奈何）咳！管他妈的肚子饿不饿……（伸一个懒腰，顺势
　　　　仰卧地上）这地方又避风，又有火，今儿晚上睡个好舒服觉哦。

乞儿乙　（一直在沉思）这回事是有鬼。想起来我就害怕。现在我心里就
　　　　直发毛……

乞儿甲　（忽地坐起来，回顾阒然）你别吓人！

乞儿乙　（眼张得乌溜溜地）你看，（靠近乞儿甲）你看那棵树……

乞儿甲　（有点儿发慌）树，树怎么？

乞儿乙　（抱住了乞儿甲）是不是我眼花了？（指着那墙缺处）你看。

乞儿甲　（顺着乞儿乙手指处望去）哎哟我的妈！老树成精了！

　　　　〔墙缺处果然有了人。

〔天色昏暗，那人影影绰绰地伸着两只手迟缓地向前摸索前进，摇摇欲倒。

〔乞儿甲、乙吓呆了，火光照见他俩紧紧靠着，脸色苍白，凝视着的眼睛充满了恐惧。

病　人　（说了话，断断续续地）小兄弟……过来……（扶住一棵树，站住了）扶扶我……搀我一把……

乞儿甲　（声音发颤）什么？

乞儿乙　（把身后的竹竿子抄在手里）你，你是……

病　人　（发出空洞的声音）……走路的……病人。

乞儿乙　（对乞儿甲）是人。（把竹竿子放下了）

病　人　冻死我了……让我烤烤火……

乞儿甲　（望着乞儿乙）去搀他。（爬起来）咱俩去。

病　人　小兄弟……（喘着气）行行好……快点儿……

乞儿甲　（把乞儿乙也拉了起来）来了，来了。

病　人　（突然用手抱住了头，呻吟着）咳……哟……（倒在雪地上）

〔乞儿甲、乙互相惊望，然后便飞跑下阶，在雪地上用力扶起了那病人，一步步挨上阶来，把病人扶到火旁坐好，上身靠在墙上。

〔乞儿乙把火拨得更旺些。

〔火光便照见了那病人，是个老人。

〔可怜的老人，正被贫病和饥寒交迫着，瘦弱得脱了形。

天知道，他并不老啊！是人世的艰辛摧折了他的健康，使他的身体衰老得超过了他的年纪。

他的一头稀疏松软的美发，如今是花白的了。因为没有修理长得很长，四散纷披，更增加了他的狼狈。他有一张修长的面庞，一个削直的鼻子，一张弧线的嘴和一副端正的耳朵。那一双眼睛更是大的、深的、远的、含情的。是人海中艰险的风波逼他走上了落魄的穷途，使这一副秀丽的面庞蒙上了无边憔悴。双颊深陷了进去，面色惨白，没有一丝红润。呼吸困难，鼻孔一扇一扇的，嘴也在张合不定。眼光散漫无神，蒙眬着，像在做梦。

他穿一件深颜色的棉袍，旧了，破了，失去了光彩。如同他那张不祥的面孔一样，日薄崦嵫，音容惨淡，失意、忧愁、坎坷萃于一身。然而他另有与一般不幸的人所不同的地方，就是在他的眉宇之间显露着一层安静的气息，慈蔼，和平，具有圣者风度。

乞儿甲　（轻喊）老头儿，老头儿，你醒醒。

乞儿乙　老头儿，你怎么啦？

病　人　（轻哼了一声，睁开眼睛）火！（充满了惊喜之情）火！（把两只手尽力向火伸过去）

乞儿乙　他是冻坏了。（向病人）是火呀。烤烤火，身子一暖和，病就好了。

病　人　是，是，谢谢你。我暖和多了，我心里暖和多了。

　　　　〔乞儿甲、乙重新在火旁坐好。

乞儿甲　（笑了起来）刚才你真吓着了我们了。

乞儿乙　我们正在害怕呢，你来得正好。

病　人　（费力地）是啊……天黑了，又冷……这地方又荒凉……（猛省）荒凉！（像在寻找什么）荒凉？（有如发狂）啊，这是什么地方？

乞儿乙　（一把抓牢了乞儿甲，急得要哭）他又吓人！又吓人……

病　人　（平静下来）对不住……（喘息着）我心里发慌。我……我不愿意……我不该到这儿来。

乞儿甲　（迷惘地）他说什么？

病　人　我不该到这儿来……我又到这儿来干什么？我……

乞儿甲　你是专为到这儿来的？

乞儿乙　（怯生生地）那你为什么不去叫门？（手指着）那边那两扇大红门？

乞儿甲　你是来找人的？

病　人　（抬起头来）找人？

乞儿甲　是啊，找人。

病　人　不找人，我找……（四下观望）我要找……

乞儿乙　不找人，找什么？

病　人　（断断续续地）我，我找……我要找我的影子……我要找我的脚印子……

　　　　〔乞儿甲、乙大惊，一时说不出话来。

病　人　（笑了，笑得那么惨）我要找……找我从前留在这儿的脚印子……还是这地方……还是这房子……还是这树……还是这人……（大地沉寂，语声朗澈）慢慢儿就老了……慢慢儿就小了……（向孩子们）我就回来了……小兄弟……我一会儿就走……还得走……（喘息）

乞儿乙　你别说了。

乞儿甲　你靠靠，歇会儿……你歇着……

病　人　就要歇着了……该歇着了……（艰难地要立起来）

〔乞儿甲、乙扶病人起来。

病　人　（四顾，抬头向天）咳呀……好大的城……好多的人……好难过的年月……好热闹的世界……可是这一场大雪把什么都盖住了……雪下得不够……还得下，还得下……

乞儿甲　（觉得好笑）老爷子，下不得了，再下我们要冻死了。

病　人　不，这儿有火……好暖，好热的火……（凝视着火光）谢谢你们……好孩子……扶我走吧……

〔乞儿甲、乙茫然地扶病人下了台阶。

病　人　（看看天色）又要起风了……又要下雪了……

〔病人离开了乞儿甲、乙的搀扶，独自移向前去。他艰难地拖动步履走向墙缺口，但又迟缓地转回身，顺手扶住了一棵枯树，那举起的一只胳膊，袖内隐隐有一圈亮晶晶的闪光。他静静地站了许久，眼睛徐徐地向前面和两旁巡视。

〔乞儿甲、乙呆立在阶前望着病人。

病　人　（像是在叫着谁的名字，声音低得只有自己听得见）玉春……玉春……你在哪儿？……（气势渐衰）……你在哪儿……

乞儿乙　（恐惧）他叫谁？（缩向乞儿甲身后）

病　人　……玉春……玉春……（声忽噤住，双目亦闭，像是想着什么，嘴角上浮出一丝微笑，扶着树的那只手臂逐渐下垂，身体软瘫下去，倒在雪地里，头便靠在树根上）

〔树上摇下了一阵雪。

〔园中一静如死。

乞儿乙　（轻轻地）他睡着了。

乞儿甲　（满面严肃之色）不，死了。

乞儿乙　（惊）死了？

乞儿甲　（摇手）别嚷！你看他死得多好，多舒服。

　　　　〔乞儿甲说得不错。病人死得真是好，真是舒服，安适、恬静，那永远的一丝微笑正是圣洁的光辉。

乞儿乙　（有点心慌）走吧。这儿不是好地方。我们得另找地方过夜去。

乞儿甲　（点点头）得另找地方。

乞儿乙　（巴不得这一句）那就快走。（回身入廊下，把两根竹竿和饭碗拿在手里，又走过来）走。（见乞儿甲不动）走吧。

乞儿甲　（止住乞儿乙）慢点儿。我们得发笔财再走。

乞儿乙　（大吃一惊）你说什么？你要在死人身上打主意！

乞儿甲　唔。（点点头）

乞儿乙　他穷得这样子，身上不会有钱的。你难道要剥他的衣裳？别太缺德呀。

乞儿甲　（成竹在胸）不。

乞儿乙　我不干这缺德事！

乞儿甲　告诉你，他胳膊上有一只金镯子。

乞儿乙　你怎么知道？

乞儿甲　我看见的。

　　　　〔乞儿甲走上前，俯身下去提起了死人的一只手臂。死人的衣袖下褪，果然显出一只黄澄澄的金镯子。他又将它放下。

乞儿乙　你怎么知道这东西值钱？

乞儿甲　你这傻瓜。金子不值钱，什么值钱！

乞儿乙　死人身上的东西，我不忍心……

乞儿甲　（尖厉地）那你肚子横是吃饱了，你身上穿的横是暖和得很了。

乞儿乙　（低下头去）我……（流泪）

乞儿甲　哭什么！你听我说说这道理：他人是死了，金镯子带不到阴司去。明天人家看见他，这镯子就不定归了谁。我们在这儿又冻又饿，碰见了值钱的，没有主儿的东西，我们凭什么不拿？再说，你知道这镯子他是打哪儿怎么弄来的。

乞儿乙　（低声地）拿吧，拿了快走。

乞儿甲　（俯身去取镯子，喃喃地）老爷子，我这兄弟觉着对不起您，其实我想没有什么对不起的。金子银子应该拿来大伙儿用的，带在身上可是委屈了它。我们小哥儿俩快要冻死了，饿死了。我们没干过缺德事。有钱，让我们穷人都沾点儿光，我们忘不了您的好处。

乞儿乙 （央求）别胡说了，走吧。

乞儿甲 （兴奋地）走。（接过乞儿乙递给自己的竹竿子）我饿得快走不动了，肚皮和背皮都贴上了。镯子换了钱，先吃他一顿好的。

〔乞儿甲、乙转身刚要走。正在这时，小楼高高在上的那排窗户有了响动。先是紧闭着的窗帘忽然拉开了一幅，透出一道强烈的电灯光，直照到园子里来。

乞儿乙 （大惊）不好了，有人！

乞儿甲 （将乞儿乙抓住，往旁边一闪）过来。

〔乞儿甲、乙躲在一棵大树后面。

〔隐约可见窗内有人。随后窗户大开。

〔一个十六七岁穿着粉红绸棉袄，打扮得很标致的小丫环的上半身立在窗前，像是仙女下凡，教人眼睛一亮。

小 兰 （下望将熄的火堆，满面惊疑之色）火，谁烧的火？

乞儿甲 （指指点点）那就是海棠花儿的小媳妇儿？

〔乞儿乙吓坏了，只做了个手势，叫他不要响。

小 兰 （惊叫）海棠树底下躺着一个人！（向内回身）

〔窗前又显出一个男子，身穿黑布马褂，五十来岁，一脸怒容。他挤开了那小丫环。

王新贵 （怒喝）谁放这些野人进来！

乞儿乙 （失声喊出）就是他！他就是打过我的人！

〔乞儿甲、乙不敢停留，转身便跑，翻过墙缺口，投入外面无边的黑暗里去了。

王新贵 （大叫）树下头的人死了。还有两个人跑了。墙也倒了。看园子的人呢？滚到哪儿去了！混账东西！混账……

〔起风。

〔天上雪花，像鹅毛似的又飘了下来。

〔幕下。

第一幕

〔幕启。

〔时间往回数到二十年的样子。

那病人临死时说的"好大的城",就在这个大城里。虽是灾荒战乱的年月,大城里却一片太平景象,士大夫之流日酣戏于笙歌之间。锦城丝管,舞乐升平。"上有好者,下必甚焉",流风所被,那地方便成了罗绮飘香、人文鼎盛之区。

最使人流连忘返的是城南一带的戏园子。歌台舞榭之上虽只是些泡影昙花和蜃楼海市,然而骚人墨客、妖女狡童却把它当做了抒怀寄情之场。于是舞台上的一些傀儡人物就变成了他们吊西风寓愁绪、拈红豆寄相思的对象。他们的爱好,渐渐从剧中人移向扮演剧中人的演员身上。他们迷恋的范围也就渐渐从台上移到台下,从前台移到后台——

后台便成了最能引人遐想、动人情绪、浪漫而神秘的地方。

可好这儿就是一个大戏园子的后台。

大戏园子的后台,一般都分作几部分:正靠舞台的是大家公用的化妆场所和上下场的通道。此外挂头二牌的名角儿,各有单独的屋子。

我们现在看到的就是一间给头二牌名角儿单独享用的化妆室。

化妆室的一角:屋子已经半旧了。墙是用浅绿色夹白花的粉纸裱糊起来的,上端还镶了一道玫瑰紫色的花边。

右面的墙,靠近与左面墙连接处,有一个门,挂着大红绒布帘子,是通过公用化妆场所再到舞台的。化妆室的地基比舞台低,从舞台走进来,要下三层台阶。门右边是个大乌木炕,当中放一个炕几,两边各摆着六面体的长方绣花枕头,垫着蓝布棉褥子,可以两人相对而卧。炕几上放着一把茶壶、两个茶杯。靠里面放一个瓷帽筒,上面有一顶红结子的黑缎瓜皮帽。

左面的墙我们看见得比较多,有一个窗户,白纸糊的窗扇支起着。窗下放一张桌子,正面一张椅子。桌上放着两个小箱子，一个是头面箱，一个是化妆箱。盖子打开着，粉、油、胭脂摆了一桌。桌子正中立一面圆镜子，旁边一盏玻璃罩的煤油灯，点亮了。

桌子左边，脸盆架上放着脸盆，搭着一条毛巾。

再向左，墙上有长条衣架，现在一顺挂了许多东西：一件灰哔叽的夹袍子，一件黑缎子的"巴图鲁"背心，一条黑白相间的丝围巾，再过去就是些演戏用的黑水纱、甩发缕子、马鞭子、戏衣等等。此外墙上还靠着些刀枪之类。

再往左又有一个门，门开着。外面是直通戏园子大门的一条长甬道，有灯笼的红光照见甬道的一小段。

门左靠墙，斜放一架大穿衣镜，红木颜色的框架，四面雕刻着古老样式的花纹。架子上挂了一柄拂尘。

屋当中有一个小圆茶几，两张小圆凳。

屋顶正中的一盏白瓷罩子的煤油保险灯，照得满室通明。

春天的夜晚，天朗气清。窗外春风入户，室内温暖适度。十一点多钟，戏园子里最火炽的阶段，大轴子的戏演到最好处的时候。一阵阵的锣鼓、胡琴、歌唱、喝彩声从前台传过来。

现在室内只有两个人：李蓉生和王新贵。

李蓉生正在收拾桌上零乱的脂粉匣子，把那些零碎东西一件件搁进箱里去。

王新贵从左面的门闯进来，扎手舞脚地仰卧在那张木炕上，两条腿跷起，上面一只脚举得高高的。

王新贵 （出了一口长气）好舒服，好舒服……（端起炕几上的茶杯喝了一大口）这份儿穷挤！里三层，外三层，过道儿上都加满了座儿。我站在紧后头，踮着脚，伸着脖子，白搭！还是看不见，听不见。我就说："别受这份儿罪了，后台清静，还是后台歇着去吧。"

〔王新贵三十四五岁，五短身材，风尘满面，皮肤是又黑又焦又粗又糙的颜色。尖鼻子，薄嘴唇，眼珠子乌溜溜地，随时都似乎在闪动着向四处张望。

〔有这样的人：喜欢兴风作浪，爱吹善捧，见利忘义，幸灾乐祸；又如水银泻地，见缝便钻，善于谄媚阿谀，也常转眼六亲不认。

或者这正是在这种社会里必须具备的自卫本领，所以这种人到处都有，王新贵就是其中之一。

〔王新贵是见过世面的人呢，伺候过大官大府，也结交青皮光棍。穿街过巷，老走江湖，练就一身混混儿的本事。尤其两张薄片子嘴，伶牙俐齿，滔滔不绝。

十几年流浪生涯，他说过得没什么意思，他想"改邪归正"，过点儿安稳日子了。

今天他是有所求而来，新推的小平头，穿了一件刚洗干净的灰布大褂儿，脚上是千层底黑布鞋，白布袜子，灰布裤子，扎着黑腿带儿。

李蓉生（还在收拾东西，顺口应承着）是啊，还是这儿清静得多……（回过头来笑着）可凡是到这儿来的，都不是找清静的。

〔李蓉生早年在科班学戏，玲珑解语，光被四座，红极一时，曾负神童之誉。然而上天是多么不公平啊！唱戏的最畏惧的"倒仓"的难关，就注定了他一生的命运。观众万目睽睽，看着这红得发紫的年轻人，从高高在上的三十三天，一个"壳子"翻下十八层地狱去。可怜他只是个孩子，没父没母，孤苦伶仃，伤心、痛苦，无从诉说，光荣和赞美变成了梦中陈迹。舞台上换了另一个新的颜色。仅仅十六七岁的幼小者便体验了改朝换代的沧桑，有谁体会得出那心底的辛酸！

那辛酸怎样来表现呢？他不会说，也不会怨，只在夜深人静时，睡在凄凉的空虚的房间里，追慕着舞台上的辉煌，静静地淌那辛酸的眼泪。

时间侵蚀了他的心志，消损了过去的容光。他现在四十来岁了，飘零半世，沦落无依，做了名花衫魏莲生的跟包。又因为他深爱着魏莲生，进而照顾魏莲生的生活。而他本是前辈的演员，有时也能和魏莲生谈谈演戏的门径。魏莲生本是李蓉生的同行兄弟，现在则一贤一不肖，相去不可以道里计。这气运真是太无凭据的东西。

〔李蓉生天生一张忠厚面孔，长脸盘儿还带几分旦角的清丽。只是神色之间显着颓丧和疲倦，缺少年轻人蓬勃的精神。头发微乱，胡髭不整，穿一件半旧的黑绸夹衫，袖口卷起，露出白色的内衣来。

王新贵　（点头咂嘴）对，这话对。凡是到这儿来的，都不是找清静的。干这一行还真是有个意思，这才叫"朝朝寒食，夜夜元宵"哇。

李蓉生　咳……（转过身来，坐在就近的椅子上）您……（用手捂住嘴，打了一个呵欠）您不用这么说，干一行怨一行，我可真觉不出有什么意思来。

王新贵　（坐起来）没意思？

李蓉生　（疲倦地笑）说起来也好笑，空空的戏园子，一会儿就坐满了。台上唱戏，台底下听戏，灯明火亮，锣鼓丝弦儿……

王新贵　是啊。这还不热闹吗？这还没意思吗？

李蓉生　没意思的在后头哦。大轴子唱完，"唢呐"一吹，戏就散了，打哪儿来的回哪儿去。楼上、楼下、池子、两廊，原来坐得满满的人，一下子呼呼呼走了个干干净净。紧跟着灯一灭，台上台下黑阒阒，冷清清，连鬼影子也不见一个……

王新贵　说得也是。

李蓉生　要是本来不热闹倒也不觉着。就是这么原来热乎乎的，一下子冷下来……

王新贵　天下没有不散的筵席，尽这么想还有完了！

李蓉生　（摇摇头）谁不是好聚不好散。（动起情感来）一天天的日子这么过了，可怎么不教人寒心！

〔前台传过来一阵喝彩声。

李蓉生　（激动地）您听。

王新贵　（站了起来）没说的。我们的魏莲生真是红得发了紫喽。

李蓉生　（勾起心事，低下头去）是，他混得不错。

王新贵　（也有感触）这才叫"运去黄金失色，时来顽铁生光"。又说是"长江后浪催前浪，世上新人换旧人"。想当年魏三儿还是个小毛孩子的时候……咳，甭提了！

李蓉生　哦，您跟我们老板早就认识。

王新贵　（得意地）早认识，早认识，我看着他长大的。（用手比一比高矮）后来他到了九岁进了科班，我就闯荡江湖一十几载。想不到这回回来，他真了不起了。

李蓉生　我们老板往后还能更好。

王新贵　是啊！行行出状元呀！（凑上前）当初小三儿要去学戏的时候，他老爷子还满不高兴，说自己个儿没出息，养不活一家老小，才逼得孩子跳火坑，当戏子。（骄矜地）那时候亏得我在旁边儿直劝，说管它戏子不戏子呢，不是为吃饭吗，才结了。

李蓉生　咳，这两位老太爷、老太太也都过去了五六年了。可怜他们苦了一辈子，盼星星盼月亮地好容易盼得儿子走了运，又等不及，死了。

王新贵　（打个哈哈）这归运气。

李蓉生　（感慨系之）"世间好物不坚牢，彩云易散琉璃碎"，这古话儿是不错的。

王新贵　（不关痛痒地笑笑）李二爷，你这才是"听评书落泪，替古人担忧"哇。

〔又一阵轰天动地的彩声传来。

李蓉生　（破颜而笑）我的脾气就是改不了，自个儿的事愁不过来，还老替别人发愁……

王新贵　再说人家正是走红运的时候……

〔左边通甬道的门，有一张脸一现，又退了出去。

李蓉生　谁？

王新贵　（也随着望出去）没有人呀。

〔女人有点儿发颤的声音："李二爷……"

李蓉生　是有人叫我……

〔女人低低的声音："李二爷，李二爷，劳您驾出来一趟。"

李蓉生　（向外走）谁这时候来找我？（走到门口，向外望，惊异地）哟！马大婶儿。您这是怎么啦？

〔马大婶听不清楚的夹着哭泣的声音："急死人哦！李二爷……"

李蓉生　进来，进来说，别着急，大婶儿。（走出去）

〔马大婶的声音："不，李二爷，不……"底下便叽叽哝哝地听不清楚。

〔李蓉生又走进来。

385

李蓉生 （向外面）进来，大婶儿。进来说，不要紧的，没有外人……

〔马大婶畏畏缩缩地跟了进来。

马大婶 急死人哦！真急死人哦……（眼泪就滚下来）

〔屋里罩上了一片愁云，马大婶就是愁海里的根芽。

〔不知道马大婶能不能代表最受苦的人群，她生下地来就受贫穷，不知道什么是幸福，什么是快乐，也从来不多想幸福和快乐。因为她从来也没有接触过幸福的边缘，自然也就不知道什么叫做幸福，更由此也就不了解自己乃是不幸之人。

〔为了"过日子"，她在五十年悠长的日子里挣扎着活过来了。无所谓而生，将来也就无所谓而死。不怨天，不尤人；没有悔恨，也没有希求。马大婶就是那无数被生活折磨得成了麻木的人群中的一个。

〔马大婶头发已经斑白了，囚首垢面，衣衫褴褛。如今她正在焦虑之中，因为她虽然由于折磨而至于麻木，由于麻木而更经受得了折磨，但却保留一样最可宝贵的本能，就是爱，亲子之爱。她爱她的儿子。

李蓉生 怎么啦？您说呀！怎么啦？

马大婶 我们二傻子……（哽咽着）抓走了……圈起来了……

李蓉生 我二老弟，怎么会？

马大婶 怨他自己个儿啊！昨儿个晚不响儿，他赶车回家，钻被窝儿里，都睡了。谁知道界壁儿牛大嫂的儿子德禄来找他，说今天多挣了几吊钱，非拉他出去喝酒不可。我瞧孩子们挺高兴的，也就没拦着。谁知道一宿也没回家。一大早儿出去打听，才知道他们闯了祸……（泪随声下）让人家给圈起来了……

李蓉生 闯了什么祸呢？

马大婶 您知道，我这孩子就不能喝酒，三杯下肚，就醉得迷迷糊糊。出门儿让冷风一吹，俩人悠悠忽忽，不知怎么就晃到牛犄角胡同去了。醉得受不得，倒在一家大门底下就睡着了。赶好巡夜的老爷们打那儿过，德禄醉得轻点儿，爬起来就跑，剩下二傻子稀里胡涂不知道跟人家老爷们说了些子什么，还把人家老爷们打了，后来就给带走……

李蓉生	带到哪儿去了呢？您见着他没有？
马大婶	我跑了一天哪！求人，打听，到天黑了才知道就圈在牛犄角胡同口儿上的什么"拘留所"里头。又求了人，借了十吊钱，才见着了他。可怜这孩子只圈了一天就不成个样子了。他挨了打。老爷们说他深更半夜待在人家大公馆门口儿，叫他走，他不走，还打人，准是没安好心，"非奸即盗"！您可想想……就凭二傻子，您可说……
李蓉生	这是怎么说的！这是怎么说的！

〔王新贵不耐烦听，走向炕边睡了下来。

〔前台又传来一阵彩声。

马大婶	可是这就得求求魏老板了。二傻子说他醉倒的地方正是法院院长苏大人家。魏老板跟苏大人有交情，要是能求得动苏大人说一句话，他就能放出来了。
李蓉生	那您放心吧。您来巧了，苏大人正在前台听戏，说不定待会儿就到后台来呢。
马大婶	（惊喜）谢天谢地！谢谢您！求求魏老板给说说情吧！我今天找了魏老板三趟了。
李蓉生	他今儿个一天有五处饭局，一清早就出来了没回家。
马大婶	是啊，我知道魏老板忙，我真是过意不去哟。唉……您知道我指着这孩子挣钱吃饭呀，他要是……
李蓉生	您别急，这也不是什么大不了的事。您坐坐，歇会儿。
马大婶	不，不，李二爷，我能见见魏老板吗？
李蓉生	老板现在正在台上。您坐在这儿等一会儿，再有不到半个钟头就散戏了。
马大婶	那这么也好，我在大门口待会儿，过会儿再来。牛大嫂子还在门口儿等我呢。他们德禄昨儿晚上也是一宿没回家，八成儿是看见我们二傻子叫老爷们抓走，吓得他也不知跑哪儿去了。牛大嫂子也是急得不知怎么好，她那个瞎了眼的老伴儿也在家里急得直转磨呀。
李蓉生	好。您待会儿再来也好。我先跟老板说，您尽管放心就是了。
马大婶	（请安）谢谢您啦，谢谢您啦。（向外走，擦眼泪）这些孩子呀，

年纪小，愣头儿青，就会在外头捅娄子闯祸，哪儿知道做父母的
心疼哦……

李蓉生　（跟着送出去）您放心吧，放心吧……

〔两人出了通甬道的门。

〔马大婶的声音："过半个钟头，是不是，李二爷？"

〔李蓉生的声音："是，半点钟。过道儿黑，您走好了。"

〔马大婶的声音："我摸着走，看得见……"

〔声音渐远去，李蓉生走回来。

李蓉生　咳，这年头儿没有好人走路的份儿喽！

王新贵　（冷笑一声）"马善被人骑，人善被人欺。"就是这么回事。

〔李蓉生低头坐下。

王新贵　这是谁？

李蓉生　我们老板的街坊，马大奶奶。（感叹）受苦的人哦！

王新贵　说起你们老板，我倒想打听打听。十几年不见了，不知道他脾气
改了点儿没有？

李蓉生　您说什么脾气？

王新贵　比方说吧：人老实，爱哭，也爱帮帮人家的忙。

李蓉生　（笑）长这么大了，还爱哭？可是老实厚道，爱帮人家的忙，那
是改不了的。我就敢说，马大奶奶的儿子，我们老板准能帮忙给
救出来。

王新贵　（笑）好人哪。（伸一个懒腰）我托他的事，不知道给我办了没有？

李蓉生　不是我们老板让您今儿晚上到后台来的？

王新贵　是啊。前天见着他，他没说什么，就叫我今儿晚上到这儿来。

李蓉生　那就是成功了，今儿个准有喜信儿。

王新贵　不知道给我找个什么事情……这十多年我出门在外可真是跑伤
了，可真想过过安静日子了。（不自然地笑）这也是我老不成
材，混了半辈子的人了，倒过来还得找小兄弟帮忙。

李蓉生　您这是……

〔话犹未了，有人来。李蓉生本已觉得难以措词，就势住口不说。

〔陈祥自通甬道的门进。

　陈　祥　（永远是这样兴高采烈）嘿！

〔陈祥，十八九岁，是个学生，出身富厚之家，自幼娇生惯养，正是爱玩的时候，哪儿有耐心烦儿念得下书去。虽说是学生，十天里没有五天摸书本儿。

〔过去的十多年里，陈祥的经历大致是这样的：在能说能跑之后，就喜欢放鞭放炮，放风筝，从在地上"跳房子"，发展到爬房上树。再大一点就开始交朋友，然后再跟朋友打架。再往后就爱看武侠小说，也学学剑仙侠客之流，在家里抢枪耍棍。过年的时候，跟大人一起玩玩牌九、押宝。到如今又改了趣味，好听戏，变成了戏迷，而且捧起"戏子"来。每天来听魏莲生的戏，上场下场，一律怪声叫好，人也是前台后台乱钻。

〔陈祥一进门，顺手抄起墙上靠着的一支花枪，耍着过来。

李蓉生　哟，（站起来）陈先生，可有几天没见啦。

陈　祥　没法子，跑不出来，学堂里考书。

李蓉生　（敷衍）唔，考书。

陈　祥　足足儿地考了五天，真给我烤糊了。

李蓉生　可该散散心了。您在前台听戏来着？

陈　祥　对了，我坐在第四排。等会儿还有两个朋友想到后台来玩儿。

李蓉生　好呀。我们老板就快下场了，您坐坐等他。

陈　祥　（向外走）等他下了台，我再来。

李蓉生　您好走。

〔陈祥走到门口，适应前台传来的锣鼓点儿，抢起花枪耍一个"下场亮相"，然后把那枪扔在墙角，扬长而去。

王新贵　（斜着眼睛）这是干吗的？

李蓉生　我们老板的朋友。

王新贵　捧角儿的？

李蓉生　（点点头）可不。

王新贵　还是个学生？

李蓉生　是啊。

王新贵　（撇嘴）别他妈丢人了！"七十二行不学，专学讨人嫌"，这也配叫学生。

〔前台一阵彩声，如春雷大震。

〔李蓉生熟练地取下衣架上的红色绣花斗篷，向通舞台的门迎上去。

王新贵 （坐起来）怎么，散戏了？

李蓉生 还有一场戏了。

〔李蓉生刚走到台阶前面，呼的一声，通舞台的门帘子掀开，一个戏装的美人——魏莲生，身上还带着"戏"，带着微微的喘息，飘然入室。李蓉生搀扶他走下阶来。

王新贵 （从炕上翻身下来）老三。

魏莲生 （一笑）您来啦。

〔名角儿毕竟不凡，魏莲生身上就像是带着一阵风，一片迷人的光彩。

真是一种奇怪的传统，天下就有人能够违背了自然的规律，变更格调，颠倒阴阳，把百炼之钢化为绕指之柔，把男人涂脂抹粉，硬装成女的。一些人也就见怪不怪，"积非成是"，甚至于有时会觉得男人装成的女人更像女人些。

魏莲生已经习惯了他的这种生活，能眉挑，能目语，行动言笑之间常常不知不觉忘记了自己还是个男人。

魏莲生现在正是春风得意，在红氍毹上展放万道光芒。如丽日当午，明星在天，赢得多少歆美同赞美。然而那歆美，那赞美，值得什么呢？

〔罪恶知道它自己是最丑恶的，因此它时常是穿着最美丽的衣裳。魏莲生天幸成为名角，常被阿谀淫靡的人物所包围。他也就习于那些阿谀、那些浮华。至于他那良善的天性所能表现的，就只有借着那些罪恶的力量，做些廉价的慈悲罢了。

〔他忠人之事，急人之难，爱听些受恩者的恭维，虽不见得乐此不倦，却已习以为常。

〔人苦不自知。魏莲生爱帮助别人，但却想不到该如何帮助自己。

王新贵 （谄媚）是啊。听你老弟吩咐，来了半天啦。

〔李蓉生忙碌地为魏莲生披斗篷，扣扣子。

魏莲生 （转身对着桌上的镜子，整理头饰）没在前台听戏？

王新贵 （趋前）来晚了点儿，人太多了，挤不上。坐在这儿，听听前台叫好儿的声音，也就算过了瘾吧。

魏莲生 （一笑）您还是那么爱说笑话。

王新贵 不成喽！"一事无成两鬓斑"，你这老哥哥也就只有指着说笑话过日子了。

魏莲生 （转过身来）二哥，（摸着鬓角）这朵花儿掉了。

〔李蓉生从头面箱子里取出一朵花来给他别上。魏莲生又转身去照了照镜子，再回转身来。

王新贵 怎么样？老三，我的事情？

魏莲生 说妥了。

王新贵 （追问）哪儿的事？

魏莲生 法院院长苏弘基大人公馆里缺一个管事的，要找人，我就荐了您去。

王新贵 （作了一个大揖）老弟，你赶明儿还得红，还得了不起。我王新贵交朋友交了一辈子，今儿才算交着了好人。

魏莲生 您还客气。

王新贵 不是客气呀，你好心有好报，我忘不了你。

魏莲生 苏大人正在前台听戏呢，一会儿就会到这儿来……

李蓉生 （把马鞭子交给魏莲生）该上场了。

〔魏莲生接过马鞭子，往舞台门走。

王新贵 （追上一步）我就在这儿等着见苏大人？

魏莲生 （站住）您在这儿等着吧，一会儿我给引见。

王新贵 （看看自己身上）我就这样儿就成？

魏莲生 （笑）这么漂亮干净还不成。

王新贵 （手摸着脑袋，掩不住高兴）拿我开心。

〔通舞台的门帘子掀开，一个脸上画着豆腐块儿的小丑露出上半身来。

小　丑 （压低着声音）嘿，上场了，魏老板。

魏莲生 （皱眉，任性地）来啦！

小　丑 （一纵下阶）"来啦"！误场喽，我的大老板。

魏莲生 （举起马鞭子，照小丑的头上就是一下）误了场活该。

小　丑 （一缩脖子）上啦，上啦。

〔小丑做个身段，一把抓住魏莲生，跑出门去。

王新贵　李二爷，还有多半天散戏？

李蓉生　就这一场了，一会儿就完。

〔两人都坐下。

王新贵　想不到我会到苏家当差去了。

李蓉生　您不是说要过安静日子。

王新贵　（高兴地）是啊。真是"姓何的嫁给姓郑的了，正合适"（"郑何氏"的谐音）。莲生可真够朋友。

李蓉生　您头一天就赶上热闹了。

王新贵　什么热闹？

李蓉生　苏大人明天过四十岁生日，在牛犄角胡同公馆里做寿，唱堂会，还有我们老板的戏呢。

王新贵　真的？（更加兴奋起来）

李蓉生　可不。唱《尼姑思凡》。苏老太太特别点的，是我们老板向来不唱的戏。

王新贵　（想着什么，顺口答应）好哇，明儿还有好戏听。

李蓉生　是名角儿都有，大轴子是全体名角一齐上台的《龙凤呈祥》，总得唱到天亮。

王新贵　（点头）眼福不浅。这回我真该转运了……（探询）苏弘基（急改口）苏大人家里有多少人哪？

李蓉生　好大一家子人，老太太，太太，大姨奶奶，二姨奶奶。三姨奶奶去年死了，今年过年的时候，又接了一位四姨奶奶。还有五位小姐，顶大的小姐今年十六岁了。

王新贵　（敏锐地）哦，没有儿子？

李蓉生　（惋惜）就是啊，膝下无儿，美中不足啊。

王新贵　三位姨奶奶……（关心地）您知道这三位姨奶奶哪一位顶得宠呀？

李蓉生　那还用说，当然是顶小的。

王新贵　（低声地）什么出身？

李蓉生　班子里的。

王新贵　（似有所得，微微一笑，追问）人怎么样？

392　李蓉生　我见过两回，人倒是挺和气，挺好的，一点儿习气都没有。哦，

　　　　　现在就跟苏院长在一块儿听戏哪。

王新贵　　哦。

　　　　　〔沉默片刻。

　　　　　〔前台又有彩声传来。

王新贵　　（吁了一口气）李二爷，真是"十年河东，十年河西"啊。您要
　　　　　是不怪我发牢骚的话……

李蓉生　　您说说，这年头儿没牢骚的还是真少。

王新贵　　说起这位苏弘基苏大人……咳……（无限的感慨）

李蓉生　　怎么？

王新贵　　十多年前我就见过他。他家是个破落户，一家老小坐着喝西北
　　　　　风，穷得比我现在好不了多少。我那时候可是有吃有喝的"黄带
　　　　　子"大少爷。我跟他住的就隔一条胡同儿……可是如今……

李蓉生　　（同情地）咱们认命吧，这有什么法子呢？

王新贵　　他后来又怎么起的家，您知道不？

　　　　　〔李蓉生摇摇头。

王新贵　　（压低了声音）私贩鸦片！这就是杀头的罪名！

李蓉生　　唔……本来哩！"人不发横财不富"哇！

王新贵　　如今人家大院长，（竖起大拇指）大官儿，大官儿还不就是他妈
　　　　　的强盗！

李蓉生　　（听见了什么）轻点儿。

王新贵　　（不理会）这本账我肚子里可清楚，先前我……

李蓉生　　（忽然站起来，摆手）他来了。

　　　　　〔王新贵马上住口不说，狼狈地背过身去。

　　　　　〔苏弘基同徐辅成一前一后，从过道的门走进来。

李蓉生　　（恭恭敬敬地）苏大人，您来啦。

　　　　　〔苏弘基大模大样地点一点头。

李蓉生　　您这边儿坐。

苏弘基　　（对徐辅成一伸手，指炕）这儿坐。

徐辅成　　唔，唔，唔。

　　　　　〔两人各坐了炕的一边。

　　　　　〔所谓苏大人，所谓法院院长——这名称或者尚待斟酌，然而意

393

思不错的。苏弘基,是四十上下的壮年人,一身绫罗绸缎,加上意气飞扬,衬得他"炙手可热势绝伦"。他行路时高视阔步,旁若无人,坐在椅子上时,又懒懒地蜷成一堆,与人谈话,时时发出不必要的大声的假笑。气焰之盛,可见得官星甚旺,正在英雄得志之秋。

王新贵所说的话或许不是向壁虚造,然而也未必完全靠得住,他把苏弘基说成旧日相识,而且贫穷落魄,多少为了出他那口虚荣的胸中闷气。苏弘基可能是白手成家,也可能是宦门之后,袭先人余荫,这本不是重要的问题。所谓大官者,自古有之,本不从今日始。世人亦自古相传,皆以官高为贵,钱多为富,富贵相连,那势力也早就是根深蒂固,牢不可拔的。苏弘基又何尝出乎这个范围之外?

所以他的官是用什么方法得来,也就无庸说得。现在的情况是执法犯法,多么便当的事!苏弘基安得不得意?怎地不发财?

〔另外一个官,是苏弘基带来的朋友,叫做徐辅成。他年纪三十来岁,比苏弘基略显得拘谨一些,安静一些。虽然比较年轻,却是个胸有城府而不在面上表现的人。

〔实际上这些人即所谓"一丘之貉",是没有什么太大的差别的。

苏弘基　（咳嗽一声,从袖口里拿出一块白手绢擦嘴）辅成兄这儿没来过吧?

徐辅成　（欠身）是的,头一次。

李蓉生　（送上两杯茶）您喝茶。

〔苏弘基点点头。

〔李蓉生走到墙角拽张凳子坐下。

〔王新贵悄悄移到一个不被人注意的地方,暗自打量着苏弘基。

〔前台传来彩声。

苏弘基　这时候来刚刚好,等散了戏,那些人往外一挤,就走不过来了。

徐辅成　唔。

苏弘基　莲生马上就下台,我们等不到几分钟的工夫。

〔又一阵彩声。

394　苏弘基　怎么样?辅成兄,你这不常听戏的人,对今天的戏还觉得有点儿意思吗?

徐辅成　好极了,好极了,就是……还不大很懂。

苏弘基　(略有些窘)是这样的,是这样的,我初听戏的时候,也不免如此。然而渐渐就习惯了,就上瘾了,就"一日不可无此君"了。

徐辅成　(微笑)"此君"就是指的魏莲生吗?

苏弘基　(哈哈大笑)我马上介绍他见你。此人不但多才多艺,而且温文尔雅,(竖起大拇指)称得起是风尘中一个人物。

徐辅成　所谓"十室之邑必有忠信,十步之内必有芳草",这是不错的。加上老兄的鉴赏……

苏弘基　(非常得意)岂敢,岂敢……

〔又是一阵惊天动地的彩声。

〔一阵锣鼓之后,唢呐吹着散戏的"尾声"的调子。

苏弘基　(站起身来,走向通舞台的门去)来了,来了。

〔门帘一掀,魏莲生跑下阶来,停在苏弘基面前。

苏弘基　莲生。

魏莲生　(喘息未定)苏院长。(顺手将马鞭递给李蓉生)

苏弘基　(亲昵地)莲生,来,我给你……(引向徐辅成)这位是徐大人,刚放的天南盐运使。(向徐辅成)这是魏莲生,魏老板。

徐辅成　(矜持地微笑点头)久仰,魏老板。

魏莲生　(拱手)徐大人,您多捧场。(解下身上披的斗篷)您请坐吧。

〔李蓉生忙将斗篷接过去。

〔徐辅成回原处坐好。

〔魏莲生回到化妆桌前,对着桌上的镜子下妆。李蓉生帮他卸下头饰,一件件放到头面匣子里去。

〔苏弘基就倚在桌旁看魏莲生下妆。

魏莲生　(转过头来)您早来了?

苏弘基　来了正赶上你上场。(指徐辅成)徐大人还有三五天就要动身赴任,今天还是头一次听你的戏呢。

〔魏莲生转向徐辅成一笑。

徐辅成　我是个门外汉,可是真觉得你演得好。可惜快走了,没有机会再看你的戏了。

苏弘基	不哇,明天还可以听一次。
徐辅成	噢?明天在府上。
魏莲生	是啊,明天晚上我们给苏大人上寿。
苏弘基	哪里,哪里,不敢言寿,大家聚聚。不过,辅成兄,明天莲生唱《尼姑思凡》,真是一出好戏。
徐辅成	(点头)有名的,有名的,一定洗耳恭听。
苏弘基	(拍着魏莲生肩头)这么样,现在你下妆。我同徐大人先走一步,在状元楼等你,大家吃吃谈谈。(看表)现在还早,只有十二点钟。(要走)

〔李蓉生在魏莲生耳边说了一句什么。

魏莲生	(站起来)您慢走一步。(向王新贵)我给你引见。这是苏院长。
王新贵	(躬身垂手,请了个安)院长。

〔苏弘基端着架子,两眼茫然,似乎不明白是怎么回事。

魏莲生	不是跟您说过了,我给您找了一个管事的。
苏弘基	(明白过来)噢。好的,好的,你姓什么?
王新贵	(恭谨地)姓王。
苏弘基	嗯。(打量王新贵)可以。正好明天我公馆里办事,你一早就到公馆来。你认识不?牛犄角胡同……
王新贵	(肃立不动)认识。
苏弘基	是的,是的,莲生可以告诉你。(向魏莲生点点头)就这么吧,你下了妆就来。
徐辅成	我们还到前面去找尊夫人吗?
苏弘基	四小妾呀,不要去找她了,我已经告诉她,叫她散了戏自己回去。好在有兰儿陪着她,还有她自己的马车。
徐辅成	噢,噢。
苏弘基	莲生,我告诉你,玉春要跟你学戏。
魏莲生	四奶奶也要学戏?
苏弘基	你收这个徒弟吗?
魏莲生	怕我教不好。
苏弘基	咳,太太、奶奶们能学得好什么,(大笑)吵得凶罢了。辅成兄,走吧。莲生,等你啊,你就来。

魏莲生 是，您好走。(指着通舞台的门)您从台上出去好走。

〔王新贵抢上台阶，向门边一站，打帘子，送行，已经有"家人"的样子。

徐辅成 一会儿见。

〔徐辅成、苏弘基走出去，王新贵送出去。

〔李蓉生忙着帮魏莲生下妆。

〔王新贵又掀帘子进来，一直跑到魏莲生身边。

王新贵 老三弟，这回我也不跟你说谢谢什么的了，这也不是谢谢就完得了的。(感激涕零的样子)一句话……咳，我这辈子忘不了你就是了。

魏莲生 您说到哪儿去了。(心里高兴)时候也赶巧了，明儿个正好是苏大人做寿。头一天把事做好了，合了他的意，往后就好办了。

王新贵 没错儿，你瞧着吧，我准不给你丢人。

〔陈祥由外边走进来，身后跟着两个年轻姑娘：一位是章小姐，另一位是俞小姐。

陈　祥 莲生，辛苦了。

魏莲生 陈先生。

陈　祥 介绍介绍吧。莲生，(指章小姐)这是章小姐，(指俞小姐)俞小姐。

魏莲生 请坐。我们这儿真是又脏又乱。

〔两位小姐相对一望，笑了起来。

〔这两位小姐是戏迷，除了学堂攻书、闺房针黹之外，就好的是听戏。她们还不能十分"开通"，见到陌生的男人不免腼腆躲闪；然而对于戏台上的魏莲生等等却心向往之，不能自已。

她们常常瞒着家里大人偷偷出来听戏。每当她们所喜欢的名角儿上台的时候，立刻就一阵微微的脸红，一阵轻轻的心跳，不自觉地会稍稍俯首，眼光移向下面，好像是怕那台上的人看穿心里的秘密。

每一回戏散回家，那些温柔的夜晚，她们会在屋里，默默地想着那些驱逐不掉的心影，那缠绵绮旎的风光，那绕梁不去的声音……无论是一个薄嗔，一个浅笑，都能消磨她们一些寂寞的时光。哪怕在睡里、梦里。

舞台上的"女人"真是迷住她们了。虽然在人前不敢透露心底的消息，就是同女伴们在一起时的最无顾忌的欢笑里，也保持一个限度的含蓄。然而假如听见别人说到魏莲生什么人怎么样啊的时候，那就非听个明白不走。

当然很想认识那些常常在心里想着的人，然而还需要一些勇气。她们曾想到认识了怎么样呢？第一句话该说什么呢？该怎么打扮才能给人家一个美好的印象呢？

来这里之前她们准备好一套动人的辞令，是些新鲜而聪明的语句。现在可是见了魏莲生的面了，那些好句子却不知哪儿去了。这红绝一时的青年伶人就坐在她们面前下妆，是神奇？是美妙？她们说不上来。

章小姐有点发慌，不知该怎么好。俞小姐在尽力镇定自己，像是"满怀心腹事，尽在不言中"的样子。

陈　祥　（挣出一句）不，不……不客气。（脸就红了）莲生，章小姐是我的同学，俞小姐是我的表姐，她们都顶爱听你的戏的。

魏莲生　（敷衍地笑着）二哥，给倒两碗茶。

〔李蓉生放下收拾的东西，去倒茶。

章小姐　不，不……（又说不上来了）

魏莲生　（头面都已下尽）对不住，我先洗脸。

陈　祥　你洗，你洗，别管我们。她们就是来看你下妆的。赶明儿还要来看你上妆呢。

〔魏莲生走向脸盆架边洗脸。

〔李蓉生把茶放在桌上，两位小姐向他道谢。李蓉生又去整理桌上的东西。

〔章小姐把俞小姐的衣襟扯了一下，两人相视一笑。

〔陈祥把李蓉生放在椅子上的马鞭子拿在手里抢着。

王新贵　（见插不上嘴，要走了）三弟，我先走了。

魏莲生　（抬起头）好吧。明天一早……

王新贵　误不了，明儿个一清早我就到牛犄角胡同去。你不是也得去拜寿吗？

魏莲生　是，咱们明儿见。（又低头洗脸）

王新贵　好，我走了。（从甬道门出去）

陈　祥　莲生，你听见我给你叫好没有？

魏莲生　（含糊地）听见了。

陈　祥　（抡起马鞭拉个“架子”）一掀帘儿，你刚出来，我就给你一个“碰头好儿”。后来我又一连气儿叫了八种不一样的。

〔章小姐与俞小姐就咯儿咯儿地笑了起来。

陈　祥　她们俩还叫了呢。

章小姐　（脸臊得通红）你！

〔俞小姐拿起茶杯喝了一口茶。

魏莲生　（用手巾擦脸，没话找话）叫好儿也够累人的。

陈　祥　可不是，真没少费劲。

〔章小姐气得直冲俞小姐噘嘴。

魏莲生　(拿了衣架上的夹衫和背心，走到屏风后面去）对不住，您三位坐坐。

陈　祥　你换你的衣裳，别管我们。

李蓉生　（已将墙上挂的桌上摆的一些东西收拾好，伸手向陈祥要马鞭子）陈先生。

陈　祥　什么？（明白了）唔。（把马鞭交给李蓉生）收起来吧。

李蓉生　（接过来）劳驾。（又将墙上靠着的刀枪等等都抱起来，走出通舞台的门去）

章小姐　（走过来扯一下陈祥的衣服，低声地）陈祥，你胡说什么？

陈　祥　（大声地）我说什么啦？

〔章小姐急得要命，赶紧止住陈祥。

〔俞小姐对陈祥指指魏莲生在后面换衣服的屏风，又指指自己的嘴，叫陈祥对魏莲生说。

陈　祥　（点点头）莲生，我们想特烦你唱一出戏，成不成？

魏莲生　成啊，说什么戏吧。

陈　祥　《红拂传》。我们好些同学跟朋友都想听你这出戏呢。

魏莲生　干吗单挑这出戏呢？我就是这出戏唱不好。

〔陈祥示意两位小姐，叫她们说。

俞小姐　（怯生生地）魏老板唱得好。我们都爱听这出戏。

魏莲生　好吧。我试一试吧。

俞小姐　你说，什么时候能唱呢？

魏莲生　搁日子多了，还得说说才行。今儿个初三，五天，初八晚上唱吧。

〔章小姐高兴得跳起来。

陈　祥　好极了，准有好些我们认识的人来听。明天我就找人写稿子登报去了。

魏莲生　别太过火儿吧，唱砸了可怪丢人的。

俞小姐　说哪儿的话，魏老板那么客气。

陈　祥　莲生，我们就常这么谈你，说你就是这点儿顶好，"不骄傲"。这样儿顶好了。越是了不起的人越是心平气和，待人和气。越是半瓶子醋越是晃荡得厉害……（咽了口唾沫）这种半瓶子醋呀，就好死了也有限！

〔马大婶从外面走了进来，一进来见屋子里尽是生人，就站住了。

陈　祥　（厉声地）干吗的？

马大婶　（吓住了）我……我……

陈　祥　（大喝）说呀，干什么的？

马大婶　（说不上来）不……不……（后退）不干什么……（吓得落荒而走）

陈　祥　（目送之）什么东西！

魏莲生　（从屏风后面走出来，衣服、鞋子都换好了，还在扣着背心的扣子）谁呀？

陈　祥　一个穷老婆子。（得意地）溜门儿贼。我一看就知道她没安好心，想瞧瞧没人，就顺手牵羊捞几样儿走，幸亏我们在这儿。

魏莲生　（扣好了衣服）是啊……（走到穿衣镜前照一照）后台人杂。

俞小姐　以后真得留神哪！门还是常关着点儿好。

〔章小姐真过去把门关上了。

〔李蓉生从通舞台门走进来。

陈　祥　蓉生，刚才来了个溜门儿的，想偷东西，让我给骂跑了。要不瞧她岁数大了，我抓过来就给揍了。

李蓉生　真谢谢您啦。

陈　祥　所以我们就把门关上了。往后，这门还是常关住点儿好。

　　〔李蓉生到屏风后面把魏莲生换下来的戏衣拿出来放在炕上折。

　　〔魏莲生把衣架上的丝围巾拿下来，对着穿衣镜，围在脖子上。

　　〔两位小姐向陈祥示意。

陈　祥　　莲生，明天下午有工夫没有？

魏莲生　　有什么事吗？

陈　祥　　我们想约你一块儿照戏装相去。

魏莲生　　（不由得微微皱眉）明天不成。

陈　祥　　你没空？

魏莲生　　明天法院苏院长在家里做寿，有堂会。

陈　祥　　那就改后天？

魏莲生　　（摇头，吁了一口气，从桌上拿起一叠请客帖晃了晃，一半炫耀一半厌恶地）你看我哪儿有工夫？

陈　祥　　（目视两位小姐）……怎么办？那就再说吧。

魏莲生　　（怕得罪了人）反正我一得空就成。

陈　祥　　那也好，等我再来约你。

　　〔章小姐扯陈祥衣角，向门外努嘴。

陈　祥　　好，我们走了。（与二位小姐欲行）

魏莲生　　两位小姐，我们这儿没有好招待，真是过意不去。

俞小姐　　我们打搅这半天，才真过意不去呀。

　　〔章小姐在后面捶了俞小姐一下，佩服她会说话。

陈　祥　　咳，客气什么呀，再见，再见。（与二位小姐拉开门，走了出去）

魏莲生　　（站在门口，躬身为礼）好好走，我不送了。

　　〔李蓉生已将戏衣折好，用包袱包起来。

魏莲生　　（走回来）咳……（手扶着头，烦躁地）真磨死人。

李蓉生　　（像个大哥哥似的）没法子啊，人家也是一片好心。

魏莲生　　好心……（啼笑皆非）可真叫人受不了。

李蓉生　　（看着魏莲生的神色，关心地）累了，回去就早点儿歇歇吧。

魏莲生　　不行啊，苏大人在状元楼等我宵夜哪。

　　〔李蓉生怜悯地望着魏莲生。

魏莲生　　（呆立半晌）……我走了。（向外走）

李蓉生　　（止之）等会儿，马大婶儿要来找您呢。

魏莲生	（讶然）马大婶儿？找我干吗？
李蓉生	二傻子叫巡街的给抓走了，给圈起来了。要找您跟苏大人说情给放出来。
魏莲生	怎么跟苏大人说情？
李蓉生	是夜里吃醉了酒，睡在苏大人家门口儿，叫巡夜的给抓走的。现在就圈在牛犄角胡同的拘留所里。
魏莲生	那去找警察厅陈厅长说说就行了。苏大人不会知道的。
李蓉生	您瞧着办吧。
魏莲生	我不用等她了，你告诉她我办就是了，我走了。

〔魏莲生刚要走，陈祥忽然又跑回来。

魏莲生	咦，陈先生？
陈　祥	（抓住魏莲生，喘息未定）莲生……我问你。
魏莲生	什么？
陈　祥	你明天在苏家的堂会，唱什么戏？
魏莲生	（不起劲）《尼姑思凡》。
陈　祥	我们没听过你这出戏，想听。
魏莲生	真是"打鸭子上架"，我不能唱昆腔，苏老太太愣要点这出戏，没法子。
陈　祥	我们想听，怎么办呢？
魏莲生	就去听吧。
陈　祥	怕进不去呀。
魏莲生	做寿嘛，也不卖票，总该进得去的。
陈　祥	要是不让进去，我可就找你。
魏莲生	成啊。
陈　祥	苏公馆在哪儿？
魏莲生	牛犄角胡同。
陈　祥	知道了，知道了，西口儿里头路北大红门。
魏莲生	对了，顶大的大红门。
陈　祥	（非常高兴）好，明天见。她们还在门口儿等我呢。
魏莲生	明天见。

〔陈祥返身疾下，走出门。

〔陈祥怒喝的声音："谁？你，你又来了！你来找死啊！"

〔马大婶的声音："我……我找魏老板。"

〔陈祥的声音："你也找魏老板？"

〔魏莲生赶出去，正碰着陈祥退了进来，马大婶也跟进来。

陈　祥　看，就是她！刚才就差点儿偷了东西走，现在又……

魏莲生　不是，你弄错了，这是我的街坊马大婶儿，找我有事的。

马大婶　魏老板……救救我吧……

陈　祥　（呆了半天）那……（大为无趣）那我走了。（急忙走掉）

马大婶　魏老板，我、我找了您四趟了，我真……（哭了起来）

魏莲生　别急，别着急。大婶儿，您坐坐，歇会儿，慢慢儿说。

李蓉生　大婶儿，您别着急。二兄弟的事，有法子办。我跟我们老板都说
　　　　过了。

魏莲生　二哥，您先走吧。明儿个一早儿还得把《思凡》的行头给拣齐了。

李蓉生　误不了。

魏莲生　这儿也没什么事了，我陪大婶儿说几句话就走。

李蓉生　好吧，我还得到账房去一下儿呢。大婶儿，我先走一步了。

马大婶　您别张罗，您先走吧。

〔李蓉生在炕几上拿起那顶瓜皮帽戴上，提了桌上的头面箱子和
　炕上的衣包，走出门去了。

马大婶　魏老板，这回说什么您也得帮我穷老婆子的忙。您知道，二傻子
　　　　要是出不来，我也就别想活了。

魏莲生　您先坐下。

〔马大婶坐凳上。

魏莲生　您尽管放心，我包他明天准出来。这是哪天的事？

马大婶　就是昨儿晚上的事呀。可就这一天工夫，我那孩子已经不像样子
　　　　喽。听李二爷说，苏大人今儿晚上来听戏的，您给我求求，放了
　　　　我们二傻子，我这辈子也忘不了您的大恩。

魏莲生　（带一点骄傲）我一会儿还得见着苏院长，他现在正在馆子里等
　　　　我宵夜呢。

马大婶　（惊喜）那敢情好。（站起来）您就去吗？

魏莲生　（点点头）不过，就是不找苏院长亦成。

马大婶	那找谁呢?
魏莲生	警察厅的陈厅长跟我也是熟朋友。（思索一下）其实这种小事情都犯不上求他。
马大婶	（迷惘地）小事情?
魏莲生	是啊,这种事情找他……
马大婶	（着急）那怎么办呢? 怎么办呢?
魏莲生	噢,想起来了。牛犄角胡同归第五区署管,那署长姓刘,他认识我,等明儿早晨跟他一说,马上就能放出来。
马大婶	（放了心）那就好了……
魏莲生	这就叫"县官不如现管"。这种事情找大官儿不如找小官儿来得便当得多。
马大婶	（请安）谢谢您啦! 真谢谢您啦……
魏莲生	哟,您这是怎么啦?
马大婶	善心有善报啊,老天爷保佑魏老板娶个好媳妇儿,多子多孙,添福添寿,升官发财。
魏莲生	大婶儿,我不是做官儿的,升的什么官儿啊?
马大婶	我瞧着就是官儿,整天儿跟官儿待在一块儿嘛。（严肃地）说真格的,我就知道我来找您不白找。今儿个晌午,我在赵瞎子那儿起了一课,说二傻子这回事是命里注定的,跑不了。可是不要紧,有贵人星解救。您瞧,这不全应了吗?
魏莲生	（一笑）赵瞎子瞎说惯了的,您就信了他。
马大婶	我的老天爷,怎么是瞎说啊! 说得多对啊! 这回事虽说是二傻子命里注定,可是还是怪他啊。往后我得管着他,不许他再喝酒闹事。这回算是有贵人星解救,赶明儿要是找不着魏老板该怎么办。赵瞎子说我们得安分守己,可是二傻子就是……
魏莲生	好吧,明天我准备办好。马上我得去状元楼,怕苏大人等急了。
马大婶	您快去吧,别耽误了公事。（自言自语）这年月还有您这样儿的好人。
魏莲生	（要走,又止步）大婶儿,吃了饭了吗?
马大婶	（形容惨沮）没有,我没想着要吃饭。
魏莲生	不吃饭怎么行?

马大婶	不瞒您说，我手上只剩一吊钱，起了一个课，都给了赵瞎子了。
魏莲生	我说是不是。（从身上掏出两块钱来）拿去吧。吃饭比什么都要紧，大婶儿又是上了年纪的人。
马大婶	（万万想不到）这……这么多……这怎么行。（两手缩在背后）我不能……
魏莲生	拿着吧。还客气吗？
马大婶	（接过那钱，攥得紧紧的）魏老板……（再也说不出话来）
魏莲生	去吧，回去吧。回去歇歇吧。
马大婶	（感激涕零）魏老板，卖了我这一副老骨头也报不了您的大恩大德啊。魏老板！
魏莲生	不说啦，不说啦。
马大婶	那我就回去等信儿。
魏莲生	对。您等喜信儿吧。
马大婶	（又请一个安）魏老板。
魏莲生	别再客气了。

〔马大婶走出门去。

魏莲生	（站在门口送马大婶）大婶儿，您是看着我长大的，其实您还是管我叫"小莲儿"顶好，老是魏老板魏老板的，倒显得生分了。

〔马大婶的声音："魏老板，您这是怎么说啊……"

〔马大婶走了。

〔魏莲生回到屋子里，四面看一看，他是多么愉快，多么满足。他本当马上到状元楼去，然而现在反而有点沉不住气，他安于这屋子里的空气，如此宜人，如此温暖，觉得不忍马上离开。他走到穿衣镜前，看一看镜子里自己的身影，像是发着有神异的光。

〔是哪里传来一阵箫管——

魏莲生	（拿下镜架上挂着的拂尘，对着镜子做着唱起来）

> 昔日有个目莲僧，
>
> 救母亲临地狱门。
>
> 借问灵山多少路？
>
> 十万八千有余零。
>
> 南无佛，阿弥陀佛……

〔魏莲生身背后有人噗嗤一笑。

〔稍偏一点身子，魏莲生看见镜子里多了一个人。他摆着最后的一个身段，一时愣住了。

〔镜子里的那人已经掀开通舞台门的红帘子，在阶沿上立了多时。

〔那是个二十岁上下的美妇人，玉春，苏大人的四姨奶奶。

玉　春　（笑得像一朵刚开的花）魏老板好自在。

〔玉春是美丽的，像花朵一样的。

假如在什么地方遇见她，这样年轻的女人，聪明、伶俐、高贵、飘逸，真如尘世的神仙，谁都会欢喜她的。

欢喜她，因为你相信她会使你快乐。但谁能一眼看穿在快乐的外衣里面也可能深藏着一个痛苦的灵魂。

玉春生得正当时，一片玲珑剔透的青春。她有一张长圆的脸盘，眉毛、鼻子，修长端正，嘴唇微弯，像一张弓，长睫毛底下两个大眼睛就是两颗闪烁的明星，常在黑暗的天空里发亮。

那年月，失去自由的人们免不了要受命运的安排。玉春二十年的生命之页，却是一段愁惨辛酸的历史，谁也难以设想这妙龄的小妇人也曾饱经过人海的沧桑。

她生性聪明，感觉敏锐，那她自然就不会安于她现在的姨太太生活。丰衣足食，婢仆环列，对于她都不是幸福，真正的幸福要待她自己去找，她在找。

她美貌，又聪明，因此也痛苦，也不安。

魏莲生　（站好，呆了一阵儿）……四奶奶……（放下了手里的拂尘）

玉　春　你没想到我来。（回身掀开帘子，低声地）兰儿，进来，

〔兰儿进来，神秘地向四面一瞟。

〔兰儿是十六七岁，我们历史上千古艳称的俏丫环。

有了"主子"才有"奴才"，所以兰儿总是跟着玉春形影相随。她已经习惯了那一套耳提面命，千依百顺，"叫她往东，她不敢往西；叫她打狗，她不敢骂鸡"。

这才是真正"为他人而活着"的典型。俏丫环的作用犹之乎陪衬名花的绿叶，兰儿是没有独立的生命的。

她所知道的只应该是如何供人驱使，她所想的也许不止这

些，然而却没人知道。

　　她们多半是幼年不幸，长辞了父母家人，寄人篱下。运气好的碰上慈悲的主人得到平安的生活，否则就会在挨打挨骂中过地狱般的日子，结局也就不堪闻问。

玉　春　你在那外头过道儿上等我，等我跟魏老板说几句话。

〔兰儿点点头，睁着两只亮晶晶的大眼睛，嘴角上浮一丝甜甜的笑意，下阶一直走出通甬道的门去了。

〔屋里沉寂。

玉　春　（用手拢一下头发，又笑了起来）魏老板，你真是好人。

魏莲生　（慑于那魅力，有点迷惘）我？

玉　春　嗯，一个大好人。

魏莲生　四奶奶……您是说笑话。

玉　春　（摇头）不，我从来不说笑话。

魏莲生　（局促不安）那您……

玉　春　我也得说：（模仿马大婶的口气）"这年月还有您这样儿的好人。"你真是"救母亲临地狱门"的活菩萨呀。

魏莲生　（放了心）那是我的老街坊，一个穷老婆子，真是穷得怪可怜。儿子又闯了祸，要是不帮她点儿忙，她就是不急死，也得饿死。

玉　春　（走下阶来，几乎是自言自语）真是可怜……

魏莲生　是吧，您也说是可怜吧？

玉　春　可是比她可怜的人还多得很呢，比方说街上的要饭的……

魏莲生　（不知如何回答）那……

玉　春　我知道，你要是在街上看见那些要饭的，你准会给他们钱，是不是？

魏莲生　是啊，穷人是应该周济的。

玉　春　该周济他们。可是你想到过没有？你给了他钱，让他吃饱了中饭，可是晚上怎么办？明天，后天，又怎么过？天下有千千万万没饭吃的人，你能碰见几个？你有多少钱周济他们？

魏莲生　这……我……

玉　春　我说，还有一种人比他们才更可怜得多呢。

魏莲生　您说是什么人？

407

玉　春　（摇手）不说了，不说了，魏老板，你不明白的。你是顶红的名角儿，还认识那么多阔人啊！

魏莲生　（涨红了脸）我没有说……

玉　春　你瞧。（顺手将桌上那叠请帖拿起来，一张张数着）我想这里头就有警察厅的陈厅长、第五区署的刘署长，这个局长那个处长的，再搭上我们的苏院长，还有我听都没听说过的大长小长们。（一下子把那些请帖又摔回桌上去）

魏莲生　（讷讷地）那是他们常来找我……

玉　春　是啊。魏老板，你是又有名又有钱，又算也有势吧。你的日子一定是过得挺高兴挺如意吧？

魏莲生　（略为不快，愣了一下）我没这么想过。

玉　春　那就不错了。"没这么想过"，那就是说，你过得满有意思。
　　　　〔魏莲生实在不明白，只有呆望着玉春。

玉　春　哎哟！忘了，"我们"院长还在等你呢，也许在状元楼等得发脾气了，你该去了。

魏莲生　……不要紧……

玉　春　"不要紧"就好，我还要跟你说话哪。

魏莲生　是不是……（犹豫）刚才院长说……

玉　春　院长跟你说什么来着？

魏莲生　说您想学戏……

玉　春　不错，我是要跟你学戏。
　　　　〔玉春向前一步，魏莲生后退。

玉　春　（笑得神秘莫测）可是我刚才已经学了两段了。一段真戏，是你跟那位大婶演的。一段假戏，是你跟镜子里头的自个儿演的。（做了一个姿势）你瞧，我学得像不？我要是常跟你在一块儿，还得学更多的戏哪。

魏莲生　（不知所措）……四奶奶？

玉　春　你横是有点儿发迷瞪吧？好像是说我们只不过见过两三面，一共也没说过六句话。可是这不要紧呀，这拦不住我关心你。我就觉着我们该是挺熟挺熟的朋友。虽说我是苏院长的四姨太太，你是苏院长顶喜欢顶爱捧的红戏子。

〔魏莲生低头不语。

玉　春　你有点儿生气，是不是？

魏莲生　（犹豫）不。

玉　春　好。那我问你啊，你……（说着又笑了，像是有点儿难说出口，又有点儿惨）

魏莲生　您只管问吧。

玉　春　那我就问了，我问你呀……你觉着过没有，觉着你自己个儿是个顶可怜顶可怜的人？

魏莲生　（茫然）……没有……没觉着……

玉　春　可是我怎么就觉着了呢？我就老觉着我是天下顶可怜的人。其实就不能算人。

魏莲生　我不信，您说到哪儿去了？

玉　春　我还老觉着要把你也算在里头，我们俩本来就差不了多少，可是照现在这么看呀，你还不如我呢。

魏莲生　那是啊，我怎么能比……

玉　春　（抢着说，手摇得像拨浪鼓儿一样）别说，别说，你不明白，我不要你马上跟我说。你得回家去好好想想。想了一宿，你要是明白了，那你明天再来找我。

魏莲生　明天？来找您？

玉　春　是明天哪。明天你不是来我们家吗？

魏莲生　（低声地）是。

玉　春　你上午来拜寿，晚上来唱戏，是不是？

魏莲生　（点头）是。

玉　春　你的戏大概得十二点上场，十一点上妆，你十点来，我会叫兰儿告诉你，我在哪儿等你。

魏莲生　嗯。

〔玉春对着魏莲生注视不移，那两道目光就像是两支火箭，射到魏莲生的心里去。

玉　春　（深情地）我，唉，我真不知道该怎么跟你说啊！

魏莲生　（有点儿窘，找出一句话来）您请坐。

玉　春　（笑起来）这时候才想起来请我坐啊！别跟我客气了。（停了一下）我说得太多了。（又停了一下）你真该走了。

魏莲生　……不要紧……

玉　春　我也该回去了。（可是站着没动）别忘了啊，夜里回去想想，我们是顶可怜的人，想想为什么是顶可怜？顶可怜的不就是自己不知道自己可怜的人吗？

魏莲生　（只有点头）是。

玉　春　（笑着）好吧。（向外面）兰儿，我们回去了。

〔兰儿进来。

玉　春　魏老板，我得罪您了，您可得多多包涵。今儿个给"我们"院长暖寿，我喝了几杯酒，（走到穿衣镜前照了照，摸摸自己的脸）有点儿醉了……

〔兰儿先走出去。

〔玉春也向外走，回头，飞过来一个伶俐的眼波。

〔魏莲生有点发迷，像在做梦，呆在屋子中间，不知怎么好……

〔幕下。

第二幕

〔幕启。第二天晚上，九点多钟。

〔所谓"牛犄角胡同苏院长公馆"里的一间"金屋"。金屋不宜大，所以这是一间很温暖、很清静的小屋子。金屋当然是用作藏娇的，苏院长却自己美其名曰"内书房"。

从左面数起，一个门——出这个门，可以走到隔壁的另一间屋里去，或者下楼到花园去——门上挂着大红的缎门帘，绣的是五彩的"麻姑献寿"。门旁是红木的八仙桌同太师椅。正面放一张福建漆嵌金花的琴桌。左面有一张楠木书架，连着摆一张雕镂甚精的书案，一张宝座似的椅子。四下散放三五只瓷鼓凳，颜色鲜明，闪闪发亮。

琴桌上面置两座盆景，一些文竹、天冬草、铁线草及长着青苔的小玲珑山石之类。

书桌上摆着文房四宝。

书架上满装着书，一函一函地堆得非常整齐，像是从来也不曾启过封的样子。

屋里还有字画来点缀那新绿色的墙壁，字小，看不清楚，画上半是美人。

正面墙上，一排长窗，用白纸裱糊的盘花的窗格子，窗子支开了两扇，让夜空气徐徐流入。窗外有枝影横斜，是海棠花开得正盛，一球一球地直想伸进屋来。

窗外是后花园。春暖花开的季节：群星在天，璀璨明灭，花香树色，织成春夜的奇景。

八仙桌上，一对龙凤蜡烛燃得正好，红红的火焰照得满屋子喜气洋洋的，桌上另有精美的茶具、纸烟盘、果盘子。

椅子上都铺着大红绣花椅披，瓷鼓凳上也都放着红缎垫子。

屋当中挂着的那盏纱灯，没有点亮。让那些红烛、红门帘、红椅披、红垫子在屋子里荡漾起一片红光。

玉春穿一身白软缎上绣着小红花朵的衣裤，白缎子的绣花鞋，头上戴着花，戴着亮晶晶的耳环子，脸上薄施脂粉。

她脸上浮一层淡淡的微笑，淡淡的忧郁，淡淡的梦也似的微醉。她坐在椅上，倚在桌沿，手里拿着一本书，眼睛却望着微微颤动的烛焰出神。红色的烛光正照在她红红的脸上。

兰儿也穿了新衣，戴了花，似乎也平添几分喜气，背对着她的主人也坐在一张凳子上，低了头想心事。

静静地过了半晌。

玉　春　（轻轻叫）兰儿。

〔兰儿没听见。

玉　春　（回过头来，放大点声音）兰儿。

〔兰儿一惊，这回是听见了，然而故意装听不见。

玉　春　（把书放下，站起来）兰儿！

兰　儿　（徐徐转过脸来）干吗呀？

玉　春　（带笑带骂）你这个死鬼，装听不见。过来！

兰　儿　有事您说吧，我听得见。

玉　春　（扬起眉毛）你过来不？（举一举拳头）我捶你！

兰　儿　（懒洋洋地走过来）过来了，有什么事？

玉　春　（上下打量兰儿半天）你这个坏东西，一个人出神，你在那儿想什么？

兰　儿　我们做奴才的，只知道安分守己，不敢想什么。

玉　春　恨死你！

兰　儿　鬼也不相信，您四奶奶会恨我们一个丫头。

玉　春　（抓住兰儿的手）兰儿，我不恨你。我还有事情要求你呢。

兰　儿　兰儿是供四奶奶使唤的，哪儿说得上"求"字？

玉　春　（向门外努一努嘴）你去一趟。

兰　儿　什么？

玉　春　我叫你去一趟。

兰　儿　到哪儿去？

玉　春　前头，唱戏的地方。

兰　儿　去干什么？

玉　春　（瞪了兰儿好半天）你装傻。

兰　儿　哎哟！这真冤枉死人了。叫我们去，又不说上哪儿去。说了上哪儿去，又不说是干什么去。还说我们装傻。（要走）我要找个人评评这个理去。

玉　春　（抓紧兰儿）你敢走！

兰　儿　嗨，我是得走。没那么不讲理的。

玉　春　（央求）哎呀，别闹了，我求求你。

兰　儿　我还当四奶奶要捶我呢。

玉　春　你听我说……

〔兰儿不理。

玉　春　（真恼了）好！（放开手，坐下）

兰　儿　（笑起来）四奶奶。

玉　春　（挥手）你那边儿去，别理我！

兰　儿　我闹着玩儿的，你就真急了。

玉　春　谁跟你闹着玩儿！

兰　儿　叫我到前边儿去干吗？您说吧。我马上去。

玉　春　你忘了我给你帮过多少忙了。赶明儿小六儿来了，我不许你见他。

兰　儿　（收住笑容，噘起嘴来）哟哟哟，又说这些个，我不来了。

玉　春　一个人总要有点儿良心才好。

兰　儿　你，你再说什么我也不去了。

玉　春　好了，好了，谁都不闹了。你还是给我去一趟吧。

兰　儿　（顺风转舵）那你就得告诉我，去干什么。

玉　春　去呀……去到寿堂里看看魏老板……

兰　儿　就是这么回事嘛。有什么了不起的，早说出来好不好？省得那么些麻烦。

玉　春　这坏透了的……你到前头去，看看……

兰　儿　（笑嘻嘻地）看看要是魏老板已经来了，就叫他到这儿来，说四奶奶叫他"教戏"。

玉　春　（也笑了）要是还没来……

兰　儿　要是还没来，就等着，等他来。

玉　春　没有比你再坏的，快去吧。

兰　儿　叫我做事还骂我坏，说不去还是不去！

玉　春　（皱眉）闹够了，闹够了，去吧。（捋上右手臂的袖子，露出一只金镯子来）赶明儿我把这个金镯子送你。

兰　儿　不稀罕！（转身跑出门去）

〔玉春举手想打兰儿一下，没有打着。

〔一阵脚步声，兰儿跑下楼梯。

〔楼梯下有人说话。

〔苏弘基在楼下的声音："跑什么？兰儿！"

〔兰儿在楼下的声音："到前头听戏去。"

〔苏弘基的声音愈来愈近："听戏也用不着跑啊！傻丫头。"

〔兰儿没有搭腔，像是走了。

〔苏弘基闲散地走进来。

苏弘基　（手指着）玉春，我就知道你会享福，一个人躲在这儿。

〔玉春仍旧坐下，呆望着桌上的烛焰，没理会。

苏弘基　（走过来，用手抬起玉春的下巴）你怎么了？

玉　春　酒喝多了，我头晕。

苏弘基　（像哄孩子似的）好逞能么。不要紧，不要紧，一会儿就好。你看这对龙凤蜡烛点得多好，显得屋子里这么喜气洋洋的，这才是双喜临门哪……

〔玉春站起来，走到窗前去了。

苏弘基 （略略一震，脸上激起一股怒气，不悦地）玉春。

玉　春 啊？

苏弘基 你生病了？

玉　春 没有。

苏弘基 没病你就该高高兴兴的，今天是我过生日，是我的好日子，也是你的好日子。

玉　春 我知道，我没不高兴。

苏弘基 噢，那就是了。你知道前头多少客人，我够多忙，特为跑到这儿来看看你，还不是为了你酒喝得太多了，怕你不舒服。

玉　春 （俯一俯身子请个安）谢谢您。

苏弘基 （大笑）这倒用不着跟我客气，我的好孩子……（走上前来）

玉　春 （退向门口）我去倒杯茶给您喝。

苏弘基 用不着，我不渴。（一把将玉春抓住）

〔玉春欲躲不成，只好站着。

苏弘基 玉春，我告诉你，我约了徐辅成徐大人到这儿来谈一件事。

玉　春 （无所谓）嗯。

苏弘基 谈一笔生意。

玉　春 （又要走）那我出去。

苏弘基 就是不要你出去。你得留在这儿，好好儿地给我招待招待他……

玉　春 我怎么招待他？

苏弘基 我得说服了他，我得下点儿功夫。徐辅成这个人……（见玉春毫不感兴趣的样子）听见吧？这儿用得着你，你不许走。

〔有人上楼梯的声音。

苏弘基 他来了。（放了手）

〔王新贵掀帘子，伸进头来。

王新贵 徐大人到。

〔苏弘基点点头走出去。

414 〔王新贵将门帘高高掀起。

苏弘基	（在门外）这是我的内书房，请，请。
徐辅成	（在门外）是，是。

〔徐辅成同苏弘基先后进来。

〔王新贵恭敬地放下门帘走了。

〔徐辅成同玉春互相打招呼。

徐辅成	四夫人没有听戏？
苏弘基	玉春喝多了酒，在这儿休息。
徐辅成	四夫人真是海量，昨天喝那么多酒，今天喝的比昨天更多。
玉　春	（冷冰冰地）我不能喝。喝得也不算多。
徐辅成	（无话可说）……能喝，能喝。
苏弘基	辅成兄，请坐，请坐，坐着谈谈。

〔苏弘基同徐辅成都在就近的椅凳上坐下。

苏弘基	口干得很。玉春，叫兰儿去沏一壶普洱茶来。
玉　春	兰儿……
苏弘基	噢，我糊涂，兰儿听戏去了，那就另外叫个人来。
玉　春	后头屋里有开水，我去。(拿了桌上的茶壶，走出门)
苏弘基	（目送玉春）辅成兄，你觉得这孩子怎么样？
徐辅成	苏大人确是艳福不浅。
苏弘基	老兄亦有意纳个宠如何？我来做媒。
徐辅成	（摇手不迭）不行，不行。担当不起。我没这个福气。
苏弘基	必是嫂夫人的家规太紧喽。（发出一串不必要的笑声来）
徐辅成	（笑）这倒不一定。
苏弘基	既是嫂夫人不干涉，那你等着，等我来给你张罗。
徐辅成	（笑）不敢，不敢……
苏弘基	嫂夫人确是贤惠可敬。现在正在前面听戏是不是？
徐辅成	是的，她看看热闹罢了。她也是看不大懂的。我们平常是很少看戏的。
苏弘基	（摇头）做官的像老兄这么规矩，现在怕是凤毛麟角，可遇难求的了。（像是钦佩，又是讥讽）哈哈哈……
徐辅成	（很诚实的样子）小弟是初入宦途，阅历太浅，仰仗指点的地方很多。

415

苏弘基	哪儿的话，不客气。我们要知道这一点：就是互相帮忙，互相照应，心灵手快，那就自然无往不利了。
徐辅成	（欠身）承教，承教。

〔玉春拿着茶壶掀帘子进来。

〔徐辅成上下打量着玉春。

〔玉春就八仙桌上倒了两杯茶，送给徐辅成同苏弘基。苏弘基对她笑笑。

徐辅成	（拱手）得罪，得罪。
苏弘基	这是内府贡品顶好的普洱茶，辅成兄尝尝，的确能够消食解酒，止渴生津。
徐辅成	（呷一口）真好，真好。
苏弘基	（也喝茶）我们现在谈谈那件事怎么样？
玉　春	我出去。
苏弘基	（抓住玉春的手）不必，不必，你待在这儿好。
玉　春	不，我到花园里走走。
苏弘基	（无可奈何）好，酒喝多了，花园里走走也好。或者到前头听戏去，不要一个人待着发闷。兰儿怎么也不陪陪你？这孩子！
玉　春	我不要人陪，我叫她去的。
苏弘基	（亲昵地）你等一会儿可以去听莲生的《思凡》。你不是还要跟他学戏吗？
玉　春	（点点头）嗯。（对徐辅成）徐大人坐坐。
徐辅成	（欠身）不客气，请便。

〔玉春出。

苏弘基	（把座椅向前拉一拉）怎么样？我们把那办法实实在在地商量定规好吗？
徐辅成	我没有什么意见，我没有经验，听听苏大人的吧。
苏弘基	好的，你听我说，这门生意包你百发百中。（用手在桌上画着）烟土是最发财的生意，只要运到这儿，稳是五倍的利息。从前最难的就是转运，你想想，几千里的路程，得过几十道关卡，盘问，刁难，敲竹杠，真是费尽了唇舌，卖尽了面子。

徐辅成	（摇头）想不到这么难。

苏弘基	（得意之至）就是这样儿，还是赚钱呀。
徐辅成	总是不免危险吧？
苏弘基	咳！说明白了还不是那么回事：这些人哪一个不是……（用手做抓钱的样子）酌量给点好处，大家都分点儿肥；又看在是我们院里的货，还不就算了。
徐辅成	（点头）唔，唔。
苏弘基	（话锋一转）所以现在好极了，老兄的盐运使衙门不是每月有来往的车子吗？以后我们就用这车子运货，又不用检查，又不用担心费事，照我算准能利市十倍。这样有一两年工夫，不用说我们这一辈子不用发愁，子子孙孙也都吃着不尽。
徐辅成	唔，唔……
苏弘基	（见徐辅成不太热心）这算盘打得像铁一样结实，用不着有一点儿犹豫。
徐辅成	……我没有犹豫，只是觉得……（说不出口）
苏弘基	你觉得这是犯法的，是不是？
徐辅成	（笑着点点头）是。
苏弘基	假如你是这么想的话，我应当比你想得更多才对。可是我是这么觉着，我们兼营点生意，对国计民生没有什么害处，而且我们是为子孙打算，从古以来，没有说为子孙打算是错的。至于说"犯法"，（冷笑一声，理直气壮地）我这法院院长是管什么的！
	〔徐辅成顾左右而言他，情绪不高。
苏弘基	你好像还有什么顾忌？（想了一想，感慨万端）咳！辅成兄！你现在年纪还轻，家累也轻，等到有一天像我这样场面拉开了，这一大家子人，你就懂得，钱，真是了不起的东西，不能不多弄点儿钱了。纵使不为子孙打算，自己也要预备着防老呀！
	〔徐辅成不语。
苏弘基	而你以后的场面一定要扩大，这个盐运使的架子总要摆出来的，不然岂不被旁人耻笑。所以我刚才主张你纳一房宠，也就是这个意思，哪有说做官在外，没有个三妻四妾的？（大笑）
徐辅成	（点点头）说得也是。
苏弘基	自然了，你是行色匆匆，一时张罗不及，以后我们缓缓图之。至

417

于这笔生意，所谓千载一时之良机，惠而不费，我们决不可放掉。

徐辅成　苏大人，我是这么想，要用我的盐运使衙门的车子，我担的风险是不轻的。若有个风吹草动，我可经受不起呀！

苏弘基　（拍胸脯）哎呀！我言之再三，以身家性命担保！你真是看不起我这个法院院长了！

徐辅成　不敢，不敢。我是说：我们谈了许久，还没有谈到分账方面……

苏弘基　（哈哈大笑）原来为此。辅成兄，你我相交不深，你还不知我的为人。和我合过伙的人对我是无不满意而去啊！

徐辅成　苏大人，我是说关于分账的问题是应当先谈清楚得好，这笔生意我担的风险太大。俗话说，先小人后君子……

苏弘基　当然要谈，当然要谈，而且包君满意。我这里有案可查，等我查查底子……（拉开抽屉，忽又回头）辅成兄，我不怪你，"千里求官只为财"，我们这一官半职也是得来不易啊……（从抽屉里取出一大本账簿，一个红木算盘，翻看簿子，手在算盘上打得一片响）

〔帘子一掀，王新贵先伸头窥看，然后恭恭敬敬地走进来。

苏弘基　（一惊，住手）你来干什么？

王新贵　陆总长到了，来给大人拜寿。

苏弘基　（惊喜莫名）现在在哪儿？

王新贵　（报功）是小的请总长到小客厅里去了。

苏弘基　（点头）好。辅成兄，我们去陪陆总长去，等一等再详谈。

徐辅成　好在我还有两三天才动身，慢慢儿谈吧。

苏弘基　那么今天夜里我来仔细划算一下，明天再做定规。

〔苏弘基、徐辅成欲出。玉春进来。

苏弘基　玉春来得好，跟我们到前头听戏去。

玉　春　不，我还是头晕，稍微清醒一下儿就来。

苏弘基　好吧，到前头来的时候，来找我，我给你介绍认识认识陆总长。（对徐辅成）辅成兄请。

〔徐辅成、苏弘基一同出去，王新贵跟在后面也走出去。

〔玉春轻喟一声，取了挂在桌子横木上的烛剪，把灯花剪掉，屋里像是亮了些。

〔王新贵忽然又探头探脑走进来。

玉　春　（觉得有人进来，一惊，急回身）谁？噢，王管事。

王新贵　（请个安）四奶奶。

玉　春　王管事有什么事吗？

王新贵　没事。（献殷勤）听说四奶奶有点儿欠安？

玉　春　没有，刚才酒喝多了点儿，有点儿头晕，一会儿就好的。

王新贵　要吃点儿什么醒酒的东西不？

玉　春　（坐下）不要。难为你。

王新贵　（又请个安）小的是新来乍到，公馆里地方又大人又多，要是有
　　　　照顾不到做错了的时候，要请四奶奶多多包涵，常在大人面前说
　　　　几句好话。

玉　春　（明白了来意，敷衍王新贵）没有什么，公馆里也没什么麻烦事
　　　　情，只要你好好做就是了。

王新贵　魏老板的跟包的李蓉生就跟我说过，说四奶奶顶是宽宏大量的。
　　　　真是不错。我往后总是巴结着做事就是了，也不枉了魏老板荐我
　　　　来这儿的一番好意。

玉　春　你是魏老板荐来的？

王新贵　我跟他是从小儿的老相好。

玉　春　唔。

王新贵　（渐渐放肆）莲生比我小个十岁的样子，我们是老世交，他爸爸
　　　　跟我爸爸就相好，我们一小儿就在一块儿玩儿。那时候他多小
　　　　啊！还光着屁股，穿着屁股帘儿呢。

　　　　〔玉春原来满腔心事的忧郁的脸庞亦不禁破颜一笑。这一笑不要
　　　　紧，更提起了王新贵的劲头儿。

王新贵　莲生当初学戏还是我的意思呢，他老爷子起头儿还满不高兴。可
　　　　是您瞧，"人不可貌相，海水不可斗量"，当年的那个毛头小小子
　　　　儿，如今晚儿可有多红！

玉　春　（本懒得和王新贵多话，可又禁不住要问）噢，他们家原来不是
　　　　唱戏的。

王新贵　不是，他爸爸是个铁匠。因为我们住街坊，莲生小时候又长得好
　　　　玩儿，我们老在一块儿。

玉　春　现在他家里还有什么人？

王新贵　惨哪。父母都去世了，还有一个哥哥，去年冬天也病死了。

玉　春　（同情地）啊……

王新贵　您就说吧，人真是不能十全。尽管莲生怎么走红运，可是他命生得太硬，克父克母还不算，把个哥哥也克死了。在台上这么红，在台下可是个苦孩子。

　　　　〔玉春抬起手来看看表。

王新贵　我们做朋友的都想着给他说个媒，也免得老这么孤苦伶仃的。

玉　春　现在十点钟了，你前头没事吗？

王新贵　没事，没事，八十几桌酒席都开完了，客人都正在听戏呢。

玉　春　（暗示王新贵走）你也累了啊，王管事。

王新贵　这不算什么，四奶奶。

　　　　〔玉春烦起来，走到窗前向花园里看。

王新贵　（滔滔不绝）真可笑，真可笑。前头厅里只容得下五六百人，可是听戏的足足有一千多，起码有一半儿是外头街上的人溜进来的。也有不认识的人穿上马褂儿，拿个红封套儿装点儿钱，冒充拜寿，其实就是骗两顿饭吃，听一宿戏。

　　　　〔玉春没理王新贵。

王新贵　真是挤得个风雨不透，听戏的都上了台了。

　　　　〔玉春动都没动。

王新贵　听说您要跟莲生学戏？

　　　　〔玉春回过身来，只向王新贵瞧了一眼，走向书桌前大椅子背向坐下。

王新贵　（尚不知趣）闲着没事，唱唱戏倒是不错。这年头儿，谁不爱唱两口儿……（才看出风色不对）您歇着吧。

玉　春　（回过身来）你还是去前头照应照应，怕总会有点儿事的。

王新贵　（又请个安）是。往后您有事尽管吩咐就是了。

玉　春　是的，往后要是没事你不要到这儿来。

王新贵　（肃立）是，四奶奶。（怃然，转身要走）

　　　　〔忽然一阵快活的脚步声跑上楼来。

420　　兰　儿　（在楼梯上就喊）四奶奶，来客喽！

〔兰儿跑进屋子，像一阵风。

兰　儿　（看见屋里还有人，愣住了）……

王新贵　兰姑娘听戏来？

〔兰儿望着玉春，不知所措。

王新贵　（看出其中蹊跷）我到前头去了。（向外走，一掀帘子，露出说不出的表情）老三！（把帘子大掀开）

〔魏莲生正站在门口，进也不是，不进也不是。

玉　春　（站起来）魏老板来了，请进来坐。

王新贵　噢，莲生来教戏的。（就走了出去）

〔魏莲生进来。

兰　儿　（如释重负，伸了伸舌头）四奶奶，我还要听戏去。

玉　春　（拉住兰儿的手，送她向外走）听一会儿就回来。

兰　儿　（笑）不。（挣脱了玉春的手，跑出去）

〔魏莲生又开始发窘，站着不动。

玉　春　（对魏莲生一笑）坐下吧。

〔魏莲生一声不响，矜持地在八仙桌旁的瓷凳上坐好。玉春也在对面坐下。

〔静静地让红烛的光在屋里跳跃。

玉　春　说话呀。

魏莲生　（四面张望，嗫嚅半天）这个小楼真好。

玉　春　怎么好？

魏莲生　……前头的锣鼓家伙声音，到这儿一点儿都听不见了。

玉　春　你是说这儿清静？

魏莲生　（点点头）是。

玉　春　你知道这儿为什么清静？

魏莲生　（摇摇头）不知道。

玉　春　（指窗外）就是那边儿的那堵假山石把声音全挡住了。

魏莲生　对了，一走过那堵假山石，前头的锣鼓声音就听不见了。（再也找不出话来说，就住了口）

〔玉春望着魏莲生，目不转睛。

魏莲生　（被看得不安起来）……那假山石真做得好。

玉　春　　好又怎么样呢?

　　　　　　〔魏莲生说不出来,又愣住了。玉春笑起来。

魏莲生　　……四奶奶笑我?

玉　春　　不是啊。我想我们俩这多没意思,好像我找你来就为着说说这块
　　　　　假山石似的……

　　　　　　〔魏莲生也笑了。

玉　春　　你也觉着可笑是不是?嘿!让我问你,兰儿怎么带你来的?

魏莲生　　我在寿堂里刚行完了礼,就看见兰姑娘站在窗户外头。

玉　春　　她怎么跟你说?

魏莲生　　她冲后面儿一努嘴,就走,我就跟着走,就到这儿来了。

玉　春　　我是问你,她跟你说什么来着?

魏莲生　　她什么也没说。

玉　春　　那你真聪明。

　　　　　　〔魏莲生闹了个彻耳根子通红。

玉　春　　(顽皮地)哟!你脸红了。

　　　　　　〔魏莲生实在坐不住,站了起来。

玉　春　　怎么?生气了?哎,别价,别价。别跟我计较吧。我又是喝多了
　　　　　酒了。昨天的酒还没清醒,今儿个又喝了不少。我说的话你只听
　　　　　一半儿就够了,那一半儿你就……(举起手来向窗外一悠)哟!
　　　　　(向窗外看去)你看那颗大星星!

　　　　　　〔玉春一把抓住魏莲生的手,魏莲生不由得一惊。

玉　春　　你,你跟我来看那颗大星星。(拉着魏莲生,走到窗前站住)你
　　　　　说这海棠花儿讨厌不讨厌?它都想开到屋里来了。

魏莲生　　我说不讨厌。

玉　春　　那你就给我摘一枝下来。

　　　　　　〔魏莲生探身出去摘下一枝开了的海棠花。

玉　春　　给我。(把那花拿过来别在自己头上)咱们还是讲那颗星星好
　　　　　不好?

魏莲生　　好。

玉　春　　(手指着)你看见了没有?那颗顶大的。

魏莲生　　看见了。

玉 春	它就快落下去了。
魏莲生	你怎么知道的？
玉 春	你别打岔，听我说呀。天上有这么两颗大星星，天还没黑，这一颗星就上了天。它在天上轻轻儿地走，由天这边儿走到天那边儿，走到西边儿就下了山。它刚一下山那颗星就从那边儿出来了。一个由东边儿出来，一个打西边儿下去；两颗星挂在一个天上。可是一千年过去了，一万年过去了，自从盘古开天地，它们俩从来也没见过面。
魏莲生	这是为什么呢？
玉 春	谁知道它们为什么。我说也许是它们俩在赌气，因为它们俩实在是应该见面的。可是老是那个走了，这个才来，这个刚来，那个又走了。
	〔魏莲生听得出神。
玉 春	（望着魏莲生）你想什么？
魏莲生	……我想它们是命苦。老天爷给安排好了的。
玉 春	什么叫命苦！什么老天爷！我就不这么想。
魏莲生	（略感惝惑）那你说呢。
玉 春	我就老想着，有一天它们真见着了，那多好，那它们该怎么样呢？（见魏莲生不响，推推他）问你呀。
魏莲生	（胆子大起来，靠近玉春些）那它们准就再也不愿意分开了。
玉 春	可也不一定。我又想，在一块儿有在一块儿的好处，分开也有分开的好处。你说对不对？
魏莲生	（老老实实地抓住玉春一只手）我说还是在一块儿好。
	〔玉春忽然把手一缩，退回八仙桌旁坐下来，笑得咯儿咯儿的。
魏莲生	（大惑不解）您笑？
玉 春	（笑渐止，变得庄重起来）魏老板，坐下，我问你。
魏莲生	（坐下，肃然）什么，四奶奶？
玉 春	你今天是来干什么的？
魏莲生	（嗳嚅）……给院长拜寿来的。
玉 春	我问你到这儿来，到这间屋子里来干什么的？
魏莲生	（有点着慌）是，是兰姑娘引我来的……

423

玉　春　（微笑）你弄错了，我问你是为什么来的？

魏莲生　（想了想，想了起来）是您问了我的话，教我回家想明白了，今儿晚上来告诉您。

玉　春　那么你想了没有呢？

魏莲生　我昨儿一宿也没睡，就想了一宿。

玉　春　想明白了没有？

魏莲生　（颓丧）没有。

玉　春　怎么没有呢？

魏莲生　（很为难地）是因为我不知道是怎么样想的……

玉　春　那你是压根儿就没想啊。

魏莲生　不，我也是不知道怎么说好。

玉　春　那等我来问你，你先告诉我，你家原先就是梨园行的？

魏莲生　不是，由我起才唱戏。

玉　春　那你的爸爸是干什么的？

魏莲生　（再也想不到）我父亲？

玉　春　（点头）你们老爷子。

魏莲生　已经过世了。

玉　春　我知道，我问他是什么出身？

魏莲生　（说不出来）他是……

玉　春　是干什么的？

魏莲生　是……

玉　春　说呀。

魏莲生　（逼急了，撒谎）他，他不干什么。

玉　春　不做事？

魏莲生　是，他住在家里。

玉　春　是个读书人？

魏莲生　（于心有愧）是。

玉　春　不做事，住在家里，想必是很有点儿钱了？

魏莲生　（声极微弱）也没什么……

玉　春　那我可太苦了，我才真是地地道道的苦孩子。以前的那段儿让我将来再跟你说，以后的这段儿你应该知道。

魏莲生　（为难地）不，不，我不知道。

玉　春　你别装傻，这没什么不好意思的。我十四岁就叫我那可怜的爸爸给卖了，我就是人家说的"青楼出身"，我是个妓女。

魏莲生　（目瞪口呆）你！四奶奶……

玉　春　吓着你了吧？你想不到我就这么痛快地说出来吧？是啊，谁要是有这么一段儿可羞的事情，谁都不会说的。可是你再想想，这有什么可羞呢？这是为了穷啊！为什么我们这么穷呢？

魏莲生　（茫然）为什么？

玉　春　为什么也有不穷的呢？

魏莲生　（自语）为什么？

玉　春　你想不到我过的那段悲惨日子。不光是我呀，还有的是数也数不清的受苦的人呀。（忽然转出笑容）可是什么叫苦？你知道什么是苦吗？你知道苦里也有乐、乐里还有苦吗？

　　〔魏莲生低下了头。

玉　春　去年冬天，苏院长给我赎了身，娶我当他的第四个姨奶奶。大家伙儿都说："玉春，真好福气呀！你要转运喽。你不再过苦日子喽！"（用手一抬魏莲生的下巴）抬起头来，看着我！

魏莲生　（哭笑不得）是……

玉　春　可是这不算福气，也不是转运。像一只小鸟儿出了那个笼子，又进了这个笼子。吃好的，穿好的，顶多不过还是当人家的玩意儿。（脸上罩上一层阴惨）半夜三更，我神魂不定，老像有人叫着我的名字，说："玉春呀，你有罪呀！你凭什么离开你这么多受苦的朋友，你凭什么一个人去享福呀！"

　　〔红烛上结了大灯花，光暗下来，玉春又取了烛剪，把灯花剪去。

玉　春　（愤愤地）天知道我多咱享福来着。天知道我穿的好衣裳、我住的好房子，客人的逢迎，老爷的宠爱，听差、丫环、老妈子的巴结，能给我多少快活！（停顿）莲生啊，我告诉你：人，都还在受苦呀，我们怎么能离开我们受苦的朋友。

魏莲生　（含糊地）离开？

玉　春　我想，你一定没有把自己打在受苦的人里头吧？你帮人家的忙，救人家的难，你高兴，你笑，可是你帮人家的忙，救人家的难，是不是你自个儿的力量？要是人家的力量的话，人家可又是为的什么？你还高兴，是什么值得你高兴？你笑，是从心里发出来的笑吗？再说你活着，你想到过你是怎么活着的吗？你知道那些大官儿、阔佬儿们是拿你当消愁解闷儿的玩意儿耍着玩儿的吗？你想到过你是个男人吗？一个男子汉，（伸出大拇指）大丈夫……

〔魏莲生痛苦地扭转身去。

玉　春　从昨天晚上我们见了面到现在，莲生，你一点儿长进也没有啊！你爸爸是个铁匠，可是你为什么瞒着不告诉我？你觉着你的铁匠爸爸会失了你的身份吗？你觉着读书人就比铁匠、木匠、皮匠、花儿匠、泥瓦匠要高几等吗？你觉着自己……

魏莲生　不说了，不说了，不……

玉　春　不。我知道你现在心里不好受了，可是你不能拦着我，你得……

魏莲生　随您说，我都听着。

玉　春　刚才你打大街上来，是不是？

魏莲生　是。

玉　春　走过大街，走过闹市，你看见有多少数也数不清的来来往往的行人。

魏莲生　天天都是这样儿的。

玉　春　是啊。连你，连我，都在其内。这些人各走各的路，有的挺高兴，有的不快活。有的走得快，像是急着办事。有的慢慢儿溜达。有的眼睛望天儿，有的低头想心事。一个人有一个人的神气，正像胖子、瘦子、大个儿、小个儿，一个跟一个都不同似的。

魏莲生　对了，一个人有一个人的长相儿。

玉　春　可是这些人有一样可又都相同。

魏莲生　相同？

玉　春　（干脆一句）都没脑筋！（想一想）也许该这么说，脑筋是有，可是从来不用。（慨叹）该用的东西老不用，日子多了，就发霉、长锈、僵住了、死了。可惜呀，让一世光阴就白白地过去了。

426　　魏莲生　您是说我？

玉　春　（摇手）我还没说完哪。这些人里有的是生性聪明、心地好、性情厚道的。可是常言说得好哇："道高一尺，魔高一丈。"世上的珍珠宝石虽说不少，可是常常让泥沙给埋住了，永远出不了头。你可说呢，它要是再能发光放亮，可有多好啊。

魏莲生　那让它怎么办呢？

玉　春　就这么说吧，比方这儿有一根针，扎你一针，一针见血。让你转一下儿念头，想一想从来没有想过的事情。成人，成鬼，变佛，变妖，就在你这"一念之转"。

魏莲生　（略有所悟）这念头转过之后就怎么样？

玉　春　到那个时候，你才真是一个"人"了。到那时候你才知道什么是快活，什么是苦恼，你才知道人该是什么样儿，什么样儿就不是人。你才知道人该怎么活着。你懂了吗？

魏莲生　懂了一点儿。

玉　春　非懂明白了不可。不然的话，迷迷糊糊过一辈子，那么人跟猫、跟狗、跟畜生，有什么两样呢？（停住不再说下去）

魏莲生　（低了头，有点忧愁，有点悔恨）……我这二十几年的日子，也许全是白过了……

玉　春　（点头）你说对了。白过了，我们的日子都白过了，没意思极了……

魏莲生　（沉默了一阵，叹了一口气）……

玉　春　（缓和空气）咳，我真不好，我胡说了些什么呀？我这哪儿算待客呀！（在桌上倒杯茶递给魏莲生）让我伺候伺候你。
　　　　〔魏莲生接过茶杯捧在手里，呷一口。

玉　春　你抽烟不？

魏莲生　不。

玉　春　（点头）好，不抽烟的都是好孩子。
　　　　〔魏莲生忍不住笑了起来。

玉　春　你笑什么？（也笑了）
　　　　〔屋里安静而温暖，两个人不动，都不愿冲破这安静。
　　　　〔过了一会儿。

玉　春　莲生，尽管天上那两颗大星星永远见不着面，我可是要找一个朋友，（伸一个指头）不过有这么一桩……

魏莲生　有一桩什么？

玉　春　（抱着膝盖，眼睛向窗外看）就是啊，这个人得是个"贫苦之人"，得是个不得意的。凡是得意的人，我都高攀不上。

魏莲生　（冲动）四奶奶……

玉　春　不，叫我玉春吧。

魏莲生　（惊喜）玉春！

玉　春　你说，我苦不苦？这么些年，我待的是我不愿意待的地方，做的是我不愿意做的事，说的是我不愿意说的话，看见的是我不愿意看见的人……

魏莲生　（痴痴地）那我呢？

玉　春　你……这些话我就跟你一个人说。就是可惜你不是个苦人，你太得意了。

魏莲生　（情急）玉春，不要骂我了，不要骂我了。我也不快活呀！玉春，你得告诉我……我怎么办呢？我该怎么做呢？

玉　春　（像是自言自语）这儿不是我们待的地方，你带我走吧。

魏莲生　（惊）走？

玉　春　（摇摇头）咳！我也许是太性急了一点儿？总得让人家多想想才好。（向魏莲生望着，泄露出无限深情）

魏莲生　（忽然站了起来）玉春！（又愣住了）

　　　　〔玉春坐定不动，望着魏莲生。

　　　　〔静片刻。

玉　春　（微笑）你在等什么呀？

　　　　〔魏莲生一股狠劲，上前攥紧玉春的手。

玉　春　你要干什么？

魏莲生　（愣愣地说不出话来）我……

玉　春　咱们再看看那两颗星星去。

　　　　〔魏莲生扶玉春起来，两人并肩走到窗前，倚在窗前不做声。

　　　　〔门帘子忽然轻轻掀开一点，王新贵偷偷探进头来张望，又缩回头去，门帘又放严了。

428　玉　春　（急回身，向房门注视）谁？

魏莲生　（也一惊）什么？

玉　春　好像有人。

　　　　〔没有动静。

魏莲生　没什么。

玉　春　好像帘子动了一下儿似的。

魏莲生　是风吹的。

玉　春　（轻轻地）明天早晨十点钟在你家等我，我找你去。

魏莲生　（意料不到）到我家？

玉　春　我要学戏呀。往后我见天儿早上十点钟到你家学戏去。

魏莲生　你不认识我住的地方。

玉　春　认识，我早就认识。

魏莲生　十点钟，你出得来吗？

玉　春　你不知道，他们总是半夜才睡，十点钟没人起来，我出门正是时候。这家子人是拿黑夜当白天，白天当黑夜的。

魏莲生　（感动）玉春，我不知道该怎么谢你……

玉　春　（粲然）怎么你倒谢我呢？明天再说，该走了，上前头去吧，过一会儿你该上妆。这出"尼姑思凡"你得好好儿唱。

魏莲生　我准唱不好，我哪儿还有心思唱戏。

玉　春　可是你非好好儿唱不可，我要去听。

魏莲生　这就是我们唱戏的苦处，到了时候儿就得唱，不唱也得唱。

玉　春　（愉快地）我现在才知道，唱《思凡》的那个小尼姑，原来还是个男人。

魏莲生　（有点不想动）走了。

玉　春　你先走吧。（又叫住魏莲生）慢点儿。（把头上的那小枝海棠花取下来塞在魏莲生手里）待会儿把这枝海棠花儿戴在那小尼姑头上。

　　　　〔烛焰摇红，星光，花影。

　　　　〔幕下。

第三幕

〔幕启。

〔魏莲生的居停之处。

　　不是家，魏莲生没有家，因为他"在戏台上尽管红，在台下可是个苦孩子"。他孤苦伶仃，孑然一身，举目无亲。

　　所以这一间虽然是属于当今一代红伶的住室，悬挂摆设堪称精致的房间，却不免一种单身汉冷清清的气息。

　　这是卧室外间的一个厅堂，白粉印花纸糊的墙壁，非常明亮轩敞。左面墙一个门是通卧室的，挂着绿呢子的门帘，门上端悬一块横披，一笔挺拔瘦削的曹全碑的隶书，题了"素室"二字。门右手靠墙摆了一张有斜靠背的红木藤心的长榻，正面墙上挂了一张小中堂，用那种柔媚在骨、清新流走的赵字体写的一首龚定庵的七绝："不是逢人苦誉君，亦狂亦侠亦温文；照人胆似秦时月，送我情如岭上云。"上款题着"书赠莲生词友"，下款无非是什么镂金琢玉楼主阁主之类。

　　墙犄角的花架子上放一盆素心兰，绿叶纷披，花开了几剪，翘着头，有凌云傲世之态。

　　正面墙一排窗户，下层糊着白纸，上层糊的是绿色的冷布，纸卷窗卷起了一半。窗下摆了四张椅子、两张茶几。

　　右手两扇格子门，关着，外面是院子。

　　右面墙壁，挂了两个金边的大镜框子，是魏莲生的戏装相。靠墙放一张长琴桌，上面放了两个帽筒、大花瓶、自鸣钟。右手的帽筒上插了一根鸡毛掸子。花瓶里插着一对雉尾翎子。

　　四下里零星放了几张圆凳子。

　　几件戏衣同一根马鞭子，散堆在那张长榻上。

　　右手屋角放一个鼓架，架着一面单皮鼓，上面还放着鼓签子同一副板子。一个胡琴靠着鼓架子斜立在地上。

　　茶几前面地上有一双粉红绣花的薄底快靴，一只立着，一只倒着，像是随便脱下来，没有摆好。

因此屋里显着零乱。

　　早晨八九点钟，外面是晴朗的好天气，窗上洒上了太阳光。细看觉得太阳光在跳动，春天原是跳动着的。

　　李蓉生从外面来，把门推开，伸进了一条腿，见屋里没有人，不免愣了一愣，随后便走进来，回身把门掩上。

　　李蓉生提了一个鸟笼子，举起来冲着里面的小动物用嘴"唧唧"了两声，又端详了半天，把它放在茶几上。

李蓉生　　（向着里面门喊）莲生。

　　〔没人答应。

李蓉生　　（自语）没起？（向里面门走）莲生，还不起来呀？老阳儿都上了窗户喽。

　　〔李蓉生刚想掀门帘，门帘自己掀开了，魏莲生走出来，有点心神不定的样子。

李蓉生　　你起来了，我还当你没起呢。

魏莲生　　二哥早。二哥打哪儿来？

李蓉生　　（坐下）清早儿起来，到护城河边儿上遛鸟儿，又在第一茶楼喝了会子茶，就慢慢儿溜达到这儿来了。

魏莲生　　噢。（也坐下）

李蓉生　　昨儿晚上睡得好吗？

魏莲生　　（懒懒地）还是睡不着觉，翻腾了好半宿。

李蓉生　　又睡不着？（开玩笑）都是前两天唱《思凡》唱的。

魏莲生　　（噘了嘴）您老大哥了，还跟小兄弟穷开心。

李蓉生　　（有些抱歉）我看你是不大舒服，得请大夫来看看。

魏莲生　　（连连摇手）不，不，不，我没病，不要。

李蓉生　　老这样儿不成的。要不然今天晚上我搬过来睡，陪你。

魏莲生　　（直着眼睛出神）不用，我没什么。

李蓉生　　（看着魏莲生的脸，停一会儿）《红拂传》那段儿慢板你还不熟哪，明儿晚上就上戏了，得吊吊吧？

魏莲生　　（点点头）嗯。

李蓉生　　（把手伸到衣襟底下，从裤带上解下一把带布套子的胡琴来）汉卿说他得去东城看个朋友，今儿叫我给你吊这段儿。（把布套取下来，放在膝盖上，给胡琴定好音）怎么样，试试吧？

魏莲生 （心不在焉）好。

〔李蓉生觉出魏莲生的神色，不由得抬头看他一眼，想说话，动了动嘴，又没响。

〔李蓉生拉完了那段西皮慢板的过门，可是魏莲生没张嘴。

李蓉生 （停了胡琴）怎么？唱啊。

魏莲生 （清醒过来，支吾其词）我把……戏词儿忘了。

李蓉生 哎，这可忘不得。

魏莲生 我真想不起来了，你提提我。

李蓉生 "虽然是舞衫中常承恩眷……"（又要拉胡琴）

魏莲生 慢着，底下呢？

李蓉生 咳，你怎么都忘了？一共四句："虽然是舞衫中常承恩眷，辜负了红拂女锦绣华年；对春光不由人芳心缭乱，想起了红颜老更有谁怜？"记住了不？

魏莲生 想起来了。

李蓉生 好，重来。

〔李蓉生又拉起来，过门拉完了，魏莲生嘴动了动，又没唱。

李蓉生 （住了手）你这是——

〔魏莲生摇摇头。

李蓉生 （不快）又忘了？

魏莲生 不是。（用手擦额）我，我……

李蓉生 （把胡琴同套子都放在旁边的椅子上，诚挚地、沉重地）莲生！

〔魏莲生略抬起头，用一声微微的叹息诉说了他心中不安的情绪。

李蓉生 你心里有事？

魏莲生 （掩饰）没有，没有……

李蓉生 （站起来，走过去把手压在魏莲生肩上）莲生，你别瞒我，你也瞒不住我。我说你心里有事，那就是一定有事。这几天你就一直是这样失魂落魄的样子，我都看在眼里的。想问你，又忍住了。可是我们哥儿俩该没什么说不出口的事情，你该跟我说，跟我说……

432　　**魏莲生** （强笑）没有，二哥，什么也没有。

李蓉生	你从来也没这样过，夜里不睡，早晨不起，马上要上台的戏，连词儿都没记住，又不练，也不排，你怎么了？
魏莲生	……没怎么。
李蓉生	（退回去，坐下）那你就太跟我显着生分了，你太没拿我当朋友了。
魏莲生	二哥，您别生气，我是出了点儿事情。可是怎么也得求您包涵，我现在还不能跟您说明白，可早晚总会说的。
李蓉生	那也好，那么你现在是要怎么办呢？
魏莲生	我想……我不想干了，我不想唱戏了。
李蓉生	（吃惊）莲生！你？这是打哪儿说起，你不唱戏了？
魏莲生	我不这么唱了，我先得歇歇……
李蓉生	先别扯得太远，这出《红拂传》你总得对付下来。戏报登了，海报贴出去了，票也卖了，明天晚上就上台了。
魏莲生	咳！干这一行真苦哇。
李蓉生	莲生，我得骂你。
魏莲生	我该骂，您尽管骂。
李蓉生	莲生，不是这么说，你听我说，你说干这行苦，照我看干哪行都不轻松，谁能够是净凭着自个儿高兴活着的呢？
	〔魏莲生立起来，在屋里来回走。
李蓉生	更其是我们干了这一行，唱戏，在台上卖力气，还不是为了教台下头听戏的老爷们快活。就说你还年轻吧，你也在台上混了这么十来年了，怎么会到今天说起不想干的话来？
魏莲生	（心里发烦）二哥，您现在还不明白我。
李蓉生	（颇为不悦）我不明白你？我明白得很哪！这十来年，我哪天离开过你？顶是这五年里，你没父没母，我也没父没母，我更是拿你当亲兄弟看待。混到了今天，你会说我不明白你！你真叫我这做朋友的伤心！
魏莲生	（焦灼地）二哥，您别生气，我没这意思，您别……（坐下）
李蓉生	咳。也好，莲生，今儿个闲着没事，让我跟你说说我心里的话吧。
魏莲生	您说，我听。（不由得眼睛看一看钟）
李蓉生	莲生，做朋友不讲究说得多好，只凭着这颗心是不是？
魏莲生	二哥，我知道。

李蓉生　所以这十几年里，我没跟你说过什么，我好心待你，你也好心待我，没什么可说的……

魏莲生　人心都是肉长的，您不说我也知道。

李蓉生　你知道得还不那么多。你今年二十五岁了，我可是三十七了。

魏莲生　（有点不耐烦）是啊，您比我大十二岁，我比您小十二岁，我知道哇。

李蓉生　可是我在台上走运的时候，你还没进科班呢。

魏莲生　那时候我还小。

李蓉生　（回想起过去的时光）十四岁到十七岁，这三年里，京城里，附近几省，谁不知道唱花旦的李蓉生！每一天有多少人结党成群地来给他拍手叫好儿。有多少人为他着迷，只要贴出了李蓉生的戏码儿，戏园子里哪一回不是坐得里三层外三层风雨不透。

魏莲生　我听人说过。

李蓉生　人家都说这孩子将来不得了，了不起，还得好，还得红，名气还得响，爬得还得高。可是谁又想得到，爬得越高摔得越重啊！

〔静片刻。

李蓉生　你说得对，干这一行是真苦啊。成败由天哪！太没有凭据了。好扮相，好唱工，好做派，好风头，架不住老天爷红了眼，吃你的醋。在十七岁这年给摆下了一座关口，我倒了仓！一下子嗓子哑了，像是有人掐住了我的脖子，胡琴拉起来了，我是一字不发。

魏莲生　（同情）二哥……

李蓉生　莲生啊，（苦笑）"七十二战，战无不利；忽闻楚歌，一败涂地"，我就好比那被困垓下的楚霸王，中了十面埋伏之计，逼得在乌江自刎。从此以后，好像夏天夜里掉下来的一颗流星，戏台上再也看不见李蓉生了。

魏莲生　过去的事，提它干什么呢？

李蓉生　我不甘心啊。我从小就存心向善，就总在想着，我该做一个好孩子。我总是好心待人，没起过一点儿坏心眼儿，可老天爷真对不住我，他给了我这一下子。就是这一下子，把我从天堂上打下了地狱，永远也翻不了身。可是我不能甘心呀！我扯开了嗓子嚷，嚷不出来，我的嗓子破了！改本嗓，唱老生，不行；唱花脸，没

那个气派；唱武戏，那时候身子单薄，顶不下来，那才是真完
了，戏台上没有我吃的饭了。

魏莲生　（恳求李蓉生）别说了，二哥。

李蓉生　（惨笑）"好汉不提当年勇"，是没什么可说的呀。可是我怎么也
忘不了那时候我够多么惨！捧我的人去捧别人去了，这我都不抱
怨。可恨的是平常时候待我像亲人一样的师傅跟师兄师弟们也一
个一个由我身边儿溜了个一干二净。见天儿晚上夜戏上了场，我
就躲进戏园子后院儿的那间空屋里去，躺在旮旯儿里的稻草堆
上，一个人淌眼泪。听见前台锣鼓声音敲得好欢，听戏的叫好儿
叫得好热闹，我心里就想着，那锣鼓是为我敲的呀，那好儿是冲
我叫的呀。那满台亮还不都是为了我，那绣花儿衣裳也是我穿过
的呀，可是这多快呀，只是一眨巴眼儿的工夫，就变了，都变
了。（停顿）你还得想想，那时候，我是个只有十七岁的孩子。

魏莲生　二哥，您不会老这么苦，您有苦尽甘来的那一天。

李蓉生　（摇手）用不着劝我，我这是说着好玩儿的。可是你听着，从这
儿起我就成了顶教人看不起的人，成了戏包袱、戏篓子、戏混
子、戏油子。什么戏都唱，可是什么戏都唱不好。什么角儿都
充，可是什么角儿都充不起来。缺什么顶什么，可是什么都不
像……我也甭提我这十几年的日子是怎么过的。想走，往哪
儿走？想改行，改什么行？（面色惨沮）想寻个死吧，可又下不
去手……一直到我看见了你。

魏莲生　看见了我？看见我什么？

李蓉生　我想着，这孩子是怎么回事？神气、模样儿、脾气，还有红起来
的这股子劲儿，都那么像我自个儿。可是老天爷赏饭，倒了仓之
后他的嗓子更好了。那还有什么可说的，真是锦绣前程，不可限
量呀。我说，好吧，我是个废人了，我算是没指望了，把我的指
望、我的精神，都搁在这孩子身上吧。（欠一欠身子，从长袍底
下掏出一支烟袋管同烟荷包，装好烟，点着了，抽了一口）这么
一想不要紧哪，（感慨不尽）我就当了你十年跟包……

魏莲生　（无限的感激）二哥，您真是……

李蓉生　莲生，你哪儿知道我待你的这份儿心啊！我盼望着你一帆风顺，

名利双收。我没有一时一刻不惦着你，你生了病，我就想着，我该死，都怪我没好好儿照顾你；你饿了，我马上张罗着给你做吃的；你冷了，我也觉着身上冻得慌……

魏莲生　二哥，我可真是对不住您……

李蓉生　你要对得住我也不难，只要你想想自个儿有多运气，年纪轻轻就这么名扬四海，有好朋友这么死心塌地地保着你，有这么多贵人阔人捧你。你想想你魏家的祖宗给你积下了多少德，你还不小心谨慎护住了这点儿根基？老天爷待你真是不薄，你凭哪点儿敢这么耍大爷脾气，说不干就不干！你凭哪点儿敢说想歇歇！也是，年轻人"这山望着那山高"，不免常有点儿三心二意的，可是常言说得好呀，"别人骑马我骑驴，仔细思量我不如；等我回头看，又有挑脚汉"，这就叫"比上不足，比下有余"。再说凭你现在这样儿，多少人看着眼红，你也该知足了。

魏莲生　二哥，我说过了，您早晚能明白我。

李蓉生　咳，我也说过了，我明白得很哪。你就待着吧，听我的话包你没错儿。把心搁在戏上，别那么胡思乱想的。人还是马虎点儿好，知道的多了，烦恼也就多了。

魏莲生　（下了决心）二哥，您说的都是金玉良言，可我也有我的苦处。现在咱们先不谈了。今天晚上，不，明天早晨吧，让我把我心里的事一五一十全告诉您。

李蓉生　现在为什么不说？（烟抽完，磕干净了烟袋，装好又塞到衣服底下去）

魏莲生　不，就求您应承我这一回。

李蓉生　好吧。我今儿也是话匣子开了收不住。可也不错，十年的心事，这下子算是全给你说干净了。（站起来）那我先去串个门儿。你既是心里不痛快，现在就不唱了，等晚半天儿我再来。（把胡琴也收入套子里，披在裤带上，欲去拿鸟笼子）

〔外头有人喊。

〔王新贵的声音："老三呀！在家哪吧。"推门，探头，进来。他神气飞扬，已大非先时可比。

　王新贵　（同屋里的人招呼）几天没见了。老三，你们的大门也不闩，我一闯就闯进来了。

魏莲生　看门的出去了。

王新贵　真是名角儿的派头儿。（一屁股坐在椅子上）

李蓉生　怎么一大早儿就上街了？

王新贵　盐运使徐大人带着家眷，今天下午启程上任。我是奉了东家之命到东太平街瑞昌字号去选一对顶大的老山人参，做一样送行礼，路过这儿就来看看。

李蓉生　怎么样？您在苏公馆里待得还合适？

王新贵　刚待了三四天，还觉不出来。"骑驴看唱本儿"，反正是走着瞧吧。看起来，这位东家跟我的脾气还相投。说不定倒可以跟他混几年。（一伸手）这就得谢谢我们这位老兄弟喽。

魏莲生　（无兴致）没有的话。

王新贵　（有言外之意）那天晚上的《思凡》（伸大拇指）真是呱呱叫。

魏莲生　不好。

王新贵　（大摇头）不，有劲，真叫不赖。说起来我有十来年没听你的戏了，那天这么一听呀，（赞叹）真是有出息，怪不得这么红。

　　　　〔魏莲生干笑一声。

王新贵　李二爷，莲生我可是看着他长大的啊，"多年的媳妇儿熬成婆"喽。（存心奚落）老弟台，你还记得当年挎着小提篮儿，到西城根儿底下捡煤核儿的时候吗？

魏莲生　（却被勾起童年的回忆）西城根儿底下……捡煤核儿的时候……

王新贵　还记着不？有一回在南河沿看见一个花里胡哨的大姑娘，一边儿捡煤核儿，一边儿看，一边儿走，"哐"，脑袋瓜子撞在树上了，撞起了好大一个包啊！（看看魏莲生的脸）树枝子把脸都扎破了。

魏莲生　（高兴起来）您看，（指着左眼旁）疤还在脸上呢。

王新贵　（向李蓉生）是不是。我就想着，好险哪！那树枝子只要稍微偏一点儿，可不就把眼睛扎瞎了。好，成了个独眼儿龙，那还唱哪家子花旦，那就得唱大花脸啦。

魏莲生　（笑了）想想小时候儿真有意思。

王新贵　揭你的底，还当你要生气呢。

魏莲生　您不知道我多盼望着有一个从小儿的朋友老在一块儿说说讲讲。　　437

您可真是老大哥了。

王新贵　老大哥可是越老越没出息，还得小兄弟提拔啊。

魏莲生　（惭愧）您说到哪儿去了。

王新贵　真格的，"年到二十五，衣破没人补"，兄弟一个人老是这么打光棍儿不是事。我这老大哥既是回来了，就得给你张罗张罗，给兄弟说上一门儿亲事。让我喝了这碗冬瓜汤吧。

李蓉生　（鸟笼已经提在手里，听到这句话插了嘴）这话您说得在理，这是正事。我也劝过莲生好几回了，他就是不听。

王新贵　哼。（点点头）我既是回来了，就由不得他。

魏莲生　（皱皱眉）不，我害怕。

李蓉生　这才是小孩子话了，娶媳妇儿吗，小两口儿过日子，有什么可怕的？

魏莲生　还是一个人好，人多了麻烦就多了。

李蓉生　（对王新贵）您听，您听，就像他上过人家多少回当似的。

王新贵　（满脸狡黠之状）这可说不定，您怎么知道他不在外边胡闹，没上过人家的当呢？

李蓉生　（忠厚地）没有的事，这我可知道。

魏莲生　您就知道说我，您自个儿不也是光棍儿一个人吗？为什么不接个老嫂子呢？

王新贵　（大笑）老弟呀，我也怕呀。

魏莲生　您怕什么？

王新贵　（用手做个了姿势）我怕当王八。

李蓉生　（听不入耳）这叫什么话！

王新贵　（有所指）这年头儿，年轻的大姑娘、小娘儿们都爱小白脸儿。像我这样儿年纪大的，（摸脸）皮子粗的，长得丑的，非当王八不可。

〔魏莲生发起愣来。

李蓉生　（大不谓然）胡扯，胡扯。

王新贵　我是心明眼亮，看得准，拿得稳。"瞎子吃馄饨，肚里有数儿"，决不跟自个儿过不去。

438　李蓉生　（动步）莲生，我要走了。

王新贵 慢着，我也走，别尽扯闲天儿。（故意走过去看看钟）啊呀，十点多了！（故意这么大叫一声，眼睛望着魏莲生）

魏莲生 （果然失惊）什么！十点多……

王新贵 哎，我瞧错了，是九点多，还有一会儿呢。

〔魏莲生惶惑地，也是敏感地瞧着王新贵。

王新贵 我是说，别把大事耽误了。东家发起脾气来，可不是好惹的。

李蓉生 我走了。

王新贵 回头见吧，我也许一会儿再来。

〔李蓉生同王新贵走出去。魏莲生送到门口。

王新贵 （在外面）别送，别送。

〔魏莲生就站住脚。

李蓉生 （忽又走回来，在门口，关切地）莲生，不许你再胡思乱想了。我晚半天儿再来。

魏莲生 （点头）是，二哥。

李蓉生 你要是不舒服，就再睡一会儿。

魏莲生 是，二哥。

〔李蓉生看了看魏莲生的脸，不再说话，慢慢转身去了，顺手带上了门。

〔魏莲生站着纳闷儿，又看了看钟，又四面看了看这屋子，觉得太乱了，就动手收拾起来，把鼓架子什么的都放好，又把榻上堆的戏衣折整齐，刚折到一半……门忽然一下子推开。

〔魏莲生一惊，急转身，手里的戏衣落在地下。

〔门外空空的，没人。

〔魏莲生有点儿发慌，轻步向门走，走到门边犹疑不敢出去。

〔一个人哈哈大笑，吓了魏莲生一跳。

〔陈祥穿了绸夹袍、小背心，学习着魏莲生平日打扮，跳了进来。

陈　祥 （四下一张）好清静。

魏莲生 （满心发烦）陈先生。（退回榻上坐下）

陈　祥 今儿礼拜天，不上课，来找你玩儿。

魏莲生 （无可奈何）您真早。

陈　祥 不早了，快十点了。（高兴地）我知道你在家。

魏莲生	您怎么知道？
陈　祥	在大门口儿碰见李蓉生了，他说你一个人在家发闷呢，叫我陪你聊天儿，解解闷儿。你看，这多清静，我往天来都是满屋子客人。
魏莲生	（失去平日的恭顺）……我就是要一个人清静清静。
陈　祥	（往椅子上一坐）所以我来得正好，家里清静，太好了，咱们俩足聊一气。（站起来）对了，让我去把大门闩上，省得那帮浑人跑来捣乱。
魏莲生	（拦住陈祥）不，不用，不要紧……
陈　祥	也好。（又坐下）
	〔魏莲生也坐着，赌气不理陈祥。
陈　祥	莲生，大前天晚上苏家的堂会，我去听了。
魏莲生	唔。
陈　祥	我穿了长袍儿马褂儿，拿了十吊钱，用红纸一包，送了礼，就听了一宿的戏。嘿，你那出《思凡》可真不错。
魏莲生	您又直给叫好儿？
陈　祥	不错，不错，你听见了是不是？我一见你出来，就扯开了嗓子穷叫一气。
魏莲生	唱昆腔不兴叫好儿的，您外行了。
陈　祥	管他妈的，它是好嘛，拦得住我不叫！
魏莲生	（又好气又好笑）您真是……
陈　祥	章小姐跟俞小姐要我带她们去，我不干。到这种生地方，跟女人在一块儿，跟屁虫似的跟东跟西，麻烦。
魏莲生	（憋不住了）您有事吧？
陈　祥	没事，没事。刚告诉你了，今天是礼拜天儿，一点儿事也没有，可以在你这儿玩儿一天。你不是今儿也没戏吗？
魏莲生	……我马上有事要出去。
陈　祥	那也不要紧，咱们可以一块儿走。
魏莲生	……不，我……还要等一个人来呢。
陈　祥	那我就跟你一块儿等，反正也没什么事。
	〔魏莲生坐立不安。
陈　祥	后天《红拂传》，我们好些人包了一排位子，第四排顶好的位子。

我告诉他们说这是你的拿手好戏，轻易不露，这回是我特烦的，管保你特别卖力气，我们也得特别卖力气，给你捧场。

魏莲生 （勉强一笑）谢谢您。

陈　祥 啧，你还客气。（看着魏莲生）你怎么"蔫了咕叽"的？怎么了你？

魏莲生 没怎么。

陈　祥 你脸上颜色不对，留神生病。

〔魏莲生不响，又看了看钟。

〔陈祥亦暂时沉默。

魏莲生 （忽然）我问您啊，陈先生……

陈　祥 什么事？

魏莲生 我有一桩事不明白。

陈　祥 什么事呢？你不明白的事，我大概也明白不了。

魏莲生 您算是捧我的，是不是？

陈　祥 那是当然喽。谁不知道陈祥捧魏莲生啊。我不捧你捧谁？

魏莲生 您可别生气呀。我不明白的是您这么样儿捧我，花钱费事，到底是图个什么？

陈　祥 （再也想不到）你？你怎么问起这个来了？

魏莲生 要是您不生气的话……

陈　祥 我倒是从来也没想到。

魏莲生 还是想想好。

陈　祥 （莫名其妙，反问起来）你怎么变得不像你了？

魏莲生 （忽然看见陈祥脸上一条血痕）你那儿怎么了？

陈　祥 （不知所指）什么？

魏莲生 怎么那么长一条儿？

陈　祥 （不在意地）噢，猫抓的。

魏莲生 （近前谛视）骗我，不像猫抓的。又跟人打架了，是不是？

陈　祥 嘿。"又跟人打架了？"好像你知道我常跟人打架似的。

魏莲生 我怎么不知道，你哪回打架我都知道。

陈　祥 （笑了）谁告诉你的？

魏莲生 反正我会知道。你说，这回是怎么回事？

陈　祥　　告诉你就告诉你：昨天跟小徐到中兴园听戏，小徐给李连泉叫好儿，楼底下有人顶着叫，我也帮着小徐叫。正顶得来劲，好！楼下上来人了，问小徐说："你们要怎么样？"小徐说："没什么怎么样不怎么样的，我们捧连泉就是了。"那人说："我捧了就不许你们捧！"说着就要打架。我可忍不住了，我就说："要打架，不含糊，捧是捧定了，叫好儿也叫定了！"说着，我就："好！"又叫了一声。那人就说："下楼，皇城根儿去。"就一块儿下去了。

魏莲生　　咳！这是干吗呀？何苦呀？

陈　祥　　听着。下楼一看，他们人多。

魏莲生　　多多少？

陈　祥　　也不算太多，四个，整比我们多一半儿。

魏莲生　　（摇头）"双拳难敌四手"，这种架不打。

陈　祥　　咦，别给我泄气。下了楼，我们一句话不说呀，直奔皇城根儿去了。那儿又僻静，又宽敞，真是好地方。

魏莲生　　真没听说过，打架还得找好地方。

陈　祥　　那我们哪一次打架都是那地方。再说大街上也打不开呀，还没动手就围上一大圈子人了，刚打不到两下，又叫人给拉开了，那还叫打架吗？那不成了耍狗熊了。

魏莲生　　（又看看钟，不赞一词）咳……

陈　祥　　（眉飞色舞）一到那儿，他们就说："对不住！小子，今儿咱们人多！"小徐说："怕者不来，来者不怕。"我说："我陈祥今天整个儿出来，就没打算整个儿回去！"说着就打起来了。

魏莲生　　这是怎么说的？

陈　祥　　虽说我们人少，可没丢人。

魏莲生　　那怎么"了"呢？

陈　祥　　那总有了的时候。

魏莲生　　不，我是说，后来怎么打完的？

陈　祥　　打累了，都不想打了，还不就完了。

魏莲生　　李连泉，以后谁捧呢？

陈　祥　　照样儿。他们捧他们的，我们捧我们的。小徐说："越打得凶，越捧得凶！"

〔言外之意，看来小徐同陈祥当然是打败了。

魏莲生　那不是以后还会打架？

陈　祥　打就打，不在乎，我们也有的是人！

魏莲生　打场架，不要紧，脸上弄得东一条儿西一条儿的多难看。

陈　祥　（摸一摸脸）这还是小意思。去年为了你打架，差点儿没打死。

魏莲生　犯不上啊！万一有个三长两短，弄成残废，说起来是为了听戏捧角儿打的，那又有什么光彩呢？

陈　祥　那不至于。

魏莲生　说真的，你得想想啊。你还是个学生，可是我知道你简直就不大上学，也不读书。我说句不客气的话……

陈　祥　不要紧，不要紧，没什么不好说的。尽管说，你尽管说。

魏莲生　我觉着你一天到晚不务正经。

陈　祥　（毫无愠怒之色）那么照你说，什么叫正经呢？

魏莲生　你是个学生，学生就得念书。

陈　祥　（摇头）咳……提起念书，我就甭提多头疼了，你当念书有用，我可觉不出有什么好处来。

魏莲生　（聊以自嘲）真是"干一行怨一行"。

陈　祥　（满不在乎）为了这个事，我也不知道跟我妈我爸吵过多少回。他们想我毕了业做大官儿，发大财，我可没那么想。

魏莲生　那你想什么呢？

陈　祥　我呀，（得意之至）下海！

魏莲生　（一惊）什么？

陈　祥　下海唱戏。

魏莲生　（笑了）唱戏？

陈　祥　（一本正经地）不是说说就算了的。

魏莲生　家里答应？

陈　祥　不答应也得答应。只要我的主意打定了，谁也拦不住，老头儿老太太可管不了我。

魏莲生　（自言自语）真有意思。

陈　祥　告诉你，我唱武生。现在我没事儿就在家练功，比方说吧，虎跳、抢背，起霸、走边、花枪、单刀、双刀、大刀花儿、铁门坎儿都练得差不多了，还有吊毛儿、滚屎蛋也练会了。

魏莲生 你真是太过分了。

陈　祥 什么太过分？

魏莲生 你真是不知道天多高地多厚，这样儿你将来会后悔的。

陈　祥 没的话，我跟曹操一样，"平生做事，从不后悔"。

魏莲生 不对。譬方说，一件事做错了，你难道不后悔吗？

陈　祥 错了就错了，也用不着后悔呀！

魏莲生 （默然似有所得，自语）不后悔……

陈　祥 后悔没有用。谁愿意尽做没有用的事情呢？

魏莲生 说起有用没用，那让你自个儿说，一天到晚尽是玩儿，尽是闹，这也算有用吗？

陈　祥 （纳闷儿）你今儿是跟我过不去呀。好，你是说我成天儿尽听戏是不是？咳，一个人总得爱一样儿东西，我爱听戏，我就听戏，这也没什么了不起。

魏莲生 你爱听戏不要紧，可是就在戏园子里坐着听就得了。成天儿往唱戏的家里跑，一泡就是一天。你闲着没事，我受得了吗？

陈　祥 （不高兴，愣了半天）我是好心好意交朋友！

魏莲生 朋友是到处都有哇。你为什么不找个唱零碎儿的交朋友？为什么不找个打下手儿的交朋友？为什么不找个跑龙套的交朋友？为什么单找我交朋友呢？

陈　祥 （更加不快，也答不上来）……交朋友的人想不到这些。

魏莲生 再说交朋友得两厢情愿，没有这么死乞白赖的……就说吧，你现在来找我玩儿，说不定我正有事，或许我心里有事，或许我正不想玩儿……

陈　祥 （站起来，脸通红，憋了半天，爆发）你……你这是说我霸王硬上弓，说我是剃头的挑子一头儿热，你是说我害单相思病！

魏莲生 （忍不住笑起来）你怎么说得这么难听啊？

陈　祥 （气势大馁，想哭出来）你……我现在才认识你，你是什么……（"东西"两字已经说到嘴边，又咽了下去）

魏莲生 我是什么东西？我不过是一个唱戏的罢了。（按陈祥坐下，和蔼地）陈先生，让我跟您说一句知心的话，您说是为了交朋友，是啊，人怎么能没有朋友呢，可是咱俩不是朋友。

陈　祥　　（怒气未息）那是你这么想！

魏莲生　　一点儿没错，您交的朋友不是我。

陈　祥　　（气吼吼地）不是你是谁？

魏莲生　　是那个在戏台上红得发紫的花旦魏莲生。

陈　祥　　（稚气可掬）那不还是你吗？

魏莲生　　（摇手）不，要是有一天魏莲生倒了霉，变成了跑龙套的、跟包的，或是魏莲生改了行，不唱戏了，变成了穷光蛋，那时候咱俩就是在路上碰见，你陈先生也不会认我了。

陈　祥　　你说得好丧气话。你把我看得那么不讲义气。再说你会不唱戏？

魏莲生　　说出来您不信，我还是真不想唱了。

陈　祥　　（正如魏莲生听说他要"下海"一样地吃惊）你说什么？

魏莲生　　我不唱戏了。

陈　祥　　（自作聪明地）那得等你到了八十岁，等你老到唱不动了的时候。

魏莲生　　（摇头）我是说现在，从今天起。

陈　祥　　（跳起来）你是顺嘴胡扯呀，你！

魏莲生　　我为什么胡扯？你爱信不信。

陈　祥　　那我是不信！你明天还唱《红拂传》呢，我票都买了。

魏莲生　　（长叹）咳……（背转身去）

陈　祥　　真不知道你犯了什么毛病了。

魏莲生　　（又转回身来）陈先生，咱们相处的日子不多了。听我的话吧，人是越长越大了，不能再这么昏天黑地过日子了。该收收心了，也该用点儿心了。一个人没有几十年活呀。

陈　祥　　（昏惑）你真是奇怪……

魏莲生　　（执陈祥的手）听我的话，听我的话。

　　　　　〔马大婶的声音："魏老板在家吗？"

魏莲生　　（仓皇地）谁？

　　　　　〔马大婶的声音："我，我姓马。"

魏莲生　　噢。（向外走）马大婶儿，我在家哪。

　　　　　〔马大婶走进来。

马大婶　　（回头向外面）进来呀！二傻子。

〔马二傻子跟在后面蹭着进来。

〔亲爱的观众，我们跟马二傻子应该并不生疏，我们该时常看见他。说不定我们还雇过他的"排子车"运行李，或是运家具什么的。

马二傻子就是马大婶的儿子。

马二傻子面如锅底，是日晒风吹得来的颜色，加上泥垢的堆积，弄得有点儿眉目不清。但是新剃的光和尚头透着精神，整个儿的脑袋瓜子黑中透亮，像是一柄"乌油锤"。

他发低额窄，浓眉凹眼，鼻子塌陷而肥，颧骨高耸，厚嘴唇，尖下巴。他目光呆滞，向前看的时候多，自然是赶车生涯养成的习惯。

马二傻子腰系腰带，腿扎腿带，不仅油垢满衣，凡是衣服折皱处，都存着厚厚的泥沙，假如全抖落下来，恐怕至少得盛满一海碗。

假设说人类该有两种力量，一是智力，一是体力，无疑地，马二傻子已被剥削了前者。然而拙于彼者优于此，他的生活、他的环境，却使他体力充沛，精神饱满。尽管他很少表情，很少说话。

"高贵的人"见了他，会觉得他粗蠢、愚笨、丑陋、无知、"非我族类"，便"掩鼻而过"。马大婶的爱子便是这样一个近似"畜生"的动物。

〔马二傻子进来之后，便呆呆站住，一动也不动，一句话也不说。

马大婶　（看见"似曾相识"的陈祥，略向后退）您这儿有客。

魏莲生　不要紧的，我们扯闲天儿，没事。

〔陈祥却心中有愧，背转身走到一边儿去了。

魏莲生　（看见马二傻子）二兄弟出来了？二兄弟吃了苦吧？

马大婶　（责备，却是亲爱地）二傻子，又站着发愣啦？

〔马二傻子看他妈一眼，没动。

马大婶　（努嘴作势）还不……咳，真急死人。

〔马二傻子又静止片刻，忽然对魏莲生屈膝下拜，有如推金山倒玉柱一般，趴下磕了三个头，又立起来。

魏莲生　（躲避不迭）大婶儿，这是干吗？这是干吗？

马大婶　我们二傻子这条小命儿是您魏老板赏的啊！我们真不知道怎么谢您才好啊！

魏莲生　（痛苦地）您这是说的什么？说的什么？

马大婶　您就受了这三个头，一点儿也不屈。我们穷人……除了给您磕头请安，还能怎么谢您呢……这孩子大前天晚不晌儿就出来了。我们娘儿俩前天早晨来了一趟，昨几个早晨又来了一趟，都赶上您这儿关着大门，叫也叫不开。今儿我跟二傻子说早点儿来，可就见着您了。

魏莲生　大婶儿太客气了，我真是一点儿力也没尽到呀。

马大婶　您别这么说，要不是您，我这孩子出得来吗？

陈　祥　（待着无趣，想走了，走过来）莲生，我要走了。

魏莲生　好吧，我们赶明儿再谈。

陈　祥　我一会儿再来。

魏莲生　再来？不，我马上有事。

陈　祥　你答应过跟我一块儿去照戏装像的，章小姐跟俞小姐还要一块儿照呢。

魏莲生　可是我今天实在没工夫。

陈　祥　再说你要是往后真不想唱戏了，咱们也留个纪念呀。

魏莲生　明天再说。

陈　祥　（惊喜）说定了，明天！

魏莲生　（但求其速去）好，好，好。

陈　祥　明天早晨来？

魏莲生　好。

陈　祥　好，明儿见，明儿见。（走出门去，又退回来）莲生，你跟我说真的，明儿晚上的《红拂传》到底唱不唱了？

魏莲生　（心烦意乱）唱，唱，唱，怎么能不唱呢！

陈　祥　（放了心）我说你是说着玩儿的不是？（诚恳地）莲生，我告诉你，我听你的话了。（伸出三个指头）我再听三回戏，就一定好好儿念书了。明天见。（跑出门去）

〔魏莲生望着陈祥的背影。

〔魏莲生同陈祥谈话之间，马大婶站在一旁用无限的崇敬和喜爱凝视着他。她会想到魏莲生在幼年间不就是她的穷街坊的那个并不出奇的穷孩子，可是现在站在她面前的，却成了那样可望而不可及的人物。她会不会想到自己的儿子假如学了戏也会成就今天魏莲生的地位？我想她不会这么想，她看到儿子居然被放出监牢来，仍旧能赶车，仍旧能跟她在一起，已经很满足了。

〔马二傻子也是同样地不可能有过奢的希冀，他站在这幼年一同捡煤核跑大街的朋友的屋子里，被这满屋子的陈设弄得直犯迷糊，眼睛很费力地东转西转，有点儿忙不过来。

马大婶　（兴奋地）……这也是我们二傻子命好，有运气，碰见您贵人解救。大前天晌午我再到"拘留所"去，那些老爷们就甭提待我多和气了，说是刘署长已经吩咐下来，冲着魏老板的面子，马上就放。

〔魏莲生苦笑。

马大婶　临走还赏了我们二傻子一大碗饭吃，白米饭哪！

魏莲生　唔……

马大婶　当天家来天就黑了。第二天我也没让他赶车去，叫他在家待了一天。您给我的钱还没花完哪。昨儿个他又赶车去了。（高兴地）没出事。我就告诉他，从今以后"见事别说，问事不知，闲事休管，无事早归"。

魏莲生　对了，早点儿回家好。

马大婶　（充满了得意与怜爱）二傻子，你也不小了，你得明白呀：烟呀，酒呀，那都是有钱人用的，我们怎么能喝酒呢？我们只求饿不死，冻不死，就该谢天谢地喽。"命里有时终须有，命里无时莫强求"。魏老板，您说是不是啊？

〔魏莲生苦笑。

马大婶　我就说一个人得安分守己。二傻子，你不该喝酒，你喝了酒，瞧，出事儿了不是？

魏莲生　（自语）喝酒……

马大婶　（接着说）你比不得有钱人哪，这回要不是魏老板，你就不定怎么样了。亏得魏老板认识那么些大官、阔人……

魏莲生　（痛苦不堪）大婶儿，您这是骂我呀……

　　　　〔马大婶一惊。

魏莲生　（勉强地笑）不说了，不说了，大婶儿，我没……

　　　　〔玉春忽然出现在门口，穿一身素净的衣裳，有兴趣地看他们说
　　　　话，安静地站定了，没作声。

　　　　〔马二傻子看见了玉春，不由得后退一步。

马大婶　您待人真好，真是的……（回头）二傻子……

马二傻子　（提醒马大婶）……妈……

　　　　〔这样大家才注意到来了客人。

魏莲生　（失声）你……

玉　春　（微笑着）今天我来晚了。（走进来）

马大婶　（不知所措）魏老板……（想走）

玉　春　莲生，看你，也不让客人坐。

马大婶　不，我们该走了。

魏莲生　您坐坐，您坐坐。

玉　春　老太太再坐会儿，我没什么事。

马大婶　（茫然）不，不，我们是该走了，二傻子也该赶车去了。

魏莲生　好吧，没事常来串门儿呀，还有二兄弟。

马大婶　（推了马二傻子一下）答应呀，傻孩子。

　　　　〔马二傻子只在神色上稍动了一动。

马大婶　走了，走了。（向外走）

　　　　〔马二傻子先出了门。

　　　　〔魏莲生跟着走，准备送他们出去。

马大婶　（又转回身来）谢谢您，真是谢谢您，老天爷保佑您……

魏莲生　（央求）别说了，大婶儿，别说了。

　　　　〔马大婶嘴里仍旧喃喃地，走出了门。

　　　　〔魏莲生送马大婶出去。

　　　　〔屋里只剩下玉春一人。她四面看了看，便清理起屋子来。她把
　　　　零乱的戏衣一一折好，把那只靴子扶好摆正，又把其余的东西及
　　　　家具陈设等等都弄整齐，之后坐在椅子上端详。

　　　　〔魏莲生进来。

玉　春	走了?
魏莲生	走了,我把大门关上了。
玉　春	天天关门多不好,回头人家说你的闲话。
魏莲生	门开着不知道有多麻烦,我从一清早儿到现在没得一点儿清闲。(坐下)你瞧,想收拾收拾屋子都不得空。
玉　春	当差的呢?
魏莲生	还是叫他出去了。
玉　春	所以我来给你收拾屋子。
魏莲生	真想不到啊!我可哪儿来的那么好福气?
玉　春	现在怎么又变得这么伶牙俐齿的了,刚才看你那个傻样儿。
魏莲生	我也想不到你就这么跑进来。
玉　春	在院子里就听见你跟别人说话,我就想走了。后来听见是这位老太太,我就……换了别人我可不来。
魏莲生	你来得正好。马大婶儿跟她的儿子又磕头、又请安、又道谢、又夸奖,弄得我恨不得有个地缝儿钻下去。
玉　春	(偏着头想)可我还记得挺清楚,没有多少天呀,你还顶喜欢人家跟你磕头请安、夸奖道谢呢。人家要是不这样,说不定你还得生他一鼻子气哪。
魏莲生	你少说两句好不好?
玉　春	这可拦不住我说。莲生,我真高兴啊。你看,就凭我,能让黑的变白,能让一个傻孩子变成机灵孩子。
魏莲生	咱俩谁是孩子?我可比你大呀。
玉　春	好,是大人就谈大人话。(严肃起来)莲生,你知道我们今儿个要干什么?
魏莲生	我不知道。
玉　春	你应该知道。
魏莲生	(想一想)还是你说吧。
玉　春	我们不是要走吗?
魏莲生	噢。是啊,是要走,我不会再这么混下去。
玉　春	我是说就走。
魏莲生	就走?什么时候走?

玉　春　我是说马上走。

魏莲生　（不相信自己的耳朵）马上？

玉　春　今天，马上，就是现在。

魏莲生　（昏乱）为什么？为什么这么……这么急？

玉　春　你不能走？

魏莲生　不是，我没有想到……

玉　春　现在不走什么时候走呢？

魏莲生　（被问住了，呆了一会儿）到什么地方去呢？

玉　春　世界大得没边儿，出了这城圈子，还不全是我们的地方？

魏莲生　我们怎么能就这么走呢？

玉　春　你要怎么走呢？

魏莲生　……总有些事要交代交代吧？这住了二十几年的地方……

玉　春　那也好，你就想想，有什么要交代的，有什么没了的？

魏莲生　（想了一想）……真怪事，想着该有好些个事，可是细想想，又像没什么似的。

玉　春　那就……

魏莲生　（忽然想起来）我这些东西。（四下指点着）

玉　春　（讥讽）你是想搬家呀！那巧极了，对门儿马大婶儿的儿子马二傻子不就是赶车的吗？就叫他来给你运箱子，搬铺盖卷儿。快去，趁他刚出门儿，也许还叫得回来。

　　　　〔魏莲生受了奚落，闷着头不响，皱眉，费力地思索。玉春望着他。

魏莲生　（慢慢立起来）……我们走……

　　　　〔玉春亦立起来，仍旧望着魏莲生不作声。

魏莲生　（狠了狠心）好！走吧！

玉　春　（关切地，怜爱地）莲生，你舍不得，放不下……

魏莲生　（四下张望，心神不定）就这么走……

玉　春　（按魏莲生坐下）你先定一定神。

魏莲生　（掩不住心中慌乱）没什么，没什么。不要紧，我能走，我能……

玉　春　不忙，你歇歇。

魏莲生　（慌慌张张）马上走！马上走！我什么都不要了。（要走）

玉　春	（拦阻魏莲生）别，别，你干吗那么慌呀？你怎么这么沉不住气呀？
魏莲生	（又静想半天，忽然）不能走。（颓然坐下）我差一点儿忘了一件大事。
玉　春	什么事？
魏莲生	我要见一下儿李二哥，我说了要跟他说明白的。
玉　春	李二哥？你那个跟包的？你跟他说什么？
魏莲生	不是跟包的，他比我的亲人还亲。什么都得跟他说，得让他明白我。二哥待我太好了，人心换人心，我不能就这么撇下二哥就走。
玉　春	你怎么从来没跟我说过他。
魏莲生	那怨我糊涂，今天我才认识他，才认识这个好心的人。我要是就这么走了，会气死他，急死他。
玉　春	那也好。
魏莲生	我这么想，他能不能跟我们一块儿走。
玉　春	跟我们一块儿走？
魏莲生	能。咱们就说好了：明天一大早儿走，跟李二哥一块儿。
玉　春	那也好。怕有事，我得先回去了。
魏莲生	（高兴地）慢点儿走，我要告诉你说。
玉　春	（笑着）你要说什么？
魏莲生	我说我们明天这时候，就离开这地方了，去过我们的好日子了。
玉　春	我可说是苦日子。
魏莲生	（笑了）你还当我会后悔吗？没有的事。我现在可知道什么是好日子，什么是苦日子了。
玉　春	你说什么是苦日子。
魏莲生	像我们现在一样，像关在笼子里一样，听人家的高兴，看人家的脸子，什么都没有自个儿做主的份儿。可是到明天……
玉　春	明天？
魏莲生	明天这时候，我们就跑出了这个城圈子，离开了这群一见着就起腻的人。再不看见这所教人发烦的屋子，再也闻不见这股熏得死人的铜臭气，再也不给人家消遣解闷儿了。
玉　春	咱们坐船，骑马，爬山，跑路，听听流水响，闻闻野花香……

魏莲生　好长的日子，好大的世界，我们爱到哪儿去就到哪儿去。

玉　春　"爱到哪儿去，就到哪儿去"，可是去干什么呢？

魏莲生　（愉快地）找我们的穷朋友。

玉　春　（笑着）那时候你会告诉人吧？说："我爸爸是打铁的，我是铁匠的儿子。"

魏莲生　（激动地）玉春。

玉　春　（偎倚着魏莲生）我们要在一块儿过这一辈子。

〔窗外有鸟声相媚。

〔让时光悄悄地在身边流走。

〔外面传来铜门环碰撞的响音。

玉　春　有人叫门。

魏莲生　不理他。

〔门敲得更急，还有人在嚷。

玉　春　这人有急事。

魏莲生　什么急事？还不是那群讨厌的人！

〔门敲得声如雷震。

玉　春　这样儿不好，你出去看看。

〔魏莲生点点头，跑出门去。

〔玉春也有点忐忑不安，站在门口向外倾听。

〔转瞬之间，魏莲生飞奔而入。

魏莲生　（面色如土）是……

玉　春　是谁？

魏莲生　（昏乱）姓王的，王新贵。

玉　春　让他进来没有？

魏莲生　我没开门，我从门缝儿里看见的。

〔叫门声不绝。

玉　春　他有什么事？这么着急？

魏莲生　他还带着人。

玉　春　（面色一变）带着人？

魏莲生　有三四个人，短衣裳的打手。

玉　春　（平静下来，反而坦然）你知道这是为什么？

魏莲生　（发呆，摇摇头）不……

玉　春　（切齿）天下有这么恩将仇报的人！王新贵卖了你了！

魏莲生　怎么办？怎么办？我们跑……（四顾，无策）可是……

玉　春　（抓住魏莲生）莲生，人，还得受罪呀！明天不是那么轻易就到得了手的呀！

魏莲生　（攥拳怒目）我们就没路走了？

玉　春　不要急，急也没用。

魏莲生　（坚定地）开门，让他进来。

玉　春　也只有这样，有什么法子呢？

魏莲生　（一把抓紧玉春的手）玉春！

玉　春　要是我们刚才走了……（摇摇头）也走不了。咳，还说这些干什么？（从桌上自己的钱袋里掏出一个锦缎包来）这是"我的"首饰，"我的"珍珠宝石什么的，我知道你身上没有现钱，带着预备着吧。

魏莲生　（儿女情长）我……

玉　春　只要你不忘记我，我也不忘记你，我们不一定要守在一块儿。我们分开了，也一样有路走。

魏莲生　（咬牙忍泪）是。（把那包东西装进自己衣袋去）

玉　春　（从右臂上脱下那只镯子）莲生，再给你这只金镯子，真金不怕火炼，你带着它吧。万一有一天要拿它换钱，它也能值几个钱呢。（把那镯子套在魏莲生腕上，藏到袖子里去）

　　　　〔门环大震不休。

　　　　〔王新贵大喊的声音："再不开门，我们打进来！"

玉　春　去开门吧。

魏莲生　（赌气）不去！

　　　　〔外面"喀嚓"巨响，人声涌进。

玉　春　他们把门闩弄断了。

　　　　〔人声已到门口。

　　　　〔王新贵的声音："站在这儿，别进来，把住大门，不许闲人进来！回头吓着了我兄弟。"

　　　　〔王新贵施施然自外来，俨然三军统帅的架子。

王新贵　老三哪，犯了案喽。

〔玉春端坐榻上，不动声色。

〔魏莲生站在屋里，庄严肃穆，挺起了胸膛。这是魏莲生平生第一次把胸膛挺起。我们不会忽视了这可贵的第一次。魏莲生将凭着这一挺胸的千钧之力，去走上他那崎岖无尽的生命的征程。

王新贵　（请一个安）四奶奶，大人叫我跟了您三天，您天天儿早上到这儿来，一来就把大门闩得死紧的。学戏不是这么学法儿。太过火了点儿。再说，我也忘不了在您屋里给我吃的那个"窝脖儿"，窝得我好下不来台呀。

〔玉春是视而不见、听而不闻的样子。

王新贵　老三，关着门总没什么好事干吧？刚才我话里套话，这么提醒你，你都不明白，你真是迷了心了。这就不能怨我做哥哥的对不住你。我是"食君禄，报皇恩"，吃谁的饭就给谁干。就算你是我的亲兄弟，事到如今，我也得大义灭亲了。可是咱们到底是好哥们儿，院长本来说要抓你下监，是我说了情，给你"驱逐出境"，只要出了这城圈子，你就爱到哪儿去到哪儿去，谁也管不着你。（走上前给玉春请了个安）四奶奶，奉大人之命，您可是还得请回公馆去。

〔外面忽然一片喧嚷，有斗殴之声。

王新贵　（神色一变，走向门口，大喝）什么人，抓起来！

〔话犹未了，已有人打到院子里来。有人被打倒之声，大门外的人声同被打的人的喊声乱成一片……

〔玉春和魏莲生虽然觉得奇怪，却没有动。

〔如一阵怪风一般，卷进了一个人，是马二傻子。他衣服扯破了几条，脸上流血，目光如电，进门来劈胸一把抓住了王新贵的领子，跟着一拳，王新贵还来不及嚷，便一跤倒在地上。

〔马大婶气急败坏，跟着跑进来。

马大婶　魏老板！魏老板！魏……（看见马二傻子在打人）二傻子……

〔马二傻子不管三七二十一，挥拳痛打王新贵。王新贵拼着挨打不作声。

〔玉春仍旧坐着不动。

魏莲生　（走向前去）二兄弟，不打他。

〔马二傻子不理。

魏莲生　（面孔一板）住手！

〔马二傻子肃然，住手，站起来，但还是瞪着王新贵。

魏莲生　（转和缓）二兄弟，这种人值不得我们一打，他们还得活几年呢。叫他起来。

〔马二傻子俯身下去，一把将王新贵抓了起来。

王新贵　（拍拍衣上的灰，摸摸身上挨了打的地方）这是哪里说起。

马大婶　（面红气喘）魏老板，这是怎么了？

魏莲生　大婶儿，什么事也没有。您别替我着急，教二兄弟还是去赶车去。

王新贵　魏老板要出远门了。戏也不唱了。

马大婶　（着急地）不，不，魏老板，叫二傻子给您找刘署长去。二傻子……

〔王新贵冷笑。

魏莲生　不用，不用去，大婶儿。

马大婶　您认识那么些大官儿、阔人……

魏莲生　大婶儿，我魏莲生由今天起，一个阔人也不认识！

马大婶　（茫然）什么？

王新贵　好兄弟，说话有骨头。怎么样？该活动活动了吧？

魏莲生　（不理会）大婶儿，拜托您了。等我走了之后，去把李二爷找来，这屋子就交给他了。没了的事让他给我了，告诉他我短不了给他捎信儿。

马大婶　（泪流满面）是。

魏莲生　这屋里的零碎东西……（转向王新贵）我的东西总该由我做主吧？

王新贵　好，也由着你。

魏莲生　大婶儿，这屋里的东西，只要是您用得着的，您都拿去吧，我都送给您了。

马大婶　不，不，不，我不能，我不能要。

魏莲生　就算我寄存在您那儿的。

〔马大婶泣不能抑。

　魏莲生　（向王新贵）王管事。

王新贵　老三，这回事可不能怨我，我们还是好弟兄，有什么事尽管嘱咐，做哥哥的一定效劳。

魏莲生　告诉你，我一点儿也不怨你，我也不托付你什么事。只有一桩，今儿个马家二兄弟打了你，算白打了。要是你仗势欺人，想害人，想暗算人的话，你就……（说不下去）

王新贵　（冷笑）看在你的分儿上，我不跟他计较。

魏莲生　（四面一望，坦然地）这回真走了。

玉　春　（站起来）莲生，是我害了你。

魏莲生　是你救了我。

玉　春　这是你心里的话？

魏莲生　我要是口是心非，叫天雷劈死我。

玉　春　莲生，天长路远，要你自个儿保重。

魏莲生　你放心。我将来也许会穷死，会冻死，会饿死，会苦死，可是我会快活一辈子。

玉　春　莲生……（眼圈红红地低下头去）

魏莲生　这一分手，咱俩就不定见得着见不着了。玉春哪！往后常想着我，常想着我的好处，忘了我的坏处吧。

王新贵　（冷言冷语）行了，差不多了。

　　〔魏莲生百虑全消，了无牵挂，向玉春点点头，朝外走。

　　〔玉春呆立无语，谁也猜不透她此刻的心情。

马二傻子　（瞠目不动，紧握双拳，怒满胸膛，目眦欲裂，但是只能又叫了一声）妈！

　　〔马大婶啜泣不止，是痛恨自己的无能？是痛恨世无天理？是伤心离别？

　　〔王新贵跟在魏莲生后面走出去了。

　　〔幕下。

尾　声

　　〔幕启。

　　〔光阴似流水，一去二十年。

457

人事虽非，而小楼无恙。二十年前玉春所住的金屋，如今做了苏弘基"静修"的佛堂。

二十年的日子容易过了。住在屋里的人老了。屋子也老了。当年的新书案、新书架、新桌椅也都被悠久的岁月织染成斑斓的古物。浅绿色的墙壁在二十年中曾经过几次的粉刷，也显得深了、重了。

除此之外，屋里和从前不同的还有正面的那一排窗子，原来是白纸裱糊的窗格子，现在改装了花玻璃的新式窗子。正是冬天，窗上挂的紫红色丝绒窗帘子闭得密不通风。

门上挂了厚厚的镶着红木条的棉门帘。

屋当中摆着一张古旧样式的单人沙发，前面放一个踏脚的小凳子，旁边放一张小茶几。

当年的家具都已移动，右面的书架和书桌稍向上方挪了些，留出地方开了一个壁炉，里面烧起了熊熊的炉火。沙发就放在壁炉前面。

壁炉上摆着一架座钟。

墙上的字画自然是换过了，但是从那张工笔彩色的一个老翁，四围姬侍环绕的"春宵行乐图"看来，主人的趣味显然并没有什么改变。

琴桌已搬到左边去，桌上摆了一些盆景，水仙之类。当中放了一尊白瓷的手持净瓶向人间遍洒甘露的南海观音大士像。前面一个紫铜香炉，正燃着檀香，香烟袅袅上升，直升到上面墙上挂着的一张金碧辉煌的如来佛像上。这张"佛像"正和对面的"行乐图"遥遥相向。

八仙桌摆在窗下，铺着台毯，桌上有一只古瓷绿花瓶，插着满瓶红梅花。

正是三九隆冬天气，在北风呼啸的冰天雪地里，街头流浪的苦孩子们正在寻找他们过夜的地方。也有无家可归的病人倒在雪地里结束了他辛苦贫穷的生命。然而屋里的人衣重裘，拥炉火，尚且犹嫌其冷，带几分瑟瑟畏寒之态。

苏弘基穿了狐皮袍子，皮马褂，戴着半圆形的呢便帽，脚上穿着黑缎子的棉窝，整个身体缩在沙发里，身上还盖着很厚的毯子。

常言道："公道世间唯白发，贵人头上不曾饶。"苏弘基纵使既富且贵，有钱有势，竟也难逃劫数，被二十年的光阴催成白发苍髯的老翁。平日见人常拱手说道："惭愧，惭愧，半生碌碌，一事无成；光阴易逝，触目惊心。"虽是两句客气话，究其实际，确乎如此。所以在他所谓"又得浮生半日闲"，或在可以自扪其心的清夜，也时常为自己的过去种种算算清账。

这笔账实在难算得很，是功是罪，苏弘基自己也难下断语。譬如说一生为宦，官运亨通，自然该是政绩昭然的。然而仔细思量，竟想不出自己做过什么好事。若说是净做坏事吧，自己又不愿这么想。自古以来，"功大不赏、罪大不罚"，苏弘基若是有罪，也必是不罚之罪。他自己也常说："人非圣贤，孰能无过？"在行将就木之年，心如古井水，不作红尘想，修修来世吧。何况有例可援，先贤典型俱在，于是苏弘基也念了佛了。

自从有哪一位贵人发明了烧香念佛具有消灾减罪、文过饰非的功用之后，戴发修行的"居士"便在士大夫之群中日益增多。名刹，高僧，以至于整个佛教便在这样的情形之下，曾经达到过他们一度又一度的黄金时代。这恐怕是那位释迦牟尼佛祖苦行得道之时始料不及的。

念佛修行原是一种斩断七情根绝六欲的苦行，但是苏弘基这样的"居士"不干这种傻事。他只是在丰衣美食之暇，念佛消遣。既蒙修行之名，又得摄生之道，他现在正是"红袖添香夜读书"呢。

若问红袖何在？屋里的红袖正在添香。丫环小兰跪在琴桌前的一个蒲团上，手里拿一根铜签子，百无聊赖地在拨弄香炉中燃着的檀香。一时香烟缭绕，氤氲如在雾中。

屋里虽然有两个人，但有一种死沉沉的气息，正如垂垂老矣的苏弘基，尸居余气，在一步步走向他生命的最终阶段。他深陷在沙发里，左手拿着一本线装书，右手捻着绕在脖子上的一串晶莹圆熟的菩提子的佛珠。眼睛虽是对着书本，却是半睁半闭，嘴里念念有词，不知是念书，还是念佛。

时近黄昏，又在落雪，所以屋里是暗暗的。壁炉里的火也因此发出红光。

苏弘基　（身体蠕动了一下，用拿书的手推开点帽子，用手指搔一搔头，然后将书移到眼前，低吟起来）"……马后桃花马前雪，教人怎得不回头……"哦……

〔余音未绝，苏弘基萎顿地把身体沉下去一些，渐渐闭上了眼睛，手里的书也放了下来，像是睡着了。这样地过了一阵，伏在琴桌上的小兰忽然不知怎地，失手把铜签子落在地上，"哐啷"一声，把昏昏欲睡的苏弘基惊醒转来。

苏弘基　（回过头去）小兰。

小　兰　（随便答应）唉。

〔看到小兰，教人回想起二十年前的玉春和兰儿，她们都曾经在这屋里消磨过多少青春的岁月……光阴似箭，日月如梭，如今又轮到了更加年轻的小兰。

〔小兰年纪不过十五六岁，娇小美丽，像一朵盈盈待放的蓓蕾。本是苦人家的女儿，因为生性"聪明"，所以卖到苏府中来不久，就已经习惯了大公馆里的生活。虽然屈身为奴，倒也逍遥度日。眼前所服侍的老头子纵使有时也有点脾气，但大体说来对待女孩家是和蔼可亲的，只要顺着他点，便能相安无事。在这个苦命人没法子活下去的世界里，能到大公馆里做个丫环，不知道有多少美慕的眼睛在看着她。

苏弘基　（虽然钟就在自己的面前，却懒得将眼皮抬起来看）看看钟，现在有几点了？

小　兰　（慢慢站起，走过来，看钟）十二点半。

苏弘基　（讶然）什么？瞎说。

小　兰　老太爷不信，您自个儿看钟。

苏弘基　（抬头一看）钟停了，不走了。

小　兰　（故意地）噢，不走了，可是我也没说错呀。

苏弘基　（一边说话，一边伸手到怀里摸表）这孩子，钟停了也不想着开。

460　小　兰　（咕噜着）刚才人家在睡中觉。

苏弘基　（掏出一个金表来）就知道睡了吃，吃了睡，现在五点钟了，天快黑了。我是不是也睡着了一会儿？

小　兰　（退回去，坐在蒲团上）您是睡着像是醒着，醒着像是睡着，我看不出来。

苏弘基　（打了一个哈欠）王管事回家没有？

小　兰　清早出去还没回来呢。

苏弘基　（自语）怪事，怎么就一去不回头了？先前的那阵风吹得好怕人，雪还下不下了？

小　兰　风也住了，雪也住了。可是天还是阴的，一会儿也许还得下。

苏弘基　等一会儿拉开窗帘子，赏雪喝酒倒也不错。（倒抽一口凉气）好冷啊。小兰，过来，把火弄旺点儿。

〔小兰走过来蹲在炉边，拿起地下放着的火剪拨火。

〔从外面深巷里远远传来乞儿的叫喊："善心的老爷太太，有剩菜剩饭赏一碗吃吧……"

小　兰　（抬起头来）老太爷，您穿着皮袍儿、皮马褂儿，还冷得这样儿。我就穿了这么点儿衣裳，可是一点儿也不冷啊。

苏弘基　（一把抓住小兰的手）唉！我这六十多岁的人，怎么能跟你十五六岁的娃娃打比呢？（把小兰的手放在自己脸上）小兰呀……真热和……

小　兰　（把手抽回来）老太爷，您别这样。（退后）我爷爷也这么大岁数了，穿着破棉袄上山砍柴，天不亮就出去拾粪，这都是老头儿干的事，他也没说过冷呀。

苏弘基　哎，我是老太爷呀，怎么可以跟庄稼汉打比呢！小兰，小兰，你走过来一点……

小　兰　（意图规避）不早了。老太爷……您的参汤熬好了，我给您端去。

苏弘基　忙什么，我不吃……

小　兰　我端去。（转身跑出门，跑下楼梯）

苏弘基　小兰……（干笑了一声，聊以解嘲）"唯女子与小人为难养也……"（吃力地站起来，把书放在身边茶几上，手拨弄着一颗颗的佛珠，嘴里念着）阿弥陀佛……（走到八仙桌前面，嗅一嗅瓶里的梅花）

461

〔一个人把门帘稍微掀开一点，伸进脑袋来张一张。这叫做"江山易改，本性难移"，二十年后的王新贵仍旧改不了他的老毛病：无论在任何地方，进门之前，一定要先伸伸脑袋，探探虚实，然后才走进来。

〔王新贵也老了。

〔二十年来，苏弘基与王新贵堪称难主难仆，居然在一起混了这么长的时间。主要当然是这主仆二人臭味相投，加以王新贵善于察言观色、曲承意旨的缘故。从他们两人谈话里面看来，显然王新贵已经成为苏弘基对外的经理人，甚至在生活上也是苏弘基不可须臾或离的人了。

〔王新贵身穿厚厚的灰布羊皮袍，黑布马褂，戴一顶绛色的毛线猴儿帽，扯下来把耳朵、鼻子、口都遮住，只露着两只眼睛同鼻梁，脖子上围着一条深颜色的毛围巾，扎腿裤，脚上穿着一双"老头乐"大棉鞋。

王新贵　老太爷。

苏弘基　（看了王新贵一眼，退回沙发坐下）你回来了？

王新贵　回来了……（脱帽子，冻得鼻尖通红，面孔发青）好冷的天儿啊！（把帽子放在凳上，伸手烤火，又用两只手掌焐着耳朵）耳朵都要冻掉了。（连连跺脚）这两只脚也不是我的了。

苏弘基　（不大高兴）事情怎么样了？

王新贵　两万块现大洋准能到手，包在我身上。

苏弘基　靠得住吗？

王新贵　房主是孤儿寡妇，欠了一屁股债，急着等钱还账。这所房子卖不掉，能让债主子给逼死。

苏弘基　（一边念佛）唔。

王新贵　房子我也看过了，三进院子、垂花门、长廊。买过来稍微油漆，见见新，甭提多好。一转手，保险对本对利。（拍胸脯）包在我身上，这便宜决不能让别人捡了去。

苏弘基　你见着那个拉纤的了。

王新贵　不见着他也看不了房呀。就是这小子心太黑，他那笔回扣没谈妥。您猜多少？他愣敢要三成！

苏弘基	（一边念佛）……阿弥陀佛……放屁！
王新贵	可不是，他简直要疯！
苏弘基	不过你要当心，夜长梦多，耽误了就糟了。
王新贵	（笑）您放心吧。（凑近前，低声地）谈完之后，我绕了个弯儿，一个人又去了一趟，跟房主谈了一会儿，打听得明明白白，什么话都跟我说了。十拿九稳，那小寡妇真老实，跑不出我们手掌心去！
苏弘基	拉房纤的呢？
王新贵	瞧着办吧。他这么不讲交情，还不去他妈的蛋！
苏弘基	（还在念佛）当心一点。
王新贵	虽说您不做官了，咱们还是有势力的。
苏弘基	（点头）要快，要快。
王新贵	是，是。我比您还着急呢。
苏弘基	就这样吗？你一早出去，何至于在外边这么一整天？
王新贵	（精神一振）说来话长。（把围巾取下来，顺手撂在一边）我正要报告您一桩新闻。可正应了您说的：天下虽大，冤家路窄。
苏弘基	（念佛）什么新闻？
王新贵	是这么回事：我十点多就把事办完了，走到狗尾巴胡同，顶头碰见谢老大。他拉我回家一聊聊到十二点，不放我走，愣要请我吃煮饽饽。
苏弘基	（不屑地）这算什么新闻？
王新贵	没说完呀。（神秘地）吃完饺子，他还请我一桩事儿呢……（住了口）
苏弘基	（渐感兴趣）什么事？
王新贵	听戏。
苏弘基	听戏？这又算得了什么。
王新贵	这出戏可不比寻常啊！
苏弘基	什么戏？什么地方？
	〔在主人面前，规矩是不许坐，所以王新贵一直站着讲话的。
王新贵	提起地方让您笑掉了大门牙。狗尾巴胡同口儿外头，有一块大空场，热闹得很哪！尽是耍把式的、变戏法儿的、卖膏药的、说相

声的，还有就是唱戏的……

苏弘基　（嗤之以鼻）草台班子。

王新贵　一点儿也不错，到那儿去的都是赶车的、拉马的、卖苦力的、扛肩儿的，青皮、光棍儿、流氓、扒儿手，看不见一个体面人。这种地方您压根儿就走不到……

苏弘基　你到底听的什么戏？

王新贵　事情就出在这儿了。谢老大跟我说，那草台班子里病倒了一个唱小丑儿的王福寿，穷得是当卖俱绝，更说不上花钱买药，眼瞧着就要玩儿完。他们同行的师兄弟们就商量着想给他唱一台搭桌戏。

苏弘基　（笑）草台班子也唱搭桌戏……

王新贵　（也笑）他们说是小弟兄们的义气。

苏弘基　这种人也讲义气？

王新贵　不能小看他们。这台义务戏里还是真有一出千金难买的好戏。

〔苏弘基不大耐烦，闭着眼睛又低声念起佛来。

王新贵　这小土班子真约到了名角儿。

苏弘基　（仍闭着眼睛）谁？

王新贵　这个人在二十年前真称得起是大红大紫呀！可是这多年来天南海北，可总也没回来过。赶巧这两天来到城里，叫这戏班儿里一个拉弦儿的碰上了，死揪活拉地非让他帮忙不可。他冲着给王福寿筹钱治病，可就答应了。

苏弘基　（睁开眼睛）是谁呢？唱什么的？

王新贵　唱花旦的。可是不肯出名字，那些同行的也不说。说是唱完了就得走。更绝的是就此一回，往后绝不再唱。

苏弘基　（闭眼念佛）什么戏？

王新贵　《得意缘》。教镖，说破，祖饯，下山。

苏弘基　这是个歇工戏。

王新贵　是啊，这瞒不过您老听戏的。就因为这个人不巧也正闹病，重头戏拿不起来。

苏弘基　（摇摇头）年老多病还唱花旦……

王新贵　您猜这是谁？

　苏弘基　谁？

王新贵	一掀帘子，我差点儿没嚷出来！是他呀！烧了灰我也认得他！
苏弘基	（睁开眼，佛也不念了）谁？
王新贵	魏三儿啊！
苏弘基	（大惊）魏三儿？
王新贵	魏莲生啊。
苏弘基	魏莲生？
王新贵	您把他给忘了？
苏弘基	（定一定神，装作轻松）我……是的……有这么个人……我想起来了。
王新贵	想起来了不是？真没有想到他回来了。
苏弘基	他还能唱……
王新贵	凭良心说话，还是好。眼神儿是眼神儿，身段是身段，做派是做派。尽管园子破，行头旧，一眼看上去，还是名角儿的派头儿。
苏弘基	老了吧？
王新贵	扮出来还不显老。那当然比不上往年喽。就是因为害病，显着费劲。我就跟谢老大说，今儿这出戏真没白听。
苏弘基	你招呼他没有？
王新贵	我正想着，去招呼他还是不去呢？可是惨了！老天爷不凑趣儿。好！狂风大雪呀！把那席棚刮得东倒西歪，戏园子本就是又破又烂，四面儿透风。这么一来，听戏的可坐不住了，都往外跑。风大、人吵，莲生只好在台上使劲嚷，他是想把那些个声音压住的意思。
苏弘基	后来呢？
王新贵	谁知道他上了岁数，又害病，支不住，一下子倒在台上了。
苏弘基	（冷冷地）死了？
王新贵	死许不至于，一台好戏可就这么散了。
苏弘基	你没去看看他？
王新贵	（摇手）我没去。我是听了您的教训，是非之地，不可久停。怕的是惹火烧身。再说那破园子眼瞧着就要倒，冷也冷得受不得。谢老大又把我拉到他家聊了一会儿，喝了会子茶，我才回来。

〔苏弘基半晌不作声，手捻着佛珠，若有所思，忽然哈哈大笑起

来，笑声凄厉可怕。

〔王新贵看着苏弘基。

苏弘基　（止笑）魏莲生，（自言自语）一代名优，如此收场。

王新贵　这是他自作自受。那时候我就瞧这小子没德行，注定了倒霉一辈子。今天亏他有脸回来。

苏弘基　（沉吟）……你明天去打听打听，要是他还没死……

王新贵　怎么？您要找他？

苏弘基　这个人落到这一步亦是怪可怜的……（笑了）想想也是我那时候年纪轻，火气太旺……

王新贵　那是他对不住您，再说您还是真便宜他了！

苏弘基　不要说了。叫他来，赏他几个钱……

王新贵　（非常地"感动"）您可真是念佛的人，宰相肚子里好撑船，您是福大量大……

苏弘基　我是这么想啊……二十年的折磨，他一定悔悟当年的罪孽。"放下屠刀，回头是岸"，救人于水深火热之中，原是我们念佛人的本分。

王新贵　咳，咳，您真是，您真是救苦救难的活菩萨。

苏弘基　（感慨系之）这叫"一饮一啄，莫非前定"。（得意起来）谁想得到，到头来还是得我来周济他。

王新贵　（赞叹）那还用说。胳膊还能拧得过大腿去，哪儿还有像您这么厚道的！

苏弘基　（在室内徘徊）魏莲生回来了……可是奇怪的是还有一个……

王新贵　（机警地）您是说……（觉得不便说，住了嘴）

苏弘基　（徐徐地）就是玉春。

王新贵　……四奶奶……

苏弘基　匆匆地就随着徐大人和徐夫人去了……（苦笑，自语）谁想得到，便宜了徐辅成。

王新贵　（陪着叹气）咳……

苏弘基　奇怪。奇怪的是，我跟徐辅成商量得很好，不能断绝音信，可是一别二十年，有如石沉大海……（摇头叹息，后悔）送错了……咳！（越想越冤）简直是个骗子！

王新贵　（难以插嘴）真是……

苏弘基　咳，算了吧。我现在早已是心如古井之水，不作红尘之想喽！（看王新贵一眼）自然你不懂。

王新贵　（忽然想起来）啊呀！我差一点儿忘了。

苏弘基　什么？

王新贵　（非常兴奋）老太爷别再生徐大人的气了。刚才谢老大跟我递了话，他说现在又有一批黑货……

苏弘基　黑货？

王新贵　鸦片生意呀！

苏弘基　（出乎意料）……靠不住的……

王新贵　谢老大不是靠不住的人。他得靠着咱们的势力，咱们可就靠着他有路子……

苏弘基　真的？

王新贵　没错儿。我们是从小儿的交情。您只要有意，我给您进行。

苏弘基　噢，还没进行哪。

王新贵　您放心，您瞧我的。

苏弘基　好，再瞧你一回。（伸个懒腰，打哈欠）你下去歇着去吧。

王新贵　是。

　　　　〔王新贵拿起帽子和围巾正要出去，小兰走进来，手里托着一个红漆托盘，盘里是一小碗参汤。

小　兰　老太爷的参汤。

苏弘基　（见托盘里有一张名片）这是谁的名片？

小　兰　有客人来。老杨在楼底下等着呢，问老太爷见不见？

苏弘基　（拿起名片一看，吃惊，张着嘴闭不拢来）啊！

王新贵　（凑上前去）是谁呀？

苏弘基　……我今天是在做梦……

王新贵　（轻问）谁呀？

苏弘基　下去告诉老杨，说快请！（念那名片）徐辅成。

　　　　〔王新贵亦一惊，拿着围巾和帽子出去了。

苏弘基　（沉不住气，在屋里走来走去）奇怪，奇怪……

　　　　〔小兰好奇地望着苏弘基。

苏弘基　（转过身来）有客来，把屋子拾掇拾掇，把灯开开。

〔小兰把灯开开，屋里就大放光明。

苏弘基　（用手把眼睛蒙住）哦……

小　兰　（眯着眼睛）眼都花了。（匆忙地收拾屋子）

苏弘基　（想起手上端着参汤，拿起来喝）……水流千载归大海……合久必分，分久必合……

小　兰　老太爷，您是在念咒……

苏弘基　（大笑）念咒？老太爷高兴。（站定了，把参汤喝完）

〔门外有人走上楼梯的声音。

苏弘基　好了。小兰，去倒茶来。（兴奋地上前迎接）

〔王新贵跨进门来，恭恭敬敬地把门帘打起来。

苏弘基　哎哟！辅成兄。（拱手）请进，请进。

〔徐辅成走进来。

〔小兰走出门去。

徐辅成　（脱下帽子，作揖）弘老，弘老。

〔徐辅成虽然也老了些，但仍是腰板挺直，身体健壮，除去头发花白、皮肤稍黑之外，看来与二十年前没有太大的变化。

〔王新贵接过徐辅成的帽子，又帮他脱大衣。

〔苏弘基、徐辅成分宾主坐定。

苏弘基　辅成兄真是自天而降，就像是这场大风把你吹来的。

徐辅成　（搓着手）今天真是风雪交加呀……是啊，我也再想不到，二十年后仍旧在这屋子里看见弘老。

苏弘基　什么时候到的？

徐辅成　早晨到的。刚刚安置好了，就来拜会弘老。

苏弘基　嫂夫人呢？

徐辅成　没有同来。

苏弘基　（试探地）一个人？

徐辅成　（含糊答应）是……还有几个人……

苏弘基　住在什么地方？

徐辅成　住在旅馆。

苏弘基　可以搬到舍下来住嘛。

徐辅成　（逊谢）不客气了，我是四海为家的，过不了两天还要走的。

苏弘基　唔，辅成兄是因公，唔……

徐辅成　（笑着）也说不上。离开太久了，有些问题要向当局请示一下。

苏弘基　（端详着徐辅成）二十年不见了，辅成兄还是丰采如旧。

徐辅成　头发都白了，哪及得弘老仙健，又是一代清名，万流景仰啊。

苏弘基　惭愧、惭愧。半生碌碌，一事无成。光阴易逝，触目惊心。如今老夫退居林下，真成了守株待兔的愚人。倒是想听听老兄这二十年天南地北的经验，长长见识呢。

徐辅成　弘老还有不知道的。出外做官，无非是不求有功，但求无过而已。二十年来我是时常想到弘老，想到弘老的教训……

苏弘基　是啊，别后一封信都不见你老兄写来，我以为我们此生永不再见了。

徐辅成　我正是要向弘老解释。说起来这要怪我，我不该失信……

苏弘基　是很奇怪，我们谈得好好的……

徐辅成　（身体凑近前，低声地）可是我到了任所，才知道一桩险事，盐运使的前任为了私运鸦片，和同伙之人惹起火拼，被枪杀了……

苏弘基　唔！

徐辅成　弘老知道，我是个胆小的人，这群亡命之徒，我可不敢招惹。有道是秀才遇见兵，有理讲不清。而且一跳进染缸，就再也洗不干净了……

苏弘基　（听不下去了）原来如此，原来如此。

徐辅成　弘老连来三封信，我回都不敢回……

苏弘基　（打断徐辅成）事情过去不提也罢。我如今是"蟒袍玉带不愿挂"了。

徐辅成　（赔笑）……总觉得对不起……

〔小兰用茶盘子端了两杯茶进来，分送给客人和主人。

苏弘基　小兰，见见徐大人。

小　兰　徐大人。（转身要走）

苏弘基　请安。

〔小兰回身请了个安。

徐辅成　（欠身）这是……

苏弘基　新买来伺候我的。怎么样？（伸着手）辅成兄鉴定鉴定如何？小兰，走过来。

　　〔小兰迟疑后退。

徐辅成　（敷衍）好，好，好。

　　〔小兰再请个安，走出。

苏弘基　（笑）乡下孩子不懂得规矩。

徐辅成　（赞叹）弘老真是龙马精神，小弟只有佩服。

　　〔苏弘基得意，哈哈大笑。

徐辅成　噢，从前的兰儿呢？

苏弘基　（对这名字已经感觉生疏）兰儿？早出嫁了。现在大概儿子都在读大学了。

徐辅成　（怆然暗惊）哦……真快呀……

苏弘基　（感慨）光阴似箭啊，我辈安得不老呢……（不自觉习惯地手捻佛珠）

徐辅成　（惊讶）弘老现在也念佛修行了？

苏弘基　说来惭愧。我是行将就木之年，万念俱灰，拜佛念经求一个寄托，也就是修修来世的意思。

徐辅成　（顺口恭维）佩服，佩服……（四下张望）这屋里倒还是老样子。

苏弘基　是的，留住它当年风貌，也好作我闭门思过时的警惕。

徐辅成　弘老真是谦虚。

苏弘基　然而小楼无恙，人物已非。我想问一问，玉春近来怎么样了？

徐辅成　不劳弘老动问，我正为玉春夫人而来。

苏弘基　（急迫地）怎么了？她现在？

徐辅成　（狡黠地）玉春夫人在弘老家里一定是出了什么事情，可是到底是什么事情，二十年来始终是个哑谜。

苏弘基　（惊讶）唔！她从没有讲过。

徐辅成　她很少讲话，几乎就是不讲话。内人时常开她的玩笑，说她是哑巴。

苏弘基　（意外）唔……她从前也是很少讲话的。

徐辅成　我们夫妇至今不明白，当年我到天南赴任，临动身前弘老差人把玉春夫人送来，附来弘老亲笔说："送来女奴一口，以供洒扫之役。"那时车马在门，匆匆就道；不要说登门拜谢，就连一问究竟也不可得。

苏弘基　（笑笑）不问也罢。

徐辅成　那时候我和内人都十分为难，不知怎么对待玉春才好。内人说她是从繁华场中过来，又是豪门贵妇，这天长日久，怎么能够相安？谁知她二十年洗尽铅华，布衣粗服，浆洗缝补，里里外外简直没有她不做的事情……

苏弘基　（震动）她能这样？

徐辅成　弘老，（诚恳地）到底是为了什么呢？我们真是过意不去啊！问她呢，永远没有话。当然，天长日久，也就不问了……

苏弘基　（沉默起来）唔……

徐辅成　（欲言又止）……这两年不大对了，人慢慢变得迟钝了，常常一个人发呆，常常自言自语，说……

苏弘基　（着急）说了什么？

徐辅成　只说一句话：要回去，要回家。

苏弘基　要回去？要回家？

徐辅成　回哪里去呢？这我们知道，她没有家。无父无母，没有兄弟姐妹，没有一个亲人，她的身世很苦……

〔徐辅成忽然停住了，他发现苏弘基非常激动，不安，面孔变得扭曲，在痛苦着。

苏弘基　（突然站起来，怒容满面）王新贵！

〔王新贵掀开帘子，应声而进。

王新贵　（微显战栗）老太爷……

苏弘基　（注视王新贵很久，终于没有发作，低声地）叫小兰进来。

王新贵　（躬身）是。（退出）

徐辅成　弘老好像不高兴了，我们谈些别的吧。

苏弘基　（打哈哈）哪里。要谈，要谈……我很高兴呀。

〔小兰走进来。

苏弘基　一天风雪故人来。是喜事啊……小兰，把桌上东西清一清，拉开窗帘子，摆上杯筷，我要同徐老爷赏雪，吃酒。

〔小兰收拾桌子。

徐辅成	弘老，不要客气……
苏弘基	（止住徐辅成）辅成兄，玉春说要回家……我想，她是要回到我这儿来。
徐辅成	内人和我都问过她，她……只是说要回去，要回家……
苏弘基	（肯定地）就是回我这里。
徐辅成	那是最好了。我们也想，最好就是把她送还弘老。所以这次因公出差，机会难得，就把玉春夫人带来了。
苏弘基	（大出意外）什么！带来了？
徐辅成	怕的是弘老不肯收留……
苏弘基	（兴奋）玉春现在在？
徐辅成	就在外面。
苏弘基	（几乎跳起来）你说什么？外面又是风，又是雪……
徐辅成	在我的车子里。
苏弘基	哎呀你……
徐辅成	（迟疑）到了门口，她认出来了。她不肯下车。我想，让她等在车上也好，万一弘老不肯……
苏弘基	岂有此理……（叫）王新贵！

〔王新贵进来。

| 苏弘基 | 赶快到外面，请车子里的……（迟疑了一下，接着就断然地）四奶奶来。再到厨房叫他们预备几样酒菜，把马总长送的花雕开一坛来。小兰，多摆一副杯筷。辅成兄，玉春是能喝酒的。 |

〔王新贵唯唯答应，刚要出门，小兰拉开了一幅窗帘。

〔窗外有隐约火光。

| 小 兰 | （一惊）火！ |

〔苏弘基走上前去。

〔王新贵止步不走。

| 苏弘基 | （惊怖地）花园里有人！把窗子开开！ |
| 小 兰 | （开了两扇窗子）火，谁烧的火？ |

〔徐辅成惊起。

〔王新贵抢上窗前。

472 　小 兰　（惊叫）海棠树底下躺着一个人！（反身）

〔王新贵走过去，将小兰挤在一边口。

王新贵　（怒喝）谁放这些野人进来！（大叫）树下头的人死了！还有两个人跑了！墙也倒了！看园子的人呢？滚到哪儿去了！混账东西！混账……

苏弘基　（原也满面怒气，但是此刻静了下来，皱眉）不要吵！（把窗子关上）

王新贵　（很不服气地回过头来）不是，这太不像话了，这太……（关窗）

苏弘基　（显示自己的大量，一半是做给徐辅成看）不要这样。（意态洒然）这人死在此地，是与我有缘，应该由我佛超度。

徐辅成　（颂赞）弘老真是念佛的人。

苏弘基　（更得意）他已经离此是非场，应该早登安乐土……（手捻佛珠）阿弥陀佛……

〔王新贵欲出。

苏弘基　（叫住王新贵）慢一点。（曲指）第一，请四奶奶；第二，预备酒菜；现在第三，通知派出所，去弄口棺材，把那个人装起来，送出城去埋掉。（感慨）房子太老了……要赶快找人把围墙修好，都由你去办。现在快去请四奶奶来，马上叫人把那死人抬出去。

王新贵　是，是。（出门去）

徐辅成　弘老真是佛法无边。

〔可见窗外雪花飘落。

苏弘基　（拈须而笑）“人生无处不青山”，死在风雪之中也算是死得干净。（忽然想起来）辅成兄，世间竟有如此奇事，你我分别二十年，居然有重见之缘，然而更巧的是还有一个人也不约而同来到此地了。

徐辅成　谁？

苏弘基　魏莲生。那个戏子，（怕徐辅成不记得）我请你看过他的戏的。

徐辅成　（非常惊讶）噢。

苏弘基　真是不可再巧，我已经叫王新贵明天去找他来。（得意地）叫他看看玉春……（没有说下去）辅成兄，你真是至诚君子，难得呀难得……（高兴得笑起来）

徐辅成　（不知怎么说好，信步走到窗前向外看）好大雪！又下起来了。

苏弘基　（满心欢悦）瑞雪兆丰年。

徐辅成　连那个死人都盖住了。

苏弘基　（捻着佛珠，走到炉边烤火）茫茫大地，风雪寒宵。（兴高采烈）酒逢知己，真该痛饮啊……

徐辅成　（有点不安）玉春夫人的身体不太好，要请医生……

苏弘基　（摇手）不，不，不，她是想回家，回家就会好了……（忽然省悟）她有病？她得了什么病？

〔苏弘基话犹未了，王新贵疾奔而入。

王新贵　（张口结舌）四奶奶不在，车子里空的。没有人！

〔大家怔住。

徐辅成　（惊）怎么，怎么会？

苏弘基　啊？（愣了一阵，狂喊）去找！打着灯笼去找！

〔外面狂风大起，电灯忽然熄了。

〔苏弘基、徐辅成、王新贵都赶出了门，下楼。

〔传过来几声零星的"玉春！玉春"的呼喊。

〔玉春到哪里去了呢？在这夜晚，在这严寒冷酷、一片漆黑的狂风大雪天。

〔黑暗中，小兰坐在蒲团上，向着窗外面的风雪出神。风在呼号，雪打窗棂。

〔"啪"的一声，那两扇关上了的窗子重被大风吹开了，大块的雪直往屋里泼进来。

〔是什么力量在冲激着小兰？她站了起来，迎着风雪，向窗外发怒的天空凝望。小兰将不再是关在笼子里的小鸟儿了吧？新一代的人物，不正该在风雪之中成长吗？

〔然而风刮得还不够！还不够！雪也要下得更大才好！谁不向往于北方的冰山。那终古无瑕的清白世界！人间的罪恶多么需要这无边的风雪来洗刷啊！

〔幕落。

———剧　终

　　《风雪夜归人》创作于1942年，是作者怀着极强烈的思念北京的情绪写成的话剧。1943年2月由中华剧艺社在重庆首演，导演贺孟斧，主演员有路曦、项堃等。在当时引起了强烈反响，时任中共南方局书记周恩来连续看了七次。1954年人民文学出版社选集出版，1956年北京人民艺术剧院上演了此剧。此剧以戏中戏的形式，兼备戏曲和话剧两种艺术的审美特征，情节自然流畅，格调凄美感伤，具有浓郁的诗化色彩和抒情性。

作者简介

吴祖光　（1917—2003），曾用名吴召石、吴韶，男，江苏常州人，学者、戏剧家、书法家、社会活动家。代表作品有话剧《凤凰城》《正气歌》《风雪夜归人》《闯江湖》，评剧《花为媒》，京剧《三打陶三春》，导演的电影有《梅兰芳的舞台艺术》《程砚秋的舞台艺术》，著有《吴祖光选集》（六卷本）。